# 오시리스의 신비

**LES MYSTÈRES D'OSIRIS**
Volume 1: L'ARBRE DE VIE by Christian Jacq



이 도서의 국립중앙도서관 출판시도서목록(CIP)은
e-CIP 홈페이지(http://www.nl.go.kr/cip.php)에서 이용하실 수 있습니다.
(CIP제어번호: CIP2007004084)

# 오시리스의 신비 1

Les Mystères D'Osiris

## 생명의 나무

크리스티앙 자크 장편소설

임미경 옮김

문학동네

## 등장인물

**이케르** ❖ 메다무드라는 촌마을에서 견습 서기로 훈련을 받고 있는 열다섯 살의 고아. 한 노서기관의 보살핌 속에 훌륭한 서기관이 될 꿈을 꾸던 중 갑자기 납치되면서 운명의 풍랑에 뛰어들게 된다. 라피드 호라는 배에서 바다의 신에게 제물로 바쳐질 위기에 처한 순간 커다란 풍랑이 몰려와 배가 난파당하고, 그는 혼자 살아남는다. 무인도로 알았던 섬에서 전설의 땅 푼트의 주인인 뱀의 신을 만나게 되면서 한 치 앞을 볼 수 없는 거대한 회오리 같은 운명 속으로 뛰어들게 된다.

**세소스트리스 3세** ❖ 이집트의 파라오. 이집트의 번영과 존폐를 좌우하는 생명의 나무, 즉 오시리스의 아카시아나무가 고사 위기에 처해 있어 고심하고 있다. 강력한 카리스마와 의지력을 가진 인물로, 자신의 권위에 도전하는 각 지방의 총독들을 제압하고 상하 이집트를 재통합하려는 원대한 꿈을 가지고 있다. 그러나 예고자를 비롯하여 보이지 않는 악의 세력들의 도전에 힘겨운 싸움을 벌이고 있다.

**수호자 소벡** ❖ 파라오 세소스트리스의 친위대장. 영민하면서도 두려움을 모르는, 파라오의 최측근 친위대장. 파라오를 그림자같이 수행하며 이집트를 전복하려는 세력의 기도에서 파라오를 보호하고 있다.

**네스몬투 장군** ❖ 평생을 전쟁터에서 보낸 백전불굴의 노장. 세속적인 명예나 재물에는 무심한 채 오직 이집트의 안녕과 파라오에 대한 충성심으로 똘똘 뭉친 군인.

**수석 재정 관리관 세난크흐** ❖ 이집트의 재정을 총괄하고 있는 사십대의 혈기왕성한 인물. 미식가에 대식가이나 아첨이나 타협을 모르는 명철한 두뇌의 인물.

**국왕 인장 책임자 세호테프** ❖ 국왕의 칙령을 전달하고 그것이 각 지역에 전달돼 실현되도록 하는 업무를 총괄하고 있는 삼십대의 미남 관리.

**세카리** ❖ 이케르가 억울한 누명을 쓴 채 끌려간 구리 광산에서 만난 과수원지기. 나중에 터키 여왕석을 찾기 위해 터키석 광산으로 보내지는데, 예고자 일행의 습격으로 아수라장이 된 틈을 타 이케르와 함께 구사일생으로 빠져나온다.

**미지의 여사제** ❖ 라피드 호에서 극적으로 생명을 구한 이케르가 한 농장의 제의에서 우연히 만나 마음을 빼앗긴 신비로운 아름다움의 소유자.

**예고자** ❖ 유일한 신의 부름을 받고 그의 예언을 실현시키기 위해 무력도 서슴없이 사용하는 정체불명의 인물. 사람들의 마음을 조정하는 신비한 능력과 뛰어난 설교 능력으로 이집트의 피지배민족들을 자극하여 이집트에 대항하도록 무장봉기를 부추긴다.

**메데스** ❖ 자신의 명예와 재물 축적에만 몰두하는 부패한 관리. 뜻하지 않게 이집트 고위관리들의 회의체인 국정원 비서가 되면서 물 만난 고기처럼 점점 더 큰 음모를 계획한다. 전설로 전해져오는 '푼트의 금'을 찾기 위해 이케르를 납치해 바다에 제물로 바치려고 했던 장본인.

**제르구** ❖ 곡식 저장소 책임 감독관으로 메데스의 하수인. 메데스와 마찬가지로 탐욕스럽고 난폭하기 짝이 없다. 메데스의 명을 받아 끊임없이 음모를 꾸미고 다닌다.

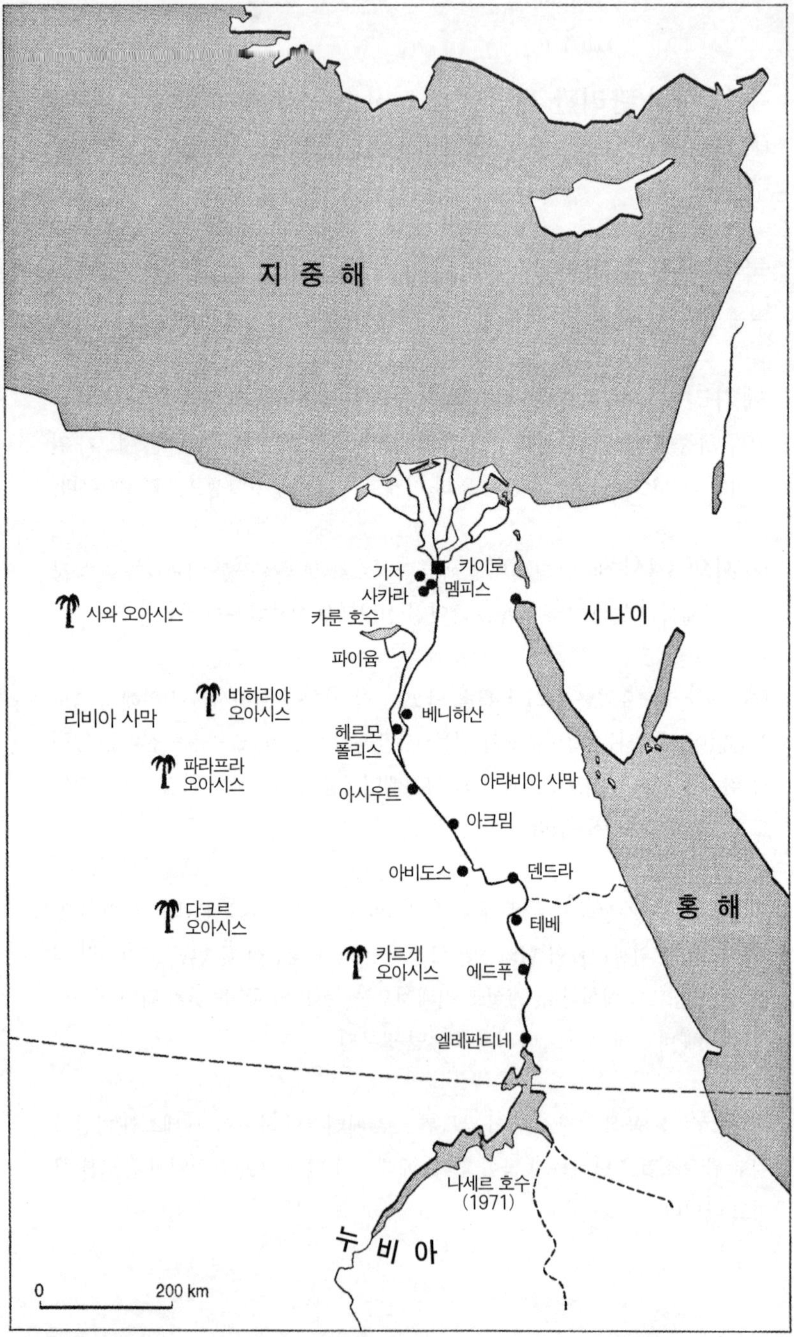

지 중 해
기자
카이로
사카라
멤피스
시와 오아시스
카룬 호수
시나이
파이윰
바하리야
오아시스
리비아 사막
베니하산
헤르모
폴리스
파라프라
오아시스
아라비아 사막
아시우트
아크밈
아비도스
덴드라
다크르
오아시스
홍 해
테베
카르게
오아시스
에드푸
엘레판티네
나세르 호수
(1971)
누 비 아
0
200 km

모든 것이 안정되고 또 끊임없이 새로워지는 것은
태양의 운행이 한시도 멈춘 적이 없기 때문이다
세상만물이 완벽하고 조화로운 것은
아비도스의 신비가 깊이 감춰져 보전되기 때문이다

이암블리코스*, 『이집트의 신비』, 6권 7장

* AD 3세기 그리스의 신플라톤학파 철학자.

# 1

하루 일과를 끝낸 뒤 해변을 따라 걷고 있었다. 그때 다섯 사람이 달려들더니 몽둥이를 휘둘렀고, 그다음 일은…… 아무것도 생각나지 않았다. 온몸이 욱신거리고 머리가 깨질 듯 아팠다.

눈을 뜬 이케르는 몸을 움직일 수 없다는 것을 알았다. 두 다리와 양손이 결박된 채, 큰 배의 중앙돛대에 꽁꽁 묶여 있었던 것이다. 배는 바다의 잔잔한 수면을 헤치며 나아가고 있었다.

"날 좀 풀어주세요!"

이케르의 고함 소리를 듣고 수염을 기른 건장한 사내가 그에게 다가왔다.

"이제야 정신을 차렸군."

"날 왜 납치한 거예요?"

"그야 네가 필요해서지. 어때, 이 배 근사하지 않나? 라피드* 호야. 길이가 백이십 쿠데, 폭이 사십 쿠데지.** 내 임무를 수행하려면 배가

---

* 빠르다는 의미.(옮긴이)

** 62.4m×20.8m. 쿠데는 팔꿈치에서 손가락 끝까지의 길이를 기준으로 한 측량 단위

이 정도는 돼야 하지."

"그 임무가 뭔데요?"

"궁금한 것도 많군! 하지만 네 운명은 이미 정해졌으니 지금 우리가 푼트로 가고 있다는 사실쯤은 가르쳐주지."

"신의 땅 말이에요? 그건 아이들이나 믿는 전설이라고요!"

사내가 웃었다. 그는 배의 선장이었다.

"사자보다 더 용맹한 뱃사람 백이십 명이 전설의 나라나 정복하려고 배를 탔을 것 같아? 내 선원들 가운데 꿈을 먹고사는 사람은 없어. 모두가 부자, 그것도 엄청난 부자가 되고 싶어 따라온 배짱 좋은 진짜 사내들이라고."

"난 부자가 되는 덴 관심 없어요! 서기가 되고 싶을 뿐이라고요."

"서판이나 붓, 파피루스 따위는 잊어버려. 잘 알겠지만, 바다의 신은 세트 신만큼이나 위험하고 무시무시해. 그래서 멋진 제물을 바쳐 폭풍을 잠재우려는 거야. 너를 산 채로 바다에 던져 넣겠다 이 말이지. 너는 빠져 죽고 덕분에 우리는 살고. 하하."

"왜…… 왜 나를?"

선장은 비밀이라는 듯 검지를 입술에 갖다댔다.

"그건 국가 기밀이야. 곧 죽을 사람한테라도 그건 가르쳐줄 수 없어. 미안하구나, 꼬마야."

그러고 선장은 자리를 떠났다.

이케르는 하늘이 무너지는 느낌이었다. 고작 열다섯 살에 영문도 모르는 채 죽어야 하다니, 이런 억울한 일이 또 있을까? 밧줄을 풀려

---

로, 일 쿠데는 오십이 센티미터 정도이다.

고 몸부림을 쳐봤지만 허사였다.

"그래봤자 소용없어, 꼬마야! 그건 전문가가 묶은 매듭이거든."

양파를 우물거리며 그를 지켜보던 사십대 남자가 말했다. 사내의 얼굴에는 거칠게 살아온 흔적이 깊이 패어 있었다.

"바로 내 솜씨거든. 이 거북눈의 손이 한번 닿으면 절대 풀 수 없지."

"왜 이러는 거예요? 당신들은 신들의 벌을 받게 될 거예요!"

"하하, 계속 떠들어라! 네 녀석이 징징대는 소리를 들으니까 양파 맛이 더 좋은데."

그러고는 거북눈이라는 이름의 사내는 뱃고물로 가서 걸터앉았다.

이케르는 고아였지만, 한 노서기관의 애정 어린 보살핌을 받으며 자라왔다. 그는 공부를 몹시 좋아하는 데다 성실했기 때문에, 아마도 어느 신전에 불려 올라가서 편안한 생활을 할 수 있었을 것이다. 하지만 지금 눈앞에는 그를 삼키려 하는 막막한 바다가 펼쳐져 있을 뿐이었다.

한 젊은 선원이 어깨에 노를 메고 이케르 옆을 지나갔다.

"이봐, 날 좀 도와줘!"

선원이 발을 멈췄다.

"뭘 어떻게 해달라는 거야?"

"날 풀어줘, 제발!"

"풀어주면 갈 데나 있고? 멍청한 놈. 때가 되기도 전에 미리 네 몸뚱이를 물속에 던지는 건 어리석은 짓이야. 필요할 때 죽어주면 최소한 다른 사람들에게 도움은 될 수 있잖아. 그러니 더 귀찮게 하지 말고 얌전히 있어. 안 그러면 칼날이라는 내 이름을 걸고 네 혀를 잘라버릴 테니까."

이케르는 체념했다.

운명은 이미 정해져 있었다. 왜 하필 나를 고른 것일까? 죽기 전에 그 이유만이라도 알고 싶었다. 국가 기밀이라니…… 보잘것없는 견습 서기 하나가 이집트의 강력한 통치자 파라오 세소스트리스 3세에게 어떻게 위협이 될 수 있단 말인가? 선장이 나를 놀린 게 분명하다. 이 해적 무리는 그저 처음 눈에 띈 사람을 납치해온 것이다.

거북눈이 약간의 물을 이케르의 입에 흘려 넣어주었다.

"넌 아무것도 안 먹는 게 좋아. 너 같은 약골은 뱃멀미를 당해내지 못하니까."

"선장이 정말로 폭풍이 오는 걸 알 수 있단 말이에요?"

"믿을 만하지!"

"그런데 만약 아무 일도 안 일어나면요? 그때는 날 풀어주는 거죠?"

선장이 거북눈을 밀쳐내며 말했다.

"꿈도 꾸지 마라, 꼬마야. 네 운명은 제물이 되는 거야. 그러니 이제 포기하고 이 멋진 경치나 즐기란 말이다. 바다보다 더 아름다운 데가 있겠냐?"

"부모님이 날 찾아 나설 거예요. 당신들은 모두 체포될 거야!"

"넌 부모가 없잖아. 아무도 네가 없어진 걸 모를걸. 넌 이미 죽은 목숨이야."

# 2

바람 한 점 불지 않았다. 태양은 점점 더 뜨거운 열기를 쏟아냈다. 선원 대부분은 갑판 위에 쓰러져 졸고 있었다. 선장도 잠이 들었다.

이케르는 거의 체념 상태였다. 이들은 일이 어떻게 돌아가든 그를 없앨 작정이었다. 빠져나갈 가능성은 전혀 보이지 않았다.

이집트에서 멀리 떨어진 바다에 던져져 장례식도 묘지도 없이 죽는다는 생각을 하자 이케르는 두려움에 사로잡혔다. 그런 죽음은 죄지은 자들에게나 돌아가는 형벌이었다.

대체 내가 무슨 죄를 지었기에 이런 식으로 죽어야 한단 말인가?

사람을 죽인 적도 물건을 훔친 적도 없었다. 거짓말을 한 적도 게으름을 부린 적도 없었다. 그런데도 그는 지금 가장 고약한 죽음을 맞이해야 하는 것이다.

저 멀리 수면이 반짝였다. 이케르는 그저 햇빛이 반사된 것이라고 생각했다. 하지만 반짝임은 점점 커졌다. 수평선에 가느다란 띠 같은 것이 생겨나더니 야수가 먹잇감에 달려들 때처럼 순식간에 넓게 퍼져나갔다. 그와 동시에 어디서 생겨났는지 모를 수많은 구름 조각들이 가득 밀려와 하늘을 검게 뒤덮었다.

잠을 깬 선장이 하늘 가득 퍼져나가는 이 불길한 조짐을 믿을 수 없다는 듯 쳐다보았다.

"이런 폭풍은 본 적이 없는데."

선장이 얼빠진 표정으로 중얼거렸다.

거북눈이 선장을 재촉했다.

"정신 차리고 어서 지시를 내리세요."

"돛을…… 돛을 내려라! 모두들 자기 위치로!"

귀가 먹먹해질 정도로 요란하게 천둥이 울렸다. 놀란 선원들이 제자리에 뻣뻣하게 얼어붙었다.

"꼬마를 제물로 바쳐야지요."

칼날이 생각난 듯이 소리쳤다.

"네가 맡아서 해."

선장이 지시했다.

이케르는 밧줄에서 풀려나는 즉시 온몸을 던져 싸울 생각이었다. 물론 상대를 쓰러뜨리진 못하겠지만, 용감하게 죽을 수는 있을 것이다. 하지만 칼날은 그럴 틈조차 주지 않았다.

"먼저 네 목을 따야겠다. 그래도 숨은 조금 붙어 있을걸. 그래야 바다의 신이 좋아하시지."

이케르는 자신의 목을 겨누고 다가오는 돌칼에서 눈을 뗄 수 없었다. 돌칼이 이케르의 목에 막 닿으려는 순간이었다. 구름을 뚫고 나타난 번갯불 한 줄기가 번쩍하더니 칼날의 몸에 내리꽂혔다. 불덩이에 맞은 듯 칼날이 비명을 내지르며 쓰러졌다.

"파도다! 엄청나게 큰놈이야!"

거북눈이 울부짖었다.

거대한 벽처럼 솟구친 파도가 배를 향해 몰려오고 있었다.

선원들 모두가 바다에서 잔뼈가 굵었지만, 누구도 이렇게 무시무시한 파도를 본 적이 없었다. 무슨 수를 써도 소용없다는 걸 알아차린 그들은 달려드는 파도를 멍하니 바라보며 서 있었다. 파도가 포효하며 라피드 호를 덮쳤다.

오른손에 무언가 축축하고 무른 것이 잡혔다.

모래…… 그렇다, 모래가 틀림없었다.

저승의 땅은 이렇게 바닷물이 쉼 없이 밀려왔다가 다시 빠져나가는 사막일 것이다. 아마도 사나운 괴수들이 도사리고 있다가 죄짓고 저승에 내려온 사람들을 한입에 삼켜버릴 것이다.

오른손 끝에 모래의 감각이 느껴지는 것으로 보아 손 하나는 아직 붙어 있는 게 분명했다. 발도 하나 붙어 있었다.

팔다리를 움직여보았다. 왼손도 움직일 수 있었다.

이케르는 눈을 떴다. 고개를 들고 사방을 둘러보았다.

해변이었다. 흰모래가 눈부시게 펼쳐져 있었고, 멀지 않은 곳에 우거진 나무들도 보였다.

그런데 왜 이렇게 몸이 무겁지?

이케르는 자신의 몸이 부러진 돛대에 여전히 묶여 있다는 걸 알아차렸다. 간신히 밧줄을 풀고 천천히 몸을 일으켰다. 자신이 죽은 건지 살아 있는 건지 분간이 되지 않았다.

저 멀리 바다 위로 라피드 호의 파편들이 떠다니는 게 보였다. 거대한 파도가 이케르가 묶여 있던 돛대를 뽑아내어 햇볕이 쏟아지는 이 푸른 섬으로 옮겨놓았던 것이나.

몇 군데 살갗이 쓸리고 멍이 든 것 외에 다친 데는 없었다.

그는 비틀거리는 걸음으로 섬을 한 바퀴 둘러보았다. 선원 가운데 몇 명은 아마도 자신처럼 이 섬에 떠밀려와 목숨을 건졌을 것이다. 그렇다면 싸울 준비를 하고 있어야 했다.

하지만 해변은 텅 비어 있었다. 성난 바다가 배와 선원들을 모두 집어삼킨 것이다. 살아남은 사람은 바다에 제물로 바쳐질 운명이었던 이케르뿐이었다.

허기가 밀려왔다.

그는 섬 가운데로 탐색을 나섰다. 도중에 대추야자열매와 무화과, 포도밭을 발견했다. 맑은 물이 솟는 샘가에는 오이 넝쿨이 심어진 정원도 있었다.

이케르는 과일로 일단 배를 채웠다. 그러고 나자 망망대해에 떠 있는 이 섬에 자기 말고도 누군가가 있을 거라는 생각이 들었다. 그런데 왜 그 사람 혹은 그 사람들은 모습을 드러내지 않는 것일까? 또 침입자인 자신에 대해 어떤 태도를 취할 것인가?

이케르는 막연한 두려움을 느끼면서 섬을 여기저기 둘러보았다. 아무도 없었다. 사람이 살고 있는 흔적은 전혀 보이지 않았다. 오직 자신의 심장이 뛰는 소리가 이케르를 따라다닐 뿐이었다.

잠이 쏟아졌다. 열다섯 살 소년이라면 지금까지 겪은 일만으로도 지쳐 쓰러지는 게 당연했다. 한꺼번에 많은 일을 겪은 이케르는 기진맥진하여 무화과나무 그늘 아래서 잠이 들었다.

잠에서 깨자마자 이케르는 다시 한번 섬을 돌아봤지만 별다른 소득이 없었다. 큰 물고기들이 수심이 얕은 해변 근처에 몰려와 있었다. 손쉽게 잡을 수 있을 것 같았다. 이케르는 몸을 묶었던 밧줄을 낚싯대로 삼고, 갯지렁이를 잡아 미끼로 썼다. 이 엉성한 낚싯대를 물속에 던져 넣자마자 농어 한 마리가 달려 올라왔다.

불을 피우려 했지만 이집트에서 사용하던 점화도구 같은 건 눈을 씻고 찾아봐도 보이지 않았다. 다행히 이케르는 재질이 무른 나무토막과 뾰족하고 긴 나뭇가지 하나를 찾아냈다. 그는 나무토막에 가지를 끼워 넣고 무릎을 세워 바람을 막았다. 그러고는 두 손바닥으로 가지를 잡고 최대한 빠르게 비벼서 불꽃을 일으켰다. 바싹 마른 종려나무 잎사귀로 불을 지핀 다음, 농어를 올려놓고 구웠다.

그는 목숨을 구해주고 음식을 내려준 것에 대해 신들에게 감사 기도를 올리기로 했다. 불꽃 위로 두 손을 치켜들고 기도를 올리려는 순간, 천둥이 치더니 나무들이 떨리고 땅이 흔들렸다.

겁이 난 이케르는 달아나려고 몸을 벌떡 일으키다가 무화과나무 둥치에 머리를 세게 부딪치고 말았다.

# 3

번개가 허공을 가르고 하늘이 불길에 휩싸이더니 청금석 눈썹을 가진 거대한 황금빛 뱀 한 마리가 나타났다. 이케르는 이번에는 진짜로 죽었구나 생각했다. 저세상에서 온 무시무시한 정령이 자신을 으스러뜨리려고 다가오고 있었다.

하지만 뱀은 이케르 앞에서 멈추더니 그를 훑어보기만 했다.

"어째서 이 불을 피웠느냐, 꼬마야?"

"그건…… 당신께 제물을 바치려고요!"

"누가 널 여기로 데려왔지?"

"그냥…… 파도에 떠밀려왔어요. 배를 타고 있었는데, 선원들이…… 그리고……"

"사실대로 말해라. 꾸물거리지 말고. 아니면 널 재로 만들어버릴 테다!"

"저는 이집트에서 해적들에게 납치당했습니다. 바다에 바칠 제물로요. 하지만 선장이 미처 예측하지 못한 사나운 폭풍이 불었어요. 그래서 배는 산산조각 나고 저 혼자 살아남은 겁니다."

뱀이 말했다.

"신께서 널 죽음에서 구해준 것이다. 이 섬은 창조의 힘, 우주의 수액인 카의 섬이다. 카 없이는 아무것도 존재할 수 없어. 하지만 하늘 꼭대기에서 이 섬으로 별 하나가 떨어졌고, 그래서 모든 것이 불타버렸다. 나는 신성한 땅 푼트의 주인이지만, 이 세상의 종말을 막을 수는 없었다. 너는, 너의 세상을 구할 수 있겠느냐?"

타는 듯한 열기에 이케르는 퍼뜩 정신을 차렸다. 불길이 덤불로 번지면서 널름거리는 불꽃이 이케르의 장딴지를 스치고 있었다. 그는 황급히 몸을 피하며 주위를 둘러보았다. 거대한 뱀은 보이지 않았다. 우선 달려들어 불을 껐다.

얼마나 이상한 꿈인지…… 뱀의 형상이 너무 생생해서 도저히 헛것을 봤다고 생각할 수 없었다. 살아 있는 어떤 존재와도 닮지 않은 그 목소리를 결코 잊을 수 없을 것 같았다. 이케르는 작은 불씨까지 남김없이 끈 다음 샘가로 갔다.

땅 위에 궤짝 두 개가 놓여 있었다.

이케르는 자신이 잘못 본 게 아닐까 싶어 눈을 비볐다. 궤짝들은 여전히 같은 자리에 있었다. 그는 위험한 물건 근처에라도 가듯 조심스럽게 궤짝 가까이로 다가갔다.

누군가가 자신을 시험하고 있는 것일까?

이 궤짝들은 라피드 호나 다른 배에서 흘러나왔을 것이다. 이것들을 건져 올려 여기에 끌어다놓은 누군가가 풀숲에 숨어 살피고 있는 건 아닐까? 그렇다면 그자는 자신의 보물을 나눠 가질 마음은 없을 테니, 이 훼방꾼에게 즉시 달려들 것이다.

이케르는 소리쳤다.

"날 겁낼 필요 없어. 네 보물에는 관심 없으니까! 우리 서로 싸우지 말고 여기서 빠져나갈 방법이나 궁리하자!"

그러나 대답은 돌아오지 않았다.

이케르는 섬을 한 바퀴 더 둘러보았다. 걷다가도 끊임없이 몸을 돌려 방향을 바꾸었고, 자신의 발자국을 또다시 디뎠다. 발걸음을 빨리 하다가 불시에 늦춰보기도 했다. 신경을 바싹 곤두세운 채, 어딘가 적이 숨어 있음을 알려주는 아주 작은 흔적도 놓치지 않으려 했다.

하지만 허사였다. 그가 이 섬에 있는 유일한 사람이라는 건 분명했다. 그렇다면 저 궤짝들은 어디서 온 것일까? 아마도 처음부터 그 자리에 놓여 있던 것을 미처 보지 못했을 것이다. 앞서 풍랑을 만난 배에서 떨어져 나왔다가 파도에 쓸려 여기까지 밀려왔을 것이다.

궤짝을 열어보는 일만 남았다.

궤짝 안에는 향기로운 냄새가 풍겨 나오는 삼베 주머니와 도자기 병 들이 담겨 있었다. 귀하고 값비싼 향료가 분명했다.

이케르는 정말로 죽음의 위협에서 벗어난 것일까? 섬에서라면 해적들의 배 위에서처럼 무자비하게 죽을 위험은 없어 보였다. 그러나 운명의 신이 더 큰 호의를 베풀 것 같지는 않았다. 몇 달 어쩌면 몇 년을 이렇게 살게 될지도 몰랐다. 외로움 때문에 결국에는 미쳐버리지 않을까? 만약 샘이 말라버린다면? 더이상 낚시를 할 수 없게 된다면? 튼튼한 뗏목을 만들려 해도 연장이 있어야 했다. 하지만 뗏목을 만든다 해도 거기에 몸을 싣고 이 미지의 바다로 나아간다는 건 자살 행위가 아니겠는가?

신성한 땅 푼트의 주인인 뱀이 한 말이 이케르의 뇌리에서 떠나지 않았다. 이 작은 섬이 신성한 땅이라니? 사람들이 그토록 탐을 내온 엄청난 재물이 넘쳐흐른다는 그곳이라니?

'말도 안 돼!'

황금빛 뱀은 상상에 불과해. 하지만 어째서 나의 세상을 구할 수 있냐고 물었을까? 파라오가 다스리는 이상 이집트가 위험에 처할 일은 없을 텐데!

다시 돌아갈 수 없을지도 모르는 이집트! 이케르는 자신이 떠나온 마을을 생각했다. 그곳은 테베 북쪽, 잘 알려지지 않은 메다무드 신전 가까이 있었다. 나이 든 서기관이 거두어준 덕분에 이케르는 밭일은 거의 하지 않고 읽고 쓰는 공부에만 열중할 수 있었다. 이런 특별대우 탓에 시새움을 많이 샀지만 이케르는 개의치 않았다. 배움이 그의 마음을 풍요하게 해주었던 것이다.

이케르는 해변의 모래 위에 자신이 배운 신성한 문자*들을 그렸다. 서기관의 직분을 찬양하는 내용이었다. 해가 저물었다. 이케르는 별이 가득한 밤하늘을 한참 동안 바라보다가 잠이 들었다. 황금빛 뱀을 다시 볼지도 모른다는 두려움 섞인 희망을 품고서.

다음 날 아침, 이케르는 낚싯대를 들고 해변으로 가다가 깜짝 놀라 멈춰 섰다. 바닷물이 차올라 해변이 사라지고 없었던 것이다.

'일시적인 현상일 거야. 틀림없어.'

낚싯대를 여러 번 던져 넣었지만 물고기는 한 마리도 걸려들지 않았다. 당황한 그는 물속으로 뛰어들어 발밑을 유심히 살폈다. 물고기

* 고대 이집트의 상형문자.(옮긴이)

는 단 한 마리도 보이지 않았다.

다시 뭍으로 나가려 했지만 발이 금방 땅에 닿지 않았다. 바닷물이 계속해서 밀려들고 있었던 것이다. 이런 속도라면 섬이 금세 다 잠겨 버릴 터였다.

간신히 물 밖으로 나온 이케르는 꼼짝 않고 서서 바닷물이 자신의 장딴지로, 무릎으로, 이어서 허벅지까지 차오르는 것을 지켜보았다.

그는 두려움에 사로잡혀 키 큰 종려나무 위로 기어 올라갔다. 나무 줄기에 팔다리가 긁혔다. 그는 몸을 떨면서 가쁜 호흡을 내쉬었다.

그러나 잠시 후 저 멀리 푸른 바다 위에 흰 돛단배가 나타났을 때 그는 또다시 자신의 눈을 의심하지 않을 수 없었다.

# 4

이케르는 미친 듯이 오른손을 흔들며 자신의 존재를 알리려 했다. 헛수고였다. 아무리 소리를 질러봐도 배는 바다를 가로질러 멀어져 가기만 했다.

그래도 이케르는 포기하지 않고 계속 손을 흔들었다. 혹시 망을 보는 선원이 눈이 밝아 자신을 볼 수 있을지도 몰랐다.

한순간 배가 방향을 틀더니 섬 쪽으로 점점 가까이 다가왔다. 환상이라면 얼른 깨버려야 했다. 지금은 자신을 구해줄 폭풍도 파도도 없을 것이다. 바닷물이 그의 가슴으로, 얼굴로 차오르면 그는 이 푸르고 미지근한 물을 수의(壽衣) 삼아 몸을 누일 것이다.

살고 싶다는 욕망에 다시 눈을 떴다. 배는 섬을 향해 오고 있었다. 선원이 스무 명가량 되는 별로 크지 않은 배였다. 바닷물이 종려나무 밑동까지 차올라 있었으므로 이케르는 재빨리 물속으로 뛰어내려 배를 향해 힘껏 헤엄쳐갔다.

건장한 팔들이 이케르를 뱃전으로 끌어올렸다. 배 위에는 다부진 몸집의 남자가 경계심을 잔뜩 품은 얼굴로 버티고 서 있었다.

"서기 떠다니는 궤짝들을 건져 올려라. 그런데 넌 누구냐?"

"이케르라고 합니다. 배가 난파했는데 저 혼자 살아남았어요."

"배 이름이 뭔데?"

"라피드 호요. 길이가 백이십 쿠데, 폭이 사십 쿠데였고, 선원 백이십 명이 타고 있었어요."

"그런 이름은 들어본 적이 없는데. 무슨 일이 있었는지 말해봐라."

"엄청난 파도가 배를 덮쳤어요. 정신을 차려보니 저 혼자였습니다. 저기 지금 가라앉고 있는 섬에 떠밀려 가서 말입니다."

선원들은 바닷물이 나무숲을 삼키는 모습을 놀란 눈으로 바라보았다.

"내 눈으로 보지 않았다면 네 말을 안 믿었을 거다."

선장이 말했다.

"어느 부두에서 떠나왔느냐?"

"잘 모릅니다."

"꼬마야, 지금 장난하는 거냐?"

"아닙니다. 전 납치당해 그 배를 탄 거였습니다. 정신을 차려보니 돛대에 묶여 있었어요. 라피드 호 선장은 절 바다에 제물로 바칠 거라고 말했고요."

"그런데 그들이 왜 널 물에 던져 넣지 않았는데?"

"예상치 못하게 폭풍이 불었거든요. 한 녀석이 절 물속에 처넣으려 했지만 파도가 그놈보다 빨랐지요."

선장이 반신반의하고 있음을 눈치 챈 이케르는 황금빛 뱀과 그로부터 들은 계시에 대해서는 입을 다물었다.

"미심쩍은 걸…… 다른 사람은 정말 한 명도 살아남지 못했다는 거냐?"

"그래요. 한 명도."

"그런데 이 궤짝들엔 뭐가 들어 있지?"

"모릅니다."

이케르는 궤짝이 닫혀 있음을 곁눈으로 확인하면서 조심스럽게 대답했다.

"그건 나중에 열어보도록 하지. 나는 네 목숨을 구해주었다. 그걸 잊지 마라. 네 이야기를 곧이곧대로 믿을 사람은 아무도 없을 거다. 라피드 호라는 배를 본 사람도 없으니 말이다. 이 궤짝들은 오래전부터 네가 노려온 것이겠지, 안 그렇냐? 그래서 이걸 원래 임자한테서 빼앗았을 거고. 하지만 일이 잘못 돌아가는 바람에 배가 바다에 침몰했고, 넌 지금 어떻게든 곤경을 벗어나려고 꾀를 부리는 것이렷다."

"제 말은 모두 사실입니다. 저는 납치당했어요. 저는……"

"그만 해둬, 꼬마야. 나는 멍청이가 아냐. 날 속일 생각은 아예 하지 않는 게 좋을 거다. 그냥 죽은 듯이 얌전히 있으란 말이다."

선장이 손짓을 하자 선원 두 명이 이케르에게 달려들었다. 그들은 이케르의 두 손을 등 뒤로 돌려 결박하고 두 발을 갑판 난간에 묶었다.

부두는 작은 배들로 붐볐다. 선장은 능숙한 솜씨로 선착장에 배를 댔다. 이케르는 안심하기엔 아직 이르다고 생각했다. 그를 기다리고 있는 운명이 친절하지 않다는 것은 분명했다.

선장이 다가왔다.

"꼬마야, 내가 너라면 조심하고 또 조심할 거다. 조난자에, 도둑에,

그것도 모자라 살인자일지도 모르니…… 망나니 꼬마 하나가 저지른 것치고는 너무 무거운 죄지."

"전 죄가 없어요. 피해자라고요!"

"알아, 안다고. 하지만 정황이 너무 뻔하지 않느냐. 암만 약은 척해봤자 사형수 신세를 면하긴 어려울 게다."

"하지만 전 아무 잘못도 없어요!"

"나한테야 잘못한 일이 없지. 내가 제안을 할 테니 네 맘대로 골라보거라. 하나는 궤짝들을 나한테 넘겨주고 우린 서로 만난 일이 없었던 걸로 하는 거야. 다른 하나는 내가 널 판관 앞에 끌어다놓으면 우리 선원들이 네게 불리한 증언을 하는 것이지. 뭘 고르겠느냐?"

억지도 이런 억지가 없었다. 선택은 하나였다.

"궤짝들을 가지세요."

"좋아, 꼬마가 생각이 트였군. 넌 네가 훔친 물건을 잃는 대신 목숨을 건지는 거야. 다음번에 이런 일을 꾸밀 때는 좀더 빈틈없이 준비하거라. 명심해! 우린 이제부터 서로 모르는 사이야."

선장은 이케르의 눈을 가렸다. 선원 두 명이 이케르의 다리를 묶은 밧줄만 풀어주고는 뭍에 내리게 했다. 이케르는 빨리 걸으라는 재촉 속에 한참을 걸어야 했다.

"어디로 데려가는 거죠?"

"잔말 말고 어서 걷기나 해. 매운맛을 보고 싶지 않으면."

이케르의 온몸이 땀범벅이 되었다. 발걸음을 떼기가 점점 더 힘들어졌다. 이 악당들은 자신을 부두에서 멀리 떨어진 사막으로 데려가 없애버리려는 게 아닐까?

"제발 물이라도 좀 주세요."

이케르가 애원했지만 그들은 대꾸도 하지 않았다.

이케르는 자신도 믿을 수 없을 만큼 꿋꿋이 버텨냈다. 그의 내부에서 무엇인가 알 수 없는 힘이 그를 단단히 지탱해주고 있었다.

선원들이 별안간 등 뒤에서 그를 떼밀었다.

이케르는 비탈을 굴렀다. 살갗이 가시덤불에 찢겼다. 이케르는 한참을 굴러 떨어져 푹신한 모래에 처박혔다. 더이상은 꼼짝도 할 수 없을 만큼 탈진한 데다가 입 안은 극심한 갈증으로 말라붙었다. 이제 죽음만이 그를 기다리고 있었다.

# 5

누군가 그의 머리카락을 입 안에 넣고 우물거리고 있었다.

머리카락이 모조리 뽑혀나가는 듯한 통증에 이케르는 몸을 소스라쳤다. 염소가 움칠하며 뒤로 물러났다.

"넌 이 녀석의 식사를 방해한 거야."

불만스럽게 중얼거리는 소리가 들렸다. 머리가 텁수룩한 목동이었다.

"얼마나 순한 짐승인데! 녀석이 배를 채울 때까지 기다릴 수도 있었잖아."

"이 밧줄을 풀어주세요, 제발. 그리고 물 좀 주세요!"

"물은 줄 수 있지만, 풀어주는 건 좀 그렇다. 대체 어디서 온 놈이냐? 이 근방에서 못 보던 얼굴인데."

"해적들한테 납치당했어요."

"해적이라고? 여기 사막 한가운데서 말이냐?"

"배를 타고 왔어요. 배에서 내린 후 먼 길을 걸어 여기까지 온 겁니다."

"그보다는 내가 들은 이야기들이 더 그럴듯한걸. 너 혹시 죄를 짓고 도망치는 중은 아니냐?"

이케르는 더이상 버틸 힘을 잃고 울음을 터뜨렸다. 자신을 믿어줄 사람은 아무도 없단 말인가?

"하지만 특별히 위험한 놈 같아 보이진 않기도 하다만."

목동이 말을 이었다.

"하지만 이 근방에 어슬렁거리는 도둑놈들은 늘 조심해야 하거든. 자, 이걸 좀 마셔라."

호리병에 담긴 물은 미지근하고 탁했지만, 이케르는 허겁지겁 물을 들이켰다.

"천천히, 천천히 마셔. 조금 이따 더 줄 테니까. 너를 촌장님한테 데려가야겠다. 촌장님이라면 널 어떻게 해야 할지 아실 거야."

이케르는 염소 떼를 고분고분 따라갔다. 여기서 달아나봤자 공연히 죄인의 누명만 쓸 것이다. 가서 자신의 무죄를 증명해야 했다.

동네 아이들은 낯선 사람이 나타나자 양옆으로 달라붙어 졸졸 따라왔다. 아이들 중의 하나가 소리쳤다.

"산적이 틀림없어. 목동이 붙잡아 오는 걸 거야. 상을 받으려고 말이야!"

목동이 지팡이를 치켜들어 쫓으려 했지만, 아이들은 악착같이 따라왔다. 왁자지껄하게 웃고 떠드는 소리에 둘러싸여 두 사람은 촌장의 집 앞까지 왔다.

"웬 소란이냐?"

"사막에서 이 아이를 발견했습죠."

목동이 설명했다.

"손이 등 뒤로 묶여 있기에 혹시 어디서 도망친 놈이 아닐까 싶어서 데려왔습니다요. 제게 상금을 내려주실 거죠?"

"그건 더 봐야 알 일이지."

이렇게 대꾸한 촌장은 이케르에게 들어오라고 명령했다.

이케르가 촌장의 집 안으로 들어오자 촌장이 그를 작은 방에 거칠게 밀어 넣었다. 방 안에는 곤봉을 든 비쩍 마른 사내가 앉아 있었다.

"때맞춰 잘 왔다, 이 망나니 같은 놈! 마침 감찰관과 이야기를 나누는 중이었거든. 그래 네 이름이 뭐냐?"

"이케르입니다."

"누가 네 손을 그렇게 묶어놓았느냐?"

"어느 외딴 섬에서 저를 빼내준 선원들이 그랬습니다. 그들은 여기서 멀지 않은 곳에 저를 끌고 와서는 버려두고 갔습니다."

"그런 시답잖은 이야기는 집어치워! 고작해야 좀도둑일 게 분명한데, 처벌을 피하려고 잔꾀를 쓰는구나. 뭘 훔쳤는지 자백해라."

"맹세코 아무것도 훔치지 않았습니다."

"몽둥이맛을 제대로 봐야 기억이 날 모양이군."

감찰관이 촌장을 만류했다.

"그러지 말고 녀석의 말을 들어봅시다."

"그래봤자 시간 낭비지. 좋소, 이렇게 합시다. 난 곡식 저장소를 살펴봐야 하니, 이 좀도둑놈을 끌고 가기 전에 내게 심문 기록이나 건네주시오. 형식은 갖춰야 하니."

"그럽시다, 그럼."

이케르는 곧 몽둥이세례를 받을 거라고 예상했다. 하지만 사실이 그런데 달리 뭘 더 털어놓을 수 있겠는가?

"더 자세히 이야기해봐라."

감찰관이 말했다.

"그래봤자 무슨 소용이에요? 결국 제 말을 안 믿으실 거면서."

"그걸 네가 어떻게 아느냐? 거짓말쟁이들을 가려내는 게 나의 일이다. 거짓말하는 게 아니라면 겁낼 것 없다."

불안감이 섞인 목소리로 이케르는 자신이 겪은 일들을 이야기했다. 하지만 꿈속에서 뱀을 본 것만큼은 말하지 않았다.

감찰관은 주의 깊게 들었다.

"그러니까 너 혼자 살아났다는 거냐? 섬은 물속에 잠겨버렸고?"

"예."

"그리고 널 구해준 자들이 궤짝을 빼돌렸단 말이지?"

"그렇습니다."

"그 배 이름이 뭐냐?"

"모릅니다."

"선장 이름은?"

"그것도 모릅니다."

이렇게 대답하면서 이케르는 자신의 말이 신빙성 있게 들리지 않을 거라는 사실을 깨달았다. 분별력이 있는 사람이라면 누구도 이런 이야기를 믿지 않을 것이다.

"넌 어디에서 왔느냐?"

"메다무드에서 왔습니다."

"거기 네 가족이 사느냐?"

"아닙니다. 한 서기관께서 저를 길러주셨고, 또 저에게 서기관이 되기 위해 필요한 것들을 가르쳐주셨습니다."

"읽고 쓸 줄 안다는 말이군.어디 한번 써봐라."

감찰관은 이케르에게 목판과 검은색 잉크에 적신 붓을 내밀었다.

"손이 묶여 있습니다."

이케르가 말했다.

"풀어주마. 하지만 잊지 마라. 내가 이 곤봉을 그냥 갖고 다니는 게 아니라는 걸."

공들인 글씨로 이케르는 다음과 같이 썼다. '내 이름은 이케르이며, 나는 아무런 죄도 짓지 않았다.'

"훌륭하군."

감찰관이 말했다.

"넌 거짓말쟁이가 아닌 게 분명하구나."

"그럼…… 저를 믿어주시는 겁니까?"

"안 믿을 이유가 어디 있겠느냐? 이미 말했지만 진실한 사람과 거짓말쟁이를 구별해내는 게 나의 일이다."

"그렇다면 이제 저를 풀어주시는 건가요?"

"집으로 돌아가거라. 이런 험한 일을 겪고도 살아났다는 건 엄청난 행운이다."

"저를 죽이려 했던 해적들을 붙잡아주실 거죠?"

"물론 그들을 찾으러 나서야지."

감찰관은 조서를 작성하기 시작했다. 하지만 이케르는 우물쭈물하며 방에서 나가지 못하고 있었다.

"아니, 꼬마야, 뭘 기다리는 거냐?"

"마을 사람들이 저를 그냥 내버려둘지 걱정이 됩니다."

감찰관은 촌장의 집 앞에 떼를 지어 모여 있는 구경꾼들 가운데 하나를 손짓으로 불러 말했다.

"이 아이에게 거적자리 한 장과 물을 줘라."

길을 떠날 차비를 갖추고 나자, 이케르는 카의 섬에서 그랬던 것처럼 막막함을 느꼈다. 정말 자유로운 몸이 된 걸까? 정말 고향으로 돌아갈 수 있는 걸까?

감찰관은 이케르가 떠나는 모습을 지켜보았다. 그러고는 촌장이 돌아오기를 기다리지도 않고 서둘러 자리를 떠나 자신의 동료들과 합류했다. 감찰관들은 이 근방을 샅샅이 누비며 라피드 호에 대한 단서를 캐는 중이었다.

하지만 이케르를 심문한 자를 포함해서 이들은 모두 진짜 감찰관이 아니었다.

# 6

한여름 정오의 이글거리는 태양은 동부 사막을 뜨거운 화덕으로 만들었다. 이 지옥 같은 곳에서 살아남을 수 있는 생명은 거의 없었고, 간혹 뱀이나 전갈 같은 것들만 모래 깊숙이 몸을 파묻고 있을 뿐이었다.

이런 곳을 다섯 명의 사내가 걸어가고 있었다. 일행의 선두는 다른 사람들보다 머리 하나는 더 커 보이는 호리호리한 사내였다. 짙은 수염, 퀭한 두 눈, 두툼한 입술의 그는 사막의 열기에도 아랑곳하지 않았다. 머리에 터번을 두르고 발목까지 내려오는 모직 튜닉을 걸친 이 사내는 흔들림 없이 뚜벅뚜벅 나아갔다.

"더이상은 못 가겠소."

뒤에 따라오던 남자 하나가 불평을 늘어놓았다. 그는 나머지 세 사람과 마찬가지로 물건을 훔치다가 붙잡혀 형을 치르던 죄수였다. 농장에서 이일저일 부역을 하며 자신의 형기를 거의 다 채워가던 참이었는데, 앞서 걸어가는 키 큰 사내에게 이끌려 그곳을 도망쳐 나왔던 것이다.

앞장선 사내가 대답했다.

"우리는 아직 사막 복판으로 들어가지도 못했다."

"도대체 얼마나 더 가야 하는 거요?"

"잠자코 날 따라오기나 해. 네 팔자가 활짝 피게 해줄 테니."

"난 되돌아가겠소."

그러자 뒤를 따라오던 머리카락이 붉은 남자가 빈정거렸다. '얼간이'를 뜻하는 스합이라는 이름으로 불리는 자였다.

"감찰관한테 붙잡혀 감옥에 도로 처박히게 될걸."

"이 지옥 같은 곳보다는 차라리 거기가 낫지! 감옥에 있으면 먹고 마실 건 줄 테니까 말이야. 또 어디로 가는지도 모르면서 죽도록 걸어야 할 일도 없을 것 아냐!"

앞장서서 걷던 수염 짙은 사내가 불평을 늘어놓는 남자를 노려보았다.

"내가 누군지 잊어버린 모양이군."

"자신이 신성한 임무를 부여받았다고 믿는 미치광이지!"

"모든 신들이 내게 말을 했다는 건 사실이다. 그리고 그들의 목소리는 오늘날 단 하나의 목소리가 되었어. 즉 나 혼자만이 진리를 보유하고 있단 말이다. 나에게 맞서는 자들은 누구도 죽음을 피할 수 없을 것이다."

"우리가 당신을 따라온 건 크게 한몫 잡게 해주겠다는 약속 때문이었어! 하지만 이런 사막에 무슨 보물이 있다는 말이요?"

"나는 예고자이다. 미리 말하건대, 나를 믿고 따르는 자들은 부와 권력을 얻겠지만, 그렇지 않은 자들은 죽음을 맞이할 것이다."

"또 저 지겨운 소리. 감언이설로 우리를 속여놓고는 끝까지 발뺌

하는 삶이란……"

"감히 예고자를 모독하는 거냐? 곧 후회하게 될 거다!"

"흥! 잘 있게나, 불쌍한 미치광이 친구."

남자는 오던 길로 되돌아가기 시작했다.

"스합, 저놈을 없애버려라."

자칭 예고자라는 사내가 나지막한 목소리로 지시했다.

붉은 머리가 우물쭈물하며 망설였다.

"그래도 여기까지 함께 온 녀석인데……"

"놈을 죽여 짐승 먹이로나 던져줘라. 난 너희들을 깨달음의 길로 인도할 것이다. 너희들은 곧 내가 누군지 알게 될 것이다."

수염이 짙은 이 키 큰 사내와 처음 만났을 때부터 스합은 사내의 말이라면 거역하지 못했다. 그는 단호한 말투의 이 사내가 자신의 삶을 지금까지와는 아주 다르게 만들어줄 거라고 확신했다. 그가 사람을 죽여본 것도 이번이 처음은 아니었다.

붉은 머리는 저만큼 달아나는 남자를 손쉽게 따라잡았고, 남자의 목 뒤에 돌칼을 깊숙이 박아 넣었다. 그런 다음 일행이 있는 곳으로 되돌아와 물었다.

"계속 가야 하는 겁니까?"

예고자가 대답했다.

"겁내지 마라. 잠자코 따라오기만 하면 된다."

나머지 두 도둑은 조금 전 자신의 눈으로 지켜본 장면에 질겁해서 감히 대꾸도 못했다. 이들은 이제 예고자의 손아귀에서 꼼짝달싹 못하게 된 것이다.

예고자의 이마에서는 땀 한 방울 배어 나오지 않았다. 걸음걸이에서도 지친 기색을 찾아볼 수 없었다. 사내는 어디로 가야 할지를 확실히 아는 듯 조금도 망설이지 않고 걸었다.

태양은 하늘 한가운데서 여전히 열기를 쏟아냈다. 예고자를 뒤따르던 사람들은 쓰러지기 일보 직전이었다. 그때 예고자가 걸음을 멈추더니 외쳤다.

"여기다. 땅을 보아라!"

사막의 색깔이 변해 있었다. 여기저기 희끄무레한 부분이 눈에 띄었다.

"긁어서 맛을 봐라, 스합."

붉은 머리가 무릎을 꿇고 앉았다.

"소금이군요."

"아니다, 이건 땅속 깊은 곳에서 솟아나는 세트 신의 땀이다. 나를 위해 준비된 것이지. 내가 세트 그 자신보다 더 강력하고 무서운 힘을 지닐 수 있도록 말이다. 세트의 불꽃은 신전들과 그 산물들을 집어삼킬 것이고, 파라오의 권력을 소멸시킬 것이다. 그리하여 진정한 믿음, 내가 온 땅 위에 퍼뜨릴 믿음이 군림하게 될 것이다."

도둑 하나가 투덜거렸다.

"우린 목이 마릅니다. 이걸로는 목을 축일 수가 없잖습니까!"

"스합, 그걸 한 덩이 떼어 내게 다오."

세 사람이 놀란 눈으로 지켜보는 가운데 예고자는 소금 덩어리를 입에 넣고 우물거렸다. 혀와 입천장을 태워버릴 수도 있는 양이었다.

예고자가 말했다.

"갈증을 푸는 데 이보다 더 좋은 건 없다."

도둑들 가운데 제일 젊은 사내가 소금 한 덩어리를 잘라 입에 넣고 씹었다.

젊은 도둑은 곧 찢어지는 비명을 내지르며 고통을 못 참고 땅바닥을 데굴데굴 굴렀다.

예고자가 말했다.

"오직 나만이 신의 뜻을 퍼뜨릴 자격이 있다. 누구든 나와 겨루려 들면 저 꼴이 될 것이다. 이 불경한 놈은 죽어 마땅하다."

땅에 쓰러진 남자의 몸은 잠시 경련을 일으키다가 곧 뻣뻣해졌다. 나머지 두 사람은 자신들의 우두머리 앞에 엎드렸다. 얼간이 스합이 애원했다.

"주인님, 우리는 주인님과 같은 힘이 없고, 또 주인님이 얼마나 위대한지 잘 알고 있습니다. 하지만 우리는 목이 말라요. 우리를 이 고통에서 구해주십시오."

"전지전능한 신께서는 나를 선택하여 진정한 믿음을 지닌 자를 돕게 하셨다. 여기를 파보아라. 목을 축일 수 있을 것이다."

스합과 또다른 사내는 미친 듯이 땅을 팠다.

얼마 안 있어 우물의 윤곽이 드러나기 시작했다. 힘을 얻은 그들은 한층 분주하게 손을 놀렸다. 바싹 마른 돌이 편편하게 깔린 층이 나타났다. 돌들을 치우자 그 아래 깊숙한 곳에 물이 고여 있었다.

두 사람은 허리띠를 풀어 그 끝에 호리병을 매달았다. 스합이 물이 가득 담긴 호리병을 끌어올려 예고자에게 바쳤다.

"주인님, 먼저 목을 축이십시오!"

"나는 세트의 불꽃만으로도 충분하다."

스합과 그의 동료는 우선 입술을 축인 다음, 물을 조금씩 목구멍으로 넘겼다. 그러고 나서 머리카락과 목덜미를 물로 적셨다.

예고자가 위엄 있게 말했다.

"너희가 기운을 차리는 즉시 우리는 정복에 나설 것이다. 이제 위대한 전쟁이 시작된 것이다."

# 7

파라오 세소스트리스의 친위대장인 수호자 소벡은 유달리 신경이 예민해져 있었다. 왕을 경호하기 위해 그가 데려온 인원은 감찰관 여섯뿐이었다. 그는 이 여섯 명의 부하가 고만고만한 병사들 일개 대대보다 더 효과적으로 임무를 수행할 수 있다고 판단했다. 이들은 맹수처럼 용맹한 데다 늘 투철한 경계심으로 무장되어 있어 아주 작은 위험의 기미가 보이기만 해도 물불을 가리지 않고 덤벼들기 때문이다. 소벡도 부하들을 지휘하는 데만 만족하지 않았다. 부하들만큼이나 건장하고 날랜 그는 하루도 훈련을 빼뜨리지 않았다. 훈련에서 소벡의 공격을 막아낼 수 있는 사람은 아무도 없었다.

수도 멤피스에 있을 때도 파라오의 안전을 지키는 일은 결코 쉽지 않았다. 하지만 이곳 아비도스는 미지의 땅인 만큼 이제껏 겪어보지 못한 위험들에 대비할 필요가 있었다.

배를 타고 오는 동안*은 아무런 사고도 없었다. 부두에는 사제 몇

---

* 아비도스는 카이로(고대 멤피스 부근)에서 남쪽으로 사백팔십오 킬로미터, 룩소르(옛 테베)에서 북쪽으로 백육십 킬로미터 떨어진 거리에 있다.

명만 나와 있었다. 사제들은 몸에 무기가 없다는 걸 확인받은 후 파라오를 영접했다. 배에서 내린 파라오는 곧장 오시리스 신전으로 향했다.

왕은 오십 세였다. 키가 이 미터가 넘는 그는 준엄한 얼굴을 한 거상(巨像) 같았다. 세소스트리스 왕통의 세번째 왕인 그는 '변신의 신' '탄생의 신' '변신하는 자' '후광에 싸여 나타나는 신성한 빛의 힘', 그리고 '강한 여신의 남편'*이라는 이름을 가지고 있었다.

세소스트리스는 절대 권위를 부여받았음에도 불구하고, 몇몇 주(州)**의 총독들을 규합하는 데 어려움을 겪고 있었다. 이들은 자신들의 부를 이용해서 군대를 양성하고, 각자의 영토에서 군주처럼 행세하고 있었다.

소벡은 총독들이 자신의 용병을 앞세워 왕권에 도전하지 않을까 염려했다. 그들이 볼 때 파라오는 자신들의 권리를 제한하려고 압력을 가하는 성가신 존재 아닌가?

아비도스는 신성한 기능을 부여받았지만 경제적 역할은 미미한 곳이었다. 이곳으로의 여행 계획은 비밀에 부쳐졌다. 그러나 멤피스 궁정에서 비밀을 유지한다는 게 과연 가능한가? 친위대장은 이 여행을 취소하도록 왕을 설득했지만 결국 뜻을 이루지 못했다.

"이상 없나?"

"없습니다, 대장님."

부하들이 차례로 대답했다.

---

* S-n-Ouseret. 이 이름을 옮긴 것이 세소스트리스(Sesostris)라는 표기이다. '오시리스의 형제'라고도 번역된다. 세소스트리스 3세는 BC 1878년경 왕위에 올랐다.

** 노모스. 고대 이집트에서 중앙정부의 하위에 놓인 행정 구역.(옮긴이)

"개미 새끼 한 마리 없이 조용합니다."

소벡이 말했다.

"오시리스의 영토이니 그럴 수밖에. 물 샐 틈 없이 지켜야 한다. 누구든 접근하려고 하면 가차 없이 체포해라."

"사제라도 말입니까?"

"그 누구도 예외는 없다."

부활의 비밀을 쥐고 있는 신 오시리스에게 바쳐진 이 땅은 대대로 '위대한 대지'라고 불렸다.

오시리스는 이집트 최초의 왕으로 파라오 문명의 토대를 놓았다. 살해당했지만 죽음의 지배자가 된 그는 이제 '의로운 목소리들'*을 다스리고 있었다. 오시리스의 후계자인 파라오는 그의 신비로운 부활을 기리는 제의를 관장하는 것만으로도 초자연적 활동 영역을 보장받고, 만물을 창조하는 신적인 힘들과의 교류 능력을 보유하게 되었다. 이집트는 오시리스 신비제의를 통해 존속되어온 것이다.

나라 안에서 가장 좋은 양파가 생산되는 비옥한 밭들, 운하를 따라 아담하게 자리 잡은 집들, 광막하게 펼쳐지다가 긴 낭떠러지로 이어지는 사막, 나무들이 빙 둘러싼 넓은 호수, 아카시아나무 숲, 작은 신전, 제실(祭室)들, 묘석들, 초기 파라오들의 무덤, 그리고 오시리스의 무덤.

아비도스의 풍경은 이렇게 시간을 넘어, 역사의 흐름을 벗어나 펼쳐져 있었다.

---

* 의로운 목소리 혹은 의인이란 죽은 자를 가리킨다.(옮긴이)

세소스트리스는 종신 사제들이 기다리는 작은 홀로 들어갔다. 모두가 자리에서 일어나 허리를 숙였다.

"이렇게 빨리 와주셔서 감사합니다, 폐하."

대사제가 말했다. 말투가 느릿한 노사제였다.

"보내온 서신에 몹시 불행한 일이 생겼다고 썼더군."

"직접 확인해보시옵소서."

대사제와 파라오가 신전을 나서자 소벡과 그의 부하 하나가 두 사람을 호위하려고 뒤를 따랐다.

"안 됩니다."

대사제가 막아섰다.

"폐하를 모시고 갈 장소에는 속인이 들어갈 수 없습니다."

"그렇지만 만에 하나……"

"그 누구도 아비도스의 법을 어겨선 안 된다."

세소스트리스가 단호하게 말했다.

왕은 황금 팔찌를 풀어 소벡에게 건네주었다. 오시리스의 신성한 영토에서는 어떤 금속도 몸에 지닐 수 없었다.

소벡은 멀어져 가는 두 사람을 불안한 눈으로 바라보았다. 두 사람은 나무로 둘러싸인 생명의 호수를 따라 걸었다. 이어서 제실과 묘비가 줄지어 선 길로 접어들어, 이 나라 생명의 중심이자 비밀스런 성소 페케르 성림(聖林)으로 들어갔다.

이 신성한 숲 한가운데에는 아카시아나무가 한 그루 있었다. 이 나무는 오시리스의 무덤에서 자라남으로써 사람들에게 이 의인들의 왕이 부활했음을 알려주는 표지 역할을 했다.

세소스트리스는 대사제가 말한 큰 재앙이 무엇인지 금방 알아차렸다. 아카시아나무가 말라 죽어가고 있었다.

대사제가 말했다.

"오시리스께서 부활하면 이 아카시아나무는 무성한 잎으로 덮이고 이 나라는 번영합니다. 하지만 살해자이며 방해꾼인 세트는 늘 이 나무를 말라죽게 하려 하지요. 그렇게 되면 살아 있는 것들로부터 생명이 떠납니다. 만약 이 아카시아나무가 죽는다면 폭력과 증오, 파괴가 이 땅을 지배하게 될 것입니다."

오시리스는 이 나무 속에 자리 잡음으로써 하늘과 땅, 그리고 지하세계를 이어주고 있었다. 그에게서 죽음이 삶과 만나고, 삶과 죽음은 빛나는 또다른 삶에 의해 하나로 묶였다.

"매일 나무에 물과 우유를 주고 있는가?"

"제 의무를 소홀히 한 적은 없습니다, 폐하."

"그렇다면 어떤 사악한 존재가 세트의 힘을 조종해서 오시리스와 이집트를 해치려는 것이군."

"문헌들에 따르면, 이 아카시아나무는 태초의 대양에 뿌리를 내리고 거기서 생명의 힘을 길어내고 있습니다. 이 나무를 치유할 적임자는 세상에 오직 한 사람뿐이라고 합니다."

"그 사람이 누구인지, 어디 있는지 아는가?"

"모릅니다, 폐하."

"그를 반드시 찾아내라. 그리고 이 나무가 말라죽는 걸 막지는 못하더라도 그 속도를 늦출 방법은 있다. 이곳 아비도스에 신전과 영생의 집을 짓겠다. 이 신전과 영생의 집에서 마법이 생성되어 나무의 고사를 늦추고 우리에게 시간을 벌어줄 것이다. 그동안 우리는 치유법을 찾게 될 것이다."

"폐하, 그러기에는 사제의 수가 터무니없이 부족합니다."

"이 일에만 헌신할 사제와 건축가 들을 여기로 데려오겠다. 이번 일에 대해선 모두가 절대 비밀을 지켜야 할 것이다."

별안간 왕의 머릿속에 믿기 어려운 가정이 떠올랐다.

"누군가 신성한 항아리를 훔쳐가려 했던 게 아닐까?"

대사제의 얼굴빛이 창백해졌다.

"폐하, 그건 불가능하다는 것을 아시지 않습니까!"

"그래도 확인해봐야겠다."

세소스트리스는 오시리스의 무덤이 완전하게 밀봉되어 있는지, 또 왕의 봉인이 온전히 붙어 있는지를 확인했다. 오직 그만이 이 봉인을 뜯고 성소 안으로 들어갈 수 있었다.

대사제가 말했다.

"어떤 정신 나간 자가 이 문을 열 수 있다손 쳐도, 항아리가 있는 곳에 다다르기란 어렵습니다. 그걸 손에 넣기란 더더욱 어렵지요."

파라오가 말했다.

"아비도스는 좀더 강력한 경비가 필요하다. 이제부터 병사들로 하여금 이곳을 지키게 하겠다."

"폐하, 속인들이 이곳에 들어오는 건……"

"나도 아비도스의 법은 알고 있다. 내가 바로 그 법의 집행자이자 수호자 아닌가. 속인이 오시리스의 영역을 더럽히는 일은 없을 것이다. 대신 이곳으로 통하는 모든 길을 감시할 것이다."

세소스트리스는 신성한 언덕 위에 올라가 아비도스를 내려다보았다. 이 신성한 공간에서 그의 나라, 그의 백성의 운명이 정해지고, 또한 현실 세계의 통치 구도가 펼쳐졌다.

왕좌에 오를 때 그는 자신에게 주어진 임무가 쉽지 않으리라는 걸 예상하고 있었다. 바꾸고 고쳐야 할 것들이 너무나 많았다. 하지만 자신이 오시리스의 새로운 죽음이라는 적과 맞서 싸우게 되리라고는 예상하지 못했었다.

세소스트리스는 성큼성큼 사막으로 들어가, 인간의 발길이 한 번도 닿은 적 없는 지대에 이르렀다. 그곳은 인간이 만든 문화가 끝나고 사구(砂丘)들이 펼쳐지는 경계선이었다.

이글거리는 태양도 아랑곳하지 않고 파라오는 앞을 응시했다. 그의 눈앞에 두 개의 건축물이 떠올랐다. 그가 지을 신전과 영생의 집이었다. 이 건축물들은 어둠의 세력들을 막아내는 제방이 되어 파국을 늦춰줄 것이다.

이렇게 두렵고 예측 불가능한 공격을 해오는 자는 누구일까? 이제 세소스트리스에게는 인간으로서 발휘할 수 있는 가장 확고한 의지가 필요할 것이다. 그래야 모습을 드러내지 않는 적에 맞서 굴하지 않고 싸울 수 있을 테니까 말이다.

# 8

꼬박 이틀을 걸은 끝에 이케르는 한 카라반을 만났다. 이들은 상품을 인도하기 위해 테베로 가는 길이었다. 카라반을 이끄는 상인은 처음에는 군식구를 받아들이는 일이 내키지 않는 듯했다. 그러나 이케르가 글을 읽을 수 있다는 것을 알고 나자 태도가 호의적으로 바뀌었다.

"서판에 쓴 구매 계약서들이 있는데, 그것들을 확인해줄 수 있겠느냐?"

"보여주십시오."

이케르가 서판을 들여다보는 동안 조바심이 난 상인은 결국 참지 못하고 궁금해하던 질문을 던졌다.

"거기에 궁정 물품 조달관들이 내게 돈을 지불해야 한다는 내용이 적혀 있느냐?"

"예, 좋은 가격으로 거래하셨습니다."

"경험 덕이지, 다 경험 덕이야! 그런데 너는 어디 사느냐?"

"메다무드에 삽니다."

"아주 작은 마을이지! 그런데 이 사막에서 뭘 하고 있는 거냐?"

"여행을 하다 길을 잃었습니다. 그런데 혹시 거북눈이나 칼날이라는 뱃사람을 알고 계십니까?"

상인은 턱을 쓰다듬었다.

"글쎄, 처음 들어보는데. 그들이 타는 배 이름을 아느냐?"

"라피드 호입니다."

"그런 이름은 들어본 적이 없어. 그런데 그들은 왜 찾는 것이냐?"

"만나야 할 사람들이라서요. 아마 제가 다른 이름과 혼동한 것 같습니다."

"그렇겠지! 라피드 호라…… 만약 그런 배가 있다면 내가 모를 리 없어! 그나저나 이 증서 좀 정리해줄 수 있겠느냐?"

이케르는 상인이 아주 만족해할 정도로 일을 처리해주었다.

카라반은 당나귀들이 걷는 속도에 맞춰 길을 나아갔다. 가끔 휴식을 취할 때면 이케르는 글을 읽어주고 그 대가로 말린 생선과 양파를 받아 요기를 했다. 하지만 머릿속은 여전히 풀리지 않는 의문투성이였다.

카라반이 마침내 황량한 사막을 벗어나 싱싱한 종려나무가 자라는 푸른 들판으로 접어든 순간, 이케르는 감격에 젖었다. 이제는 거친 바다도, 위험한 산도 잊어버릴 것이다! 물을 넉넉히 끌어다놓은 밭에서는 농부들이 채소를 수확하고 있었다. 상인이 이케르에게 물었다.

"이보게 젊은 친구, 나와 함께 일해보지 않겠느냐?"

"죄송하지만 저는 스승님에게 돌아가서 서기관이 되기 위한 공부를 계속하고 싶습니다."

"알겠다! 큰 재물을 얻진 못해도 존경받는 직업이지. 잘 가거라,

행운을 빌어주마."

이케르는 대기의 봄 내음을 들이마시며 그 부드러운 열기를 음미했다. 한시라도 빨리 마을에 도착할 마음에 샛길을 택해 발걸음을 재촉했다. 그 길은 어린 시절 혼자 조용히 있고 싶을 때 수없이 다녔던 길이었다. 그는 친구들과 어울리는 걸 싫어하지는 않았지만, 그래도 이 세상의 신비와 보이지 않는 힘들에 대해 명상하기를 더 즐겼다.

메다무드는 언덕 위에 작은 집들이 모여 있는 곳이었다. 아카시아나무와 종려나무, 타마리스나무가 집들 위로 시원한 그늘을 드리워주었다. 마을 입구에는 우물이 하나 있었는데, 이곳을 지키던 우물지기는 이케르를 보자 유령이라도 본 듯 화들짝 놀랐다.

"너, 너는 이케르 아냐!"

"맞아, 나야."

"맙소사, 이케르! 대체 무슨 일이 있었던 거야?"

"별일 아냐."

우물지기가 말이 헤프다는 것을 아는 이케르는 자신이 겪은 일을 스승에게만 이야기하기 위해 아껴놓았다.

"넌 다시 떠나야 할 거야."

"다시 떠난다고? 나는 집에 돌아가서 공부를 계속할 거야!"

이케르가 화를 내자 우물지기는 입을 다물었다.

이케르는 우물지기의 말이 마음에 걸렸지만, 자신을 길러주고 가르쳐준 노서기관의 집을 향해 걸음을 재촉했다. 그가 지나가자 헝겊인형을 가지고 놀던 계집아이들은 재잘거림을 그치고, 양식을 들고 가던 여인네들은 의심이 가득한 눈으로 발걸음을 멈추었다.

문은 닫혀 있었다. 창문도 나무판자를 덧대어 가려놓았다. 이케르는 한참 동안이나 문을 두드렸다. 이웃 여인이 그를 말렸다.

"소용없어. 서기관 영감님은 돌아가셨단다."

이케르는 하늘이 무너지는 것 같았다.

"돌아가시다니요. 언제요?"

"일주일 전에. 네가 떠나버려서 몹시 상심하셨지."

이케르는 문지방에 털썩 주저앉아 흐느껴 울었다. 해적들은 자신을 납치하는 데 그치지 않고 양부의 목숨까지 빼앗았던 것이다.

이웃 여인이 말했다.

"촌장님을 뵈러 가봐. 네게 자세한 이야기를 해주실 거야."

슬픔에 잠겨 있는 와중에도 이케르는 마을 사람들이 자신을 차갑게 대하고 있다는 사실을 알아차렸다. 모두가 그를 스승의 죽음을 초래한 장본인이라고 생각하고 있었다.

무거워진 머리와 가슴을 안고 이케르는 느린 걸음으로 촌장의 집까지 걸어갔다. 촌장은 물고랑을 내기 위해 동원한 인부들에게 지시를 내리고 있었다.

"이런, 우리 견습 서기 아니신가! 정말 자네 맞나? 세상에! 다시는 자네를 보지 못할 줄 알았지."

촌장의 어조에는 조롱 섞인 적의가 담겨 있었다. 통통한 오십대 남자인 그는 거만한 몸짓으로 인부들을 내보냈다.

"넌 너를 극진히 보살펴준 서기관을 죽인 거나 다름없다, 이케르. 이건 범죄야. 너는 신들 앞에서 용서를 구해야 할 거다. 만약 할 수만 있다면 내가 너를 감옥에 처넣고 싶구나."

"오해입니다, 저는 죄가 없어요. 해적들에게 납치당했다가 간신히 빠져나왔단 말입니다."

촌장은 웃음을 터뜨렸다.

"더 그럴 듯한 변명을 생각해봐라! 아니면 입 다물고 당장 사라지든가."

"그럼…… 집으로 돌아가겠습니다."

"지금 집이라고 했느냐? 서기관은 유언장에 네 이름을 써놓지 않았다. 그런 이유로 나는 그 집을 징발했지. 마을 사람들은 너를 경멸한다. 이제 이 마을에 네가 있을 자리는 없어."

"제 말을 믿어주세요. 저는 정말로 납치당했었습니다. 저는……"

"그런 변명은 집어치워! 네 영혼은 양심의 가책으로 병들 것이다. 네가 지금 즉시 떠나지 않겠다면 사람들을 시켜 몽둥이세례를 퍼부어 쫓아낼 테다. 참, 네 양부가 내게 맡긴 게 있다. 혹시 네가 다시 오면 이 상자를 전해달라고 했어. 또 한번 어리석은 관용을 베푸는 꼴이지만, 그의 마지막 부탁이니 할 수 없지. 메다무드를 떠나라! 그리고 어떤 이유로든 다시 돌아올 생각은 마라."

이케르는 가슴에 상자를 껴안고 떠났다. 마을에서 멀리 벗어난 뒤에 상자를 열어볼 참이었다. 상자의 나무걸쇠는 부서져 있었다.

상자 안에 봉인이 붙은 작은 파피루스 두루마리가 들어 있었다. 그 봉인 역시 떼었다가 교묘하게 다시 붙여놓은 흔적이 있었다. 노서기관은 몇 줄의 글로 자신의 제자가 벌을 받을 거라며 비난하고 있었다. 하지만 스승의 필체를 잘 아는 이케르는 이 글이 조악한 솜씨로 위조된 것임을 확신했다.

상자 바닥이 회반죽으로 얇게 덮여 있었다. 나뭇조각으로 회반죽을 긁어내자 글씨가 나타났다. 이케르의 마음을 어루만져주는 글이었다.

네가 도둑처럼 달아날 아이가 아니라는 걸 안다. 건강하고 무사하기를 기도하마. 나의 명은 이제 다했으니, 남은 소원은 네가 훌륭한 서기관이 되는 것이다. 네게 내 집과 이 상자를 남긴다. 네가 메다무드에 돌아오면, 날강도 같은 촌장놈이 이 유언을 전해줄 것이다. 이 상자에 든 갈대 펜들은 내가 가장 아끼는 것들이란다. 그런데 한 낯선 남자가 이곳에 와 있다. 촌장이 그 사람과 죽이 잘 맞는 것 같더구나. 불길한 기운이 감도는 게 느껴진다. 이 편지를 이렇게 감춘 이유도 그 때문이다. 이 방법을 가르쳐준 적이 있으니 알아보리라 믿는다. 지체 없이 이 마을을 떠나 '우뚝 솟은 산'*, 주카 지방으로 가거라. 이것이 네가 가야 할 여정의 첫 단계이다. 네가 원하는 것을 마침내 찾아낼 때까지 신들이 너의 길을 인도해주기를. 그 어떤 시련이 닥치더라도 포기하지 마라. 내 아들아, 나는 항상 네 곁에서 너를 도울 것이다. 네가 아직 모르고 있는 어떤 운명을 완성할 수 있도록 말이다.

* 오늘날의 카우 엘케비르(Qaou el-Kébir).

# 9

궁정 재정 관리관 메데스는 멤피스 중심부에 있는 자신의 호사스러운 저택으로 들어갔다. 하인 두 사람이 재빠르게 그의 손과 발을 씻기고 실내화를 신겨준 다음 향수를 뿌렸다. 이어서 오아시스에서 가져온 차가운 백포도주를 내왔다.

수도 멤피스의 최고위 관리 가운데 하나인 그는 궁정 만찬에 자주 초대받아 왕과 같은 식탁에 앉기도 하는 세력가였다. 그가 하는 일은 각 신전들이 정화의식을 거친 재물을 재분배하고 나서 제출한 명세 목록을 검사하는 것이었다.

재정 관리관으로 임명된 직후부터 메데스는 자신이 이 특권적 지위를 이용해서 온갖 이득을 취할 수 있다는 걸 알아차렸다. 그는 경리와 문서 담당자, 숫자 계산이 빠른 서기관들을 잘 활용해서 재물을 조금씩, 그러나 빈번히 빼돌렸다. 일을 아주 신중하게 처리한 덕분에 부정의 흔적을 전혀 남기지 않았고, 행정 기록들을 아주 교묘하게 변조해서 전문가조차 눈치 챌 수 없게 했다.

그러나 메데스는 만족스럽지도 즐겁지도 않았다. 물론 파라오 세소스트리스는 그를 중요한 지위에 앉혀주었다. 하지만 메데스는 그 이상을 바랐다. 그의 경쟁 상대는 아무도 없었다. 메데스는 최고였고, 또 그렇게 인정받기를 원했다. 만약 이 고집 센 왕이 이 사실을 받아들이지 않는다면, 야비한 방법을 써서라도 왕에게 한 수 가르쳐 주는 수밖에 없었다. 세소스트리스에게는 적이 많았다. 우선 몇몇 부유한 주 총독들을 들 수 있었는데, 메데스는 이들과 좋은 관계를 유지하고 있었다. 만약 파라오가 총독들의 특권을 빼앗으려는 실수를 범한다면 그의 통치는 곧장 막을 내리게 될 것이다. 은밀히 나도는 소문에 의하면 선왕들 가운데 몇몇도 암살당했다고 하지 않는가?

메데스는 한때 임시직 사제가 되었던 적이 있었다. 신전에 공급되는 식량을 좀더 쉽게 빼돌리기 위해서였다. 의식에 참여하면서 그는 신성성을 접하게 되었다. 그는 영적 수련에 대한 자신의 열성을 과시했고, 상급 사제들의 환심을 사기 위해 애썼으며, 큰돈을 기부하기도 했다. 그러면서 그는 자신이 접근할 수 없는 오시리스 신비제의에 큰 흥미를 가지게 되었다. 오직 파라오와 몇몇 종신 사제들만 그 의식을 참관할 수 있었다. 왕이 가진 힘은 바로 이 의식에서 비롯되는 것이었다.

하지만 신전 깊숙한 곳의 지성소로 들어가는 문들은 이 재정 관리관에게 닫혀 있었다. 메데스는 제의와 관련된 일들에 여전히 아무런 영향력도 행사할 수 없었다. 게다가 그는 세속의 지위를 버리고 은거해서 살아갈 준비가 되어 있지도 않았다.

상황은 전혀 진전이 없어 보였다. 그 무렵 멤피스의 하토르 신전에 있는 한 수다스러운 고위 사제가 메데스에게 중요한 정보를 제공해 주었다. 신성한 땅 푼트에 대한 것이었다. 이 이야기를 들은 사람들이 모두 그렇듯이 처음에는 메데스도 그저 웃어넘겼다. 일반 백성과 아이들은 신기한 것을 좋아하는 만큼 이들의 오락거리로 전설들이 필요한 게 아니냐고 생각한 것이다.

그런데 그 고위 사제의 말에 의하면 푼트는 한갓 전설이 아니었다. 신성한 땅은 정말로 존재하며, 또 그곳엔 값진 산물들이 넘쳐나는데, 그 가운데 하나인 진귀한 금이 몇몇 신전의 의식에서 극비리에 사용된 적이 있다고 했다. 값비싼 가구 한 점을 받는 대가로 그 고위 사제는 신성한 땅으로 가는 길을 어설프게나마 자신이 아는 대로 가르쳐주었고, 그러고 나서 심장발작으로 죽어버렸다. 사제한테서 얻은 지리적 정보가 그리 자세한 건 아니었지만 모험을 시도해보기에는 충분했다.

"나리, 손님이 왔습니다."

메데스의 집사가 알렸다.

"기다리라고 해. 난 좀더 쉬어야겠어."

얼마 전부터 메데스는 몸이 불기 시작했다. 마흔두 살의 나이에 대단한 정력의 소유자인 그는 엄청나게 먹고 마시는 것으로 욕구불만을 해소했다. 메데스만큼이나 뚱뚱한 그의 아내는 두 사람의 쾌락을 위해 늘 색다르고 기괴한 일을 궁리했다.

둥근 머리통에 착 달라붙은 검은 머리카락, 희멀건 얼굴, 두툼한 가슴을 가진 메데스는 그 작달막하고 살진 몸을 짧은 다리로 지탱하고 있었다. 탐욕스러운 그는 자신이 원하는 것을 손에 넣지 못하면 호흡곤란을 일으키곤 했다.

길에 면한 그의 저택은 경비가 철저했다. 창문들마다 나무 차양을 덧대놓았고, 두꺼운 널판으로 만든 육중한 대문에는 커다란 빗장이 달려 있었다. 하인들의 출입구는 문지기 하나가 늘 붙어 서서 감시했다. 테라스와 발코니가 있는 이 삼층 저택은 방만 열다섯 개였고, 발코니에서는 정원 연못이 내려다보였다.

메데스는 방문자를 정자 아래로 데려오게 했다. 들어온 사람은 이케르를 심문했던 가짜 감찰관으로 그가 전국에 뿌려놓은 수많은 밀정 중 하나였다.

"가져온 소식이 쓸 만한 것이었으면 좋겠군."

"들으시면 기뻐하실 겁니다, 나리."

"금을 찾았느냐?"

"그렇다고 할 수도 있고, 아니라고도 할 수도 있죠. 말하자면……"

메데스는 속이 뒤집혀 머리끝이 후끈해졌다.

"일 처리가 흐릿한 건 질색이야. 그러니 조목조목 짚어서 이야기해 봐. 라피드 호가 돌아왔나?"

"그 배는 돌아오지 않았습니다, 나리. 바다 속에 꼴딱 가라앉아버렸거든요."

"가라앉았다고! 확실한가?"

"한 사람이 살아남았는데, 거짓말을 할 자 같지는 않습니다."

"선장이냐?"

"아닙니다. 나리께서 제게 납치해오라고 명하셨던 그 젊은 녀석입니다. 그 녀석을 콥토스 부근의 한 작은 마을에서 다시 보았지요. 아시지 않습니까, 혼자 조용히 공부하는 걸 좋아하던 그 메다무드의 고아 말입니다."

"알지, 알아! 폭풍을 달래기에 딱 좋은 제물이었잖나. 메다무드 촌장이 직접 골라준 순진한 녀석이었지. 그 녀석을 없앨 수 있어서 촌장은 흡족한 눈치였는데. 그런데 그 아이가 어떻게 혼자 살아남았다는 거야?"

"저도 잘 모르겠습니다만 사실입니다. 그 아이가 제게 말하기를, 거대한 파도가 라피드 호를 침몰시켰고, 자신은 기적적으로 어느 외딴섬으로 떠내려갔답니다. 어떤 배 한 척이 그 섬에서 자신을 구해주었지만, 배의 선장은 자신이 하는 이야기를 전혀 믿지 않더랍니다. 그 선장은 섬에서 흘러나온 궤짝 두 개를 차지하고는 그 아이를 뭍에 내려놓았고, 아이는 모두로부터 미친 사람 취급을 당했다는 겁니다."

'그 아이가 갔다는 섬이 혹시 푼트일까?'

메데스는 자문해보았다.

"녀석이 그 섬을 다시 찾아갈 수 있을까?"

"아이 말에 의하면, 그 섬은 바닷물에 잠겨 사라져버렸답니다."

"그 궤짝에는 무엇이 들어 있었다고 하더냐?"

"향료가 있더랍니다."

"다른 것은 없었고?"

"그런 말은 하지 않았습니다."

"그래서 아이를 그냥 보내주었단 말이지!"

"달리 어쩌겠습니까, 나리? 마침 감찰관으로 위장하고 있어서 그 아이를 심문하며 공술서를 작성하는 척했지요. 그 마을 촌장이 이 이상한 이야기를 알도록 공술서에 쓸 수는 없고, 그러다보니 거기선 그 아이를 붙잡아둘 명분이 없었습니다. 정신이 온전치 않은 허풍선이 취급을 해서 보내는 수밖에요."

"아이가 거짓말을 하는 것 같지는 않던가?"

"그럴 아이는 아닌 것 같았습니다."

"믿을 수 없어! 그가 사신을 구해주었다는 그 배 이름을 알아내냐?"

"그도 모르고 있었습니다."

"이 바보야, 그 녀석이 널 놀린 거야!"

메데스는 소리를 버럭 질렀다.

"사실을 감추려고 어린애들이나 속아 넘어갈 법한 이야기로 너를 우롱한 거란 말이다."

"아닙니다. 절대 그럴 리 없습니다. 맹세컨대……"

"그 녀석을 도로 붙잡아와, 어서! 녀석은 분명 메다무드로 돌아갔을 거다. 촌장이 다시 쫓아냈을 테지만 그 녀석이 어느 방향으로 갔는지는 알 것이다. 녀석을 다시 붙잡으면 배 이름을 알아낸 다음에 없애버려."

"나리의 말씀은 그러니까……"

"그래. 바로 그 말이다."

"하지만, 나리……"

"그 비렁뱅이 놈은 고아야. 녀석이 또다시 사라졌다고 해서 걱정할 사람은 아무도 없어. 시체는 사람들 눈에 띄지 않게 치워버리고. 보수는 두둑이 주겠다. 즉시 출발해!"

메데스는 화가 솟구쳐 얼굴이 붉어졌다. 배 한 척에 온갖 장비를 갖추고, 푼트를 찾아 항해할 능력이 되는 뱃사람들을 끌어 모으기 위해 그는 아낌없이 돈을 쏟아 부어왔다. 이제 당분간은 자금이 달려 이 일을 계속할 수 없을 것이다.

가짜 감찰관이 떠난 뒤 메데스는 조난자를 구해주었다는 그 배의 선원들이 분명 이 일을 떠벌리고 다닐 거라는 데 생각이 미쳤다. 부둣가 선술집들에서는 아마 이 이야기가 떠돌고 있을 것이다. 어쩌면 그 선장이라는 작자가 궤짝 두 개에 든 물건을 팔아보려고 흥정을 하고 있을지도 몰랐다. 궤짝에 든 게 향유밖에 없다손 쳐도, 선장은 꽤나 짭짤한 돈을 만질 수 있을 것이다. 만약 그보다 더 값나가는 것들이 있다면 선장은 그걸 살 수 있을 만큼 권세와 돈이 있는 거래 상대를 찾아야 할 것이다.

마침내 메데스는 제르구를 불러들이기로 마음먹었다. 메데스를 따르는 저주받은 영혼 같은 제르구는 상습 도박꾼이자 가혹한 세금 징수관이었다. 그는 합법의 테두리 안에서 움직이면서 메데스가 원하는 정보를 캐내올 것이다.

# 10

세소스트리스는 멤피스로 돌아오는 배 위에서 깊은 생각에 잠겼다.

오시리스가 나일 삼각주와 계곡 지대로 이루어진 이집트를 건국한 이래, 파라오는 이 두 땅을 통치해왔다. '꿀벌의 파라오' 로 북부 이집트를 다스렸고, '파피루스의 파라오' 로 남부 이집트를 다스렸다. 꿀벌은 꽃에서 나오는 황금, 없어서는 안 될 치료제인 벌꿀의 생산자였고, 파피루스 풀은 갖가지 용도로 두루 활용되며 특히 종이로 만들어져 '신의 말씀' 인 상형문자를 기록했다. 이 두 땅을 통합하면서 생산과 창조의 모든 힘이 파라오 한 사람 안에 모이게 된 것이다. 또한 하늘의 주인이며 오시리스의 아들로서, 오시리스를 지키는 호루스가 파라오를 수호해주었다. 통합되지 않은 지역들을 하나로 통일하는 것 역시 파라오가 해야 할 일이었다.

세소스트리스에게는 여섯 명의 강력한 적수가 있었다. 바로 여섯 주를 다스리는 총독들로, 자치권을 행사하며 멤피스에 있는 왕을 무시하고 있었다. 다행인 것은 그들 각자가 자신들의 독립성을 유지하기 위해 연합을 꾀하지는 않는다는 것이었다. 물론 현상을 유지하려는 노력 덕분에 심각한 충돌은 없었지만, 그로 인해 이집트 왕국은 기울어가고 있었다.

이상한 점은 파라오에게 적대적인 이 여섯 세력 가운데 다섯이 아비도스 부근에 터를 잡고 있다는 사실이었다. 오시리스의 아카시아 나무를 죽이기 위해 세트의 파괴력을 끌어들인 것도 그들 중의 하나가 아닐까? 만약 그렇다면 세소스트리스는 나무를 살리고 이집트를 구하기 위해 가차 없이 그를 공격할 것이다.

범인을 찾기 위해 가장 먼저 해야 할 일은 그 여섯 명의 실력자에 대해 최대한의 정보를 모으는 것이었다. 그런 다음 적을 효과적으로 공격해서 다시는 재기할 수 없도록 만들어놓아야 했다. 하지만 적들을 염탐하는 이 조심스러운 임무를 누구에게 맡겨야 할까? 멤피스 궁정에는 아첨꾼과 모사꾼, 야심가들, 비겁자와 거짓말쟁이들이 득실거렸다.

아카시아나무를 살릴 수 있다는 금을 찾아내는 일은 한층 힘들 게 분명했다. 전설에 따르면 푼트의 금에는 특별한 효험이 있다고 했다. 하지만 푼트가 어디에 위치하고 있는지 아는 사람은 아무도 없었다. 또 찾는다고 해서 그 금을 얻을 수 있다는 보장이 있는 것도 아니다. 동부 사막에도 금광들이 있었지만 그곳은 몇몇 총독들의 차지였고, 누비아의 금광들은 손을 뻗기에는 너무 멀었다.

이 상황에서 신성한 금을 찾아내는 일은 불가능해 보였다. 세소스트리스에게는 지금 이 모든 일들을 해결할 만한 방법이 없었다. 결론은 단 하나, 없는 길을 만들어내야 했다.

어쨌든 가장 먼저 해결해야 할 일은 생명의 나무에 새로운 기운을 불어넣는 것이었다.

생각을 정리한 세소스트리스는 아비도스에 건축할 신전과 영생의 집 설계도를 그리기 시작했다.

들판에서는 농부들이 열심히 땀을 흘리고 있었다. 올봄의 수확은 풍요하기 그지없었다.

메다무드를 떠나 한나절을 걸은 끝에 이케르는 한 대농장에 다다랐다. 그는 농장 관리인에게 가서 견습 서기로 일하게 해달라고 청했다.

"마침 잘됐군. 수확물 자루가 쌓여 있던 참인데. 자루의 개수를 세고 각각에 표시를 해. 그런 다음 그 목록을 만들면 돼."

이케르는 일주일간 일하기로 하고, 그 대가로 음식물과 깔고 덮을 자리 각 한 장, 물병 하나, 그리고 샌들 한 켤레를 받기로 했다.

일을 하는 동안 이케르는 메다무드 촌장에 대해 새삼 분노를 느꼈다. 그 사기꾼은 스승이 자신에게 물려준 집을 빼앗기 위해 유언장을 없애버린 것이다. 그러고는 이케르에게 전해야 할 상자를 열어 갈대펜을 훔치고, 그를 저주하는 가짜 유언을 대신 넣어둠으로써 고인의 마지막 소원까지 짓밟았다.

어쩌면 그리도 비열할 수 있단 말인가! 이케르는 잔인하고 무자비한 세계, 거짓과 배신이 판치는 세계를 엿보고 말았다. 하지만 한 가지 큰 기쁨이 이런 실망을 대신해주었다. 스승은 이케르가 배은망덕하게 도망칠 사람이 아니라는 것을 알고 끝까지 믿음을 거두지 않았던 것이다.

그런데 스승이 남긴 말이 참으로 기이했다. 무엇인가를 찾아내야 한다니, 그게 대체 무엇일까? 또 자신이 완성해야 할 운명이란 무엇일까? 별안간 이케르는 자신의 노스승이 카의 섬의 거대한 뱀만큼이나 신비하게 느껴졌다.

이케르는 메다무드 촌장을 고발하여 벌을 받게 하고 싶었다. 그러나 누가 그의 말을 믿어주겠는가? 유언장이 없는 이상 이케르는 스승의 집을 물려받을 아무 권리도 없었다. 메다무드에서는 말없이 집을 떠났었다는 이유로 모두가 그를 비난할 것이다.

맡은 일을 끝내고 이케르는 다시 길을 나설 채비를 했다.

"여보게, 자넨 아주 성실한 사람 같군. 여기서 좀더 일해보지 않겠나?"

"죄송합니다만, 지금은 그럴 마음이 없습니다."

"알겠네, 하지만 언젠가는 정착해야 한다는 걸 잊지 말게. 여기 며칠분 양식이 있네."

빵, 말린 고기, 마늘 그리고 무화과였다. 관리인은 너그러운 사람이었다.

"어디로 갈 생각인가?"

"'우뚝 솟은 산'으로 가보려 합니다."

"그 지방 총독은 아주 까다롭다던데. 좋은 여행이 되길 바라네."

농지를 구획 짓는 나지막한 돌담은 물을 오랫동안 모아두는 역할도 했다. 농부들은 이처럼 빼어난 기술을 발휘해 자신들의 밭에 물을 댔다. 소출은 끊임없이 증가했다. 물론 이 풍요로움은 부지런한 사람들의 몫이었고, 게으름뱅이에게까지 잔치가 돌아가진 않을 것이다.

뱀의 여신 와드제트, 즉 '푸른 초목의 여신'이 다스리는 지역을 가로지르며 이케르는 놀라운 사실을 하나 깨달았다. '우뚝 솟은 산'이라는 의미의 '수카'에는 '카의 섬'에서와 같은 '카'라는 단어가 들어 있었다. 영원히 사라져버린 그 뱀의 영토 말이다. 이건 그저 우연일까? 아니면 노서기관이 이케르의 것이라고 말한 그 어떤 운명의 징표일까? '높은' '우뚝한'이라는 의미를 가진, 위로 치켜든 두 팔로 표기되는 이 상형문자의 비밀스런 힘은 과연 무엇인가? 이케르가 올라가리라는 그 신비한 지점은 어디일까?

생각에 잠겨 걷던 이케르는 곤봉을 든 한 남자와 부딪쳤다.

"어이, 꼬마야! 앞을 잘 보고 다녀야지!"

"죄송합니다. 어? 그 감찰관이시군요! 콥토스 부근 마을에서 저를 심문했던 분 말예요."

"그래, 바로 나다. 너를 찾아다니느라 고생 좀 했다."

"저를요?"

"네 진술에는 부족한 데가 많아. 좀더 자세한 이야기를 들어봐야겠구나."

"그때 말씀드린 게 전부인 걸요. 체포해야 할 사람은 메다무드 촌장이에요."

"무엇 때문에?"

"그 사람은 도둑이에요. 제가 받아야 할 유언장을 없애고 유산을 가로챘어요."

"그 사실을 증명할 수 있느냐?"

"증거를 댈 수는 없습니다."

"그렇다면 네가 본 거나 다시 증언해보거라. 그 두 개의 궤짝 속에 귀한 물건이 가득 들어 있었다고 했지. 그렇다면 궤짝을 열어보았다는 이야기인데, 그걸 좀 자세히 말해봐라."

"제 생각에는 향료들인 것 같았어요."

"그거로는 충분치 않아. 뭔가 나한테 감추고 있는 거지?"

"이게 전부예요. 맹세해요!"

"계속 이런 식이라면 아무래도 호된 맛을 보여줘야겠군."

가짜 감찰관은 이케르의 다리를 곤봉으로 세차게 후려쳤다.

이케르는 앞으로 푹 꼬꾸라졌다. 감찰관이 그의 몸을 땅바닥에 짓눌렀다.

"어서 바른 대로 말해!"

"왜 이러세요? 제가 아는 건 다 말했어요!"

"널 구해줬다는 그 배 이름이 뭐냐?"

"모른다니까요."

감찰관의 호된 매질에 이케르는 고통스러운 비명을 내질렀다.

"배 이름과 선장 이름을 말해!"

"몰라요!"

"진짜 갑갑한 놈이로구나. 꼬마야, 말하지 않으면 넌 내 손에 죽어."

"전 정말 아무것도 몰라요!"

가짜 감찰관이 또다시 곤봉을 휘둘렀지만 다른 대답은 나오지 않았다. 이 아이는 사실을 말하고 있는 게 분명했다.

이케르는 목덜미에서 등을 타고 허리에 이르기까지 온통 피투성이가 되어 있었다. 또 한번 몽둥이세례가 시작되자 이케르는 의식을 잃고 말았다. 숨도 약해지고 있었다.

가짜 감찰관은 쓰러진 이케르의 몸뚱이를 끌고 가서 도랑 가장자리 파피루스 풀이 우거진 덤불에 버렸다. 이케르는 얼마 못 가 목숨이 끊어질 것이다.

가짜 감찰관은 스스로를 합리화했다.

'이 아이가 죽은 것은 상처 때문이지, 내가 죽인 게 아니야! 전부 내 책임은 아니라고. 이 세상에서든 저세상에서든 재판관들 앞에 서게 된다면, 내 죄를 덜 수 있을 거야.'

# 11

처음에는 견딜 수 없이 고통스러웠다. 하지만 고통이 차츰 가라앉으며 지금까지 맛보지 못한 상쾌한 감각이 밀려왔다. 욱신거리던 등이 별안간 편안해졌다. 이케르는 눈을 조금 떠보았다. 감찰관이 자신을 정말 저세상으로 보내준 것인지 확인하고 싶었다.

"눈을 떴어요!"

한 소녀가 소리쳤다.

"확실하냐?"

어떤 투박한 남자 목소리가 물었다.

"우리를 보고 있잖아요, 아버지!"

"몸이 이 지경이 되었으니 살아나기 쉽지 않을걸."

이케르는 몸을 일으키려 해보았다. 그러나 타는 듯한 아픔 때문에 누운 자리에서 꼼짝도 할 수 없었다.

"움직이지 마!"

소녀가 그를 말렸다.

"넌 운이 좋았어. 내가 너를 발견했거든. 넌 파피루스 덤불에 버려져 있었어. 하토르 여신에게 봉헌된 곳이지. 여느 때 같으면 난 여신께 제물만 올리고 돌아오는데, 새들 여남은 마리가 깍깍거리면서 덤불 위를 맴돌고 있지 않겠어? 그래서 덤불 안으로 들어갔다가 널 발견해서 아버지에게 알렸고, 농부들이 널 이곳으로 옮겨놓은 거야. 내가 너에게 우리 집에서 제일 효과 좋은 고약을 사흘 동안이나 계속해서 발라주었어. 나트롱*, 정제한 향유, 하마 기름, 악어 기름, 메기와 숭어에서 짜낸 기름, 유향, 그리고 벌꿀을 넣어 만든 고약이야. 우리 지방 수석의사가 네 진통제로 쓰라고 몰약을 달여 만든 사탕도 줬어. 네 상처를 보고는 다들 네가 죽을 거라고 했다고. 살아날 거라고 믿은 사람은 나밖에 없었어."

갈색 머리카락을 늘어뜨린 소녀는 예쁘고 생기발랄했다. 그녀의 아버지는 건장한 농사꾼이었는데, 이케르를 경계하는 빛이 역력했다.

"이보게, 대체 무슨 일인가?"

"어떤 사람에게 흠씬 맞고 제 물건을 도둑맞았습니다."

"무슨 귀한 걸 가지고 있었기에?"

"거적자리, 물병, 샌들 한 켤레……"

"겨우 그걸 훔치자고! 자네는 무슨 일을 하는가?"

"저는 고아이고, 기회가 닿을 때마다 견습 서기로 일합니다."

"이거 골칫덩어리로군. 얻는 것 없이 골치만 아프겠어."

남자는 밖으로 나가버렸다.

소녀가 이케르를 위로했다.

"걱정 마. 아버지는 무뚝뚝하고 퉁명스럽긴 해도 좋은 분이셔. 내

* 천연 탄산소다.(옮긴이)

이름은 프티트 플뢰르*야. 넌 이름이 뭐니?"

"이케르."

"하여간 지금 네 모습은 그리 보기 좋진 않다! 상처가 다 나으면 아주 못생긴 사람은 아닐 것 같지만."

"내가 다시 걸을 수 있을까?"

"일주일만 지나면 나와 함께 들판으로 산책 나갈 수 있을걸."

프티트 플뢰르의 말은 과장이 아니었다. 고약과 진통제, 그리고 마사지 덕분에 이케르는 두 발로 일어서게 되었다. 하늘이 도왔는지 뼈가 부러진 곳은 없었다. 멍든 자국도 벌써 희미해지고 있었다.

그렇지만 들판을 산책하지는 못했다. 프티트 플뢰르의 아버지가 일거리를 던져주었기 때문이었다. 그는 이렇게 말했다.

"자넨 보기보다 튼튼하군. 그리고 무엇보다 내게 빚을 졌어. 자네를 치료하는 데 상당한 비용이 들어갔거든."

"어떻게 갚으면 되겠습니까?"

"내 농장에 풋내기 서기는 필요 없어. 농사일을 할 일꾼이 필요하지."

"그런 일을 잘할 수 있을지 모르겠습니다."

"뭘 택할지는 자네 맘에 달렸어. 일을 해서 빚을 갚든가, 아니면 몇 년 감옥에 들어가 있든가. 이곳 총독님은 사기꾼을 안 좋아하거든. 어느 작업반에든 들어가서 작업 반장이 시키는 일을 해. 먹고 자는 일은 오두막에서 해결하고, 자네 몫의 밭뙈기에다 채소를 길러 먹

* 작은 꽃.(옮긴이)

어. 하지만 이런 호의를 베풀기 전에 우선 자네의 진짜 사정을 알아야겠어. 자넨 누군가? 그리고 왜 그렇게 얻어맞은 거야?"

이케르는 자신이 또다른 함정에 빠진 게 아닐까, 혹시 이 농장 주인도 메다무드의 촌장 같은 악당이 아닐까 생각하며 신중하게 대답했다.

"다시 말씀드리지만 저는 견습 서기예요. 테베 근처 마을에서 왔어요. 대서인이 되는 게 제 목표였죠. 이 마을 저 마을 다니면서 관청에 억울한 일이 있는 사람들을 대신해 이의 신청서를 작성해주며 살아갈 생각이었습니다. 저를 때린 사람은 도둑이었고, 제 물건을 훔쳐갔습니다."

농장 주인은 이케르의 말을 믿는 것 같았다.

"우선 자네가 진 빚을 갚아. 일이 마음에 들면 여기 눌러 살아도 돼. 아니면 떠나고."

작업 반장은 친절한 사람이었지만, 이케르가 신참이라고 해서 특별히 봐주지는 않았다. 이케르는 농가 안뜰을 쓸고, 가금 사육장도 청소했다. 연꽃 줄기 모양의 나무 기둥들 위로 지붕을 씌운 가금 사육장에서는 잿빛 몸통에 머리가 흰 거위, 메추라기, 오리, 닭을 키우고 있었다.

사흘째가 되자 이케르는 벌써 다른 사람의 일에 참견할 정도가 되었다. 그는 모이 주는 일을 맡은 꺽다리 남자에게 말했다.

"실수가 좀 있는 것 같아요."

"실수라고, 뭐가?"

"첫째 날 준 모이는 광주리 여섯 개 분량이었죠. 둘째 날은 다섯 광주리뿐이었어요. 그런데 오늘은 광주리마다 모이가 조금씩 덜 담겨 있잖아요."

"그래서 그게 너랑 무슨 상관인데?"

"난 이 사육장을 맡고 있어요. 거위랑 닭들이 모이를 일정하게 먹게 해줘야지요."

"조금 많으나 적으나 그게 그거지. 차이 나는 분량을 너한테도 좀 나눠주랴?"

"난 이 녀석들 모이를 여섯 광주리 가득 채워서 주라는 거예요."

꺽다리는 이케르가 진심이라는 걸 알아차리고 잘 구슬려보려던 생각을 단념했다.

"주인한테 가서 이르지는 않겠지?"

"잘못된 걸 고치기만 하면 일러바칠 이유가 없지요."

"하는 일은 재미있니?"

프티트 플뢰르가 이케르에게 물었다. 그는 깃털이 탐스러운 거위 한 마리를 쓰다듬고 있었다. 이 거위는 길든 짐승처럼 이케르를 잘 따랐다.

"열심히 하고 있어."

"아픈 데는 없고?"

"네가 간호해준 덕분에 다 나았어. 넌 내 생명의 은인이야. 이 고마움은 평생 잊지 않을게."

"네가 죽지 않은 건 하토르 여신이 지켜주셨기 때문이야. 난 그저 네가 좀더 빨리 나을 수 있게 했을 뿐이야."

프티트 플뢰르는 어쩐지 난처한 기색이었다.

"우리 아버지가 널 만나지 말라고 했어."

"내가 못마땅하신 거니?"

"그 반대야. 다만 네가 다른 사람들과 다르다는 게 마음에 걸리나 봐. 아버지는 날더러 진짜 농사꾼과 혼인하라고 했어. 그래야 아이도 많이 낳고 이 농장도 잘 꾸려나갈 수 있을 거라고."

"정직하고 용감한 아버지가 계시다는 건 행운이야. 아버지 말을 따라야 해."

"넌 꼭 노인네처럼 말하는구나! 이케르, 진짜 농부가 될 생각은 없니?"

"빚을 아직 다 못 갚았으니 일을 해야지. 하지만 내 진짜 직업은 서기인 걸."

"그만 가봐야겠다. 우리가 함께 있는 걸 아버지한테 들켰다가는 매를 맞을지도 몰라."

"이렇게 근사한 사육장은 처음 보는군. 자네 아주 수고 많았어!"

농장 주인이 칭찬했다.

"난 이렇게 몸 바쳐서 일하는 사람이 좋아. 그런데 자네, 다른 일꾼들하고는 잘 어울리지 않는 것 같더군."

"전 여기서 가축들하고 있는 게 좋습니다."

"그거야 뭐, 차츰 달라지겠지! 보리를 베어야 하는데 일이 꽤 많아. 낫 쓰는 법을 익히도록 해."

이케르는 불평하지 않았다.

그는 자기 자신에게 같은 질문들을 끊임없이 묻고 또 물었지만, 여기서는 그 답을 찾을 수 없다는 것을 알고 있었다. 자신의 길을 가기 위해 이곳을 떠나려면 우선 빚을 갚아야 했다. 그러니 쉼 없이 일을 해서 어서 빨리 자유로운 처지가 되어야 하는 것이다.

이케르는 수확 작업반에 들어갔다. 억세고도 숙련된 일꾼들은 이 초보 농부를 재미있다는 듯이 쳐다보았다. 그들 가운데 한 사람이 말했다.

"지쳐 나가떨어질까 겁먹지 마라, 꼬마야. 들판은 위대하거든! 일 년은 즐겁고, 대지는 풍요하고, 우리는 부족한 게 없고, 또 양고기는 더할 나위 없이 맛이 좋지. 그런데 이 일은 기술이 필요해. 손에 힘을 주고 우리가 움직이는 박자에 맞춰야 한단 말이야. 늦어서는 안 돼. 그리고 장담하건대 일을 많이 한다고 해서 죽는 사람은 없어."

이케르는 금세 힘에 부쳐 이마가 붉게 부풀어 올랐다. 그가 버틸 수 있었던 건 밭둑에서 어떤 사람이 연주해주는 피리 가락 덕분이었다. 피리 부는 사람은 여러 멜로디를 리듬을 바꿔가며 연주하다가 마지막에는 엄숙하게 끝맺었다.

"얼굴이 빨갛군."

함께 일하던 동료 한 사람이 이케르를 보며 말했다.

"너무 오랫동안 고개를 숙이고 있어서 그래. 저기 피리 부는 사람한테로 가봐. 그가 다시 기운을 불어넣어줄 거야."

기운이 달려 어지럼증을 느끼던 이케르는 동료의 충고에 따랐다. 찬물로 목과 관자놀이를 적시고 몇 모금 마시자 조금이나마 기운이 돌아오는 것 같았다. 피리 부는 사람이 이케르를 보며 말했다.

"이건 고된 일이지. 그래서 내가 피리를 불고 있는 거야. 일꾼들의 카를 위해서 말이야. 그러면 일하는 사람들이 힘을 얻게 되니까."

"카가 뭔가요?"

이케르가 물었다.

"그건 우리에게 생명을 주고, 우리가 살아가게 해주는 것이지. 오시리스는 음악을 발명해서 조화로운 화음으로 우리 마음을 즐겁게 해주었어. 음악은 우리가 보리와 밀을 베는 순간을 찬양하지. 수확이라는 이 신성한 행위는 보리와 밀의 정기인 오시리스 그 자신을 우리 눈앞에 드러내주거든."

이케르는 피리 부는 사람의 말을 한마디라도 놓칠세라 열심히 들었다.

"그런 걸 전부 어디서 배우셨어요?"

"이 지방의 제1신전에서 배웠지. 음악 선생은 내게 피리 부는 법을 가르쳐주었고, 나는 그것을 또 내 후계자에게 가르쳐줄 거야. 피리가 없다면, 그러니까 피리가 실어 나르는 마법이 없다면 곡식 수확은 진 빠지는 노동이 될 뿐이야. 그러면 이삭이 잘 익었다 해도 오시리스의 정기를 찾을 수 없게 돼."

"오시리스라니…… 그가 바로 생명의 비밀인가요?"

"일해라, 이케르."

작업 반장이 소리를 질렀다.

피리 부는 사람은 다시 연주를 시작했다.

이케르는 쉼 없이 보리를 벴다. 그러나 낫을 휘두를 때마다 지치기는커녕 한층 힘이 나는 느낌이었다.

이것이 그 카라는 것일까? 일을 즐겁게 할 때 생겨난다는 그 힘.

# 12

다른 일꾼들과 달리 이케르는 이삭을 모아 담는 일까지 맡아야 했다. 그는 이삭 다발을 묶어서 한 청년이 가져온 자루에 담았다.

청년이 투덜거렸다.

"이 일을 얼마나 더 해야 하는 거야? 지금까지 거둬들인 것만으로도 우리 마을에서 먹을 건 충분할 텐데."

이케르가 대답했다.

"다른 마을을 생각해야지. 모든 마을이 다 수확이 좋지는 않을 테니까. 우리만 생각할 수는 없잖아."

청년이 심술궂은 눈으로 이케르를 쳐다보았다.

"넌 우리 주인 편이 아니구나."

"내 말은 즐거운 마음으로 일하자는 거야."

청년은 어깨를 으쓱하더니 또다른 자루를 벌렸다.

작업 반장이 소리쳤다.

"다들 점심 먹고 하세."

갈대집 그늘 아래 자리가 깔리고 그 위에 먹음직스런 음식들이 펼져셨다. 야채로 속을 채운 뜨끈뜨끈한 전병, 황금빛 껍질이 바삭바삭한 빵, 기름을 둘러 구운 마늘, 염소젖에 허브를 넣어 발효시킨 요구르트, 생치즈, 말린 물고기, 절인 소고기, 무화과, 석류, 차가운 맥주.

이케르는 몹시 배가 고팠다. 그러나 가금류 모이 담당인 꺽다리가 자리에 앉으려는 이케르를 막아섰다.

"여긴 이제 자리가 다 찼어. 다른 곳으로 가봐."

"여기가 내가 속한 작업조인 걸요. 다른 조 사람들은 하나도 모르는데요."

"우리는 너와 같이 먹고 싶지 않아. 고자질이나 하는 더러운 놈."

"내가 고자질을 했다고요?"

"내가 이 친구들한테 다 이야기했어. 내가 모이를 충분히 주지 않았다고 주인한테 일러바쳤다는 사실을 말이야."

"그건 거짓말이에요!"

"지금까지도 죽 혼자 놀아왔으니 계속해서 혼자 놀아보라고. 우리가 식사하는 데 거치적거리지 말고. 계속 여기서 얼쩡거리다간 주먹 맛을 볼 줄 알라고."

이케르는 싸우고 싶지 않았다.

"여기 있는 물과 빵 조각이나 들고 가. 이렇게 먹고도 죽는시늉을 하며 게으름을 피우려 들면 그땐 우리가 주인한테 일러바칠 줄 알아."

쫓겨난 이케르는 멀찍이 떨어진 곳으로 가서 빵 조각을 몇 입 우물거렸다. 다시 일할 기운을 차리기에는 형편없이 빈약한 식사였다.

별안간 비명 소리가 들렸다. 잠시 생각에 빠져 있던 이케르는 깜짝 놀라 고개를 들었다.

어디선가 나타난 코브라 한 마리가 음식이 펼쳐진 자리 한가운데 목을 꼿꼿이 추켜세우고 있었다.

모두가 혼비백산해서 일어났다. 꺽다리가 소리쳤다.

"뱀을 이케르 쪽으로 몰아."

일꾼들은 발을 구르고 흙을 집어던져서 뱀을 몰아댔다.

이케르는 제자리에서 꼼짝도 하지 않았다.

유난히 눈이 큰 코브라였다. 황금빛 비늘로 덮인 몸통을 우아하게 움직이며 뱀은 미끄러지듯 이케르를 향해 다가왔다.

이케르는 마치 최면술에 걸린 듯 정신이 아득해졌다. 문득 꿈에서 본 뱀이 생각났다.

농부 하나가 외쳤다.

"수확의 여신이시다! 여신이 지나가시게 그냥 둬. 아무 짓도 하지 말고. 안 그러면 수확을 다 망치게 될 거야."

이케르가 무릎을 꿇고 손에 남아 있던 빵 조각을 코브라 앞에 놓았다. 그러고는 두 손을 치켜들어 경배를 올렸다.

모두가 입을 다물고 그 장면을 바라보았다.

코브라와 이케르 사이의 거리는 세 걸음도 채 안 됐다. 마주 선 둘은 마치 석상처럼 꼼짝도 하지 않았다. 그러나 코브라는 여차하면 달려들 것처럼 고개를 빳빳이 세우고 있었다.

시간이 딱 멈춰버린 것 같았다.

갑자기 기적이 일어났다. 마치 가시덩굴은 찌르지 않고 맹수는 물지 않는다는 오시리스의 시대가 돌아온 듯했다. 뱀은 이케르가 바친 제물에 만족했는지 근처 밭으로 들어가 몸을 감췄다. 이것은 대풍년을 약속하는 확실한 징조였다.

"여기 이 사람들과 내가 사과하마."

삭다리가 어쩔 줄 몰라하며 말했다.

"네가 여신의 보호를 받는 줄은 몰랐어. 조금 전의 일을 너무 언짢게 생각지 말고 우리와 함께 앉아 먹었으면 좋겠다. 또 이제부터는 네가 우리 작업조의 조장이 되는 게 좋을 것 같아. 그래야 우리도 함께 보호를 받지."

작업 반장이 이케르에게 말했다.

"네가 조장이니까 타작마당까지 당나귀를 몰고 가거라. 타작마당에 이삭 자루들을 소리 나지 않게 내려놓고 사제들이 하는 일을 보고만 있어. 아무것도 묻지 말고."

"거기서 의식을 올리는 건가요?"

"아무것도 묻지 말라니까."

이케르는 자신보다 길을 더 잘 아는 당나귀 다섯 마리를 이끌고 타작마당으로 갔다. 타작마당 옆에는 이삭 다발이 임시로 쌓여 있었다.

두 명의 서기관이 자루 개수를 적고 있었다. 수확된 곡식 가운데 일부는 농부들과 그 가족들에게 분배되고, 나머지는 빵 굽는 곳으로 보내질 예정이었다. 서기관들은 자신들의 일이 끝나자 물러갔다.

이제 그 자리에는 각 작업조의 조장 아홉 명과 탈곡한 곡식을 키질할 여인네 일곱 명, 그리고 사제 세 명만 남아 있었다. 사제 가운데 하나는 보리를 벨 때 밭두렁에서 피리를 불어주던 사람이었다.

그 악공 사제가 말했다.

"이 타작마당은 길쭉한 사각형 같아 보이지만 사실은 둥글다. 이 마당 안에 '처음', 즉 신의 창조물이 모습을 드러낸 그 순간을 의미하는 신성한 문자*가 숨겨져 있는 것이다. 수확의 여신께 경배 드리자."

그의 두 동료 사제가 작은 나무 제단을 세우고 그 위에 우유 단지와 빵, 전병 들을 놓았다.

악공 사제가 말을 이어갔다.

"선한 목동 오시리스가 땅속에 묻혔을 때 우리는 통곡하였다. 낟알이 땅속에 묻혔을 때 우리는 그것이 영원히 죽었다고 믿었다. 그러나 수확이 풍요로우니 우리는 기뻐할 수 있노라! 밀과 보리는 오시리스의 등에서 싹트니, 그는 자연의 풍요로움을 떠받치며, 결코 지치지 않고, 또 불평 한 번 하지 않는구나. 각 조장들은 자루를 들어 마당에 쏟아 부으시오."

이케르는 이 의식에 참여하는 게 너무 기뻐서 자루가 무겁다는 것도 느끼지 못하고 있었다.

악공 사제가 명했다.

"당나귀들을 끌고 와서 원을 그리며 돌게 하시오."

다른 사제 하나가 반대했다.

"저 짐승들을 쫓아버리세요. 당나귀들이 우리의 아버지를 밟다니! 세트의 당나귀가 오시리스의 씨앗을 죽이게 두어서는 안 됩니다."

"신비제의는 끝까지 수행되어야 하네."

악공 사제가 확고한 목소리로 대답했다.

당나귀들이 조용히 돌고 또 돌았다. 그 광경을 지켜보는 사람들도 깊은 명상 속으로 빠져 들어갔다.

의미를 전부 이해할 수는 없었지만 이케르는 자신이 어떤 본원적 행위에 참여하고 있음을 느꼈다. 묻고 싶은 것이 너무나 많았지만 그

* 세프 테피(Sep tepy). 상형문자 로서 '처음'을 의미한다.

는 침묵을 지켰다.

“이 곡식들이 정화되었기를!”

악공 사제가 외쳤다.

다른 두 사제가 당나귀들을 타작마당에서 몰아냈다. 이제 키질하는 여자들이 나설 차례였다.

곡식을 까부르는 일이 끝나자 여자들은 탈곡한 곡식을 자루에 담아 당나귀 등에 실었다. 악공 사제가 명했다.

“세트를 추종하는 당나귀들이여, 오시리스를 천상으로 실어 나르라. 거기서 오시리스는 그의 은혜를 이 땅에 퍼뜨릴 것이다.”

일행은 행렬을 지어 곡식 저장소로 향했다.

“각 조장들은 당나귀 등에서 자루를 내리시오. 그런 다음 그걸 곡식 저장소 꼭대기까지 지고 올라가서, 안에 든 곡식을 쏟아 부으시오.”

이케르는 짐작했다.

‘그렇다면 곡식 저장소는 낟알 안에 담긴 오시리스의 정기가 살아 있을 하늘이 되겠구나.’

조금 전에 경험한 특별한 의식에 취한 이케르는 제의의 매 순간을 기억에 새겨두려고 한 걸음씩 천천히 계단을 걸어 내려왔다. 맨발에 닿는 석회암 계단의 감촉이 제의를 한층 생생하게 만들어주었다. 이 제의는 그에게 새로운 세계를 보여주었던 것이다.

악공 사제와 다른 두 사제, 작업 조장들과 일곱 명의 키질하는 여인이 바닥에 엎드려 있는 게 보였다. 앞에 한 거인이 있었다. 눈이 움푹 들어가 있고 눈꺼풀이 무겁게 처진 데다 광대뼈가 튀어나온 얼굴이었다. 사람을 꿰뚫는 듯한 그 거인의 시선에 이케르는 몸이 얼어붙는 것 같았다. 남자의 표정은 사뭇 엄숙했다. 곧고 날카로운 코, 활처럼 흰 입, 넓은 가슴, 그리고 온 세상에서 나는 가장 작은 소리라도 들을 수 있을 것 같은 큰 귀가 눈에 들어왔다.

남자는 아마(亞麻) 웃옷을 입고 장방형 치마를 허리에 두르고 있었다. 이집트의 적들을 무찌르는 흰깃독수리가 치마 앞자락에 그려져 있는 게 보였다.

악공 사제가 이케르를 쥐어박으며 바닥에 엎드리게 했다.

"파라오께 경배 드려라. 우리에게 생명을 주는 분이시다."

# 13

세소스트리스는 하늘을 향해 밀과 보리를 쳐들었다. 신들에게 올리는 봉헌물이었다. 그런 다음 그는 계단을 통해 곡식 저장소 꼭대기로 올라가서 향로에 불을 피웠다.

이 의식을 치르는 동안 왕의 시선이 그를 올려다보는 이케르와 우연히 마주쳤다. 왕은 청년을 보며 이제까지 한 번도 본 적이 없는 눈빛이라는 생각을 했다.

파라오가 입을 열었다.

"오시리스는 죽었다가 다시 살아나 스스로 양식이 되어 자신의 백성을 살린다. 그는 인간의 아버지이자 어머니로, 세상 만물이 계속 살아갈 수 있도록 자신 안에 숨겨진 정기로 곡식을 빚어낸다. 그는 불의 섬에서 와서 곡물을 통해 그 모습을 드러내니, 모든 것이 그가 내쉬는 호흡과 그의 살에 의해 생명을 얻는 것이다. 우리는 오시리스의 몸을 먹고 생명을 이어가며, 벌꿀 덕분에 병을 이겨낸다."

프티트 플뢰르가 왕에게 밀이삭을 엮어 만든 인형을 바쳤다. 이 인형은 밀의 신부였다. 사람들은 이것을 같은 모양으로 여러 개 만들어서 다음번 수확 때까지 집집마다 문 앞에 걸어둘 것이다.

이어서 악공 사제가 크고 아름다운 바구니 하나를 들고 왔다. 파피루스 줄기를 노랑, 파랑, 빨강으로 물들여서 엮은 것이었다.

"폐하, 여기 신비를 담은 바구니를 가져왔습니다. 흩어졌던 것을 여기 다시 모았습니다."

"신전에 갖다놓아라."

세소스트리스가 명했다.

농장 주인이 감격에 겨워하며 달려와 왕 앞에 엎드렸다.

"폐하, 저희 농장에서 제일 훌륭한 암소가 새끼를 낳고 있습니다. 기적이 또다시 일어났습니다!"

의식에 참여하고 있던 사람들이 모두 외양간으로 몰려갔다.

악공 사제가 암소의 분만을 돕는 주문을 외는 동안, 우두머리 목동이 암소를 보살폈다. 암소가 목동의 손을 핥았다.

산통을 못 이긴 암소가 목을 길게 빼고 엉덩이를 기우뚱 낮췄다. 우두머리 목동이 암소의 옆구리를 쓰다듬어주며 격려했다.

파라오가 말했다.

"신의 말씀은 황소에게 있고, 직관으로 아는 능력은 암소에게 있다. 우리는 소를 대할 때 존중심을 가져야 한다."

왕의 확고한 목소리가 암소를 진정시켜주었다.

곧이어 자그마한 송아지의 머리가 보였다. 분만을 돕던 우두머리 목동이 그 머리를 부드럽게 잡아당겼다. 곧이어 앞발이 나왔다. 얼룩덜룩한 무늬와 밤색 눈을 가진 튼실한 송아지였다.

우두머리 목동이 송아지를 어미소 앞에 내려놓자 어미소가 긴 혀로 새끼의 몸 구석구석을 핥았다.

보부가 어미소의 결정을 기다렸다.

어미소가 마음을 정한 듯 이케르에게 깊은 눈길을 던졌다.

"어미소에게 다가가서 저 얼룩송아지를 받아 오거라."

악공 사제가 이케르에게 말했다.

조금은 서툰 몸짓으로 이케르는 그 작은 짐승을 다정하게 품에 안았다. 송아지는 조금도 불안한 기색 없이 그에게 몸을 맡겼다.

파라오가 말했다.

"새로운 해가 떴다. 수확 축제를 마음껏 즐기자."

이런 와중에도 수호자 소벡과 그의 부하들은 긴장을 풀지 않고 있었다. 잠시나마 축제에 함께 어울리는 것도 어림없는 일이었다. 이곳 코브라 주(州)의 총독인 우아카는 건강이 좋지 않다는 이유로 이 축제에 왕을 수행하지 않았다. 혹시 이것이 그의 술수는 아닐까? 왕이 공격을 받더라도 자신은 책임을 면하기 위해서 말이다.

적대 세력이 통치하는 지방을 시찰하러 나선다는 건 무모한 결정이었다. 그러나 세소스트리스는 과감히 결정을 내렸고, 친위대장인 소벡으로서는 결정에 따를 수밖에 없었다. 다행히 멤피스 궁정은 왕의 진짜 계획을 모르고 있었다.

"우아카에 대해 알아낸 것이 있는가?"

세소스트리스가 물었다.

"능력 있는 행정가로 하층민들한테서 칭송받고 있습니다. 폐하에 대한 반감은 한 번도 드러낸 적이 없습니다. 그가 가장 힘을 기울이고 있는 일은 그의 전임자들이 그랬듯이 자신이 들어가 누울 영생의 집을 완성하는 일입니다."

"그가 사병(私兵)을 기르고 있는가?"

"아닙니다. 사막 감찰대를 빼고 나면 그의 병력은 소규모 기동대에 불과합니다. 사막 감찰대의 주요 임무는 다클레 오아시스와 카르게 오아시스로 통하는 길들의 치안 유지입니다. 이 지방은 원래 그 길들 덕분에 번성한 곳이기 때문에, 카라반들이 그 길들을 안전하게 오갈 수 있도록 하는 데 주력하고 있습니다."

"내가 말한 그 아이에 대해서는 알아보았는가?"

"그 소년의 이름은 이케르입니다. 최근에 이 농장에 들어온 일꾼입니다."

"그 아이를 놓치지 말고 잘 살펴보아라."

소벡이 반문했다.

"그 아이가 위험하다고 생각하시면 어째서 체포하시지 않는 겁니까, 폐하?"

"그가 위협이 된다는 말이 아니다."

"그러면 무슨 일로 그러시는지요?"

"그 아이가 눈치 채지 못하도록 그저 지켜보기만 하라."

관절염을 앓는 우아카 총독은 자신이 짓고 있는 으리으리한 영생의 집 입구에서 파라오를 영접했다. 이 영생의 집은 위대한 피라미드 시대의 건축물들을 본뜬 것이었다. '우뚝 솟은 산'의 정기에 둘러싸인 이 엄청난 크기의 무덤은 절벽 꼭대기를 향해 오르는 위치에 지어졌고, 무덤의 방들 각각은 계단으로 연결되어 있었다.

영접의 방에서 긴 통로를 따라가자 첫번째 홀이 나타났다. 이어서 비탈진 계단을 오르면 열주(列柱)들을 지나 높은 벽으로 둘러싸인 두번째 홀로 들어갈 수 있었다. 그다음은 의식이 거행되는 일종의 지성소(至聖所) 같은 공간으로, 여기에 부활의 방이 있었다. 가장 깊숙한 곳에 자리한 무덤 중심부에는 카를 위한 방이 마련되어 있었는데, 이곳이 바로 이승세계와 저승세계가 만나는 곳이었다.

세소스트리스가 말했다.

"왕에게나 어울릴 만한 웅장한 건축물이군."

"저도 그 점을 의식하고 있습니다, 폐하. 하지만 여기에 어떤 불온한 뜻이 있다고는 생각지 마시옵소서. 이것은 이 지방의 전통이고, 이 전통은 소인의 대에서 끝날 것입니다."

"왜 그렇게 생각하는가?"

"폐하의 통치는 위대할 것이고, 또 폐하께서는 총독들의 자치권을 더이상 허용하지 않겠노라 마음먹고 계시기 때문입니다."

"그렇게 확신하는 이유는 무엇인가?"

"이 자리에서 폐하를 뵙고 나니 알 수 있었습니다."

"그렇다면 그대는 어떻게 대응할 생각인가?"

"전적으로 폐하를 따를 것입니다. 혼란한 정국이 너무 오래 계속되어왔으니까요. 지금은 그 폐해가 크지 않습니다만, 이제는 마아트*의 법을 확고히 세울 때입니다. 폐하께서 흩어진 주들을 통합하고 강력한 힘으로 그 결속을 유지해나가셔야 이집트는 번영할 수 있을 것입니다. 소신, 힘에 부쳐 폐하께 허락을 구하고자 합니다. 이 돌의자에 앉아 말씀을 드려도 될지요?"

세소스트리스가 고개를 끄덕였다.

---

* 진리와 정의의 여신. 법과 질서를 의미한다.(옮긴이)

나이 든 우아카가 자신의 심경을 털어놓았다.

"이렇게 오래 살아 이 순간을 맞이하게 되니 기쁩니다. 왕이 허약하면 권력은 흩어지고 이 나라는 시들게 될 겁니다."

"몇 명의 총독들은 그대와 생각이 같지 않을 것이다."

"그 말씀도 맞습니다, 폐하. 그중 다섯과는 거칠게, 말하자면 무력을 동원해서 겨뤄야 할지도 모릅니다. 그렇더라도 절대 물러서지 마십시오. 귀족 가문들이 지위를 세습하려 하는 건 잘못입니다. 인물의 자질과 능력이 출신보다 먼저 고려되어야 한다는 사실을 망각한 것이지요. 세습체제가 이렇게 경직되어 있는 만큼 말끔히 부수어 없애야 합니다. 통치자는 그 누구도 아닌 폐하이십니다."

왕은 자신의 심중을 잘 드러내지 않는 사람이었다. 그는 이 말에도 흡족한 기색을 전혀 내비치지 않았다.

우아카가 계속 말했다.

"폐하의 적들은 거만하며 재력과 과단성을 갖추고 있습니다. 폐하께서 거사를 도모하신다면 저와 제 감찰관들, 그리고 이 지방 주민들도 힘을 보탤 것입니다."

세소스트리스가 속마음을 털어놓았다.

"이미 다른 전쟁이 시작되었다."

"공격해온 자가 누구입니까?"

"세트의 힘을 조종할 수 있는 자다. 그자가 오시리스를 또다시 죽이려 하고 있지."

우아카의 얼굴이 어두워졌다.

"폐하께서는 그자가 폐하께 적대적인 총독들 가운데 하나일 거라고 짐작하시는군요."

그럴 가능성이 많다."

"이집트 땅에 그런 사악한 자가 있다니…… 만약 그자의 뜻대로 된다면 신들의 시대 이래로 기울여온 노력은 허사로 돌아가고, 우리 이집트인들은 암흑에 빠지게 될 것입니다!"

"바로 그 때문에 나는 그자가 누구인지 가려내야만 한다. 이집트가 하나로 강하게 뭉칠 수 있도록 말이다."

"저는 그 사악한 자에 대해 아는 게 아무것도 없습니다."

"푼트에 대해 아는가?"

"그건 한갓 전설일 뿐입니다, 폐하. 만약 그 이야기가 사실이라면, 이미 오래전에 항해자들이 그 경이로운 땅을 발견해서 금을 실어 왔을 것입니다."

"그대가 다스리는 땅에는 금광이 없는가?"

"없습니다."

"우아카, 이곳 석공들의 솜씨는 어떠한가?"

"만족할 만하지요, 폐하."

"그들을 비밀리에 아주 오랫동안 써야 할 일이 있다."

세소스트리스는 우아카 총독이 정말로 자신의 편인지 확인하려는 것이었다.

"이곳의 장인들을 마음대로 부리옵소서."

# 14

제르구는 조세 감독관이자 세금 징수관이었다. 몸집이 비대한 그는 아무리 마셔도 취하는 법이 없는 술꾼인 데다 여자들을 좋아했다. 그에게 여자는 쾌락의 카라반이었으며, 이미 세 번이나 이혼한 상태였다. 이 사내는 재미 삼아 아내를 두들겨 패곤 했지만, 그의 아내들은 그의 흉포함에 겁먹은 나머지 불평할 생각은 하지도 못했다. 그의 하나뿐인 딸은 다시는 짐승 같은 아비를 보지 않겠다고 맹세하며 자기 어머니에게로 달아나버렸다.

메데스와 인연을 맺으면서부터 제르구에게는 새로운 미래가 열렸다. 이 거물급 인사의 하수인이 되자 공식 업무 수행이라는 핑계를 대고 마음껏 활개 칠 수 있게 된 것이다. 이후로 그는 손을 봐주라는 지시를 받았거나 자신이 직접 고른 희생자들에게 자신의 천성적인 잔인성을, 아무런 처벌도 받지 않고 마음껏 휘두를 수 있었다.

하수인 노릇을 하고 받는 보수도 넉넉했거니와 출세 또한 보장되어 있었다. 메데스는 분명 권력의 계단을 올라갈 것이고, 그런 만큼 제르구 자신의 지위도 상승할 것이기 때문이다.

뱃사람 출신인 그는 직접 조세선(租稅船)을 몰았었고, 뭍에 올라올 때마다 거북함을 느끼며 식은땀을 줄줄 흘리곤 했다. 또 미신을 믿는 탓에 열 장도 넘는 부적을 붙이고서야 항해에 나서곤 했다.

메데스로부터 궤짝을 찾아오라는 명을 받은 제르구는 콥토스에 방금 도착한 참이었다. 사막은 숨 막힐 듯 뜨거웠다. 하지만 제르구는 어느 정도 여유를 부릴 수 있었다. 이 마을에서 궤짝의 행방을 알게 되리라는 예감이 들었던 것이다. 추적자로서 그의 본능은 틀린 적이 거의 없었다. 인근 지역을 샅샅이 정탐한 끝에 그 행실 고약한 뱃꾼들이 그리 멀지 않은 곳에 있다는 사실을 알아낸 참이기도 했다.

제르구는 곤봉으로 무장한 자신의 감찰대를 이끌고 직접 부딪치기로 했다. 선술집마다 돌아다니며 주인을 심문한 것이다.

엿새째 되는 날 드디어 소득이 있었다.

"그랬습죠."

선술집 주인이 시인했다.

"몇 놈이 몰려와서 생각지도 않은 보물을 빼앗았노라 떠벌린 적이 있습죠. 그놈들은 아침 녘까지 마셔대다가 갔습니다요."

제르구가 물었다.

"그게 어떤 보물인지는 이야기하던가?"

"듣자하니, 값나가는 향료와 향유라고 하던 걸요."

"어디서 났다고 하던가?"

"그건 말하지 않았습니다요."

"그놈들이 어디로 간다고 했는지 들었느냐?"

"선장이라는 왁자지껄한 자가 이 성시(城市) 남쪽에서 농사를 짓는 자기 부모 이야기를 했습죠. 거기라면 거래 결과를 기다리면서 조용히 지내기에 괜찮을 거라고 했습니다. 소인은 그 이상은 정말 모릅니다요."

"그 이야기는 쓸 만한데, 물론 거짓말을 한 게 아니라면 말이지."

"그럴 리가 있습니까! 어쨌건 제가 고약한 꼴을 당하게 되는 건 아니겠죠?"

"그 반대야."

제르구가 탐욕스러운 웃음을 지어 보이며 주인을 안심시켰다.

"내 끄나풀 노릇을 제대로만 한다면 한몫 두둑하게 챙길 수 있도록 해주지."

"남쪽에 있다는 그 농가 말입니다요, 제가 그곳의 위치를 자세하게 가르쳐드립죠."

선장은 그윽한 향기가 계속해서 풍겨 나오는 궤짝 두 개를 뚫어져라 바라보고 있었다.

그는 몇 번이고 궤짝들을 열어보려 했지만, 그때마다 궤짝들이 손댈 수 없을 정도로 뜨거워지는 바람에 번번이 단념하지 않을 수 없었다. 부하들은 조바심을 내기 시작했다. 그러나 누구도 선불리 달려들지는 못했다. 그랬다가 무시무시한 마법의 희생자라도 될까봐 겁먹었던 것이다. 한몫거리인 것은 분명했다. 그러나 어떻게 해야 이걸로 이문을 두둑이 남길 수 있단 말인가?

콥토스에서 벗어나, 사람들의 이목을 끌지 않을 더 큰 도시, 아마도 멤피스까지 가서 일을 처리해야 할 것 같았다.

선장의 가슴을 가장 쓰라리게 만드는 건 몫을 나눠가져야 한다는 점이었다. 지금은 짐을 나를 사람이 필요해 어쩔 수 없지만, 물건을 처분하고 나면 사정은 달라질 것이다.

치고받는 소리가 났다. 선장은 긴장했다.

바깥에서 누군가 싸우고 있었다. 하지만 이 궤짝들을 내버려두고 나가볼 수는 없었다. 몇 차례 사나운 고함 소리가 터져나오더니 잠잠해졌다.

별안간 누군가 방으로 뛰어 들어왔다. 제르구였다.

"아! 여기 계신 분이 틀림없이 그 유명한 선장님이자 도둑 대장님이시렷다. 게다가 혼자도 아니시고…… 세무청에서 찾는 그 궤짝 두 개도 함께 있군!"

"세무청이라고? 하지만……"

"이 재물을 세무청에 신고했느냐?"

"아직은 아니지, 그래도……"

"네 부하 중에 하나는 죽었고 다른 놈들은 체포되었어. 법을 집행하려는 사람들을 공격해서 상처를 입힌 죄지. 이건 중죄야. 무거운 벌을 받아야 한단 뜻이지. 네놈도 다시는 바다를 못 보게 될 거다."

"나는 아냐, 내가 싸운 게 아니라고!"

"비겁하게 발뺌하는 거냐?"

제르구가 윽박질렀다.

"이 궤짝들은 내 것이 아냐! 이것들을 가져가고 날 놓아줘."

"이걸 어떻게 얻게 되었느냐?"

"우연히 손에 넣었어. 배가 난파당했다는 녀석 하나를 어느 외딴섬에서 구해주었거든."

"그 섬이 어디냐?"

"바닷물 속에 가라앉았어. 못 믿겠지만 내 눈으로 똑똑히 봤다."

제르구가 선장의 뺨을 한 대 올려붙였다.

"내가 제일 싫어하는 게 나를 갖고 노는 거야. 어서 말해, 빨리!"

기세가 오른 제르구가 선장을 북 치듯이 두들겨 팼다.

선장은 코와 갈비뼈 몇 개가 부러지고 얼굴이 온통 피투성이가 된 채 그동안 일어났던 일을 다 이야기했다. 상대방의 말이 거짓이 아니라는 걸 알아차린 제르구는 뭔가 이상한 기분이 들었다.

"이 궤짝 안에는 뭐가 들어 있지?"

"나도 열려고 해봤지만 결국 못했소! 손을 갖다 댈 때마다 손가락이 타버리는 줄 알았단 말이오."

제르구는 궤짝을 열어보려 하지 않았다. 그는 무모한 행동을 비웃는 사람이었다. 위험을 무릅쓴다고 해서 그에 대한 대가가 반드시 생기는 것은 아니기 때문이었다. 이번 사건이 점점 더 야릇하게 느껴졌다. 이 엉킨 실타래를 푸는 건 메데스의 일이었다.

하인이 메데스와 방문자에게 시원한 맥주를 내왔다.

"그 꼬마가 털어놓았느냐?"

재정 관리관이 조급증을 드러내며 물었다.

"그 아이는 정말 아무것도 모르고 있었습니다, 나리. 전에 들었던 그 어처구니없는 이야기를 또다시 되풀이할 뿐이었죠. 제 생각에는 배가 풍랑에 부서질 당시 그 아이가 너무 겁을 집어먹어서 머리가 돌아버린 것 같습니다."

"그 아이는 없애버렸겠지?"

"분부대로 했습니다."

"넌 이곳을 떠나 있는 게 좋겠다. 파이윰에 괜찮은 자리 하나를 봐두었나. 하는 일은 없고, 좋은 집에 두둑한 급료가 따라붙는 자리지. 네 이름으로 배를 예약해놨으니 그걸 타고 떠나라."

가짜 감찰관이 엎드려 절하고 물러갔다.

화가 치민 메데스는 맥주 두 잔을 들이켰다. 그가 생각하기에도 가짜 감찰관은 그 견습 서기를 제대로 몰아붙였을 것 같았다. 그 아이가 온전한 정신이 아닐 거라는 말도 그렇겠다 싶었다. 그러니 이제 남은 단서는 궤짝 두 개뿐이었다. 만약 그런 게 실제로 있다면 말이다.

그 대답은 금세 얻을 수 있었다.

다음 날 저녁, 제르구가 불그레한 얼굴로 히죽거리며 메데스 저택에 나타났다.

"임무를 완수했습니다, 나리!"

"궤짝들은 어디 있느냐?"

"한 폐창고에 모셔두고 잘 지키게 했습니다. 여기까지 가져오려니 사람들 시선을 끌 것 같아서요."

"잘했다! 그 선원들은?"

"그놈들한테서 이야기가 새어나올 염려는 없습니다. 그놈들은 감옥에서 썩게 될 테니까요."

"선장이라는 자에게서 알아낸 건 있느냐?"

"놈을 사정없이 다그쳤습니다, 믿어주십시오! 하지만 그놈은 머리가 돌아버린 게 분명합니다. 어느 외딴섬에서 아이 하나와 그 궤짝들을 실어 왔고, 그 섬도 바닷물 속에 가라앉았다고 헛소리를 지껄이던뎁쇼. 그 아이는 폭풍을 만나 배가 침몰하는 바람에 섬에 혼자 있었던 거라고 하면서 말입니다."

메데스는 실망감을 감추지 않았다.

"그건 사실일 것 같다, 제르구. 우리는 라피드 호와 선원들을 잃었어. 바다가 그 견습 서기 아이를 제물로 원치 않았던 거야. 이번 탐험은 실패로 돌아갔다. 그렇게 애를 쓰고 오래 준비했는데 말이다."

"궤짝이 있지 않습니까! 지금까지 어느 누구도 그걸 열어보지 못한 걸요."

"그걸 어떻게 아느냐?"

"어떤 사악한 주문이 그 궤짝을 보호하고 있습니다."

"그렇다면 우리가 그 마법을 깨줘야지!"

두 사람은 지체 없이 폐창고로 갔다. 제르구의 하수인 둘이 그곳을 지키고 있었다.

메데스는 푼트가 정말로 존재한다고 믿고 있었다. 이제까지 벌어진 심상찮은 일들이 이런 믿음을 한층 강하게 만들어놓았다. 파도가 그의 배를 부수고 선원들을 죽였다는 건 신성한 땅이 스스로 방어할 줄 안다는 사실을 입증하는 게 아니겠는가? 그 땅이 품고 있는 재화를 지키기 위해서 말이다.

크기로 볼 때 이 두 궤짝 속에는 상당한 재물이 차 있을 듯했다.

제르구가 말했다.

"이상합니다. 궤짝에서 향내가 나지 않네요. 여기까지 가져오는 동안에는 넋이 쏙 빠지게 근사한 향이 퍼져나왔는데 말입니다."

"열어봐라."

제르구가 궤짝에 손을 대더니 흠칫 뒷걸음쳤다.

"손이 불에 덴 것 같습니다."

"네 단도를 이리 내놔."

메데스는 거친 기세로 궤짝 뚜껑의 이음새에 칼날을 박아 넣었다.

"봐라, 아무 일도 없지 않느냐."

안심한 제르구가 경첩을 부수고 궤짝 뚜껑을 열어 젖혔다.

궤짝 안에 들어 있는 것은 역한 냄새를 풍기는 진흙 덩어리뿐이었다.

# 15

고단한 하루를 보내고 맞는 저녁은 신성하고 평온했다. 수확을 끝낸 후 농부들의 몸놀림은 느긋해지고 낮잠은 길어졌다. 모두들 유례없이 풍요한 결실에 기뻐하고 있었다. 모두 파라오께서 농장에 납신 덕분이라고들 말했다. 이 지방 주민들은 총독처럼 세소스트리스의 열렬한 지지자가 되었다.

마지막 남은 노을이 빠르게 스러지더니 향기로운 밤이 찾아왔다. 즐거운 저녁식사가 야외 식탁에 차려졌다.

이케르는 밭의 경계석 위에 혼자 떨어져 앉아 있었다. 전혀 배고프지 않았다. 이곳에서는 아무도 거북눈이나 칼날이라는 이름을 몰랐다. 이케르는 자신을 죽이려 했던 가짜 감찰관의 생김새를 설명하면서 누군가가 그런 자를 안다고 말해주기를 바랐다. 하지만 그자가 이 지방에 살고 있을 리 없었다. 아마 그 범죄를 저지른 뒤 달아났을 것이다.

이것저것 알아보았지만 아무 소득이 없었다. 이케르는 침묵 속으로 빠져들었다. 그는 이 고장을 떠나 자신의 길을 계속 가야 했다. 하지난 세월 자신이 걸은 어떤 길이란 말인가? 게다가 빚을 다 갚으려면 아직도 한참 있어야 했다.

파라오가 참석한 가운데 거행되었던 제의의 기억은 이러한 실의의 나날 속에 비치는 한 줄기 빛 같았다. 이케르는 자신이 파라오를 만나게 될 거라곤 꿈에도 생각하지 못했었다. 다른 사람들과 마찬가지로 그는 감히 파라오를 제대로 쳐다보지도 못했다.

"그렇게 아무것도 먹지 않다간 쇠약해질 거야."

프티트 플뢰르가 다가와 속삭였다.

"아무렴 어때?"

"넌 젊어, 이케르. 그리고 재주도 아주 많고. 무엇 때문에 지금 네 상황을 받아들이지 못하는 거야? 우리 아버지 눈에 들어서 이 농장을 물려받으면 좋잖아?"

"그러기엔 아직 너무 많은 의문에 답을 얻지 못했어."

"그런 건 잊어버려!"

"그럴 수는 없어."

"넌 삶을 쓸데없이 복잡하게 만들고 있다니까, 글쎄!"

"타작마당에서 올렸던 의식도 그리 단순하진 않던데 뭘."

"그건 농부들의 오래된 관습이야. 그런 것 때문에 골치 썩이지 마."

"파라오께서 직접 오셔서 그 제의를 올리신 건 무슨 이유에설까?"

"파라오는 우리 주 총독님을 자기편으로 삼고 싶어하거든! 너도 봤듯이 파라오는 야심이 큰 사람이야. 권력을 나눠 가지려 할 리 없지. 이제 얼마 후면 그는 자신에게 복종하지 않는 지방 권력자들과 대결할 거야. 그렇더라도 우리는 평화롭게 지낼 수 있어. 지난 일은 잊어버려, 이케르. 그리고 네 앞날만 생각해. 나를 봐, 그리고 이 농장, 이

들판, 이 곳간들도. 네가 원하기만 하면 이 모든 걸 가질 수 있어."

"넌 잊어버렸구나, 주인어른이 날 만나지 말라고 하신 걸."

프티트 플뢰르가 살짝 웃었다.

"네가 갓 태어난 송아지를 받을 사람으로 지목된 다음부터 사정이 달라졌어. 그 송아지는 다시 떠오른 해의 상징이거든. 이제 누구도 너를 욕하지 못할 거야. 이 말은 오늘 밤 우리가 함께 지낼 수 있다는 말이기도 해."

그녀는 좀 지나치다 싶을 만큼 짙은 화장을 하고 있었고, 그 어느 때보다도 매력적이었다.

"생각 좀 해보자."

"생각했다고 쳐. 우리 그다음 할 일을 하는 게 어때?"

"솔직히 말할게. 네 말에 내 마음이 흔들렸어. 그래서 정말로 생각해봐야 해."

농장 주인은 늘 그렇듯이 무뚝뚝한 어조로 이케르를 불렀다.

"외양간지기가 몸이 아프니, 자네가 소들을 운하로 몰고 가서 물을 먹이고 멱을 감기도록 해."

농장에서는 수확을 축하하기 위해 잔치 준비를 하고 있었다. 들판 어디서나 큰 축제가 열릴 것이고, 사람들은 여러 날 동안 먹고 마시며 마음껏 쉴 것이다. 이 평온한 행복은 모두 얼마 전 이곳을 방문한 파라오 세소스트리스 덕분 아니겠는가?

소들은 몸을 시원하게 적실 욕심에 이케르가 잡아끌지 않아도 운하 쪽으로 몰려갔다. 이케르는 소 떼 뒤를 따라가기만 하면 됐다.

소들이 즐겨 찾는 장소는 오래된 버드나무들이 늘어서서 시원한 그늘을 드리우고 있는 곳이었다. 소들은 차례대로 얌전하게 경사진 제방을 내려가서 물을 마시고는 즐거운 듯 머리를 흔들었다.

이케르는 제방 위에 앉았다. 그는 지난밤 잠을 이루지 못했다. 프티트 플뢰르 곁에서 평화롭게 살아가는 삶을 그려보기도 했다. 그러나 그럴 때 눈앞에 떠오르는 장면들, 예를 들면 훌륭한 가장이자 모범적인 농부가 된 자신, 솜씨 좋은 아내이며 자상한 어머니인 프티트 플뢰르, 풍성한 수확물, 탐스러운 가축들, 가득 채워진 곳간들은 그에게 아무런 기쁨도 불러일으키지 않았다.

이케르는 스스로를 속일 수 없었다. 지금까지 겪어온 시련들을 지워버릴 수 없었던 것이다. 그 시련의 의미를 이해하는 것이 그의 첫 번째 목표였다.

별안간 기이한 바람이 일었다. 온 사방에서 한꺼번에 몰아쳐오는 듯했다.

소들이 움직임을 멈추었다.

그리고 이케르는 그녀를 보았다.

숭고한 아름다움을 지닌 한 여인이 우거진 버드나무 잎새들 사이에서 걸어 나왔다. 금빛 머리카락에, 피부는 매끄럽게 윤이 났다. 그녀가 입고 있는 흰옷이 눈부시게 빛났다.

한순간 두 사람의 시선이 마주쳤다.

그녀.

바로 그녀였다. 세상 누구와도 견줄 수 없을 유일한 여인.

꺽다리가 이케르에게 말했다.

"어째 기색이 이상한걸. 소들을 몰고 어디 갔다 오는 길이야?"

"운하에요. 제방에 버드나무가 우거진 곳 말예요."

"아, 무슨 일인지 알겠다! 너도 역시 여신을 봤다고 믿었겠군. 네가 처음은 아니니, 안심해! 빛과 그림자가 한데 섞여 어른거리는 바람에 근사한 여자 몸뚱이로 보이는 거야. 그걸 보고 외양간지기들이 얼마나 열을 내며 떠벌려댔는지 몰라. 안됐지만 그건 환영일 뿐이라고."

꺽다리가 짓궂은 눈짓을 해보였다.

"프티트 플뢰르, 그 아이는 환영이 아니거든! 소문에 듣자하니, 그 아이가 너한테 반했다던데. 그게 사실이냐, 응?"

"소문이란 독 같은 거라서 아무한테도 도움이 안 돼요."

"또 하나 마나 한 소리. 넌 앞길이 활짝 열렸어, 이케르! 프티트 플뢰르는 모두가 꿈꾸는 상대야. 주인 딸이잖아. 알겠어? 잔치 준비나 하러 가자. 올해는 입이 떡 벌어지게 차려질 거다."

잔칫상에 모일 사람들을 햇볕으로부터 가려주기 위해 여러 채의 갈대 정자가 세워졌다. 아이들은 쉴 새 없이 부엌을 드나들었고, 음식을 만들던 사람들은 아이들 성화에 못 이기는 척 과자를 건네주곤 했다.

이케르는 농장의 왁자지껄한 분위기에는 관심 없이 소들을 외양간에 몰아넣었다. 외양간에서 나오던 그는 프티트 플뢰르와 마주쳤다.

"생각해봤니?"

"나는 널 행복하게 만들어줄 수 없어."

"그렇지 않아, 이케르!"

"넌 나를 너무 과대평가하고 있어, 프티트 플뢰르."

"넌 다른 사람들과는 달라. 그래서 너를 원하는 거야."

프티트 플뢰르는 화를 내며 이케르에게서 몸을 돌렸다. 그러고는 산짓상 자리는 일을 삼복하고 있는 아버지에게도 샀다.

사람들은 배불리 먹기에 앞서, 신들에게 감사 의례를 올려야 했다.

스무 명의 여사제들이 봉헌물을 제단에 쌓았다. 그것은 신전에서 미리 축성된 음식물로, 향연을 주재하는 보이지 않는 힘에게 바치는 것이었다. 검은색 가발에, 몸에 꼭 끼는 긴 옷 위로 흑진주가 달린 망사너울을 걸치고, 손목과 발목에 장신구를 감은 여사제들이 앞다퉈 아름다움을 뽐냈다. 하지만 마지막에 등장한 여사제의 모습에 다른 여인들은 순식간에 빛을 잃고 말았다.

그녀의 아름다움은 무심한 돌덩이들까지 가슴을 울렁거리게 할 정도였다. 우아한 걸음걸이, 비할 수 없이 섬세한 얼굴, 날씬한 허리의 그녀는 완벽함이 지배하는 세상에서 솟아난 사람 같았다. 신이 금세공사가 되어 그녀의 아름다움을 빚고, 활처럼 굽은 그녀의 눈썹을 그리고, 그녀의 눈을 샛별처럼 반짝이게 한 듯했다.

젊은 여사제는 마치 신전 안에 그녀 혼자 있는 것처럼 조용하고 느린 몸짓으로 제단 위에 활짝 핀 연꽃 한 송이를 바쳤다. 이렇게 함으로써 천상의 향기가 인간의 잔치에 감돌게 될 터였다. 꽃을 바친 여사제는 참석자들을 매료시키는 우아한 몸짓으로 물러났다.

그녀가 자신의 옆을 지나는 순간 이케르는 확신할 수 있었다. 그녀는 버드나무 잎새 사이에서 나타났던 그 숭고한 여인이었다.

# 16

"몸은 좀 어떠니?"

프티트 플뢰르가 자리에 누운 이케르에게 물었다. 그의 이마 위에는 물에 적신 아마 수건이 놓여 있었다.

"문 닫아줘. 빛이 들어오는 게 싫어."

프티트 플뢰르가 이마 위의 물수건을 갈아주었다.

"몸을 좀 주물러줄까?"

"그럴 필요는 없어."

"아주 심하게 체했나보다."

"응, 그런가봐."

"거짓말하지 마! 널 유심히 지켜보았지만, 넌 거의 아무것도 입에 대지 않았어. 지금 네가 누워 있는 이유는 체해서가 아냐."

"이유야 아무렴 어때."

"아니, 이건 중요한 문제야. 무엇 때문에 이러는 거야?"

"나도 모르겠어."

"내가 못 봤을 거라고 생각하는 거야? 네가 그 여자를 뚫어지게 바다보던 길 밀이야?"

"그 여자라니, 누구를 말하는 거야?"

"그 여사제 말이야. 모든 남자들, 특히 네가 정신없이 바라보던 그 여자! 넌 사랑에도 빠지고 동시에 아프기도 할 수 있구나."

"넌 이해 못 해, 프티트 플뢰르."

"천만에, 너무 잘 이해해서 탈이지! 허황된 꿈을 꾼다면 넌 실수하는 거야. 그 여자는 신전에 사는 여사제야. 의식을 올릴 때만 신전에서 나온다고. 넌 그 여자를 다시는 못 볼걸."

이케르가 몸을 일으켰다.

"어느 신전에 사는데?"

"오직 그것에만 관심이 있겠지! 그건 아무도 몰라, 알겠니? 차라리 잘됐어. 결국엔 정신을 차리고 깨닫게 되겠지, 나는 꿈이 아니라는 사실을 말이야."

"날 내버려둬, 부탁이야."

이케르는 그 여사제가 자신에게 눈길을 주었던 그 마술 같은 순간을 기억 속에 선명히 새겨놓고 싶었다. 그때 그녀에게 말을 걸었어야 했는데. 이름을 묻고, 그녀를 붙잡기 위해 비록 터무니없을지언정 무언가를 했어야 했는데.

"그 여자가 이곳에 온 게 이번이 처음이니?"

"처음인 동시에 마지막이기도 하지."

"넌 그 여자 이름을 알고 있지, 프티트 플뢰르!"

"안됐지만 나도 몰라."

"그녀를 초대한 사람이 있을 테니, 누군가가 그녀에 대해 이야기해 줄 수 있을 거야!"

"기대하지 마. 이제 일어나서 일이나 하러 가. 체했다는 변명은 그만둬. 넌 갚아야 할 빚이 있어. 그걸 잊지 마."

그녀를 다시 만나지 못하는 삶은 무의미, 그 자체였다.

하지만 슬프게도 프티트 플뢰르가 단언했던 것처럼 그 여사제의 이름을 아는 사람은 아무도 없었다. 그녀는 의식을 올릴 때 잠깐 나타났다가 사라지는 숭고한 환영일 뿐이었다. 그러니 그녀를 잊는 것 외에 다른 해결 방법은 없었다.

하지만 이케르는 이미 그녀를 사랑하고 있었다. 다른 어떤 여인도 그의 마음을 사로잡지 못할 것이다. 아무리 큰 어려움이 있더라도 그는 그녀를 찾아내야만 했다.

"이제 일 년 중에서 가장 힘든 때가 왔어."

꺽다리가 이케르에게 알려주었다.

"회계 담당 서기관들이 와서 가축의 정확한 숫자를 확인할 거야. 속임수는 어림도 없어. 만일 그랬다가는 몽둥이세례와 호된 벌금을 각오해야 돼. 게다가 이 성가신 서기관 나리들의 비위까지 맞춰야 해."

서기관들은 차양 아래 자리를 잡고, 세금 징수관은 쿠션을 등에 받치고 기대앉았다. 이케르는 세금 징수관의 거만한 행동과 배부른 태나는 얼굴이 마음에 들지 않았다.

사람들이 황소, 암소, 당나귀, 양, 돼지 들을 몰고 나와 줄을 맞춰 섰다. 소란스러웠지만 그리 큰 소동은 없었다.

이케르는 한 서기관 뒤에 살짝 가서 섰다. 그가 어떻게 일을 처리하는지 보고 싶었던 것이다.

세금 징수관은 아무 기록도 하지 않고 그저 지켜보고만 있었다. 그러면서 시원한 맥주를 가져오라고 몇 번이나 요구했다. 가축의 숫자를 다 헤아리자 그가 농장 주인을 불렀다.

세금 징수관이 냉랭한 목소리로 말했다.

"서기관들이 계산한 내역을 살펴보았소. 벌꿀이 칠백 단지이니 그 중 칠십 단지를 세무청에 내고, 곡식은 칠만 자루니 칠천 자루를 내면 되겠소."

"세금이 늘었군요. 아무도 그런 이야기를 해주지 않았는데요!"

"내가 방금 알려주지 않았소."

"그럼 지방 재판소에 조세 이의신청을 하겠습니다!"

"그건 당신의 당연한 권리지. 하지만 내가 지방 재판소 자문위원이라는 걸 잊지 마시오. 내가 보기에 당신 가축들의 위생 상태가 그리 썩 좋지는 않군. 만약 당신이 세금을 못 내겠다고 고집한다면 수의(獸醫) 당국에서 당신한테 무거운 벌금을 물릴 거요."

"이 도둑의 말을 듣지 마세요!"

이케르가 서기관에게서 휙 낚아챈 파피루스를 흔들며 그 자리에 끼어들었다.

"여기 기록한 내용을 보세요. 이자의 지시에 따라 수하들이 가짜 숫자를 적어놨어요! 세금을 높게 매기려고 가축 숫자를 부풀렸다구요!"

불시에 일격을 당한 세금 징수관의 입술이 경련을 일으켰다. 모여 있던 농부들이 술렁이기 시작했다.

세금 징수관이 명령했다.

"저 무례한 놈을 체포해라!"

그리고 농부들에게 소리쳤다.

"너희를 선동하려고 저놈이 거짓말을 하는 걸 모르겠느냐? 만약 내 수하들을 공격한다면, 너희 모두 체포할 것이다."

몇 초간, 모두가 마비된 듯 꼼짝도 하지 않았다.

꺽다리가 나섰다.

"이보게들, 어리석은 짓은 그만둬. 세금 징수관 나리 말이 옳아. 게다가 이건 주인님과 징수관 나리 사이의 일이잖아. 우리와는 상관없는 문제야."

세금 징수관이 몽둥이를 들고 서 있는 네 명의 감찰관에게 명령했다.

"저 불한당 놈을 잡아들여라!"

이케르는 걸음아 날 살려라 하고 달아났다. 근방 지리를 잘 익혀둔 덕분에 그는 쫓아오는 감찰관들을 따돌릴 수 있었다.

감찰관들은 꺽다리를 앞세워 오두막이며 갈대 움막, 외양간들을 샅샅이 뒤졌다. 그들은 들판을 수색하고 숲 덤불까지 뒤졌지만 이케르의 흔적을 찾을 수 없었다.

세금 징수관이 말했다.

"멀리 가지는 못했을 거다."

농장 주인이 한마디 보탰다.

"이 지방을 안 떠났다면 그렇겠지요."

"잔말 말고 기다려보시오!"

"그런데 도대체 무슨 짓을 하신 겁니까?"

농장 주인이 파피루스를 흔들면서 빈정거렸다.

"글을 읽을 수나 있는 것처럼 말하는군!"

“나리께서 도둑질을 했다는 사실을 확인할 정도는 되지요. 제가 그렇게 호락호락 넘어갈 사람은 아닙니다.”

“이 일은 잊어버립시다. 기록상의 착오였을 뿐이오. 지금 즉시 바로잡도록 하겠소.”

“제가 내야 할 세금이 부당하게 늘어난 것도 바로잡아주십시오.”

“당신은 운이 좋은 거요. 마침 내가 너그러운 사람이니 말이오. 하지만 더는 안 되오!”

감찰대는 농장 부근을 이틀 더 수색해보기로 했다. 작은 단서나 목격자라도 찾을 수 있을 거라는 계산이었다.

집으로 돌아오면서 프티트 플뢰르는 반듯한 이마와 강렬한 초록색 눈동자의 아름다운 젊은이를 생각했다. 자신에게서 달아나버린 사람. 그녀의 가슴에는 스스로도 어처구니없을 만큼 뜨거운 불길이 타오르고 있었다. 하지만 그녀는 결국 이 불길을 꺼야만 할 것이다.

이케르는 자신의 마음에 들려고 애쓰는 다른 청년들과 달리 지도자의 기품과 결단력을 지니고 있었다. 그와 결혼한다면 자신은 그를 도와 농지를 확장하고 새로운 일꾼들을 고용해 보란 듯이 성공할 것이다. 하지만 그녀가 좋아하는 사람은 지금 말썽을 일으키고 도망친 상태였다.

프티트 플뢰르는 자신의 방에 들어서서 문을 닫았다. 이 방에는 아버지도 들어오지 못하게 했다. 커다란 바구니 안에 그녀의 옷가지와 가발, 망토가 가지런히 정돈되어 있었다. 농장 소득 중 상당액이 그녀의 몸단장에 들어갔다. 그녀의 욕실에는 피부를 아름답게 가꾸기 위한 연고들로 가득 찬 흰 대리석 상자가 두 개나 있었다.

상자를 열었을 때, 그녀는 그 안에 숨은 이케르를 발견하고 터져나오려는 비명을 간신히 삼켰다.

“이케르! 여기서 뭐 하는 거야?”

“숨기에 딱 좋은 곳이지?”

“감찰대에서 널 찾고 있어, 그들은……”

“난 나쁜 짓을 하지 않았어, 잘못된 걸 지적했을 뿐이야.”

“세금 징수관과 맞서 싸울 수는 없어.”

“아냐! 우리에겐 그가 세금을 빼돌린 증거가 있잖아. 그는 처벌받게 될 거야.”

“그렇게 간단한 문제가 아냐, 이케르.”

“아버지를 모셔와. 어떻게 할 것인지를 의논해보자. 내가 증인이 될게.”

“다시 말하지만, 이건 그렇게 간단한 문제가 아니라니까.”

“네 생각을 이야기해봐, 프티트 플뢰르!”

“그럼 나와 결혼해줘.”

“난 거짓말을 못해. 너도 잘 알고 있잖아. 그리고 나는 너를 사랑하지 않아.”

“그게 무슨 상관이야? 중요한 건 우리가 좋은 부부가 될 거고, 또 부자가 될 거라는 거야.”

“우리는 불행해질 거야, 틀림없이.”

“마음을 정말 돌릴 수 없는 거야?”

“그래, 프티트 플뢰르.”

“넌 네가 놓쳐버리는 게 뭔지 모르고 있어.”

“미안해. 하지만 나는 해야 할 다른 일이 있어.”

“네가 어리석게도 반해버린 그 여사제를 찾는 거겠지!”

"그 세금 징수관이 저빌빌새 하고 싶어. 정의가 없다면 이 세상은 살 수 없는 곳이 되고 말아. 가서 네 아버지를 모셔와주겠니?"

프티트 플뢰르는 잠시 생각했다.

"알았어."

이케르는 그녀의 이마에 다정하게 입을 맞췄다.

"이제 그 어떤 부패 관리도 감히 이 농장을 괴롭히지 못할 거야."

프티트 플뢰르는 잠시 후 돌아왔다. 그녀가 밖에서 그를 불렀다.

"이제 나와도 돼, 이케르!"

그가 방에서 나오자 감찰관 세 명이 그에게 달려들어 손을 등 뒤로 돌려 묶었다.

프티트 플뢰르는 자기 아버지의 품 안에 웅크린 채 그를 외면했다.

농장 주인이 말했다.

"문제가 다 해결된 셈이군. 내 딸이 영리하게도 감찰대에 알려주었지. 네가 여기 숨어 있고, 자신을 협박했다고. 어쨌든 너는 빚을 떼먹고 달아난 무례한 도둑일 뿐이야. 따끔한 벌을 받아야 해. 아무도 널 동정하지 않을 거다."

이케르가 말했다.

"잘 있어, 프티트 플뢰르. 이제 나는 네게 아무것도 빚진 게 없어."

# 17

최종 판결이 내려졌다. 이케르는 직무 수행중인 관리를 모욕하고 감찰대에게 폭력을 행사한 다음 도주했다는 죄목으로 강제 노역 일 년 형을 선고받았다.

재판소는 이 지방 각 마을의 촌장들로 구성되었는데, 재판을 주재하는 판관은 이케르의 말에 거의 귀를 기울이지 않았다. 판결이 내려지는 데는 세금 징수관과 서기관들, 농장 주인, 프티트 플뢰르, 그리고 꺽다리의 증언만으로도 충분했다.

시나이에 있는 구리 광산까지 호송되는 긴 여정 동안 이케르에게 거칠게 구는 사람은 없었다. 물과 음식을 얻을 수 있었고, 사막 감찰대 대원들의 동정 어린 염려도 들었다. 그들은 이케르를 기다리고 있는 일이 얼마나 혹독한 것인지를 숨기지 않았다.

감찰대 대장이 그에게 말했다.

"네가 젊고 건강한 게 다행인 줄 알아. 약골 같으면 일 년도 못 버틸 거야."

"전 아무 죄도 없어요! 부패한 세금 징수관을 고발하려 했던 것뿐이에요."

"알고 있어, 꼬마야. 억울하겠지만, 그냥 얌전히 형을 치르는 게 나아."

수송대는 '뾰족한 부리'라는 의미의 솝두 신의 보호를 받았다. 이 신은 동부의 뜨겁고 인적 없는 사막을 날카로운 부리로 지배하는 매의 형상을 하고 있었다. 하늘에서 내리비치는 햇살 형상의 신성한 삼각형 돌 속에 몸을 숨긴 채 솝두 신은 자신의 백성을 사막 무법자들의 공격으로부터 보호해주었다. 무법자들은 법도 양심도 없는 약탈자들로 카라반을 노략질하고 상인들을 죽이곤 했다.

사막의 풍광에 매혹된 이케르는 얼마 전까지 머물렀던 농장과 그곳의 편협한 사람들을 잊었다. 마음속의 울분이 스러지자 눈앞에 그 아름다운 여사제의 얼굴이 자꾸 떠오르기 시작했다. 그녀가 자신을 바라볼 때면 몸속에 힘이 솟아오르고, 온갖 피로가 가시는 것 같았다. 그러다 그녀의 영상이 사라지면 그의 마음은 텅 비고 기운이 빠져서 한 발짝을 떼기도 힘들 정도였다. 그녀를 다시 보고 싶다는 열망이 그의 의욕에 불을 지폈다.

'그래, 내 앞의 이 장애물을 뛰어넘자. 그래서 그 신비의 여인을 찾아 떠나는 거야!'

팀나*는 깎아지른 듯한 절벽으로 둘러싸인 사막 분지였다. 이곳에는 초기왕조 시대부터 개발된 구리 광산들이 있었다. 수송대가 당나귀를 몰아 이곳 광부들에게 정기적으로 식량과 의복, 연장들을 날라다주었다. 작업 조건이 고되고 열악했기 때문에 기술자들은 자주 교

---

* 엘라트(에돔) 북쪽으로 삼십 킬로미터 거리에 있다.

체되곤 했다. 그러나 죄수의 경우에는 이곳에 적응하지 못하면 죽는 수밖에 없었다. 그들은 삼엄한 감시 속에 광산 기술자들의 작업을 돕기 위해 지하 갱도를 파고 다지는 일을 했다.

집, 창고, 감옥 같은 건물들은 돌을 맞물리게 쌓아 만든 것들이었다. 유일하게 큰 석재로 지은 건축물은 민 신에게 바쳐진 신전이었다.

생식의 신이자 석공과 광부의 수호자인 민 신은 천둥과 폭풍을 불러와 광산의 저수통들을 채워주곤 했다. 민 신 덕분에 광산 깊숙한 곳에서 구리를 캐내는 일꾼들도 물을 마시며 일할 수 있었다.

수송대가 도착하자, 얼굴이 검게 그을리고 몸집이 다부진 채굴 주임이 몹시 당황해하며 물었다.

"죄수들은 어디 있어?"

"한 명밖에 없어. 여기 이 아이."

수송대 하사관이 대답했다.

"지금 장난하자는 거야?"

"이 아이한테는 장난이 아니지."

"이 아이가 무슨 죄를 저질렀는데?"

"코브라 주의 세금 징수관 하나가 부정을 저지르는 걸 고해바쳤대."

"뭐라고? 그게 죄라니!"

"농장 주인과 그의 딸, 주변인 몇 명이 이 아이한테 불리한 증언을 했어. 여기서 일 년 썩으라는 판결이 내려졌지."

"심하군! 어째서 이 아이는 항소하지 않은 거야?"

"그럴 시간도 없었어. 모두 이 아이를 눈앞에서 치워버리지 못해 안달이 난 것 같더군."

채굴 주임이 뒷머리를 긁적였다.

"마음에 안 들어…… 꾀나 못나빠 보이는군! 관리 공문은 가지고 왔나?"

"여기 있네. 자네에게 이 아이를 인계했으니 이제 가봐야겠어. 다음에는 좀더 괜찮은 일꾼들을 데려오도록 애써봄세."

수송대 감찰관들이 잠시 음식을 먹는 동안 채굴 주임이 이케르 앞으로 왔다.

"이름이 뭐냐?"

"이케르입니다."

"나이는?"

"열다섯 살입니다."

"농부였느냐?"

"아닙니다. 저는 견습 서기입니다. 악당들에게 납치되는 바람에……"

"네 이야기는 들으나 마나 한 거야. 여기 있어서는 안 될 몸이라는 거겠지. 하지만 이왕 이렇게 된 이상 누구도 어쩔 수 없다."

채굴 주임이 이케르를 이리저리 둘러보았다.

"어디 보자…… 갱도를 오르내리기에는 몸집이 너무 크고, 곡괭이질을 하기에는 맷집이 너무 없네. 널 제련반에 넣어야겠다. 내가 해줄 수 있는 건 이게 전부다, 꼬마야."

"감사합니다."

"어떻게 해서든 견뎌내라. 널 얕잡아 보게 해서는 안 돼."

두 명의 감시인이 작은 돌움막으로 이케르를 데려갔다. 바닥에는 거적자리 두 장이 깔려 있었다.

"여기서 기다려."

이곳은 거칠고 위험했다. 이집트로 두 번 다시 돌아가지 못할 것 같았다. 하지만 이케르는 절망하지 않았다. 이 감옥을 나가 그 여사제를 다시 만나야 하는 것이다.

스무 살가량의 청년이 움막 안으로 들어왔다. 각진 얼굴에 진한 눈썹, 배가 불룩 나온 청년이었다.

"너냐, 새로 왔다는 아이가?"

"난 이케르라고 해."

"난 세카리. 우리는 둘 다 제련반이야. 넌 죄를 지은 것 같지는 않은데?"

"그래."

"나도 그래. 하지만 지난 일은 생각하지 말고 지금 일만 걱정하는 게 좋아. 우리 작업반장은 입비뚤이라는 사람이야. 성미가 고약하고 심술궂지. 재범인데 여기 온 지 벌써 십 년째야! 채굴 작업에서 살아남아서 이제 구리 풀무질을 맡고 있어. 감시인들도 그를 함부로 어쩌지 못해. 그러니 그의 기분을 거스르지 않도록 조심해. 음식에 대해 미리 알려주자면, 양도 부족하고 질도 그저 그래. 하지만 운 좋은 줄 알아. 주방장이 나를 좋게 본 덕분에 음식을 조금씩 더 얻어먹곤 하거든. 넌 호감이 가는 아이니까 비결을 하나 알려주지. 하지만 그 전에 두 가지 조건이 있어. 첫째, 절대 비밀을 지킬 것. 둘째, 내 일을 어느 정도 맡아서 해줄 것."

"알았어."

세카리는 구석으로 가서 무릎을 꿇고 바닥을 파더니 작은 대리석 단지를 꺼내 헝겊 마개를 풀었다. 그러고는 손바닥에 환약을 쏟아내서 이케르에게 내밀었다.

"이걸 삼켜."

"이게 뭔데?"

"캐롭나무 씨앗과 회향풀을 섞어서 빚은 거야. 배탈이 나는 걸 막아줄 거야. 여기서 그런 증상으로 고생하다 죽은 사람들이 꽤 돼."

이케르가 환약을 삼키자 세카리는 또다른 보물을 꺼냈다.

"몸을 보호하는 게 전부는 아니지. 영혼도 돌보아야 하거든. 안 그러면 슬픔이 너를 짓눌러서 생기를 잃고 말아. 이걸 목에 걸어. 그러면 마음이 편안해질 거야."

세카리는 작은 홍옥수(紅玉髓) 부적들이 달린 가느다란 끈을 내밀었다. 부적들은 호루스 신을 상징하는 매, 혹은 서기관들의 수호신 토트의 동물인 비비원숭이의 형상을 하고 있었다.

이케르는 작은 부적들을 손가락으로 한참 쓰다듬었다.

"자, 이제 가보자. 늦으면 피곤해지거든."

입비뚤이는 온몸이 털로 뒤덮인 괴물 같은 사내였다. 그는 구리의 불순물을 걸러내느라 섭씨 칠백 도에서 천 도를 오르내리는 풀무질의 뜨거움을 겁내지 않았다.

입비뚤이는 이케르를 마음에 들어하지 않았다.

"어이 꼬마, 여기서는 누구나 죄인이야. 일을 똑바로 안 하면 박살 날 줄 알아. 내가 그런다고 말리는 사람은 아무도 없어. 입이 하나 주는 건 반가운 일이니까 말이야."

이케르는 입비뚤이의 눈빛을 피하지 않고 받아냈다.

'당신이 나보다 힘은 셀지 모르지만 겁나지 않아요.'

"구리 주괴(鑄塊)를 차곡차곡 쌓는 일부터 시작해. 나중에 검사할 테니까."

풀무 안에서 폐석은 표면에 뜨고 녹은 구리는 밑으로 가라앉아 고랑을 따라 흘러내렸다. 이렇게 해서 얻어진 1차 금속을 다시 도가니에 넣어 녹인 뒤, 틀 속에 흘려 넣어 굳히고, 망치질을 해서 단단하게 하면 구리 주괴가 만들어졌다. 주괴는 이집트로 운반해가기 위해 일련번호가 매겨져 분류되었다.

한 달 후에도 이케르는 주괴 쌓는 일을 계속하고 있었다. 입비뚤이는 그에게 아무런 트집도 잡지 않았다.

"이상한 일이야."

세카리가 무화과열매를 우물거리며 말했다.

"보통은 이렇게 넘어가지 않는데."

"시키는 대로 하고 불평 한마디 안 하고, 그러니 그도 할 말이 없겠지. 또 네가 나한테 영험한 부적을 주었잖아."

"어쨌든 잘된 일이야. 하지만 긴장을 풀진 마."

"혹시 거북눈과 칼날이라는 뱃사람의 이름을 들어본 적 없니?"

세카리가 기억을 더듬었다.

"아니, 그런 이름은 들어보지 못했는데."

"다른 죄수들한테 물어봐줄 수 있어?"

"네 부탁이라면 들어줘야지. 네 친구들이니?"

"그건 아니지만 어디 출신인가라도 알고 싶어서. 그리고 날 죽이려고 했던 가짜 감찰관도 찾고 싶어."

"가짜 감찰관이라고! 감찰관을 사칭하고 다니는 사람이 있단 말이야? 확실해?"

이케르는 가짜 감찰관에 대해서 이야기해주었다.

"좋아, 물어볼게. 하지만 꼭 알아낸다고는 장담 못 해."

세카리가 여기저기 물어보고 다녔지만 소득은 없었다. 조그만 단서조차 없었다. 이케르는 실망감을 떨치고, 주어진 일에 더 열심히 매달렸다.

"좋아, 꼬맹이, 일을 야무지게 하는군."

입비뚤이가 이케르를 칭찬했다.

"더 어려운 일도 잘해내겠군. 적어도 여기서 지내는 동안 쓸 만한 기술 하나는 익혀둬야지. 구리에 대해 훤하게 꿰뚫고 있어야 한다는 말이다. 우선 풀무부터 익혀놓는 게 어때? 내일, 같이 풀무 청소를 하자꾸나. 이건 신성한 특권이지. 이런 특권을 너한테 주는 것은 네가 자기 자리를 지킬 줄 알기 때문이야. 그런 사람은 드물지. 그러니 상을 받을 만해."

입비뚤이가 둔중한 걸음을 옮겨 자리를 떠났다. 그는 이케르를 가만둘 수 없었다. 그는 이케르가 죄수들 사이의 위계가 어떻게 돌아가는지 알아보기 위해 감찰대가 파견한 밀정이라고 생각했던 것이다.

이케르라는 녀석은 자신을 고발할 게 틀림없었다. 그러면 자신은 다시 광산 갱도 안으로 들어가야 할 것이다.

해결책은 하나밖에 없었다. 사고를 위장해 풀무 안에 이케르를 처박아 태워 죽이는 것이다.

해가 떴다.

세카리가 하품을 하며 기지개를 켰다.

"나는 오늘 주방장을 도울 거야. 너는?"

"입비뚤이와 함께 풀무를 청소해야 해."

이케르가 대답했다.

"그가 정말로 너한테 호감을 가졌나보다! 분명 너를 가르쳐서 자기 후계자로 삼으려는 걸 거야."

이케르와 세카리는 움막에서 나오다가 채굴 주임과 마주쳤다. 채굴 주임 뒤로는 사막 감찰대 일 개 분대가 동행하고 있었다.

"너희 둘과 입비뚤이, 그리고 다른 죄수 세 명이 이송될 예정이다."

"어디로요?"

세카리가 물었다.

"하토르 여신의 터키석 광산으로."

"왜요?"

"상부 지시야."

"하지만 저희는 지금까지 말도 잘 듣고, 징계를 받은 적도 없는데요. 저흰……"

"터키석 광산에 급히 일꾼이 필요해. 가서 고분고분하게 열심히 일해. 안 그러면 너희들을 이곳으로 되돌려 보낼 거야. 돌아오기만 하면 너흰 여기서 특별대우를 받게 될 줄 알아."

# 18

아비도스로 가는 모든 육로는 차단되어 단 한 사람도 통과할 수 없었다. 오시리스의 이 신성한 영토로 들어가기 위해서는 배를 이용할 수밖에 없었는데, 부두 역시 경계가 엄중했다. 이 부두에 소선단(小船團)이 도착했다. 파라오의 배가 이 소선단을 이끌고 있었다.

파라오가 지켜보는 가운데 선원들이 돌 블록과 기둥받침, 바닥포장용 포석을 하역했다. 이어서 코브라 주에서 불려온 장인들이 배에서 내렸다. 그들은 직공장 한 명과 석공, 목공들로 구성된 한 단위의 작업조였다. 모두가 자신들의 작업에 대해 비밀을 지키겠다는 서약을 했다. 이들은 일을 끝내기 전에는 가족을 만나지 못하리라는 걸 알고 있었다.

아비도스 신전의 대사제가 파라오 앞으로 나와 몸을 굽혀 인사했다.

"아카시아나무는 어떠한가?"

"더 나아지지도 않고, 그렇다고 더 나빠지지도 않은 상태입니다, 폐하."

세소스트리스가 큰 소리로 모두에게 말했다.

"나는 이곳에 신전과 영생의 집을 건설하러 왔다. 그리고 이곳 남쪽에 도시 하나를 세울 것이다. '굳건히 견디는 곳'이라는 의미의 우아흐수트라고 부를 이 도시에는 매일 고기, 생선, 야채 등의 식료품이 공급될 것이다. 푸주한과 조리사들을 이 도시에 거주시켜 사제와 장인들이 아무 부족함 없이 살 수 있도록 하겠다."

"저희에게는 어떤 역할을 맡기려 하십니까, 폐하?"

"나는 지난번 칙령을 통해 아비도스의 어떤 사제도 다른 곳으로 옮겨 가지 못하도록 명했다. 지금부터는 어떤 사제도 농사일에 동원되지 않을 것이며, 어떤 기관도 이 오시리스 신의 영토를 단 한 치도 전용할 수 없을 것이다. 이곳에서는 종신 사제와 임시 사제가 함께 복무하게 될 것이다. 임시 사제들은 자신의 과업을 어떻게 완수하냐에 따라 상벌을 받을 것이고, 그런 이후 다른 임시 사제들과 임무를 교대할 것이다. 종신 사제로는 생명의 집에서 치러지는 의식을 담당할 탁발 사제, 영적인 힘을 섬기고 보호할 카의 종복 사제, 제단에 우유와 향유를 부을 사제, 오시리스의 위대한 육신을 온전히 지킬 사제, 처신을 비밀에 붙이고 신의 계시들을 읽어낼 사제, 신의 마음을 위로할 일곱 명의 악공 사제를 둘 것이다. 종신 사제 직위에는 마지막으로 앎의 말들이 새겨진 황금 팔레트를 받들 사제가 있는데, 이 임무는 대사제 그대에게 맡기겠다."

왕은 연로한 대사제에게 황금 팔레트를 건네주었다.

"폐하의 신임에 보답하도록 최선을 다하겠습니다. 다른 역할을 담당할 사제들은 언제 임명하시겠습니까?"

"가장 유능한 사제들을 선별해보라. 나는 일을 진척시키기 전에 이 지역의 정령이 우리에게 호의적인지 알아봐야겠다."

세소스트리스는 홀로 사막으로 갔다.

호위를 허락해달라고 거듭 청했음에도 불구하고, 수호자 소벡은 왕을 따라가지 못했다.

태초부터 아비도스는 '서쪽세상* 사람들의 군주**'라는 아누비스 신이 수호하고 있었다. 어둠의 저편을 지나온 이 신은 보이지 않는 세계의 문들이 열릴 때면 살아 있는 자들의 땅을 가로지르곤 했다.

이 신의 허락이 없으면 파라오는 건설 계획을 실현시킬 수 없었다.

파라오는 신전 지성소가 세워질 자리에서 꼼짝도 하지 않았다. 이 자리는 땅이 특별한 방식으로 하늘과 화합하는 지점이었다.

모든 자연이 침묵하고 있었다. 새도 지저귐을 멈추었고, 바람도 정지했다.

별안간 그가 다른 세상으로부터 나와서 모습을 드러냈다. 껑충한 네 다리와 커다란 꼬리, 직각으로 곧추 선 귀를 가진 한 마리 검은 자칼의 모습이었다.

자칼은 침입자를 경계하듯 파라오로부터 거리를 유지한 채 멈춰 섰다. 세소스트리스는 자칼이 요구하는 게 무엇인지 금세 알아차렸다. 서쪽세상 사람들의 군주가 현신한 이 자칼은 파라오에게 바라는 것이 무엇인지 밝히라고 명하고 있었다.

"저는 아카시아나무의 고사를 막아야 합니다."

파라오가 말했다.

---

* 서쪽세상 사람들이란 죽은 자들로, 이집트인들은 태양이 지는 서쪽에 죽은 자들의 세상이 있다고 믿었다.(옮긴이)

** 크헨티이멘티우(Khenty-Imentyou).

"그러기 위해 신전을 짓고, 이 신전에서 날마다 의식을 올림으로써 이곳의 생명력을 북돋우려 합니다. 그러나 이 일은 죽음과 부활의 신비가 수행될 영생의 집이 없으면 아무 효과도 얻지 못할 것입니다. 장인들을 동원하여 이 건축물을 세우는 것은 제 일신의 영광을 위해서가 아니라, 계속해서 오시리스를 이집트문명의 초석으로 모시기 위해서입니다. 제 가슴에 새겨진 포부를 읽으시고 당신의 권능의 인장을 찍어주십시오. 당신의 승인이 없으면 제 포부는 실현되지 못할 것입니다."

자칼은 앞다리를 세우고 앉더니 태양을 향해 머리를 쳐들고 노래를 부르기 시작했다. 그 단조로운 가락의 노래는 위대한 땅 아비도스 위에서 살아가는 모든 존재들의 영혼을 뒤흔들어놓을 만큼 강렬하고도 심오했다.

예고자와 그의 부하들은 여러 개의 산봉우리와 바위산을 지나 방금 또하나의 석회암 고원을 넘어온 참이었다. 그들은 뜻하지 않게 눈앞에 나타난 푸른 오아시스 그늘에서 몇 시간 휴식을 취한 다음 다시 사막을 향해 떠났다.

피로와 두려움을 모르는 우두머리 덕분에 그의 부하들은 계속 가야만 했다. 그들은 이 뜨거운 지옥에서 얼마나 더 버틸 수 있을지 생각할 힘조차 없었다.

"그것들을 찾아낼 수 없을 겁니다요."

얼간이 스합이 결심한 듯이 말했다.

"포기하는 게 낫겠습니다, 주인님."

"벌써 나를 믿지 못하는 거냐?"

“그럴 리가 있습니까. 하지만 그 전선은 믿기가……”

“사막의 괴수들이 뜯어먹은 시체를 본 적이 없느냐?”

“없습니다요.”

“나는 보았다. 그리고 그 괴수들이야말로 우리에게 필요한 힘을 지니고 있다는 사실을 깨달았다. 그 힘만 있으면 우리는 천하무적이 될 것이다.”

“잘 훈련시킨 민병대가 더 낫지 않을까요?”

“어떤 군대라도 패배할 때가 있는 법이지만, 나의 군대는 다를 것이다.”

“주제 넘는 말일지 모르지만, 지금으로선 그저 머릿니 무리일 뿐인걸요.”

“한갓 머릿니들이라 해도 만약 내 말을 듣지 않았더라면 아직까지 살아 있기나 했겠느냐?”

“그건 그렇습죠…… 저들이 아직까지 두 발로 서 있다는 게 믿어지지 않습니다!”

뒤를 따르는 부하들은 스무 명 정도였다. 이들은 한바탕 거친 전투를 치르고 나면 한몫 챙길 수 있다는 예고자의 말을 믿고 따라나선 사람들이었다. 죄인이거나 전과자들인 이들은 예고자를 따라다니면 처벌을 피할 수 있으리라 생각하며 희희낙락했다.

이들 가운데 누군가가 거부나 저항의 기색을 보일 때마다 예고자는 그에게 다가가서 강한 눈빛으로 응시하고는 마치 주문을 외듯 단조로운 음색으로 몇 마디 웅얼거렸다. 그러면 잠시 옆길로 벗어났던 그 부하는 곧 제자리로 돌아오곤 했다. 하지만 이들이 이끌려가고 있는 길은 사막으로 끝없이 깊숙이 들어가는 길이었다.

저녁 무렵, 일행의 선두에서 걷던 부하가 세드자를 발견했다. 그것은 뱀의 머리에 사자의 몸통을 한 괴수였다.

"이보게들, 내가 환영을 보고 있는 거지? 만약 저게 환영이 아니라면 내가 저 끔찍한 놈을 어떻게 하는지 한번 보라고!"

그는 달려 나가 곤봉으로 짐승의 머리를 내리쳤다. 하지만 뱀 머리는 목을 슬쩍 틀어 곤봉을 피하는가 싶더니 순식간에 사자의 발톱을 공격자의 가슴에 깊숙이 박아 넣었다.

"세상에, 저런 게 정말로 있다니!"

겁에 질린 스합이 중얼거렸다.

괴수는 한 마리가 아니었다. 매의 머리와 사자의 가슴을 지닌 세레프, 그리고 주둥이 위에 코뿔소 같은 뿔이 달린 거대한 숫양 아부도 모습을 드러냈다.

일행 가운데 두 명이 도망치려 하다가 세레프와 아부에게 붙잡혀 죽임을 당했다.

사막을 붉게 물들이는 석양빛 속에 세트의 짐승인 샤가 나타났다. 머리 형상이 오카피*를 닮은 네발짐승이었다. 새로 나타난 동물의 형상은 앞의 셋보다 덜 두려운 것이었지만, 그 붉게 타오르는 눈을 본 사람들은 그 자리에서 마비된 듯 꼼짝도 하지 못했다.

"어떻게 하지요?"

스합이 이를 덜덜 떨면서 물었다.

예고자가 두 팔을 치켜들었다.

"선과 악의 모든 신들이 내게 계시를 내리시니, 대낮의 빛과 어둠

* 기린과 동물.(옮긴이)

의 힘이 내 정신에 함께 거하도다. 신들은 오직 나에게만 말씀하시니, 나 혼자만이 신들의 말씀을 옮길 수 있도다. 나를 거역하는 자는 멸망할 것이고, 나를 따르는 자는 상을 받으리라. 나는 그 수많은 신을 하나로 합칠 것이요, 하나뿐인 신의 유일한 전파자가 될 것이다. 땅 위의 모든 것이 내게 복종하게 될 것이니, 이제 단 하나의 믿음과 단 하나의 지배자만이 있게 될 것이다."

얼간이 스합을 제외한 다른 부하들은 모두 저 포식자들의 표적이 될까 싶어 모래 위에 납작 엎드려 머리를 땅에 묻고 있었다. 잠시 후 스합은 자신의 눈에 비친 것을 믿을 수 없었다.

예고자가 세 마리의 괴수에게로 다가가더니 천천히 손을 뻗어 놈들의 발톱, 부리, 뿔을 만졌다. 그러고는 거기 묻은 희생자들의 피를 자신의 몸에 발랐다. 이어서 그는 세트의 짐승 샤의 잉걸불 같은 눈을 뽑아 자신의 눈 위에 붙였다.

모래폭풍이 일었다. 스합도 바닥에 엎드리지 않을 수 없었다. 모래폭풍은 모든 것을 집어삼킬 듯 솟구치다 이내 잦아들더니, 얼음장처럼 차가운 바람이 불었다.

예고자는 바위 위에 앉아 있었다. 어디에도 괴수들의 흔적은 찾아볼 수 없었다.

"주인님…… 그저 악몽이었던 겁니까?"

"물론이다. 그런 짐승은 겁쟁이들의 상상 속에나 존재하는 것이다."

"하지만 여기 그놈들이 찢어놓은 시체가 있는 걸요!"

"그저 야수 한 마리가 나타나 저지른 짓이다. 지금 나는 내가 알고자 하던 것을 알고 있다. 이제 우리는 첫번째 눈부신 과업을 수행하러 갈 것이다."

스합은 자신이 사막에 빈번히 나타나는 신기루에 홀린 거라고 생각했다. 하지만 예고자의 눈은 어째서 붉은 핏빛으로 변한 것일까?

# 19

구리 광산 남서쪽에 있는 시나이의 터키석 광산으로 출발하기에 앞서 세카리는 약을 만들었다. 커민과 벌꿀, 약한 도수의 맥주, 석회, 그리고 '비비원숭이 털'이라는 이름의 풀이 들어갔다. 이 재료들을 넣고 찧은 다음 체에 걸러서 만든 그 음료는 원기를 유지하고, 사막을 배회하는 수많은 파충류들을 물리치기 위해 꼭 필요한 것이었다. 세카리는 사소하지만 요긴한 예방책도 하나 일러주었다. 양파즙을 온몸에 발라두라는 것이었다. 이렇게 하면 뱀과 도마뱀이 달려들지 않는다고 했다. 이러한 처방은 오감을 예민하게 만드는 효과도 있는데, 이것은 사방이 위험으로 둘러싸인 환경에서는 결코 무시 못 할 이점이었다.

입비뚤이만은 이런 예방책들을 거부했다. 하긴 그는 성질이 워낙 고약해서 뿔뱀조차도 그에게는 달려들지 않을 것 같았다.

"넌 식물에 대해 모르는 게 없구나, 세카리."

이케르가 놀라워했다.

"바보짓을 저지르기 전까지 나는 과수원지기이자 새잡이였어. 여기 내 목을 좀 봐. 이건 물지게를 지고 다니느라 살이 짓물러서 생긴 흉터야. 그렇게 져 나른 물단지가 얼마인지 나도 몰라. 내가 제일 잘하는 일은 과수원에서 새를 잡는 거였어. 난 새들을 아주 좋아하지만 어떤 새들은 일을 다 망쳐놓거든! 손을 쓰지 않으면 과일이 한 알도 남아나지 않아. 그래서 나는 새들에게 다른 곳에 가서 먹이를 구해야 한다는 걸 가르치기 위해 새덫과 그물을 써서 그 작은 짐승들을 붙잡곤 했지. 그렇게 잡아도 메추라기만 빼놓고 다른 새들은 다 놓아주었어. 메추라기는 석쇠 위에 올라가거나 스튜 냄비 속으로 들어가야 하니까. 나는 새들한테 말도 가르쳤다고! 몇몇 녀석들은 내가 자기들 소리를 흉내 내기만 하면 과수원 근처에 얼씬거리지 않았지."

"네가 말한 그 바보짓이라는 게 뭔데?"

세카리가 잠시 망설였다.

"그게 말이야, 우리 같은 직업은 세무청에 모든 수입을 신고할 수 없어. 안 그러면 수지를 맞출 수 없거든. 세무 감사를 나오던 서기관이 한 명 있었는데, 그가 내게 뒷돈을 내놓으라는 눈치를 은근히 보내는 거야. 몸집이 크고, 코에는 여드름이 잔뜩 난 아주 못생긴 놈이었어. 거짓말을 밥 먹듯이 하면서도 겉으로는 깨끗한 척하는 위선자였지. 그래서 나는 그자가 과수원에 올 때를 기다렸다가 새덫을 놓았어. 그 멍청이는 워낙 몸이 둔했던 터라, 그물에 옭매여서 숨도 잘 못 쉬고 고생 좀 했지. 그자를 동정하는 사람은 아무도 없었어. 그렇지만 재판정은 내게 유죄판결을 내리더군. 뜻하지 않은 사고로 볼 수 있는 면도 있어서 사형선고는 면했지만, 광산에서 벗어나려면 한참을 더 기다려야 할 거야."

"세금 징수관들은 우리에게 도움이 안 돼. 모범수로 형을 감면받는 선 생각 안 해봤니?"

"바로 그 이유 때문에 내가 몸조심하고 있잖아. 신중하게 그리고 사근사근하게, 이것이 내 행동 원칙이야. 그렇게 하면 감시인들로부터 좋은 점수를 받을 수 있거든."

"터키석 광산이 어떤 곳인지 아는 게 있니?"

"아니, 하지만 그곳이 구리 광산보다는 덜 고되지 않을까?"

"우리를 왜 그곳으로 보내는 걸까?"

"모르겠어. 너한테 조언 하나 하겠는데, 입비뚤이를 조심해."

이케르가 반박했다.

"그는 내게 친절하게 대해주는 걸."

"그래서 이상하다는 거야. 그는 살인을 저지른 자야. 비록 절도에 상해치사라는 판결을 받았지만 말이야. 내가 보기에 그자는 너를 미워하는데 네 앞에서 연극을 하고 있어."

이케르는 부적을 문지르며 세카리의 충고를 귀담아 들어야겠다고 생각했다. 사실 그는 입비뚤이를 처음 봤을 때 받았던 인상을 잊어버리고 경계를 늦추었던 것이다.

이케르가 솝두 신의 삼각형 돌을 베일에 싸서 운반할 사람으로 정해졌다. 이 지역 사막에 비적대들이 나타났다는 보고는 없었지만, 그래도 신의 보호를 보장받는 편이 좋았다.

"다 왔다."

감찰관이 알려주었다.

경관이 웅장한 지역이었다.* 산들이 끝 간 데 없이 겹겹이 포개지고, 분지를 굽어보는 고원 둘레에는 와디**들이 사방으로 나 있었다.

몇 군데 가시덤불과 울퉁불퉁한 바위들, 노랗고 검은 사암, 붉은 구릉들, 그리고 세찬 바람이 거칠면서도 매혹적인 이 풍경에 생기를 불어넣었다.

감찰관들과 이송 죄수들, 물과 식량을 실은 당나귀들로 이루어진 행렬은 고원으로 향하는 비탈길을 올라갔다.

곧은길이 시작되는 초입에 건장한 오십대 남자가 일행을 기다리고 있었다. 양편에 묘석이 늘어선 이 길은 신전을 향해 뻗어 있었다. 남자가 말했다.

"나는 호루레라고 한다. 파라오 세소스트리스께서 이곳에 파견한 작업대의 감독관이다. 날씨가 나빠져 임무 수행이 어려워지는 바람에 더 많은 광부들이 필요해 너희를 징집했다. 지금 더운 계절이 넉 달째 계속되고 있다. 터키석을 채굴하는 데는 최악의 조건이지. 터키석은 온도가 높으면 그 강렬한 청록색을 잃고 말아. 게다가 파라오께서는 내게, 이제까지 발견된 적이 없는 가장 아름다운 돌을 바치라고 명하셨다. 우리는 매일 이 지역의 수호신인 하토르 여신에게 경배를 올리고, 여신이 우리의 팔을 잡아 이끌어주시기를 기도하고 있다. 오늘은 휴식일이니 쉬고, 내일 동이 트면 일을 시작하도록 해라."

주민들은 신전 오른쪽 지역에 거주했다. 광산에서 급료를 받으며 일하는 자유민들은 자신들에게 위탁된 이 죄수들을 경계하는 눈으로 바라보았다. 입비뚤이의 거동은 모두를 불안하게 했다.

---

* 오늘날 세라비트 엘카딤(Serabit el-Khadim)이라는 이름으로 불리는, 이십 제곱킬로미터 면적의 고원 지대.

** 건조 지대의 간헐천. 보통 때는 물길만 나 있는 마른 계곡이었다가 비가 내리면 홍수처럼 물이 흘러내린다.(옮긴이)

돌움막 몇 채가 바깥에서 문을 잠글 수 있는 감옥으로 개조되어 있었다. 움막 안 거적자리 위에 완두콩으로 속을 채운 전병과 대추야자 열매, 그리고 물이 놓여 있었다.

"이 정도면 괜찮은데."

세카리가 음식에 달려들며 말했다.

죄수들은 엄중한 감시를 받으며 호루레 앞으로 불려갔다. 호루레는 한마디도 하지 않고 앞장서서 죄수들을 신전 안으로 데리고 들어갔다. 열주가 늘어선 홀이 이어졌고, 제단들 위에는 봉헌물이 가득 쌓여 있었다.

이케르는 생각에 잠겼다. 신전 안은 고요했다. 향내가 감도는 이 신성한 영역에 들어서자 마치 다른 세상에 들어온 느낌이었다.

호루레는 죄수들을 어떤 넓은 홀까지 인도했다. 홀 가장자리에 저수통과 몸을 씻는 수반들이 붙어 있었다.

감독관이 말했다.

"여기는 우리를 수호해주시는 하토르 여신의 지성소이다. 여신께서 우리의 작업을 인도해주시고, 훌륭한 터키석을 내려주시기를……"

호루레는 제단 위에 포도주가 담긴 대리석 잔 하나와 목걸이 하나, 시스트럼* 두 개, 암고양이 모양의 소형 입상 하나를 바쳤다.

"여신이 화가 나서 인간을 벌하려 할 때는 암사자의 형상으로 나타나시며, 그 사자는 사막으로 가서 길 잃은 자들을 죽인다. 먼 곳에 있던 여신이 신들이 사랑하는 이 땅으로 돌아올 때면 여신은 다정하고

---

* 고대 이집트의 타악기. 딸랑이 형태로 하토르 여신 제의에 사용되었다.(옮긴이)

사랑스러운 암고양이의 모습으로 변신한다. 여신이 지닌 터키석은 행복과 회춘의 상징으로 불행과 노쇠를 이길 수 있다. 터키석은 그 힘을 빛의 아이들에게 전수하여 그들에게서 환희가 솟아나게 한다. 하토르 여신이여, 매일 아침 태양을 솟아오르게 하여 인간의 세상을 되살리시는 분은 당신입니다. 당신의 햇살이 우리의 심장을 꿰뚫게 하소서."

이케르에게는 감독관의 말 한마디 한마디가 계시처럼 울렸다. 신전 안에서 몸과 마음이 아늑하고 충만해지는 게 느껴졌다. 그래서일까. 그 아름다운 여사제의 얼굴이 눈앞에 보이는 것 같았다. 그녀가 거기에 있었다. 아주 가까이, 그가 느끼는 감동을 함께 나누며……

제의는 간략하고 짧게 끝났다. 모두들 신전 밖으로 나왔다. 호루레는 죄수들을 데리고 험한 절벽 아래로 갔다.

"여기는 위험 지대이다."

감독관이 미리 밝혔다.

"그래서 너희들이 여기를 맡게 된 것이다. 우리가 이 절벽에 민 신의 석상을 들이대자 석상이 뒤로 물러났었다. 다시 말해 이 안에 광맥이 숨겨져 있는데, 그 결실을 우리에게 내주지 않으려는 것이다. 갱도를 파려고 하다가는 이 절벽을 분노하게 만들 거고, 그 복수로 광부들이 죽게 될 것이다. 이 산이 자신을 파헤쳐도 좋다는 허락을 내릴 때까지 기다리는 게 제일 좋겠지만, 이미 말했다시피 우리에겐 그럴 시간이 없다."

"이 자리 말고 다른 곳을 파면 안 되나요?"

세카리가 반문했다.

"내 판단으로는 불변의 아름다움을 지닌 어떤 특별한 터키석이 이곳에 감춰져 있다. 이 위험한 일을 맡든가, 아니면 구리 광산으로 되돌아가든가, 어느 쪽을 택하느냐는 너희들에게 달렸다. 만약 너희들이 이 일에 성공하면 너희는 자유를 얻게 될 것이다."

자유! 이 말이 이케르의 머릿속에 강하게 울렸다.

"저는 그만둘 겁니다요."

입비뚤이가 대답했다.

"제가 일하던 구리 제련장으로 돌아가고 싶다고요. 기술자들이 빠져나가면 일이 엉망이 되거든요."

다른 죄수들도 입비뚤이와 같은 생각이었다.

이케르가 앞으로 나섰다.

"제가 이 일을 한번 해보겠습니다."

"미쳤구나!"

세카리가 말렸다.

"감독관의 말도 못 들었어? 민 신도 물러섰다잖아!"

"제게 연장을 주십시오."

"이케르, 정신 차려, 넌 지금 불구덩이 속으로 뛰어드는 거야! 이건 누가 해도 성공할 수 없는 일이라고."

"나와 함께 해보지 않을래? 실낱같은 희망에 매달려 구리 광산에 웅크리고 있는 것과 어쩌면 가까운 미래에 자유를 되찾게 될 가능성, 이 둘 사이에서 주저할 이유가 뭐야?"

세카리는 고민스러워하며 절벽을 응시했다.

"그래, 하지만 네가 먼저 해야 해."

"물론이지."

"다른 지원자는 없나?"

호루레가 물었다.

"없습니다."

밀정을 제거할 수 있어서 흐뭇해진 입비뚤이가 대답했다.

호루레는 한쪽 무릎을 땅에 대고 산을 향해 우러러 손을 치켜들었다.

"너희들이 파내려갈 갱도는 '광부들을 번영케 하고 하토르 여신의 완성된 작품을 보도록 해줄 갱도'가 될 것이다. 살아 있는 돌이여, 땅을 내려찍는 곡괭이의 일격을 환대해다오. 우리가 우리 자신이 아닌 빛을 위해 일한다는 사실을 알아다오."

호루레는 두 명의 지원자에게 곡괭이를 주고 규석과 현무암 재질의 공이를 마련해주었다.

"어디서부터 팔까요?"

세카리가 물었다.

호루레가 정확한 지점을 가리켰다. 땅을 파는 연장들의 합창 소리가 광산의 정적을 깨뜨렸다.

# 20

코훌쩍이는 자신이 자랑스러울 만도 했다. 십 년 동안 수에즈 지협의 모든 길들을 휩쓸며 헤아릴 수 없이 많은 카라반들을 약탈해왔고, 또 얼마 전에는 싸움 한 번 없이 자신의 제일 강력한 경쟁자를 쓰러뜨렸던 것이다. 그의 경쟁 상대였던 비적 두목은 어리석게도 골짜기로 떨어져 죽었는데, 그 부하들은 후계자를 정하는 문제로 티격태격 서로 반목만 하더니, 차라리 코훌쩍이 밑으로 들어와 이 지역 사막에서 가장 강한 비적대가 되자고 결정을 내린 참이었다. 그렇게 해서 이제 그들은 더 조직적으로 움직일 수 있었고, 단 한 사람의 상인도 손아귀에서 놓치지 않을 수 있게 되었다.

그들은 자신들에게 걸려든 상인들의 재물을 모조리 빼앗은 적도 있었고, 또 때로는 관가에 고발하지 않겠다고 맹세하게 한 후 일부만 빼앗고 보내주기도 했다. 물론 맹세를 어길 경우 보복을 각오하라는 엄포도 잊지 않았다. 여인네들을 겁탈하는 일도 빼먹지 않았는데, 그녀들 역시 자신들이 당한 일을 감히 바깥에 하소연하지 못했다.

"저기 하나 걸려들었는뎁쇼."

"카라반이냐?"

코훌쩍이가 입맛을 다시며 되물었다.

"그래 보이진 않는데요."

"그럼 어떤 놈들이야?"

"한 스무 명가량 되는 놈들인뎁쇼."

"감찰관들이냐?"

"움직이는 꼴들을 봐서는 절대 아닙니다요. 어느 구석에든 기어 들어가 사라져줘야 하는 별 볼일 없는 비렁뱅이 무리입니다요."

"몇 놈은 살려두어 우리 패거리로 삼고, 나머지는 다 없애버려."

"그게 간단하지 않겠는뎁쇼."

오합지졸을 이끄는 우두머리의 당당한 풍모가 비적대가 보기에도 예사롭지 않았다. 부하들보다 몇 걸음 앞장서서 걷는 그의 눈은 먹이를 노리는 야수처럼 빛나고 있었다.

코훌쩍이는 슬그머니 겁이 났지만 체면상 내색은 못 하고 우두머리의 앞을 가로막고 섰다.

"이봐 친구, 넌 누구냐?"

"나는 예고자이다."

"무엇을 예고하는데?"

"파라오의 적들은 그 폭군을 없애기 위해 내게 복종해야 한다는 걸 예고한다."

코훌쩍이는 두 손을 허리에 올렸다.

"저런, 그러시군! 그럼 나도 너한테 복종해야 한다는 말이네."

"나는 신들의 말을 전할 수 있는 유일한 사람이다. 또한 내가 유일한 승리자가 될 것이기에 너는 나에게 복종해야 한다."

"머리가 돈 놈이로구나, 하지만 재미는 있군!"

"네 말대로라면 어째서 네 목소리가 떨리고 있는 것이냐?"

"얼씨구? 네 녀석이 세게 나와봤자 내가 눈이라도 깜빡할 줄 아느냐?"

"목숨을 부지하고 싶으면 당장 나에게 복종하라."

코훌쩍이는 껄껄거리며 웃었다.

"거참 말도 많네! 네놈들을 하나하나 살펴봐서 튼튼한 놈들은 내가 받아주지. 나머지는 사막에서 비썩 마른 송장이 될 것이다."

예고자가 왼손을 내밀었다.

"마지막으로 한 번 더 말하겠다. 나를 따르라."

코훌쩍이가 상대를 한 대 후려치려는가 싶은 순간 예고자의 손이 맹수의 발톱으로, 코는 날카로운 부리로 변했다.

"매인간이다!"

비적 하나가 소리쳤다.

"우리를 전부 죽일 거야!"

비적 패거리들은 손을 머리 위로 올리고 모래 위에 납작 엎드렸다. 그 자세로 꼼짝하지 않고 있으면 괴물의 포악함을 모면할 수 있으리라는 생각에서였다.

얼음장 같은 바람이 그들의 몸을 쓸고 갔다. 엎드렸던 비적 가운데 하나가 용기를 내서 머리를 들어보았다. 코훌쩍이가 목이 잘린 채 땅 위에 나뒹굴고 있었다.

"나를 따르기를 거부할 자가 또 있는가?"

예고자가 부드럽게 물었다.

비적대들은 머리를 조아려 그를 자신들의 새 주인으로 맞았다.

"이제 됐어!"

온몸이 땀에 젖은 세카리가 말했다.

"버팀목을 세웠어! 이제 여기서 빠져나갈 작은 희망은 있는 셈이지."

이케르는 조금 전 발견한 광맥을 파들어가면서도 갱도가 무너질지 모른다는 생각은 미처 하지 못했었다. 세카리가 나서지 않았다면 두 사람은 땅속에 매몰되었을지도 몰랐다.

세카리가 중얼거렸다.

"그다지 비관적인 상황은 아냐. 파기 시작한 지 고작 며칠밖에 되지 않았는데 바위 한가운데서 이 광맥을 발견했으니까. 꼭 우리를 기다리고 있었던 것 같아!"

"기둥을 몇 개 더 세우는 게 좋겠어."

"그러자. 곡괭이질을 하기 전에 굴을 더 든든히 떠받쳐놔야겠다."

두 청년이 또다시 살아서 갱도를 빠져나오는 걸 보고 호루레는 놀라움을 감추지 못했다.

"멋진 걸 찾았어요, 감독관님."

세카리가 소리쳤다.

"터키석이냐?"

"아직은 아닙니다. 하지만 지금 발견한 광맥이 분명 그 보물에 이어져 있을 거예요."

이 소식은 광산 전체에 빠르게 퍼져나갔다. 입비뚤이는 이곳에 함께 왔던 다른 이들과 함께 구리 광산으로 돌아가기에 앞서 몇 가지 허드렛일을 맡아 하고 있었다. 이들은 뒤늦게 후회를 하면서 시기심마저 품게 되었다.

위험한 채굴 작업을 시작하면서부터 이케르와 세카리는 구리 광산의 옛 동료들과는 더이상 어울리지 않고 있었다. 이 둘에겐 나머지 사람들에게보다 훨씬 더 좋은 식사가 주어졌다.

해질 무렵, 호루레는 두 사람을 마주하고 앉았다.

"너희 둘 다 용기 있는 아이들이구나."

"그런 말씀 마세요."

세카리가 투덜거렸다.

"아주 힘들어 죽겠습니다! 저희한테 너무 심했다 싶지 않으세요?"

"나는 최고의 터키석이 필요해. 그걸 캐내지 못하는 한 너희들은 임무를 완수한 게 아니지."

"뭐 한 가지 여쭤봐도 될까요?"

이케르가 물었다.

"뭔데?"

"거북눈이나 칼날이라는 이름의 뱃사람에 대해 들어보신 적 있나요? 그들이 탔던 배 이름이 라피드 호인데 혹시 들어보셨어요?"

"내 분야는 사막이지 바다가 아냐. 휴식을 주겠다. 채광 작업은 모레부터 다시 시작하거라."

카라반은 아직 약간의 물이 흐르고 있는 와디 옆에서 잠시 걸음을 멈췄다. 감찰관들의 경호를 받으며 상인들이 당나귀에서 짐을 풀었다. 당나귀들이 물을 마시러 달려갔다.

"아직 사흘은 더 가야 해."

길잡이가 말했다.

"그래야 나일 삼각주에 도착할 수 있어. 저기 운하와 나무, 풀 들이 보이지? 드디어 이 뜨겁고 적막한 사막을 벗어날 수 있게 된 거야. 이번 여행은 무척 길게 느껴지는걸."

"사막에서 살아서 나가게 된 걸 다행으로 생각해. 이 지역은 점점 더 위험해지고 있어."

감찰대장이 대꾸했다.

"사막 비적대가 설치는가보군."

"최근에는 사람이고 짐승이고 남김없이 죽여놓고 내뺀 경우가 있었지."

"파라오께서 그런 놈들을 싹 쓸어다가 제대로 맛을 보여주셔야 하는 건데, 왜 안 그러시는지?"

"신경 쓰셔야 할 다른 문제가 많은 거겠지. 어쨌든 여기는 나를 비롯해서 유능한 감찰관 십여 명이 지키고 있으니까."

"가서 비상식량 단지들을 찾아보세. 우린 푸짐한 식사를 해도 될 만큼 충분히 고생했잖나."

사막의 길잡이들은 누구나 비상식량이 감춰진 장소들을 알았다. 작은 비석들과 부적들이 주술의 힘으로 그 장소를 보호하고 있었다. 그곳에 정기적으로 보충되는 물과 음식들은 여행 중에 필요한 식량의 양을 잘못 계산하는 바람에 굶주리고 지친 여행객들을 구원해주곤 했다.

비석이 깨어져 있었다. 부적들도 사방으로 흩어져 있었다.

감찰대장이 화를 냈다.

"누가 감히 이런 짓을 한 거야? 무도한 놈들이 이제 더이상 눈에 뵈는 게 없나보군! 즉시 보고서를 써서 이 만행을 알려야겠네. 이번만큼은 군대가 출동해서 놈들을 소탕할 거야."

순간 갑자기 들려온 비명 소리에 두 사람은 소스라쳤다.

"카라반이 습격당했다!"

길잡이는 줄행랑치려고 했다. 하지만 바람처럼 달려온 두 명의 비적이 그를 따라잡아 곤봉으로 내려쳐서 머리를 부숴버렸다.

감찰대장은 적에게 맞서보았지만, 비적들의 수에 밀려서 곧 굴복하고 말았다. 사로잡힌 그는 비정상적일 정도로 키가 큰 데다 비썩 마르고 눈은 붉은 남자 앞으로 끌려갔다.

"이 사막에서 몇 년 동안 근무했느냐?"

예고자가 물었다.

"십 년도 더 되었소."

"그렇다면 넌 이 지역을 샅샅이 꿰고 있겠구나. 고문을 피하려면 파라오가 중요하게 여기는 지역들을 내게 상세히 고해라."

"무슨 이유로?"

"아무것도 묻지 말고 대답만 하라."

감찰대장은 곳곳의 작은 보루들과 카라반들이 반드시 거쳐 가는 숙박 지점들, 구리 광산들과 터키석 광산들에 대해 털어놓았다.

"터키석이라."

이 말을 되풀이하는 예고자의 음색이 심상치 않았다.

"그 돌은 어떤 여신이 보호한다고 하던데?"

"하토르 여신이오."

"그 여신은 언제나 자비로우냐?"

"무서운 암사자로 변했을 때는 아니오. 여신은 사자의 모습으로 누비아 땅을 달리며 반역자들을 삼킨다고 하오. 터키석이 있으면 여신을 진정시킬 수 있소."

"터키석 광산의 경비는 어떠하냐?"

"감찰관들이 항상 지키고 있소."

"병사여, 이제 너는 더이상 필요 없다. 네가 자신의 나라를 배신할 인물은 아니니 말이다."

예고자가 감찰대장에게서 등을 돌리자, 얼간이 스합이 앞으로 나와 감찰대장을 처형했다.

# 21

이케르는 숨이 막힐 것 같았다. 그러나 그는 콜록거리면서도 광산의 심장부로 통하는 그 광맥을 계속 파들어갔다. 세카리는 버팀목들을 받쳐놓느라 기진맥진해서 친구가 일하는 모습을 바라보고만 있었다.

"이젠 막다른 길이야, 이케르. 행운과 내기를 한 대가로 우리는 결국 흙더미에 깔려 죽게 될 거야."

"이 지점은 바위가 아주 단단해. 이 고비만 넘기면 돼."

"터키석은 그림자도 찾아볼 수 없잖아!"

울분을 못 이긴 세카리가 갱도의 벽을 곡괭이로 내리쳤다.

"이것 좀 봐. 네가 바위를 깨뜨렸어."

청록색 빛이 틈 사이에서 새어 나오고 있었다.

세카리가 등잔불을 가까이 가져다 댔다. 심지에서 그을음이 나지 않도록 미리 손질해둔 등잔불이었다.

"터키석이다. 터키석이야!"

이케르와 세카리가 들고온 터키석을 본 호루레가 뿌루퉁한 얼굴로 말했다.

"이건 시원찮은 돌들이야. 색이 탁하게 죽어 있잖아. 이걸 궁정에 가지고 갈 수는 없어."

"지금 계절이 채굴에 적합하지 않다고 직접 말씀하셨잖아요."

이케르가 대답했다.

"하루를 줄 테니 좀 쉬고, 그런 다음 일을 계속하거라. 분명 터키석의 여왕이 이 산에 숨겨져 있을 거야. 나는 그것을 찾아야 한다. 너희의 자유는 이 일을 해낸 다음에야 주어질 거야."

이케르와 세카리는 실망감을 달래며 다시 일을 시작했다. 이케르는 세카리의 몫까지 한층 더 굳은 의지를 보였다.

"좋은 생각이 있어."

이케르가 말했다.

"그만둬! 또 정신 나간 소리겠지 뭐."

"밤에 파보면 어떨까? 달빛에 갱도 벽면이 어떻게 달라지는지 지켜보는 거야. 내 생각에 밤이 되면 바위가 낮과는 다른 방식으로 숨을 쉴 것 같아."

"잠은 언제 자고?"

"한번 해보자."

세카리가 어깨를 으쓱했다.

정말 밤이 되자 갱도의 모습은 아주 달라 보였다. 두 사람은 마치 지성소로 들어가고 있는 느낌을 받았다. 신비스러운 힘들이 뭔가를 도모하고 있는 지성소. 두 사람은 깊은 생각에 잠겨 천천히, 갱도의 가장 깊숙한 지점을 향해 앞으로 나아갔다.

세카리가 들고 있던 등잔불이 꺼졌다.
“설상가상이구나! 나가서 다른 등잔불을 가져와야겠어.”
“잠깐만 기다려.”
“아무것도 안 보이잖아!”
“아냐!”
“아…… 네 말이 맞았어.”
갱도 벽에서 푸른빛이 비쳐 나오고 있었다. 강렬하면서도 부드러운 빛이었다.
“세카리, 작은 곡괭이를 줘봐.”
이케르는 바위에서 비쳐 나오는 빛 둘레를 조심스럽게 팠다.
터키석이 나타났다. 두 사람이 깜짝 놀랄 만큼 영롱한 빛을 내뿜는 커다란 터키석이었다.
이케르는 얼굴을 가까이 대고 터키석을 응시했다. 돌 한가운데에서 아름다운 여사제가 그를 바라보며 미소 짓고 있었다.

“훌륭하구나.”
호루레가 입을 다물지 못했다.
“지금까지 본 것 중에서 가장 뛰어난 터키석이야.”
“그럼 저희들은 자유를 얻는 건가요?”
이케르가 물었다.
“한번 한 약속은 지킨다. 너희는 다음번 카라반과 함께 나일 계곡으로 떠나라. 여기 그 증명서다.”
이케르는 건네받은 목판을 가슴에 꼭 끌어안았다. 그건 자신에게 미래를 다시 돌려줄 증명서였다.

"우리가 거둔 승리에 술이 빠질 수는 없잖아요!"

세카리가 제안했다.

호루레는 잠시 고민하는 척했다.

"요구하는 게 너무 많구나. 하지만 그것도 미리 생각해두었지."

세카리는 세 잔을 연거푸 들이켰다. 그런 다음 포도주의 맛을 또다시 음미해가며 음식을 실컷 먹었다.

"이런 자리에 여자가 빠져서 아쉽군! 안 그럼 더이상 바랄 게 없을 텐데 말이야. 얼마 후면 즐거운 밤을 보낼 수 있겠지. 애인은 있니, 이케르?"

"나는 이름도 모르는 한 여인을 찾고 있어."

"어디서 만났는데?"

"처음 본 곳은 운하 옆의 우거진 버드나무 아래였어."

"아! 목동에게 나타난다는 여신 말이구나! 그건 오래된 전설이지. 나름대로 재미도 있고 말이야. 하지만 나는 지금 진짜 여자에 대해 말하는 거야."

"그녀는 진짜야. 또다시 만났었는걸."

"버드나무 아래서?"

"아니, 어느 시골 축제에서. 그리고 이번에 세번째로 보았어. 터키석 한가운데 그녀가 있었어."

세카리는 포도주를 또 한 잔 들이켰다.

"넌 일을 너무 많이 했어, 이케르. 잠도 거의 자지 않았고. 그래서 그런 헛것이 보이고 마음이 울적해지는 거야. 몇 시간 자고 나면 괜찮을 거야."

"나는 그녀의 이름도 몰라. 여사제라는 것만 빼고."

"예쁘니? 아니면 도도하니?"

"세상에서 그보다 더 아름다운 여자는 없을 거야."

"너 정말로 사랑에 빠졌구나! 그 여사제가 아비도스의 황금원(圓)에 들어간 사람이 아니어야 하는데."

"무슨 말이야, 세카리?"

"과수원지기들이 쓰는 표현이야. 입문해서 신전에 은거하는 사람들을 가리키는 말이야."

"아닐 거야. 그녀는 축제에 와서 봉헌물을 바쳤었거든."

"너에게는 다행이구나! 부디 그게 세상에 내보인 마지막 모습이 아니어야 할 텐데. 축제에 왔다가 자기 동료들한테로 돌아갔다면 문제잖아."

"왜 황금원이라는 거지? 또 어째서 아비도스인 거니?"

"넌 정말 알고 싶은 것도 많구나! 아비도스는 이집트에서 가장 신비스러운 곳이야. 알다시피 그곳에서 오시리스가 부활하는 덕분에 이 나라 백성이 계속해서 평화롭게 살 수 있는 거잖아. 그 나머지 일에 대해서야 우리 같은 사람은 알 수 없지."

"그 황금원에 들어가는 게 가능할까?"

"솔직히 난 농담을 한 거였어! 너도 가볍게 말한 거 아니었어?"

"어째서 그렇게 생각해?"

"너한테는 꼭 해야 할 일들이 있으니까! 넌 네 인생을 망쳐놓은 두 뱃사람을 찾고 있잖니?"

"그 두 뱃사람, 배 한 척, 나를 죽이려 했던 가짜 감찰관."

이케르가 나직이 말을 계속했다.

"그리고 푼트."

"아 그건 아냐, 그런 전설을 믿으면 안 돼! 네가 터키석 채굴에 놀라운 기술을 갖고 있다는 걸 모르니? 아마 파라오도 네가 세운 공에 대해 보고받을 거다."

"너는 이 원정대의 감독관이 호루레라는 사실을 잊고 있구나. 이 일의 공로는 그에게 돌아가게 되어 있어."

세카리가 시인했다.

"그래, 네 말이 맞을 것 같다. 어쨌든 우린 자유의 몸이 되었잖아!"

"나와 같이 가지 않을래? 그들을 찾는 걸 도와줘."

과수원지기는 난처한 표정을 지었다.

"너도 알다시피, 나는 조용히 사는 것밖엔 바라는 게 없는 녀석이야. 서로 치고받는 건 질색이라고. 싸움판은 나처럼 평온한 사람에겐 안 어울려."

"무슨 말인지 이해해. 그럼 우리 각자의 길을 가자."

취해버린 세카리는 자리 위에 눕자마자 곯아떨어졌다. 잠을 이루지 못하던 이케르는 움막 밖으로 나와 별을 바라보았다. 어째서 운명은 그를 이렇게 다그치는가? 이렇게 해서 운명이 그를 이끌어가려는 곳은 어디인가?

여사제를 떠올리자 그의 마음에 평화로움과 고통이 동시에 밀려들었다. 만약 그녀가 정말로 다가갈 수 없는 여인이라면 그는 영원히 행복해질 수 없을 것이다. 하지만 이제 다시 서기관이 될 수 있고 또 가야 할 길을 계속 갈 수 있게 되었는데, 무엇 때문에 절망한단 말인가? 터키석을 발견해낸 만큼 용기를 가져도 되지 않겠는가? 위험을 무릅쓰며 광산의 비밀을 알아낸 결과 이케르는 목적을 이룰 수 있었다. 이런 식으로 계속 해나간다면 자신을 공격한 자들을 찾아낼 수 있을 것이고, 그들이 어째서 자신을 희생물로 택했는지도 알아낼 수 있을 것이다. 그는 믿었다. 하토르 여신이 자신을 사랑하는 여인에게로 인도해줄 것이라고.

그 순간 둔탁한 비명 소리를 들은 것 같았다. 소리가 난 곳은 고원으로 올라오는 길이 끝나는 지점이었다. 그 자리에는 늘 보초 한 명이 배치되어 지키고 있었다.

이케르는 비명 소리가 들려온 쪽으로 살금살금 걸어갔다. 그는 본능적으로 자신이 거기 있다는 사실을 드러내선 안 된다는 걸 알아차렸다.

몇 사람이 바위 뒤로 몸을 숨기는 모습이 어렴풋이 눈에 잡혔다.

모든 일이 지극히 신속하게, 또 소리 없이 이루어져서 마치 아무 일도 없는 것처럼 느껴졌다.

그러나 이케르는 속지 않았다. 이들은 보초를 처치한 다음 이 여신의 영역을 침범해 들어온 것이다.

이마에 식은땀이 배어 나왔다. 이케르는 호루레의 집 쪽으로 몸을 돌렸다. 그때 몇 명의 윤곽이 그가 가려던 방향으로 먼저 뛰쳐나가는 게 보였다.

서슬 퍼런 고함 소리가 밤의 정적을 갈랐다.

"공격해라. 남김없이 죽여버려!"

얼간이 스합의 목소리였다.

# 22

침입자들은 고원을 경비하기 위해 배치된 보초병들을 남김없이 처치하고 파도처럼 난입해 들어왔다.

예고자가 손수 개입할 필요도 없이 조용히 지켜보고 있는 가운데, 얼간이 스합과 사막 비적대는 감찰관들과 광부들을 살육했다.

호루레는 부하들을 모아 침입자들에게 저항하려 했지만 입비뚤이가 휘두른 돌에 뒷머리가 깨져서 죽고 말았다.

입비뚤이가 앞장서서 날뛰며 침입자들을 부추겼다.

"깡그리 없애버려, 친구들. 나는 자네들 편이야."

이케르는 아수라장이 벌어진 상황에서도 싸움에 뛰어들려 했다. 그때 누군가가 그를 잡아채며 땅바닥에 납작 엎드리게 했다.

"죽은 척해."

세카리였다.

살육자들이 피범벅이 된 곤봉을 쥐고 두 사람 옆을 지나갔다. 땅바닥에 엎어져 있는 둘에게 관심을 두는 사람은 없었다.

"빨리 달아나야 해!"

"싸워야 해, 싸워야만……"

"싸워봤자 가망 없어."

얼이 빠진 이케르는 세카리가 잡아끄는 대로 끌려갔다.

"네 이름이 뭐냐?"

예고자가 물었다.

"입비뚤이라고 하오."

"어째서 우리를 도왔느냐?"

"나는 구리 광산에서 종신 노역형을 살아야 하는 몸이오. 여왕 터키석을 찾는 일 때문에 잠시 이리로 온 거요."

"그래서 찾았느냐?"

"내가 찾은 건 아니오. 하지만 이케르라는 감찰대 밀정놈이 광산 깊숙한 곳에서 캐냈소."

"그것은 지금 어디 있느냐?"

"아마도 감독관 호루레의 집에 모셔져 있을 거요. 그자는 내 손으로 죽였소! 나를 속박하던 간수놈들을 다 처치해버리니 속이 다 후련하군. 나는 그놈들에게 가장 무서운 형벌을 주고 싶소. 그들이 죄수에게 하던 방식 그대로 놈들의 시체를 불태우는 거요."

예고자도 아주 흡족해하며 허락했다.

입비뚤이와 얼간이 스합이 시체를 쌓아올려 불을 지르는 동안 예고자는 호루레의 거처로 들어갔다. 그가 아름다운 여왕 터키석이 숨겨진 대리석 상자를 찾아들기까지는 그리 많은 시간이 필요치 않았다.

부하들이 첫 승리에 취해서 진탕 먹고 마시는 사이, 예고자는 이 진귀한 돌을 달빛 아래로 내밀었다. 돌 속에 힘을 채워 넣기 위해서였다. 이렇게 해서 이 터키석은 승리를 향한 그의 노정에 결정적 무기가 되고 말았다.

"그나저나 당신은 정말 누구요?"

얼근히 취한 입비뚤이가 다가와서 물었다.

"네가 이집트인들을 원 없이 죽일 수 있게 해줄 사람이지."

"그렇다면 당신은 장군이구먼!"

"나는 예고자다. 온 세상의 숭배를 받으며, 천지에 새로운 종교를 전파할 사람이다."

"그렇게 되면 나한테는 뭐가 생기는 거요?"

"나를 따르는 자들은 영광과 재물을 얻게 될 것이다."

"영광은 개한테 던져주더라도, 재물은 구미가 당기는군."

"이 광산 금고에 있는 터키석의 반을 네게 주겠다."

입비뚤이가 좋아서 침이 흐르는 입을 쩍 벌렸다.

"통 큰 대장부이십니다, 주인님! 저는 머리가 모자라 누굴 이끌 재간은 없는 사람입니다. 제게 상을 주셨으니 그 대가로 주인님을 따르겠습니다. 하지만 도중에 포기하시면 안 됩니다요."

"걱정 마라."

"저쪽에서 저희들과 한잔 하시지요."

"정신이 멀쩡한 사람도 있어야 하는 법."

입비뚤이는 높이 치솟고 있는 불길 쪽으로 몸을 휘청거리며 걸어갔다. 감찰관들과 광부들의 시체가 시커먼 연기를 내뿜으며 활활 타는 동안 옆에서 왁자지껄하게 떠들며 진탕 마셔대는 승리자의 무리와 다시 어울리기 위해서였다.

세카리와 이케르는 날리고 또 달렸다. 한참을 달린 끝에 두 사람은 숨이 턱에 차서 평평한 돌 위에 털썩 주저앉았다.

세카리가 걱정스럽게 말했다.

"멈추면 안 돼. 비적들이 우리를 뒤쫓아올 거야."

"대체 어떤 자들일까?"

"아마 사막 비적대일 거야. 보통은 카라반들을 습격하곤 하는데."

"입비뚤이가 그들의 앞잡이 노릇을 하는 걸 봤어!"

"이상한 일도 아냐, 이케르. 그자는 원래 심성이 고약해."

다시 일어선 두 사람은 기진맥진할 때까지 걸었다. 갈증으로 목이 타는 것 같았다.

"물을 발견할 수 있을까?"

이케르가 물었다.

"모르겠어."

두 사람은 속도를 조금 늦추긴 했지만, 그래도 쉬지 않고 걸어 드디어 살육의 장소로부터 멀리 벗어났다.

한낮에는 모래가 달아올라 발바닥이 타는 것 같았다. 두 사람은 구덩이를 파고 들어간 다음, 옷을 벗어 머리를 덮어 해의 열기를 피했다. 그러다 기온이 내려가면 다시 길을 떠났다. 갈증은 점점 심해져 갔다.

맞은편에 금빛으로 반짝이는 이상한 산이 보였다.

"너무 힘들어. 저 산을 넘기는 틀렸다고."

세카리가 말했다.

"산이 움직인다."

"무슨 말을 하는 거야?"

"산이 움직인다니까, 세카리."

"신기루야, 그냥 신기루."

"우리 쪽으로 다가오는걸."

산을 물끄러미 쳐다보던 세카리는 친구의 말이 맞다는 것을 알아차렸다.

"우리가 미쳐버렸나보다, 이케르!"

바위들이 산꼭대기로부터 암벽을 따라 굉음을 내며 굴러 떨어지고 있었다.

"지진이야!"

세카리가 어쩔 줄 몰라하며 소리쳤다.

이케르가 침착하게 말했다.

"저 산의 색깔을 자세히 봐."

바위들이 연달아 부서져 굴러 내리면서 산은 점차 청록의 색조를 드러내고 있었다.

"하토르 여신이셔. 우리를 보호해주실 거야. 이 자리에서 움직이지 말고 여신께 경배 드리자."

친구의 말에 반신반의하면서도 세카리는 무릎을 꿇고 하늘의 여신에게 기도를 올렸다.

그의 왼편 땅이 갈라졌다.

"아악, 땅이 갈라지고 있어!"

"여신이 창조해내신 저 작품을 좀 봐."

어느새 요란한 굉음은 잦아들었고 눈앞에는 온통 터키석으로 된 산이 서 있었다.

흔들리던 대지가 고요해지면서 이케르의 눈이 땅이 갈라진 틈에 가 닿았다. 무엇인가를 발견한 그가 놀라서 소리쳤다.

"이것 봐, 물이야!"

틈 사이로 깊숙이 밀어 넣었다가 빼낸 그의 팔이 젖어 있었다.

"물이야, 이케르, 우린 살았어!"

세카리는 살아오면서 처음으로 물이 포도주보다 더 달고 향기롭다고 생각했다. 둘은 마음껏 목을 축이고, 몸을 흠뻑 적셨다.

"그런데 물을 담아갈 주머니가 없어."

세카리가 탄식했다.

"이 샘에서 멀리 가게 되면 우린 또 끝장이야. 더구나 난 배가 고파 죽을 지경이라고."

"하토르 여신이 우리를 지켜주실 거야. 여기서 밤을 지내면서 또다른 징조를 기다려보자."

"만약 네가 모든 여신들로부터 사랑받는다면 어서 나를 안심시켜줘."

이케르가 대답했다.

"나도 너처럼 굶주린 채 이 사막을 헤매는 사람일 뿐이야. 하지만 이 세상은 보기보다 훨씬 신비롭지 않아? 만약 우리가 숨은 징조들을 읽을 수 있다면 분명 여기서 벗어날 길을 발견할 수 있을 거야."

"에이, 모르겠다. 그만 하고 잠이나 자자."

파슬리, 세르피유, 에스트라공 등 갖은 야채를 다져 넣은 양념을 발라 구운 엄청나게 큰 소갈비살과 시원한 맥주 한 항아리 꿈을 꾸고 있는 세카리를 이케르가 잡아 흔들었다.

"무슨 일이야? 산이 또 움직였어?"

"해가 떴어. 이제 떠나자, 세카리. 너무 더워지기 전에 가야 해."

"뭐, 가자고? 이 샘은 어떡하고?"

"우리를 이끌어주실 분을 기다리게 해서는 안 돼."

세카리가 벌떡 일어나 주위를 둘러보았다.

"아무도 안 보이는데!"

"저기, 하늘을 봐!"

매 한 마리가 두 사람의 머리 위로 큰 원을 그리며 날고 있었다.

"날 놀리는 거니, 이케르?"

"하토르는 '호루스의 집'*을 의미한대. 호루스 신이 매의 형상으로 나타나신 게 틀림없어. 하토르 여신께서 우리를 이끌어주기 위해 보내신 거라고."

"사막을 헤매더니 네 머리가 단단히 돌아버렸구나!"

"가자, 저 매를 따라가면 돼."

"하지만 이 샘은 어쩌고?"

"저 매가 또다른 샘을 우리에게 알려줄 거야."

"나는 여기 남아 있고 싶어."

"비적대가 쫓아오는 것도 보고 싶고?"

이 엄포는 효과가 있었다. 세카리는 끊임없이 투덜거리면서도 이케르의 뒤를 따라왔다.

매는 때로 두 사람을 앞서 가기도 하고 때로는 머리 위에서 큰 원을 그리며 날기도 했다.

---

* 하토르(Hathor)는 이집트어 후트호르(Hout-Hor)를 라틴 알파벳으로 옮겨 적은 이름이다. 후트는 '집, 영역, 신전'을 의미한다.

한참을 걷고 나자 두 사람은 또다시 심한 실증을 느꼈다.

"매가 내려앉았어!"

돌부리에 채여 비틀거리며 세카리가 외쳤다.

"그리고 너는 지금 작은 돌비석에 부딪쳤지. 이 자리를 파볼까?"

작은 돌비석 밑에는 마른 과일이 담긴 항아리 두 개가 묻혀 있었다. 조금 떨어진 자리에서는 샘이 솟았다.

세카리가 말했다.

"상다리가 휘어지는 잔칫상은 아니지만, 이 정도면 충분해."

# 23

두 사람은 쉬지 않고 걷고 또 걸었다. 며칠이 지났는지 이제 헤아리지도 못했다. 매는 두 사람을 동쪽으로 인도하더니 다시 남쪽으로 방향을 바꾸었다. 매가 내려앉아 쉴 때마다 이케르와 세카리는 물이나 음식, 때로는 두 가지를 다 찾아낼 수 있었다. 가는 도중에 비적대는 그림자조차 찾아볼 수 없었다.

사막은 그 삭막한 빛을 조금씩 누그러뜨리고 있었다. 가시덤불과 키 작은 타마리스나무들이 여기저기 보이기 시작했다.

매가 힘차게 태양을 향해 날아오르더니 정오의 눈부신 햇살 속으로 사라져버렸다.

세카리가 낙심해서 말했다.

"길잡이가 우리를 버려두고 갔어."

"저쪽을 봐. 다른 길잡이가 오고 있잖아."

모래언덕 꼭대기에 아름다운 흰 영양 한 마리가 서 있었다. 영양의 뿔은 리라 모양이었다.

"이야기꾼한테 들은 건데, 영양은 이시스 여신의 동물이라고 했어.

서 동물은 길 잃은 사람을 제 길로 인도해준대."

세카리가 아는 체했다.

영양이 빠른 걸음으로 달아나기 시작했다.

"불행히도 그 이야기는 그저 전설이었나봐, 이케르."

"아직 실망하긴 일러."

이케르가 반박했다.

"모래 위에 난 발자국을 따라가보자. 영양은 아마 어딘가에서 우리를 기다리고 있을 거야."

이케르의 말이 맞았다.

몸이 날렵한 영양은 저만치에서 폴짝폴짝 뛰고 이리저리 정신없이 내달기도 하면서, 마치 장난을 치듯 모습을 드러냈다가 또다시 달아났다. 그러나 두 사람이 슬그머니 걱정하기 시작할 즈음이면 어김없이 다시 나타나 그들을 인도해주곤 했다.

주위 풍경이 바뀌고 있었다. 사막은 저 멀리로 물러나고 푸른 초목이 한결 풍성하게 펼쳐졌다.

세카리가 말했다.

"이대로 죽 가다보면 고원이 나올 거고, 그 아래로 나일 계곡이 보일 거야. 그 골짜기와 둔덕들은 얼마나 멋질까! 이곳은 비가 한 방울만 떨어져도 초목이 자라는 곳이야. 조금만 있으면 우리는 고무나무와 아카시아나무를 볼 수 있을 거야. 사막에서 살아 나왔어!"

"하토르 여신과 매, 그리고 영양 덕분이지."

이케르가 덧붙였다.

"이제 난 과수원으로 돌아갈 거야. 너도 지난 일은 잊어버리는 게 어때?"

"그럴 수는 없어. 더구나 이젠 꼭 해야 할 새로운 과제가 생긴걸. 사랑하는 여인의 모습을 보여준 그 여왕 터키석을 되찾아야 해. 그 돌이 나를 그녀에게 데려다줄 거야."

"말도 안 돼. 그건 지금 비적들 손에 있을 거야. 그들을 다시 만나면 넌 죽을 게 분명해. 다른 여자를 찾자. 예쁜 여자들이라면 이곳에도 수없이 많아!"

이케르가 갑자기 걸음을 멈췄다. 그러더니 세카리를 끌어당겨 몸을 숙이게 했다.

"스무 명쯤 되는 사람들이 이쪽으로 오고 있어. 활을 들었고, 개들을 데리고 있어……"

"분명 사냥꾼들일 거야."

아직 위험을 알아차리지 못한 영양은 여전히 풀을 뜯고 있었다.

이케르가 몸을 일으키더니 영양을 향해 팔을 휘둘렀다.

"달아나, 어서 달아나!"

영양이 가까스로 달아나자마자 개들이 요란하게 짖어댔다.

화살 한 대가 이케르의 귓가를 스치고 날아갔다. 누군가가 메마른 목소리로 명령했다.

"꼼짝하지 마라. 움직이면 죽이겠다!"

궁수가 화살을 겨누고 있었다. 그의 말은 그냥 해보는 위협이 아니었다.

곧 일행이 다가왔다. 주위가 개 짖는 소리로 요란해졌다. 세카리는 도망갈 엄두도 내지 못하고 있었다.

"우린 선량한 사람들이에요!"

세카리가 외쳤다.

"우리 눈에는 사냥감을 쫓아버린 비적대 놈들로 보이는데."

수염이 텁수룩한 장교가 대꾸했다. 그의 가슴은 사나운 맹수의 발톱 자국임이 분명한 흉터로 덮여 있었다.

"비적질은 이 오릭스* 주**에서도 중죄야. 또 너희들이 우리를 먼저 공격한 만큼, 우리는 활을 쏠 수밖에 없었다. 정당방위다 이 말씀이야. 하지만 너희들에게 기회를 주겠다. 최대한 빠른 속도로 달아나 봐. 내가 화살로 맞추지 못할 만큼 말이다."

"우린 달아나지 않겠습니다."

이케르가 대답했다.

"우리는 지금 막 살인자들로부터 도망쳐 나온 길입니다. 그들은 터키석 광산에 침입해서 닥치는 대로 사람들을 죽였어요. 지금 우리가 그들보다 더 잔인한 야만인들에게 붙잡힌 거라고는 생각하지 않습니다."

이 말을 듣고 몇 명의 사냥꾼이 불쾌한 표정을 지었다. 그들 가운데 한 명이 거칠게 대꾸했다.

"당연히 우린 야만인이 아니다. 우리는 크눔호테프 총독의 사막 순찰대 병사들이다. 대체 넌 누구냐?"

"이케르라고 합니다. 견습 서기예요. 그리고 여기 제 친구는 과수원지기 세카리입니다."

"허튼소리!"

장교가 말을 잘랐다.

"너희는 첩자에다 도둑임이 분명해. 너희 다리로는 달아나지 않겠

---

* 영양.(옮긴이)

** 상이집트의 여섯번째 주. 가장 잘 알려진 고고학 유적지로 베니하산이 있다.

다고 했으니, 내가 여기서 목을 베어주지."

"부하들이 대장님을 고발할 겁니다."

이케르의 말에 화가 난 장교가 칼집에서 단도를 빼어들자, 병사 하나가 그의 팔을 잡으며 만류했다.

"대장님, 죽일지 살릴지는 총독님이 결정하실 일입니다. 우리는 두 놈을 총독님께 데려가기만 하면 됩니다."

네 명의 가마꾼이 좌석에 높은 등받이가 붙은 가마를 메고 왔다. 등받이를 기울일 수 있게 만든 그 가마에는 크눔호테프가 앉아 있었다. 이 부유한 오릭스 주의 총독께서는 체격이 크고 살집이 두둑한 대식가여서 몸무게가 상당했다.

그가 땅에 발을 내려놓자 그의 개 세 마리가 주인에게 달려왔다. 아주 날렵한 수컷 한 마리와 토실토실한 암컷 두 마리였다.

"아침 내내 못 봤구나, 내 예쁜이들!"

수컷이 뒷다리로 서서 앞발을 주인의 어깨에 올려놓았다. 암컷들이 샘이 나서 낑낑거렸다. 그는 한참 동안 개들을 쓰다듬으며 달랬다.

"먹이는 정확하게 주었겠지?"

크눔호테프가 양산을 받쳐 든 시종에게 물었다.

"그럼요, 각하."

"거짓말하는 건 아니렷다?"

"아닙니다. 오늘은 먹이를 남김없이 다 먹어치운 걸요."

"오늘 저녁에는 소스를 끼얹은 토끼고기를 주어라. 나도 같은 것을 먹겠다. 신의 개들을 잘 돌보지 않는 것은 신을 모욕하는 일이나 마찬가지이니 소홀함이 없도록 해라."

토끼고기라는 말을 알아들은 개 세 마리가 꼬리를 흔들며 군침을 삼켰다. 주인이 자신의 호화로운 궁정으로 들어가자 개들도 그 뒤를 따랐다. 그의 궁정이 있는 오릭스 주도는 기자 고원의 대피라미드를 건축한 쿠푸 왕*이 태어난 곳이었다.

크눔호테프는 비옥한 농경지 한 곳을 돌아보고 오는 길이었다. 그 농지의 농부들은 일이 고됐지만 대신 많은 수입을 올리고 있었다. 총독이 탁월한 능력으로 주를 경영한 덕분에 이 지방 주민들은 아주 윤택한 삶을 누리고 있었다. 그러므로 그의 통치에 파라오가 간섭하려 드는 건 어림없는 일이었다. 만약의 경우 멤피스의 왕이 무력을 행사하려 든다면, 그 역시 무력으로 맞서 따끔한 맛을 보여줄 생각이었다.

시종 하나가 나팔 모양으로 벌어진 대야를 들고 왔다. 다른 시종은 주둥이가 기다란 구리 물병을 들고 있었다. 시종이 크눔호테프의 손에 물을 부었다. 그는 하루에도 여러 번 이렇게 약초가 들어간 물로 자신의 몸을 씻곤 했다.

이어서 시종이 그가 가장 좋아하는 연고를 가져왔다. 정제한 다음 향기로운 포도주에 넣어 숙성시킨 유지로 만든 그 연고는 벌레들이 접근하지 못하게 하는 그윽한 향내를 풍겼다.

그가 미처 명령을 내릴 필요도 없이 술 담당 시종이 금을 입힌 화려한 잔을 바쳤다. 연꽃잎이 새겨진 잔이었다. 잔에는 그가 즐겨 마시는 술이 담겨 있었는데, 그것은 몸에 활력을 주는 세 가지 오래된 포도주를 적절하게 배합한 것이었다.

"귀찮게 해드려 죄송합니다, 각하. 하지만 사막 순찰대의 한 장교

* 이집트 제4왕조의 2대 왕, 재위 시기는 BC 26세기 초.(옮긴이)

가 각하를 뵙고 싶어합니다."

"들어오라고 해라."

장교가 들어와 깊숙이 몸을 숙였다.

"위험 인물 둘을 체포했습니다. 각하의 땅에서 사냥을 하다가 저희를 공격해왔습니다. 제가 나서지 않았다면 제 부하들이 둘을 죽였을 것입니다. 그들을 어떻게 처리할지 명을 내려주십시오, 각하. 없앨까요?"

"사막 비적대들이냐?"

"꼭 그렇다기보다는, 제 생각에……"

"너처럼 경험 많은 자의 판단치고는 꽤나 모호한 대답이구나! 그들을 이리로 데려와라."

"그럴 필요까지야 있겠습니까? 그들은……"

"필요가 있는지 없는지는 내가 결정한다."

손이 등 뒤로 묶인 이케르와 세카리가 오릭스 주의 총독 앞으로 끌려나왔다.

"나는 굶주린 자에게 빵을 주고, 목마른 자에게 물을 주고, 헐벗은 자에게 옷을 주고, 배(船)를 갖지 못한 자에게는 배를 주지."

크눔호테프가 말했다.

"하지만 나는 죄지은 자들에겐 엄한 벌을 내린다."

"각하, 저희는 비적이 아니라 그 희생자들입니다."

이케르가 진지하게 대답했다.

"너희들을 붙잡은 이 장교의 의견은 그렇지 않던데."

"제가 영양을 도망치게 했던 건, 그 동물이 우리의 목숨을 구해준 여신의 전령이기 때문입니다."

"이놈은 정신이 온전치 않은 데다 거짓말쟁이입니다."

장교가 소리쳤다.

"죄인들의 포승을 풀어주고 너는 그만 물러가라."

크눔호테프가 명했다.

"각하, 이들은 위험한……"

"내가 결정한다고 했다."

세카리는 벌벌 떨었고, 이케르는 침착했다.

"자, 이제 사실대로 말해봐라. 너희는 내 영토에 들어와 있고, 나는 모든 것을 알아야겠다."

이케르가 대답했다.

"저희는 하토르 여신의 터키석 광산에서 일했습니다."

"기술공이었느냐, 노역형을 치르는 죄수였느냐?"

"구리 광산에서 이송된 죄수였습니다."

"그렇다면 너희는 틀림없는 범죄자들이구나!"

"저는 부정을 저지르는 징세관에 맞섰다는 죄목으로 일 년 노역형을 선고받았습니다."

"그럼 너는?"

크눔호테프가 세카리에게 물었다.

"저도 마찬가지입니다, 각하."

과수원지기가 잘 알아들을 수 없을 정도로 재빨리 웅얼거렸다.

"나를 속일 수 있다고 생각한다면 착각이다!"

이케르가 침착성을 잃지 않고 말을 이어갔다.

"제 친구와 저는 광산에서 채굴 작업을 했습니다. 여왕 터키석을 찾는 일이었지요. 위험한 임무였지만, 성공한 덕분에 저희는 자유의 몸이 되었습니다."

"물론 네가 한 이야기를 입증할 문서는 가지고 있겠지?"

"여기 있습니다, 각하."

이케르는 허리에 두른 옷에서 호루레의 서명이 들어간 목판을 꺼냈다. 거기에는 그와 세카리가 죄를 씻고 자유인이 되었다는 사실을 증명한다고 쓰여 있었다.

크눔호테프는 목판을 세심하게 읽고, 이로 깨물어보고, 혹시 위조되었는지 알기 위해 긁어보기도 했다.

"이건 진짜 같군."

총독은 세소스트리스의 충신이자 사막 개발 전문가로서 명성이 자자한 호루레의 이야기를 들은 적이 있었다. 이 당당하고 자신감 있어 보이는 청년이 거짓말을 하는 게 아니라는 건 분명했다.

"여왕 터키석은 어떻게 되었느냐?"

"무장한 한 무리의 사람들이 광산을 습격했습니다. 입비뚤이라는 죄수 한 명이 그들을 도왔습니다. 호루레를 살해한 자도 바로 그 죄수입니다. 감찰관들과 광부들은 학살당했고, 그들의 시신은 불태워졌습니다. 아마 저희가 유일하게 살아남은 사람일 겁니다."

세카리가 끼어들었다.

"이케르는 그들과 맞서 싸우려고 했지만, 그랬다면 아마 그 자리에서 죽었을 겁니다. 그래서 제가 데리고 도망을 쳤죠."

"그래서 물도 음식도 없이 사막을 건너왔다는 것이냐?"

이케르는 기적이 연달아 일어나 자신들을 구해준 사실을 숨김없이 털어놓았다.

이야기를 하는 청년의 태도가 너무나 진실했으므로 크눔호테프는 의심을 품지 않았다. 그만큼 사막에서는 신들이 기적을 행하는 일이 빈번하기도 했다.

파라오의 보호를 받는 터키석 광산을 사막 비적대가 공격해온 일은 이번이 처음이었다. 그러나 오릭스 주 총독은 이 사실을 세소스트리스에게 보고할 생각이 없었다. 자신이 아니어도 이 일을 보고할 자들이 있을 것이고, 그렇게 되면 파라오의 권위는 땅에 떨어질 터였다. 힘이 약해진 왕은 발등에 떨어진 불을 끄느라 지방 실력자들과 맞설 겨를이 없을 것이다.

"너희들이 할 줄 아는 건 무엇이냐?"

"저는 과수원지기입니다."

세카리가 대답했다.

"저는 견습 서기입니다."

"내가 다스리는 이 지방은 풍요로운 곳이다. 모두가 열심히 일하기 때문이지."

크눔호테프가 말했다.

"과수원지기가 하나 더 있어도 쓸모없지는 않겠지. 하지만 견습 서기는 필요하지 않은데."

# 24

크눔호테프가 말을 이어갔다.

"내게는 무엇보다 병사들이 필요하다. 그래야 어떤 자들이 공격해 오든 내 군대가 물리칠 수 있지. 너는 젊고 건강하니까 군대가 안성맞춤이야."

"저는 병사가 아니라 서기관이 되고 싶습니다."

"내게는 신들이 내리신 임무가 있다. 이 지방을 이집트에서 가장 번영시켜야 할 임무이지. 여기서는 과부들도 아무 부족함 없이 살 수 있고, 젊은 처자들은 정중히 대접받는다. 누구나 먹고 싶은 만큼 먹을 수 있어 걸인은 찾아볼 수 없다. 힘이 없는 자들이라고 해서 강한 자들에 비해 불이익을 당하는 일이 없으며, 부자와 평범한 사람들 사이에도 아무 갈등이 없다. 그 이유가 무엇인지 아느냐? 그것은 바로 내가 이 지방을 떠받치는 중심 기둥이기 때문이다. 물론 몇 가지 어려움이 없진 않다. 작황이 좋지 않을 때는 내가 경작자들의 손실을 보상해주고 미납된 세금을 감면해준다. 세금이 많을수록 솔선해서 일하고 싶은 마음이 사라지는 법이니까 말이다. 나의 이 영토에는 사기꾼이나 부패한 관리들이 설 자리가 없다. 하지만 안타깝게도 이 태평성세는 언제 깨어질지 모른다! 세소스트리스라는 이름의 위협이 모습을 드러내고 있기 때문이다. 조만간 그는 이 지방을 빼앗으려 들 것이다. 너는 내 편이 되거나 나를 등지는 것 외엔 다른 방도가 없다. 너를 받아주려는 내 호의를 잃지 않으려면 내 병사가 되어라. 군대에는 배워두면 나중에 도움이 될 것이 많이 있다."

크눔호테프는 처음 보는 이 젊은이를 설득하기 위해 자신이 이렇게 긴 이야기를 늘어놓은 것에 대해 스스로도 놀라고 있었다. 보통의 경우 그는 명을 내리면 그뿐, 그 명을 따르지 않는 자를 봐주는 일은 없었던 것이다.

"말씀대로 하겠습니다, 각하."

재정 관리관 메데스는 이번에도 또 한번 인심 후한 기부자라는 칭송을 들었다. 프타 신전 대사제는 메데스가 바친 봉헌물이 횡령한 식료품들이라는 걸 짐작조차 못하고 그에게 진심으로 고마워했다. 그러나 메데스는 신전 지성소의 굳게 닫힌 문을 여전히 열지 못하고 있었다. 그 문의 열쇠를 쥐고 있는 사람들을 돈으로 매수하기란 여간 어렵지 않았다.

어떻게 해야 신전 가장 깊숙한 곳에서 수행되는 비밀제의에 대해 알 수 있을까? 하지만 메데스는 이 문제를 나중으로 미루기로 했다. 왜냐하면 이 나라의 수도가 꽤 흥미로운 소문들로 인해 술렁이고 있었기 때문이다. 소문에 따르면 세소스트리스가 지방 각 주들을 완전하게 재장악하기로 결심했는데, 그 첫 카라반이 늙은 우아카가 다스리는 코브라 주라는 것이었다.

왕의 이 계획이 성공할 가능성은 전혀 없어 보였지만, 그렇다고 가볍게 넘길 수도 없는 노릇이었다. 세소스트리스의 강인한 성격상 장애물이 있다고 물러서지는 않을 것이기 때문이다.

메데스의 재산 가운데 상당수는 지방 총독들과의 돈독한 관계를 토대로 축적된 것이었다. 그는 제3자를 중간에 세워 총독들에게 궁정의 일들을 알려주곤 했다. 그의 오른팔인 제르구를 제외하면 메데스의 진짜 정체를 아는 사람은 없었다. 그가 은밀하게 도모하고 있는 일들 역시 아무도 몰랐다.

얼마 전부터 메데스는 떠도는 소문들의 진위를 확인하느라 큰 애를 먹고 있었다. 분명 세소스트리스가 상당수의 궁정 관리들을 장악하고는 이들을 이용하여 직접 소문들을 퍼뜨리고 있는 것 같았다. 자신의 계획을 보다 수월하게 추진하기 위해서 말이다.

만약 왕이 정말로 지방 실력자들과 전쟁을 벌인다면 메데스는 모든 것을 잃게 되지 않겠는가?

이 재앙을 피할 방도는 하나밖에 없었다. 즉 혼란의 주모자를 없애버리는 것이다. 그러나 왕을 암살한다는 건 즉흥적으로 해치울 수 있는 일이 아니었다. 특히 소벡 같은 유능한 친위대장이 왕을 경호하고 있을 때는 말이다. 소벡은 그 누구도 믿지 않았고, 특히 왕의 측근들을 경계하고 있었다. 그러므로 메데스는 섣불리 움직일 수 없었다.

요행을 기대하는 건 몽상가나 할 짓이었다. 메데스는 전략을 세워야 했다. 목표물을 틀림없이 쓰러뜨릴 수 있을 전략을.

훈련 교관이 이케르의 다리를 후려쳤다. 이케르는 뒤로 넘어져 바닥에 등을 세게 부딪쳤다.

"정신을 딴 데 팔고 있잖아, 병아리야! 일어나서 내 배를 공격해봐!"

이케르는 훈련 교관이 지시하는 대로 시도해보았지만 매번 무참히 실패하고 말았다. 다시 몸을 일으켜 섰을 때는 온몸에 푸른 멍이 들어 있었다.

"골칫덩어리를 떠맡았군! 하지만 너도 죽을힘을 다해 배우다보면 전투 방법을 익히게 될 거다."

이케르는 이를 악물고 다시 공격을 시작했다. 그는 지금 자신을 비웃고 있는 젊은 신참병들과 어깨를 나란히 할 수 있으려면 몇 주 혹은 몇 달이 걸릴 수도 있다는 걸 알았다.

이케르는 마음을 굳게 먹었다.

첫째, 온갖 시련을 안겨준 운명을 원망하지 말고 이 상황에서 최대한 배울 것.

둘째, 가장 뛰어난 병사들을 부지런히 관찰하여 그들의 뛰어난 점을 익힐 것.

친구도, 도와주는 사람도 없다는 사실은 그를 의기소침하게 만들기는커녕 힘을 북돋아주었다. 믿을 사람이라고는 자기 자신밖에 없는 이케르는 이 새로운 배움에만 집중할 힘을 외로움으로부터 길어냈다.

허리 쓰는 법에서부터 다리를 옮겨놓는 법에 이르기까지 그는 숱한 훈련을 통해 자신의 부족한 점을 고쳐나갔다. 상대와 싸울 때는 거세게 달려들기보다는 빠르게 움직이는 것이 더 중요하며, 공격해 들어오는 상대의 힘을 역이용할 수 있다는 사실도 깨달았다.

교관은 이케르만큼이나 말수가 적은 사람이었다. 설명하고 잘못을 지적해주는 대신 그는 이케르에게 정확한 동작을 수없이 되풀이하게 했다. 이케르가 아무리 지치고 힘든 기색을 보여도 봐주는 일이 없었다. 더구나 이케르는 조금도 항의하는 법이 없었으므로, 교관은 다른 생도들보다 더 가혹하게 다루곤 했다.

교관이 생도들에게 알렸다.

"내일, 장거리 경주에 앞서 선발전을 치르겠다. 너희는 둘씩 짝을 지어 맨손으로 격투를 벌여야 한다. 두 번의 승리를 거둬야만 탈락하지 않을 수 있다."

이케르의 첫 상대는 그보다 몸집이 훨씬 크고 힘이 센 자였다.

"어서 덤벼보시지, 친구. 내가 박살내줄 테니!"

이케르는 한쪽 무릎을 땅에 댔다.

"아, 싸우기도 전에 항복하시겠다! 놀랄 일은 아니지. 오직 우리 주 출신들이나 뛰어난 전사가 될 능력을 갖추고 있으니."

"그렇지만 그건 너한테는 해당되지 않는 이야기야."

"입을 함부로 놀리는군!"

상대가 주먹을 불끈 쥐고 돌진해왔다. 이케르는 몸을 살짝 피하면서 발을 내밀어 달려드는 상대를 걸어 넘어뜨렸다. 그런 다음 쓰러진 상대를 뒤에서 타고 누르면서 오른팔로 목을 졸랐다.

밑에 깔린 생도가 왼손으로 땅을 치자 교관은 이케르에게 팔을 풀라고 명했다.

두번째 상대는 앞선 자보다는 덜 우둔했다. 이케르가 미처 자세를 갖추기도 전에 느닷없이 달려들더니 오른팔을 뻗어 이케르의 오른쪽 허벅다리 아래를 파고들며 그를 들어 올리려 했다. 그러나 이케르는 상대의 공격을 잘 버텨냈다. 그러고는 상대가 잠시 힘을 푸는 틈을 타 번개같이 빠져나와 상대의 뒤로 돌아가서는 발목을 움켜잡았다.

상대는 중심을 잃고 얼굴을 땅에 처박고 말았다. 이케르는 쓰러진 사를 땅에 짓누르며 목을 졸랐다.

교관이 선언했다.

"좋아, 두 번 이겼다. 가서 먹고 마시거라."

젊은 병사 오십여 명은 일제히 앞으로 달려 나갔다. 인내심이 필요한 경주라고 교관이 주의를 주었음에도 불구하고, 몇 명은 과시욕이 앞선 나머지 처음부터 너무 빠른 속도로 달렸다. 이케르는 뒤로 처졌다. 그러나 그는 사막을 고통스럽게 걸으며 얻은 경험을 발휘했다. 불필요하게 속도를 높이지 않으면서도 앞서가는 경주자들을 하나하나 따라잡기 시작한 것이다.

다음 날, 경주는 다시 시작되었다. 시간이 지날수록 경주는 힘들어졌다.

교관이 말했다.

"너희들 가운데 가장 우수한 자들이라면 백 킬로미터 정도를 여덟 시간 안에 주파해야 한다.* 전령으로 파견될 경우 대개 배를 타고 이동하지만, 때때로 육로를 이용해야 할 때도 있다. 그러므로 이러한 상황을 대비해 몸을 단련해두어야 한다."

점점 더 가빠오는 호흡 속에서도 이케르는 여왕 터키석에서 보았던 그 숭고한 얼굴을 끊임없이 떠올리고 있었다. 그렇게 특별한 징조

---

* 오늘날의 경주용 코스라면 육상 선수가 이 정도의 거리를 주파하는 데는 여섯 시간 남짓 걸린다. 같은 거리를 고대에는 여덟 시간이 걸렸으리라 계산하는 이유는 당시에는 길이 평탄하지 않았기 때문이다. 이 점은 케냐에서 벌어지는 육상경기의 예를 보면 확인할 수 있다.

를 보았는데, 어떻게 그가 믿음을 잃을 수 있겠는가? 그는 그녀를 다시 만나게 될 것이다. 그리고 자신을 죽이려 했던 사람들도 찾아낼 것이다.

갑자기 길 위에 날카로운 규석 조각들이 흩어져 있는 걸 본 이케르는 반사적으로 몸을 피하다가 길 옆 낭떠러지로 미끄러졌다. 굴러 떨어지던 그의 몸은 타마리스나무 둥치에 부딪치고 나서야 멈췄다. 온몸이 욱신거렸지만 최악의 경우는 피한 셈이었다. 규석 조각을 밟아 발에 큰 상처를 입었다면 오랫동안 움직이지 못할 것이다.

이케르는 다시 기운을 짜내서 선두와의 거리를 좁혀가기 시작했다. 선두는 군인을 아버지로 둔 자였는데, 이케르를 미워하여 동료들에게 끊임없이 그를 헐뜯곤 했다.

이케르가 군인의 아들을 막 추월하려는 순간 상대가 이케르의 어깨를 쳐서 쓰러뜨리려 했다. 이케르는 용케도 주먹을 피하며 말했다.

"규석 조각에 대해서는 교관에게 말하지 않겠어. 이 일은 우리 병사들 사이에서만 아는 일로 하자."

"곤봉을 가장 솜씨 있게 다루는 사람들은 누비아인들이지."

교관이 말했다.

"내가 이제부터 너희들에게 가르치려는 기술도 누비아인에게서 배운 것이다. 자, 두 명의 자원자가 필요하다."

"제가 해보겠습니다."

이케르가 나섰다. 그는 자신이 나서면 그 군인의 아들 역시 가만있지 않으리라는 것을 알고 있었다.

예상대로 군인의 아들이 지체 없이 뛰어나왔다.

두 사람은 몸집도 비슷하고 완력도 거의 비슷했다. 늘 그랬듯 이케르는 날렵함으로 승부를 걸었다. 그는 맹렬하게 돌진하는 적수를 이리저리 피하며 상대가 곤봉을 허공에 대고 연거푸 휘둘러대느라 기진맥진하게 만들었다.

그러다가 기회가 오자 이케르는 자신의 단단하면서도 가벼운 곤봉으로 상대의 이마 한가운데를 겨냥해서 단 한 번의 일격을 가했다.

상대가 풀썩 쓰러졌다.

교관이 쓰러진 생도를 살펴보았다.

"정신이 들면 죽는소리를 하며 머리통깨나 움켜잡고 구르겠군."

"더 세게 칠 수도 있었습니다."

"봐줬다는 거냐, 이케르?"

"비열한 짓은 그냥 넘어가지 않겠다는 것입니다."

교관이 이케르를 흘겨보았다.

"할 말이 더 있느냐?"

"이제 빚은 다 갚았습니다."

"그거 마음에 드는군, 이케르. 나는 병사들 사이에서 일어나는 일에는 관심이 없다. 병사들을 잘 훈련시켜서 유능하고 용감한 병사로 만드는 것이 내 일이니까."

다음은 도약법을 배울 차례였다.

두 개의 말뚝 사이에 매어놓은 줄은 처음에는 그다지 높지 않았다. 그러나 훈련이 진행될수록 줄의 높이는 점차 올라가서 결코 뛰어넘을 수 없을 것처럼 보였다. 그 높이를 정복하기 위해서는 장애물 앞에서 뒷걸음치지 않는 의지도 필요했지만, 그에 못지않게 기술이 있어야 했다. 이 종목에서도 이케르는 가장 뛰어난 능력을 보였다.

마흔 살가량의 아름다운 갈색머리 여인이 교관에게로 다가왔다.

"테샤트 부인! 어쩐 일이십니까? 무슨 선물이라도 가져오신 건가요?"

"치즈와 야채지. 그런데 저 젊은이의 이름이 뭔가?"

"이케르입니다."

"우리 주 출신인가?"

"아닙니다. 하지만 뛰어난 생도이지요. 제가 저 녀석을 틀림없이 장교로 만들어놓겠습니다."

이 지방의 재정 관리관이자 능란한 상인인 이 여인은 수수께끼 같은 미소를 지었다. 그녀의 눈에는 장교 이상의 재목으로 보였던 것이다.

# 25

세소스트리스가 몸소 집전하는 신전 건축제의의 마지막 절차로 지성소가 될 자리에 첫번째 돌을 놓자, 아카시아나무 가지 하나가 다시 푸른빛을 띠었다.

아쉽게도 더이상의 변화는 없었지만, 그래도 희망은 다시 싹텄고 나아갈 길이 보였다. 새로운 신전과 영생의 집을 지음으로써 오시리스의 영토를 침범하려는 어둠의 세력과 맞서 싸워야 하는 것이다.

세소스트리스는 건축 자재의 품질을 검사했고, 장인들 각각을 불러 공사에 관해 의논했다. 물론 신전을 하루라도 빨리 완공하는 일이 중요했지만 그렇다고 건축 작품으로서의 위용을 소홀히 할 수는 없는 일이었다.

탁발 사제는 생명의 집에 보관된 신성한 기록들을 지켰다. 그의 동의가 없으면 아무도 생명의 집으로 들어갈 수 없었다. 오시리스의 위대한 육신을 온전히 지킬 임무를 부여받은 사제 역시 신성한 무덤 문에 붙은 봉인을 하루에도 여러 번 확인하며 부지런히 소임을 다했다. 지성소에서 비밀스러운 신의 계시를 읽어내는 사제는 황금 팔레트를 받드는 대사제를 수행하여 파라오의 이름으로 날마다 제의를 수행했다. 신의 말씀을 이끌어내는 주술이 보이지 않는 것과의 관계를 이어주었다. 카의 종복 사제는 조상들과 빛의 존재들을 경배함으로써 카의 힘을 한층 북돋웠다. 제물 봉헌을 맡은 사제는 제단 위에 매일 신선한 물을 부어 물질 속에 감춰진 실체들을 새롭게 만들었다. 볼 수도 만질 수도 없는 이 실체들이 대기 속으로 퍼져나가면 신들이 이것을 배불리 들이마시고 아비도스를 보호해줄 것이다.

사제들 모두가 자신들이 얼마나 중요한 일을 맡고 있는지 잘 알았다. 이 종신 사제들은 순서에 따라 정식 선임된 임시 사제들에게 할 일을 배정해주었다. 임시 사제 각각은 심문을 거쳐 신원을 검증받은 사람들이었다. 임시 사제는 지극히 미미하다 해도 잘못을 저지르면 오시리스의 영토 바깥으로 추방되었다. 현재 처해 있는 상황이 너무 중대했기 때문에 그 어떤 관용도 들어설 자리가 없었다. 음악을 맡은 일곱 명의 여사제들도 마찬가지로 엄격한 규율을 따라야 했다. 이 여사제들은 궁정 귀부인에서 농부의 딸에 이르기까지 출신이 다양했다. 이들 가운데 한 여사제는 명상에 잠긴 듯 고요한 모습이 너무나 아름다워서, 황금 팔레트를 받드는 나이 든 대사제마저 감동할 정도였다. 저토록 빛나는 젊은 여인이 자신의 딸이라면 얼마나 좋을까라는 생각을 대사제에게 불러일으킬 만큼 그녀의 눈빛은 기쁨과 희망을 주었던 것이다. 분명 그녀는 언젠가 저 위대한 신비에 입문하게 될 것이고, 그렇게 되면 외부 세계의 축제에 나가서 봉헌물을 나르는 역할은 그만둘 것이다. 그러나 종신 사제의 지위에 도달하기 위해서는, 특히 아비도스 신전의 종신 사제가 되려면 사제 서열의 모든 단계를 거쳐야 했고, 또한 지성소로 들어가기 위한 모든 단계를 차례로 통과해야 했다. 이것이 태초부터 이어져온 규칙이었다.

대사제는 파라오가 자신에게 중대한 임무를 맡겼다는 사실에 한층 기운을 얻었고, 자신의 목숨이 다할 때까지 어둠의 세력에 맞서 싸우리라 다짐했다. 하지만 그는 예기치 못한 위험이 다가오는 걸 눈치채지 못하고 있었다.

종신 사제 가운데 자신의 처지에 불만을 품은 사제가 하나 있었다. 큰 덩치에 얼굴이 못생기고 코가 유난히 튀어나온 그는 사람들 사이에서 영성 추구에 헌신한 인물로 통했다. 그러나 그의 구도자적 태도 뒤에는 그 자신조차 잘 모르는 본성, 즉 권력욕이 숨어 있었다. 그것도 온갖 사건과 역경에 맞닥뜨려야 하는 파라오의 권력이 아니라, 어둠 속에서 행해지는 주술적인 힘에 대한 선망이었다.

여러 해를 지내오면서 그는 아비도스와 오시리스 신비제의의 중요성을 깨닫게 되었다. 파라오의 등극이 아비도스에서 이루어지는 것도 이곳이 지닌 특별한 의미 때문이었다. 그러므로 이곳을 손에 넣을 필요가 있었다. 삶과 죽음의 비밀을 품고 있는 아비도스를.

기하학과 수학을 가르치는 학교 출신으로 겨울바람처럼 차가운 성격을 지닌 그는 자신이 장차 대사제의 뒤를 이어 최고 사제의 자리에 오를 것이라 기대했다. 그러나 세소스트리스의 사제 조직 개편으로 인해 그의 계획은 물거품이 되고 말았다. 무엇보다 실망스러웠던 것은 대사제가 자신에게 너무나 하찮은, 바라던 것과는 너무 동떨어진 직무를 맡겼다는 사실이었다. 그는 사제 서열상 상위에 있었다. 그러나 그는 그 이상을 원했다.

나날이 커져가는 좌절과 원한을 책임져야 할 자는 바로 세소스트리스였다. 어떻게 하면 파라오를 없애고 자신에게 마땅히 돌아와야 할 자리를 차지할 수 있을까?

예고자가 이끄는 부대원은 이백 명 이상으로 늘어나 있었다. 이들은 높은 습도와 무더위, 끊임없이 달려드는 해충들에 시달리며 아주 힘들게 늪지대를 건넌 참이었다. 두 명이 뱀에 물려 목숨을 잃었고, 한 사람은 악어에게 물려 갔다. 하지만 그 어떤 장애도 예고자의 결심을 바꾸지 못했다. 그는 나아가야 할 방향을 잡으면 한 치의 흔들림 없이 그대로 밀고 나가곤 했다.

그들은 물에 반쯤 잠긴 파피루스로 빽빽한 지대를 지났고, 진흙탕 속을 걸었다. 하지만 이렇게 행군한 덕분에 세소스트리스의 군사들과 마주치지 않을 수 있었고, 저녁마다 생선구이로 배를 채울 수도 있었다.

지나가는 길에 드문드문 어촌이 보였다. 얼간이 스합과 입비뚤이가 호시탐탐 기회를 노렸지만 예고자는 부하들에게 약탈을 허락하지 않았다.

입비뚤이가 볼멘소리를 했다.

"저 맛을 본 지도 꽤 오래됐습니다요."

"그래봤자 손에 쥘 전리품도 시원찮을 것이다. 그리고 우리는 절대 흔적을 남겨서는 안 된다. 하토르 여신의 광산 습격은 시작에 불과하다. 이제 곧 우리는 보다 큰 공격을 감행할 것이다."

"저희가 어디로 가고 있는 건지 여쭤도 될깝쇼?"

"왕의 성벽 너머로 가고 있다. 우리가 이토록 신중하게, 사람이 다닐 수 없는 길을 택해 행군한 것도 바로 그 때문이다."

"설마 이집트군 요새들을 공격할 생각은 아니시죠?"

세소스트리스 1세가 이집트의 북동부 국경을 강화하고 적의 침입을 막기 위해 구축한 방어체제에 대한 이야기는 모두 들어본 적이 있었다. 북동부 국경에는 수많은 방어요새와 초소가 설치되어 서로 신호를 통해 연락을 주고받는다고 했다. 또한 각 요새와 초소에는 궁수들이 배치되어 있어, 누구든 이 지역을 무단으로 통과하려 들면 어김없이 화살이 날아온다고 했다.

"우린 아직 준비가 덜 됐다."

예고자가 상황을 인정했다.

"왕의 성벽은 이집트가 안전하다는 환상을 심어주고 있지. 하지만 이제 우리의 세상이 올 것이다."

얼간이 스합이 나섰다.

"그 요새들은 정규병들이 지키는 곳이잖습니까."

"이번에도 나를 믿어라. 모든 일이 술술 풀릴 것이다. 우리의 첫번째 목표는 비밀리에 국경을 넘는 것이다. 그런 다음 또다른 동맹군을 만나게 될 것이다."

"그들이 누군가요, 주인님?"

"가나안에서 비루한 삶을 살고 있는 아시아인과 베두인족들이다. 그들은 이집트의 박해와 거듭된 모욕에 이제 반란을 일으킬 생각밖에 없다. 그러나 그랬다가 몰살당할지도 모른다는 두려움을 가지고 있다. 그들은 자신들을 이끌어줄 지도자를 기다린다. 바로 나, 이 예고자를 말이다."

얼간이 스합은 감동한 나머지 입을 다물지 못했다. 입비뚤이는 두목이 미치광이라는 생각을 하긴 했지만, 자신들을 부자로 만들 노략질 기회는 계속 마련해줄 거라고 믿었다. 그런데 왕의 성벽을 들키지 않고 넘어가겠다니, 입비뚤이 머리로는 도저히 불가능해 보이는 일이었다.

하지만 입비뚤이의 예상은 어긋났다. 예고자는 서둘지 않고 여러 번 정찰대를 내보내서 감시가 가장 소홀한 길목을 알아오게 했다. 그런 다음 며칠 동안 이집트 병사들과 국경 세관원들의 움직임을 꼼꼼히 살폈다. 달이 없는 캄캄한 한밤중에 예고자는 부하들을 깨웠다.

그들은 숨소리조차 죽이고 보초병이 없는 보루 뒤편을 따라 줄줄이 빠져나갔다.

"우리 두목은 정말 대단한 사람이야."

입비뚤이가 말했다.

"운이 좋아 이런 두목을 만났으니 놓치지 말고 따라다녀야 해."

얼간이 스합이 맞장구쳤다.

"전리품에 대해서는 어때? 두목이 자기 욕심만 차리지는 않나?"

"두목은 전리품에 관심이 없어. 너도 들었잖아, 전체를 둘로 나눠서 반은 두목이 갖고 나머지 반을 우리가 나누기로 말이야."

"나도 그게 좋아. 만약 그걸 가지고 불평하는 놈이 있으면 허리를 부러뜨려놓겠어. 한번 본때를 보여놓으면 누구도 입을 못 열걸. 그런데, 두목이 바라는 건 대체 뭐야?"

"절대불변의 진리가 지배하는 세상을 만드는 거라던데. 오직 우리 두목만이 그 진리를 알고 있어서 온 세상 사람들에게 퍼뜨릴 수 있대. 두목을 따르지 않는 자들에게는 죽음뿐이야. 두목의 가장 큰 적은 파라오이지. 그는 우리 두목의 교리를 따르지 않을 테니까."

"얼간이, 너는 아는 것도 참 많구나!"

"두목이 하는 말을 귀담아 들은 덕분에 이제 풍월 좀 읊게 됐지."

"난 그런 일에는 취미 없어. 내가 아는 건 두목의 세상을 만들려면 적들을 모조리 칼로 찔러 죽여야 한다는 거야. 중요한 건 그거야. 이집트 놈들을 죽이면 죽일수록 우리는 부자가 될 테니까."

예고자가 처음 마주친 무리는 가축 떼를 이끌고 있는 아시아인 부족이었다. 그는 세소스트리스와 맞서려는 자신의 의지를 밝혀 부족 지도자들의 환심을 샀다. 나이 든 베두인 사람인 족장은 흰 수염을 기르고 신비한 분위기를 풍기는 장님이었다. 그는 이집트인들을 증오했고, 그 증오심은 나날이 커져가고 있었다. 그는 경계가 허술한 카라반들을 약탈했고, 적과 내통한 혐의가 있는 가나안인을 박해하고 있었다.

예고자가 노족장을 만나기 위해 수수하게 꾸며진 천막 안으로 들어가자 의자에 못 박인 듯 앉아 있던 노족장이 만족스러운 미소를 지었다.

"드디어 오셨군! 오래전부터 당신을 기다렸소. 나는 적에게 고작해야 벌레가 무는 정도의 타격만 입힐 수 있을 뿐이오. 하지만 당신은 그들을 파괴하고 살육할 수 있소. 이제 마아트의 법과 그 아들 파라오의 통치는 종지부를 찍어야 하오."

"내게 무엇을 원하시오?"

"전면전은 승산이 없소. 대의를 위해 목숨을 던질 준비가 되어 있는 충복들을 내어드릴 테니 그들과 함께 이집트 땅 위에 공포를 퍼뜨리시오. 단번에 치고 빠지는 작전을 구사하되, 매번 적을 최대한 희생시켜 이집트인들 사이에 두려움이 퍼져나가게 하시오. 흉흉해진 민심은 세소스트리스를 원망하게 될 것이고, 그의 왕좌는 무너질 것이오."

"나는 예고하러 온 사람이오. 귀하가 내게 내주겠다는 전사들은 내게 절대적으로 복종해야 하오."

"그렇게 할 것이오! 그러나 당신은 더 많은 전사들을 양성해야 할 거요. 당신의 손을 만져보게 해주시오."

예고자가 다가갔다.

"매의 발톱이군! 당신은 내가 꿈꾸던 사람이군. 잔인하고 냉혹하며 결코 굴하지 않는!"

"당신이 나였다면 어느 곳부터 공략했겠소?"

"망설일 것도 없이 시켐*에서부터 시작했겠지! 거기엔 소규모 이집트 병력만이 주둔하고 있소. 쉽게 불바다로 만들 수 있소. 승리를 확실히 장담할 수 있는 곳이오."

"그렇다면 시켐부터 공격하겠소."

"내 종복들을 불러 나를 이 집 문지방에 옮겨놓아주시오. 이 무장 투쟁에 참여할 모든 동지들을 모아드리겠소."

족장은 그 나이라고는 믿어지지 않는 힘찬 목소리로 이집트에 대항하는 전면전이 필요함을 역설하고, 예고자를 가리켜 자신의 후계자이며 또 동지들을 승리로 이끌 수 있는 유일한 지도자라고 소개했다.

그런 다음 이집트에 대한 증오심을 이기지 못한 나머지 경련을 일으키다 그만 숨을 거두고 말았다.

---

* 고대 팔레스타인 중부 지역의 중심지.(옮긴이)

# 26

작은 성시 시켐은 햇볕을 가득 받으며 졸고 있었다. 이곳에 주둔한 이집트 병사들은 하루 일과를 적당히 해가며 시간을 때웠다. 게다가 그 일과 중에서 훈련이 차지하는 비중은 얼마 되지 않았다. 주민들 사이에서는 불법행위가 끊임없이 벌어지고 있었지만, 이 외진 곳에서 십여 년을 보낸 주둔군 지휘관은 이제 그런 일들을 일일이 단속할 마음이 눈곱만큼도 없었다. 엄청난 수의 자녀를 거느린 대가족의 대표자들이 자기들끼리 일을 처리하곤 했다. 서로 물건을 훔치고 또 가끔은 사람을 죽이는 일도 있었지만, 그때마다 가문들끼리 거래나 타협으로 문제를 해결하였기 때문에 공공질서를 어지럽힌 적은 없었던 것이다. 바로 이 점에서 지휘관은 확고한 원칙을 고수했다. 즉 알고 싶지 않으니 눈에 보이지도 않게 하라는 것이었다.

지휘관은 세금 징수도 포기한 상태였다. 이곳 가나안인들이 거짓말을 밥 먹듯이 하는 통에 그로서는 무엇이 진짜고 무엇이 거짓인지 가려낼 재간이 없었던 것이다. 또한 그에게는 적절한 세금을 부과할 조세 감독관의 숫자도 부족했다. 이런 이유로 그는 신고되는 수확량에서 최소한의 세금을 거두는 걸로 만족하고 있었다. 그러나 수확이 끝나면 매번 똑같은 희극이 벌어지곤 했다. 농부들은 햇빛이 너무 강해서, 날씨가 너무 추워서, 해충이 극성을 부려서, 아니면 바람이 몰아쳐서, 가뭄이 들어서, 폭풍이나 그 밖의 온갖 재앙들 때문에 밭에서 거두어들인 것이 거의 없노라고 엄살을 떨었다. 너무나 자주 반복되는 탓에 지휘관은 이런 지루한 이야기들을 듣기 시작하는 순간 꾸벅꾸벅 졸 정도였다.

매일 그는 병영의 북쪽에 세운 신전으로 가서 민 신에게 하루라도 빨리 이집트로 돌아가게 해달라고 기도를 올렸다. 나일 삼각주에 있는 자신의 고향 마을을 꿈꾸었고, 더운 계절이면 멱을 감던 실개울을 떠올렸고, 그 실개울을 따라 뻗은 종려나무 숲에서 즐기던 낮잠을 그리워했다. 또한 그는 오랫동안 만나지 못한 자신의 노모를 그리워했다.

지휘관은 멤피스로 끈질기게 서신을 보내 근무지를 옮겨달라고 청원했다. 그러나 그는 인사 문제에서 잊힌 사람인 듯했다. 자신의 불운을 인내심으로 견디며 지휘관은 조용하게 살아갔다. 질이 떨어지는 독한 맥주가 그렇게 인내심을 발휘하는 데 종종 큰 힘이 되었다.

"북쪽 지방의 카라반이 도착했습니다."

부관이 들어와 보고했다.

"문제될 만한 건 없었겠지?"

"아직 조사해보지 못했습니다."

"그냥 넘어가지 뭐."

"그래도 규정에 따르면……"

"가나안인들이 우리 대신 잘 처리하겠지. 그들은 시리아 카라반들게 잘 통하잖니."

"품목 명세서에 장난을 쳐 물품의 양을 속이려 들 겁니다."

지휘관이 대답했다.

"하루 이틀 그런 것도 아니잖아. 듣자하니 자네 이곳 여자한테 반했다면서?"

"서로 알고 지내긴 하죠."

"예쁜가?"

"매력적이고 재능도 뛰어납니다."

"그 여자와 결혼할 생각은 말게. 여기 여자들한테는 남편보다 자기네 부족이 먼저야. 결국엔 남편을 잡아먹고 말 여자들이지."

"보초병 하나가 남쪽 성문에서 소요가 일어났다는 신호를 보내왔습니다."

축 늘어져 있던 지휘관이 갑자기 긴장했다.

"지금 뭐라고 했나?"

"아직 확인은 못 해봤습니다."

"즉시 알아봐! 협정은 협정이라는 걸 잊었나보군. 이집트에 복종하겠다고 약속했으면 그대로 지켜야 한다는 걸 일깨워줘야겠어."

두 시간이 지났는데도 부관은 돌아오지 않았다.

불길한 예감이 든 지휘관은 무장한 병사들을 이끌고 자신이 직접 나섰다. 때때로 무력시위를 해 보이는 것도 필요했다. 만약 이 지방 토착민들이 이집트 병사에게 조금의 상해라도 입혔다면 지휘관은 그들에게 시켐이 누구의 수중에 있는지를 똑똑히 보여줄 참이었다.

남쪽 성문 입구에 삼백 명이 넘어 보이는 무리가 빽빽한 대열을 이루어 모여 있었다. 그들 대부분이 낯선 얼굴이라는 사실에 지휘관은 깜짝 놀랐다.

이 정도 인원을 상대하려면 그의 빈약한 병력을 가지고는 어림도 없었다. 적과 이런 식으로 맞닥뜨려본 적이 없는 이집트 병사들이 술렁이기 시작했다.

무리들 가운데 하나가 그를 향해 말했다.

"대장, 항복하는 게 좋을 것이다."

"우리는 시켐에서 질서와 법을 구현하고 있다. 일개 무리 따위가 그걸 위협하다니 어림도 없다."

한 젊은 여자가 앞으로 나섰다.

"당신의 부관이 어찌 되었는지 알고 싶지 않은가, 지휘관?"

"너는 누구냐?"

"당신 부관에게 모욕당하고 더럽혀진 여자다. 그자는 내가 영원히 입을 다물 거라고 믿었지만, 그도 당신도 예고자께서 오시리라 예상 못 했을 거다! 예고자의 은혜를 입어 우리 가나안 사람들이 이집트를 쳐부술 것이다."

"내 부관을 당장 내놓아라!"

젊은 여자는 입가에 잔인한 미소를 머금었다.

"명대로 해드리지, 지휘관."

입비뚤이가 이집트 지휘관 발치에 자루 세 개를 던졌다.

"이것이 그 망나니의 남은 부스러기들이다."

지휘관은 떨리는 손으로 자루를 열어보았다. 첫번째 자루에는 부관의 머리가, 두번째 자루에는 잘린 두 손이, 그리고 세번째 자루에는 생식기가 들어 있었다.

수염을 공들여 다듬은 키 큰 남자가 나섰다. 그의 눈에 기묘한 붉은빛이 감돌고 있었다.

남자가 부드러운 목소리로 권유했다.

"무기를 내려놓고 부하들에게는 항복하라고 명하는 게 좋겠군."

"너는 뭐 하는 놈이냐?"

"나는 예고자다. 시켐의 주민 모두가 그랬듯이 너도 나에게 복종해야 한다."

"너야말로 파라오의 법적 대리인인 나에게 복종해야지! 네가 이 잔악무도한 짓을 부추긴 것이라면 다른 주동자들과 함께 참수될 것이다!"

"아직 사태 파악을 하지 못했군. 내가 싸우려고 마음먹으면 네 졸개들은 오래 버티지 못해."

"떠들지 말고 어서 복종하라! 그렇지 않으면……"

"마지막 기회를 주겠다. 이집트인, 내게 복종하든가 아니면 목숨을 내놓아라."

"이 반역자를 체포해라."

지휘관이 병사들에게 명령했다.

그러나 예고자의 부하들이 훨씬 빨랐다.

입비뚤이의 칼이 지휘관의 가슴을 꿰뚫고 이어서 얼간이 스합이 그의 목을 벴다. 스합은 흥분을 자제하지 못하고 지휘관의 잘린 목을 마구 짓밟았다. 병사들은 도망치기에 바빴지만 뒤따라온 적들에게 한 사람도 남김없이 붙잡혀 죽고 말았다.

시켐 주민들은 새로운 지도자를 열렬히 맞아들였다. 새 지도자는 이들을 오직 자신만이 그 진리를 보증하고 설파할 수 있다는 종교로 개종시켰다. 새 지도자의 계획이 파라오를 무너뜨리고 가나안인의 영토를 확장하려는 것임을 알게 된 주민들은 이 새로운 교리에 열광적으로 빠져들었다.

분노의 함성이 진동하는 가운데 병영과 민 신전은 파괴되었다. 이제부터는 어떤 신을 숭배하기 위해 신전을 세우는 일은 없을 것이며, 어떤 방식이 되었건 물질로 신을 구현하는 일은 없을 것이다.

예고자는 오직 자신의 말들만을 석판에 새기게 했고, 사람들 각자가 그 말을 쉼 없이 반복해서 익히도록 했다.

예고자와 그의 심복들은 시장 관사에 거처를 정했다. 시장은 이미 이집트인들에게 협력했다는 죄목으로 돌에 맞아 죽은 뒤였다.

입비뚤이가 말했다.

"이 몸이 땅의 반을 받아야겠소."

"알겠다. 하지만 그것도 너무 적지."

예고자의 대꾸에 입비뚤이의 입이 떡 벌어졌다.

"터키석 광산에서도 큰 공을 세웠는데, 그보다 더한 상을 받아야 하지 않겠는가?"

"그렇긴 하지만…… 그럼 무엇을 더 주시렵니까?"

"우리는 대의를 위해 목숨을 바칠 젊은 전사들을 길러야 한다. 이집트를 물어뜯어 깊은 상처를 입힐 전사들 말이다. 이 일을 맡아볼 생각은 없는가?"

"이 입비뚤이의 이름을 걸고 말하건대, 그거 썩 마음에 드는 일이군요. 하지만 싸움을 가르치는 일은 말만 가지고 할 수 있는 일이 아닙니다요. 필요하면 이 몸이 인정사정없이 주먹을 휘두를 겁니다요."

"내 생각도 바로 그러하다. 완벽하게 훈련된 정예만을 골라 이집트로 보낼 생각이다. 이 임무를 수행할 자들의 정신을 단련시키는 일은 스합과 내가 맡겠다. 나는 매일 아침 모두를 모아놓고 우리가 싸워야 할 이유를 설명할 것이다."

얼간이 스합은 이런 멋진 승리에 자신이 한몫 거들었다는 사실로 한층 더 으쓱해져 있었다. 그는 예고자가 내뱉는 아주 짧은 말 한마디에도 감동했고, 신념으로 뭉친 선전원이 되어 예고자의 말을 퍼뜨렸다.

이렇게 시켐에서는 대모험이 태동하고 있었다.

# 27

멤피스 궁정은 동요하고 있었다. 꼬리를 물고 다니는 소문에 따르면 세소스트리스가 수도로 돌아오는 즉시 국정원을 소집할 거라고 했다. 궁정 고관들로 구성된 국정원은 왕의 통치를 상징하는 실질적 기구였다. 국정원 위원들의 역할은 일반 대신들과 비교할 수 없었다. 그들은 창조의 빛이 지상에서 표현된 형태인 파라오의 칙령을 전달하고 실행하는 일을 수행했고, 이런 역할 때문에 그들은 태양으로부터 퍼져나오는 빛살에 비유되곤 했다.

세소스트리스는 다른 많은 분야에서 그랬듯이 국정원에 대해서도 획기적인 개혁을 실행한 참이었다. 국정원 소속 관리들의 수를 줄이고, 국가의 장래를 결정할 이 최고의결기구에서 이루어지는 심의들을 비공개에 부치기로 했던 것이다.

이렇게 되자 궁정 고관들마다 과연 자신이 국정원에 들어가는 행운을 잡을 수 있을지 궁금해하면서 초조함과 질시에 허우적거렸다. 몇몇 나이 든 궁정 관리들은 국정원 위원들의 어깨에 놓일 막중한 책임을 상기시킴으로써 새삼 야심가들의 열망을 부추기기도 했다.

메데스도 위원 임명을 기다리며 안절부절못했다. 과연 자신의 지위를 보전하게 될 것인가? 자리에서 밀려날 수도 있었고 더 나쁜 경우 지방으로 전근될 수도 있었다. 눈에 보이는 잘못을 저지른 적이 없다는 건 분명했고, 그러므로 문책을 당할 이유는 없었다. 하지만 자신의 형편없는 자질을 왕이 꿰뚫어 보았을 수도 있지 않은가?

수호자 소벡이 보낸 감찰관 두 명이 찾아왔을 때 메데스는 이제 끝장이라고 생각했다. 집지기 개 같은 그 망할 친위대장이 어떻게 낌새를 알아차렸을까? 제르구…… 그래, 제르구가 여기저기 떠벌리고 다닌 게 틀림없어! 메데스는 이를 갈았다. 그 벌레 같은 놈이 이런 배신을 저지르고도 살아남을 줄 아나본데, 그렇게는 안 될걸. 나도 그 놈이 저지른 수많은 범죄를 폭로해버릴 테니.

"궁정으로 모셔가려고 왔습니다."

감찰관 하나가 말했다.

"무슨 일인가?"

"이유는 친위대장께서 말씀하실 겁니다."

저항해봤자 소용없는 일이었다. 메데스는 두려움을 절대 내색해서는 안 된다고 다짐했다. 무죄를 주장할 길이 없는 것도 아니고, 어쩌면 왕을 납득시킬 수도 있을지도 몰랐다.

소벡을 마주 대하자 메데스는 용기가 꺾였다. 미리 준비해간 말이 한마디도 입 밖으로 나오지 않았다.

"폐하께서 귀하에게 알리라고 명하셨소. 귀하는 이제 국고 일을 맡아볼 필요가 없소."

메데스는 발밑이 푹 꺼지는 것 같았다.

"이제 귀하는 국정원의 비서요. 이 자리에 오른 만큼 지금부터 귀하는 폐하의 칙령을 기록하고 이집트 전역에서 그 명이 실행되도록 감독해야 하오."

한참 동안 메데스는 자신이 꿈을 꾸는 줄 알았다. 내가 권력의 중심부에 발을 들여놓다니! 파라오를 둘러싼 핵심 집단에 들어간 것은 아니었지만, 적어도 그리로 향하는 길에 올라선 건 분명했다. 누구보다도 먼저 이집트 왕국의 주요 인사들의 진의를 파악할 수 있는 위치가 바로 이 국정원 비서 자리였다.

이 새로운 상황을 어떻게 이용하느냐는 이제 그에게 달려 있었다.

멤피스 궁정의 알현실에 모인 사람은 수호자 소벡, 세호테프*, 세난크흐, 그리고 네스몬투 장군, 네 사람뿐이었다.

이들은 서로 눈길을 마주치지도 않은 채 침묵을 지켰다. 자신들이 국정원 위원으로 선출되었다는 사실을 음미하고 있는 것도 아니었다. 이들 가운데 누구도 명예를 탐내지 않았다. 이들의 머릿속을 채우고 있는 것은 자신들을 기다리는 난제들이었다. 세소스트리스는 실패도 핑계도 용납하지 않는 사람이었다.

만물에 조화를 부여하는 운(Un)의 상징인 파라오가 나타나자 네 사람은 바닥에 몸을 엎드렸다. 머리에 쓴 왕관**을 통해 파라오의 생각은 신성한 매처럼 하늘을 가로지르며 태양의 힘을 모았고, 라***와 오시리스와의 신비스러운 일체감을 누리곤 했다. 왕이 허리에 두른

---

* 원래 이름은 '신성한 빛의 심장을 채우는 자'라는 의미의 세호테프입라(Séhotep-ib-Râ)이다.

** 네메스(nemès).

*** 태양신이자 창조의 신. 매의 머리를 하고 태양 원반이 달린 왕관을 쓴 모습으로 그려진다.(옮긴이)

옷은 오시리스의 아카시아나무와 비슷한 이름으로 불리는데,* 이를 통해 왕은 자신이 위대한 신비에 입문했음을 증명했다. 팔목에 찬 황금 팔찌는 왕이 신성한 세계에 속해 있음을 상징하는 것이었다.

파라오가 천천히 왕좌에 앉았다. 그가 말했다.

"우리의 주된 역할은 이 땅에 마아트의 지배를 실현하는 것이다. 올바름과 정의로움이 없다면 인간은 한 마리의 맹수에 불과하고, 우리 사회는 살아갈 수 없는 곳이 된다. 우리의 심장은 부지런히 뛰어야 하고, 우리의 혀는 사리를 판별해야 하며, 우리의 입술은 진실을 말해야 한다. 창조주 신과 신들이 이루어놓은 것을 계속해서 완성해 나가는 것이 우리의 몫이다. 또한 날마다 다시금 창조하는 일도, 이 나라를 하나의 신전으로 다시 세우는 일도 우리의 과제다. 창조주 신은 위대하며 그로부터 나온 신들도 위대하다. 그대들 중 어느 누구도 경박하게 처신해서는 안 되며, 왕의 권위를 손상케 해서는 안 될 것이다."

왕의 시선이 세호테프에게 머물렀다. 세호테프는 우아하고 기품 있는 삼십대 남자로, 지성으로 반짝이는 그의 눈이 섬세한 얼굴을 한층 생기 있어 보이게 했다. 부유한 가문의 상속자인 그는 빼어난 서기관이었다. 하지만 간혹 신경이 불안정한 면모를 보이기도 해서 궁정 고관들로부터 인정을 받지 못했다.

"그대를 국왕 특별 보좌관이자 국왕 인장의 책임자, 파라오의 모든 업무를 총괄하는 수석 비서관으로 임명한다. 각 신전들의 지성소가 잘 지켜지고 있는지, 가축들이 잘 성장하고 있는지 살피는 것도 그대

---

* 허리에 두르는 옷은 센지트(Shendjyt)로서 아카시아나무를 가리키는 센제트(Shendjet)와 유사하다.

의 임무이다. 토트 신처럼 공명정대하고 진실하도록 하라. 흔들림 없이 직무를 완수하겠노라 약속하겠는가?"

"약속하겠습니다."

감격한 세호테프가 떨리는 목소리로 대답했다.

세소스트리스가 이어서 말을 건넨 사람은 양 볼이 투실투실하고 배가 푸짐하게 나온 사십대 남자였다. 미식가임을 짐작케 하는 이 유족한 풍모 밑에는 공공재정 분야의 엄정한 전문가이자, 사람들로부터 은근한 두려움을 자아낼 만큼 불굴의 추진력을 지닌 통솔자로서의 면모가 숨겨져 있었다. 사람들과의 관계를 유연하게 풀어나가는 솜씨가 부족했던 그는 아첨꾼이나 게으름뱅이들과 심심찮게 마찰을 빚곤 했다.

"세난크흐, 그대를 이집트의 재무대신이자 국고를 관리하는 수석 재정 관리관으로 임명한다. 국가의 부를 공정히 분배하여 아무도 굶주리는 일이 없도록 하는 것이 그대의 임무다."

"열심히 하겠습니다, 폐하."

지나치게 엄격하고 권위적이라는 평판을 듣는 네스몬투 노(老)장군은 이미 아메넴헤트 1세* 치세 때부터 이름을 날려온 백전노장이었다. 세속의 명예에 초연한 그는 멤피스의 제1병영에서 마치 일개 병졸처럼 검소하게 살고 있었다. 그가 추구하는 단 하나의 신념은 무슨 일이 있더라도 이집트의 영토를 수호해야 한다는 것이었다.

"네스몬투 장군, 그대를 우리 군의 총지휘관으로 임명한다."

이 노장군은 지나치게 솔직한 언변으로 인해 종종 구설수에 오르

---

* 이집트 제12왕조를 창건한 왕, BC 1938~1908년 재위.(옮긴이)

기도 했지만 기대를 저버린 일은 없었다.

"명을 성실히 받들겠습니다, 폐하. 하지만 한 가지 말씀드리고 싶은 게 있습니다. 지방 총독들의 사병을 모두 합칠 경우 우리의 군대를 능가하는 대군이 된다는 걸 알고 계시옵니까? 우리 군의 장비가 부족하고 병영이 낡았다는 사실은 굳이 말씀드리지 않아도 아실 겁니다."

"마지막에 말한 군 장비와 병영시설 문제에 대해서는 지체 없이 정확한 보고를 올려 부족한 부분을 채울 수 있도록 하라. 사병 문제에 대해서는 나 역시 상황의 중대성을 잘 알고 있다. 그러므로 아무런 대비도 없이 두 손을 놓고 있지는 않을 것이다."

"몸을 다 바쳐 충성하겠습니다, 폐하."

네스몬투가 맹세했다.

수호자 소벡은 자신이 이 모임에 들 자격이 없다고 생각했으므로 스스로 사임하려 했다. 하지만 왕은 엄숙하게 그를 정면으로 응시했다.

"소벡, 그대를 이집트 왕국의 모든 감찰관들을 이끄는 총수로 임명한다. 치안을 굳건히 지키되 과도함이 없도록 하고, 사람과 재화가 자유로이 왕래할 수 있도록 하며, 수상 운항 법규가 지켜지는지 감시하고, 질서를 어지럽히는 자들을 체포하는 것이 그대의 임무다."

소벡이 대답했다.

"최선을 다하겠습니다. 하지만 청하옵건대, 집무실을 자주 비워도 되도록 허락해주십시오. 저는 지금까지 그래왔던 대로 소수 정예의 부하들과 더불어 폐하를 곁에서 경호하고 싶습니다."

"주어진 임무를 다 해낼 수 있다면 어떤 방식이든 그대가 좋을 대로 하라."

"저를 믿어주십시오, 폐하!"

세소스트리스가 말을 이어갔다.

"파라오는 아주 중요한 자리다. 파라오의 자리에 오르면, 선왕의 위업을 복원하는 동시에 자신의 이름으로도 통치를 완성해야 한다. 허약한 파라오에게나 적이 없는 법이니, 폭력과 거짓, 불안인 이제페트에 대항하여 마아트가 벌이는 투쟁은 계속될 것이다. 그런데 오늘날 이 투쟁은 새로운 국면으로 전개되고 있다. 우리의 적들, 특히 파라오 체제와 이집트 자체까지도 파괴하려는 자들이 몸을 숨긴 채 준동하고 있기 때문이다."

"혹시 폐하의 생명을 노리는 자들이 있다는 것입니까?"

세호테프가 걱정스럽게 물었다.

"가장 중요한 건 그것이 아니다. 만약 내가 죽는다 해도 신들이 내 후계자를 정하실 것이다. 하지만 지금 아비도스는 위험에 처해 있다. 오시리스의 아카시아나무가 정체를 알 수 없는 힘의 공격을 받아 말라 죽어가고 있다. 지금 짓고 있는 새로운 건축물들이 소생의 힘을 발산하고 있으니 최소한 그 사태를 지연시킬 수는 있을 것이다. 하지만 나는 누가 그런 짓을 저질렀는지 모른다. 그 장본인이 밝혀지지 않는 한 우리는 최악의 경우를 생각할 수밖에 없다. 세트의 힘을 조종하여 이렇게 오시리스의 부활을 위협하는 자가 과연 누구란 말인가?"

"범인이 누구인지는 확실합니다."

네스몬투 장군이 말을 받았다.

"폐하의 절대권위를 인정하지 않으려는 총독들 가운데 하나가 틀림없습니다. 자신의 특권을 내놓고 복종하느니 차라리 가장 위험한 방법을 쓰는 모임을 감행하기로 작정한 것입니다."

세난크흐가 물었다.

"아무리 정신 나갔다 해도 자신의 나라가 망하기를 바랄 이집트인이 과연 있을까요?"

"크눔호테프 같은 세력가라면 자신의 세습권력을 유지하기 위해 무슨 짓이라도 할 거요! 그런 자가 한둘이 아니지요."

"코브라 주 총독 우아카는 믿을 수 있다."

세소스트리스가 이렇게 말하자 노장군은 몹시 놀랐다.

"외람되지만, 폐하, 그자가 폐하 앞에서 연극을 한 건 아닐까요?"

"우아카를 의심할 필요는 없을 것이다. 그는 스스로 충성스러운 신하가 되고자 하였다."

"반역자들이 다섯 명 더 남아 있습니다. 모두 우아카보다 더 버거운 상대들입니다."

"소벡은 그들의 동태를 살펴라. 내가 그들을 설득하겠다."

"미리부터 비관하는 것은 아닙니다만, 폐하, 만약 그들을 회유하는데 실패할 경우에는 어떻게 하실 생각입니까?"

"자발적이든 강제적이든 이집트는 다시 하나가 되어야 한다."

네스몬투가 말했다.

"오늘부터 저는 병사들에게 전투 준비를 시키겠습니다."

세호테프가 항의했다.

"내전보다 더 불행한 일은 없습니다."

"그건 더이상 방법이 없을 때의 일이다."

왕이 안심시켰다.

"우리에겐 이것 말고도 또다른 임무가 있다. 바로 아카시아나무를 치유할 금을 찾아내는 일이다."

네스몬투 장군이 대답했다.

"그것이라면 총독들의 수중에 있을 겁니다. 그들은 광산으로 향하는 사막의 길들을 통제하여 부를 쌓고 있습니다. 그렇게 끌어 모은 재화로 병사들과 용병들의 주머니를 채워주는 것이지요."

"장군의 말이 맞을지도 모른다."

왕이 한숨을 내쉬었다.

"하지만 우선 각 신전이 보유한 보물을 조사하라. 이 일은 세난크흐가 맡아라. 어쩌면 우리에게 필요한 금을 찾아낼 수 있을 것이다."

파라오가 자리에서 일어났다.

네 사람은 각자 자신이 해야 할 일을 잘 알고 있었다.

소벡이 알현실의 문을 열었다. 그때 그의 부하 하나가 당황한 얼굴로 달려왔다.

"나쁜 소식입니다, 대장님. 사막 감찰대원 하나가 방금 이 보고서를 가져왔습니다. 믿을 만한 자입니다."

끔찍한 내용을 담은 짧은 서신을 읽은 소벡은 자리를 떠나려는 파라오를 붙들었다. 그 자리에서 당장 의논해야 할 일이라고 판단했던 것이다.

# 28

“하토르 여신의 터키석 광산이 습격을 받아 광부들이 몰살당했다고 합니다, 폐하.”

소벡이 당황한 어조로 보고했다.

“그 지역을 순찰하던 사막 감찰대가 그곳을 발견했을 때는 불에 탄 시신들뿐이었다고 합니다.”

위원 모두가 놀라움을 감추지 못했다. 세소스트리스의 얼굴이 여느 때보다 한층 더 엄격해졌다.

세호테프가 물었다.

“그런 끔찍한 범죄를 누가 저질렀을까요?”

네스몬투 장군이 대답했다.

“사막 비적대들일 거요. 그들을 단속해야 할 총독들은 각자 자기네 안전만을 챙기느라 비적대들이 활개를 쳐도 내버려두고 있소!”

“비적대들이 노리는 건 대부분 카라반입니다.”

소벡이 반박했다.

“게다가 그처럼 졸렬하고 겁 많은 자들이 무서운 처벌을 받게 될

걸 알면서 왕의 소유지를 덮칠 리 없지 않습니까!"

"그들이 여간해서는 붙잡히지 않는다는 걸 간과하고 있구려. 이번 참사는 전면적인 반란을 목적으로 몇 개의 무리가 연합했음을 보여주는 아주 중대한 사건이오."

"그렇다면 그들의 행보는 여기서 그치지 않을 것이다."

세소스트리스가 말했다.

"'왕의 성벽' 쪽 상황과 가나안 주둔군의 근황을 가능한 한 빨리 보고하라."

세난크흐는 업무처리 솜씨가 뛰어난 메데스에게 이 일을 맡겼다.

왕은 제출된 기록들을 검토하다가 한 군데의 정세 보고가 빠져 있는 걸 발견했다. 시켐이었다.

"시켐 주둔군은 변변찮은 소규모 병력인 데다, 그 지휘관은 그곳에 적응하지 못하고 근무지를 옮겨달라며 끊임없이 청원하고 있습니다."

네스몬투 장군이 지적했다.

"만약 베두인족이 공격해온다면 그곳 주둔군은 버틸 수 없을 겁니다. 그 부족은 병사도 충분하고 각오도 대단하니까요. 그들이 반란을 일으켜 우리 국경 요새들을 공격해올 가능성이 큽니다."

"국경 수비대에 비상령을 내리도록 하라."

세소스트리스가 명했다.

"그리고 네스몬투 장군은 즉시 모든 군대를 동원하라. 행군 준비가 갖춰지는 대로 시켐으로 출발할 것이다."

입비뚤이는 하루하루가 신이 났다. 그가 새로 맡은 일은 미래의 전투사들을 훈련시키는 일이었다. 그는 이 일이 너무나 마음에 든 나머지 쉴 새 없이 강도 높은 훈련을 시켜댔다. 훈련은 마치 실제 전투처럼 치러졌고, 덕분에 날마다 여러 명의 젊은이들이 목숨을 잃었다. 희생자들은 입비뚤이가 보기에는 애초에 싹이 노란 것들일 뿐이었다. 예고자가 원하는 건 그 어떤 위험 앞에서도 물러서지 않을 전사들이었다. 그래서 그는 한층 더 가혹하고 거칠게 밀고 나갔다.

예고자는 매일 설교를 했다. 그 자리에는 시켐의 모든 주민들이 의무적으로 참석해야 했지만, 여자들은 집에 붙박여 지내야 했으므로 제외되었다. 예고자의 설교는 듣는 사람들을 흥분시키고 열광케 했다. 그는 폭력 투쟁의 필요성을 공공연하게 주장했고, 그 대가로 완전한 승리를 얻을 수 있다고 설파했다. 이 전투 중에 희생당하는 용사들은 곧장 천국으로 가게 될 것이며, 그곳에 가면 포도주가 강처럼 흘러넘치는 가운데 아름다운 여인들이 온갖 시중을 들어줄 거라고 말했다.

얼간이 스합은 설교에 미지근한 태도를 보이는 사람들을 가려내서 입비뚤이에게 넘겼고, 입비뚤이는 활쏘기나 창던지기 훈련을 시킬 때 이들을 과녁으로 활용했다. 스합은 예고자의 오른팔이 되어 뜻밖의 생활에 발을 들여놓은 게 즐거우면서도 한편으로는 불안감을 감추지 못했다.

"주인님, 지금이야 일이 잘 돌아가고 있지만 이게 언제까지 가겠습니까요? 혹시 파라오가 반격해 오지 않을까요?"

"물론 들이닥치겠지."

"그렇다면 이럴 게 아니라 눈을 피해 숨어야 하지 않을까요?"

"지금은 그럴 필요 없다. 사실 그가 어떻게, 어느 정도의 병력으로 대응해 올지가 흥미롭거든. 그걸 보고 나면 세소스트리스의 성격을 파악할 수 있겠지. 그러고 나서 나는 그와 어떤 전략으로 맞설 것인지 결정할 것이다. 이집트인들은 타인의 생명도 중요하게 여기기 때문에 행동에 결단성이 없다. 하지만 나를 따르는 신도들은 알고 있어. 나를 믿지 않는 자들을 이 땅에서 없애야 하며, 이를 위해 무기를 들 때 진정한 단 한 분의 신이 그 모습을 드러내리라는 걸 말이야."

예고자는 시켐의 가장 가난한 집들을 찾아가서 그들이 불행한 이유는 오로지 파라오 때문이라고 설득했다. 그러자 가난한 가정들에서는 아직 어린 아이들까지도 그에게 내주었다. 참다운 믿음을 위해 싸울 전사로 만들기 위해서였다.

마지막 시험 종목은 맨손격투였다. 이케르는 몸놀림이 재빠른 덕분에 자신보다 훨씬 힘이 센 상대를 두 명이나 때려눕혔다. 그는 동료 열 명과 함께 크눔호테프의 사병인 오릭스 주 의용대에 들어가게 되었다.

"너는 조선소의 경계 임무를 맡는다."

훈련 교관이 이케르에게 알려주었다.

"테샤트 부인이 너의 상관이다. 부인이 여자니까 부드러울 거라는 착각은 말아라. 총독님께서 부인을 재정 관리관이자 창고 조사관으로 임명한 것은 다 이유가 있어. 부인은 보통 단단한 사람이 아니거든. 총독님은 부인에게 개인 재산의 관리까지 맡기셨어. 사람들이 말리는데도 말이야! 이봐, 꼬맹이. 솔직히 말해 너는 무시무시한 사자 굴에 던져진 거야. 그 암사자를 조심해. 남자를 삼킬 궁리만 하는 사람이니까."

교관이 이케르를 조선소까지 데려갔다. 험상궂게 생긴 한 하사관이 그를 인수했나.

"이 꼬맹이가 우리의 안전을 지켜주실 분은 아니겠지?"

하사관이 빈정거렸다.

"겉모습으로 판단하지 마. 특히 이 녀석한테는 덤비지 않는 게 좋아."

하사관은 이 말에 이케르에게 더 큰 관심을 가지게 되었다.

"훈련 교관의 추천이 아니었다면 너를 보초로 받지 않았을 것이다. 따라와라, 꼬맹아. 네가 지켜야 할 위치를 알려주마. 이것 한 가지만 명심해라. 누구든 조선소 안으로 들여보낼 때는 반드시 내게 먼저 보고해야 한다."

이케르 앞에 새로운 세계가 펼쳐졌다. 조선소에서는 장인들이 한 선박의 각 부분을 나눠서 건조하고 있었다. 그가 보초를 서는 곳 아래에서 소나무 돛대와 키, 뱃머리, 늑재, 상갑판의 난간, 노 젓는 사람이 앉을 자리들이 만들어졌다. 전문 기술자들이 특별한 솜씨로 작은 판자 조각들을 이어 붙이는 동안 다른 동료들은 튼튼한 밧줄과 아마포 돛들을 만들었다.

배를 만드는 일에 흥미를 느낀 이케르는 장인들을 주의 깊게 관찰하고 그들의 작업을 머릿속으로 재연해보곤 했다.

그날도 작업 과정을 머릿속에서 떠올려보고 있는데 한 건장한 남자가 그를 밀치며 조선소 안으로 들어오려고 했다. 이케르는 퍼뜩 놀라 현실 세계로 돌아왔다.

"누구냐?"

이케르가 남자의 팔을 붙잡으며 물었다.

"형을 만나러 온 거야. 여기서 일하는 목수 중 한 명이지."

"먼저 보고해야 해."

"네 녀석이 뭔데? 허락 같은 건 필요 없어!"

"나는 명령대로 해야 해."

"나랑 붙겠다는 거냐?"

"그래야 한다면."

"좋아, 사람들 앞에서 네 버릇을 고쳐주지."

남자가 팔을 들어 자기편을 들어줄 장인들을 부르려고 하는가 싶더니 별안간 놀란 표정을 짓고 팔을 내리며 뒷걸음질을 쳤다.

이케르는 뒤를 돌아보았다. 테샤트 부인이 거기 서 있었다. 연녹색 옷을 입은 부인은 몹시 아름다웠다.

"썩 물러가거라."

부인이 명령하자, 남자는 꼬리를 내리고 순식간에 모습을 감췄다.

테샤트 부인은 석상처럼 꼼짝도 않는 이 젊은 병사를 그대로 세워놓고 한 바퀴 빙 둘러보았다.

"나는 개인의 이익, 그러니까 일신의 안전보다 자신의 역할에 충실한 사람들을 좋아하지. 너는 훈련 기간 동안 훌륭한 성적을 거둔 것 같더구나. 아마 훌륭한 군인 가문 출신이겠지?"

"저는 고아입니다."

"그래서 군인이 되려고 한 것이냐?"

"저는 서기관이 되고 싶습니다."

"읽고 쓰고, 계산도 할 줄 아느냐?"

"할 줄 압니다."

"내 도움이 필요하다면 뭐든 말해보거라."

"누군가 제 생명을 노렸습니다. 그 이유를 알아내고 싶습니다."

테샤트 부인이 놀라워하며 물었다.

"누가 널 해치려 했단 말이냐?"

이케르는 혹시나 하는 기대를 품고 이름을 말했다.

"거북눈과 칼날이라는 선원입니다. 라피드 호에 탔었습니다."

부인은 한참 동안 아무 말도 하지 않았다.

"그 거북눈이라는 자가 어떻게 생겼는지 말해봐라."

이케르가 그의 용모를 설명했다.

"아무래도 모르는 사람 같은걸. 하지만 내 기억이 흐릿해서일 수도 있지. 이 문제를 조사해봐야겠다. 아마 시간이 꽤 걸릴 것이다."

이케르는 꿈을 꾸는 것 같았다. 드디어 희망이 생긴 것이다! 하지만 경계심이 그를 붙잡았다.

"어째서 저를 도와주려 하십니까?"

"네가 마음에 들었거든. 오, 오해는 말아라, 얘야! 나는 같은 연배의 남자들하고만 사랑을 해. 그것도 그들이 내 일을 방해하지 않으면서 나보다 더 유능함을 과시할 수 있을 때만. 이케르, 넌 여느 사람들하고는 다르구나. 알 수 없는 불꽃이 네 속에서 타오르고 있어. 그 불꽃은 너무도 강력해서 어떤 자들은 네게서 그걸 빼앗을 궁리만 할 거다. 네가 힘든 일을 겪게 되는 건 아마도 그래서일 거다."

경계심이 아주 사라진 건 아니었기 때문에 이케르는 속내를 더는 털어놓지 않았다.

테샤트 부인이 말했다.

"네 근무지 이동 명령을 얻어내야겠구나. 내일부터 너는 문서 보관소 소장의 조수로 일해라. 수많은 기록들이 분류되기를 기다리고 있어. 아마도 넌 거기서 일하는 걸 기뻐하게 될 거다."

# 29

메데스 저택의 분위기는 뒤숭숭했다. 주인이 궁정의 재정 관리관에서 해임되어 남부의 어느 작은 도시로 전속되었으며, 그곳에서 사람들의 관심 밖으로 밀려난 채 여생을 보낼 것이라는 흉흉한 소문이 돌고 있었다. 멤피스의 화려한 저택은 팔릴 것이고, 하인들은 모두 흩어지게 되리라는 것이었다.

이른 아침부터 메데스 부인은 불안감에 사로잡혀 머리 치장을 담당한 하녀와 화장 담당 하녀를 들들 볶고 있었다.

"포마드 단지는 찾아냈느냐?"

"아직 못 찾았는데요."

머리 담당 하녀가 대답했다.

"정신은 어디 두고 게으름만 피우는 거야!"

"마님께서 따로 보관하신다고 상아 상자 속에 넣으신 것 같은데요."

결국 자신의 상아 상자 속에서 단지를 찾아낸 안주인은 한마디 미안하다는 말도 없이 포마드를 자신의 머리카락에 바르게 했다. 사자와 악어, 뱀, 야생 염소, 하마의 기름으로 조제한 포마드였다.

"두피에 살 스며들게 해."

안주인이 명령조로 말했다.

"흰머리가 아예 생기지 않게 아주까리 기름으로 두피를 잘 마사지해라."

메데스가 좌천된다면 이런 화장품들을 더이상 살 수 없을 것이다. 값이 비싸지만 없어서는 안 될 물건들이었다. 이혼을 해야 할까? 그건 안 될 말이었다. 재산을 소유하고 있는 사람은 메데스였다. 그를 간통죄로 고발한다면 재산의 반 정도는 그녀에게 돌아올지도 몰랐다. 하지만 그러려면 확실한 증거가 있어야 했고, 만약 일이 잘못되기라도 하면 별거 수당조차 받지 못할 것이다.

"분칠이 엉망이잖아!"

안주인이 버럭 소리를 질렀다.

"뺨과 목의 붉은 얼룩이 그대로 보이는데!"

화장 담당 하녀는 콩깍지와 호로파 씨앗, 벌꿀과 설화석고를 주원료로 만든 크림을 발랐다. 이 특별한 혼합물은 분을 칠하기 전에 바르는 것으로 나이의 흔적을 지워주었다.

"기분이 안 좋은 거야, 여보?"

메데스가 아내의 방으로 들어오다가 도로 나가려는 시늉을 했다.

안주인은 몸을 벌떡 일으키더니 하녀 둘을 내보냈다.

"우리…… 우리 쫓겨난 거야?"

"쫓겨났냐고? 그 반대야. 아주 중요한 자리로 승진했어! 파라오가 워낙 눈이 밝아서 내 재능을 알아본 거지."

메데스는 달려들어 마구 키스를 퍼붓는 아내를 진정시키느라 애를 먹어야 했다.

"그럴 줄 알았어, 그럴 줄 알았다니까, 당신은 최고야, 최고라고!"

"책임이 무거워졌어."

"그럼 우린 더 큰 부자가 되겠지?"

"그건 확실해."

"왕이 어떤 일을 맡겼는데?"

"국정원의 상임 비서 자리야."

메데스의 아내는 국정에 관해 별 관심이 없었다. 남편의 재산이 자신의 변덕스러운 욕망을 채울 수 있게 해준다는 것, 중요한 건 그것뿐이었다.

승진 소식이 집안 구석구석으로 전해진 다음 거리로까지 퍼져나가는 동안 메데스는 자신의 서재에 들어가 있었다. 얼마 후 그곳에 제르구가 나타났다.

제르구는 향기로운 방동사니 풀과 테레빈나무 수지를 혼합한 사탕 두 개를 입 안에 넣고 우물거리고 있었다. 이 사탕은 입 안을 소독해주고 숨을 쉴 때 좋은 냄새를 풍기게 해주었다.

"승진을 축하드립니다. 이제 좀더 자유롭게 운신하실 수 있게 된 거죠?"

메데스가 파피루스 두루마리 하나를 펼쳤다.

"이건 너에 대한 고소장이다."

"고소장이라고요! 대체 누가 쓴 건데요?"

"네 옛날 마누라들 가운데 하나야. 네가 자신을 죽도록 두들겨 패면서 즐거워했다는군."

"제가 그랬나요? 기억이 잘……"

"분명히 그랬어! 증인이 있다고. 네가 그 여자의 방문을 부수고 들어가서 위협하고 일꾼을 때렸다면서?"

"그거야 대수롭지 않은 일이죠."

"이집트에서는 그렇지 않지."

"증인이라는 자가 대체 누굽니까?"

"그 여자의 몸종이라는 촌뜨기 계집아이야."

"어쩌면 그 아이를 잘 구슬릴 수도……"

"내가 이미 처리했다."

메데스가 대답했다.

"그 촌뜨기에게 두둑한 보상금을 쥐여주어 시골로 내려 보냈고, 네 마누라한테는 새 가구 몇 점을 보냈지. 내가 네 이름으로 직접 쓴 사과의 편지와 함께 말이야. 고소는 취하되었어."

제르구는 키가 낮은 의자에 털썩 주저앉았다.

"제가 나리께 질 좋은 맥주 한 단지라도 올려야겠는뎁쇼."

"네가 예전에 했던 일들은 잊어버려라. 그리고 여자들이 아무리 미워도 이젠 밖으로 표나게 행동해서는 안 돼. 곡식 저장소의 책임 감독관은 존경받을 수 있게 처신해야 한단 말이다."

"제가 책임 감독관이라고요?"

"내 윗자리에 앉은 세난크호가 네 승진을 허락했다."

"당장 내일부터 사냥을 나가지요. 제 귀여운 세납자들을 피 한 방울 남김없이 쥐어짜서 나리께 한 재산 갖다 바치겠습니다."

"바로 그래서는 안 된다는 거야."

제르구는 이해가 안 가는 듯 고개를 갸웃거렸다.

"하지만 저한테는 공식적으로 그럴 권리가 있으니까, 제가……"

"너와 나의 활동 영역이 달라졌다. 몇 년간 우린 신나게, 그러면서도 신중하게 일을 잘해왔지. 이제 새로운 지위를 얻었으니 좀더 좋은 걸 노려야 하지 않겠느냐? 하지만 사람들이 더 주목하는 자리인 만큼 한층 조심해야 해."

"무슨 말씀인지 못 알아듣겠습니다요."

제르구는 이렇게 중얼거리고는 지니고 있던 부적을 만지작거렸다. 나름대로 마음을 가라앉히고 머리를 굴려보려는 노력이었다.

메데스가 초조한 기색으로 방 안을 거닐었다.

"나는 지금 국가 최고위층에서 내린 결정들을 가장 먼저 알 수 있는 자리에 있어. 파라오의 칙령들을 베껴 쓰고 그것들을 공포하는 게 내 일이다. 조금이라도 허튼짓을 하거나 어설프게 속이려 들었다간 그 죄가 즉시 내게로 향하겠지. 따라서 나 자신의 잇속을 챙기기는 아주 어려울 거다. 왕과 국정원 위원들이 내 행동과 처신을 주의 깊게 살펴볼 거야."

"그렇다면, 이번 승진은 재앙인 셈이군요!"

"내가 그걸 적절히 이용할 수만 있다면 그렇지는 않아. 행동이 자유로운 네가 있으니 지금까지의 친분관계와 영향력을 계속 유지해나갈 수 있을 거다. 그리고 국정 상층부에서 새로운 인맥과 세력을 만들어가야지."

"그렇다면 배를 새로 건조하는 일은 어떻게 됩니까? 푼트로 가서 그곳의 보물을 실어오자면 배가 있어야 할 텐데요."

"당장은 그 문제를 생각할 겨를이 없다. 세소스트리스가 흥미로운 지시를 하나 내렸어. 신전들이 보유한 모든 재화들을 조사해서 목록을 작성하라는 거야. 각 신전의 실제 재산이 얼마인지 파악할 수 있도록 하라는 것이지."

"그게 이제서 흥미롭다는 겁니까?"

"그런 목록들은 이미 왕한테 있거든! 내 생각에 그는 다른 것을 찾고 있어. 그게 대체 뭘까? 너도 이 일을 나눠 맡게 될 테니 그게 무엇일지 좀 알아봐라. 게다가 이게 끝이 아냐. 파라오가 군에 총동원령을 내렸다."

"총독들을 치기로 결심했군요!"

"앞질러 가지 마라, 제르구. 얼마 전에 가나안에서 소요가 벌어졌는데, 어느 정도 규모인지, 얼마나 심각한지를 알 수 없단 말이다."

"총동원령까지 내리는 걸 보면 상황이 심상찮은 게 틀림없습니다."

"내 생각도 그래. 네스몬투 장군 혼자 군대를 이끌고 갈지, 파라오 자신이 직접 나설지는 아직 모르겠다."

"결국 세소스트리스가 전사할 수도 있고, 그러니 멤피스에 쿠데타가 일어날 수도 있단 말이군요!"

메데스가 고개를 끄덕이며 대답했다.

"대혼란이 있을 것에 대비해두어야 한다. 파라오의 국정원 위원인 네 명의 고관들은 충성심이 대단해서 그들을 매수하기는 아주 어렵다. 하지만 그들도 사람일 뿐이니, 자주 접촉하면서 각자의 약점을 캐내고 그걸 이용해야지."

잠시 생각을 가다듬은 메데스가 말을 이었다.

"왕은 신전 깊숙한 곳에서 치러지는 비밀제의를 통해 특별한 보호를 받고 있어. 그 비밀제의를 거쳐야만 제대로 된 권력을 잡을 수 있다고. 하지만 나는 아직 그 지성소로 들어갈 방법도 찾지 못했어."

"언젠가는 성공할 겁니다, 틀림없어요!"

"그러길 바라야지. 그건 그렇고, 제르구, 앞으론 절대 서투른 짓을 해서는 안 돼. 네 하급자들에게 모범을 보여야 한단 말이다."

제르구는 슬쩍 코웃음을 쳤다.

"나를 본받으려는 놈이 있기만 해봐라, 머리통을 부숴놓아야지!"

두 사람은 웃음을 터뜨렸다.

"제르구. 너는 나를 닮았어. 너는 권력을 권력 그 자체로, 힘을 힘 그 자체로 좋아해."

제르구는 부인하지 않았다.

메데스가 다시 말했다.

"이집트 현자들은 탐욕과 야심이 죄악이라고 말하지. 하지만 그들은 틀렸어. 탐욕과 야심은 사람들을 주어진 틀 안에 안주하지 않게 해주는 가장 뛰어난 자극제야."

"나리께 꼭 한 가지 물어보고 싶은 게 있습니다. 그 전에 독주 한잔 주시겠습니까?"

제르구는 대추야자술 두 잔을 비웠다.

"우리는 어째서 악을 행하는 겁니까, 나리?"

"악이 우리를 매혹하기 때문이지. 그런데 악이 대체 뭐라고 생각하느냐?"

"마아트, 즉 올바름과 빛에 맞서는 게 악이지요."

"너는 옛 현자들의 헛소리를 따라하고 있구나. 그런 헛소리들이 네가 부자가 되고 탐나는 자리에 올라서는 데 도움이 될 것 같으냐?"

"저야 아직 목이 마르죠."

메데스는 자신의 저주받은 분신인 제르구의 흔들리는 마음을 다잡아줘야겠다고 생각했다. 제르구는 착각하고 있었다. 악이라니? 천만에! 두 사람은 아직 악을 행하지도 못했다. 신전 안으로 들어갈 받힌 혹은 통로가 시선이 확보되지 않았기 때문이었다. 악은 그다음 부터다.

# 30

이케르는 문서 보관소의 관리 두 명이 일주일 이상 걸려 할 일을 한나절 만에 해치우곤 했다. 그의 이런 열성적인 태도는 많은 사람들의 시샘을 사게 되었다. 테샤트 부인이 그를 보호해주지 않았다면 이케르는 온갖 시련을 겪었을 것이다. 그의 직속상관은 그에게 가장 까다롭고 복잡한 일만 맡겼지만 이케르는 불평하지 않았다. 그는 그 속에서 거북눈과 칼날, 라피드라는 이름을 발견할지도 모른다는 기대를 가지고 세밀하고 끈기 있게 기록들을 분류해나갔다.

아직 그의 노력은 별 성과가 없었지만, 그렇다고 테샤트 부인 앞에서 의기소침한 모습을 보인 건 아니었다.

"아무 소득도 없느냐, 이케르?"

"네, 마님께서도 찾지 못하셨나요?"

"그렇단다."

테샤트 부인이 실망스러운 듯 말했다.

"그 사람들과 배 이야기는 꾸며낸 이야기가 아니에요!"

"네 말은 조금도 의심하지 않는다, 이케르. 하지만 내가 말했었지?

그들을 찾아내는 데 오랜 시간이 걸릴지도 모른다고."

"달리 기억나신 건 없으신가요?"

"아쉽게도 없구나. 하지만 그 거북눈이라는 자가 우리 지방에 온 적이 있는 것만은 분명해. 이 문제는 잠시 접어두고 다른 일을 생각하자꾸나. 나는 파케트 여신에게 제사를 올릴 거란다. 네가 그때 내 시종이 되어 양산을 받쳐주었으면 좋겠구나."

'할퀴는 자'라는 이름의 파케트 여신은 암컷 치타의 형상을 하고 있었다. 이 여신은 여사제들이 정성껏 돌보는 한 동굴에 거했는데, 여사제들은 대부분 지방 귀족의 부인들이었다.

파케트 여신의 성지*로 가는 테샤트 부인의 배 위에서 이케르는 맑은 공기와 부드럽게 불어오는 바람을 맛보고 있었다. 나일 강 위를 미끄러져 나아가는 여정은 감미로움으로 가득했다. 잠시 이케르는 상념에 잠겼다. 자신이 가려는 길을 단념하고 이 지방에 정착하여 평온하게 살아가면 어떨까? 그러자 또다시 대답 없는 질문들이 어지럽게 떠오르며 그를 목마르게 했다. 이런 상태에서는 물을 마셔야만 살 수 있다.

'여기 그냥 머무를 순 없어. 내게 일어났던 그 힘든 일들이 무의미할 리 없어. 그 의미를 찾아내고 내 운명의 수수께끼를 푸는 것이 내가 할 일이야.'

배가 강기슭에 닿았다. 멀리 떨어진 곳에 아름다운 흑단나무 한 그루가 보였다. 그 나무의 무성한 가지들 뒤편에 신성한 동굴로 들어가

* 베니하산 부근에 위치한 스페오스 아르테미도스.

는 입구가 숨겨져 있었다.

테샤트 부인이 일러주었다.

"저 나무에 손대면 안 된다. 여신이 치타로 변해 종종 저 나무에 몸을 숨기고 있다가 지나가는 사람을 덮치곤 하니까. 여신을 달랠 주문을 모르면 누구라도 당할 수밖에 없어."

"그 주문을 어떻게 하면 배울 수 있죠?"

"넌 정말 호기심도 많구나!"

"그럼 파케트 여신이 하는 일만이라도 가르쳐주세요."

'정말이지 이 아이는 보통 사람들과는 달라.'

테샤트 부인은 생각했다.

"이 여신은 성난 불을 다스려 화재를 막아준단다. 또 뱀으로 변신해서 태양의 적들이 태양을 해치지 못하도록 달려들지. 그 적들이 여신을 보는 순간 그들은 끝장이야. 그러나 파케트 여신이 하는 일이 빛을 위해 싸워 이기는 게 전부는 아냐. 여신이 부리는 조화로 해마다 나일 강물이 넘치거든. 그래서 이 나라 전역이 풍요해지는 거야."

"어떤 조화를 부리는데요?"

"너무 꼬치꼬치 묻는다고 생각하지 않니, 이케르?"

"제게 말씀해주실 수 있는 건 다 알고 싶습니다."

"여신이 오시리스의 편이라는 것만 말해주마. 이제 더이상은 묻지 마라. 그저 조용히 지켜보기만 해."

알면서 말해주지 않는 것인지, 모르면서도 아는 체한 것인지, 무정한 부인은 더이상 아무 설명도 해주지 않았다.

이케르는 양산을 들어 부인에게 그늘을 드리워주었다. 긴 손잡이 위에 장방형 아마포를 씌운 양산이었다.

나이 든 여사제 하나가 동굴에서 나왔다.

"하늘의 문들이 열려 신성한 힘이 후광에 싸여 나타나리라."

이어서 네 명의 다른 여사제가 나와 처음의 여사제 앞에 몸을 굽혔다. 여사제들은 머리카락을 뒤로 모아 묶어 올렸는데, 그 기묘한 머리 모양새가 마치 파라오가 쓰는 흰 왕관 같았다. 그들은 허리에 짧은 옷을 두르고, 옷에 달린 어깨끈으로 가슴을 가리고 있었다.

"드디어 하늘로부터 네 가지 바람이 왔노라."

수석 여사제가 외쳤다.

"이 바람들이 조화롭게 불어 이 나라가 풍요하게 번영하리라. 여기 서늘한 북풍이 있으니 사물들은 생기를 얻노라."

첫번째 여인이 앞으로 나와 느리고 엄숙한 춤을 추었다. 이케르는 그 춤동작의 아름다움에 넋을 놓았다.

"여기 동풍이 있으니 이것은 하늘의 문들을 여는 바람이다. 이 바람은 신성한 빛으로 향하는 완전한 길을 놓으며, 우리를 피안의 낙원으로 인도하노라."

두번째 여사제 역시 마찬가지로 아름다웠다. 그녀의 몸놀림은 유연했고 리듬은 가슴을 두근거리게 했다.

"여기 서풍이 있으니, 이것은 '둘'이 창조되기 이전의 '단일한 하나'의 가운데서 불어오는 바람이다. 이 바람은 죽음 너머로부터 불어온다."

세번째 사제의 솜씨는 앞선 두 여사제를 능가했다. 자신의 춤이 담고 있는 정신적 의미를 확신하는 듯, 그녀는 보다 연극적이면서도 높은 기교를 요구하는 안무를 펼쳐 보였다. 그녀의 춤사위에서는 죽음과의 겨룸과 그 죽음을 이기려는 의지가 느껴졌다.

"마지막으로 여기 남풍이 있노라. 이것은 소생의 비를 실어 와서 생명을 자라게 한다."

처음에 이케르는 자신이 잘못 본 거라고, 너무나 닮아서 잠시 착각한 거라고 생각했다. 그러면서도 그의 온 정신은 마지막으로 나선 그 젊은 여사제의 얼굴에 쏠렸다. 그녀는 비길 데 없이 아름다운 몸놀림으로 춤을 추고 있었다. 그녀로부터 어떤 빛이 퍼져나오는 것 같았다. 그 빛은 남풍에 의해 소생한 생명이 뿜어내는 빛이었다.

그녀.

틀림없이 그녀였다. 옷차림과 머리 모양이 달라져 있었지만 이케르는 그녀를 알아보았다.

"양산을 똑바로 들어주렴. 햇볕이 내게 쏟아지잖니."

테샤트 부인이 나무랐다.

이케르는 얼른 양산을 고쳐 잡으면서도 사랑하는 여인에게서 눈길을 떼지 않았다. 그에게 그녀의 춤은 너무나 짧게 느껴졌다.

네 가지 바람은 이제 움직이지 않고 있었다. 의식을 이끌던 수석 여사제가 네 여사제들의 이마를 연꽃으로 장식해주었다.

"이렇게 하여 자연 속에 숨어 있던 신성한 말들이 밝혀졌노라. 그윽한 향기로 빛의 힘을 북돋는 이 꽃들이 부활의 기적을 증명할지어다."

연꽃송이 각각에서 눈부신 빛이 뿜어져 나왔다.

이어서 다섯 명의 여사제는 배에 올라 파케트 성지를 떠났다. 그곳에 남은 사람들은 고관 부인들을 위한 향연을 벌였다. 이케르를 비롯한 시종들은 다른 자리에서 식사를 했다.

"너 어디 아픈가보구나?"

이케르를 본 테샤트 부인이 말했다.

"아니에요. 아니, 어쩌면 그런 것일 수도…… 조금 전의 의식이 너무나 인상 깊었거든요!"

"무희들의 아름다움에 넋을 빼앗긴 거니?"

"누군들 그렇지 않겠어요? 남풍의 역할을 한 무희보다 더 아름다운 사람은 없을 거예요. 그녀가 누군지, 이름이 뭔지 혹시 아시나요?"

"전혀 몰라. 그들은 파케트 여신에게 제의를 올리기 위해 아비도스에서 온 사제들이란다. 제의가 끝났으니 자신들의 신전으로 돌아간 거야."

"예전에 그녀를 본 적은 없으세요?"

"없어. 아마도 새로 들어온 여사제일 거야. 분명히 말해두는데, 그 여자를 잊도록 해라."

"그녀가 아비도스의 황금원에 들어간 사람이어서요?"

"누가 네게 그런 이야기를 해주었니?"

"한 과수원지기로부터 들은 말이에요."

"그건 시(詩) 속에나 나오는 말이야, 이케르. 그 과수원지기 말은 무시해버려. 어쨌든 그 여자는 잊어라. 그 여자는 네가 앞으로도 결코 알 수 없을 세계에서 살아갈 사람이란다. 무희들이 마음에 든다면, 더 매력적이고 또 다가갈 수도 있는 무희들 중에서 찾아보렴."

이케르는 오릭스 주의 문서 분류 작업을 아주 빠른 시간 내에 끝마쳤다. 그러나 선원 두 사람과 그들이 탔던 배에 관한 기록은 어디에서도 찾지 못했다. 그러자 테샤트 부인은 그가 딴 생각을 할 겨를이 없도록 다른 자리를 맡기려 했다.

테샤트 부인도 여러 방식으로 탐문해봤지만 같은 실망을 맛보았다. 사람을 풀어 알아보아도 믿을 만한 정보는 들어오지 않았다. 부인은 이케르의 마음에 깃든 복수심을 지우는 게 최선이라고 생각했다. 그를 설득해서 이 지방에 정착하게 하면, 그는 서기관으로서도 높은 지위까지 올라갈 수 있을 터였다.

테라스로 나간 부인은 오시리스의 부활을 알려주는 초승달을 바라보며 생각을 정리하고 있었다. 그때 어떤 목소리가 들려왔다. 부인은 소스라치게 놀랐다.

"제가 한 말씀 드려도 되겠습니까, 테샤트 부인? 안심하세요. 해를 끼칠 마음은 전혀 없습니다! 뒤를 돌아보지 마세요. 저를 보려고 한다면 부인은 목숨을 잃게 될 겁니다."

"무엇을…… 무엇을 원하는 거냐?"

"그 두 선원과 배의 행방에 대해서라면 제가 좀 아는 게 있습니다. 그들은 토트의 위대한 사제들의 주로 갔습니다. 이케르가 그곳으로 떠나게 해주십시오."

"감히 내게 명령을 하다니, 대체 너는 누구냐?"

"저는 부인의 편입니다."

"거짓말! 바른 대로 말해라. 안 그러면 너를 체포하게 하겠다."

"바른 대로 말씀드려도 저를 감옥에 집어넣으셔야 할 겁니다."

"거래를 하자. 솔직히 말하면 네 자유를 보장하겠다."

"약속하시는 겁니까?"

"약속한다."

"저는 파라오 세소스트리스의 명을 받아 움직이는 사람입니다. 부인이 이케르를 보호해주셔서 제 임무에 큰 도움이 되었습니다. 지금은 그가 자신의 길을 떠날 수 있도록 해주어야 합니다."

"이케르는 과거를 잊고 행복하게 살아야 해."

"부인께서 그에게 그렇게 하라고 설득할 수만 있다면 왜 안 되겠습니까? 하지만 부인도 이케르가 어떤 사람인지 아실 겁니다. 그에게 그가 가야 할 곳을 일러주세요."

"네 앞날에 대해 이야기해보자꾸나."

테샤트 부인이 이케르에게 말했다.

"이곳에 정착해서 서기관 공부를 계속하는 게 어떻겠느냐?"

"고마우신 제안이지만 그럴 수 없습니다. 저는 그들을 찾아야 합니다."

"그렇게 찾아만 다니다가 인생을 허비하게 되면 어쩌려고?"

"저는 삶을 빼앗겼습니다. 그 삶을 되찾고 또 제 운명이 무엇인지 알고 싶어요. 그 어떤 대가를 치르더라도요."

"그러다가 그 삶이라는 걸 영구히 잃어버릴 수도 있다."

"아무 일도 안 해보고 무기력하게 산다면 전 더 빨리 죽을 거예요."

"네 결심을 되돌리기 어려울 것 같으니 내가 너를 마지막으로 도와주마. 리에브르* 주로 떠나거라."

"그 말씀은, 뭔가 실마리를 찾으셨다는 의미인가요?"

"내가 알려줄 수 있는 건 이것밖에 없다. 그곳으로 가서 네 힘으로 찾아보거라."

"크눔호테프 총독님이 제가 떠나는 걸 허락해주실까요?"

"그 문제는 내가 해결하마. 공식 추천장을 써줄 테니 그걸 제후티

* 산토끼.(옮긴이)

총독에게 전해라. 네가 견습 서기인데 공부를 끝마치고 싶어한다고 쓰겠다. 이곳에는 너를 위한 자리가 없으니 우리 대신 너를 받아달라고 부탁할 것이다. 그가 너를 받아주었으면 좋겠구나. 만약 일이 뜻대로 된다면 너는 최대한 신중하게 행동하면서 두 뱃사람의 행방을 찾아보아라. 제후티는 까다로운 사람이란다. 어떤 경우든 그의 기분을 상하게 해서는 안 돼."

"어떻게 감사드려야 좋을지 모르겠습니다, 테샤트 부인."

"난 너를 붙잡고 싶었단다, 이케르. 하지만 이곳은 네게 너무 좁아. 자, 이건 내가 너에게 주는 마지막 선물이다. 이것이 널 보호해줄 거야."

부인이 이케르에게 초승달 모양의 물체를 내밀었다.

"이 부적은 하마의 송곳니를 깎아서 만든 것이란다. 돌아가신 내 부친은 뛰어난 주술사였어. 그분이 여기에 흰깃독수리의 형상과 신성한 문자를 새겨 넣으셨지. 무슨 의미인지 알겠니?"

"나는 남녀 적(敵)들의 머리를 베는 정령이다."

"매일 잠들기 전, 이 부적을 배 위에 올려놓으렴. 이것이 너를 사악한 기운들로부터 지켜줄 거야."

# 31

예고자의 설교는 평소보다 더 큰 환호를 이끌어냈다. 예고자는 어느 유일신의 강령을 전파했고, 그 신의 이름으로 가나안의 모든 성시들이 뭉쳐야 한다고 설파했다. 이집트에 맞서 파라오를 죽이고, 압제자들을 말살하여 권력을 쟁취해야 한다는 것이었다. 그런 다음 가나안인들은 자신들이 정복한 모든 사람들에게 자신들의 믿음을 퍼뜨려야 한다고 주장했다. 필요하다면 폭력을 써서라도 말이다.

"주인님은 잠들어 있던 자들을 깨우셨습니다요."

얼간이 스합이 들떠 말했다.

"이들은 곧 막강한 군대가 되어 세상을 뒤덮을 것입니다요."

"그렇게 자신할 수만은 없는 일이다."

예고자는 이렇게 대답해서 심복의 열광에 찬물을 끼얹었다.

"하지만 이 사람들은 주인님을 믿고 있습니다. 이들은 주인님을 따라 죽기까지 할걸요!"

"그걸 의심하지는 않는다. 하지만 이들은 무기도 없고 훈련된 병사들도 아니다."

"혹시 패할까 겁을 내시는 겁니까?"

"모든 건 이집트가 어느 정도의 병력으로 반격해 오는가에 달렸다."

"지금까지 반격이란 건 구경도 못했잖습니까!"

"순진한 생각은 집어치워라. 파라오가 시간을 끄는 건 아마 더 많은 병력을 동원해서 우리를 칠 생각을 하기 때문일 거야."

"그렇다면, 시켐의 주민들은 모조리 죽어나가겠군요!"

"그게 미끼에게 주어진 운명이다. 이 첫번째 신도들에게 다른 역할은 없다. 이들은 내가 그들에게 약속한 천국을 믿고 의연하게 죽을 것이다. 중요한 건 입비뚤이가 훈련시키는 정예 전투요원들이야. 그들은 이집트군의 진압을 피해서 숨어 있어야 한다. 내가 신호를 보낼 때까지 말이다."

예고자와 스합은 훈련장으로 갔다. 그곳에서는 두개골이 깨진 한 소년의 시체를 막 내다버리는 중이었다. 입비뚤이는 훈련병들을 사정없이 두드려 패면서 혹독하게 단련시키는 데 여념이 없었다.

"이제 다 됐는가?"

예고자가 물었다.

"아직은 아닙죠. 정말이지 너무 물러 터진 놈들이라고요! 쓸 만하게 만들자면 시간이 좀 걸릴 겁니다."

"우리에겐 시간이 별로 없다."

"전쟁터에서 이놈들의 능력을 직접 확인하실 수 있을 겁니다요!"

"아니다, 입비뚤이. 너는 최정예 요원들을 이끌고 이곳을 떠나라. 이틀 정도 걸어가면 나일 삼각주의 이메트 북동부가 나온다. 안전한 장소를 찾아 숨어 있거라. 거긴 사람이 살지 않는 곳이다. 거기서 나를 기다려라."

"그건 또 뭡니까? 그렇게 일이 복잡해서야……

"벌써 실망한 게냐?"

"아닙니다. 실망이라뇨!"

"그렇다면 계속 나를 믿어라."

숨이 턱까지 차서 달려오던 보초병이 예고자를 보자 감히 다가오지는 못하고 제자리에 멈춰 선 채 헐떡거렸다.

"주인님, 그들이 옵니다! 이집트 병사들이 몇 백 명은 될 것 같습니다!"

"진정해라. 그들이 올 거라고 내가 말하지 않았었느냐? 우리 동지들에게 알려라. 시켐을 지키기 위해 일어설 때가 되었다고. 우리의 유일신께서 곁에서 지켜주실 것이다."

예고자는 부족 각 지파의 우두머리들을 큰 마당에 모아놓고 어떤 요령으로 싸워야 할지 일러주었다. 이제 이들은 죽는 순간까지 싸워야 할 것이다. 그리고 승리를 거두든 패배하든, 이 충실한 자들은 영원한 지복(至福)을 얻게 될 것이다.

'왕의 성벽'에 속한 각 요새의 지휘관들이 파라오 앞에 모였다. 이들은 파라오의 조용하고 냉랭하기 이를 데 없는 질책에 숨 죽이고 있었다. 그것은 호통을 듣는 것보다 더 진땀나는 일이었다. 시켐의 반란을 예상하지도, 예방하지도 못한 이들은 적어도 강제노동형을 선고받고 오아시스의 감옥 어딘가에 갇히게 될 것을 각오하고 있었다.

하지만 세소스트리스가 내린 결정은 예상치 못한 것이었다. 지휘관들의 지위를 보전해주는 대신, 앞으로는 단 한 치의 실수도 용서하지 않겠다는 것이었다.

이집트는 안전하다는 착각에 빠져 지금까지 나태해져 있던 이 직업군인들은 무기력증에서 빠져나와 예전의 지도력을 되찾고 부하들을 격려하는 등, 적의 침입을 차단하기 위한 첫번째 저지선 역할을 다시 수행하기 시작했다.

세소스트리스가 보여준 확신과 권위에 그들의 사기는 고양되었다. 그처럼 위풍당당한 왕을 섬긴다는 사실이 그들의 열정을 불러일으켰다.

국경 요새들의 경계태세를 점검한 왕은 앞장서서 군대를 이끌고 시켐으로 향했다.

"아직 시켐에서는 새로운 소식이 없는가?"

왕이 네스몬투 장군에게 물었다.

"없습니다, 폐하. 하지만 이 지역의 다른 마을들과는 정상적으로 교신이 되고 있습니다. 반란이 다른 곳으로는 확산되지 않았다는 증거입니다."

"종기의 겉모습만 봐서는 얼마나 곪았는지 알 수 없는 법이다."

왕이 지시했다.

"정찰병을 열 명 정도 보내어 시켐의 동정을 샅샅이 살피도록 하라."

정찰병들은 공통적으로 운하의 네 지점에 가나안 보초병이 배치되어 있다고 보고해왔다.

"시켐에서 봉기가 일어난 게 분명합니다."

네스몬투 장군이 결론지었다.

"그곳의 우리 주둔군은 전멸당했을 겁니다. 그런데 어째서 주동자들이 반란을 확대시키지 않고 있는 걸까요?"

"이유는 간단하다. 그들은 내가 어떻게 나올지 지켜보는 것이다.

시켐으로 진격하기 전에 그곳으로 통하는 모든 길을 봉쇄하라. 한 사람도 빠져나가지 못하게 하라. 모든 길을 막아놓은 다음 공격을 개시할 것이다."

유일신이 침략자들을 물리치도록 도와줄 거라는 예고자의 말에 시켐 주민들은 물밀듯이 공격해오는 세소스트리스의 보병대를 향해 포효하며 달려들었다. 세소스트리스의 군대는 처음에는 농기구를 들고 세차게 몰려드는 적들을 보고 놀랐지만, 곧 전열을 정비했다. 네스몬투 장군의 독려 속에 병사들은 가나안인들을 신속하게 진압했다.

순식간에 승리를 거두는 바람에 세소스트리스가 몸소 전투에 참여할 필요도 없었다. 그러나 병사를 서른 명 정도 잃을 만큼 전투는 치열했다. 가나안인들은 여자들과 아이들조차도 항복하기보다는 끝까지 싸우다 죽기를 선택했다.

시켐은 다시 이집트군의 손안에 들어왔다. 집들을 하나하나 샅샅이 수색했지만 무기를 숨긴 흔적은 찾을 수 없었다.

왕이 네스몬투 장군에게 물었다.

"그들의 우두머리를 잡았는가?"

"아직 잡지 못했습니다, 폐하."

"살아남은 자들을 철저하게 심문해보라."

"주민의 절반이 죽었습니다. 남은 자들은 노인과 병자, 어린아이들과 여자들뿐입니다. 여자들은, 자기네 남편들이 유일신의 도움을 빌려 이집트의 압제에서 해방되려고 싸운 거라고 하고 있습니다."

"그 유일신의 이름은 무엇인가?"

"예고자의 신이랍니다. 이 예고자라는 자가 시켐의 주민들에게 진리를 알려주었고, 모두가 그를 따른다고 합니다."

"그렇다면 그자가 바로 이 재앙의 원흉이군! 그자가 누구인지 자세히 알아보라."

"이 성시를 불태워야 할까요?"

"파괴하는 대신 이런 사태가 재발하지 않도록 하는 마법을 쓸 생각이다. 다음 달부터 이곳에 이집트인들이 이주해서 살게 될 것이고, 그들의 안전을 위해 더 강력한 군대를 새로 주둔시킬 것이다. 장군은 가나안 땅을 돌며 이곳의 모든 성시들을 시찰하라. 이곳의 주민들이 우리의 군대를 눈으로 보고, 누구든 이집트의 적이 되면 이 군대가 가차 없이 응징하리라는 것을 깨닫게 해야 한다."

파괴된 신전은 곧바로 다시 지어질 예정이었다. 세소스트리스는 새로 지어질 신전 부근을 비롯해서 여러 장소에 붉은색 도자기 조각을 파묻게 했다. 이 도자기 조각에는 어둠의 세력들과 가나안인들을 향한 주문이 새겨져 있었다. 만약 가나안인들이 다시 한번 평화를 깨뜨린다면 저주를 받게 되리라는 주문이었다.

왕은 궁금했다. 그 예고자라는 인물은 과연 폭력에 굶주린 미치광이에 불과할까, 아니면 실제 위협이 될 만한 자일까?

이제 예고자는 알게 되었다.

세소스트리스는 어떤 결단을 내려야 할지 몰라 상황에 휘둘리는 허약하고 우유부단한 군주가 아니었다. 파라오는 무력을 사용해야 할 경우라도 뒷걸음치는 법이 없는 사람이었다. 그러므로 그가 겁을 내고 물러서기를 기대해선 안 될 터였다.

이제 최후의 승리를 위한 투쟁은 한층 흥미로워질 것이다. 하지만 이집트군의 반격 양상을 지켜본 결과 그들과 정면으로 맞서서는 승산이 없었다. 가나안족과 베두인족을 규합한다 해도 세소스트리스의 병사들과 맞설 만큼 충분한 병력은 되지 못할 것이고, 특히 가까운 시간 내에 그들을 모으기는 아주 힘들었다.

따라서 유일한 방법은 폭력과 공포였다.

이집트 사회에 공포심을 퍼뜨리고, 사회불만 세력과 반역자, 파괴자들을 키우면 마침내 이집트도 흔들리고 무너지게 될 것이다.

입비뚤이와 그가 양성한 부대는 이집트군이 통행로를 차단하기 전에 남쪽으로 달아났다. 예고자와 얼간이 스합은 움직임이 기민한 세 사람을 데리고 도주로를 동쪽으로 잡았다. 태양이 사정없이 내리쬐는 구릉들 사이로 구불구불한 협로가 끝없이 이어지는 곳이었다.

"어디로 가는 겁니까?"

또다시 사막을 떠돌게 될까봐 조바심이 난 스합이 물었다.

"베두인족을 개종시켜야지. 그런 뒤에 입비뚤이와 합류할 것이다."

해질 무렵 일행은 깊숙한 골짜기에서 잠시 쉬었다. 예고자는 가야 할 방향을 살펴보기 위해 작은 언덕 꼭대기로 올라갔다.

"움직이지 마라."

어디선가 투박한 목소리가 명령했다.

"도망치려 하면 죽이겠다."

개들을 앞세운 스무 명가량의 사막 감찰대원들이 활과 곤봉으로 무장한 채 사방을 에워싸고 있었다.

예고자가 자신의 특별한 힘을 사용한다 하더라도, 전투에 이력이 난 이들과 특히 사막의 괴수에게도 덤벼든다는 몰로스 개들을 모두 해치우기는 어려웠다.

"너 혼자냐?"

"그렇소. 나 혼자요."

예고자는 자신의 부하들이 멀리서도 들을 수 있을 만큼 큰 소리로 대꾸했다.

"보다시피 나는 무기가 없소. 나는 달아난 염소들을 찾아 나선 베두인 사람일 뿐이오."

"혹시 시켐에서 오는 길이냐?"

"아니오. 나는 이곳 사람이오. 도성에서 멀리 떨어진 곳에서 염소를 키우며 살고 있소. 치즈와 염소젖을 팔 때가 아니면 성안에 들어갈 일도 없소."

"어쨌든 따라와라. 조사를 해봐야겠다."

감찰관 한 명이 예고자의 두 손을 끈으로 꽁꽁 묶었다. 그러고는 마치 가축을 끌고 갈 때 하듯 목에 끈 하나를 더 둘러 묶었다.

감찰대장이 부하들에게 물었다.

"다른 자들은 더 없느냐?"

부하 한 명이 대답했다.

"이자뿐인 것 같습니다."

# 32

이케르는 테샤트 부인에게 뱃삯을 얻어 리에브르의 주도이자 '여덟 신의 도시'*인 크헤므누까지 왔다. 유유히 흐르는 강물을 바라보던 이케르는 누군가가 자신을 뚫어지게 바라보고 있다는 것을 알아차렸다.

뒤를 돌아보자 큰 키에 다소 마른 체구의 남자가 위압적인 표정으로 서 있었다. 남자가 메마른 목소리로 물었다.

"크헤므누로 온 것이냐? 아니면 계속해서 남쪽으로 여행할 것이냐?"

"그걸 제가 왜 말씀드려야 하지요?"

"내 땅에 발을 들여놓았으니 당연히 그래야지."

"이곳의 총독이신가요?"

"나는 그분의 오른팔인 세피 장군이다. 이곳의 법을 지키고 있지. 허락 없이 이곳에 머무는 모든 외부인은 즉각 추방된다. 이곳에 온

---

* 둘씩 한 쌍으로 묶인 여덟의 창조신 오그도아드가 이곳에 있다.

목적을 말하든가 아니면 당장 떠나라."

"제 이름은 이케르이고 오릭스 주에서 왔습니다. 테샤트 부인이 제가 이곳에서 서기관 공부를 계속할 수 있도록 추천장을 써주셨습니다."

"테샤트 부인이라…… 부인은 이미 죽지 않았느냐?"

"살아 있습니다. 맹세할 수 있습니다!"

"부인이 어떻게 생겼는지 말해봐라."

이케르는 부인의 모습을 조목조목 이야기했다. 세피 장군의 표정은 여전히 굳어 있었다.

"추천장이라…… 어디 내가 봐야겠구나."

"이건 제후티 총독님께 전해야 합니다. 어느 누구에게도 보일 수 없습니다."

"고집이 세구나! 그러다가 후회하게 될 텐데?"

"모르는 사람을 조심해야 한다는 것쯤은 압니다. 어르신이 장군이라는 걸 제가 어떻게 믿습니까?"

"고집이 센 데다 의심까지 많군. 그거야 나쁘지 않지."

배가 뭍에 닿았다.

스무 명가량의 병사가 승객들을 검문했다. 긴 심문 절차가 이어졌다. 장교 하나가 세피 장군에게로 와서 인사를 했다.

"다시 뵙게 되어서 기쁩니다, 장군. 감히 여쭤봐도 될지……"

"내 모친은 돌아가셨다. 임종을 지키고 장례식을 주관할 수 있어서 다행이었지. 모친은 올곧은 여인이었다. 오시리스의 심판이 그 점을 인정할 것이다."

이케르는 그 자리를 떠나지 못하고 주저하고 있었다.

"이 청년을 데리고 오신 겁니까, 장군?"

"그를 도성 안으로 데리고 갈 생각이다. 이케르, 네 짐을 당나귀 등에 실어라."

견습 서기는 분부에 따랐다. 세피 장군은 걸음이 빠른 사람이었다.

"오릭스 주에서 왔다고 했는데, 그곳은 왜 떠나게 되었느냐?"

"크눔호테프 총독께서는 더이상의 서기가 필요하지 않다고 하셨습니다. 게다가 저는 메다무드 출신이거든요."

"메다무드 출신이라고?"

"그렇습니다."

"어째서 가족을 떠나오게 된 것이냐?"

"저는 고아입니다. 저를 길러주시고 가르쳐주신 노서기관이 돌아가신 뒤 그곳을 떠났습니다."

"오릭스 주에서 네 운을 시험해보려 했던 거구나. 무슨 이유로 그곳에 간 것이냐?"

"우연히 그렇게 된 것입니다."

"우연이라."

장군은 의심스럽다는 듯 말을 되뇌었다.

"누군가를 찾아 정처 없이 떠돌고 있는 건 아니겠지?"

"저는 훌륭한 서기관이 되려고 이곳에 온 겁니다."

"넌 아주 의지가 굳은 청년이구나. 네 속에 아주 특별한 불꽃을 간직한 게 틀림없어. 네가 지금 당장 모든 것을 밝히지 않는다 해도 이해해주마. 하지만 이곳에 머물며 공부하고자 한다면 네가 누구인지 이야기해야 한다."

"제후티 총독님은 언제 뵐 수 있습니까?"

"네 이야기를 총독님에게 전하겠다. 네가 이곳에 머물 수 있을지는 그분이 결정할 것이다. 인내심은 있겠지, 이케르?"

"인내가 필요할 때면 언제든지요."

강력한 힘을 보유한 리에브르 주의 총독인 제후티는 자신의 나이가 얼마인지를 잊어버렸다. 토트 신의 신비제의를 주관하는 책임자이자 마아트 여신을 섬기는 사제인 그는 그 뿌리가 피라미드 시대로까지 거슬러 올라가는 아주 오래된 가문 출신이었다. 제후티 자신도 아메넴헤트 2세와 세소스트리스 2세의 통치를 거쳐 이제 세소스트리스 3세의 치세에 살고 있었다.

총독은 생각했다.

'멤피스에나 파묻혀 있지 왜 파라오는 괜한 일을 하고 다닐까? 만약 파라오가 정말로 총독들의 특권을 빼앗을 계획이라면 내전은 불가피하다. 도대체 크눔호테프나 나 같은 양심적인 행정가들에게 무슨 불만이 있다는 말인가? 우리는 각자의 주를 잘 통치하고 있으며, 가축들은 건강하게 번성하고, 제조 공방들마다 풍요가 넘친다. 파라오의 빈약한 군대만으로는 각 주를 안전하게 지킬 수 없지 않은가? 우리가 사병을 보유하는 건 당연한 일이다. 이 상태에서 그 무엇도 바뀌어서는 안 된다, 절대로!'

돌아다니며 살펴야 할 곳이 많은 그의 작은 즐거움 중 하나는 이동을 위해 매일 가마를 바꾸어 타는 일이었다. 그는 크고 안락한 데다 햇볕을 가려주는 차양이 달린 가마를 세 대나 소유하고 있었다. 이 가마들은 그가 올라타서 드러누워도 될 정도였다. 여덟 명의 가마꾼이 한 조가 되어 각 조가 번갈아 가마를 나르곤 했다. 이들은 가마를 시고 나니며 다음과 같은 옛 노래를 불렀다.

"가마가 묵직하면 가마꾼은 즐겁다네. 주인님이 계시면 죽음은 저 멀리 달아나고, 삶은 지하의 지배자인 소카르 신에 의해 새로워지고, 죽은 자는 부활한다네."

제후티는 가발을 쓰지 않고 아주 짧게 깎은 머리를 당당하게 드러내곤 했다. 그럼에도 그는 대단한 멋쟁이였다. 공들여 직조한 우아한 망토와 발까지 내려오는 긴치마를 즐겨 입는 그는 이렇게 맵시에 공을 들임으로써 늙음이 다가오는 속도를 늦추고 있었다.

소작인들의 만족스러운 보고를 듣고 난 뒤 제후티는 들판으로 산책을 나가기로 했다. 그가 자신의 궁정을 막 나서려는 순간, 변함없는 친구인 세피 장군이 왔다.

그저 눈길을 주고받는 것만으로도 제후티는 세피 장군이 큰 슬픔을 견뎌냈음을 알아차렸다.

"아무도 자네의 애통함을 나눌 수 없을 걸세. 물론 자네가 나한테 위로의 말 몇 마디를 바랄 사람도 아니지. 보고는 나중에 듣기로 하고, 먼저 쉬고 싶으면 그렇게 하게."

"모친상을 당하기는 했지만 그렇다고 임무를 게을리 한 건 아니지요. 가져온 소식이 그리 반갑지는 않을 겁니다."

"세소스트리스가 무력을 행사하기로 했다는 말인가?"

"잘 모르겠습니다. 제게 정보를 알려주던 궁정 관리가 갑자기 입을 다물었습니다."

"그건 다시 말해 파라오가 일을 직접 챙겼다는 뜻이겠지! 조짐이 나쁘군, 아주 나빠! 다른 소식은 없나?"

"시켐에서 반란이 있었습니다. 그곳 주민들이 이집트 주둔군을 학살했습니다."

"왕이 진압에 나섰겠지?"

"극히 잔인한 방법으로 진압했습니다. 네스몬투 장군을 시켜 대규모 공격을 감행했지요. 시켐은 다시 이집트의 손에 들어왔습니다."

왕이 주저하지 않고 무력을 행사했다는 것은 복종을 거부하는 총독들에게 보내는 명백한 메시지였다.

제후티는 가마를 향해 돌아섰다.

"자, 정자로 가서 함께 포도주나 마셔볼까. 그나저나 시켐이라면 우리와도 상거래가 있는 곳 아닌가?"

세피가 고개를 끄덕였다.

"전쟁을 벌일 기회만 노리던 터이니, 왕은 이제 내가 반역자들과 내통했다고 몰아붙일 거야! 즉시 우리 군대에 비상 대기령을 내리도록 하게."

"이집트인들끼리 서로 죽이다니 얼마나 참혹한 일입니까!"

"나도 아네, 세피. 그러나 세소스트리스가 우리를 막다른 골목으로 내몰고 있어. 크눔호테프를 비롯해서 총독들에게 서신을 보내 결전의 시기가 다가왔음을 알리게."

"그들은 각하가 동맹을 맺기 위해 술수를 쓰고 있다고 생각할 겁니다. 자신들은 동맹을 원하지 않는데 말입니다."

"자네 말이 옳아. 그렇다면 서신을 보내는 건 그만두게. 자신을 지키는 일은 각자가 알아서 할 테지!"

"외지 사람 하나가 각하를 만나고 싶어합니다."

장군이 말을 꺼냈다.

"설마 시켐의 가나안인은 아니겠지?"

"아닙니다. 오릭스 주에서 온 젊은이입니다. 테샤트 부인의 추천장을 가지고 왔답니다."

"테샤트 부인은 추천장 같은 건 잘 쓰지 않는 사람이야. 그녀가 추천하는 건 그녀 자신뿐이야. 그를 돌려보내게. 오늘은 누구도 만나고 싶지 않아."

"부탁드립니다."

제후티는 난처해했다.

"직접 그런 부탁을 하다니 아주 특별한 젊은이인가보군."

"각하가 직접 확인해보십시오."

장군은 없는 말을 꾸며대는 사람도, 자신의 지위를 이용해 이익을 취할 사람도 아니었다.

"그 청년을 데려와보게."

제후티는 이케르를 보자마자 세피가 이 청년에게 관심을 보인 이유를 알아차렸다. 청년은 겉보기에는 평범했지만 결코 꺼지지 않을 것 같은 뜨거운 불꽃을 품고 있었다.

테샤트 부인이 써 보낸 추천장에는 청년에 대한 칭찬이 가득했다. 제후티가 말했다.

"지금은 서기관보다 군인이 더 필요하지."

"저는 이곳에 서기관이 되고자 왔습니다. 서기관의 일을 배우는 데 토트 신의 땅보다 더 좋은 곳이 어디 있겠습니까?"

"어째서 서기관이 되려 하는 건가?"

"삶의 비밀은 앎의 말들 속에 숨겨져 있기 때문입니다. 그러므로 신성한 문자를 깊이 공부해야 삶의 비밀에 다가갈 수 있을 것입니다."

"네가 너무 잘난 체하고 있다는 생각은 안 하느냐?"

"저는 밤낮으로 공부할 준비가 되어 있습니다."

"지금 즉시 공부를 시작해서 네 결심을 입증해보거라. 내 비서관이 너를 돌보아줄 것이다. 견습 서기들의 거주 구역에 숙소를 마련해주겠다. 말 많은 자들이 분란을 일으킬까 걱정스러우니, 사람들 눈에 띌 행동은 하지 마라. 만약 너를 가르치는 선생을 만족시키지 못할 경우에는 내 땅에서 쫓겨나게 될 것이다."

이케르는 자리에서 물러 나왔다.

"고집 세고, 용감하고, 자립심이 강하군. 자네 눈이 틀리지 않았네, 세피. 저 청년은 평범하지 않아."

"저도 그렇게 생각합니다."

"자네는 그가 신전에 들어갈 자질이 있다고 믿는 건가?"

"그가 시험을 통과하느냐에 달렸지요."

# 33

크눔호테프가 화를 낼 것을 알고 있었던 테샤트 부인은 폭풍우가 지나가게 내버려두었다.

"어째서 그 청년을 떠나게 한 것이오?"

"그를 왜 그리 특별하게 생각하십니까, 각하?"

"우리가 그를 훌륭한 군인으로 키우지 않았소? 자치권을 수호하기 위해서는 좋은 병사들이 필요하오."

"물론 그렇지요. 하지만 이케르는 서기관이 되고 싶어했습니다."

"서기관들은 세소스트리스의 병사들과 맞붙어 싸우지 못해!"

"승리는 그 청년 혼자 힘으로 되는 게 아닙니다."

크눔호테프는 투덜거리며 팔짱을 끼었다.

"다시 한 번 묻는데, 그를 보내준 이유가 무엇이오?"

"제가 보기에 그는 서기관으로서의 특별한 자질을 갖추고 있었기 때문입니다. 오릭스 주는 그가 서기관 공부를 하기에 그리 좋은 곳이 아니지요. 반면 토트 신의 땅에서라면 자신이 원하는 공부를 할 수 있을 겁니다. 각하께서 이곳에는 또다른 서기관이 필요치 않다고 직접 말씀하시지 않았습니까?"

"그랬던 것도 같군. 하지만 결정을 내리는 사람은 나란 말이오. 다른 누구한테도 그럴 권한은 없소!"

테샤트 부인은 미소를 지었다.

"제가 그 청년의 일을 처리하지 않았다면 각하께서는 너무 많은 일을 떠맡으셨을 겁니다. 게다가 각하도 저처럼 이미 알고 계시지 않습니까? 이케르가 자신의 운명을 찾아가게 될 거라는 사실을요."

"그럼 부인은 그가 운명적으로 리에브르 주를 거쳐 가야 한다고 생각한단 말이요?"

"그건 단지 직관이지요."

"그 청년은 평범하지 않아. 얼마나 결단성이 있는지, 그 어떤 것도 그의 앞길을 막을 수 없을 것 같았어. 그를 좀더 알 수 있었으면 좋았을걸."

"우린 아마도 그를 다시 만나게 될 겁니다."

견습 서기들은 이케르를 구석에 내버려둔 채 자기들끼리 아침식사를 푸짐하게 나누었다. 그러고는 교실로 되돌아와서 자리 위에 앉았다.

선생이 교실로 들어온 순간 이케르는 실망과 배반감을 느꼈다. 들어온 사람은 세피 장군이었던 것이다. 그렇다면 리에브르 주의 총독이 자신을 속이고 군인을 양성하는 병영으로 보냈다는 말이 아닌가.

이케르는 몸을 일으켰다.

"죄송합니다. 이곳은 제가 있을 곳이 아닙니다."

"너는 서기관이 되고 싶어하지 않았느냐?"

세피 장군이 물었다.

“제가 바라는 건 그것입니다.”

“그렇다면 다시 앉아라.”

“하지만 당신은 장군이시고, 그리고……”

“그리고 리에브르 주의 제1서기관 학교 책임자이기도 하지. 내 말을 충실히 따르든가 아니면 다른 곳으로 가서 운을 찾아봐. 내 지도를 받으며 공부하는 학생들은 엄격한 규율을 준수해야 해. 시간을 엄수하고 태도가 절대 흐트러져서는 안 돼. 조금이라도 학업을 게을리하면 곧장 쫓겨나게 될 거다. 공부를 시작하기에 앞서 우리의 신성한 스승인 토트 신과 모든 서기관의 선조인 현자 임호테프에게 경배 드리자.”

세피는 천장 대들보에 납추가 달린 다림줄 하나를 걸었다.

“모두 이 다림줄을 주의해서 보아라. 이것은 흔들림 없이 저울의 중심을 잡고 있는 토트의 상징이다. 토트는 악을 몰아내고, 말들의 의미를 재며, 앎을 얻은 자에게 평화를 준다. 또한 토트는 잊혀졌던 것을 되살아나게 해준다.”

파피루스 줄기를 엮어 짠 다음 아마를 덧대 만든 바구니에서 세피는 서기관들이 쓰는 필기도구를 꺼냈다. 무화과나무 재질의 팔레트, 갈대 펜과 붓이 가득 꽂힌 원통형 필통, 파피루스 두루마리가 담긴 자루, 여러 색의 잉크를 담은 자루, 글을 지울 때 사용하는 망치 모양의 작은 연장, 파피루스에 쓴 글을 고치고 표면을 다시 매끈하게 만들 때 사용하는 도구, 잉크 접시들, 붉은색과 검은색 잉크 덩어리들, 나무 서판과 글자를 긁어서 지우는 지우개칼 등이 바구니에 담겨 있었다.

"이 서판의 이름이 무엇인지 아느냐?"

한 견습 서기가 대답했다.

"그것의 이름은 '보고 듣기*' 입니다."

"그렇다."

세피가 견습 서기의 대답을 확인해주었다.

"이 팔레트가 토트 신의 한 모습임을 잊지 말아라. 오직 토트만이 너희로 하여금 신의 말씀**을 알고 그 의미를 깨우치게 할 수 있다. 그의 팔레트 덕분에 신성한 빛인 라의 생애와 파라오의 수호자인 호루스의 왕국이 기록될 수 있었다. 이 팔레트를 받드는 일은 더할 나위 없이 중요하고 신성한 일이다. 따라서 제의를 올릴 때는 이 팔레트를 앞세워야 한다."

장군은 앉아 있는 비비원숭이 상을 바닥에 놓았다. 비비원숭이는 생각에 잠긴 듯 깊은 눈을 하고 있었다. 토트 신의 화신인 이 비비원숭이는 생각에 잠긴 이케르에게 많은 말을 건네는 듯했다. 이어서 세피는 잉크 접시에 물을 부었다.

"신성한 말의 주인이시여, 당신을 위해 힘을 부으니 이 힘으로 정신과 손에 생기가 돌 것입니다. 이것은 당신의 카, 임호테프에게 바치는 잉크입니다."

한참 동안 침묵을 지킨 후, 세피 선생은 흐트러져 있거나 지나치게 긴장한 몇몇 견습 서기의 자세를 바로잡아주었다. 그런 다음 선생은 정교하게 다듬어진 이십오 센티미터 길이의 갈대 펜과 붓을 학생들

---

* 마아세젬(Maa-sedjem).

** 상형문자는 '신성한 새김'이라는 의미로, '신의 말씀'이라는 의미의 이집트어 '메두 네테르(medou neter)'를 그리스어로 번역한 말이다.

에게 주었다.

"너희 가운데 이 펜과 붓을 만드는 가장 좋은 재료가 무엇인지 아는 사람이 있느냐?"

한 학생이 대답했다.

"더러운 늪에서 자라는 파피루스 풀입니다."

"그보다는 갈대가 더 좋습니다."

이케르가 말했다.

"그 이유는 무엇이냐?"

세피가 물었다.

"갈대는 질겨서 모양이 오래가고 벌레가 잘 꾀지 않기 때문입니다."

세피가 말했다.

"너희는 글자를 곧장 파피루스에 쓰지 말고 석고를 얇게 입힌 나무 서판에 쓰도록 해라. 틀린 글자를 고치고, 서판의 표면을 쉽게 지울 수 있을 것이다. 글자를 쓰고 나면 서판 표면의 석고를 벗겨내고 새로 석고를 입혀라. 너희가 가장 경계해야 할 것은 게으름과 방종, 그리고 규율 위반이다. 이 악덕들은 너희를 우둔하게 만들고 발전을 가로막는다. 너희보다 학식이 뛰어난 사람들의 가르침을 귀담아듣고 하루하루 열심히 학업에 힘써라. 이렇게 할 준비가 되어 있지 않다면 지금 즉시 이 학교에서 나가라."

선생의 엄격함에 겁을 집어먹은 두 명의 견습 서기가 교실을 나갔다. 세피는 수업을 계속했다.

"토트는 말들을 나누었다. 그는 지역에 따라 각각 다른 말을 사용하게 함으로써 인간의 생각들을 혼란하게 했고, 그리하여 인간은 진리와 정의로부터 멀어졌다. 황금시대에는 동일한 말을 사용하는 신들이 살았다. 오늘날 인간들은 신과 단절되어, 서로 싸우며 서로를 이해하지 못한다. 그러나 토트는 우리에게 강력한 말을 주었다. 이제 너희가 배울 것은 이 말을 읽는 방법과 이 말을 목판, 가죽, 파피루스, 그리고 돌에 기록하는 방법이다. 너희가 지켜야 할 한 가지 기본 규칙이 있다. 한 단어가 들어갈 자리에 다른 단어를 놓아서는 안 되며, 각각의 의미를 혼동해서는 안 된다. 이곳에서 너희는 생명의 집에 문자를 기록하는 법을 배우게 될 것이다. 생명의 집을 꾸미는 것은 문자 기호로서, 이 기호들은 앎의 요소들이자 마법과 신비가 깃든 상징들이다. 정신이 빛을 발하는 건 문자를 얼마나 정확히 쓰는가에 달려 있다. 혹시라도 너희 눈에 신성한 문자들이 그림과 소리로만 비친다면 너희는 이 문자들을 결코 이해하지 못할 것이다. 신성한 문자들에는 세상만물의 감춰진 속성과 가장 섬세한 본질들이 담겨 있다. 신성한 말은 우주의 힘으로, 이 세상을 창조한 것이 바로 이 신성한 말이다. 최고의 서기관인 파라오만이 이 신성한 말을 자유롭게 구사할 수 있다. 그의 이름이 '큰 신전'을 의미하는 페르아(per-aâ)인 것도 이러한 이유에서이다. 신성한 문자들은 인간의 힘을 빌릴 필요 없이 그 자체의 힘으로 움직인다. 그러므로 너희가 발견하거나 옮겨 적게 될 문서를 경건히 대해야 한다. 그 문서들은 너희들 미약한 일개인보다 훨씬 더 중요한 것이다."

이케르는 세피의 설명을 열심히 들었다.

이 모든 것은 그가 예전부터 어렴풋이나마 느껴오던 것들이었다. 그러나 이것을 세피 장군이 이렇게 말로 정확하게 표현해주자 이케르는 여러 개의 문이 사방을 향해 활짝 열리는 것 같았다.

"너희가 서기관이 되어야 하는 이유는 너희 자신의 출세를 위해서가 아니라 토트가 하신 일을 계속 이어나가기 위해서이다."

선생은 말했다.

"토트는 하늘을 계산했고, 별들의 수를 헤아렸고, 시간과 해, 계절과 달을 만들었다. 생명의 숨결이 그의 손안에 있으며, 그의 팔꿈치는 모든 측량의 기본이다. 그는 무질서와 불규칙성에 휘말리지 않는 자신의 능력으로 신전들을 설계했다. 토트의 학문은 공허한 사변이 아니다. 거기엔 기술과 무지를 깨우치는 앎이 있다. 토트의 말을 통해 너희는 건축술과 식량을 공정히 분배하는 법, 경작지의 면적을 측량하는 법을 익히게 될 것이다. 저기 하늘에 있는 것은 여기 땅에 있는 것과 같고, 또 땅에 있는 것은 하늘에 있는 것과 동일한 이치로 움직인다. 너희보다 몇 배는 위대한 토트는 이렇게 하늘과 땅을 연결하는 법을 가르쳐줄 것이다."

한 견습 서기가 억울한 듯 말했다.

"그렇다면 우리가 할 일이란 이미 만들어진 말만을 옮겨 쓰는 것이라는 말씀이군요! 그것은 우리가 미약하다는 사실을 인정하는 일 아닙니까?"

세피가 대답했다.

"네가 강해지고자 한다면 말로 무언가를 만들어내는 장인이 되어라. 진정한 힘은 말로 의사를 표현하는 데 있다. 잘 사용된 단어들은 그 어떤 무기보다 효과적이다. 어떤 서기관들은 글자를 베끼는 필경사에 불과한 게 사실이나, 그렇다고 해서 보잘것없는 건 아니다. 또 어떤 서기관들은 드물긴 하지만 창조의 비밀을 꿰뚫어본다."

"그렇게 되려면 어떤 자질을 갖추어야 합니까?"

이케르가 물었다.

"듣고, 이해하고, 불꽃을 통제할 줄 알아야 한다. 너희는 아직 멀었다! 서판과 갈대 펜을 잡아라. 내가 너희에게 『케미트(Kémit)의 서(書)』를 불러주겠다. 너희는 받아 적은 후 틀린 곳을 바로잡도록 해라. 케미트가 무슨 의미인지 아는 사람이 있는가?"

이케르가 대답했다.

"케미트란 켐(kem)이라는 어원에서 나온 말로서, '검은 땅', 즉 퇴적토에 의해 비옥해진 이집트 땅을 의미하기도 하고, '완성된 것, 완전한 것'을 의미하기도 합니다."

세피가 덧붙였다.

"두번째 의미를 유념해야 한다. 이 글에는 견습 서기들을 위한 완벽한 가르침이 담겨 있다. 이 글의 목적은 견습 서기들의 정신을 윤택하게 하는 것이다. 너희의 필기도구를 준비해라."

이케르는 조개껍질 두 개에 물을 담고 잉크 덩어리를 녹였다.

세피가 『케미트의 서』를 불러주었다.

글의 첫머리는 우주의 주인을 향해 영원한 생명과 질서, 번영을 기원하는 내용이었다. 이어서 라의 신성한 도시인 헬리오폴리스의 신들과 영혼들을 향해서 인간 세상에 '올바른 목소리'가 필요함을 역설하고, 테베의 신이며 황소 형상을 한 몬투에게 힘과 도움을, 프타에게 기쁨과 장수를 청했다.

또한 서기관이 갖추어야 할 자세로 스승의 가르침에 귀 기울이고, 선배를 존중하며, 말을 아끼며, 매사에 정확을 기하며, 유용한 글들, 즉 빛을 담고 있는 글들을 읽을 것을 당부하며, 이렇게 할 경우 '글로 쓰인 것들로부터 기쁨을 얻으리라'고 이야기하고 있었다.

열심히 귀 기울여 글을 받아쓰던 이케르는 한 구절을 듣고 깜짝 놀났나. '그 훌륭한 서기관은 푼트의 향으로 구원받을 수 있으리니'라는 구절이었다.

두 시간 동안 꼬박 공부에 열중한 견습 서기들은 지치고 말았다. 세피 장군은 느린 걸음으로 학생들 사이를 돌며 그들이 받아쓴 글들을 검사했다.

"실망이군. 너희 가운데 누구도 내가 불러준 말들을 완벽하게 받아쓰지 못했다. 너희의 머리는 흐트러져 있고 너희의 손가락들은 우물쭈물 망설인다. 내일 아침에 다시 받아쓰기를 하겠다. 내일 받아쓰기에서도 잘못 쓴 글자가 많은 사람들은 다른 학교로 보낼 것이다."

이케르는 천천히 자신의 필기도구를 챙겼다. 교실에서 학생들이 다 나가자 이케르는 선생에게로 다가갔다.

"한 가지 여쭤보아도 될까요?"

"딱 한 가지만. 나는 시간이 없다."

"조금 전 받아쓴 『케미트의 서』에 '푼트의 향'이라는 말이 있었습니다. 푼트는 상상의 나라 아닙니까?"

"네 생각은 어떠하냐?"

"장차 서기관이 될 사람에게 한갓 몽상을 받아쓰게 하는 이유는 무엇입니까? 그리고 상상의 나라에서 나는 향이 어째서 서기관을 구원한다는 말인가요?"

"나는 한 가지 질문만 받겠다고 말했다, 이케르. 네 동료들이 있는 곳으로 가거라."

이케르를 대하는 동료 견습 서기들의 태도는 쌀쌀맞기 그지없었다. 이들은 모두 리에브르 주 출신이었다. 세피 장군의 서기관 학교는 들어오기 아주 어려운 곳인데, 이곳에서 외지 출신이 공부한다는 사실이 못마땅했던 것이다.

사나운 눈빛을 한 갈색 머리의 키 작은 견습 서기가 적의를 드러내 보였다.

"이봐, 어디서 온 거냐?"

"중요한 건 내가 지금 여기 있다는 거야."

이케르가 대답했다.

"널 추천해준 사람이 누구지?"

"그게 뭐가 문제지? 각자 자신의 능력을 보여주면 돼. 시험을 앞에 두고는 누구나 혼자야."

"잘난 척하긴. 어디 잘해보시지."

견습 서기들은 자기네 사이에 끼어든 신참에게 적의에 찬 눈길을 던지며 무리 지어 멀어져갔다. 이케르를 두들겨 패서 따끔한 맛을 보여주고도 싶었지만 그렇게 하면 세피 장군에게 엄한 벌을 받을 게 분명했다.

이케르는 동료들과 따로 점심식사를 하면서 자신이 받아쓴 『케미트의 서』를 다시 읽어보았다. '푼트'라는 단어가 그의 뇌리에 맴돌았다. 그가 목숨을 잃을 뻔했던 건, 바로 그 신비의 땅 푼트 때문이었다.

# 34

세피 장군이 차갑게 지시했다.

"모두들 필기도구를 꺼내라."

이케르는 곧 자신에게 어떤 재앙이 닥쳤는지 알아차렸다.

누군가가 그의 서판을 다른 것과 바꿔놓은 것이다. 그가 꺼내든 서판은 너무 낡아서 사용할 수 없을 정도였다. 그의 펜과 붓은 부러져 있었다. 잉크 덩어리는 돌처럼 딱딱해서 도저히 녹을 것 같지 않았다.

이케르는 자리에서 일어났다.

"제 필기도구가 파손되었습니다."

눈들이 그에게 쏠렸다. 재미있고 고소하다는 표정들이었다.

"범인을 알고 있느냐?"

세피가 물었다.

"압니다."

앉아 있던 견습 서기들이 여기저기서 웅성거렸다. 장군이 말했다.

"누군가를 비방한다는 건 심각한 행동이다. 네 판단을 확신하느냐?"

"확신합니다."

"그렇다면 범인의 이름을 말해보아라."

"범인은 저 자신입니다. 이런 비겁한 짓을 저지를 사람은 없을 거라고 너무 순진하게 믿었습니다. 제가 얼마나 어리석었는지 깨달았지만 이미 너무 늦고 말았습니다."

이케르는 고개를 떨군 채 무거운 걸음으로 문을 향해 발걸음을 옮겼다. 승자들의 조롱 섞인 눈빛이 그에게 쏟아졌다.

"자신의 잘못을 고치기에도 너무 늦었을까?"

장군이 물었다.

"여기 전문 서기관용 필기도구 전부가 담긴 자루가 있다. 이것을 네게 주겠다. 하지만 지금 같은 부주의를 한 번만 더 저지른다면 이 교실에 발을 들여놓을 생각은 말아라."

이케르는 이 귀중한 선물을 공손하게 받았다. 감사한 마음을 표현하고 싶었지만 말이 입 밖으로 나오지 않았다.

선생이 명했다.

"네 자리로 돌아가서 서둘러 필기 준비를 갖춰라."

이케르는 자신의 적들을 잊고 방금 장군에게서 받은 훌륭한 새 필기도구에 마음을 집중했다. 그는 침착하게 잉크 덩어리를 녹였다. 품질 좋은 잉크가 만들어졌다. 선생이 말했다.

"프타호테프의 잠언들을 읽을 테니 받아써라."

> 네가 아는 것으로 인해 네 마음이 거만해지지 않게 하고
> 아는 자로부터 조언을 얻듯 무지한 자에게서도 교훈을 구하라.
> 누구든 기술의 극한에 도달할 수 없으니
> 완벽한 장인이란 있을 수 없다.

완전한 말이란 초록색 돌만큼이나 찾기 어려운 것이지만
퇴비 더미 위에서 일하는 하인들이 그것을 보여주기도 한다.*

글은 쉽지 않았다. 자칫 방심하면 틀리기 쉬운 대목이 많았지만 이케르의 손은 능란하게 달려 나갔다. 그는 문장 전체의 의미에 유념하며 단어 하나하나를 써나갔다.

받아쓰기가 끝났지만 이케르는 피곤함을 전혀 느끼지 않았다. 아직도 한참 더 받아 적을 수 있을 것 같았다.

장군은 학생들의 서판을 검사했다. 모두가 숨을 죽였다.

"너희 가운데 반은 내 밑에서 공부할 자격이 없다. 그런 사람들은 다른 선생들 아래서 공부하게 될 것이다. 다른 사람들도 아직 많이 부족하다. 이들 중에서도 탈락하는 사람들이 나올 것이다. 두 군데를 틀린 이케르가 일등이다. 따라서 그가 이 교실을 정갈하게 관리할 책임을 맡아 매일 청소할 것이다. 그에게 이 교실 열쇠를 주겠다."

다른 견습 서기들은 이 결정에 불만을 품지 않았다. 이것이야말로 이방인에게 가해진 모욕이라고 그들은 생각했다. 하인이나 하는 일을 그들이 떠맡은 적은 한 번도 없었다. 하지만 이케르는 자신에게 주어진 이 일이 영예라고 생각했다. 또 서판 목록의 작성을 맡았다는데 크게 기뻐했다. 그리고 늘 그렇듯이 이 일에 열중했다.

이 필기도구들을 만지는 건 얼마나 행복한 일인지! 그는 서판들을 재질에 따라 분류해서 번호를 붙였다. 점토 서판에 글을 쓰려면 뾰족하고 딱딱한 펜이 필요했다. 무화과나무와 대추나무로 만든 서판은

---

* 프타호테프의 잠언 I(크리스티앙 자크, 『이집트 현자 프타호테프의 교훈』, pp.45~46).

몇 개의 판자 조각을 장방형으로 이어 붙인 것이었다. 석회 서판은 표면을 편평하게 문질러 다시 글자를 쓰곤 했다.

하루 종일 동료들과 마주치지 않을 수 있다는 것도 대단한 행운이었다. 이케르는 계속해서 많은 일을 맡아 동료들과 떨어져 지낼 수 있기를 바랐다.

해가 져서 어두워지자 이케르는 서판 보관 창고를 나와 식당으로 갔다. 저녁식사를 마친 그의 뇌리 속에 프타호테프의 잠언들이 마치 아름다운 음악처럼 맴돌았다.

숙소로 돌아왔을 때, 그의 방문 아래로 빛줄기가 새어나오고 있었다. 그가 등잔불을 켜놓고 나왔을 리는 없었다. 이케르는 긴장하여 천천히 문을 밀어 열었다. 방안은 온통 난장판이 되어 있었다.

누군가 그의 자리를 찢고 옷을 잘게 조각내놓았다. 속옷을 담아두는 함은 산산이 부서지고 화장 도구 역시 부서져 있었다. 끈이 떨어져 나간 샌들, 낙서로 얼룩덜룩 더럽혀진 벽…… 이케르는 크게 낙심했다. 꼭 필요한 물품들이 망가져버렸으니 앞으로 어떻게 해야 할지 막막했다.

그렇더라도 이곳에 남아야 했다. 그는 상처 입은 가슴을 안고 잠이 들었다.

다음 날 아침, 눈을 뜬 이케르는 우울한 마음이 들었다.

'이런 적의에 찬 환경에서 참고 견딘다는 것이 과연 나한테 도움이 될까? 이런 비열한 공격이 계속될지도 몰라. 또 무슨 일이 일어날까? 모두가 적인데 과연 내가 버텨낼 수 있을까?'

이케르는 수업이 시작되기 전 교실을 청소해두어야 했다. 그는 청소를 끝낸 다음 세피 장군에게 이곳에서 나가겠다고 말할 작정이었다. 이런 생각을 하며 문을 열고 나온 그의 눈앞에 꾸러미 하나가 놓여 있었다.

꾸러미 안에는 속옷 두벌과 하의 두벌이 모두 새것으로 들어 있었다. 샌들 한 켤레, 비누와 연고 등의 위생용품들, 튼튼한 자리도 보였다. 망가진 것들을 모두 새로 얻은 것이다. 적들 가운데 누군가 자신이 저지른 짓을 뉘우친 걸까? 아니면 어떤 사람이 몸을 드러내지 않고 숨어서 자신을 도와주고 있는 것일까?

새 옷을 단아하게 차려입은 이케르가 새로 펼친 파피루스처럼 정갈한 교실에서 선생을 맞이했다.

동료들은 깜짝 놀랐다. 무슨 수로 저 새 옷들을 구한 것일까? 이케르의 얼굴은 아무런 피해도 입지 않은 사람처럼 평온해 보였다.

세피 장군이 말했다.

"여기 프타호테프의 또다른 잠언들이 있다. 우리 학교에서는 곧 이 중요한 작품의 완전한 판본을 파피루스로 여러 부 만들 것이다."

잘 들으면 잘 말할 수 있다.
듣는 자는 유익한 것을 얻으니,
듣는 일은 듣는 자에게 유용하도다.
듣는 일은 그 어느 것보다 귀한 것이니,
(이렇게 하여) 완전한 사랑이 탄생한다.*

---

* 잠언 39.

별안간 이케르는 지금 자신이 불러주는 대로 받아쓰는 게 아니라 스스로 창조해나가고 있다는 느낌을 받았다. 그는 문장을 똑같이 옮겨 쓰는 일에 만족하지 않고 그 문장의 의미를 곰곰이 되새겼다. 글자와 그림 하나하나를 자신의 느낌과 개성을 담아서 쓰고 그려나감으로써 그는 이 현자의 생각에 지금까지 없었던 어떤 색채를 부여했다. 물론 이것은 그 차이를 식별할 수 없을 만큼 부지불식간에 이루어진 일이었다. 그렇긴 해도 이케르는 처음으로 글의 힘을 느끼게 되었다.

수업이 끝난 후 이케르는 교실을 청소했다. 그러고 나서 문을 나서는 그의 앞을 동료들 한 무리가 막아섰다. 눈빛이 사나운 땅딸보 갈색 머리 녀석이 이들을 부추겼던 것이다.

이케르가 침착한 목소리로 말했다.

"또 못된 짓을 저지를 생각이라면 그만두는 게 좋아. 이번에는 나도 가만히 당하고 있지는 않을 테니까."

"지금 우리한테 협박하는 거냐? 우린 열 명이고 넌 혼자야."

"나는 폭력을 쓰고 싶지 않아. 하지만 만약 너희가 계속해서 내 물건들에 손을 댄다면, 너희 버릇을 고쳐놓을 수밖에."

"어디 한번 해보시지!"

갈색 머리가 성이 나서 주먹을 움켜쥐고 이케르에게 달려들었다.

그 순간 갈색 머리는 마당으로 밀려나가 벌렁 나자빠지고 말았다. 그 자신도 무슨 일을 당했는지 미처 알아차리지 못할 만큼 눈 깜짝할 새에 벌어진 일이었다. 갈색 머리를 도우려고 달려든 그의 친구도 같은 꼴을 당하고 말았다. 이번에는 무리 가운데 가장 건장한 녀석이 달려들었지만 똑같은 창피를 감수해야 했다. 그러자 다른 녀석들은 슬금슬금 뒤로 물러섰다.

이케르가 그들을 쏘아보았다. 모두들 그가 훨씬 더 거칠게 행동할 수도 있다는 사실을 알아차렸다.

"놈은 군사훈련을 받은 게 틀림없어!"

비쩍 마른 견습 서기 하나가 외쳤다.

"우리 뼈를 몽땅 부러뜨릴 수도 있는 녀석이라고. 정말로 성질 부리기 전에 그만 휴전하는 게 좋겠어."

갈색 머리도 주눅이 들어 고개를 숙이고만 있었다.

싸움에 진 무리가 자리를 떠나자 이케르는 가슴을 쓸어내리며 자신의 행운에 감사했다. 만약 그들이 한꺼번에 달려들 생각을 했다면 자신은 분명 버티지 못하고 쓰러졌을 것이다. 크눔호테프 총독에게도 감사한 마음이 들었다. 자신이 꽤 쓸 만한 전사가 된 것은 그가 강제로 그렇게 시켰던 덕분이다.

식당으로 가는 길에 이케르는 따오기* 한 마리가 유유히 날고 있는 것을 보았다. 그는 발걸음을 멈추고 새의 움직임을 눈으로 좇았다.

토트의 새는 이케르에게 뭔가 할 말이 있다는 듯 큰 원을 그리며 그의 머리 위를 날았다. 그러더니 나일 강을 향해 얼마간 날갯짓을 하다가 다시 그에게로 돌아와 다시 강 쪽으로 방향을 잡았다.

이케르는 새를 따라갔다. 새는 몇 번이나 앞서 날아갔다가 이케르에게로 되돌아 날아오곤 했다. 장거리 경주 훈련 덕분에 그는 얼마 지나지 않아 나일 강가에 도달했다. 따오기는 파피루스 덤불에 앉아 그를 기다리고 있었다. 새는 우산 모양으로 핀 파피루스 꽃 위에 얼

* 토트 신을 상징하는 새.(옮긴이)

마 동안 올라앉아 뾰족한 부리로 꽃잎을 쪼더니 하늘로 다시 날아올랐다.

날아간 신의 전령은 이케르로 하여금 무엇인가를 발견하게 하기 위해 이 황량한 곳으로 데려온 게 분명했다.

우거진 덤불 속으로 들어가는 일에 위험이 없는 건 아니었다. 악어나 뱀이 도사리고 있을 수도 있었다. 이케르는 먼저 발로 땅을 굴러 주위를 경계한 다음 갈대를 헤치며 파피루스 덤불로 들어갔다.

가느다란 울음소리가 그의 발을 얼어붙게 했다.

덤불 안에 아기가 있다!

조심성도 잊은 채 이케르는 소리 나는 곳을 향해 내달았다. 그의 눈앞에 나타난 것은 한쪽 다리에 상처를 입은 채 죽음을 기다리고 있는 회색 새끼 당나귀였다!

새끼 당나귀를 놀라게 하지 않으려고 이케르는 천천히 손을 움직여 돌무더기에 갇혀 있는 그 어린 짐승을 끄집어냈다. 가엾은 새끼 당나귀는 뼈와 가죽밖에 남지 않은 모습이었다. 앙상한 갈비뼈가 고스란히 드러나 있었다.

"널 내 품에 안아야겠다. 내가 돌봐줄게."

이케르가 새끼 당나귀에게 말했다.

새끼 당나귀의 커다란 밤색 눈에 두려움이 가득한 걸로 봐서 인간과의 첫 접촉에서 좋지 않은 기억을 얻은 게 틀림없었다.

새끼 당나귀를 진정시키기 위해 이케르는 그 곁에 앉아 손을 내밀었다. 새끼 당나귀는 두려움으로 부들부들 떨었다. 그러나 예기치 못하게 부드럽고 애정 어린 손길이 닿자 어린 짐승은 이케르에 대한 두려움을 털어버린 듯했다. 이케르는 조금씩 새끼 당나귀의 믿음을 얻냈다.

"이곳에서 데리고 나가 네게 뭘 좀 먹여야겠다."

새끼 당나귀는 그리 무겁지 않았다. 이케르는 당나귀가 버둥거릴까봐 걱정했지만 어린 짐승은 그가 해치지 않으리라는 걸 아는지 얌전히 있었다.

이케르가 경작지로 이어지는 길에 접어들었을 때, 별안간 당나귀가 몸을 움찔하며 울었다. 어린 짐승이 겁에 질린 이유는 곧 알 수 있었다. 갈퀴를 무기처럼 둘러멘 농부가 당나귀를 안고 있는 이케르 쪽으로 성큼성큼 걸어오고 있었다. 농부가 거칠게 소리쳤다.

"그 괴물을 늪에 던져버려라. 악어 밥이 되게 내버려두란 말이다."

"괴물이 어디 있다는 겁니까? 이건 상처 입고 굶주린 당나귀일 뿐입니다."

"그놈을 똑똑히 보지 않은 모양이구나!"

"아니요, 제 눈으로 똑똑히 보았습니다. 누군가 이놈에게 몹쓸 짓을 했다는 것도 알았지요. 만약 당신이 그런 거라면 벌을 받을 줄 아세요."

"재앙을 가져올 짐승을 내다버린 게 죄라는 거냐? 반대로 축복을 받을 일이지!"

"어째서 이놈이 재앙을 가져올 거라는 거죠?"

"그놈의 목덜미를 잘 봐, 거기 있는 표지를 보라고!"

이케르는 회색 당나귀의 목덜미에 적갈색 털이 섞여 있다는 걸 알아차렸다.

"그건 세트의 짐승이야. 불행을 가져올 거란 말이다!"

"당신이 이 당나귀를 매질해서 버려놓은 장소로 나를 데려온 것은 토트의 따오기였어요. 서기관들의 신이 악을 구별하지 못할 거라고 생각하나요?"

"하지만 목덜미의 그 얼룩은? 털이 붉은 놈들은 세트의 짐승들이란 말이다!"

"이 당나귀가 어쩌면 세트의 힘을 지녔을지도 모르지만, 토트의 따오기가 그 힘을 정화해주었을 겁니다."

"도대체 너는 누구냐?"

"세피 장군 밑에서 공부하는 견습 서기예요."

농부의 어조가 바뀌었다.

"그렇다면 알아서 해라. 이 당나귀는 내 소유야. 하지만 네게 주겠다. 대신 무슨 일이 일어나도 나를 원망해서는 안 돼."

"그 조건은 생각해봐야 하겠는데요."

"이봐, 나는 일을 공정히 처리한 거야. 판관도 분명 내게 죄를 묻지 않을 거라고! 토트 신이 이 일에 개입할 거라고 내가 어떻게 예상했겠어?"

"좋아요, 거래는 끝난 거예요."

별 손해 없이 골칫거리를 떠넘겨버려 한시름을 놓은 농부는 서둘러 그 자리에서 내뺐다. 농부가 사라지자마자 움츠리고 있던 당나귀가 다시 몸을 폈다.

북쪽에서 부드러운 산들바람이 불어오자 회색 당나귀는 코를 쫑긋하며 공기의 냄새를 맡았다. 마침내 이 어린 짐승의 두 눈에 자신을 둘러싼 세상에 대한 호기심이 생겨났다. 자신의 생명을 구해준 사람에 대한 무한한 애정을 눈에 담은 채 어린 당나귀는 처음으로 삶을 경험한 것이다.

"내 이름을 뭐라고 지을지 생각났어."

이케르가 말했다.

"너를 이제부터 북풍이라고 불러야겠다."

# 35

입비뚤이와 그의 훈련생들은 나일 삼각주 지대에 몸을 숨긴 채 사냥과 낚시로 끼니를 해결하며 이메트 북동쪽으로 이틀 동안 걸었다. 먹을 것은 푸짐했고, 입비뚤이는 훈련을 한층 강화했다. 이런 환경은 매복 훈련을 하기에 안성맞춤이었고, 갖가지 방어법을 실험해보기에 좋았다. 훈련생 두 명이 목숨을 잃었다. 그러나 거둔 결과에 비하면 이 정도 손실은 아주 미미한 것이어서 입비뚤이는 큰 만족감을 느꼈다. 입비뚤이는 자신의 노력이 결실을 거두어 이들이 머지않아 실전에 나서 큰 성과를 거둘 거라고 확신했다.

이집트 땅에서 고금을 통틀어 가장 훌륭한 약탈자 무리의 우두머리가 되는 것이 입비뚤이의 목표였다. 그는 자신의 적들을 무참히 괴롭혀서 누구나 그의 이름을 입에 올릴 때는 두려움에 벌벌 떨게 되기를 꿈꾸었다.

"정찰병의 보고에 따르면, 우리 뒤를 따르는 자들이 있답니다, 대장."

"그럴 리가…… 그것 참 재미있겠군! 모두 자기 위치로 돌아가라.

수상한 자가 모두 몇 명이냐?"

"네 명입니다."

"간단하겠군! 내가 둘을 맡지."

얼간이 스합으로서는 잔치라도 벌여야 할 날이었다. 입비뚤이가 단도를 던지기 직전에 그를 알아보고 멈췄기 때문이었다.

입비뚤이는 자기 패거리를 이끌고 갈대 사이에서 맹수처럼 튀어나왔다.

"오랜만이군, 친구! 오는 길은 어땠나?"

"깜짝 놀랐잖아, 이 멍청이!"

"그런데…… 주인님은 어디 계시지?"

"사막 감찰대에 체포당하셨어. 아마 시켐으로 끌려가셨을 거야."

"어째서 놈들을 요절내지 않았어?"

"놈들의 수가 너무 많았어. 그리고 예고자께서 우리더러 달아나라고 명하셨지."

입비뚤이가 한탄했다.

"그렇게 통 크게 놀았던 사람치고는 끝이 안 좋군."

"무슨 소리를 하는 거야? 시켐으로 가서 주인님을 구해야지."

"미쳤구나, 얼간이! 이집트군이 시켐을 그냥 내버려두었을 것 같아? 막강한 군대가 주둔하고 있어서 우리는 덤벼볼 수도 없을 텐데."

"우리 애들도 쓸 만하잖아?"

"그 아이들은 한번 치고 빠지는 전투에나 써먹을 수 있지, 정식으로 맞부딪쳐 싸우는 건 무리야."

"우리가 습격할 건 병영이 아니라 감옥이야."

"감옥이라 해도 첫째, 경비가 만만치 않을 거야. 예고자를 구해낼 수 있을 거란 보장이 없단 말이다. 둘째, 우리가 간다 해도 이미 늦었기 십상이야."

"어째서?"

"이미 처형당했을 거란 말이지. 반란 주동자를 파라오가 봐줄 것 같으냐?"

스합은 얼굴을 찡그렸다.

"네가 모시는 예고자는 이미 죽었어. 우리가 시켐으로 간다면 그건 자살 행위나 마찬가지야, 얼간이."

"그렇다면 어떻게 하잔 말이야?"

"이 상황을 받아들이고 우리 앞길이나 챙겨야지. 이 무리들만 있으면 사막 비적대 노릇은 문제도 아냐."

"그건 그래, 하지만 예고자님은……"

"그자는 잊으라니까! 지금쯤 지옥의 화로에서 익어가고 있을 거야."

"그래도 혹시 기회를 얻지 않았을까?"

"기회라니?"

입비뚤이가 놀라서 되물었다.

"도망칠 기회 말이야. 알다시피 그는 예사로운 사람이 아냐. 신통한 힘이 있으니 적들의 손에서 벗어날지도 몰라."

"그럴 힘이 있다면 어째서 붙잡혀 갔겠어?"

"일부러 그런 건지도 모르잖아."

"무슨 생각으로?"

"누구도 자신을 가둘 수 없다는 걸 우리한테 보여줄 심산으로!"

"넌 예고자를 신으로 생각하는구나!"

"그는 사막 괴수들의 힘을 얻었고, 그걸 사용할 줄 알아."

"다 꾸며낸 이야기야. 어쨌건 우린 빠져나왔고, 살아 있고, 이집트인의 주머니를 털 준비가 되어 있어."

얼간이 스합이 제안했다.

"새로 초승달이 뜰 때까지만 이 자리에서 기다려보자. 그때까지도 오지 않으면 우리도 떠나자."

입비뚤이가 동의했다.

"좋아. 그때까지 실컷 먹고 마시면서 지내면 되지. 번듯한 집들이나 농가를 뒤져보면 저장해둔 포도주와 맥주가 있을 거야. 처녀들도 남김없이 차지해버리자고."

감옥의 딱딱한 흙바닥 위에는 십여 명이 쓰러져 웅크리고 있었다. 몸을 꼿꼿이 지탱하고 있는 사람은 예고자뿐이었다. 그의 웃옷자락에 숨겨진 여왕 터키석이 그를 액운으로부터 지켜주고 있었다. 사실 그는 이 악취 나는 감옥으로 등 떠밀려 들어서는 순간부터 나아갈 길을 본 느낌이었다. 함께 갇힌 자들 가운데 하나가 자신과 형제라고 해도 좋을 만큼 용모가 흡사했다. 또한 큰 키에 바싹 마른 얼굴, 풍채까지도 자신과 비슷했다. 다만 수염만은 며칠 더 길어야 될 듯했지만, 이집트군이 지금처럼 성내 거주자들을 꼼꼼히 심문하고 있는 이상 그 정도의 시간은 충분히 벌 수 있을 거라는 계산이 섰다. 성 밖에서 붙잡혀온 목동들에게까지 심문 차례가 돌아오자면 한참 걸릴 것이었다.

예고자가 죄수들에게 말을 걸었다.

"나를 모르는가?"

어리둥절한 눈들이 그에게로 쏠렸다.

"여러분은 용감한 일꾼들이다. 하지만 잔인한 정복자들에게 착취당해왔지. 나는 당신들을 도우러 온 사람이다."

"이 벽을 부술 재주라도 있단 말이냐?"

양떼를 몰고 가다가 붙잡혀온 남자가 빈정거렸다.

"그렇게 할 수도 있지. 하지만 자네가 생각하는 방식으로는 아냐."

"그럼 어떻게 벽을 부술 건데?"

"예고자에 대해 들어본 적이 있나?"

붙잡혀 온 목동 가운데 하나만이 그 이름을 알고 있었다.

"사막의 악마들과 손잡았다는 그 주술사 말이냐?"

"맞다."

"그자가 어째서 우리를 구하러 온다는 거지?"

"그는 오지 않을 것이다."

"그렇다면 넌 지금 아무 말이나 주워섬기고 있는 게로군!"

"그는 오지 않을 거야. 이미 이 자리에 있거든."

예고자는 자신과 닮은 남자의 어깨에 손을 올렸다.

"여기 그 구원자가 있다."

"그가? 그는 말도 제대로 못해!"

"지금까지도 이 사람을 못 알아보다니, 당신들은 큰 실수를 했어. 한 주가 지나기 전에 이 사람은 적을 때려눕히고 우리를 풀어줄 거야."

목동들은 어깨를 으쓱해 보이고는 제각기 자기 구석으로 돌아가 웅크렸다. 예고자는 자기 대신 예고자 노릇을 하게 될 이 미련한 남자에게 몇 가지 단순한 말을 되풀이하게 했다. 그것은 시켐의 주민들이 그로부터 수없이 들었던 말이었다. 자신이 뭔가 쓸 만한 일을 해서 이 갑갑한 감옥으로부터 벗어나게 될 거라는 생각에 기분이 우쭐해진 멍청이는 예고자가 불러주는 말을 열심히 따라했다.

한 주가 지났다.

감옥의 문이 요란한 소리를 내며 열렸다. 한 이집트인 감찰관이 와서 말했다.

"모두 나와라. 심문을 받으러 가자."

"우리는 예고자의 말에만 따를 것이오."

이 연극에서 역할 하나를 나눠 맡기로 한 목동이 소리쳤다.

감찰관이 화들짝 놀랐다.

"다시 말해봐라!"

"예고자가 우리의 인도자이시오. 우리가 해야 할 바를 일러줄 사람은 바로 그분 한 사람밖에 없소."

"어디 있는데, 그 대단한 인도자가?"

"여기, 우리 가운데 계시오."

둥글게 모여 있던 목동들이 비켜서자 가짜 예고자가 모습을 드러냈다. 진짜 예고자의 터번을 두르고 그의 긴 튜닉을 걸치고 있었다.

감찰관은 들고 있던 곤봉 끝으로 이 수상한 인물의 가슴을 쿡 쥐어박으며 물었다.

"예고자라는 자가 너냐?"

"그렇다."

"그렇다면 바로 네가 시켐의 반란을 교사했구나."

"하나님께서 백성을 억압하는 자들을 무찌르기 위해 나를 뽑으셨다. 나는 백성을 승리로 이끌 것이다."

"이것 봐라! 이자를 네스몬투 장군 앞으로 끌고 가야겠다!"

"그 어떤 적도 나를 이기지 못한다. 나는 사막의 괴수들과 동맹을 맺은 사이다."

"이자를 묶어라."

감찰관은 부하들에게 지시했다.

진짜 예고자가 앞으로 나서서 더듬거리며 말했다.

"저희는 목동들입니다. 저희는 뭐가 뭔지 아무것도 모릅니다. 가축들이 저희를 기다리고 있습니다. 어서 돌보아주지 않으면 전부 죽을 겁니다."

농부의 아들인 감찰관은 이 호소에 마음이 움직였다.

"좋아, 몇 가지만 확인하고, 그런 다음 어떻게 해보지."

미리 입을 맞춰놓은 대로 목동들은 아무것도 모른다고 잡아뗐다. 한 사람씩 차례로 풀려났다. 감찰관은 대어를 낚았다는 생각에 우쭐한 나머지 잔챙이들은 놓아줘도 별일 없을 거라 생각했다.

네스몬투 장군은 터번을 쓴 남자를 의심스러운 눈으로 주시했다.

"그러니까 시켐 주둔 이집트군의 학살을 지시한 그 반역자란 말이냐?"

"나는 예고자다. 하나님께서 백성을 억압하는 자들을 무찌르기 위해 나를 뽑아……"

"그래서 네가 백성을 승리로 이끌 거란 말이지. 이제 네 말은 하도 들어서 외워버렸다. 네 배후에 있는 자들이 누구냐? 아시아인, 리비아인들이냐? 아니면 가나안인들뿐이냐?"

"하나님께서 백성을……"

장군이 죄수의 뺨을 한 대 쳤다.

"파라오께서 고문을 금하신 게 때로 유감스러워지는군. 간단히 물을 테니, 분명하게 대답해라. 너 혼자 한 짓이냐 아니면 함께 움직인 자가 있느냐?"

"하나님께서 백성을……"

"닥쳐! 이자를 데려가서 계속 심문해라. 저러다 지치면 결국 입을 열게 되겠지."

예고자에게 세뇌된 덕분에 이 멍청이는 자신이 이집트인에게 대항할 수 있다고 믿었다. 아무리 으르고 달래보아도 그는 요지부동으로 똑같은 말만 되풀이했다.

결국 장군의 부관도 두 손을 들고 말았다.

"이 미치광이한테 우리가 쓸 수 있는 온갖 방법은 다 써보았어."

한 감찰관이 수를 냈다.

"마지막으로 이 방법을 써보면 어떨까요? 그를 저자거리로 끌고 나가서 사람들한테 내보이는 겁니다."

거리로 나가서 처음 몇 걸음 떼어놓는 동안, 죄수를 수행하던 감찰관은 한갓 사기꾼한테 속았다는 생각을 했다. 아무도 죄수를 아는 체하며 나서지 않았던 것이다.

별안간 한 여자가 울부짖었다.

"그분이다, 그분이 틀림없어!"

한 노인이 거들었다.

"예고자께서 돌아오셨다!"

순식간에 한 무리가 몰려들었다. 감찰관들은 사람들을 거칠게 쫓은 뒤 죄수를 데리고 병영으로 돌아왔다.

"의심의 여지가 없습니다, 장군."

한 장교가 단언했다.

"이 미치광이가 예고자인 게 분명합니다. 또다른 소요를 미리 차단하려면, 이자의 주검을 한시 바삐 주민들 앞에 내걸어야 합니다."

네스몬투가 명했다.

"이자의 목구멍에 독을 부어라."

네스몬투 장군이 파라오에게 보낼 보고서를 작성하는 동안 그 멍청한 목동은 평온한 모습으로 죽음을 맞이했다. 예고자가 그에게 약속하지 않았던가? 죽은 뒤에, 고분고분한 미녀들로 가득한 으리으리한 궁전에 들어가게 될 거라고. 또 그 궁전의 미녀들은 그가 원하는 대로 무슨 일이든 들어줄 것이고, 그러는 동안 술 시중꾼들이 맛난 포도주를 넘치게 따라줄 거라고 말이다.

# 36

이케르는 동료 누구와도 어울리지 않고, 오직 학업에만 열중했다. 저녁이면 그는 완두콩과 누에콩, 양파를 넣어 끓인 수프와 마늘을 바른 크루통*만으로 소박한 식사를 한 다음, 아주까리기름을 담은 등잔에 불을 켰다. 아주까리기름은 값이 싼 덕분에 가난한 사람들에게는 피부를 보호하는 연고 대용품 역할도 했지만, 무엇보다 등잔불을 밝히는 연료로 쓰였다.

이케르는 고전 문헌들을 머릿속으로 완전히 외울 때까지 되풀이해서 베껴 썼고, 마침내 글이 손에 익숙해져서 빠르면서도 정확하게 쓸 수 있게 되었다. 이케르는 글에 담긴 생각을 문자로 한 글자 한 글자 표현해가면서 거기에 생기를 부여해 다양한 윤곽을 그려나가곤 했다. 상형문자는 연속되는 그림들 이상의 어떤 것이었다. 상형문자 속에는 신들이 행하는 창조가 메아리처럼 울리고 있어서 각각의 말이 지닌 가치가 최대한 효과적으로 발휘될 수 있었다.

---

* 작은 빵 조각을 기름에 튀긴 것.(옮긴이)

이케르의 정신은 점차 문자 기호를 닮게 되었다. 그 자신이 문자가 되었고, 문자를 통해 더욱 성장했다. 그러면서 그는 글을 씀으로써 생명을 연장하고 삶을 아름답게 만들 수 있다고 더욱 확신하게 되었다. 행정 업무에 붙잡힌 한갓 서기관으로의 삶은 이제 그의 관심사에서 멀어졌다. 그는 추상적이면서도 구체적인 이 언어, 이집트문명을 창조한 이 언어의 신비를 꿰뚫어보고 싶었다.

이케르는 학업에 몰두하여 그 미지의 여사제를 잊어보려고도 애썼다. 하지만 문장을 쓰다보면 문득 그녀의 얼굴이 떠오르며 그를 무분별한 희망 속으로 잡아끌었다. 그녀를 두 번 다시 보지 못할 수도 있지만, 혹시 그가 아주 뛰어난 서기관이 되어 아비도스 신전으로 들어가게 된다면 또 모르지 않을까? 어쩌면 또다른 축제나 의식이 열려 그녀의 모습을 다시 보게 될지도 모른다!

그는 포기하지 않을 것이다. 그가 문법과 어휘, 상형문자의 올바른 배열—상형문자는 나무, 파피루스, 돌 위에서 그것이 배열되는 순서에 의해 어떤 조화를 발산하는데, 그것은 글쓰기의 달인들만이 감지할 수 있는 것이었다—을 겨루는 시험을 위해 이렇게 열심히 공부하는 건 그녀를 다시 만나기 위해서였다.

이케르는 수시로 자신의 당나귀를 보러 갔다. 그는 당나귀가 깔고 앉는 건초를 매일 아침 다시 깔아주곤 했다. 북풍은 타고난 식욕으로 눈에 띄게 쑥쑥 자랐다. 몸에 입었던 상처도 고약한 기억으로나 남을까, 거의 완쾌되어가고 있었다.

이케르와 북풍이 처음 들판으로 산책 나갔을 때 이 회색 당나귀는 조금도 머뭇거리지 않고 앞장서서 길을 찾아 나갔다. 당나귀의 눈에는 기쁨이 가득했다. 이케르가 당나귀에게 말했다.

"진정한 친구를 얻어서 기뻐. 너에겐 무엇이든 다 털어놓을 수 있어."

이케르는 북풍에게 자신의 이야기를 남김없이 들려주었다. 당나귀는 한마디라도 놓칠세라 큰 귀를 쫑긋 세웠다.

"저 거만한 삼류 서기 패거리들은 나를 좋아하지 않지만 그건 아무래도 좋아. 그들이 날 싫어하면 할수록 오히려 힘이 나는걸! 그들의 머리는 너무 굳어버려서 다른 사람의 생각은커녕 신성한 문자들도 존중할 줄 몰라. 그들을 보면 차라리 그들의 말에는 귀를 막고 오직 나 자신의 길만 가고 싶다는 마음이 굴뚝같아져. 바보들의 특징은, 아무것도 창조해내지 못하기 때문에 그만큼 더 시기심과 질투가 강하다는 거야. 그들은 자신과 다른 사람들을 만나면 기어코 해치려 들지. 너와 나는 이제 진짜 형제야. 함께 똘똘 뭉쳐서 그들과 맞서자."

당나귀는 자신의 생명을 구해준 은인의 손을 핥았다. 이케르는 당나귀를 한참 쓰다듬어준 다음 자신의 방으로 돌아왔다. 매일 밤 그는 테샤트 부인에게서 받은, 사악한 정령을 쫓아준다는 부적을 배 위에 올려놓고 잠들었다. 아침에 눈을 뜨면 이 부적으로 자신이 지닌 매와 비비원숭이 형상의 다른 두 부적을 문질러 거기에 기를 다시 채워 넣곤 했다.

"내일 수업은 쉬도록 하겠다."

세피 장군은 정예 서기관이 될 열 명의 학생에게 말했다.

늘 그렇듯 이케르는 가장 늦게까지 교실에 남았다.

"장군님, 부탁드릴 게 하나 있습니다."

"휴일에는 교실 청소를 하지 않아도 좋다."

"그게 아니라, 문서 보관소에 들어가 기록들을 살펴보게 해주십시오."

"휴일에는 즐겁게 놀든가 쉬는 게 더 좋지 않겠느냐?"

"언제가 됐든 앞으로는 그런 종류의 기록들을 접하게 될 것입니다. 저는 조금이라도 빨리 그 공부를 시작하고 싶습니다."

"어떤 분야의 문서를 보고 싶으냐?"

"특정 분야에만 파묻히고 싶지는 않습니다. 가능하다면 모두 살펴보고 싶습니다."

"너에게 출입증을 써주마."

이케르는 기쁨을 억누르느라 애를 써야 했다.

출입증을 손에 들고 그는 문서 보관소 소장 앞으로 나아갔다.

"어떤 기록을 살펴보고 싶은 건가?"

"선박들, 선원들, 그리고 교역을 목적으로 한 항해와 관련된 것들을 전부 보고 싶습니다."

"언제 기록부터 보여줄까?"

"그러니까…… 삼 년 전의 것부터 보고 싶습니다."

소장은 그를 벽돌로 지은 큰 방으로 안내했다. 선반들 위에 파피루스 문서와 서판들이 가지런히 정돈되어 있었다.

"기록들을 함부로 섞어놓으면 안 된다. 조금이라도 소홀히 다룬다면 네 스승에게 말해서 출입 허가를 취소하겠다."

"조금도 어지럽히지 않겠습니다."

이케르가 약속했다.

그는 조바심을 내면서도 체계적으로 기록을 조사하기 시작했다. 이 문서들을 다 살펴보자면 엄청난 시간이 필요하겠지만 주눅이 들기는커녕 오히려 힘이 더 솟았다. 기록이 이렇게 엄청나게 쌓여 있는 이상, 분명 실마리를 찾을 수 있으리라는 생각이었다.

리에브르 주는 수많은 선박을 보유하고 있었지만 그중에서 라피드 호라는 이름을 지닌 배는 단 한 척도 없었다. 이케르는 잠시 실망했지만 곧 다른 희망을 찾아냈다. 그가 찾는 두 선원이 다른 선단에 속해 있을지도 모른다는 생각이 들었던 것이다. 하지만 칼날과 거북눈이라는 이름 역시 어디에도 보이지 않았다.

교역을 위해 항해에 나선 선박들 가운데서도 목적지가 푼트로 기재된 것은 없었다.

희망이 점점 사라지고 있었다. 하루가 다르게 커나가는 북풍과 세피 장군의 풍요로운 수업이 없었다면 그는 실의에 빠졌을지 몰랐다.

교실을 구석구석 청소한 후 문을 막 나서던 이케르는 세 명의 아가씨와 마주쳤다. 아름답기 이를 데 없었지만, 거만한 분위기를 풍기고 있었다. 하늘거리는 긴 옷, 화려한 팔찌와 발찌, 진주목걸이, 수레국화로 장식한 머리띠…… 거만하게 부를 과시하고 있는 이 지체 높은 아가씨들은 이곳 총독의 딸들이었다.

"네가 이케르라는 서기관이니?"

키가 가장 큰 아가씨가 간드러진 목소리로 물었다.

"아직 견습 서기일 뿐입니다."

"넌 공부를 지나치게 많이 하는 것 같아."

가장 나이 어린 아가씨가 장난기 어린 눈길을 던지며 종알거렸다.

"공부란 아무리 해도 부족한 거라고 생각합니다. 공부해야 할 중요한 문헌들이 너무나 많습니다."

"공부만 하면 지겹지 않니?"

"그 반대입니다! 신성한 문자들은 그것을 배우고 익힐수록 더 큰 흥미를 느끼게 해주니까요."

"그럼 우리는? 넌 우리를 어떻게 생각하니?"

이케르는 귀까지 빨개졌다.

"그걸 어떻게…… 전 이만 가보겠습니다. 당나귀를 돌봐주어야 합니다."

"그 짐승보다는 우리가 더 매력적이지 않아?"

"미안합니다. 정말 바빠서요."

이케르는 달아나듯 세 사람 앞을 떠났다. 이 세 자매는 놀랄 만큼 닮아 있었다. 세 사람의 나이 차는 그리 크지 않아 보였고, 이케르로서는 그들을 첫눈에 구별해내기가 쉽지 않았다. 하지만 그들의 아름다움은 너무 인위적이었고, 그들의 행동도 너무 부자연스러웠다. 이케르는 그 아가씨들이 자신을 성가시게 하지 않기만을 빌었다.

이케르의 바람은 이루어지지 않았다.

바로 그날 밤, 막내 아가씨가 그의 방문을 두드렸다.

"좀 들어가도 되니, 이케르?"

"예? 안…… 안 됩니다. 왜냐하면……"

"벌써 다른 여자애가 와 있는 거야?"

"아뇨, 절대 아닙니다."

"그럼 이걸 받아. 너한테 주려고 가져온 거야."

그녀는 짙은 화장을 하고 있었다. 눈 주위를 온통 초록색으로 칠하고 입술은 새빨간 연지 범벅인 데다 향수 냄새가 너무 강했다.

그녀는 접시 두 개를 내려놓았다.

"이건 대추야자 과자야. 내가 직접 꿀을 넣어서 구운 거야. 그리고 이건 가장 훌륭한 암소에서 짜낸 젖으로 만든 치즈야. 넌 이렇게 좋은 음식을 먹어본 적이 없겠지? 나한테 잘 대해주면 필요한 건 뭐든지 갖다 줄게."

"이걸 받을 순 없습니다."

"왜? 무슨 문제가 있니?"

"아가씨는 지체 높은 분이고, 저는 한낱 견습 서기에 불과한 걸요."

"너도 높은 지위에 올라가면 되잖아? 내가 널 도와줄 수 있어. 날 믿어!

"저는 혼자 힘으로 해내고 싶습니다."

"고집불통! 내가 맘에 안 들면 그렇다고 말해."

이케르는 그녀를 똑바로 쳐다보았다.

"아가씨가 마음에 들지 않아요."

"넌 위험을 자초하는구나, 이케르. 내가 누군지 모르겠니?"

"아가씨가 누구든지 간에 친절을 받아들이고 싶지 않아요."

"그럼 벌써 다른 여자한테 마음이 가 있는 거야?"

"그건 제 개인적인 문제예요."

"그 여자는 잊어버려! 어떤 여자도 감히 리에브르 주 총독 제후티의 딸과 비교될 수 없어. 언니들과 나는 우리가 함께 즐길 남자들을 직접 고르곤 하지. 너도 그렇게 뽑힌 남자들 가운데 하나고."

그녀는 걸치고 있던 옷의 어깨끈 하나를 천천히 아래로 끌어내리기 시작했다.

"이 방에서 나가주세요!"

이케르가 요구했다.

"나를 부끄럽게 만들지 마. 그렇지 않으면 너는 비싼 대가를 치러야 할 거야!"

"고약한 장난은 그만두고 절 그냥 가만 내버려두세요."

"말 다 했니?"

"제가 할 말은 다 했습니다."

그녀는 증오가 가득한 눈초리로 이케르를 노려보더니 어깨끈을 다시 올렸다. 이케르는 그녀가 가져온 두 개의 접시도 도로 내밀었다.

"이것도 아가씨 겁니다."

"지금이 이곳에서의 마지막 시간인 줄 알아라, 무례한 것!"

당나귀에게 여물을 준 다음 이케르는 식당으로 갔다. 수프를 거의 다 먹었을 때야 그는 비로소 맛이 이상하다는 사실을 알아차렸다. 속이 울렁거리는 느낌을 없애기 위해 많은 양의 물을 마셔보았지만 증상은 더 심해질 뿐이었다. 물조차 맛이 이상하게 느껴졌다.

이케르는 이유를 알고 싶어서 조리사를 찾았지만 조리사는 어디에도 보이지 않았다.

별안간 머리가 핑핑 돌았다. 이케르는 어지럼증을 견디지 못하고 바닥에 쓰러졌다. 몸을 일으킬 수가 없었다. 눈앞이 흐릿했다. 하지만 눈앞에 어른거리는 총독의 세 딸만큼은 알아볼 수 있었다.

막내딸이 몸을 기울여 이케르를 들여다보며 말했다.

"안심해. 독을 탄 건 아니니까 죽지는 않아. 널 얌전하게 만들려고 수면제를 조금 탔을 뿐이야. 이제부터 너에게 대추야자술을 마시게 할 생각이야. 그것도 아주 많이 말이야. 옷이건 살갗이건 술에 푹 절게 해주지. 술에 완전히 곯아떨어진 필사생을 급식사가 와서 발견하게 될 거야. 어때, 재밌겠지?"

이케르는 따지려 했지만 말들이 입 속에서 뒤죽박죽 엉킬 뿐이었다.

"잘 자거라, 감히 우리를 거절한 무례한 녀석! 눈을 다시 떴을 때 우리의 복수는 이루어져 있을 거야. 그리고 너는 모든 것을 잃게 되는 거지."

"너는 키가 비뚤어져 똑바로 나아갈 수 없는 배 같구나!"

세피 장군이 이케르를 향해 말했다.

"신 없는 제실, 텅 빈 집 같은 녀석! 원숭이에게는 춤을 가르칠 수 있고, 개도 조련할 수 있고, 새도 훈련시키면 날개를 사람 손에 맡기곤 하지. 하지만 너를, 너를 어떻게 가르칠 수 있겠느냐? 네 마음은 흔들리고 네 귀는 막혀버렸다! 내 수업을 듣는 학생인 네가 술에 절었고, 서기관의 의복을 더럽혔다."

"저는 음모에 희생된 것입니다."

아직까지도 흐릿한 정신을 가다듬으며 이케르가 말했다.

장군은 노여움을 조금 가라앉히는 것 같았다.

"그 음모를 꾸민 자들이 누구냐?"

"저의 고지식함을 이용한 사람들입니다."

"그들의 이름을 대라!"

"이 일의 책임은 오직 제게 있습니다. 제가 좀더 조심했어야만 했는데 말입니다. 제 식사에 약을 탄 다음 강제로 술을 마시게 했습니다."

"누가 그런 짓을 했다는 것이냐?"

"말씀드린다 해도 선생님께선 제 말을 믿지 않으실 겁니다. 또 제 말을 믿으신다 해도 그 죄인들을 벌주기 위해 하실 수 있는 일은 아무것도 없을 것입니다. 그들의 목적은 오직 하나, 제가 선생님의 눈 밖에 나도록 하는 것이었습니다. 술주정꾼으로 낙인찍힌 견습 서기에게 선생님의 학교에서, 그리고 자신을 받아준 주에서 쫓겨나는 것 말고 달리 무엇이 남아 있겠습니까?"

"그래도 사실은 밝혀야 한다, 이케르. 네가 설명한 내용은 너무 모호해서 믿기가 힘들다. 네 무죄를 증명하고 싶다면 널 이렇게 만든 자들을 밝히고, 그들과 대질해서 시시비비를 가려야 한다."

"그래보았자 아무 소용없습니다, 선생님."

"그렇다면 저세상에서 보내오는 징조만이 내 결정을 바꿀 수 있을 것이다."

세피는 병사 두 명을 불러 이케르를 리에브르 주 남쪽 경계까지 데려가라고 명했다. 장군은 자신의 가장 우수한 학생과 이렇게 헤어져야 한다는 것이 안타까웠지만, 그가 저지른 잘못은 너무나 컸다.

"저기 좀 보십시오, 장군!"

병사 하나가 뒷걸음치며 소리쳤다.

배가 흰 카멜레온이 방 안에 들어와 있었다. 카멜레온은 그 기묘한 눈을 들어 세피를 바라보았다. 세피는 즉시 이 짐승을 진정시키기 위한 주문을 외웠다. 카멜레온은 잠시 머뭇거리는가 싶더니 어디론가 사라졌다.

세피가 이케르에게 말했다.

"카멜레온은 아누비스의 화신들 가운데 하나다. 너는 대단한 보호를 받고 있는 것 같구나."

"그럼, 서를 쫓아내지 않겠다는 말씀입니까?"

"아누비스께서 직접 나서서 말리는데, 그걸 무시할 만큼 정신 나간 사람이 누가 있겠느냐?"

"선생님, 제가 언젠가는 아비도스의 황금원에 들어갈 수 있을까요?"

세피는 석상이 된 듯 꼼짝하지 않았다.

"누가 네게 그 황금원에 대해 이야기해주었느냐?"

"그건 단순히 시구에 등장하는 표현만은 아니죠, 그렇죠?"

"내가 묻는 말에 대답하거라."

"한 과수원지기에게서 들었습니다."

"시인들은 우리를 꿈꾸게 만들지. 하지만 너는 서기관이 되기 위해서, 그리하여 실제 현실의 일을 보살피기 위해서 공부를 하는 것이다."

# 37

높은 등받이가 달린 의자에 몸을 깊숙이 파묻은 제후티 앞에서 그의 세 딸들은 조바심으로 발을 동동 굴렀다.

"이젠 이야기해도 돼요?"

큰딸이 물었다.

"잠시만 기다려라. 문서 검토가 거의 끝나간다."

총독은 긴 파피루스를 천천히 다시 말았다.

"무슨 일이냐, 내 귀염둥이들?"

"아버지, 우린 분한 일을 당했어요. 그래서 우리의 최고 판관에게 도움을 청하고 싶어요."

"마아트 여신에게 말이니?"

"아뇨, 아버지께요! 아버지의 영토에서 수치스러운 일들이 저질러졌는데, 그 죄인은 아무 벌도 받지 않고 있어요."

제후티는 화가 나는 기색이었다.

"그건 아주 심각한 일이구나. 그 일에 대해 아는 게 더 있니?"

막내가 때를 놓칠세라 흥분한 목소리로 떠들어댔다.

"이케르라는 견습 서기가 대추야자술을 훔쳐서 취하도록 마셨어요. 있을 수도 없는 가증스러운 행동이지 뭐예요! 그런데 오늘 아침 그 불한당 놈이 또다시 세피 장군의 학교로 들어가는 것을 보았어요. 아무 일도 없었다는 듯이요! 아버지가 즉시 나서서 그 이케르라는 놈을 우리 주에서 쫓아내셔야 해요."

제후티는 놀리는 듯한 표정을 지으면서도 위엄을 갖추고 딸들을 바라보았다.

"안심해라, 귀염둥이들. 내가 그 일을 확실히 규명했으니까."

"무슨, 무슨 말씀이세요?"

"그 운 없는 젊은이는 누군가의 악랄한 함정에 걸렸던 거란다. 하지만 카멜레온으로 변신한 아누비스 신이 나타나서 우리에게 그가 진실을 말하고 있다는 것을 알려주었지."

"누가 자신에게 그런 짓을 저질렀는지 그가 일러바치던가요?"

큰딸이 불안한 얼굴로 물었다.

"아니다. 그게 바로 그 젊은이의 심성이 고결하다는 또다른 증거인 셈이지. 너희 셋은 그의 인품에 의심을 품고 있는 게냐?"

"저희가요? 아뇨, 천만에요, 그럴 리가 있나요!"

"그럴 줄 알았다. 잘 알아둬라. 나는 이케르가 장차 뛰어난 서기관이 될 거라고 생각한다. 그러므로 그를 조금이라도 해치려 하는 자는 용납하지 않을 것이다. 누구든 그를 괴롭히려 들면 엄중한 벌을 받을 것이다."

제후티의 딸들은 고개를 끄덕이고는 접견실에서 나갔다. 그녀들이 나간 자리에 비쩍 마른 작은 남자가 들어왔다. 남자는 어깨에 가죽 가방을 메고 있었는데, 그의 빈약한 체구가 감당하기에는 가방이 너무 무거워 보였다.

"아, 닥터 구아! 목이 빠지게 기다리고 있었소."

의사는 늘 그렇듯 툭 쏘아붙이는 어조로 대답했다.

"제가 돌봐야 할 환자가 총독님만 있는 건 아니잖습니까. 류머티즘, 중이염, 궤양 들 사이에 끼어 도무지 어찌할 바를 모르겠습니다. 오늘 아침엔 환자들 모두가 일제히 아프기로 약속이라도 한 건지! 제 젊은 동료들이 좀더 유능하고 좀더 성심껏 진료를 한다면 좋으련만. 그건 그렇고, 오늘은 또 어디가 불편하십니까?"

"소화가 안 되고 또……"

"늘 듣던 증상이군요. 각하는 너무 많이 먹고, 너무 많이 마시고, 너무 많이 일하고, 그러면서 충분한 수면을 취하지 않으십니다. 그리고 인정하지 않으시지만 나이가 있지요. 그렇게 고집을 부리시는데 의학이 무슨 힘을 쓰겠습니까? 각하가 습관을 바꾸기를 바라봤자 소용도 없고 말입니다. 각하는 제 환자 가운데 가장 불성실한 환자예요. 그럼에도 불구하고 저는 각하를 치료하지 않을 수 없고요."

매번 진료는 이렇게 똑같은 연설로 시작되곤 했다. 하지만 제후티는 닥터 구아의 말을 중간에 자르지 않으려고 조심했다. 그가 내리는 처방은 언제나 진단과 딱 맞아떨어졌기 때문이다.

의사는 가방에서 단지 하나를 꺼냈다. 한쪽 무릎을 바닥에 대고 어깨에 올려놓은 항아리를 왼쪽 손으로 붙잡고 있는 인물 형상의 단지였다. 거기에는 의사 자신이 직접 새겨 넣은 다음과 같은 글귀가 있었다.

'나는 모든 것을 참는 데 신물이 난다.'

"여기 맥주 효모와 아주까리기름, 그리고 각하는 세세히 아실 필요

없는 몇 가지 다른 성분을 혼합한 완하제가 있습니다. 각하의 위장이 편해지면 각하는 소화기관에 대해서는 잊어버리고 자신이 건강하다고 생각하실 것입니다. 위험한 착각이지만, 견들 별 수 있겠습니까? 모레 다시 오겠습니다."

이번에는 세피 장군이 총독을 알현할 차례였다.

"건강은 어떠십니까, 각하?"

"견딜 만하지. 그러나 이제 재생해야 할 순간이 왔다는 생각이 들어."

"사제들은 준비됐습니다."

세피가 말했다.

"아비도스의 생명수가 각하를 위해 준비되어 있습니다."

"자네한테는 서기관 조수가 필요할 거야. 어째서 이케르를 쓰지 않나?"

장군의 대답은 불명확했다.

"아직은 너무 이르지 않을까요?"

"신들이 갈 길을 정해준 사람을 가르치는 일인데, 너무 이르다는 건 있을 수 없지."

"저는 좀더 시간을 두고 그를 가르치고 싶습니다. 그는……"

제후티가 말을 잘랐다.

"그가 우리 생각대로 크게 될 재목이라면, 이번에 치를 의식에 참가하는 것도 그에게 큰 도움이 될 거야. 만약 우리가 잘못 생각한 거라면 자기가 떠올린 환영에 벌벌 떠는 허풍선이를 하나 더 만들어내는 꼴이 되겠지."

세피는 자신이 가장 아끼는 학생을 좀더 보호하고 싶었지만, 제후티의 말을 따를 수밖에 없었다.

이케르는 여전히 동료 누구와도 어울리지 않고 지냈다. 동료들은 그의 뛰어난 성적을 시기했다. 하지만 이 이방인이 세피의 학교에서 가장 뛰어난 학생이며, 다른 학생들은 그보다 한참 뒤처져 있다는 건 누구도 부인할 수 없었다. 그는 어려운 교본들의 의미를 놀라우리만큼 손쉽게 꿰뚫었을 뿐 아니라 그 어떤 수련 과정도 어려울 것 없다는 듯 통과했다. 얼마 전 세피 장군은 그에게 한 포고문의 작성을 맡겼다. 범람했던 물이 빠져나간 후의 들판을 측량하는 방식과 관련된 포고문이었다.

이 일은 다시 말해 이케르가 리에브르 주의 서기관으로 임명되었다는 사실을 의미했다. 이제 그는 얼마 안 있어 학교를 떠나 자신의 첫 직위를 얻게 될 것이 분명했다.

속임수에 넘어가 고역을 치른 다음부터 이케르는 매번 식사하기에 앞서 조리사를 찾아가 음식을 확인했다. 조리사는 또 사고가 생기면 자신에게 책임이 돌아올 것을 알고 모든 음식을 직접 맛보며 검사했다.

"오늘 저녁에는 식사를 나중에 해야 할 것이다."

세피 장군이 이케르에게 일렀다.

"네 필기도구는 준비되었느냐?"

"항상 지니고 있습니다."

"그렇다면 나를 따라와라."

이케르는 어떤 질문도 해서는 안 된다는 걸 느꼈다. 장군은 결과가 어찌 될지 불분명한 전투를 치를 병사처럼 깊은 생각에 잠겨 있었다.

나일 강 동쪽 기슭, 한 언덕 꼭대기에 리에브르 주 역대 총독들의 무덤이 자리하고 있었다. 이 무덤들은 한쪽으로는 강을, 다른 쪽으로는 두 절벽 사이에 구불구불한 길이 길게 이어진 사막을 내려다보았다.

수많은 횃불로 훤히 밝혀진 곳은 제후티를 위한 영생의 집이었다. 위풍당당함을 자랑하는 이곳에는 야자나무 잎사귀 모양이 장식된 기둥 두 개가 떠받치는 주랑과 장방형의 넓은 방, 가장 깊숙한 안쪽의 작은 제실이 갖추어져 있었다.

이케르는 영생의 집 입구에서 머뭇거렸다.

"나를 따라오라고 하지 않았느냐?"

세피가 이케르를 불렀다.

이케르는 몸을 한껏 움츠린 채 조심스럽게 무덤 속으로 따라 들어갔다.

제후티는 무덤 제일 안쪽 제실 앞에 서 있었다. 고대식으로 치마 한 장만을 허리에 두른 그는 평소보다 더 크고 더 비대해 보였다.

별안간 횃불들이 꺼지고 주위가 어슴푸레해졌다. 항아리를 든 두 명의 사제가 총독의 양편에 섰다. 세피가 들고 있는 등잔불만이 여전히 불을 밝히고 있었다.

"이 주문을 외어라."

세피가 이케르에게 지시했다.

"네 목소리를 통해 이 주문들이 실현될 것이다."

이케르는 찬란한 황금빛 파피루스를 읽어 내려갔다.

"이 생명수가 귀인을 정화하고 그의 생기를 모으고 그의 심장에 다시 젊음을 불어넣기를 기원하노라."

두 명의 사제가 항아리를 제후티의 머리 위로 들어 올렸다.

이케르는 항아리에서 물이 흘러나올 거라고 예상했다. 하지만 이케르 앞에 펼쳐진 것은 눈부신 빛줄기들이 제후티의 나이 든 몸을 휘감는 장면이었다.

빛을 감당할 수 없었던 이케르는 자신도 모르게 눈을 감았고, 자신이 지금 환영을 보고 있다고 생각했다. 빛이 너무 강렬해서 눈이 멀어버릴 것 같았다. 잠시 후 그는 가까스로 눈을 다시 떴다.

이제 제후티의 몸은 부드러운 빛으로 감싸여 있었다. 몇 년은 더 젊어진 것처럼 보였다.

세피 장군이 말했다.

"아비도스의 황금원을 알고 싶다고 그랬지? 그렇다면 저 빛줄기가 무슨 일을 행하는지 지켜보아라."

# 38

이케르는 뜬눈으로 밤을 새웠다.

그 이상한 의식의 장면 하나하나가 그의 기억에 생생하게 새겨져 있었다. 아무리 생각해봐도 세피 장군이 했던 기이한 말의 의미를 이해할 수 없었다.

그가 해야 할 일은 자신을 죽이려 했던 사람들의 종적을 찾아내서 그들이 그런 짓을 저지른 이유를 알아내는 것이었다. 아비도스 황금원의 비밀 속으로 들어가 그 숭고한 여사제를 다시 만나는 것 역시 그가 꼭 해야 할 일이었다. 그녀에 대한 그의 사랑은 나날이 깊어지고만 있었다.

이 모든 일이 혈혈단신 의지할 곳 없고 가진 것도 없는 한 젊은이가 감당하기에는 너무 무거운 과제, 실현 불가능한 임무처럼 보였다. 그러나 이케르는 좌절하지 않았다! 물론 의혹이, 아니 절망감이 수없이 고개를 들곤 했다. 하지만 그런 위기를 견디고 보이지 않는 자신의 길을 스스로 찾아나가는 것도 그가 해야 할 일이었다.

시련과 난관을 겪을수록 그의 결심은 더욱 단단해지고 있었다. 그는 생각했다. '내가 이 어려움들을 극복하지 못한다면 그것은 나 자신이 보잘것없는 존재임을 입증하는 것이야! 그렇게 되면 내 삶은 아무 쓸모없는 것이 되고 말아.'

"서기관 이케르 님께 총독님의 궁정으로 오시라는 명을 전하러 왔습니다."

전령이 와서 알렸다.

이케르는 서둘러 옷을 차려입고 필기도구를 자루에 챙겨 넣었다. 북풍은 이제 이케르의 자루들을 거뜬히 싣고 다닐 정도로 많이 자라 있었다.

제후티는 이미 안락한 가마 위에 자리 잡고 있었다.

"가자."

그가 지시했다.

이케르는 다른 서기관들도 와 있을 거라고 생각했다. 대개 서기관들은 한 무리를 지어 총독을 수행하면서 그의 지시를 기록하곤 했던 것이다.

하지만 불려온 사람은 그 혼자였다. 잠시 그는 두려움에 사로잡혔다. 초심자에 불과한 그가 어떻게 여러 명의 전문가들 몫을 다 맡아 해낼 수 있을 것인가? 하지만 선택의 여지가 주어지지 않은 이상 뒤로 물러설 수도 없을 것이다.

제후티는 리에브르 주를 가로지르는 샛강을 따라갔다. 사냥감이 풍부한 푸른 늪지대를 멀리 바라보며 농경지로 들어선 총독은 농부와 과수원지기, 포도 재배인, 목동 들을 만났다. 이어서 도공과 목공, 직조공의 공방에 들른 다음 빵 굽는 사람들과 맥주 제조인을 만나 최근 몇 주 간 그들의 생산품이 별로 좋지 않으니 품질을 높이는 데 신경 쓰라고 녹려했다.

제후티는 놀랄 만큼 원기왕성했다. 그는 자기 땅의 주민들 하나하나를 파악한 상태에서 늘 적절한 말을 건넸고, 비판을 하는 경우에도 건설적인 이야기만을 했다. 그는 어떤 순간에도 전혀 피곤한 기색을 내보이지 않았다.

이케르는 오가는 말들을 받아쓰느라 비록 손목이 아프긴 했지만, 자신의 유능함을 유감없이 발휘했다.

마침내 자신의 궁정으로 돌아온 제후티는 순한 맥주로 목을 축이고 이케르에게도 맥주를 권했다. 그는 벌써부터 이케르를 업무 의논 상대로 여기는 것 같았다.

"일을 꽤 잘하더군."

총독이 칭찬했다.

"기록한 내용들을 요약해서 내게 제출해라. 제시된 의견들이 실효가 있을지 검토해봐야겠어. 의견을 나누는 게 중요하긴 해도 행위로 옮기지 않으면 아무 의미 없지."

"의식을 올리는 것도 행위에 속합니까?"

"그건 최고의 행위다. 신들이 처음에 완수했던 행위를 현재로 옮겨 놓는 것이니까."

"어젯밤 각하께 있었던 일은……"

"그것은 일종의 회춘의식이다. 내 나이쯤 되어서도 무거운 책무를 맡아야 할 땐, 그런 의식이 꼭 필요하다. 넌 이 지방의 부가 어느 정도인지, 그리고 그것을 보존하자면 얼마나 열심히 일해야 하는지 알고 있느냐? 이곳에서는 일하면서 얼굴을 찌푸리는 사람이 없다. 만약 누군가가 불성실하게 굴면 나는 지체 없이 그자를 가려내곤 하지.

이런 균형 잡힌 평화를 어떤 사람이 깨뜨리려 하고 있다. 바로 파라오 세소스트리스야. 그자는 우리의 적이다, 이케르."

이케르는 혼란스러웠다. 제후티 총독은 생각 없이 말을 내뱉는 사람이 아니었다. 그렇다면 세소스트리스가 총독의 목숨을 노렸다는 말인가?

제후티는 풍요로운 작황에 흡족해하고 있을 수도 있었다. 하지만 멤피스의 궁정으로부터 아무런 정보를 얻지 못하고 있는 지금 상황이 그의 얼굴을 어둡게 했다. 자신이 이렇게 고립되어 있다는 사실이 왕이 자신을 시켐 반란자들의 공범으로 의심하고 있다는 증거가 아닐까? 만약 그렇다면 그가 이제 해야 할 일은 각 주를 돌며 다른 주 총독들과 연합하는 길밖에 없었다. 그렇게 해서 시시각각 다가오는 파라오의 공격을 물리쳐야 하는 것이다.

하지만 세피 장군의 생각은 달랐다. 장군이 보기에 이러한 일시적인 연합은 쓰디쓴 실패를 남기고 깨어지기 마련이고, 이것은 연합에 참가한 모든 주에 해를 끼칠 수 있었다. 차라리 세소스트리스와 직접 협상을 벌여 그가 제후티의 입장을 수용하도록 시도해보는 편이 더 나았다.

장군의 반대를 아는 총독은 결정을 내리지 못하고 망설였다. 총독은 자신의 성격에 어울리지 않게 금방 결정을 못 내리고 있다는 것 때문에 은근히 화가 났다.

검은 따오기 한 마리가 이케르 가까이 날아와 앉아 그를 빤히 쳐다보더니, 땅 위를 걸어다니며 발자국으로 바닥에 삼각형을 그렸다. 그러고는 제자리에 멈춰 부리로 삼각형의 꼭지점을 찍고 다시 날아가 버렸다.

"네 생각에는 무슨 의미일 것 같으냐?"

제후티가 물었다.

"따오기들이 마신 물은 안심하고 마셔도 된다고 배웠습니다. 그것은 이 새들이 인간에게 기호들을 그려 보임으로써 기원의 빛을 전해주기 때문인데, 이것도 그런 기호들 가운데 하나입니다, 각하. 삼각형은 창조적 사유의 첫 표현입니다. 그러므로 이것은 각하께서 뭔가 위대한 것을 창조하시리라는 전언입니다. 그러면 각하의 고민은 해결될 거라는 말이죠."

"스승이 너를 잘 가르쳤구나. 분명 그게 해결책일 거야."

제후티의 머릿속에 엄청난 계획이 떠올랐다. 그가 그걸 실현하게 된다면 세소스트리스조차 경탄을 금치 못할 것이다.

이케르가 말을 꺼냈다.

"세피 장군께서 제게 아비도스의 황금원에 대해 말씀하신 적이 있습니다. 바라건대……"

"세피 장군은 임무를 수행하기 위해 이곳을 떠났다. 시간이 얼마나 걸릴지는 모르겠다. 너는 많은 일을 해야 할 것이다. 오늘 밤부터 궁전에 들어와서 지내도록 해라. 너를 위한 집무실을 마련해놓으라고 하마. 우리 주의 강점과 약점들에 관한 모든 보고를 검토하고, 요약 보고서를 제출하라. 알고 싶구나. 무력 충돌이 벌어질 경우 우리가 어느 정도의 능력을 발휘할 수 있을지를 말이야."

입비둘이는 갈대로 만든 의자에 앉아 가젤의 넓적다리를 다 먹어치운 참이었다. 얼간이 스합은 바람에 흔들리는 파피루스 꽃들을 바라보며 목이 빠지게 예고자를 기다리고 있었다.

"이봐, 얼간이. 우린 기다릴 만큼 기다렸어. 그만 떠나야 할 때라고."

스합은 더 기다려보자고 우길 명분이 없었다. 이번에는 그 자신 역시 예고자가 오지 않으리라는 생각이 들었다. 그처럼 믿음직한 우두머리를 잃었으니 이제 자신도 앞날을 기약할 수 없는 하찮은 좀도둑으로 다시 돌아가게 될 것이다.

입비뚤이가 장담했다.

"우리 패거리는 아주 쓸 만해. 아무도 막지 못할걸. 나일 삼각주의 부잣집들은 다 우리 차지가 될 거라고! 과거는 잊어버려, 친구, 한몫 챙기러 나서자고."

찢어지는 비명 소리가 늪지대의 축축한 공기를 흔들었다.

"보초가, 보초가 쓰러져 있습니다!"

입비뚤이가 훈련시킨 전투사들이 무기를 챙겨들고 침입자를 붙잡기 위해 포위망을 만들었다.

모습을 드러낸 사람은 예고자였다. 모두가 그 자리에 얼어붙었다.

"내 부하들이 감히 날 공격하겠다는 것이냐?"

"빠, 빠져나오셨군요!"

스합이 기뻐서 소리쳤다.

"그렇다면……"

입비뚤이가 중얼거렸다.

"그렇다면 감옥 벽을 부수고 나온 겁니까?"

"그보다 더 멋지게 해치웠지. 우리의 적들은 예고자를 처형시켰다고 믿고 있다. 이집트인들에게 나는 더이상 존재하지 않아. 덕분에 우리는 상당히 유리해졌다. 아무에게도 의심을 사지 않고 어둠 속에

시 움직일 수 있게 된 거지. 이건 적에게 꽤 큰 타격을 입힐 수 있다는 걸 의미하지."

얼간이 스합이 귀 기울여 듣고 있다가 물었다.

"가나안에 계속해서 반란을 확산시켜야 하지 않을까요, 주인님?"

"파라오 세소스트리스는 반란을 아주 가혹하게 진압했고 가나안 전역에 자신의 군대를 배치했다. 시켐에 새로 주둔한 부대는 정예군이라서 반란의 기미가 보이기만 하면 잔인하게 싹을 잘라낼 것이다. 하지만 그건 문제도 아니지. 이곳으로 오는 길에 크고 작은 마을을 지나면서 나는 주민들이 얼마나 비겁한지를 알았다. 그들은 겁쟁이 양 떼들에 불과해. 그런 그들이 점령군에 대항해서 반란을 일으키고, 진정하고 유일한 신의 왕국을 건설하기 위해 자신의 목숨을 내놓는다는 건 어림도 없는 일이지. 그들에게 뭔가를 기대하기란 애초에 글렀어."

입비뚤이가 끼어들었다.

"전 예전부터 그럴 줄 알고 있었습니다. 시시덕거리며 하루하루 살아가는 놈들에게 믿을 구석이 뭐가 있겠습니까? 하지만 여기 있는 우린 겁쟁이가 아닙니다!"

스합이 조급하게 말했다.

"반드시 새 계획을 짜내야 합니다요, 주인님."

예고자가 대답했다.

"시켐에서 겪은 일이 큰 도움이 되었다."

입비뚤이가 말을 가로챘다.

"그렇다면 농가부터 털까요, 아니면 부잣집을 하나 골라볼까요?"

"가장 좋은 방안을 찾아봐라."

"식솔이 별로 많지 않은 외떨어진 농가가 좋겠습니다. 먼저 연습을 해봐야 요령을 익히지요. 빼앗은 재물을 나누는 문제는……"

"전리품은 네가 다 가지거라. 나는 스합과 나머지 다섯 명을 데리고 멤피스로 가겠다."

"멤피스라? 하지만 거기에는 감찰관들이 우글우글할 텐데요."

"거기 가서 일을 저지를 생각은 없다. 오히려 선량한 상인 노릇을 하면서 그곳 주민들과 어울려 살게 될 것이다. 그래야 많은 정보를 얻을 수 있으니까. 파라오가 어떤 사람인지, 그의 측근에는 누가 있는지 알아내야 해. 이건 승리를 얻기 위해 꼭 필요한 일이야. 또 궁정 내부에도 끄나풀을 심어놔야겠다."

"턱없는 소리입니다요!"

입비뚤이가 대꾸했다.

"다른 방도가 없다. 너는 무리들을 몰고 다니며 주머니나 불리도록 해. 그리고 내가 요구할 때, 필요한 재물을 제공하면 돼. 나를 배신할 생각은 꿈에도 하지 마라. 알겠나?"

입비뚤이를 바라보는 예고자의 눈빛은 사막 괴수의 것보다 훨씬 무시무시했다.

입비뚤이는 예고자가 자신의 의도를 알아차렸다는 걸, 또 그를 속인다는 건 어림없는 일이라는 걸 깨달았다.

예고자가 입비뚤이의 어깨에 손을 올려놓았다. 입비뚤이는 매의 발톱이 살 속에 들어와 박히는 느낌을 받았다.

"넌 고작해야 좀도둑에 불과한 자였다. 나는 그런 너를 한 나라 전체를 두려움에 떨게 할 전사로 만들어주었지. 하찮은 비적 노릇은 그만두거라. 그리고 알아둬라. 최고 권력은 폭력과 타락이라는 두 가지

기반 위에서 행사된다는 것을. 너는 폭탄을 받아. 스텝이 나락을 밟을 것이다. 보상으로 너는 한 재산 챙기게 될 것이다. 하지만 성급하게 굴어서는 안 된다. 얼굴을 숨긴 채 한 걸음 한 걸음 잘 계산해서 움직여야 해."

입비뚤이는 예고자의 말에 처음 진정으로 감동했다. 이 남자야말로 전략이라는 것을 세우고 펼칠 줄 아는 야전 사령관인 것이다. 그에게 복종하는 일은 허약함이 아닌 힘의 상징이었다.

입비뚤이가 결심한 듯 말했다.

"그것 참 이 몸한테 딱 어울리는 일이군요."

# 39

수석 재정 관리관 세난크호가 예리한 눈빛으로 지켜보는 가운데, 기술자들이 운하 청소와 제방 보수를 담당한 인부들에게 지시 사항을 일러주고 있었다. 다음 범람에 대비하기 위해서였다. 노역에 동원된 농부들은 각자 맡은 일에 따라 제방 꼭대기에 흙을 더 올려 쌓고, 물길과 저수지 바닥에 가라앉은 진흙을 긁어내고, 둑의 금 간 부분을 찾아 메웠다. 유월의 뜨거운 열기 속에서 일을 하기란 무척 힘들었지만 모두가 자신이 맡은 일의 중요성을 잘 알고 있었다. 다음 범람 전까지 밭과 과수원에 댈 물을 모든 방법을 동원해서 가능한 한 많이 저장해두어야 하는 것이다. 다른 작업조는 겨울을 나기 위해 장작을 모았고 또다른 작업조는 말린 과일을 항아리에 저장했다. 말린 과일은 범람이 시작되어 나일 강에 배를 띄우지 못하는 동안 없어서는 안 될 양식이었다. 어떤 마을들은 이 기간 동안 외부와 단절된 채 자급자족하며 살아야 했으므로, 주민들이 먹을 식량을 미리 비축해두어야 했다.

겉으로 보기에는 모든 일이 순조로웠다. 하지만 세난크호는 남쪽에서 중요한 소식이 도착할 때만을 기다리고 있었다.

마침내 전령이 도착했고, 수석 재정 관리관의 윤기 흐르는 얼굴은 곧 일그러졌다. 마침 푸짐한 점심식사가 그의 앞에 놓이던 참이었지만, 식욕은 순식간에 사라지고 말았다.

그는 평소보다 빠른 걸음으로 파라오의 수석 비서관 세호테프의 관저로 갔다. 세호테프는 자신의 업무를 중단하고 그를 맞이했다.

세난크흐는 세호테프에게 자신이 들은 나쁜 소식을 전했다.

"이 사실을 폐하께 알려야 할까요, 아니면 숨기는 편이 좋을까요?"

세호테프가 대답했다.

"참 난감한 일입니다. 만약 폐하가 이 사실을 알게 되면 가만히 있지만은 않으실 겁니다. 분명 위험한 도박을 하시겠지요. 하지만 우리는 폐하의 자문위원들입니다. 입을 다무는 건 임무를 저버리는 중대한 잘못입니다."

"내 생각도 그렇습니다."

마침내 두 대신은 왕에게 알현을 청했다.

세난크흐가 말을 꺼냈다.

"폐하, 시클라멘이 넓게 번식하면서 땅속 깊이 뿌리를 내려 물을 빨아들이고 있는 걸 확인했습니다. 이렇게 되면 나일 강의 범람이 온전히 이루어지지 않을 것입니다. 식량 생산은 줄어들게 될 것이고, 삼 년쯤 후에는 비축한 곡식도 바닥나서 기근을 겪게 될지도 모릅니다."

세소스트리스가 대답했다.

"그건 이미 예견된 재앙이다. 아비도스에 있는 오시리스의 나무가 말라 죽어가는 건 나일 강의 범람을 관장하는 신이 우리에게 화가 나 있다는 의미이니 말이다. 내가 엘레판티네*로 가서 신에게 제의를 올리고 자연의 조화로움을 다시 회복해야겠다."

세난크흐가 왕을 말렸다.

"폐하, 그곳은 안전하지 않습니다. 그곳 총독은 우리에게 적대적인 자로, 사납기로 유명한 사병 조직을 거느리고 있습니다. 게다가 엘레판티네로 가려면 적지 여러 곳을 거쳐야 합니다. 분명 폐하의 배를 공격하는 무리들이 나올 것입니다."

"그런 위험들을 내가 모를 거라고 생각하는가? 하지만 그런 것들보다 훨씬 중대한, 기근이라는 위험이 있다. 그 어떤 위험일지라도 나는 헤쳐나가야 한다."

세호테프가 제안했다.

"그렇다면 폐하, 전군을 동원해서 떠나셔야 합니다."

"가나안 주둔군을 다시 불러들일 수는 없다. 우리가 그곳에 다시 정착시킨 평화는 오직 강력한 군대로만 유지할 수 있을 것이다. 나는 경량 선박의 소(小)선단으로 족하다. 되도록 빨리 출발 준비를 하라."

네스몬투 장군은 자신이 직접 스무 척의 선박을 선별하고 그 배에 승선할 인원을 뽑았다. 하지만 그는 이번 원정이 탐탁지 않았다. 그는 파라오에게 자신의 우려를 전했다. 왕은 장군의 말을 귀 기울여 들었다.

"폐하, 새로 동맹을 맺은 우아카가 위선자가 아니고 또 그가 중립을 지킨다 하더라도, 다른 다섯 가지 위험을 무시할 수는 없습니다. 가장 먼저 크눔호테프, 제후티, 우크흐, 이 세 총독의 세력권이 뱃길

---

* 지금의 아스완.(옮긴이)

을 가로막고 있습니다. 폐하께서 이 지방들을 무사히 통과한다 해도 아시우트 주의 총독인 우프와우트와 맞닥뜨리게 될 것입니다. 그는 진정한 전사입니다. 서슴없이 폐하의 목을 노리고 달려들 자입니다. 기적의 도움으로 천신만고 끝에 우리가 엘레판티네까지 간다 해도, 가장 힘든 장애물이 남아 있습니다. 사렌푸트와 그가 이끄는 강력한 누비아군 말입니다. 이들은 야수보다도 더 흉포하다고 합니다. 사태를 명철하게 보셔야 합니다, 폐하."

"충분히 생각하고 내린 결단이다, 장군. 배들은 준비되었는가?"

"하지만, 폐하……"

"사람은 그가 어떤 지위에 있던 상관없이 일생에 한 번은 자신의 진정한 가치를 입증해야 할 순간을 맞는 법이다. 내게는 지금이 그런 순간이야. 나는 이집트를 기근에서 구함으로써 이 나라를 통치할 자격이 있음을 보여주어야 한다."

"하지만 폐하께서는 우리에게 승산이 없다는 것을 알고 계시지 않습니까? 이번 원정은 실패로 끝날 것입니다."

"북풍이 불어준다면, 그리고 선원들이 민활하게 움직여준다면 우리는 빠르게 진군할 수 있다. 이것은 무시할 수 없는 이점이지."

"가장 유능한 선원들을 선발해놓았습니다. 그들은 목숨을 걸어야 할 상황이 되면 몇 배의 힘을 낼 것입니다."

파라오의 명이 내려진 이상 노장군은 그 어떤 이의도 제기할 수 없었다. 또 그가 지휘하는 한, 뒤로 물러설 병사는 아무도 없었다.

메데스는 설사병에 시달렸다. 더위 때문에도 음식물 때문에도 아니었다. 전의로 무장한 불길한 배들이 나타날지도 모른다는 두려움 때문이었다. 화살에 꿰인 자신의 몸뚱이나 몸속 깊숙이 들어와 박힌 검을 상상하자 그의 장(腸)이 경련을 일으키며 늘어져버리고 말았던 것이다. 수호자 소벡이 있다 해도 안심할 수는 없었다. 그가 아무리 유능하다 해도 총독들의 대규모 공격 앞에서 무엇을 할 수 있겠는가?

메데스는 자신이 처음으로 따라나서는 국왕의 행차가 이런 위험한 길일 것이라고는 미처 예상하지 못했다. 그렇지만 그는 현 이집트 집권층 전원이 뼈를 묻게 될 이 무모한 원정에 대해 겉으로는 조금도 비판적인 내색 없이 의연한 얼굴을 보여야만 했다.

"어디 불편한 데가 있는 거요?"

세호테프가 미소를 띠고 메데스에게 물었다.

"아닙니다, 아니에요. 다만 무더운 날씨 때문에 위장이 불편해서 그렇습니다."

"곧 폭풍이 들이닥칠 것 같소."

"그렇다면 어딘가에 닻을 내려야 하지 않습니까. 이 배들은 그리 튼튼하지 못해서 나일 강의 풍랑을 견디지 못할 겁니다."

"분명 그렇겠지. 미지근한 맥주를 곁들여 눅눅한 빵을 먹어보시오. 위경련을 가라앉혀줄 거요."

선단이 첫번째 위험 지대에 접근하는 순간 하늘에 먹구름이 밀려들었다. 번개가 하늘 여기저기에 금을 내고 귀를 찢는 천둥이 울렸다. 파라오의 배 위에서는 선원들이 닻을 내리기 위해 부지런히 움직였다.

세소스트리스가 명을 내렸다.

"계속 전진하라."

네스몬투 장군이 왕을 만류했다.

"폐하, 너무 위험합니다!"

"지금이 장애물을 넘어갈 절호의 기회다. 장군이 선발한 선원들은 최고의 정예가 아닌가?"

메데스는 선두의 배가 강 한가운데서 폭풍과 맞서는 것을 보고는 놀라서 혼비백산했다. 다른 배들도 왕의 배를 따라 전진하고 있었다. 거의 쓰러질 지경이 된 그는 배가 난파되는 꼴을 지켜볼 수 없어서 자신의 차양 움막 안으로 몸을 피했다.

배가 성난 물살에 부딪쳐 뒤뚱거렸다. 돛대가 금방이라도 부러질 듯 부풀어 올랐다. 상갑판의 난간이 떨어져 나갔다. 선원 두 명이 물속으로 떨어졌지만 누구도 그들을 구해낼 엄두를 내지 못했다.

세소스트리스가 직접 키를 잡았다. 곧은 심성과 놀라운 집중력으로 그는 폭풍과 맞섰다. 그러나 세트 신의 분노는 한참이나 계속되었다.

하늘을 두텁게 가린 검은 구름 사이로 한줄기 빛이 새어나오면서 나일 강은 차츰 진정되기 시작했다. 그때서야 왕은 선장에게 키를 넘겨주었다.

세소스트리스가 말했다.

"세트 신은 우리를 삼켜버리려 했지만, 그것이 결국은 우리를 도와준 셈이 되었다. 세트 신께 제물을 바치자."

왕은 화로를 피우고 그 위에 단도에 찔린 수컷 영양 형상의 테라코타 상(像)을 올려놓고 굽게 했다. 사막 한가운데에 사는 이 경이로운 네발짐승은 뜨거운 열기도 견딜 수 있었다. 영양의 이런 능력이 어느 정도 왕에게도 전해졌을 것이다.

네스몬투 장군이 주위를 확인한 후 말했다.

"세 총독의 세력권을 통과했습니다. 이제 그들이 우리의 앞길을 막아서지는 못할 것입니다."

하지만 마음을 놓을 수 있는 시간은 짧았다. 장군이 알렸다.

"이제 곧 아시우트 주입니다. 우프와우트와 거친 전투를 벌여야 할지도 모릅니다."

파라오의 선단이 두번째 위험 지역에 접근할 무렵 밤이 어두워지고 있었다. 여러 날에 걸쳐 쉼 없이 뱃길을 왔기 때문에 모두가 지친 상태였다. 아무것도 분간할 수 없는 밤에, 더군다나 급변하는 물살과 하마 떼로 인해 위험하기 그지없는 이 지역을 운항하는 것은 미친 짓이었다.

네스몬투 장군이 의견을 꺼냈다.

"만약에 있을지도 모를 전투를 위해 이틀 정도 쉬는 것이 좋겠습니다.

세소스트리스가 잘라 말했다.

"계속 전진한다."

나이 많은 장군은 잠시 할 말을 잃었다.

"이곳을 지나려면 횃불을 밝혀야 합니다. 그럼 우리 위치가 쉽게 노출될 겁니다."

"횃불은 켜지 않는다."

"하지만 폐하!"

"나는 알고 있다. 장군, 운명을 뚫고 나가는 것이 유일한 해결책이다."

선단을 이끄는 뱃머리에 서서 세소스트리스는 배의 속도와 나아갈 방향을 지시했다. 초승달만이 주위를 밝히는 어두컴컴한 밤이라 배를 운항하는 일은 한층 어려웠다. 그러나 파라오는 한 치의 실수도 없었다. 그의 뱃길을 가로막는 신은 없었다. 선단은 잔잔한 수면 위를 미끄러지듯 나아갔다.

네스몬투는 세소스트리스처럼 강건한 사람을 섬기고 있다는 게 자못 자랑스러웠다. 물론 가장 큰 난관이 남아 있었다. 그러나 병사와 선원들이 왕에게 보내는 신뢰는 높아만 갔다. 자신이 직접 행동으로 실천해 보이는 군주가 지휘하고 있는데 무엇이 두렵겠는가?

그러나 배 위에서 바라보는 주변 풍경은 그들의 마음을 우울하게 했다. 엘레판티네가 가까워질수록 강둑이 쩍쩍 갈라진 것이 보였다. 사람이든 짐승이든 타는 듯한 더위에 허덕이고 있었다. 하지만 뜨거운 태양이 내리쬐는 밭에서도 작물은 자랐다. 농부들이 타작을 하면, 당나귀들이 이 마을에서 저 마을로 계속해서 곡식 자루를 실어 날랐다. 이 모든 움직임들에 힘든 노력이 배어 있었다.

네스몬투가 보고했다.

"폐하, 적이 우리의 움직임을 알아차린 것 같습니다."

장군은 종려나무 꼭대기에 걸터앉은 한 누비아인을 가리켰다. 누비아인은 옆 종려나무에 올라앉은 동료를 향해 큰 몸짓으로 뭔가를 알렸다. 정체를 알 수 없는 선단이 나타났다는 소식은 나무에서 나무로 전달되어 곧바로 사렌푸트 총독에게 전해질 것이다.

네스몬투가 물었다.

"배를 잠시 멈추고 전열을 정비하는 게 좋지 않을까요?"

"계속 전진하라."

바람이 잦아들었다. 천천히 노를 저어 나아갔지만, 병사들의 심장은 한층 세차게 뛰었다. 잘 무장되어 있고 수적으로도 우세한 이 지방 의용대와 맞닥뜨리게 되면 그냥은 넘어갈 수 없을 것이다. 기적이 없는 한 이 전투에서 이긴다는 건 불가능했다.

잠시 위험 지대를 벗어나 있는 동안 기력을 회복했던 메데스의 뱃속 기관들은 또다시 경련을 일으켰다. 사렌푸트의 의용대는 잔인하기로 소문난 군대인 것이다.

메데스는 생각했다. 적이 자신보다 강하다는 걸 간과하고 있는 세소스트리스는 결국 패배할 것이다. 혹시 이 기회를 틈타 자신의 이익을 꾀할 수도 있지 않을까? 그는 행동 계획을 세웠다. 적절한 틈을 봐서 부두에 뛰어내린 다음 사렌푸트의 병사들에게로 가는 것이다. 사렌푸트에게 안내되면 그에게 충성을 맹세한 뒤 멤피스 궁정의 기밀들을 내주고, 그 대가로 협력관계를 제안할 것이다.

소벡은 신경을 있는 대로 곤두세운 채 자신의 목숨을 바쳐서라도 왕을 지킬 태세를 갖췄다. 적은 왕에게 접근하기에 앞서 엄청난 손실을 입을 것이고, 결국 물러설 수밖에 없을 것이다. 지금은 이런 믿음이 필요했다.

세호테프는 화려한 만찬에 초대라도 받은 사람처럼 느긋한 표정이었다. 그처럼 호화로운 만찬이라는데 참석하지 않을 수 있겠느냐는 식이었다. 그의 겉모습을 봐서 과연 누가 알아차릴 수 있었을까? 그 역시 속으로는 두려움에 떨고 있다는 것을.

네스몬투 장군이 심각한 얼굴로 알렸다.

"적들이 나타났습니다."

사렌푸트 총독은 사태를 심각한 위협으로 받아들인 것 같았다. 보유한 선박 전체를 동원하여 나일 강 위에 진을 친 것이다.

노장군은 탄식했다.

"저렇게 많은 배가 있을 줄은 몰랐습니다."

"이 지방은 상이집트에서 가장 넓은 면적을 차지하고 있다. 사렌푸트는 자신의 부를 최선의 방식으로 관리할 줄 아는 사람이 아닌가? 그는 훌륭한 행정가이다. 다만 다른 총독들과 마찬가지로 중요한 점을 간과하고 있지. 즉 자신의 땅을 잘 다스린다 해서 하늘과 땅 사이의 생명의 끈을 유지할 수 있는 게 아님을, 그 생명의 끈을 이어놓을 수 있는 사람은 바로 파라오임을 말이다."

"전투가 불가피하다면, 폐하, 저희는 싸울 것입니다. 하지만 서로 죽고 죽이는 일이 정말로 필요할까요?"

# 40

파라오 세소스트리스는 사렌푸트 총독의 배가 다가오는 것을 지켜보았다. 사렌푸트는 뱃머리에 서 있었다. 큰 얼굴에 납작한 이마, 미간 사이가 넓은 눈, 툭 튀어나온 광대뼈, 고집 있어 보이는 입, 각진 턱이 눈에 들어왔다. 근육으로 다져진 탄탄한 몸은 그가 결단력 있고, 냉혹하며 정력이 넘치는 사람이라는 것을 말해주었다. 총독은 주술 매듭 형태의 부적을 진주 줄에 걸어서 가슴에 늘어뜨리고 있었다.

총독은 조금도 머뭇거리지 않고 파라오의 배로 올라와서 말했다. 성난 목소리였다.

"폐하, 유감스럽게도 나는 폐하의 이 행차에 대해 공식적으로 연락받은 적이 없습니다. 직접 이렇게 오신 걸 보니 이번 여행이 매우 중요한 것이라는 걸 짐작은 하겠습니다. 그래서 폐하를 본인의 궁정에 모시고자 합니다. 거기라면 엿듣는 사람 없이 이야기를 나눌 수 있을 겁니다."

왕은 총독의 제의를 받아들였다.

사렌푸트는 자신의 배로 돌아갔다. 곧이어 그의 배는 엘레판티네

제1부두 쪽으로 방향을 돌렸다.

네스몬투 장군이 조언했다.

"거절하십시오. 뭍으로 올라가면 방어가 불가능합니다. 이건 분명 함정입니다."

세소스트리스는 배가 부두에 닿을 때까지 아무 말이 없었다.

"아무도 나를 따라오지 말라."

왕은 선교에서 내리며 이렇게 명한 뒤, 사렌푸트의 병사들에게 둘러싸여 멀어져 갔다. 키가 큰 왕의 머리가 병사들 사이에서 우뚝 솟아 있었다. 궁정 입구에서 왕을 맞이한 것은 총독의 개 두 마리였다. 한 마리는 작은 머리에 긴 다리를 지닌 날씬한 수컷이었고 다른 한 마리는 크기가 훨씬 작고 몸이 통통하며 젖이 늘어진 암컷이었다.

"이 암놈의 이름은 가젤입니다."

사렌푸트가 말했다.

"봉 콩파뇽*이 이 암컷을 잘 보호해주지요. 봉 콩파뇽은 가젤이 마치 제 어미라도 되는 양 보살펴주고 있소."

봉 콩파뇽이 파라오에게 다가와서 손을 핥았다. 경계심을 풀었는지 암컷도 왕의 다리에 몸을 비벼댔다.

"내 개들이 낯선 사람에게 이렇게 친근하게 구는 건 본 적이 없습니다."

사렌푸트가 놀랐다.

"나는 낯선 사람이 아니라 상하 이집트의 파라오다."

순간, 사렌푸트가 왕의 눈을 똑바로 마주 보았다.

---

* '좋은 동반자'라는 의미.(옮긴이)

"안으로 들어가시지요, 폐하."

개들이 앞장서서 길을 안내했다. 세소스트리스는 호화로운 궁전 안으로 들어가 꽃 문양이 그려진 두 개의 기둥이 실내를 떠받치고 있는 접견실에 이르렀다. 그곳에는 코브라 주의 총독인 우아카가 이미 와 있었다.

우아카가 몸을 일으켜 절을 하며 왕을 맞았다.

사렌푸트가 설명했다.

"내가 폐하의 선단을 공격하지 않은 것은 이 친구가 나서서 말렸기 때문입니다. 폐하가 재앙을 막으러 온 것이라면서요. 그러니 나일 강의 풍요한 범람을 되살리려는 폐하의 노력을 방해하지 말라고 내게 부탁했지요."

"그게 바로 내가 여기에 온 목적이다, 사렌푸트."

"솔직하게 말하겠습니다. 그건 꾸며낸 이유일 뿐이오! 폐하가 이곳에 온 진짜 이유는 내가 다스리는 이 지방을 폐하에게 복속시키기 위해서일 것이오."

"경량 선박 스무 척만을 거느리고 말인가?"

사렌푸트는 잠시 자신의 주장에 자신감을 잃은 듯했다.

"대단한 규모가 아니라는 건 인정하오만, 그러나……"

"본질적인 문제부터 짚어보자. 생명의 영원한 법칙인 마아트 말이다. 세상의 질서를 세우고, 계절을 차례로 순환케 하며, 올바름과 정의, 균형 잡힌 통치, 조화로운 경제를 이룩하는 것이 바로 마아트다. 마아트 덕분에 우리는 제의를 통해 신성한 힘들을 우리의 땅에 머물게 할 수 있다. 마아트를 존중하는 자라면 생각과 말, 그리고 행동에서 올바른 길을 따라야 한다. 사렌푸트, 그대는 마아트를 존중하는 사람인가?"

"그것은 한 치도 의심할 필요가 없습니다."

"그렇다면 그대는 아비도스에 있는 오시리스의 아카시아나무를 해치려는 범죄에 조금도 연루되어 있지 않다는 걸 파라오의 생명을 걸고 맹세할 수 있겠는가?"

총독은 진심으로 놀라는 것 같았다.

"무슨 일이…… 무슨 일이 그곳에서 벌어지고 있다는 것입니까?"

"이 나라에 어떤 사악한 마법이 내려 아카시아나무가 죽어가고 있다. 또한 오시리스가 가져다주던 생명의 물이 부족해져서 나라 전체가 기근에 시달리게 될지도 모른다. 나일 강의 비밀 샘이 솟는 곳이 바로 이곳 엘레판티네이다. 오시리스의 형상들 가운데 하나가 이곳에 있단 말이다. 그러니 분명 이곳에서 누군가가 나일 강의 물이 그 은혜를 사방에 퍼뜨릴 수 없게 할 목적으로 오시리스의 평화를 교란해놓은 것이다."

왕의 설명에 사렌푸트는 마음이 흔들렸지만 그렇다고 왕의 말을 단숨에 수긍하려 들지는 않았다.

"있을 수 없는 일입니다! 그 누가 비게흐 섬에 접근하려 한단 말입니까? 그곳에는 아무도 발을 들여놓을 수 없소이다. 내 병사들이 그곳을 지키고 있고, 그들의 철통같은 경비는 뚫린 적이 없습니다."

"내 생각은 다르다. 또한 지금의 내 의무는 끊겨버린 기(氣)의 순환을 회복시키는 일이다. 나는 섬에 올라가야 한다."

"저승의 문지기들이 폐하를 그냥 두지 않을 겁니다!"

"그런 위험을 감수하는 것이 내 숙명이다."

파라오의 고집을 꺾을 수 없다는 것을 깨달은 사렌푸트는 왕과 우아카와 함께 비게흐로 떠났다. 전면에 거대한 화강암 지대가 펼쳐진 세헬 섬을 거쳐 총독은 첫번째 폭포 아래서 배를 멈췄다. 험한 바위들이 뒤엉킨 그 폭포는 배로 건널 수 없는 곳이었다. 그 지점부터 뭍을 통해 수송로 하나가 뻗어 있었다. 가장자리에 벽돌담을 쌓아 안전하게 만든 길로, 이 길을 따라 폭포 남쪽 끝의 부두와 북쪽 끝의 부두 사이를 오갈 수 있었다.

일행은 작은 배를 타고 출입이 금지된 섬의 가파른 기슭까지 갔다. 섬은 가까운 거리에 있었다.

"폐하, 마지막으로 청하건대, 이 일은 그만두고 발길을 돌리는 게 어떻습니까?"

"그대가 말한 보초병들이 보이지 않는다."

"보초병들이 배치된 장소는 수송로와 세관 초소, 그리고……"

"그러니까 막상 비게흐 섬을 지키는 건 아니란 말이군."

"오시리스의 이 신성한 땅에 발을 들여놓을 수 있는 자는 없습니다."

"아비도스의 아카시아나무도 침범당했다."

배가 섬 기슭에 닿았다.

그 신성한 장소에는 기이한 정적이 감돌고 있었다. 새소리도, 바람소리도 전혀 들리지 않았다. 왕은 아카시아나무와 대추야자나무, 타마리스가 복잡하게 뒤얽힌 숲길로 걸어 들어갔다.

사렌푸트가 왕의 뒷모습을 보며 친구에게 말했다.

"만약 세소스트리스가 성공해서 우리에게 필요한 강물의 범람을 되살려낸다면, 나는 그의 충실한 신하가 될 것이오."

"지금 한 그 약속을 잊지 마시오."

우아카가 대답했다.

빽빽이 우거진 나무 아래 한 해의 날 수만큼인 제탁 삼백육십오 개가 바위 하나를 중심으로 놓여 있었다. 바위 안쪽에 '그의 주인이 쉬는 동굴'이라는 이름의 동굴이 있었다. 그의 주인이란 오시리스를 가리키는 말이었다.

각각의 제탁 위에는 우유가 담긴 단지가 놓여 있었다. 별에서 나오는 이 귀중한 우유는 인간들의 눈길을 벗어난 곳에서 작용하는 창조의 권능들에 의해 매일 새롭게 신선해지곤 했다.

그 단지들 가운데 다섯 개가 깨어져 있었다. 그것은 한 해의 마지막 다섯 날에 해당하는 것들로, 특히 이시스와 오시리스에게 봉헌된 것들이었다.

세소스트리스는 나일 강의 수량이 줄어들어 정상적인 범람이 위협받게 된 이유를 알 수 있었다. 누군가가 이 신성한 장소를 침범한 탓에 이곳에서 더이상 생기가 순환하지 못하고 있었던 것이다.

왕은 주변을 샅샅이 수색하다가 모직물 조각을 발견했다. 이집트의 사제들은 아마로 만든 옷만을 입었고 모직물을 걸치는 것은 엄격히 금지되어 있었다. 이곳에 왔었던 자는 의식상의 관례를 모르고 있었거나 무시했음이 틀림없었다.

새의 날갯짓 소리가 주위의 정적을 깨뜨렸다. 매 한 마리와 독수리 한 마리가 바위 위에 내려앉아 침입자인 왕을 빤히 쳐다보았다.

"이 몸은 당신들의 충복입니다. 어느 길로 가야 할지 가르쳐주십시오."

매가 날아올랐다. 독수리는 움직이지 않았다.

"신성한 어머니시여, 축복이 함께하기를. 모든 일은 순리대로 이루어질 것이다."

사렌푸트는 자신의 눈을 믿을 수 없었다. 파라오가 살아 돌아온 것이다.

세소스트리스가 말했다.

"악의 뿌리를 알아냈다."

"그 뿌리를 뽑아낼 수 있으시겠습니까?"

"마아트 여신이 파라오를 저버렸을 거라 생각하는가? 저 멀리를 바라보라, 사렌푸트. 그리고 여신의 목소리에 귀 기울여보라."

처음에는 지평선 위로 신기루 같은 빛나는 점이 보였다. 이윽고 그 점이 점점 커지며 배의 형상을 갖추었다. 작고 날렵한 그 배가 신성한 섬을 향해 천천히 다가왔다.

배 위에는 피로한 듯 노를 젓는 사공과 눈부시게 아름다운 젊은 여인 하나가 타고 있었다. 누비아의 가장 뛰어난 미인들을 후궁으로 거느리고 있는 사렌푸트조차 깜짝 놀랄 만큼 그 여인의 아름다움은 빼어났다.

완벽한 육체와 맑은 얼굴에, 영혼을 고양시키는 빛을 그 눈 속에 품고 있는 이 유령은 대체 어느 세상에서 온 것일까?

여인은 긴 흰옷을 입고 노랑, 초록, 붉은 장식 줄이 들어간 붉은색 허리띠를 매고 있었다. 긴 가발 밑으로 그녀의 귀가 드러나 보였다. 손목에는 황금과 유리로 만든 팔찌를 차고, 목에는 금을 박아 넣은 홍옥수 스카라베*를 걸고 있었다.

* 고대 이집트인이 사용한 풍뎅이 모양의 부적.(옮긴이)

"누구입니까?"

여인의 아름다움에 넋을 빼앗긴 사렌푸트가 물었다. 왕이 대답했다.

"나를 도와줄 아비도스의 여사제다. 나일 강의 풍요로운 범람을 기원하는 제의를 올릴 때 남풍 역할을 맡았던 여사제이다."

작은 배의 고물에는 들고 다닐 수 있는 하프와 봉인한 파피루스 두루마리 하나, 그리고 나일 강의 남녀 양성신 하피의 소형 입상이 놓여 있었다.

"제물을 준비하라."

세소스트리스가 두 명의 총독에게 명했다. 그런 다음 여사제를 데리고 또다시 울창한 숲길로 들어갔다.

두 사람은 동굴 앞에 멈춰 섰다. 바위 위에서 독수리와 매가 그들을 지켜보고 있었다.

파라오가 말을 시작했다.

"이시스가 오시리스의 육신을 되찾았습니다. 마지막 장애물이 제거되었고, 아보카도 열매들은 무르익었으니 이제 운하들은 수문을 활짝 열어 새로운 물을 가득 채울 수 있게 되었습니다. 나일의 샘들이여, 물을 풍부하게 흘려보내주시고, 매에게 바라건대 파라오를 보호해주시고, 독수리여 죽음을 이기는 어머니가 되어주소서."

여사제가 사현(四絃) 하프를 연주했다. 하프의 공명통과 두름테를 연결하는 무화과나무 조각은 이시스 여신의 주술 매듭 모양이었다. 마아트 여신의 머리가 하프 상단을 장식하고 있었다. 마치 연주하기 까다로운 이 악기가 조화로운 소리를 내는지를 감시하려는 것처럼 보였다.

여사제가 부드러운 음성으로 느린 리듬의 노래를 불렀다.

"파라오시여, 마아트의 빵을 드시고 그의 이슬을 마시옵소서."

동굴 안의 바닥이 흔들렸다. 거대한 초록색 뱀이 모습을 보였다. 뱀은 둥글게 똬리를 틀더니 자신의 꼬리를 삼켰다.

왕이 말했다.

"지난 한 해의 주기는 끝나고 새로운 해가 시작된다. 시간은 자기 자신을 삼킴으로써 영원으로 이어진다. 나일 샘들의 뱀이시여, 상하 이집트 이 두 땅에 생명의 젖을 주소서."

매와 독수리가 날아올라 파라오와 여사제를 보호하듯 두 사람 주위를 큰 원을 그리며 돌았다. 여사제가 파피루스의 봉인을 떼고 두루마리를 펼쳐든 다음 동굴 안으로 들어갔다.

그녀가 파피루스를 황금 항아리 안에 넣었다. 아무 기록도 담은 적 없는 이 파피루스 문서는 항아리 안에서 순식간에 녹아버렸다.

여사제가 항아리를 왕에게 내밀었다.

왕이 항아리를 받아들었다.

"신의 말씀들이 범람의 비밀에 새겨졌으니, 풍요한 범람을 불러올 이 주문들을 내가 마시리라. 이 주문들은 내 목소리로 화해 그 힘을 사방에 퍼뜨릴 것이다."

사렌푸트, 우아카, 엘레판티네의 유력 인사들, 그리고 호기심에 차서 몰려든 군중들 앞에서 세소스트리스는 나일 강의 수량이 증가하기를 기원하는 제의를 올리고 봉헌물을 바쳤다.

왕은 동굴 속 샘물에 적셔 그 힘을 흡수한 하피의 소형 입상과 봉인된 파피루스를 강물에 던지고, 이어 꽃과 과일, 빵과 과자도 강물에 던져 넣었다.

아득한 하늘에서 소티스*가 빛나고 있었다. 이집트의 모든 신전이 등잔에 불을 밝혔다.

더이상 의심은 필요 없었다. 나일의 강물은 빠르게 불어나고 있었다. 이제 곧 풍요한 범람이 시작될 것이다.

"나일의 강물은 하늘의 물을 본떠 빚어진 것이니, 나일 강의 신 하피여, 다시 한번 우리의 아버지, 어머니가 되어주소서. 이 세상 최초의 아침에 그랬듯이 퇴적된 흙덩어리들만 남겨지면, 하피께서 기(氣)의 대양인 눈(Noun)**에서 나와 이 나라에 생명을 주시리라."

사람들은 세소스트리스의 이 마지막 말에 기쁜 함성을 질러 화답했다. 세소스트리스는 행렬의 선두에 서서 엘레판티네 신전으로 향했다. 이제부터 여러 날 동안 이 신전에서는 범람을 한층 풍요롭게 하기 위한 주문이 낭송될 것이다.

사렌푸트가 시인했다.

"그는 해냈소. 그는 진정한 파라오요."

우아카가 대답했다.

"그렇다면 이제 당신이 약속을 지킬 차례요. 나의 코브라 주가 그렇듯 엘레판티네도 이제부터 세소스트리스의 편에 서야 하오."

---

* 천랑성 시리우스. 고대 이집트인들에게 시리우스는 칠월의 새벽에 나타나 나일 강의 연례적 범람을 알려주는 별로, 풍요와 번영의 상징이었다.(옮긴이)

** 세계가 창조되었다는 태초의 물.(옮긴이)

# 41

농장의 젊은 주인은 고된 일에도 불평 한마디 하지 않았다. 그는 아내와 부지런한 세 일꾼의 도움을 받아 농사를 꾸려나갔다. 규모는 그리 크지 않았지만 소출이 넉넉해서 의식주를 충분히 해결할 수 있었고, 경작지를 더 늘릴 계획도 세울 수 있었다. 일이 년 후에는 일꾼도 더 들이고 새집도 지을 생각이었다.

일을 하다가 시장해진 농부는 갈대 움막으로 들어갔다. 평소 아내는 움막 안에 그의 점심식사를 담은 바구니를 놓아두곤 했다. 하지만 그날은 아무것도 없었다.

농부는 이리저리 둘러보았지만 바구니의 흔적조차 찾아볼 수 없었다. 처음에는 화가 났으나 곧이어 불안한 마음이 든 농부가 움막 밖으로 나왔다. 털북숭이 야수 같은 사내가 코앞에 버티고 서 있었다. 사내는 농부를 뒤로 거칠게 밀어젖혔다.

"서둘지 마, 친구! 천천히 이야기해보자고."

농부는 쇠스랑을 잡으려 했지만, 옆구리로 날아온 발길질에 고꾸라지고 말았다. 숨이 멎을 듯 고통스러웠으나 그는 다시 일어서려 안

긴힘을 썼다. 그러나 입비뚤이의 주먹을 얻어맞고 다시 쓰러지고 말았다.

"얌전히 굴라니까, 안 그러면 네 일꾼 중 하나가 내 부하들 손에 죽어."

"내 아내는, 내 아내는 어디 있느냐?"

"안전하게 있어, 내 말을 믿어도 돼! 내가 지시하지 않는 한 네 여편네한테 손대지 않을 거야."

"원하는 게 뭐냐?"

"말이 서로 통하는 사람끼리 거래를 한번 터보자는 거지."

입비뚤이가 대답했다.

"네 농장은 너무 외딴 곳에 있어서 지켜줄 사람이 필요해. 그래서 내가 네 농장을 지켜줄까 하는데. 넌 이제부터 누가 농작물을 훔치려 들지 않을까 걱정할 필요가 없어. 편안한 마음으로 일만 하면 돼. 하지만 모든 수고에는 보상이 따르는 법이지. 나는 여길 지켜주는 대가로 네 수입의 10분의 1을 가질 생각이야."

농부는 펄쩍 뛰었다.

"지금 내는 세금만으로도 내 허리가 휘어질 지경이야."

"안전이라는 건 값을 매길 수 없는 거야, 친구."

"거절하겠어."

"그렇다면 네 일꾼들은 목이 잘릴 거고, 네 여편네는 겁탈당한 다음 불태워질 거야. 그리고 너도 네 어린 새끼들과 같이 아궁이에 들어가서 여편네와 만나게 될 텐데. 나도 내 이름에 먹칠을 할 수는 없잖아, 안 그래?"

"그건 안 돼, 제발!"

"이봐, 친구."

입비뚤이가 농부를 일으켜 세워주며 말했다.

"난 이렇게 친절할 수도 있는 사람이야. 하지만 참을성이 좀 없는 게 문제지. 고분고분하게 내 말을 들어. 안 그러면 즉시 행동에 들어갈 테니까."

기가 꺾인 농부는 마지못해 입비뚤이의 제안을 받아들였다.

"좋아, 이제야 말이 통하는군! 나는 내 부하들과 함께 이곳에 며칠 머물겠다. 네가 일하는 걸 본 다음, 서로 돕는 대가로 내가 얼마나 받아야 할지 생각해보지. 그러니까 내게 거짓말할 생각은 마. 내가 떠난 다음에도 네 농장은 계속 감시받을 거야. 만약 네가 명을 재촉하느라 감찰관한테 알릴 생각을 눈곱만큼이라도 한다면, 너는 물론이고 너와 가까운 자들은 모두 죽음을 면할 수 없을 것이다. 특히 너는 천천히, 아주 천천히 죽게 될 거야. 그리고 네 여편네는 특별히 잔인한 방법으로 죽여주지."

입비뚤이가 농부의 어깨를 두드렸다.

"이 계약에 도장을 찍는 의미로, 이제 먹고 마시자!"

처음에 입비뚤이는 손아귀에 걸리는 자들을 모두 죽이고 그들의 집을 불태울 생각을 했지만, 곧 그보다 더 좋은 방법을 짜냈다. 협박을 해서 강탈하는 방법이었다. 움직일 때마다 시체들과 불탄 집을 남겨놓는다면 결국은 당국의 주목을 끌게 될 게 뻔했다. 그러나 보호해주는 대가로 재물을 거둬들인 후 입을 막으면, 당국의 눈에 띄지 않고도 이 신나는 사업을 계속 벌여나갈 수 있을 것이다. 그렇게 되면 예고자도 곧 입비뚤이를 신임하게 될 것이다.

벰피스에 온 얼간이 스합은 벌어진 입을 다물 줄 몰랐다. 부두, 시장, 노점들, 서민 구역, 이집트인과 외국인이 뒤섞여 와글대는 거리들, 모든 것이 그의 얼을 빼놓았다. 하루하루가 그에게는 너무 짧게 느껴졌다. 잠시도 쉬지 않고 움직이는 이 수도의 오만 가지 매력을 다 알려면 몇 달, 아니 몇 년은 걸릴 것 같았다.

예고자는 이런 번화하고 소란스런 풍경에 관심이 없는 것 같았다. 그는 누구의 눈에도 띄지 않는 유령처럼 주민들 사이로 잠입해 들어갔다. 뛰어난 언변 덕분에 그는 곧 가겟방이 딸린 수수한 집을 하나 구할 수 있었다. 상점은 몇 주 전부터 문이 닫혀 있는 상태였다.

예고자가 부하들에게 말했다.

"우리는 평범한 상인 행세를 할 것이다. 이웃들을 감쪽같이 속여 넘겨야 한다. 멤피스 사람들 사이에 뒤섞여 애인도 만들고 선술집에도 드나들도록 해라."

거처와 가겟방을 청소하던 부하들은 예고자의 말을 듣고는 환호성을 질렀다.

예고자는 스합과 함께 부둣가로 갔다. 별안간 기쁨의 함성이 온 도시에 울려 퍼졌다. 거리마다 사람들이 가득 몰려나와 세소스트리스를 찬양하는 노래를 불렀다. 예고자는 환호하는 군중들 사이에서 한 노인을 붙잡고 물었다.

"무슨 일이오?"

"나일 강물이 제때 범람하지 못할까봐 걱정하고 있었는데, 파라오께서 나일의 신을 달래셨지. 이제 기근의 위험은 물러갔어."

나이 든 행인은 기쁨으로 몸을 떨며 인파 속으로 사라졌다.

"나쁜 소식이군."

예고자가 말했다.

"세소스트리스가 신성한 땅 비게흐로 들어가 나일 강의 감춰진 샘들까지 찾아가리라고는 미처 생각하지 못했어."

얼간이가 깜짝 놀라 물었다.

"주인님은 그곳에 가보셨단 말입니까?"

"한 해의 마지막 날들을 상징하는 다섯 개의 제탁을 망가뜨려 생기의 순환을 끊어놓았다. 하지만 파라오는 출입이 금지된 선을 과감히 넘어가서 질서가 무너진 자리에 다시 질서를 세웠어. 그는 벅찬 적수야. 넘어뜨리기가 쉽지 않을 것이다. 그런 만큼 우리의 승리는 한층 빛날 테지."

얼간이 스합은 겁을 집어먹었다. 그것은 짐작할 수 없을 정도로 많은 능력을 지닌 이 예고자라는 인물에 대한 두려움이었다. 아무것도, 가장 신성한 것이라 할지라도, 이 인물의 앞길을 막지는 못하리라.

예고자는 멤피스 거리를 훤히 꿰뚫고 있는 사람처럼 부두 뒤편의 구불구불한 골목길로 주저 없이 들어섰다. 마침내 그는 어떤 낡은 집 앞에 도착했고, 작은 문을 천천히 네 번 두드렸다.

안에서 화답하듯 문을 한 번 두드리는 소리가 났다. 예고자는 또다시 두 번, 아주 빠르게 두드렸다.

문이 열렸다. 맨 흙바닥을 다진 넓은 방으로 들어가자 수염을 기른 남자 셋이 몸을 숙이며 예고자를 맞이했다. 그들 중 하나가 말했다.

"유일신께서 도우셨습니다, 주인님. 건강하고 무사하셨군요!"

"누구도 나를 막지 못한다. 믿어라, 우리는 승리할 것이다."

모두가 자리에 앉았다. 예고자가 설교를 시작했다.

늘 반복되는 이야기였다. 그는 목소리에 힘을 주어서 똑같은 주제들을 발하고 또 말했다. 단 하나뿐인 신이 자신에게 계시를 주며, 자신은 그의 유일한 대변인이며, 불신자는 무력으로 가차 없이 쓰러뜨릴 것이며, 불경한 자들은 처벌할 것이고, 이집트에서처럼 여자들이 자유롭게 돌아다니는 건 용납할 수 없다는 내용이었다. 그의 설교에 따르면 모든 악의 근원은 파라오, 그리고 마아트를 수호하는 파라오의 통치에 있었다. 이 악의 근원들을 없애면 예고자가 퍼뜨리는 믿음이 사람들 사이의 경계를 없앨 거라고 했다. 그리하여 온 세상 전체가 진정한 믿음이 지배하는 하나의 나라가 될 것이었다.

예고자가 자신을 따르는 자들에게 명했다.

"면도를 하고 멤피스 사람들이 입는 옷을 입고 이 도시 속으로 잠입해 들어가라. 해야 할 일은 다음에 알려주겠다."

주인의 설교에 감복해 있던 얼간이 스합은 그 집에서 나오자마자 물었다.

"주인님, 저 사람들은 시켐의 가나안인들이 아닙니까?"

"맞아, 그들이다."

"그들을 멤피스로 부르신 겁니까?"

"우선은 저 셋이지만, 다음에는 더 많이 오게 될 거야."

"그렇다면 가나안을 해방시키는 일을 포기하지 않으셨군요!"

"나는 절대 포기하지 않는다. 다만 상황에 따라 방법을 바꿀 뿐이지. 우리는 의심을 피하면서 이집트 사회를 안으로부터 갉아먹어 들어갈 것이다. 멤피스를 죽일 독은 이질적인 것에 너그러운 데다 잡다한 사람들이 뒤섞인 이 도시에서 얻게 될 거야. 우리는 무한한 인내심을 가지고 기회를 기다려야 해. 또한 다른 무기들도 사용해야 한다."

얼간이 스합을 놀라게 한 일은 이게 끝이 아니었다.

그들이 다른 골목길로 접어들어 찾아간 곳은 아름다운 이층집이었다. 그 집의 현관에서 예고자는 문지기에게 말을 건넸다. 알아들을 수 없는 외국어였다. 문지기가 예고자에게 집 안으로 들어가는 문을 열어주었다. 스합도 따라 들어갔다.

한 남자가 친절하게 반기며 두 사람을 맞았다. 다소 호들갑스러운 데가 있는 남자의 투실투실한 몸은 그가 맛나고 진귀한 음식을 꽤나 밝히는 사람임을 짐작하게 했다.

"마침내 오셨군요, 주인님! 슬슬 걱정되던 참이었습니다."

"중간에 몇 가지 일이 있었지만 별로 큰일은 아니었다."

"거실로 가시지요. 저희 집 요리사가 입맛 까다로운 사람들까지도 홀딱 반할 과자들을 만들었습니다."

얼간이 스합은 남자가 미처 권할 사이도 없이 입을 우물거리고 있었지만, 예고자는 앞에 놓인 과자에 손도 대지 않았다.

"지금 상황은 어떠한가?"

예고자가 서릿발 같은 어조로 물었다. 분위기가 순식간에 얼어붙었다.

"일은 잘 진척되고 있습니다. 주인님."

"정말 그렇다고 자신하는가?"

"아시다시피 쉬운 일은 아니지요! 하지만 선발대가 곧 출발할 것입니다."

"조금이라도 차질을 빚어선 안 된다."

예고자가 못 박았다.

"저를 믿으십시오, 주인님!"

"도착 장소는 어디냐?"

"카훈이라는 작은 도시입니다. 세소스트리스가 아주 중요하게 생각하는 곳이죠. 제가 그곳에 쓸 만한 심부름꾼을 심어두었으니, 우리 대원들이 별 어려움 없이 거기에 자리 잡을 수 있을 겁니다."

"실수 없도록 하거라."

"애초에 예정했던 것보다 시간을 좀더 넉넉히 잡았으면 좋겠습니다. 그래야 자칫 구멍이 나는 일을 막을 수 있지요. 카훈은 안성맞춤인 장소입니다. 파라오는 교활하기 짝이 없어 매사에 신중하기 그지없고, 또한 멤피스 궁정을 전혀 신뢰하지 않아요."

예고자의 얼굴에 희미한 미소가 떠올랐다. 이 작전은 꽤 쓸모가 있었다. 그의 조직은 일을 흡족하게 해낸 것이다. 긴장감이 누그러지자 주인 남자는 커다란 과자 조각을 집어 들어 캐롭 열매즙에 적신 다음 입 안 가득히 밀어 넣었다. 스합도 남자를 따라했다.

예고자가 말했다.

"파라오가 자신의 주변을 철저하게 관리하고 있는 것 같구나."

"달갑지 않지만 사실입니다, 주인님. 믿을 만한 소문에 따르면 국정원 위원은 국왕 측근들이라고 합니다."

"그들의 이름을 아느냐?"

"너무 많은 소문들이 떠도는 터라 아직 확인은 못했습니다. 왕이 자신에게 적대적인 총독들의 목을 잘라버리기로 마음먹었다는 소문도 있습니다만, 믿을 것이 못 된다고 생각합니다. 그런 식으로 나가다간 내전이 일어날 테니까요."

"궁정에는 아직 줄을 만들지 못했느냐?"

"아직은 특별한 성과가 없습니다."

"궁정에 우리 쪽 끄나풀이 필요해."

"그럼요, 그렇죠! 한번 만들어보겠습니다."

"믿어도 좋겠지?"

"오 그럼요, 두말하면 잔소리죠!"

"이제 가자."

얼간이 스합은 마지막 남은 과자를 삼켰다. 이 집 요리사의 솜씨는 꽤 훌륭했다. 하지만 이 집 주인은 스합 마음에 썩 들지 않았다. 눈에 잘 띄지 않게 자리 잡은 그 아름다운 집에서 나와 어느 정도 걸었을 때 스합은 자신이 받은 느낌을 두목에게 이야기했다.

"그 남자한테는 별로 호감이 가지 않습니다요. 주인님은 그가 믿을 만한 사람이라고 생각하십니까?"

"그는 비블로스 출신의 부유한 상인이야. 그곳 상인들은 태어나면서부터 거짓말쟁이들이지. 자신의 경쟁자들을 깎아내리면서 고객을 속이고, 사소한 상거래에서도 최대한의 이윤을 남기는 게 그의 직업이다. 하지만 그자는 나한테만큼은 거짓말을 못 해. 한번은 그가 나를 속이려 든 적이 있었는데, 그때의 기억이 그의 살에 간직되어 있지. 내가 매의 발톱을 그의 가슴에 박아 넣어 심장을 꺼내려 하자 즉시 뉘우치더군. 비블로스인들은 우리에게 아주 유용하다. 우리의 대의를 위해 싸울 동지들을 다수 이집트에 침투시키려면 그들의 힘을 빌려야 한다."

얼간이 스합은 탄복해서 입을 쩍 벌렸다. 예고자는 이렇게 여러 조직을 움직이고 있었다. 게다가 멤피스를 마치 자신이 입은 모직 튜닉의 호주머니 속처럼 꿰뚫고 있지 않은가!

아주 더운 날씨였지만 예고자의 이마에는 땀 한 방울 배어 나오지 않았다. 스합은 시원한 맥주 한 항아리를 비웠지만, 예고자는 한 방울도 입에 대지 않았고, 대신 얼간이가 알아들을 수 없는 주문 같은 구절들을 입 안에서 웅얼거리고 있었다.

# 42

이케르는 한쪽 다리는 접고 다른 쪽 다리는 세운 자세로 앉았다. 이것은 서기관들이 파피루스 문서를 읽을 때 취하는 자세 중의 하나였다. 그의 앞에는 많은 일들이 쌓여 있었다. 그 바람에 그는 총독의 궁정 왼쪽에 자리한 자신의 작은 집무실을 거의 떠나지 않았다.

이케르는 모든 일을 자신이 직접 검토하고 확인하려 했다. 그는 다른 서기관들이 그의 일을 덜어주기 위해 요약해온 내용들에 만족하지 않고 원래의 문서들을 빠짐없이 다시 들춰보았다.

그럴 때마다 거의 매번 다시 검토하기를 잘했다는 생각을 했다. 세부 사항들이 빠져 있거나 숫자가 잘못 기입되어 있었고, 자료에 대한 전문적인 접근이 부족했다. 문서 작업을 통해 틀린 부분을 바로잡아 나가던 이케르는 심각한 문제를 포착했다. 많은 관리들이 제후티로 하여금 자신의 주가 이집트에서 가장 부유하고 강력하다고 믿게 하려고 사실을 변조해오고 있었던 것이다.

실제 사정은 보고된 내용에 비해 보잘것없었다. 군대에는 용병의 수가 지나치게 많았고, 사막 감찰대에는 나이 든 고참의 비율이 너무

놓았다. 몇 군데 도시는 개발되지 않은 채 방치되어 있었고, 농장 여러 군데의 경영 상태가 좋지 않았다. 전쟁이 일어날 경우 제후티는 군대에 무기를 조달할 수 없을지도 몰랐다. 이케르가 조만간 작성해야 할 종합보고서의 결론 역시 비관적이었다.

"자네도 가서 봐야 해."

동료 한 사람이 이케르에게 권했다.

"그럴 시간이 없어요."

"시간을 내봐. 그런 구경거리는 놓치면 안 된다니까."

동료의 계속되는 권유에 호기심이 인 이케르는 마침내 궁정 밖으로 나왔다. 서기관, 위병, 조리사, 궁정의 세탁부와 청소부, 너나할것 없이 모두 나일 강 쪽으로 몰려가고 있었다.

강 한가운데, 풀이 우거진 작은 섬 위에서 누미디아*의 학 오십 마리가량이 우아한 몸놀림으로 춤을 추고 있었다. 학들은 리듬에 맞춰 빙글빙글 돌고, 날아오르려는 듯 날갯짓을 하다가 다시 내려앉고, 때로는 제자리에서 맴을 돌기도 하고 때로는 짝을 지어 원무를 추듯 둥근 원을 그리기도 했다. 다른 사람들과 마찬가지로 이케르도 학들의 뜻하지 않은 춤을 보며 감탄을 금치 못했다.

이케르 옆에 서 있던 사람이 말했다. 측량 업무에 배속된 서기관이었다.

"멋진 징조로군. 파라오 세소스트리스가 마침내 해낸 거야. 이제 나일 강이 풍요롭게 범람할 거야. 우리끼리 하는 이야기지만, 이건 그가 위대한 왕이라는 증거라고."

---

* 사하라사막 북부 지역.(옮긴이)

이케르는 생각에 잠긴 채 차양 그늘에 매어놓은 북풍에게 여물을 주러 갔다.

"상황이 미묘해지고 있어."

그는 북풍에게 속내를 털어놓았다.

"만약 이곳 주민들이 파라오를 지지하게 된다면 제후티 총독은 자신의 자리를 지킬 수 없을 거야. 게다가 세소스트리스가 거둔 승리는 너무나 눈부신 것이어서 사람들에게 감출 수도 없어."

당나귀는 이런 소식쯤이야 상관할 바도 아니라는 듯 태평하게 여물을 먹었다.

자신의 집무실로 돌아오던 이케르의 눈앞에 그 여사제의 얼굴이 떠올랐다. 그는 그녀를 하루에도 몇 번씩, 그리고 꿈속에서는 언제나, 매번 더욱 간절한 그리움으로 떠올렸다. 그녀의 얼굴 윤곽은 흐릿해지기는커녕 마치 바로 곁에 있는 것처럼 더욱더 분명해져갔다.

언제 그녀를 다시 만날 수 있을까? 그녀가 참여하는 의식이라도 볼 수 있을까? 언제 어디서 열리는지 미리 알 수 있을까? 만약 그녀가 아비도스의 황금원에 속해 있다면 그 신성한 도시까지 가야 하는 게 아닐까? 자신과 같은 속인들은 들어갈 수 없는 그 도시로 말이다. 그의 사랑은 결코 이루어질 수 없을지도 몰랐지만 그럼에도 불구하고 그는 포기하지 않을 것이다. 포기하지 않고 기다려 그녀에게 이야기를 건넬 것이다. 그녀는 자신이 그에게 어떤 감정을 불러일으켰는지 알아야 했다. 비록 그가 자신이 느끼는 그 감정의 격렬함을 말로 표현할 수 없을지라도.

세피 장군의 수수께끼 같은 암시에도 불구하고 아비도스의 황금원은 그에게 여전히 신비에 싸인 카라반이었다. 황금원의 역할이 제후티처럼 연로한 사람들에게 빛의 세례를 내림으로써 새로 젊음을 부여해주는 데 그치는 걸까? 그렇다면 그 사람들은 특별한 상황에서 생명의 기운을 다룰 줄 안다는 말이었다.

총독은 자리에 앉자마자 이케르가 제출한 보고서를 읽었다.

"각하, 그건 제 의견을 적은 것일 뿐입니다."

"내가 보기엔 아주 명확한 평가들이다. 네가 본 대로 이곳 관리들은 끊임없이 아첨만 일삼고 있다. 또 내 군대는 대규모 전투가 벌어질 경우 오래 버틸 수 없다는 것도 알고 있다."

이케르는 말을 피하지 않았다.

"정확히 보셨습니다."

"넌 일을 훌륭히 해냈다. 사실, 학들이 춤을 춘 것은 시기가 적절했어. 그 광경 덕분에 세소스트리스가 이 나라의 푸른 대지를 되찾고 나무들마다 열매가 가득 달리게 하리라는 걸 누구나 알게 되었지. 상하 이집트는 기뻐하고 있다. 행복한 시절이 다가왔으니 말이야. 진정한 군주가 나타났거든. 왕이 있어서 범람이 제때 일어나고, 하루하루가 비옥한 결실을 맺고, 밤이 행복한 시간들을 빚어내지. 파라오는 창조의 힘이다. 그의 입은 말로 풍요함을 표현한다. 그는 있어야 할 것을 만들고 자신의 백성에게 생명을 준다. 매순간, 쉼 없이, 그는 신비로운 작업을 수행하여 자연과 사회를 동시에 형성해낸다. 그는 포용하는 마음으로 다스린다. 그가 공명정대할 때 이 나라는 번영한다."

"지금 말씀은 각하께서 파라오의 권위를 인정하고, 리에브르 주가 왕에게 충성을 다할 거라는 의미입니까?"

"바로 그 말이다, 이케르."

"그렇다면 전쟁은 없겠군요?"

"그렇지."

"기쁜 말씀입니다, 각하, 하지만……"

"내가 이렇게 빨리 마음을 바꾼 게 놀랍다는 것이냐? 그건 네가 세소스트리스가 행한 그 초자연적 행위가 얼마나 중요한 것인지 잘 모르기 때문이야. 그가 어떻게 나일 강의 범람을 이루어냈는지 생각해 봐라. 세소스트리스는 앎을 관장하는 신이자 서기관들의 보호자인 토트의 역할을 맡아 했어. 그리하여 그는 자신이 신의 기호들을 훤히 꿰뚫고 있다는 걸, 그리고 자신의 백성들에게 새로운 물을 줄 수 있다는 걸 입증해 보였다. 우리의 젖줄인 강물은 오시리스가 흘러나오는 것이란 걸 유념하거라. 강물은 오시리스의 신비한 육신에서 솟아난 것이다. 그것은 그의 땀이고, 그의 체액이자 분비액이야. 첫 범람의 강물로 첫번째 봉헌 항아리를 채우게 되면 파라오는 '오시리스를 되찾았노라'고 단언할 수 있어. 하지만 이시스의 협력이 없었다면 파라오는 실패했을 거야. 이시스는 팔십 일간 모습을 감추고 숨어 있다가 천랑성 소티스의 모습으로 하늘에 나타나지. 이 최초의 배필이 다시 결합하면, 태초의 생기가 또다시 상하 이집트를 비옥하게 만드는 것이다. 그 태초의 생기가 없으면 아무것도 자라지 않아. 곡식은 또 다른 세상으로부터 공급받은 원소들이 모이는 하나의 모태야. 명심해라, 이케르. 자연의 모든 것은 자연 너머 있는 것의 형상을 드러내 보여준다는 점을. 세소스트리스가 이 신비를 전수하는 파라오의 계보에 속한 이상, 내가 할 수 있는 일은 그의 앞에 허리 굽혀 복종하는 일뿐이야. 아니지, 그것만으로 그쳐서는 안 돼!"

제후티가 몸을 일으켰다.

"이번에는 우리가 무엇을 할 수 있는지를 세소스트리스에게 보여주어야 한다. 카가 무엇인지 알고 있느냐, 이케르?"

"사람과 함께 태어나 평생을 함께하는 보호 정령입니다. 그것은 그 사람이 현자의 가르침을 실천하는 한 그를 떠나지 않지요."

"카는 모든 형태의 생명을 부양하고 유지하는 생기이다. 사람이 죽으면 선조들에게서 물려받은 자신의 카에게로 어떤 의로운 목소리* 가 옮겨 간다. 모든 봉헌 제물들은 카에게 바쳐지는 것이지, 결코 한 개인에게 바쳐지는 것이 아냐. 카의 가장 아름다운 상징 가운데 하나가 의식에 의해 생명을 부여받은 생생한 조상(彫像)이다. 나는 이런 이유 때문에 왕의 카를 나타내는 거상을 만들어 파라오에게 바치려 한다. 너에게 이 작업의 감독을 맡기겠다."

우두머리 석공이 큰 소리로 외쳤다.

"창조주 신께서 자신의 자(尺)로 돌의 크기를 잴 것이다. 창조주 신께서 땅 위에 선을 긋고 신전들을 곧게 세울 것이다. 신은 자신의 그늘 아래 모든 신성한 건축물을 보호하면서 거기서 자신이 바라는 대로 마음을 옮겨 다닐 것이다. 그리고 신의 사랑이 작업장들에 활력을 줄 것이다."

채석장에는 망치와 끌 소리가 울려퍼졌다. 이곳에서 카의 실현인 거상이 조각되고 있었다.

채석꾼들이 가장 좋은 암석층을 찾아내서 흠집 없이 석재를 잘라냈다. 이제 이 지방의 조각공들은 신비에 입문한 한 장인(匠人)의 지휘에 따라 일하게 될 것이다. 석상의 크기가 엄청났기 때문에—높이

* 마아크헤루(Maâ-kherou).

는 십삼 쿠데*, 무게는 육십 톤이었다—이 석상을 제자리에 갖다놓는 일도 큰 문제였다. 거상에 밧줄을 걸어 나일 강까지 끌고 가는 일도 효과적인 운반 기술을 사용한다는 전제하에 적어도 세 시간은 걸릴 것이다. 그런 다음 화물 수송용 뗏목으로 강을 따라 운반해서 또 다시 최종 목적지인 토트 신전까지 이 작품을 옮기게 될 것이다. 많은 시간이 소요되는 어려운 작업인 만큼 이케르는 연구하고 또 연구해서 예기치 않은 불상사를 피하려 했다. 주도에서 보다 가까운 채석장을 골랐다면 일이 좀더 쉬워질 수도 있었다. 그러나 제후티는 적절한 석재를 고르고 나자 다른 건 보려고 하지도 않았다.

제후티가 말했다.

"이 일은 우리 주에서 지금까지 볼 수 없었던 가장 성대한 축제가 될 것이다. 포도주와 맥주가 넘쳐흐르고 주민들은 환희에 젖으리라! 수많은 세월이 흐른 뒤에도 사람들은 이 거상에 대해 이야기하게 될 것이다. 나의 조각공들은 힘과 섬세함을 함께 갖춘 진정한 걸작품을 만들어낼 것이며, 그리하여 세소스트리스가 이 거상을 보게 되면 단번에 마음을 빼앗길 것이다."

"잔치의 흥을 깨려는 건 아닙니다."

이케르가 말을 꺼냈다.

"하지만 지극히 어려운 운반 문제가 해결되지 않고 남아 있습니다."

"어느 정도의 인원이 동원되어야 하는가?"

"사백 명 이상이 필요합니다. 긴밀한 운반 작업을 위해 그들에게 적절한 역할을 분배해서 배치하는 것은 참으로 어려운 문제입니다."

---

* 약 6.5미터.

"그 반이면 충분할 것이다."

제후티가 잘라 말했다.

"이렇게 기쁜 일에 선발된 자라면 각자가 몇 사람 몫의 힘을 낼 거다!"

"각하의 병사들은 제 일을 도와주지 않습니다. 장교들 가운데 누구도 제게 지휘권을 넘겨주려 하지 않습니다."

"인력을 병사들로만 충당할 필요는 없지 않은가! 기운 센 젊은 장정이면 충분할 것이다. 그리고 사제들을 참여시키는 것도 잊지 마라."

"하지만 사제들은……"

"이 거대한 조각상을 운반하는 작업은 세속의 일이 아니다, 이케르! 작업 과정 내내 사제들이 보호를 기원하는 주문을 암송해야 한다. 이 작은 사회 전체가 협력하게 만들어라. 그러면 너는 존경받는 인사가 될 것이다. 잊지 말아야 할 것은 단 하나, 실패가 있어서는 안 된다."

이케르는 자신이 장거리 경주 훈련을 받은 게 다행스러웠다. 헤아릴 수 없이 몰려든 자원자들 가운데서 백칠십이 명을 선발하느라* 며칠 동안 쉼 없이 이리저리 오가야 했던 것이다. 이케르의 계산이 정확하다면 이 숫자는 거상을 운반하는 데 가장 이상적인 인원수였다.

거상이 완성되자 이케르는 운반 작업조를 소집하여 이들을 4열로 정렬시켰다. 바깥쪽 2열에는 각각 이 지방 동부와 서부 출신의 청년들을 세우고, 안쪽의 2열에는 병사들과 사제들을 세웠다.

거상을 운반 수레 위에 올려 밧줄로 견고하게 묶은 뒤, 4열의 작업

---

* 거상의 운반에 관한 세부 사항들은 엘베르케흐의 제후티호테프 무덤에 있는 벽화와 기록들을 참조한 것이다.

조가 축제 분위기 속에서 각각 밧줄을 끌 채비를 했다. 이케르는 기술자들과 함께 모든 준비가 제대로 되고 있는지를 점검했지만, 그럼에도 출발 신호를 내리려니 걱정스러운 마음을 지울 수 없었다.

거상이 지나갈 진흙길 위에는 미리 물을 흠뻑 뿌려두었다.

이케르가 마침내 명령을 내렸다.

"당기시오!"

운반 수레가 천천히 흔들렸다. 물을 축축이 머금어 미끄러워진 길은 밧줄을 끌어당기는 백칠십이 명의 작업을 한층 쉽게 만들어주었다. 이들은 이런 중대한 일에 참여하게 된 것을 자랑스러워했다. 서부에서 온 젊은이들이 노래했다.

"서부는 축제 중이라네. 우리의 마음은 총독님의 기념물들을 보며 행복하여라."

너무 느리지도 너무 빠르지도 않은 적절한 박자의 노래가 운반 수레를 끄는 사람들 사이로 퍼져나갔다. 길가에 둘러선 병사들은 종려나무 잎사귀를 흔들어 장정들의 땀을 식혀주었다.

이케르가 수없이 점검한 덕분에 운반로는 아주 평평하게 닦여져 있었다. 이 서기관의 눈은 석상을 묶은 밧줄 각각의 매듭을 살핀 다음 작업조의 장정 하나 하나로 옮겨갔다가 다시 석상으로 돌아왔다. 일은 흠잡을 데 없이 진행되고 있었다.

별안간 이케르에게 어떤 심상찮은 느낌이 덮쳐왔다. 안정된 균형이 깨어지려 하고 있었지만 그 이유를 알 수 없었다. 겉으로 보기에는 모든 것이 정상적으로 돌아가고 있었다. 그러나 그의 직감은 틀린 적이 없었다.

이케르는 불안한 마음으로 위험을 찾아 사방을 둘러보았다. 그리고 위를 향해 머리를 드는 순간 이유를 알아차렸다.

거상의 눈이 달라져 있었다. 돌에 새겨진 두 눈에서 깊은 불만이 배어 나왔다.

"빨리 향을 피워요!"

이케르가 소리쳤다.

카의 거상이 요구하는 것은 분명 자신을 위한 제의였다. 다행히 따라오던 사제들 가운데 하나가 향로를 가지고 있었다.

이케르는 거상의 무릎 위로 뛰어올라 경배의 표시로 두 손을 뻗었다. 사제가 향로를 열었다. 향기로운 연기가 피어올라 거상의 입과 귀, 눈에 닿았다. 센테르, 즉 '신성하게 하는 것'인 테레빈 수지가 돌을 향기롭게 하는 동안 이케르는 나아갈 통로를 열어달라고 기도했다.

향은 거상이 나일 강에 이를 때까지 계속 타올랐다.

나일 강을 따라 운반하는 작업도 사고 없이 진행되었다. 거상을 옮기는 마지막 여정은 크나큰 환희 속에서 이루어졌다. 이 지방의 모든 주민이 이 잔치에 참여했다. 그리고 제후티가 약속했듯이 야외에서 성대한 향연이 열려 이 성공을 축하했다.

거대한 석상을 신전 정면에 세우면서 총독은 이케르의 공로를 치하했다. 이케르는 탈진해 있었다.

"네 임무는 완수되었다, 젊은 서기관! 부디 잊지 말아라. 각각의 신성한 문자, 상징, 그리고 거상은 그 크기의 차이와는 상관없이 신비로운 창조의 한 양상을 보여준다는 점을 말이다. 오늘, 우리는 파라오의 카를 찬양했다. 너는 휴식을 뒤로 미루고 지금 당장 자세한 보고서를 작성하도록 해라."

# 43

나일 강의 범람과 거상의 완공을 축하하는 잔치가 열렸다. 주민들은 이 주일 동안 일을 쉬면서, 먹고 마시고 노래하고 춤추고 신들을 찬양했다. 주민들 사이에서는 제후티 총독을 칭송하는 소리가 그 어느 때보다 높았다. 총독은 하루에 몇 시간씩을 영생의 집에서 보내곤 했다. 영생의 집 내벽 한 면에는 거상을 운반할 때의 장대한 장면 하나가 그려지고 있었고, 이 그림은 곧 완성될 예정이었다. 이케르는 영생의 집 내벽의 상형문자 기록이 정확한지를 감독했다.

이 젊은 서기관에게 출세의 길이 활짝 열렸다는 것은 의심할 여지가 없었다. 그는 벌써부터 엄청난 질투의 표적이 되어 있었다. 오랫동안 직무를 수행해온 고참 서기관들은 아무도 사귀지 않고 미친 듯이 일에만 매달리는 이 외톨이 녀석을 총독이 특별히 신임하는 것에 대해 분통을 터뜨리곤 했다. 그렇더라도 이젠 그 누구도 그를 공격하지 못했다. 한편으로는 제후티의 보호를 받고 있기 때문이기도 했지만, 또 한편으로는 이케르가 그들 한 사람 한 사람에 대해 손에 차곡차곡 쥐고 있는 정보들 때문이기도 했다. 이 지방의 강점과 약점에 대한 종합평가서를 작성하면서 그가 나른 이들의 실수나 무능을 알아차리지 못했겠는가? 그의 말 한마디면 징계가 내려질 게 뻔했다. 그러므로 차라리 그에게 아부를 하는 편이 나았다. 하지만 무슨 방법으로 그의 비위를 맞춘단 말인가? 이케르는 자신의 집무실에서 숙소로, 다시 숙소에서 집무실로만 오갈 뿐 그 어떤 초대에도 응하지 않았다. 그가 자신의 당나귀를 데리고 산책할 때 말을 붙여보려던 사람들도 그의 무뚝뚝함에 기가 질려 슬금슬금 물러서곤 했다.

지금처럼 한가한 시기에도 이 젊은이는 일밖에 생각하지 않았다. 자기보다 나이가 많은 전문가들로 구성된 집단의 우두머리로 임명되었지만 그는 한순간의 실수로 인해 나락으로 떨어질 수 있다는 걸 알고 있었다. 그러나 그의 완벽주의가 타인에 대한 질책으로 이어지는 경우는 없었다. 그것은 스스로를 경계하기 위해 필요한 자질로서, 마치 가야 할 길을 비추는 내면의 불꽃처럼 그의 삶에 자양분을 주었다.

매일 밤 그는 그녀의 꿈을 꾸었다.

그가 해온 모든 노력들, 그것은 그녀를 위한 것이었다. 언젠가 그녀를 다시 만나게 될 때, 무지하고 무능한 사람의 모습을 보여줄 수는 없었다. 운명이 그에게 지금 같은 시련을 겪게 하는 건 그가 이 시련에 맞서 뛰어난 서기관이 되어 보임으로써 자신의 역량을 입증하게 하기 위한 것이 아닐까? 사랑하는 여인의 눈에는 어쩌면 이것만으로는 부족해 보일지도 모른다. 그는 그녀에게 자신이 도달할 수 있는 최선의 모습을 바쳐야 한다. 그래서 자신의 삶은 오직 그녀만을 위한 것임을 보여주어야 한다.

그러나 그는 악몽들도 꾸곤 했다. 살인자들의 머리, 괴물들, 대답 없는 질문들, 그리고 자신의 목숨을 빼앗으려 했던 자들에 대한 복수심이 꿈속에서 어지럽게 뒤엉켰다. 아무것도 모르는 상태로 이렇게 두 손 놓고 있어야 한다는 것이 참을 수 없이 괴로웠다.

이런 악몽들 속에서 문득 어처구니없는 의혹이 떠올랐다. 그것은 너무 어이없는 생각이어서 이케르는 애써 그것을 떨쳐버리려 했다. 하지만 그 의혹은 그를 끈질기게 쫓아다녔다. 머릿속에서 떠나지 않는 추측으로 인해 그는 한층 더 우울하고 말없는 사람이 되었고, 한사코 사람들을 피해 다니곤 했다.

다행히 북풍은 이케르의 사소한 심정 변화도 알아차렸고, 그의 속내 이야기에 기꺼이 귀 기울여주었다. 이케르가 뭔가를 물어보면 북풍은 왼쪽 귀를 세워 '아니' 라고 대답하거나, 오른쪽 귀를 세워 '응' 이라고 대답하곤 했다.

이케르는 이 충실한 친구에게 자기 마음속 이야기를 모조리 할 수 있었다. 자신을 괴롭히는 그 의혹을 털어놓은 것도 그래서였다. 그의 이야기를 들은 북풍은 오른쪽 귀를 쫑긋 세웠다.

닥터 구아가 화를 냈다.

"이 주일간의 향연이라니, 각하의 간은 목구멍에 먹이를 가득 채워 기른 거위의 것보다 더 부풀어 올랐겠군요! 의학적 관점에서 보자면, 이건 그야말로 자살 행위입니다."

제후티는 어깨를 으쓱했다.

"내 건강은 아무 문제없네."

"무분별을 치료할 약은 제게 없습니다. 각하의 간 기능을 되살릴 환약을 처방해드릴 테니 매일 스무 알씩 복용하십시오. 이걸 어기시면 저는 더이상 각하를 진료하지 않을 겁니다."

닥디 구이는 냉랭한 표정으로 자신의 가죽 가방을 믿고 집견실에서 나갔다. 그의 뒤를 이어 제방 담당자들과 관개 담당자들이 몰려 들어왔다. 그들이 들고 온 보고서는 긍정적인 내용으로 차 있었다.

다음에 들어온 사람은 이케르였다. 제후티를 보좌하고 있던 신하들은 이케르의 심각한 표정을 보고 쑥덕거렸다.

총독이 분부했다.

"모두 나가 있어라."

젊은 서기관은 꼼짝도 않고 서서 제후티를 뚫어지게 바라보았다.

"무슨 일인가?"

"진실을 알고 싶습니다."

총독은 의자에 몸을 바로 세워 앉았다. 그리고 손을 넓적다리 위에 올리며 깊은 한숨을 내쉬었다.

"진실이라! 너는 진실을 받아들일 수 있을 만큼 충분히 넓은 마음을 지녔느냐? 신을 대할 때의 마음인 진정한 마음이라는 게 무엇인지, 이것만이라도 아느냐? 모든 것은 마음에 의해 만들어진다. 앎을 얻게 해주고, 생각하고 이해하도록 해주는 것은 이 마음이야. 그렇기 때문에 마음은 넓고 크고 자유로우며 또한 온유해야 하는 것이다. 그런데 이케르, 너는 자신에게 엄격한 만큼이나 다른 사람들에게도 지나치게 엄격해! 네 마음이 혼란스러운 것은 거기에 너무 많은 짐이 실린 탓에 더이상 마아트를 받아들일 여유가 없어서야. 정신에 생기가 돌지 않아서 너의 인식능력이 길을 잃어버렸단 말이야."

"각하, 저는 서기관 견습 과정을 통해 어떤 것을 다른 것과 혼동하지 않는 법을, 그리고 어떤 상황에서도 명철함을 유지하는 법을 배웠습니다. 그런데 제 생각에는 각하께서 제게 아무 이유 없이 호의를 베풀어주신 건 아닌 듯합니다. 각하는 제게 갚아야 할 빚이 있을 겁니다, 그렇지 않습니까?"

"상상력이 너를 눈멀게 하는구나. 나는 네 자질을 높이 산 것이다. 그게 전부다. 그리고 네가 성공할 수 있었던 이유는 네 자신의 능력 덕분이지."

"저는 그렇게 생각하지 않습니다, 각하. 각하께서는 저를 죽이려 했던 사람들에 대해 잘 알고 계신 게 틀림없습니다. 그래서 저를 이 지방에서 가장 명성 높은 서기관으로 만들어 보호해주시려고 한 겁니다. 이제는 모든 것을 알고 싶습니다. 제가 희생 제물로 뽑힌 이유는 무엇입니까? 누가 그렇게 한 겁니까? 여전히 저는 어둠 속에 숨어 있는 어떤 악마의 노리개인 것입니까? 푼트의 향이 훌륭한 서기관을 구원한다는데, 그렇다면 그 땅은 어디에 있습니까?"

"너무 많은 것을 묻는다고 생각하지 않느냐?"

"아닙니다. 저는 다 알아야겠습니다."

제후티는 몹시 화가 나서 의자의 팔걸이를 움켜잡았다.

"네 물음에 내가 대답해야 할 이유가 대체 무엇이냐?"

"진실을 사랑하신다면 대답해주십시오."

"만약 그 진실을 알게 되어 더 큰 위험에 빠지게 된다면?"

"저는 이미 목숨을 잃을 뻔했습니다. 그러므로 무엇 때문인지, 누가 그런 것인지를 알고 싶은 것입니다."

"그런 고통스러운 일들은 잊어버리고, 네가 좋아하는 글쓰기와 읽기를 즐기며 평온하게 사는 것이 더 낫지 않겠느냐?"

"모르는 상태로 사는 일, 앞 못 보는 어둠 속에서 살아가는 일이 가장 무서운 벌이 아니겠습니까?"

"그건 사람에 따라 다르다! 대부분의 사람들은 무지의 상태를 좋아하고, 거기서 빠져나오려 하지 않거든."

"저는 그렇지 않습니다."

"내가 너를 바로 보았군! 마지막으로 권하겠다, 이케르, 밝히지 말아야 할 것을 밝히려 애쓰지 마라."

이제 이케르는 자신의 추측이 맞았다는 걸 알았다. 그의 간절한 눈빛은 비밀을 지키려던 총독의 결심을 마침내 흔들어놓았다.

"정 그렇다면 말해주마. 그러나 알고 나면 후회할지도 모른다. 푼트에 대해서는 나도 아는 것이 없지만, 거북눈과 칼날이라는 이름의 두 선원에 대해서는 들은 적이 있다."

이케르는 깜짝 놀랐다.

"그렇다면, 그 두 사람이 각하의 수하였습니까?"

"아니. 다만 한때 그들이 우리 지방의 제1부두를 거쳐 간 적은 있었다. 그들의 배가 며칠 간 부두에 정박해 있었지."

"문서 보관소에는 그런 기록이 남아 있지 않던데요!"

이케르가 반문했다.

"그 기록은 폐기되었다."

"무슨 이유에서였습니까, 각하?"

"뜬소문을 없애기 위해서였다."

"뜬소문이라니요? 어떤 소문을 말씀하시는 것입니까? 혹시 그런 조치를 취하게 한 것이 각하십니까?"

"그만 해라, 이케르!"

제후티가 말을 잘랐다.

"내가 너를 보호하려 한다는 걸 모르겠느냐? 나는 네가 자신의 운명에 맞서다가 파멸하는 모습을 보고 싶지 않다."

"제게 모든 걸 말씀해주십시오, 각하."

"너는 어떤 위험이 자신을 노리는지 모르고 있어."

"각하가 말씀해주시면 알 수 있습니다."

제후티는 또 한번 노여움을 이기지 못하고 한숨을 내쉬었다.

"그 두 선원이 소속된 배는 특권을 부여받은 배였다. 어떤 특권이 었는지 정말로 알고 싶으냐?"

"각하의 한마디 한마디가 제 애간장을 태웁니다."

"그 배는 파라오의 문장을 달고 있었다. 선장이 배 수리를 위해 잠시 부두에 머물게 해달라고 요청해왔다. 그 요청을 거절한다면 분쟁이 일어날 수도 있는 상황이었다. 하지만 받아들인다면 나는 그 권위를 인정할 수 없는 한 군주에게 허리를 굽히는 꼴이었단 말이야. 그래서 나는 그 배와 선원 일행이 아예 이곳에 오지 않은 것으로 만들었던 거야. 그후에 네가 이곳에 왔지. 풀어야 할 질문을 안고 말이야. 한눈에 봐도 평범하지 않아 보였다. 너는 다른 서기관들과는 달라, 이케르. 너의 내부에는 네 자신도 잘 모르는 어떤 불꽃이 타오르고 있어. 그 때문에 나는 너와 네 과거를 떼어놓으려 했던 것이다."

"그 선원들은 어디로 갔습니까?"

"카훈으로 떠났다. 카훈은 세소스트리스가 특히 중시하는 곳이지. 국가 문서가 그곳에 보관되어 있거든."

"그 문서들을 보면 제 질문에 대한 답을 얻을 수 있겠군요!"

"그곳에 간다는 건 파라오에게 도전한다는 의미야."

"파라오는 무엇 때문에 저를 죽이려 한 걸까요?"

"그건 나도 모른다. 하지만 누구든 왕에게 맞설 때는 목숨을 보장

받지 못하는 법이다."

"저의 목숨보다는 진실이 중요합니다. 저를 한 번만 더 도와주십시오. 저를 카훈으로 보내주세요. 토트 신의 주에서 온 서기관이라면 이집트의 어느 도시에서건 환영받을 것입니다."

"너는 내게 널 죽음으로 몰아넣으라고 청하는구나, 이케르."

"각하께는 한없이 감사드립니다. 하지만 만약 제가 이곳에 남아 눈과 귀를 막고 산다면 저는 곧 나쁜 신하가 되고 말 것입니다."

"너는 나에게 무거운 책임감을 떠안기고 있어."

"유일하게 책임을 질 사람은 저입니다. 제가 각하께 진실을 밝혀달라고 졸랐고, 저의 길을 갈 수 있게 해달라고 청했습니다. 각하 덕분에 저는 힘을 얻었습니다. 저는 이 새로운 시련에 맞설 자신이 있습니다."

# 44

파라오 세소스트리스와 그의 측근들은 엘레판티네에서 사렌푸트 총독이 주관하는 의식에 참석하고 있었다. 존경받는 현자 헤카이브에게 올리는 제의였다. 제6왕조 시절에 살았던 이 존엄한 인물의 새 입상이 그의 무덤 제실에 막 세워진 참이었다. 이 입상은 그의 카가 지상에 머물도록, 그리하여 그의 계승자들에게 영감을 불러일으키도록 할 것이다.

왕의 수행원들과 사렌푸트의 의용대 사이에 형성된 화해 분위기를 손상시킬 만한 사고는 전혀 없었다. 그렇지만 수호자 소벡은 경계를 게을리 하지 않았다. 사렌푸트의 본심이 의심스러웠던 것이다. 그는 사렌푸트가 왕에게 함정을 쳐놓은 것이 아닐까 끊임없이 경계의 눈을 번득였다. 그것은 세호테프도 마찬가지였다. 네스몬투 장군 역시 자신이 섬기는 왕을 위해서라면 자신의 목숨을 던져 싸울 것이다.

메데스는 예의범절에 맞게 뒷전으로 물러나 최대한 신중하게 처신했다. 파라오의 공식 발언을 기록할 준비를 갖춘 채 그는 이 지방의 고관들을 관찰했고, 그들이 여한에 대해 묻어보곤 했다. 그리고 상냥하고 붙임성 있게 행동하면서 새로운 교분을 쌓아나갔다.

"폐하, 제 영생의 집을 보시지 않겠습니까? 오직 폐하께만 보여드리고 싶습니다."

사렌푸트가 말했다.

소벡과 네스몬투는 입술을 깨물었다. 본능적인 신중함으로 이 제안을 거절하고 싶었지만 함부로 끼어들 수는 없는 노릇이었다. 두 사람은 우려하던 일이 일어났다고 생각했다. 사렌푸트가 속셈을 드러낸 것이다. 그는 세소스트리스를 암살하기 위해 무덤 가까이 하수인들을 매복시켜놓은 게 틀림없었다.

왕이 대답했다.

"가보자."

소벡과 네스몬투는 분노를 삼키며 이 일을 어떻게 말려야 좋을지 몰라 허둥댔다. 침착함을 잃지 않는 세호테프가 말을 꺼냈다.

"노 젓는 사람이 필요하실 텐데 제가 수행할까요?"

"괜찮네. 내가 직접 노를 저을 걸세. 몸을 움직이는 게 건강에 좋지."

따라가겠다고 계속 고집한다면 총독을 모욕하는 일이 될 터였다. 이자는 자신의 사병들에게 공격 명령을 내릴 빌미를 찾고 있지 않은가?

소벡은 세소스트리스가 이 위험한 길에 혼자 나설 결심을 했다는 걸 알아차렸다. 하지만 왕이 아무리 힘이 장사라고 해도 여럿이 한꺼번에 덤비는데 어떻게 당해낸단 말인가.

사렌푸트가 무화과나무로 만든 아름다운 나룻배의 노를 힘차게 저었다. 배는 나일 강 서안의 절벽 지대를 향해 떠났다. 이 절벽에는 피라미드 시대 이래로 엘레판티네 주 총독들의 무덤이 깊은 굴 속에 자리 잡고 있었다. 무덤들로 가려면 계단과 가파른 비탈길을 올라가야 했다. 또 길은 양옆이 가로막혀 있어서 주위를 살필 수 없었다.

나룻배가 조심스럽게 절벽 기슭에 닿았다. 두 사람은 천천히 가파른 비탈길을 말없이 올라갔다. 둘 다 남부의 뜨거운 태양은 개의치 않는 듯했다.

사렌푸트의 영생의 집 앞에 도달한 그들은 몸을 돌려 아름답게 펼쳐진 경치를 바라보았다. 햇살에 반짝이는 푸른 나일 강과 싱그러운 초록빛 종려나무 잎사귀들. 그 너머 하얀 집들이 황토빛을 배경으로 점점이 뿌려져 있었다.

사렌푸트가 입을 열었다.

"제가 가장 좋아하는 곳입니다. 이곳에서 죽음과 맞서 이겨 영생으로 건너가고 싶습니다. 제 조상 가운데 저와 같은 이름을 가진 한 분은 이런 비문을 남겼지요. '하늘에 이르러 머리를 창공에 맞대자 기쁨이 충만했으니, 나 자신 별이 되어 별들의 배를 문질렀고, 그리하여 나는 유성처럼 춤을 추었네.' 이것이야말로 유일하게 탐낼 만한 운명이 아니겠습니까? 이쪽으로 오시지요, 폐하. 제 땅에서 가장 아름다운 곳을 보여드리겠습니다."

세소스트리스의 눈앞에 사암을 파서 지은 무덤이 모습을 드러냈다. 바닥은 차츰 높아지고 천장은 차츰 낮아져서 마침내 합쳐지는 구조였는데, 그 길숙이 맞닿는 지점 바로 앞에 마지막 제실이 자리 잡고 있었다. 웅장하고 위엄 있는 첫번째 방은 여섯 개의 기둥이 장식하고 있었다. 계단을 올라 통로를 따라가자 의식을 올리는 방이 나왔고 그곳에는 사렌푸트의 카를 상징하는 입상이 놓여 있었다. 오시리스의 형상이었다.

"이 부활의 신의 충복이 되는 것, 그것이 저의 가장 큰 꿈입니다. 폐하, 제가 무죄라는 걸 입증하는 데 이보다 더 확실한 증거가 어디 있겠습니까? 저는 오시리스의 아카시아나무를 결코 해치려 들지 않았습니다. 게다가 폐하께서 해내신 일이 증명하듯, 폐하는 이 나라가 그토록 필요로 하는 지혜를 갖춘 분입니다. 만약 제가 폐하에게 대적한다면 저는 죄인이 될 것입니다. 저를 충실한 신하로 받아주십시오. 결코 폐하를 배반하지 않을 것입니다."

봉 콩파뇽은 거만하고 당당한 자태로 행렬의 선두에서 걸었다. 오른쪽에는 가젤이 불룩한 배와 늘어진 젖을 끌면서 가까스로 보조를 맞추고 있었다. 두 마리의 개는 한 기념비 앞에 멈춰 섰다. 비석에는 세소스트리스의 이름이 새겨져 있었다.

세호테프가 말했다.

"마음 깊은 곳으로부터 파라오를 경배하라. 너희의 생각에 그의 빛을 받아들이고, 그에게 보여야 할 존경을 사방에 퍼뜨려라. 생명을 주는 이는 파라오이시다. 그는 자신을 따르는 자들에게 자비롭다. 나는 국왕 인장 책임자로서 이 지방이 두 겹의 왕관*에 소속되었음을 확인하노라."

사렌푸트가 만면에 미소를 띠고 세소스트리스 앞에 허리를 굽혔다.

네스몬투 장군은 실로 오랜만에 긴장을 풀었다. 소벡 역시도 스스로 놀랄 만큼 경계심을 풀 수 있었다. 왕은 피 한 방울 흘리지 않고도

* 파라오는 이집트 남부와 북부의 통합을 상징하는 흰색과 붉은색의 두 겹 왕관을 썼다.(옮긴이)

새로운 승리를 가져온 것이다.

왕이 사렌푸트를 향해 말했다.

"나는 비게흐 섬으로 돌아가서 생기의 순환이 문제없이 이루어지고 있는지 확인해봐야 한다. 축제를 준비하라. 축제 중에 모두에게 알리겠다. 엘레판티네 대신전을 새롭게 단장할 것이다."

젊은 여사제는 나일 강의 샘들이 감춰진 동굴을 향해 서 있었다. 파라오가 동굴에서 나오는 것이 보였다.

"이제는 네가 더 멀리까지 나아가야 할 시간이다. 하겠느냐?"

"저는 준비되어 있습니다, 폐하."

"네게는 인간으로서 감당하기 힘들 만큼의 용기와 신념이 필요하다. 네게 이 일을 맡을 힘이 있다고 확신하느냐?"

"제 모든 힘을 다할 것입니다."

왕은 젊은 여사제에게 청금석과 터키석, 홍옥수를 박아 넣은 순금 우라에우스*를 정면으로 내밀었다. 암코브라는 파라오의 이마 위에서 몸을 곧추세우고 강렬한 불꽃을 내뿜고 있었다. 마아트의 적들을 무찔러 어둠을 흩어버리는 불꽃을.

"이 표장에 손을 대고 이것의 마법을 네 안에 가득 받아 채워라. 그리고 너를 인도하는 손에 모든 것을 맡기고 따라가라."

코브라는 타는 듯이 뜨거웠다.

그녀는 코브라의 영기가 자신의 혈관 속으로 흘러 들어와 새로운 힘을 주는 것을 느꼈다.

---

* 파라오의 왕관에 달린 코브라 모양의 표장.(옮긴이)

파라오가 동굴 속으로 들어갔다. 여사제는 다시 혼자가 되었다. 그녀는 이 성스러운 섬의 정적을 누리며 생각에 잠겼다. 다가올 일에 대한 두려움은 없었다. 어린 시절부터 그녀는 신전의 신비를 알고 싶어했고, 또한 그러기 위해서 길고 어려운 길을 가야 한다는 걸 알았다. 하나의 시련을 통과할 때마다 큰 기쁨이 있었고, 그것이 그녀의 발걸음을 광활해 보이기만 하는 풍경 속으로 점점 깊숙이 이끌었다. 지금까지의 여정에 특별한 장애물은 없었다. 한 젊은 서기관이 눈앞에 나타났던 일을 제외한다면 말이다. 그녀는 그 젊은 서기관의 이름이 이케르라는 걸 알게 되었다. 단지 한 번 스친 것에 불과한 만남이었지만 그녀는 그를 잊을 수 없었다. 그가 마치 자신의 가까운 친구처럼, 내밀한 이야기를 주고받은 사이처럼 느껴졌다. 다시는 보지 못할 사람인데도 불구하고.

붉은색 긴 옷을 입은 일곱 명의 여사제가 손에 탬버린을 들고 그녀 주위를 둥글게 에워쌌다.

이어서 수석 여사제가 앞으로 나섰다. 수석 여사제는 독수리 형상의 가발을 쓰고 목걸이와 함께 영적인 탄생의 상징인 메나트*를 걸고 있었다.

가운데 서 있던 젊은 여사제는 몸을 떨었다. 이 독수리 형상의 제의용 가발은 이집트의 왕비, 상하 이집트의 여군주, 즉 파라오의 존재 안에서 합쳐진 호루스와 세트를 보는 여인만이 쓸 수 있었다. 독수리라는 상형문자는 '어머니'와 '죽음'을 동시에 의미했는데, 왕의 어머니로 현신하는 하늘의 어머니**를 만나기 위해서는 죽음에 입문

---

* 앞에 건 목걸이와 균형을 맞추어 목뒤에 거는 보호 부적.(옮긴이)

** 하토르 여신, 파라오들의 어머니로 여겨졌다.(옮긴이)

해야 했기 때문이다.

왕비가 명을 내렸다.

"하토르 여신의 일곱 여사제는 불운을 가두어라."

일곱 명의 여사제가 붉은 띠를 펼쳐 가운데 여인을 둘러쌌다.

"새롭게 태어날 시간이 왔다."

왕비가 여인을 향해 말했다.

"너는 순결한 여사제*의 직무에 발을 들여놓았고, 음악을 배워 사랑을 사방에 퍼뜨렸다**. 오늘 너는 새로운 신비에 입문하여 눈을 뜬 여인***이 될 것이다. 프타 신전의 성녀(聖女)들, 쿠사이의 여장로(女長老)들, 창조주 아툼 신전의 하토르 여사제들이 너의 선구자이다. 그 모든 이들이 지금 이곳에 있는 여사제들 속에 살아 있으니, 그들이 너로 하여금 천상의 음악을, 별과 달과 해의 노래를 듣게 해줄 것이다."

탬버린과 왕비가 직접 연주하는 두 개의 시스트럼**** 소리에 맞춰 부드럽고도 장중한 노래가 울려퍼졌다. 여사제들이 각자 차례대로 일곱 가지 창조의 말을 했다. 그것은 태초의 물에서 스스로의 힘으로 태어난 네이트 여신*****이 빛을 만들면서 했던 말들이었다. 모든 구분이 만들어지기 이전에 네이트 여신은 남성이자 여성으로서 만물을 탄생시켰고 신들을 빚어냈다.

---

* 우아베트(ouâbet).

** 음악을 담당한 여사제를 메루트(Mérout)라고 불렀다.

*** 우레슈트(Oureshout).

**** 왕비는 하토르의 화신으로 여겨졌으며, 그 상징으로 제의에서 시스트럼을 연주했다.

***** 세계를 창조한 여신.(옮긴이)

왕비가 말했다.

"나는 과거에 있었던 모든 것, 현재 있는 모든 것, 그리고 앞으로 올 모든 것이다. 인간이든 짐승이든 살아 있는 그 어떤 것도 나의 베일을 앗아가지 못했으니, 그것은 오시리스의 육신을 감싸는 수의(壽衣)이다. 이 베일을 짜는 일은 여사제들이 맡게 된다. 이제 너는 오시리스의 아카시아나무가 거하는 곳으로 인도될 것이고, 거기서 하토르와 오시리스의 영혼이 네 가슴속에서 결합될 것이다. 이 신성한 섬 비게흐에서 오시리스 아카시아나무의 거처는 그 형상을 바꾸어 지금 앞에 있는 하피 신의 동굴이 되었고, 그리하여 이 동굴에서 천상의 물이 지상의 물과 합쳐지는 것이다. 이 동굴로 들어가자. 별들의 청량한 물과 앎의 불이 너의 생명에 풍요한 자양분을 줄 것이다."

젊은 여인은 옷을 모두 벗은 다음 동굴 안으로 들어갔다. 동굴 안에서는 불꽃이 타오르고 있었다. 그녀는 별이 총총한 길을 따라갔다. 하늘의 문으로 들어선 그녀는 빛의 호수에 몸을 담갔다. 그리고 떠오르는 아침 해의 눈부신 빛살과 함께 새롭게 태어났다.

한 여사제가 그녀를 마아트 여신을 상징하는 반석 위에 앉히고, 마아트의 다른 표현인 타조 깃털*로 바람을 부쳐 보냈다. 이 감미로운 바람으로 그녀를 기쁨의 도시까지 인도해주기 위해서였다.

그런 다음 그녀의 몸에 다시 붉은색 옷을 입혀주었고, 목에는 진주로 만든 커다란 가슴 장식을 걸어주었다. 이 가슴 장식은 그녀가 악의 세력들에게 붙잡히지 않고 무사히 어둠의 땅을 건너와 새롭게 태

---

* 마아트를 의미하는 상형문자가 타조 깃털이다. 이 여신은 죽은 자를 심판하는 오시리스 판결에서 타조 깃털로 추를 삼아 죽은 자의 심장 무게를 재어 올바름과 진실성을 시험한다고 여겨졌다.

어났음을 의미하는 것이었다.

왕비가 그녀에게 서기관의 팔레트와 필기용 붓을 건네준 다음 머리에 빛살이 일곱 갈래로 뻗어나간 별 하나를 달아주었다.

"너는 이제 하토르 여신의 여사제가 되었다. 또한 너는 세샤트 여신의 여사제도 되어야 한다. 네게는 이렇듯 특별한 역할이 주어졌다. 너는 이러한 각성을 혼자만 누리며 자매들과 더불어 신전 깊숙한 곳에서 평화를 맛보는 걸로 만족해서는 안 된다. 가혹한 시련이 너를 기다린다. 그러므로 너는 힘을 지닌 말들, 즉 신의 말들을 배워 눈에 보이는 적과 보이지 않는 적들에 맞서 싸워야 한다. 있는 힘껏 너를 돕겠지만, 승리는 너 혼자의 힘으로 얻어야 할 것이다."

# 45

동트기 전 이케르는 아무도 깨우지 않으려고 조심하면서 제후티의 궁정을 나섰다. 모두 깊이 잠들어 있었다. 그 전날, 그는 제후티에게 자신이 관리해온 모든 서류를 제출했고, 총독의 마지막 충고를 묵묵히 들었다.

이 젊은 서기관은 북쪽을 향해 떠나는 첫 배에 올랐다. 먼동이 트자 배는 닻을 올리고 출발했다. 나일 강의 물살은 빠르고도 종잡을 수 없었다. 콧수염을 짙게 기른 경험 많은 선장이 노련한 솜씨로 키를 다루었다. 배 위에는 십여 명의 승객과 황소 한 마리, 거위들, 그리고 북풍이 타고 있었다.

이케르를 향해 선장이 물었다.

"이봐, 어디로 가는 거야?"

"카훈에 가려고 합니다."

"스무 시간 정도 걸리는 거리지. 도중에 여러 곳에 정박해야 하거든. 별일 없다면 중간에 하룻밤을 묵고 가기도 해. 뱃삯은 얼마나 낼 건가?"

"질 좋은 샌들 두 켤레, 아마 한 필, 중간 크기의 파피루스 두루마리 하나를 지불하겠습니다."

"시원시원해서 좋은걸. 자넨 대갓집 아들인가보군."

"아니오, 리에브르 주의 서기관일 뿐입니다. 제후티 총독 밑에서 일했었지요."

"대단한 세력가이자 존경받는 거물이지. 카훈에는 무슨 이유로 가는 건가?"

이케르는 선장의 질문이 성가시게 느껴졌지만 성의껏 대답하려고 애썼다.

"직업상 맡은 일 때문입니다."

"비밀 임무 말인가?"

"그렇다고 해두지요."

"카훈이라, 거긴 묘한 곳이야. 나야 잘 모르지만, 듣자하니 경계가 철통같다고 하더군. 그곳에서 살려면 허가를 얻어야 한다던데. 자넨 뭔가 특별한 인물인 게 틀림없어."

"말했다시피 평범한 서기관일 뿐입니다."

선장이 캐묻는 걸 더이상 참을 수 없었던 이케르는 자신의 여행용 자리 위에 누워 잠이 든 척했다. 선장은 다른 승객과 이야기를 시작했다.

선장이 말한 대로 배는 여러 부두에서 멈춰 섰다. 그때마다 누군가가 배에서 내렸고, 또 누군가가 새로 탔다. 사람들은 서로 이야기를 나누고, 과자나 양파, 말린 물고기를 야금야금 먹고, 순한 맥주를 마셨다. 배는 나일 강물에 실려 유유히 나아갔다. 이케르는 태평한 심정으로 오가는 이야기를 듣고 있었다. 대개 이런저런 가족 내력이거나 소송 사건들, 혹은 식구들 간의 불화 이야기들이었다.

배가 어느 부두에 또 한번 멈췄다. 북풍이 긴장하며 귀를 쫑긋 세웠다.

마을이라기보다 작은 종려나무 농장이었다. 관개수로가 사방으로 뻗어 있었다. 그곳에서 수염이 더부룩하게 자란 두 남자가 배에 탔다. 팔의 근육이 단단한 걸로 봐서 노 젓는 사람들 같았다.

이케르를 죽이려 했던 배의 선원들과 어딘가 닮은 데가 있었다. 두 사람은 배의 고물에 자리를 잡았다.

선장이 이케르에게 덫을 놓은 것일까? 지금 배에 오른 두 남자가 그의 부하들일까?

이케르는 졸고 있는 듯 보이는 선장 옆으로 다가갔다.

"물살을 살펴야 하는 것 아닙니까?"

"능숙한 뱃사람은 잠도 한눈으로만 자는 법이야."

"최대한 빨리 이 배에서 내리게 해주십시오."

"카훈은 아직 멀었어!"

"마음이 바뀌었습니다."

"자신이 뭘 하고 싶은지 아직 잘 모르는가보군. 그래, 자네가 정말 가고 싶은 데는 어딘가?"

"배에서 내려주십시오."

"당장은 그럴 수 없어. 다음 부두까지는 한참 더 가야 해. 그래도 자네가 정 내리겠다면, 뱃삯을 더 내야 하네."

"이미 넉넉히 지불했는데, 안 그렇습니까?"

"그야 그렇지, 하지만……"

"새 자리 한 장을 더 내면 되겠습니까?"

"뭐, 그렇다면야……"

이케르는 자신의 여행용 자리 두 장 가운데 하나를 건네주었다. 선장은 흡족해하며 배를 강기슭에 댈 채비를 차렸다.

선교를 대자마자 이케르와 북풍은 뭍에 내렸다. 이케르는 노를 젓는 두 선원도 분명 따라서 내릴 거라고 예상하고 있었다. 하지만 그의 예상은 어긋났다. 배가 멀어져 갔다.

이케르가 북풍에게 말했다.

"생각보다 훨씬 더 많이 걸어야 하겠지만, 적어도 쫓아오는 사람은 없을 거야. 위험한 것보다는 이게 낫겠지."

당나귀가 같은 생각이라는 의미로 귀를 쫑긋 세웠다. 북풍이 엉겅퀴를 맛있게 뜯어먹는 동안 이케르는 자신의 필기도구가 빠짐없이 있는지 확인했다. 그런 다음 둘은 밭 사이로 난 오솔길을 따라 북쪽으로 걸어갔다.

"풀리지 않는 의문이 너무 많아! 카훈에 가면 분명 그 해답을 얻을 수 있을 거야. 그런데 어째서 다들 푼트에 대한 이야기를 하지 않으려고 하는 걸까? 제후티 총독이 말해준 건 진실의 일부분일 뿐이야. 어쩌면 그 자신도 내가 기대하는 것보다 아는 게 없을지도 몰라. 게다가 나를 죽이려고 했던 사람이 파라오라니! 내가 그분에게 무슨 잘못을 저지른 걸까? 나처럼 하찮은 사람이 무슨 수로 파라오의 권력을 위협할 수 있겠어? 여기서 그만 포기할까? 하지만 그 어떤 위험을 무릅쓰더라도 나는 진실을 알고 싶어. 그리고 그녀를 다시 만나야 해. 이 어려움과 맞서 싸워야겠다는 마음이 드는 건 바로 그녀 때문이야."

길을 가다가 언제 쉴지는 북풍의 뜻에 따랐다. 이케르는 북풍이 이끄는 대로 그늘진 장소를 골라 들어가 잠시 눈을 붙인 다음 다시 길을 나서곤 했다. 길을 가면서 만난 사람이라고는 농부들뿐이었다. 그중에는 무뚝뚝한 사람들도 있었고 친절한 사람들도 있었다. 이케르는 농부들이 관청에 보낼 서신을 몇 통 써주고, 음식을 받기도 했다.

부유하고 풍족한 파이윰 주가 가까워질수록 당나귀는 자주 히힝거리며 울었다. 어떤 위험을 탐지한 게 분명했다.

언덕 꼭대기에 자칼 한 마리가 버티고 서 있었다. 자칼은 긴 두 다리를 꼿꼿이 세우고 뾰족한 머리를 들어 자신의 영토에 발을 들여놓은 이 두 침입자를 쏘아보더니 머리를 직각으로 젖히고는 기이한 소리로 울었다. 자칼의 울음소리를 가만히 듣고 있던 북풍이 머뭇거리지 않고 이 맹수에게로 나아갔다.

이케르는 두 짐승이 서로 이야기를 나누고 있다는 걸 알아차렸다. 자칼은 이 세상이든 저세상이든 모르는 길이 없는 아누비스 신의 화신이 아닌가?

자칼은 빠른 걸음으로, 하지만 뒤따라오는 둘이 뒤처지지는 않게 속도를 조절하며 앞서 나갔다. 두 길동무는 '강의 입'이라는 의미의 라헨티가 바라보이는 지점에 이르렀다. 그곳에는 나일 강의 한 지류로부터 파이윰에 공급되는 수량을 조절하는 큰 제방과 수문이 있었다. 이 제방과 수문은 세소스트리스 2세 시대의 기술자들이 만든 것으로, 그 덕분에 경작지 면적이 늘어났고 관개 조절도 가능하게 되었다.

몇 명의 감찰관이 길을 막고 행인을 검문하고 있었다. 그중 장교로 보이는 감찰관이 말했다.

"여긴 통행이 금지된 군사 구역이다. 이름을 대라. 어디서 오는 길이냐?"

"이케르라고 합니다. 토트 신의 주에서 온 서기관입니다."

장교가 심술궂게 히죽 웃었다.

"오호라! 나이를 보아하니 꽤나 서기관이시겠군. 그렇다면 나는 국왕 친위대의 대장이야. 내 특기는 거짓말쟁이들을 잡아내는 일이지. 우리와 함께 가줘야겠다. 곱게 따라와!"

"내 말은 사실입니다. 추천장을 보여드리겠습니다."

이케르가 당나귀에 실은 행낭 하나를 여는 순간 감찰관들이 일제히 활을 겨냥했다. 이케르를 향해 이죽거리던 장교가 단검 끝을 이케르의 허리에 갖다 댔다.

"꼼짝 마라! 무기를 꺼내시겠다고, 응? 사막 감찰대 빼고는 아무도 이 길로 다니지 못해. 누가 이 길을 네게 가르쳐주었지?"

"말을 해도 날 믿지 않을 겁니다!"

"말해봐."

"자칼이 가르쳐주었습니다."

"그 말을 믿으라고? 넌 도적 떼가 이곳을 털 속셈에 미리 보낸 첩자가 분명해."

"내 짐을 확인해보세요. 거기엔 서기관의 필기도구밖에 없습니다. 대신 조심해서 다루셔야 합니다."

장교가 의심을 거두지 못하고 행낭 속을 뒤졌다. 무기가 나오지 않자 그의 얼굴에 실망한 표정이 떠올랐다.

"교활한 놈! 이게 네 추천장이라는 거냐?"

"카훈의 시장에게 보내는 봉인된 파피루스 두루마리입니다. 그 봉인은 리에브그 주 제후디 총독의 짓이고요."

"내가 만약 이 봉인을 열어보면 시장은 내가 공문에 손을 댔다고 문책할 테지. 그렇다고 이걸 고이 되돌려주면 네 말을 곧이곧대로 믿는 꼴이 되잖아. 꾀를 한번 부려보겠단 말이군, 약은 놈! 하지만 나한테는 안 통해! 너 같은 녀석들의 뱃속은 훤히 들여다볼 수 있어."

"이런 어리석은 승강이는 그만두고 나를 시장에게 데려다주십시오."

"시장님이 범법자들을 만나실 만큼 시간이 남아도는 줄 알아?"

"내가 서기관이란 건 보면 알 수 있잖습니까!"

"이 필기도구 때문에? 이건 누구한테서 훔친 거야?"

"그건 세피 장군이 내게 준 것입니다."

"처음 듣는 이름이야."

"아닙니다. 내가 말하는 건 전부 사실입니다."

"그런 말은 하나마나고, 일을 혼자서 저지를 생각이었는지 아니면 공범이 있는지 털어놔봐."

이케르의 침착하던 마음이 화가 나서 끓어오르기 시작했다. 상대방도 그걸 눈치 채고 있었다.

"허튼 수작 부리지 마! 안 그러면 이 단도를 네 몸속에 박아 넣겠다. 여기 있는 내 부하들이 모두 정당방위였다고 증언해줄 거야."

이케르 혼자 감당하기에는 감찰관의 숫자가 너무 많았다. 또한 달아난다고 해도 날아오는 화살보다 빠를 수는 없을 것이다.

"카훈의 시장이 이 추천장의 봉인을 열고 내용을 읽고 나면, 당신도 자신이 실수했다는 걸 알게 될 겁니다."

"이젠 협박까지! 감옥에서 오래 썩어야겠군."

"당신은 나를 가둘 권한이 없습니다."

"이놈이 아직도 정신을 못 차리네, 녀석에게 나무 수갑을 채워라."

감찰관 세 명이 이케르에게 달려들어 땅바닥에 쓰러뜨렸다. 그들이 이케르를 다시 일으켜 세웠을 때, 그의 두 손은 등 뒤로 묶여 있었다.

"내 당나귀는 어떻게 할 셈입니까?"

"쓸 만한 녀석인걸, 이놈은 내가 부려야겠다."

"내 필기도구는?"

"옷가지와 바꿔야지."

"이제 보니 도둑이로군요!"

"네 역할을 나한테 떠넘겨서야 쓰나, 도둑은 너야. 녀석을 데려가라. 더이상 내 눈앞에 보이지 않게 해."

이케르는 아무 말도 하지 않고 감찰관들에게 이끌려 시 외곽에 있는 감옥으로 갔다. 그들이 이케르를 밀어 넣은 작은 방에는 거위를 훔치다가 붙잡혀온 세 사람이 있었다. 젊은이 한 사람과 노인 두 명이었다.

젊은이가 이케르에게 물었다.

"넌 뭘 하다가 잡혀 왔어?"

"아무 짓도 안 했어."

"그건 나도 그렇지. 너도 거위를 훔쳤니?"

"훔치지 않았다니까."

"솔직히 말해도 돼. 우린 네 편이야."

"여기 들어온 지는 얼마나 됐어?"

"서너 주일 되었지. 판관 앞에 갈 차례를 기다리고 있어. 운 나쁘게도 그 판관은 물렁한 사람이 아냐. 난 이번이 처음이 아니라서 자칫하면 형기가 길어질지도 몰라. 자백을 하고 뉘우치는 시늉을 하면 좀더 잘 봐주기도 하지. 그런 시늉을 해본 적이 없다면 내가 가르쳐줄게."

"나는 서기관이야. 그리고 도둑질도 하지 않았어."

노인 하나가 눈을 둥그렇게 떴다.

"서기관이 감옥에 들어왔다고? 그렇다면 자넨 큰 죄인인가보군! 어디 이야기나 들어보세."

지쳐버린 이케르는 구석으로 가서 드러누웠다.

"그냥 내버려두세요."

젊은이가 노인에게 말했다.

이케르는 모든 것을 잃었지만, 절망하지 않으려고 애썼다.

자신이 또다른 함정에 빠진 것은 아닐까? 아니, 아누비스의 자칼이 길을 인도해준 이상 그럴 리는 없었다. 이 일은 단지 오해에서 비롯된 것이다. 이 오해를 바로잡으려면 시간이 좀 걸릴지도 모르지만 결국은 다 해결될 것이다.

# 46

감옥 문이 요란한 소리를 내며 열렸다.

감찰관 하나가 이케르에게 말했다.

"거기 너, 일어나서 나를 따라와."

"날 어디로 데려가는 겁니까?"

"곧 알게 돼."

감찰관 세 명이 이케르를 감옥 바깥으로 데리고 나갔다. 그러면서도 그에게 나무 수갑을 채우지 않는 것이 뜻밖이었다.

"나를 풀어주는 겁니까?"

"우리 임무는 너를 관청까지 호송해 가는 거야. 딴마음을 먹으면 가만두지 않을 테니 달아날 생각은 아예 접으시지."

잠시 고개를 들었던 희망이 사라지고 말았다. 일단 재판정에 서게 되면 무거운 벌을 면할 수 없을 것이다. 아마도 구리 광산이나 서부 사막 지대의 오아시스에서 여러 해 동안 강제 노역을 해야 할 것이다.

세 명이라면 혼자 상대해볼 만했다. 그렇지만 이케르가 먼저 움직여 기선을 제압하려 해도 감찰관들과 어느 정도 거리를 두고 있어야 했다. 불행히도 이들은 아주 노련한 자들이어서 이케르에게 조금의 틈도 주지 않았다.

카훈 시가 이케르의 눈앞에 나타났다. 한 변의 길이가 각각 삼백구십 미터, 사백이십 미터인 장방형 성시로, 높이 육 미터, 두께 삼 미터의 담이 외곽을 둘러싸고 있었다. 성문은 북동쪽을 향해 나 있었다. 문을 지키는 네 명의 병사가 보였다.

"여기 그 죄수를 데려왔소."

"이리로 넘기게."

위병 장교가 대답하고 부하 두 사람을 더 불렀다.

이 병사들은 감찰관들보다 완력이 한층 세 보였고 창을 지니고 있었다. 병사들이 창을 다룰 줄 아는 이상, 이케르가 달아난다 해도 멀리 가지 못하고 이들이 던진 창에 맞을 게 분명했다. 이케르는 달아나려던 생각을 접었다.

이케르와 세 명의 위병은 시의 중심 도로를 따라 들어갔다. 그 도로에서 길이 갈라져 두 개의 주요 구역으로 통하게 되어 있었다. 시 전체가 바둑판 모양으로 구획 지어진 것이 한눈에 보기에도 정확한 설계에 따라 건설되었음을 알 수 있었다. 시내에는 이집트의 여느 도시와 달리 정적이 감돌았다. 이케르는 곧 이 특별한 도시가 편하게 느껴졌다.

상점은 거의 눈에 띄지 않았고, 흰색의 아름다운 집들이 늘어선 거리는 깨끗하게 정돈되어 있었다. 이케르는 카훈 시 여기저기를 돌아보고 싶었지만 병사들이 그의 걸음을 재촉했다.

"서두르자. 시장님은 기다리는 걸 아주 싫어하셔."

아크로폴리스 위에 시장 관사가 위엄 있게 서 있었다. 그곳에서는 도시가 한눈에 내려다보였다.

관사는 일흔 개의 방이 있는 엄청나게 큰 저택이었지만, 안으로 들어가는 통로는 좁은 출입문 하나뿐이었다. 문 양편으로 각각 하나씩 초소가 있고, 위병들이 지키고 있었다.

위병 장교가 알렸다.

"시장님이 보자고 하신 죄수를 데려왔소."

"기다리시오. 비서관에게 알리겠소."

포석이 깔린 왼편 길은 주방과 마구간, 작업장으로 통했다. 시장 비서관과 병사들, 그리고 이케르는 오른편 길을 따라 들어갔다. 일행은 비서관이 이끄는 대로 침실과 욕실이 있는 개인 공간을 지나 마침내 접견실에 도달했다. 두 개의 기둥이 접견실을 장식하고 있었다.

시장은 작은 체구에 이마가 좁고 눈썹이 짙었다.

"여기 분부하신 그 죄인을……"

"알았다."

시장은 비서관의 말을 냉랭하게 잘랐다.

"죄수만 남겨두고 모두 나가라."

"이 도적놈과 둘만 계시면 위험할지도 모릅니다."

위병 장교가 끼어들었다.

"입 다물고 시키는 대로 해."

이케르는 홀로 시장과 마주 섰다. 시장의 검은 눈은 차갑기만 했다.

"자네 이름이 이케르인가?"

"그렇습니다."

"출신지는 어디인가?"

"메다무드입니다."

"여기 오기 전에는 어디 있었는가?"

"토트 신의 도시에 있었습니다. 거기서 오는 길입니다."

"이것을 알아보겠는가?"

시장은 낮은 탁자 위에 펼쳐져 있는 이케르의 필기도구들을 가리켰다.

"제 필기도구들입니다."

"저것을 어디에서 샀는가?"

"세피 장군이 제게 준 것입니다. 저는 그분의 가르침을 받고, 서기관이 되었습니다. 그리고 제후티 총독 밑에서 첫 직무를 얻었습니다."

시장은 감찰관들이 가져온 파피루스 두루마리를 다시 펼쳐서 읽었다. 이미 자신이 봉인을 떼고 읽어보았던 내용이었다.

"이 도시의 경비 상태는 만족할 만하지. 그러나 위병들이 똑똑한 건 아니라서 나는 그들에게 규율을 철저히 따를 것을 요구하고 있다. 이건 감찰대가 자네를 알아보지 못해 생긴 일이다. 서기관이 자네처럼 젊다면, 또한 그처럼 칭찬에 인색하기로 소문난 총독의 추천장을 소지하고 있다면 의심을 사는 게 당연해. 그런데 자네는 무슨 이유로 카훈에서 일하고자 하는가?"

"최고의 서기관이 되기 위한 수련을 쌓고 싶어서입니다."

차갑던 시장의 눈빛이 조금 누그러졌다.

"그렇다면 여기보다 더 좋은 곳은 없지! 이 도시는 제의를 수행하며 수련을 쌓은 측량 기사들과 사제들이 건설한 곳이야. 그들은 피라미드도 하나 건축했고, 이어서 이 장소를 행정 중심지로 조성했다. 난 농경지와 채석장, 곡식 저장소, 여러 제조 공방들을 관리하고, 인구와 물자를 조사하고, 파이윰 주 내부에서의 노동력 이동을 감독하고 있다. 또한 매일의 구매 품목과 소비 내역을 감사(監査)하고, 사제와 장인, 서기관, 과수 재배인, 병사 들이 자신의 직무를 잘 수행하는지 확인하는 것도 내 일이야. 솔직히 이건 사람의 진을 빼놓는 업무라서 나는 내가 좋아하는 일을 못하고 있어. 글을 쓰는 일이 나의 큰 낙인데 말이지. 명심하게. 모든 것은 이미 다 말로 표현되어 있어. 나를 포함해서 그 누구도 새로운 말을 만들어낼 수는 없어. 아, 내가 일찍이 없었던 놀라운 말들과 눈부신 표현을 빚어낼 수만 있다면! 해가 갈수록 세월은 우리를 짓누르고, 정의는 바라는 만큼 정의롭지 못하며, 신들이 행하는 일은 풀리지 않는 수수께끼로 남아 있어. 통치권조차도 충분한 존경을 얻지 못하고 있지. 내 눈에는 모든 것이 거꾸로 가고 있는 듯이 보여. 과연 그 누가 이러한 사실을 깨닫고 필요한 조치를 취할 수 있을 것인가? 과연 누가 악을 몰아내고, 가난한 자들에게 진정한 도움을 주고, 위선과 거짓에 맞서 싸울 것인가?"

"그건 파라오께서 할 일이 아닙니까?"

이케르가 소심하게 말했다.

자신의 말에 취해 있던 시장은 흥이 식은 듯 대꾸했다.

"물론 그렇지, 물론 그래. 어쨌든 중요한 건 글을 쓰는 일이라는 것을 명심해. 글을 쓰는 자들은 신전을 세우지도 않고 무덤을 짓지도 않아. 그들은 자신이 쓴 글 외에는 아무것도 남기지 않지만, 그 글들은 오래 살아남아 대대손손 글쓴이의 이름을 기억하게 만들지. 자네의 붓과 서판이 바로 자네의 자식들이야. 그리고 자네가 쓸 책이 자네를 위한 피라미드가 될 것이다. 하지만 나는 끝없는 업무에 짓눌려 내 재능을 망치고 있어."

"제게 자리를 주시겠습니까?"

"미리 말해두겠는데, 자네는 최고 수준을 갖춘 서기관들과 함께 일하게 될 거야. 그들은 어설픈 풋내기들을 아주 싫어하지. 그들은 자그마한 실수도 용납하지 않는 터라, 자네의 소양과 기술이 기대에 못 미친다 싶으면 자네를 면직시키라고 요구할 거야. 제후티 총독이 자네를 지나치게 부풀려 칭찬한 게 아니기를 바라네. 어디 보자, 곡식 저장소를 관리할 서기관 하나가 필요하군."

이케르는 실망했지만 내색하지는 않았다. 그건 분명 그가 바라던 직무는 아니었다.

"저는 문서 보관소에서 일한 경험도 많고, 또……"

"문서 보관소에는 빈자리가 없고, 또 거기 서기관들은 일을 훌륭히 해내고 있어. 세피 장군이 곡식 저장소 관리법은 가르쳐주지 않았는가?"

"그것도 수련 과목에 들어 있었습니다. 제게 일을 맡겨주셔서 감사합니다."

"뭐든 실제로 해보는 게 중요해! 능력이 있는지 없는지는 그래야 알 수 있지. 스스로 능력을 보여준다면 카훈은 자네에게 낙원이 될 것이고, 그렇지 못하면 자네가 떠나왔던 곳으로 당장 돌아가야 할 거야."

"시장님 기대에 부응하도록 노력하겠습니다. 그러나 한 가지 그냥 넘어갈 수 없는 문제가 있습니다."

"무엇인가?"

"제 당나귀를 빼앗겼습니다. 제게는 친구와도 같은 당나귀입니다. 다시 찾고 싶습니다."

"급료를 받으면 그걸로 다른 놈을 하나 사면 되지!"

"아닙니다. 북풍은 세상에 오직 하나밖에 없습니다."

"그럼 그놈이 어디 있는지 알고는 있나?"

"분명 제가 갇혀 있던 감옥 부근에 있을 겁니다."

"여기 증서를 썼으니 이걸 내보이면 당나귀를 도로 찾을 수 있을 것이다. 그리고 내 비서관이 자네가 머물 관사의 위치를 가르쳐줄 거야."

이케르는 공손히 몸을 굽혔다.

"세피 장군이 창조의 비밀을 꿰뚫어본 위대한 서기관들에 대해 이야기해주던가?"

"그렇게 되려면 듣고, 이해하고, 불꽃들을 통제하는 능력을 필수적으로 갖춰야 한다고 배웠습니다."

"훌륭한 스승을 두었구나! 하지만 필요한 것이 또 있어. 자네 스스로 갖춰야 할 것을 갖추어야 해."

"제 필기도구를 돌려주시지 않겠다는 말씀입니까?"

"물론 돌려줘야지! 내가 갖춰야 한다고 말한 건 다른 것이다. 문들을 통과해서 뱃사공으로부터 나룻배를 얻거나, 여행자들 중 사악한 자를 골라 그 영혼을 붙잡는다는 큰 그물에 걸리지 않고 빠져나가기 위해 필요한 주문들 말이야. 이것을 모르면 자네는 평범한 서기관 이상은 되지 못할 것이다."

"그걸 어디서 배울 수 있습니까?"

"그건 자네 스스로 찾아야 한다. 직무를 수행하면서 얻는 배움은 학교에서 얻는 배움과는 다른 법이다. 최고의 장인들은 자신의 연장을 스스로 제작해서 쓴다고 하지 않는가?"

이케르는 혼란스러운 심정으로 카훈 성내를 벗어나 감옥으로 향했다. 시장은 어째서 그런 수수께끼 같은 말을 한 것일까? 무엇 때문에 그에게 손에 넣을 수 없는 어떤 배움이 있음을 알려준 것일까? 세피 장군과 제후티 총독이 그랬듯이 시장 또한 어떤 가면 뒤에 자신을 숨기고 있었다. 하지만 이케르는 이 새로운 곤경 앞에서도 기죽지 않았다. 만약 그들이 물에 빠진 자신을 구해주려고 장대를 내민 것이라면 자신은 강물에 빠져 죽지 않음으로써 그들의 도움에 보답할 것이다. 이런 생각이 착각일 뿐이라면 머릿속에서 지워버리면 된다.

팔을 붕대로 감아 어깨에 걸어 맨 한 감찰관이 감옥 입구에 잠들어 있었다. 이케르가 그의 어깨를 두드렸다. 감찰관은 깜짝 놀라 눈을 떴다.

"왜 그러시오?"

"내 당나귀를 찾으러 왔습니다."

"머리가 화강암보다 더 단단하고 눈빛이 사나운 덩치 큰 놈 아니오?"

"그 말을 들으니 맞는 것 같군요."

"그렇다면 이게 그놈이 한 짓이오! 나 말고도 감찰관 셋이 다쳤소. 달려들어서 뒷발로 차고 물어뜯었단 말이오."

"그야 당연하죠. 그 녀석은 내 말만 들으니까요. 그놈을 풀어주십시오."

"너무 늦었는걸."

"뭐라고요, 너무 늦었다니요?"

이케르가 다급하게 되물었다.

"감찰대장이 그 사나운 짐승을 죽여버리기로 했거든. 그놈을 묶는

데 열 사람도 넘게 용을 써야 했지."

"그 녀석을 어디로 끌고 갔습니까?"

"이 감옥 뒤 공터요."

이케르는 있는 힘을 다해 달려갔다.

북풍은 네 다리가 밧줄로 묶여 땅바닥에 길게 눕혀진 채 말뚝에 매여 있었다. 한 사제가 제의용 칼을 빼어들었다.

"멈추시오!"

이케르가 소리쳤다.

모두가 뒤를 돌아보았다. 북풍이 이제 살았다는 듯 히힝거렸다.

사제가 말했다.

"이 짐승은 위험해. 이놈에게서 사악한 힘을 도려내야 하네."

"이 당나귀는 내 것입니다."

"이 당나귀 임자라는 증명서라도 있나?"

감찰대 장교가 빈정거렸다.

"카훈 시장이 서명한 증서면 되겠습니까?"

장교는 물러서지 않을 수 없었다. 이케르는 사제의 손에서 칼을 빼앗아 북풍을 묶은 밧줄을 끊었다.

북풍이 그의 손을 핥았다. 이로써 이케르는 두번째로 당나귀의 목숨을 구해준 것이다.

"가자, 북풍아. 너와 할 이야기가 많구나."

# 47

이집트의 정신적 중심지인 아비도스는 침울하게 가라앉아 있었다. 이 도시는 병사들의 삼엄한 경계하에 이집트의 다른 지역들로부터 고립된 상태였다. 병사들은 임시 사제들의 출입도 철저히 감시했다. 오시리스의 이 영토는 예전에 그의 신성한 건축물들에 생기를 불어넣던 부드러운 햇살을 영원히 잃어버린 것처럼 보였다.

그러나 파라오가 임명한 종신 사제단은 온 힘을 다해 임무를 수행하고 있었다. 나이 많은 대사제는 자신을 짓누르는 세월의 무게와 점점 미약해지는 심장의 고동에도 불구하고 계속해서 황금 팔레트를 받들었으며, 매일 아침 병든 아카시아나무의 상태를 살폈다.

나무의 병은 더 깊어지지는 않았지만 그렇다고 좋아지는 기미도 없었다. 오시리스가 이 나무에 얼마나 더 오래 거할 수 있을까? 이 나무는 앞으로도 계속해서 하늘과 땅, 그리고 지하 세계를 하나로 연결해줄 수 있을까? 또 여전히 자신의 뿌리를 태초의 생기(生氣)의 대양 속으로 뻗을 수 있을까?

대사제는 이 모든 질문에 답할 수 없었다. 이런 사태가 일어나기 전에 그는 성직자로서의 평화로운 삶을 살아왔었다. 해야 할 일이라곤 오시리스 신비제의를 올리고 그것을 전수하는 일뿐이었던 그는 이런 예기치 못한 일에 무력감을 느꼈다.

세소스트리스가 대건축사업을 시작한 이후, 말라가던 아카시아나무 가지 하나가 푸르름을 되찾은 건 사실이었다. 이 가느다란 희망에 기대어 대사제는 하루도 빠짐없이 아카시아나무 밑동에 물과 우유를 부었다. 그런 다음 그는 나날이 쇠약해지는 몸을 이끌고 신전과 세소스트리스의 영생의 집이 비밀리에 건축되고 있는 현장을 살피러 갔다.

그날 건축 현장으로 향하던 대사제는 평소보다 더 힘겨워하며 발걸음을 떼어놓았다. 바람은 시원하기보다 오히려 뼈를 시리게 했고, 모래에 반사된 햇빛은 눈을 찌르는 것 같았다. 그를 맞으러 나온 현장 감독이 팔을 잡아 부축했다.

"좀 쉬셔야 하지 않습니까?"

"이렇게 어려운 때 자신만 생각할 수야 없지. 고기와 생선, 야채는 배급받았는가?"

"여기 장인들은 부족한 게 없고, 식품은 제때에 보급되고 있습니다. 이곳에 배치된 조리사들이 만들어주는 음식도 훌륭합니다."

"자네 목소리는 하는 말만큼 밝지는 않군. 무슨 어려움이 있는 건가?"

현장 감독이 털어놓았다.

"사고가 연달아 일어나고 있습니다. 연장이 부러지고 채석장에서는 석재를 자르다가 망치기 일쑤입니다. 인부들은 자주 다치고 병이 납니다. 아무래도 일의 진행을 더디게 하려고 어떤 사악한 힘이 움직이고 있는 것 같습니다."

"자넨 이런 어려움에 어떻게 대처하고 있는가?"

"아침마다 빠짐없이 제의를 올리고 있습니다. 또 인부들은 서로 규율을 지키고 협동하고 있습니다. 이런 상황에서는 다른 사람을 믿어야 한다는 것을 누구나 압니다. 서로의 말을 핑계라고 몰아붙이거나, 서로 능력이 없다면서 비난하는 건 옳지 않지요. 우리는 파라오의 보호 아래 단결해야 합니다. 우리가 하는 일은 예상보다 몇 배나 더 큰 노력을 요구하고 있으니까요. 안심하십시오. 잘해낼 것입니다."

"만약 자네들이 진다면 아비도스는 멸망할 수밖에 없을 거야. 아비도스가 사라진다는 건 이집트가 사라진다는 의미이네."

"우리는 이 공사를 기한 안에 완성시킬 것입니다."

대사제는 느린 걸음으로 신전으로 돌아와서 지성소를 관리하는 사제가 자신의 업무를 잘 수행했는지 점검했다. 이 사제의 움직임은 직무상 늘 비밀에 가려져 있었다. 또한 매일의 봉헌을 맡은 사제가 그날도 제단에 우유와 향유를 부었는지, 카의 종복 사제가 조상에게 제의를 올렸는지도 확인했다. 그 어느 때보다 조상의 도움이 필요한 시기였으므로 이 일은 아주 중요했다.

한순간 대사제는 심장이 멈추는 듯한 느낌을 받았다. 쓰러지듯 걸터앉았던 그는 어느 정도 숨을 가다듬자 자신의 임무를 다하기 위해 오시리스의 무덤을 돌아보러 갔다. 오시리스의 육신을 온전하게 지키는 임무를 부여받은 사제가 무덤 앞을 경비하고 있었다.

"무덤 문에 붙인 봉인은 여전히 무사하겠지?"

"네, 별일 없습니다."

"어디 보자."

대사제는 봉인을 면밀히 검사했다. 아무 이상도 없었다.

"이 무덤에 접근하려 한 자가 있었는가?"

"없었습니다."

"지극히 사소한 이상일지라도 절대 그냥 넘겨선 안 된다."

"염려하지 않으셔도 됩니다."

대사제는 마음이 든든했다. 무덤을 지키는 이 강직하고 엄격한 사제는 아비도스의 신비제의를 집전하는 파라오의 명이 아니면 절대 무덤의 문을 열지 않을 것이다.

이제 남은 것은 탁발 사제의 업무를 점검하는 일이었다. 탁발 사제는 생명의 집 도서관에서 예전에 수행된 제의에 관한 문헌들을 쉼 없이 검토하고 있었다. 거기서 힘이 가득 담긴 말들을 찾아내어 그해 제의를 올릴 때 사용하는 것이었다.

대사제는 현자들의 생각이 파피루스 문헌에 기록되어 조화롭게 숨쉬고 있는 이 도서관을 좋아했다. 도서관 안에는 과거 행복한 시절을 떠올리게 하는 기분 좋은 향기가 떠돌고 있었다.

"활동을 줄이시라고 아무리 부탁드려도 소용이 없군요."

탁발 사제가 투덜거렸다. 그의 성마른 기질은 나이가 들어도 그대로였다.

"맞아, 소용이 없네. 요 근래 이곳에 온 사람이 있었는가?"

"없었습니다. 예하를 제외하고는 아무도 못 들어오게 하고 있었습니다. 기록을 살펴보고 있을 때, 특히 신성한 나룻배의 운항처럼 어려운 주제를 연구할 때는 방해받기 싫어서요. 제 연구 결과가 쓸모없지는 않을 겁니다. 모호하던 몇 가지 문제를 밝힐 수 있을 테니까요."

제의는 눈으로 볼 수 없는 것을 인식하기 위한 주요 수단이었고,

따라서 이 제의를 끊임없이 보완하는 일이 아비도스 사제단의 변함없는 관심사였다. 이것은 사악한 힘에 맞서 싸우는 가장 좋은 방법이기도 했다.

대사제가 마지막으로 돌아볼 곳은 신의 영혼을 기쁘게 할 임무를 맡은 일곱 명의 여사제가 있는 신전 내실이었다. 여사제들은 음악으로, 노래와 춤으로 끊임없이 조화로움을 빚어내어 천상의 힘들과 그 힘들의 지상적 표현을 잇고 있었다. 여사제들은 자신들이 수행하는 제의를 통해 오시리스를 죽음으로부터 지켜냈다. 이 여사제들이 없다면 아비도스는 결코 존재할 수 없을 것이다.

일곱 여사제 가운데 가장 나이 어린 여인이 대사제를 맞으러 나왔다. 그녀는 진지함과 쾌활함을 함께 갖춘 사람이었다. 엘레판티네에서 돌아온 이후 그녀가 발산하는 빛은 한층 환해졌는데, 그곳에서 그녀는 이집트의 왕비가 직접 베푼 입문의식을 통해 눈을 뜬 여인의 반열에 올라가 있었다.

대사제가 여인에게 물었다.

"부족한 것이 있느냐?"

"신선한 유향(乳香)과 보조용 제탁이 필요합니다, 예하. 제 팔을 잡으세요. 그늘로 가서 앉으시는 게 좋겠습니다."

대사제는 마다하지 않았다. 아침에 깨어날 때부터 그를 무겁게 짓누르던 피곤이 가시지 않고 있었다.

"최근에 네가 엘레판티네에서 올렸던 의식에 대해 이야기해다오."

"그건 마치 새로운 세계로 들어가는 문과 같았습니다. 다른 현실과 다른 색채가 눈앞에 나타났습니다. 그 풍경들이 제 앞에, 바로 가까이 있는데도 저는 그걸 보지 못했습니다. 혹시 우리 인간들이 빛을 가로막고 있는 게 아닐까요? 제가 아주 특별한 결실을 거두어야 한다는 것을 압니다. 왕비께서는 앎으로 나아가는 이 길에서 어려운 시험들이 저를 기다리고 있다는 사실을 숨기지 않으셨습니다."

"네가 겪을 시련들은 신들이 네게 내리기를 원했고, 창조주 신이 승인한 것이다. 너는 이제 평범한 여사제가 될 수 없을 것이다. 때로는 그들처럼 되고 싶겠지만 그런 헛된 꿈에 잠겨서는 안 된다."

"좀더 설명해주시겠습니까?"

타는 듯한 고통이 대사제의 가슴을 찔렀다. 눈동자가 초점을 잃고 뒤집혔다. 그는 모로 쓰러졌다.

여사제는 허둥대지 않고 대사제가 편히 눕도록 도왔다. 사제 수련을 거치면서 그녀는 심장마비 증세를 알아볼 수 있는 충분한 의학 지식을 갖추고 있었다.

"물과 베개를 가져오겠습니다."

"아니다. 그냥 있어라. 이게 나의 마지막이다. 네 얼굴을 기억 속에 간직한 채 저세상의 문지기들을 만나고 싶구나. 네 임무…… 네 임무는 네가 상상할 수 없을 만큼 중요하고 위험하다. 너를 믿는다, 믿고말고."

노사제는 여인의 손을 굳게 쥐고 아주 긴 숨을 몰아쉬었다.

탁발 사제가 자화수(磁化水)에 탄산소다를 녹였다. 그런 다음 돌 제단 앞에 무릎을 꿇고는, 자신의 손에 이 물을 조금 부었다. 정결해진 탁발 사제가 이번에는 카의 종복 사제에게 물을 부어 정화해주었고, 카의 종복 사제는 고인이 된 대사제의 가슴 부분에 우유와 포도주, 빵과 대추야자열매를 올려놓았다.

전날 미라가 되어 안치된 대사제는 이제 의로운 조상의 반열에 들어 있었다. 사제들은 그가 앞으로도 계속 그러할 것이고, 그에 대한 추모도 이어질 것임을 알고 있었다.

카의 종복 사제가 팔 모양의 향로를 가져와 뚜껑을 열었다. 향기로운 연기가 천국까지 올라가게 하려는 것이었다. 그곳에서는 다시 살아난 사람들이 지상에서 올라온 아주 희미한 향기를 양식으로 삼는다고 했다. 이어서 카의 종복 사제는 흰 대리석을 깎아 만든 소 앞다리를 치켜들었다. 그것은 승리의 힘을 상징하는 것이었다. 그런 다음 여사제들이 목소리를 높여 봉헌물 목록판에 새겨진 양식들을 열거했고, 조상에게 아마포를 바쳤다. 장례제의는 영혼을 빛으로 바꾸는 주문을 낭독하는 것으로 끝났다. 이 주문을 통해 대사제의 영혼은 온 우주를 여행할 수 있을 것이다.

아비도스 사제단의 최고 서열에 속하는 다섯 명의 종신 사제 가운데 단 한 사람만은 제의가 치러지는 내내 마음을 집중할 수 없었다. 그의 생각을 채우고 있는 것은 고인이 아니라 자기 자신이었고, 곧이어 누군가가 새로 차지할 대사제의 직위였다. 그는 자신이 그 자리에 오를 거라고 예상하며 기뻐했다. 황금 팔레트를 받드는 이 대사제 자리만큼은 어느 누구에게도 양보할 수 없었다. 이 사제는 의식을 치르는 동안 자신이 해야 할 역할을 빈틈없이 수행하고 있었으므로 그의 마음이 온통 다른 데 쏠려 있다는 사실을 알아차린 사람은 없었다.

동료 사제들은 그의 근엄한 성격을 존경하고 그의 학식에 찬탄하고 있었다. 그러므로 그가 대사제로 임명되는 것에 조금의 논란도 없을 것이라는 게 그 자신의 계산이었다. 이집트라는 나라의 성립과 관계된 제의를 주관하는 이 명성 높은 사제단의 최고 자리에 오르면,

자신의 뜻을 어떤 방식으로 펼쳐 보일 것인가? 뜻밖에도 그는 이 점에 대해 아직 생각해본 적이 없었다. 그에게 중요한 건 그 최고의 자리를 차지하는 일이었고, 또 그와 함께 자신이 누리게 될 수많은 이점들이었다.

젊은 여사제가 알렸다.

"위대한 신비의 주재자께서 오셨습니다."

파라오가 오리라는 건 예고되어 있었고, 또 그 때문에 이 미래의 대사제가 주눅들 이유도 없었다. 파라오는 아비도스에 와서 오시리스 신비제의를 올릴 뿐, 이곳에 머물지 않았다. 그는 분명 새로운 대사제의 선발을 종신 사제들의 뜻에 맡길 것이다.

파라오 세소스트리스는 고인의 석관 옆에서 오랫동안 생각에 잠겼다. 그는 『피라미드의 서』 『석관의 서』, 그리고 아비도스의 제의 전례서에서 뽑아온 부활의 주문을 읽었다. 그런 다음 다섯 사제와 일곱 여사제를 신전에 모이게 했다.

"여러분의 역할이 얼마나 중요한지 강조할 필요는 없을 것이다. 그건 평소에도 중요했지만 지금 같은 상황에서는 생명을 좌우하는 역할이 되었다. 내게는 치러야 할 수많은 싸움이 있다. 또한 내 힘은 여러분이 이곳에서 오시리스와 그의 아카시아나무의 생명을 지키기 위해 올리는 제의에서 나온다. 여러분이 자신의 역할을 수행하지 못한다면 파라오 체제는 사라질 것이고, 그와 더불어 상하 이집트도 사라질 것이다. 야만과 부패, 광신과 폭력이 위세를 떨칠 것이다. 하늘과 땅의 관계는 끊어지고, 신들은 이 나라를, 어쩌면 인간세계를 떠날 것이다. 여러분은 제의 속에서, 제의에 의해, 제의를 위해 사는 소수의 사람들이다. 여러분의 의무는 이 제의를 악과 저급함의 침해로부터, 자신의 보잘것없음을 한탄하며 흘리는 인간의 유해한 눈물로부터 지키고 보존하는 일이다. 지금 벌이고 있는 이 무서운 싸움에서 우리가 승리한다고 확신할 수는 없다. 그러나 우리는 적에게 절대 굴하지 않고 끝까지 싸울 것이다. 마아트가 우리의 규율이니, 여신께서 우리를 인도하고 보호하리라."

왕의 말은 미래의 대사제가 듣기에도 어느 정도 감동적인 데가 있었다. 그러나 그의 정신은 곧 있을 중요한 결정에 온통 쏠려 있었기 때문에 왕의 말에 귀 기울일 여유가 없었다.

"나의 명에 따라 황금 팔레트를 받들고 이 사제단을 이끌었던 고인은 올곧은 사람이었다. 우리는 그가 신의 재판정에 서기에 앞서 그에게 우리의 판결을 내려야 한다. 나는 그가 올바른 사람이었다고 판결하노라. 여러분 가운데 누구라도 그에 대해 부정적인 판결을 내릴 이가 있는가?"

모두가 침묵했다.

"내 판결에 모두가 동의하는 것으로 알겠다. 그러므로 이 장례제의를 완성하자. 지상에서 올바른 목소리였던 이 의인이 하늘에서도 그렇게 인정받고 영원히 무한한 우주를 여행하기를 기원하노라."

미래의 대사제는 점점 더 조급해지고 있었다. 마침내 파라오가 그 중요한 문제를 꺼냈다.

"현재의 사제단은 맡은 임무를 계속해서 충실히 수행하라. 앎의 말들이 새겨진 황금 팔레트는 파라오인 내가 보관할 것이다."

미래의 대사제를 꿈꾸던 인물은 망치로 한 대 얻어맞은 느낌이었다. 세소스트리스는 사제단에게 의견을 구하지도 않았거니와, 누군가를 임명하려 하지도 않았다. 이건 악몽이었다.

왕이 덧붙였다.

"나는 아비도스와 계속해서 연락을 주고받을 것이다. 탁발 사제는 내가 없는 동안 나를 대신하여 이곳을 이끌라. 그러나 내 분명한 허락 없이는 무엇이든 마음대로 결정하지 말라. 탁발 사제는 정기적으로 내 지시를 받게 될 것이며, 또 이곳의 일은 아주 사소한 것까지 내게 알려야 할 것이다. 이 의무를 수행하는 과정에서 잘못이 있으면 그것이 아무리 처음 저지른 것이고 또 사소한 것이라 할지라도 그 죄를 물어 사제단에서 제명하겠다. 우리는 지금 전쟁을 치르고 있으며, 이 적수는 수천의 병사보다도 더 두려운 힘을 지녔다. 실수, 부주의, 그리고 모든 형태의 직무 태만은 배신 행위로서, 그 죄에 합당한 처벌을 받을 것이다. 자, 이제 서쪽세상의 아름다운 여신*의 품에 안긴 우리 형제를 기리며 향연을 즐기자."

향연의 자리에서 한 명의 인물은 실망감으로 뱃속의 위장이 뒤틀렸지만 신성한 음식을 먹으며 평온한 표정을 과시했다. 누구도 그가 세소스트리스에게 품게 된 원한을 눈치 채지 못했다. 동시에 그의 원한은 아비도스를 향해, 그리고 자신의 자질을 칭송하여 대사제로 추앙해주지 않은 다른 사제들과 여사제들을 향해서도 끓어올랐다.

복수를 하기 위해서는 눈앞에서 놓쳐버린 그 자리를 손에 넣어야만 한다. 그러기 위한 방법은 하나뿐이었다. 부를 쌓는 것. 그는 돈으로라도 사람들의 양심을 사야 했다. 그리고 어둠 속에서 은밀히 일을 도모하여 자신을 이 신성한 도시의 중심인물로 부각시켜야 했다. 하지만 사람들 눈에 띄지 않고 어떻게 재산을 모을 수 있단 말인가? 그

* 죽은 사람들의 세계를 관장하는 하토르 여신.(옮긴이)

건 도저히 불가능한 일처럼 보였다.

"우울해 보이십니다."

여사제 가운데 한 명이 그의 기분을 걱정해주었다.

"누군들 그렇지 않겠소? 그처럼 훌륭한 대사제를 저세상으로 떠나보낸다는 건 힘든 시련이오."

"우리는 함께 그 시련을 이겨낼 것입니다. 그러려면 우리에겐 사제님의 지혜와 경험이 필요합니다."

"나를 믿으시오."

# 48

"나는 곡식 저장소 책임 감독관인 제르구이다. 수석 재정 관리관 세난크흐 님의 위임장을 갖고 왔다. 이곳의 창고 시설을 점검해야 하니 안내해라."

작은 마을 뷔트 플뢰리*의 곡식 저장소 관리관은 이처럼 지위가 높은 인물이 방문하자 깜짝 놀랐다.

"지금은 다들 작업 중이라서, 그리고……"

"잔말 말고 안내를 하든지, 아니면 감찰관에게 잡혀가든지 마음대로 하거라."

"따라오시지요!"

제르구는 이미 세난크흐와 함께 큰 도시 여러 곳의 곡식 저장소를 시찰한 적이 있었다. 그는 함부로 나서지 않고 주어진 자리를 지켰다. 분별 있고 공손하게 행동하면서 상관인 세난크흐의 지시를 충실히 따랐고, 덕분에 세난크흐는 이제 그를 나무랄 데 없는 관리라고

---

* '꽃동산'이라는 의미.(옮긴이)

생각하고 있었다.

세난크호가 궁정 업무에 매이자 제르구는 작은 돈벌이에 매진할 기회를 잡게 되었다. 그래서 그는 자신에게 주어진 권한을 이용해서 동분서주하며 한몫 챙기는 중이었다.

관리관은 그를 마을의 곡식 저장소로 안내했다. 그들은 담으로 둘러싸인 곡식 저장소 마당까지 왔다.

제르구가 지적했다.

"담이 너무 낮아. 도둑이 쉽게 넘나들겠는걸."

"이 마을에서는 모두들 서로 아는 처지거든요. 그러니 도둑이 있을 리 없죠!"

관리관은 곡식 저장소 마당으로 들어가는 문을 밀어 열었다.

"빗장도 없나?"

"있을 필요가 없지요."

"곡식은 안전하게 보관되어야 해. 그런데도 이곳의 경비 상태는 너무 허술하군."

"장담하건대 이 마을에서는……"

"규칙은 지키라고 있는 거야."

관리관은 곤혹스러워하며 마당으로 들어갔다. 거기서부터 이어진 계단을 통해 테라스로 올라가면, 벽에 붙여서 세운 세 개의 곡식 저장소 입구가 보였다. 위아래로 올리고 내리는 미닫이문이 거의 바닥 높이에 나 있어서, 그리로 저장된 곡식을 꺼낼 수 있었다.

"계단 간격이 일정치 않아. 계단 개수도 부족하고 말이야. 돌아가는 꼴이 형편없군."

"그런 규칙은 처음 들어봅니다요!"

"지금 내가 말하고 있잖아."

제르구가 곡식 저장소의 뚜껑을 열었다.

"나무가 닳았어. 이 뚜껑은 새 걸로 교체해야 할 시기가 한참 지났단 말이다."

"여닫는 데 아무 문제가 없는데요. 장담합니다!"

"밭주인들의 이름이 벽에 새겨져 있어야 하는데."

"여기 있지 않습니까!"

"거의 지워졌군. 혹시 세금을 떼먹으려는 의도가 있는 것 아냐?"

"물론 아니죠, 감독관님! 세무청의 징세관들은 밭주인들의 사정을 훤히 알고 있습니다. 그들 사이에서 마찰이 일어난 적은 한 번도 없습니다."

제르구는 위험한 데를 조심조심 밟는 시늉을 하며 계단을 올라갔다.

"이 테라스는 너무 좁아. 작업하다가 사고가 일어나기 딱 좋군. 곡물 부리는 인부들의 안전을 얼마나 소홀히 여기는지를 알겠네."

"그럴 리가 있나요, 감독관님! 이 마을에선 농사 일꾼에 대한 대우가 아주 좋습니다."

제르구는 저장소 한 곳의 내부를 들여다보았다.

"대대적으로 보수를 해야겠군. 위생 상태가 형편없어."

"곡식을 채우기 전에 훈증 소독을 했고, 내벽도 다시 칠했습니다. 또……"

"여기는 그냥 넘어갈 수 없을 만큼 심각하군. 이렇게 많은 위반 사항을 적발해본 적은 없었어. 아무래도 자네를 체포해야겠어."

관리관은 얼굴이 파랗게 질렸다.

"그게 무슨 말씀이십니까, 감독관님, 저는……"

"감옥이 싫다면 다른 방법도 있지. 지금 당장 충분한 벌금을 물겠다면 자넬 감옥에 보내는 건 다시 생각해볼 수 있네."

"충분한 벌금이라고요?"

"물론 그게 제일 좋은 해결책은 아니지. 그렇게 되면 나로서도 상관에게 보고를 해야 하니까 말이야. 다른 방법이 있긴 한데 말해도 될지 모르겠군."

"말씀해주세요."

"벌금을 반으로 깎아주면서 나도 보고서를 안 쓰는 거야. 대신 자네는 내가 말한 금액을 내게 직접 주고 입을 봉해야 해."

관리관은 오래 망설이지 않았다.

"그렇게 하시죠. 그걸로 일이 매듭지어진다면 그렇게 해야죠."

"물론이지. 하지만 만약 자네가 입을 함부로 놀리면 내 입도 가만있지 않을 거야. 날 매수하려 했다고 고발할 거란 말이지. 그러면 자네는 감옥에 가야 할 거고, 모든 걸 잃게 될 거야."

"입을 다물겠습니다."

"자넨 일을 쉽게 할 줄 아는 사람이군. 내 덕분에 감옥살이를 면한 줄 알아."

제르구는 자신의 후견인인 메데스가 이렇게 벌이가 좋은 자리를 마련해준 것이 몹시 고마웠다. 작은 규모의 곡식 저장소들을 돌며 이런 식으로 감사를 벌일 때마다 그의 주머니는 두둑해질 것이다. 돈을 요구당한 관리들이 진정을 할 염려도 없었다. 게다가 그는 자기 상관 세난크흐에게 꽤 진지한 보고서를 써 올렸고, 덕분에 아주 열심히 일하는 것처럼 비춰졌다.

세난크흐에게 불려온 제르구는 도덕적인 체하며 공공의 이익을 챙기느라 자신을 돌볼 겨를이 없는 것처럼 행동했다.

세난크흐가 제르구에게 알렸다.

"함께 다녀와야 할 데가 있다."

"어디입니까?"

"아비도스이다."

"그 도시는 속인들이 들어가지 못하는 곳인데요."

"파라오의 명을 받고 가는 것이다."

"폐하께서 그곳 사제들의 독직을 의심하시는 겁니까?"

"우리는 모든 신전들을 선입관 없이 공정하게 시찰해야 한다. 내일 아침에 떠날 테니 여행 채비를 해라."

제르구는 의아했다. 그렇다면 파라오는 각 신전의 세부 재산 목록을 보유하고 있지 않다는 말인가? 곰곰이 생각해보니 그럴 것도 같았다. 여러 주가 여전히 자치 지역으로 남아 있었으므로 세소스트리스가 실제로 통치하는 곳은 나일 삼각주 지대와 멤피스, 그리고 상이집트 북부 지역뿐이었다. 파라오가 이번 시찰을 명한 까닭은 자신의 권력 확립을 위해 동원할 수 있는 재화의 실제 규모를 확인하려는 데 있을 것이다.

그렇다면 세소스트리스의 실제 목표가 무엇인지는 자명하지 않은가! 왕은 자신에게 반역하는 지방들을 공격해서 그곳 총독들을 제거한 다음, 나라 전체를 손에 넣으려는 것이다!

제르구는 세난크흐의 그늘에 몸을 숨긴 채 메데스에게 유용할, 또한 자신의 출세에도 도움이 될 정보를 최대한 끌어 모을 계획이었다. 그러다보면 세소스트리스의 의중이 과연 짐작대로인지, 아니면 다른 무엇이 있는지 알게 될 터였다.

부두 경비를 맡은 장교는 세난크흐가 이름과 직위를 밝혔음에도 불구하고 그와 제르구의 몸을 수색했다. 삼엄한 비상 경계령이 내려져 있어서 아무리 지위 높은 고관일지라도 이에 따르지 않을 수 없었다.

"위병들이 수행해드릴 겁니다. 결코 두 분만 다니는 일이 없도록 하십시오. 이를 위반하는 사람에게는 발사하라는 명령이 궁수들에게 내려져 있습니다."

"나는 신전으로 가서 대사제를 뵈어야 한다."

세난크흐가 말했다.

"또 내 부관 제르구는 파라오 세소스트리스가 건설한 도시의 행정 책임자를 면담할 것이다."

"대사제님께 알리겠습니다. 여기서 기다려주십시오."

세난크흐와 제르구는 무화과나무 그늘 아래 놓인 평상에 앉았다. 병사 하나가 그들에게 물을 가져다주었다.

제르구가 말했다.

"이곳에선 우리를 별로 반기지 않는 분위기인데요. 아비도스의 보화와 비밀들은 경비가 아주 철통같습니다. 이곳의 사제들은 무슨 일을 합니까?"

"그들은 하늘을 연구하고 의학, 주술, 그리고 토트 신이 가르쳐준 모든 학문을 익히고 있지. 그들의 주요 임무는, 적어도 고위직 사제들의 경우는, 오시리스 신비제의를 올리는 일이다. 이 제의가 올바르게 수행되지 않으면 무질서가 세상을 지배하게 될 거야."

"병사를 동원해서 이렇게 무력을 과시하며 삼엄한 경비를 펴는 게 이상하다는 생각이 안 드십니까?"

"아비도스는 이집트에서 가장 신성한 장소야, 제르구. 특별히 지켜야 할 가치가 있는 곳이지."

"신은 스스로를 지킬 능력이 있지 않습니까? 게다가 그 누가 오시리스의 영토를 더럽히려 한단 말입니까?"

"인간은 그 어떤 나쁜 짓도 할 수 있지 않은가?"

"어쨌거나 저는 이곳의 신전을 보게 되어 기쁩니다."

"헛된 기대는 그만둬. 자네가 갈 곳은 행정 관청이야. 비축 식량이 충분한지 묻고, 민원을 수집하고, 필요한 물자가 최대한 빨리 보급되도록 관리하는 게 자네 일이란 말이야."

"그럼 나리는 그 신전을 보러 가실 겁니까?"

"내 임무는 비밀이다, 제르구."

탁발 사제가 오시리스 신전의 한 별관에서 세난크흐를 맞이했다. 세난크흐가 보기에도 아비도스는 무겁고 거의 고통스럽기까지 한 분위기에 잠긴 채 문을 굳게 닫고 있었다. 탁발 사제의 얼굴 역시 그리 밝지 못했다.

"파라오 세소스트리스께서 제게 어렵지만 꼭 필요한 과제를 맡기셨습니다."

"왜 폐하께서 직접 오시지 않으셨습니까?"

"시급한 일 때문에 다른 곳으로 가셔야 했습니다. 저는 국정원의 일원으로 폐하를 대리할 자격이 있습니다."

"폐하께서 서명하신 공문을 보여주시겠습니까?"

"저를 믿지 못하시는 건가요?"

"누구든 함부로 믿어서는 안 되는 상황입니다."

"여기 그 승서가 있습니다."

탁발 사제는 서신을 한참 동안 살펴보았다.

"국왕의 봉인이 맞고 필체도 폐하의 것입니다. 무엇을 도와드릴까요?"

"신전의 정확한 재산 내역을 알고 싶습니다."

"그건 국가 기밀입니다."

"저는 국가의 대리인입니다. 그러므로 제게 그걸 알려주셔야 합니다. 그 정보는 제가 폐하께, 오직 그분께만 전하도록 하겠습니다."

"폐하께서 직접 오셔서 신전의 재화를 조사하시는 게 좋겠습니다. 그래야 재산 내역을 누락 없이 파악하실 수 있을 겁니다."

"제 말을 이해 못 하시는군요. 저는 명을 받았고 그대로 실천해야 합니다. 예하께서는 제 말에 따르는 것 외에 다른 선택이 없습니다."

"나는 오직 폐하의 말만 따릅니다."

"저를 이곳으로 파견하신 분이 폐하라고 말씀드리지 않았습니까?"

"그건 확인해봐야 할 일이죠."

세난크흐는 어조를 바꾸었다.

"이건 저를 모욕하고 국정원을 모욕하는 겁니다!"

"신중치 못하게 행동하느니 차라리 그걸 택하겠습니다. 아무리 당신이 수석 재정 관리관이라 할지라도 여기서는 해야 할 역할이 없습니다. 궁정의 그 어떤 책략과 음모들도 이곳의 평화를 흔들어놓을 수 없다는 겁니다. 오직 파라오만이 이 상황을 해결해주실 겁니다. 그럼, 실례합니다. 쓸데없는 말씨름으로 허비할 시간이 없군요."

혼자 남게 되자 세난크흐는 만족한 웃음을 지었다. 세소스트리스가 그를 아비도스로 파견한 이유는 탁발 사제를 시험해보기 위해서였다. 새로 임명된 대사제가 파라오의 충실한 종복으로 행동할 것인가, 아니면 권력에 취한 나머지 파라오의 허락 없이도 자신이 모든 것을 결정할 수 있다고 믿게 될 것인지 시험했던 것이다.

결론은 분명했다. 탁발 사제는 그 어떤 압력에도 굴하지 않을 것이다. 그가 파라오에게 약속한 대로, 오직 파라오만이 중요 문제에 대한 결정권을 갖게 될 것이다.

세난크흐 자신의 임무는 다행히도 좋은 결과를 냈다. 이제 제르구의 임무가 남아 있었다.

제르구는 행정부 건물로 안내되었다. 그곳에서는 국왕이 직접 공들여 선발한 몇 명의 관리가 우아흐수트 시 주민들의 복지와 후생을 보살피고 있었다. '굳건히 견디는 곳'이라는 의미의 이 도시는 신전과 세소스트리스의 영생의 집을 건축하는 인부들에 의해 세워진 곳이었다.

모두가 나직하게 목소리를 죽여 말하는 이 엄숙한 건물에 들어오자 제르구는 어색하고 불편했다. 멤피스의 떠들썩하고 활기찬 분위기와는 너무나 달랐기 때문이다.

시 행정 책임자는 농담이라고는 모르는 사람이었다.

"무엇을 도와드릴까요?"

"난 세난크흐 수석 재정 관리관의 부관이요."

"알고 있습니다."

"곡식 저장소를 감사하는 중이오."

"아비도스의 곡식 저장소에는 충분한 식량이 비축되어 있습니다."

"좋아요, 좋아. 하지만 내 일은 그걸 확인하는 게 다가 아니오."

"말씀하시죠."

"아주 간단하면서도 쉽지만은 않은 일인데, 이 지역에서 모두가 부족한 것 없이 지내는지를 확인해야겠소."

"우아흐수트, 그리고 신전과 영생의 집 건설자들에 관한 한 아무 문제도 없습니다. 식량 보급이 늦어질 경우에는 제가 즉시 말씀드리겠습니다. 종신 사제와 임시 사제를 양성하는 학교는 제 관할이 아니라서 사정을 잘 모르겠으니, 그쪽 책임자와 면담을 주선해드리지요."

뜻밖에도 제르구는 이 장소의 평온한 분위기에 젖어들기 시작했다. 그가 이렇게 기묘한 기분에 젖어든 것은 처음이었다. 마치 자기 자신으로부터 멀찍이 떨어져 있는 느낌이었다. 폭력과 부패는 그 어떤 경우에도 좋은 해결책이 아니라는 생각이 들었다. 제르구는 좀더 온화한 세상을 꿈꾸고 있는 자신을 발견했다. 이런 세상에서는 살인자이거나 도둑, 야심가이기를 그쳐도 좋을 것 같았다.

이런 팔자 좋은 생각에 빠져든 게 화가 난 제르구는 물을 뒤집어쓴 개처럼 몸을 부르르 흔들었다. 아무래도 뛰어난 주술사들이 이곳에 터를 잡고 살면서, 이 장소에 사람 마음을 무르게 만드는 마법을 걸어놓은 게 틀림없었다. 이제부터 아비도스라는 이 수상한 도시를 경계해야겠다는 생각이 들었다. 그렇지만 이 도시가 감추고 있는 비밀은 여전히 궁금했다. 그것을 꿰뚫어 볼 가망은 별로 없었지만 말이다.

사제 하나가 방에 들어와서는 어쩐지 심상찮은 거동을 보이고 있었다. 생김새가 아주 추했고, 차가운 인상을 주었다.

제르구는 눈앞에 있는 날카로운 인상의 남자가 몰인정하고 메마른 심성의 소유자라는 걸 첫눈에 알아차렸다. 그와 동시에 그 인물과 자신이, 그럴 수 있을까 의심스러운 것도 사실이었지만, 서로 통하는 무언가를 갖고 있음도 눈치 챘다.

"성함이 제르구시오? 이곳 주민의 복지 상태를 확인하기 위해 파견된 분이라고 들었소."

"맞아요, 바로 그게 내 임무요. 댁이 날 도와주면 일을 쉽게 할 수 있겠소이다."

사제는 앞에 있는 남자가 세속의 쾌락에 사로잡힌 천박한 인물임을 알아보았다. 이 남자를 냉정하게 돌려보내고 다른 대화 상대를 보내달라고 하고 싶은 마음도 들었다. 하지만 어떤 기묘한 만남이 이제 막 이루어지고 말았다. 이 제르구라는 인물은 타락과 비열함을 삶의 규범으로 삼고 있는 게 분명했다.

이 사제가 자신이 입은 모욕에 복수하기 위해 부자가 되어야겠다고 마음먹은 바로 그 시점에 이런 인물을 만났다는 건 이 만남이 신의 섭리라는 증거가 아니겠는가?

물론 아직은 서로 속마음을 드러내서는 안 되었다. 무엇보다 감정에 휩싸이는 건 위험했다. 둘은 이제 시간을 두고 여러 번 거듭해서 만나는 가운데 손을 잡게 될 것이다.

사제가 입을 열었다.

"사실 신전에서는 물자가 부족해서 어려움을 겪고 있소. 우리의 신성한 과제를 수행하는 데 지장이 있을지도 모르지요."

"그런 문제를 해결하러 내가 여기 온 거요. 염려 푹 놓으쇼."

제르구가 빼기는 투로 대답했다.

탁발 사제는 곰곰이 생각해보았지만, 처음 인상을 바꿀 마음은 들지 않았다. 그래서 그는 결정에 따르겠다는 자신의 의사를 파라오에게 전했다.

사실 아비도스의 황금원은 힘과 생기를 보강할 필요가 있었다. 그런 의미에서 세난크흐는 이 황금원에 들어올 자격이 있는 것이다.

# 49

이케르는 잘못 본 건가 싶어서 눈을 문질렀다. 그리고 자신을 안내해준 시장의 비서관에게 물었다.

"여기가 맞나요?"

카훈 동쪽 구역의 으리으리한 저택 앞이었다. 이 지역에는 큰 저택들이 모여 있었다.

"자네 직속상관인 헤렘사프가 자기 집에 자네 숙소를 마련해주겠다고 했네. 조심하게. 그는 편하게 대할 수 있는 사람이 아냐."

카훈은 이제까지 본 적이 없는 아주 독특한 도시였다. 면적이 십 헥타르가량 되는 이 동쪽 구역과 면적이 사 헥타르밖에 안 되는 서쪽 구역 사이는 햇볕에 말린 벽돌로 담을 쌓아 경계를 만들었고, 십여 개의 길이 바둑판 모양으로 펼쳐진 가운데 폭 구 미터의 간선도로가 도시를 남북으로 가로지르고 있었다.

비서관이 문을 두드렸다.

문을 열어준 사람은 아주 근엄한 표정을 하고 있었다. 각진 얼굴에 깔끔하게 손질된 우아한 콧수염이 눈길을 붙잡았다.

"이 사람이 곡식 저장소에 배속된 서기관 이케르입니다. 그러니까……"

"그가 할 일이 뭔지 또 내가 할 일이 뭔지는 알고 있소, 비서관."

비서관이 아무 말도 못 하고 물러가자, 헤렘사프는 검지로 북풍을 가리키며 물었다.

"저건 뭔가?"

"제 당나귀입니다, 저에게는……"

"사람인지 당나귀인지는 눈 감고도 구별할 줄 안다. 내 말은 이 당나귀를 왜 데리고 다니느냐는 것이다."

"북풍은 저의 필기도구를 지고 다닙니다."

"그걸 어디서 얻었는가?"

"세피 장군이 주셨습니다. 제 스승님이시죠. 전에 저는……"

"세피 장군도 알고, 그가 어느 주에서 가르치는지도 알고 있다. 그의 문하에서 언제, 무슨 이유로 쫓겨났는가?"

"쫓겨난 것이 아닙니다! 그분의 가장 뛰어난 제자였기 때문에 제후티 총독께서 저를 뽑아 어려운 일을 맡기셨던 겁니다."

"가장 부지런한 학생일지라도 실수는 저지르는 법이지. 자네가 맡았던 일은 무엇이었는가?"

"그 지방의 자랑거리와 부족한 점을 조사하여 목록을 만드는 일이었습니다. 다른 서기관들이 올린 보고서를 검토한 후 제 의견서를 제후티 총독에게 제출했었습니다."

헤렘사프는 어깨를 으쓱 추켜올렸다.

"자네처럼 나이 어린 사람에게 그렇게 어려운 일을 맡겼을 것 같지 않은데."

"맹세컨대 저는……"

"나는 서기관 업무가 어떤 것인지는 알지만, 자네에 대해서는 몰라. 실제로는 오래된 문서를 분류하는 작업이나 맡아 했을 테지. 자네는 듣는 법을 배워야 할 거야. 왜냐하면 듣는 일은 그 무엇보다 귀한 것이거든. 잘 들으면 잘 말할 수 있지."

"신이 사랑하는 자는 귀 기울이는 자이니."

이케르가 시의 다음 구절을 이었다.

"프타호테프의 잠언을 외고 있군. 좋아. 명심해. 무지한 자는 듣기 위해 귀 기울이지 않으며, 앎을 마치 무지(無知)처럼 다루며, 죽게 하는 것으로 살아간다는 것을. 자, 이제 사실대로 말해보게. 카훈에서 일하려고 하는 이유가 무엇인가?"

"여기가 이집트에서 가장 훌륭한 서기관들을 배출한 곳이기 때문입니다."

"그렇다면 자네도 그런 서기관이 되기를 바라는 거군! 탐욕이 가장 나쁜 결함이고 치유할 수 없는 병이며 모든 악의 근원이라는 걸 모르나보지."

"자신의 직무를 훌륭히 수행하고자 하는 게 탐욕입니까?"

"그야 실제 일하는 걸 보면 밝혀질 문제이지. 내게 숨김없이 말했다고 자신할 수 있는가?"

"지금으로서는 그렇습니다."

"자넨 운이 좋아. 마침 내 집 축사에 여유가 있어. 하지만 거기 들어갈 수 있는 건 일 잘하고 길이 잘든 당나귀들뿐이야. 자네에게도 마찬가지 원칙이 적용되네. 자네 식사는 내 요리사가 마련해줄 거야. 하지만 가정부가 자네 이부자리와 욕실을 돌봐주지는 않아. 자네 스스로 깨끗하게 쓸고 닦아야 해. 그렇지 않으면 쫓겨나게 될 거야. 이 집에서는 완벽한 청결함을 유지해야 해. 문제가 있으면 자네 멋대로 해결하지 말고, 내 의견을 묻고 지시를 따르도록. 빨리 짐을 풀게. 한 시간 후에 출발할 테니까."

새 숙소를 본 이케르는 집주인의 쌀쌀맞던 태도를 잊었다. 방은 넓고 깨끗했으며, 가장 좋은 품질의 자리 두 장, 베개와 쿠션이 놓인 낮은 침대, 올이 고운 여름용 아마 이불과 두툼한 겨울용 아마 이불, 소지품을 정돈할 수 있는 상자들과 기름 등잔 두 개가 갖춰져 있지 않은가!

이케르는 기분이 좋아져서 북풍을 데리고 집 뒤편의 축사로 갔다. 야외 주방에서 그리 멀지 않은 곳이었다. 거기서도 이케르는 만족했다. 북풍은 홀로 아주 넓은 공간과 넉넉한 사료, 물이 가득 담긴 통을 차지할 수 있었다.

"이런 행운이 주어졌으니 그 보답을 해야겠다는 생각이 들어."

당나귀가 오른쪽 귀를 곧게 세웠다.

"갈증과 배고픔을 실컷 풀어라, 북풍아. 하지만 너무 지체해선 안 돼. 분명 내 상관은 조금만 늦어도 용서하지 않을 거야."

이케르의 짐작은 맞았다. 헤렘사프는 벌써부터 집 문간에 나와 그를 기다리고 있었다.

"이 당나귀가 내 짐도 지고 갈 수 있을까?"

"할 수 있겠니?"

이케르가 당나귀에게 물었다.

북풍이 순순히 승락했다.

"내가 바로 본 거라면 결정권은 당나귀한테 있군."

"저한테는 단 하나뿐인 친구인 걸요."

헤렘사프는 입술을 비죽이며 자신의 팔레트와 서판, 붓들을 안장 가방 하나에 쑤셔 넣었다.

"가자."

도시 전체가 근면한 분위기에 사로잡혀 있었다. 간선도로와 거기서 뻗어나간 길들을 빗자루로 쓸고 있는 청소부들까지도 쉬는 법이 없는 것 같았다.

헤렘사프가 말했다.

"상황을 분명하게 알려주지. 파라오께서는 나를 세소스트리스 2세 피라미드와 아누비스 신전의 관리인으로 임명하셨다. 맥주, 빵, 고기, 곡물, 유지, 향을 보급하고, 수입과 지출을 검토하고, 부하들이 업무를 잘 수행하고 있는지 식량 배급이 잘 되고 있는지를 검사하지. 또한 일지를 쓰는 것도 내 일이야. 이 막중한 업무 덕분에 나는 잠시도 숨 돌릴 틈이 없어. 마찬가지로 내 밑에서 일하는 사람들은 자신의 능력을 입증해야 해. 여기에 취미 삼아 일하는 풋내기를 위한 자리는 없어."

젊은 서기관은 곡식 저장소를 보고 감탄했다. 저장소의 수와 규모를 볼 때 카훈 시의 주민들이 굶을 염려는 없었다. 왕은 이 작은 도시에 큰 혜택을 베풀고 있는 게 분명했다.

"이제 자네 솜씨를 보여봐."

헤렘사프가 심술궂게 말했다.

이케르는 필기도구를 꺼냈다. 그는 서판 위에 저장소의 개수를 적고, 각각의 저장소가 얼마나 채워져 있는지를 살펴보았다. 저장소 안에 쌓인 곡물의 높이는 이 미터에서 팔 미터 사이로 다양했다. 이어서 저장소 내부를 점검하고 벽돌의 길이 떨어지진 않는지, 천장이 견고한지, 빗물이 새지 않는지를 확인했다. 저장소 내부에 습기가 차면 이삭에 깜부기병이 생길 수 있었다.

해가 저물 무렵 이케르는 자신의 상관을 찾아갔다.

"이곳 저장소들을 완벽하게 점검하려면 시일이 좀더 필요합니다. 제가 기록한 내용을 정리한 다음 깊이 연구해봐야겠습니다."

헤렘사프는 아무 대답도 하지 않았다.

"나는 아누비스 신전에 가봐야겠다. 집으로 돌아가거라. 저녁식사가 준비되어 있을 것이다. 내일 아침 일찍 이곳으로 다시 오너라."

저장소 꼭대기의 곡물 투입구를 막은 뚜껑에는 이상이 없었다. 그러나 저장소 앞면, 곡물을 꺼낼 때 사용되는 미닫이문 몇 개는 빽빽해서 잘 열리지 않았다. 이케르는 문의 상태를 설명하고 그 위험성을 지적하는 상세한 보고서를 작성했다. 하지만 이런 것은 사소한 문제에 불과했다. 근본적인 결함이 눈에 띄었다. 이케르는 어떻게 해야 그 문제를 최대한 정확하게 표현할 수 있을지 곰곰이 생각했다. 그때 누군가가 그의 어깨를 쳤다.

"너냐, 곡식 저장소에 새로 온 서기관이?"

키가 크고 살이 투실투실한 오십대 남자가 물었다.

"헤렘사프의 조수일 뿐입니다."

"헤렘사프는 아주 성가신 사람이야. 그는 모든 사람을 미워하지. 같은 서기관들을 괴롭히는 취미가 있어."

"저는 상관에 대해 불만이 없습니다."

"곧 불평하게 될 거야! 너는 무슨 일을 맡았냐?"

"저장소 상태를 관리하는 일입니다."

"시간낭비야. 거긴 아무 문제도 없어."

"그걸 어떻게 장담합니까?"

"그 일을 지난해에 내가 맡아서 했거든. 아무 문제도 없었어, 확실해."

"정말 그렇게 확신하십니까?"

"무슨 말을 하는 거야? 나는 경험도 많고 꽤 명망 있는 서기관이란 말이야. 내 말을 의심하는 사람은 아무도 없어."

"그렇다면 어째서 맡은 자리를 그만둔 겁니까?"

"이런, 아주 버릇없는 친구로군! 네가 쓴 보고서를 한번 봐야겠어."

"물론 안 됩니다. 헤렘사프에게 제출할 보고서입니다. 그 외에는 아무도 볼 수 없습니다."

"너무 그러지 마, 동료 사이에 비밀이 있어선 안 돼."

"죄송하지만 안 됩니다."

"그렇다면 이것만이라도 말해봐. 뭔가 정상이 아닌 걸 확인했단 말이야?"

"그것 역시 제 상관에게만 말해야 할 내용입니다."

"쓸데없는 고집은 피우지 마! 카훈은 조용한 곳이야. 문제를 들쑤시고 다니는 자는 환영받지 못해. 알아듣겠냐?"

"대강은요."

"정말 문제를 일으키고 싶은 거냐?"

"저는 평화롭게 일하기만을 바랍니다."

"계속 이런 식으로 나간다면 평화롭게 일하는 건 그림의 떡일 줄 알아! 내 말 잘 들어. 이 저장소들은 상태가 완벽해. 아무런 이상도 없다고. 왜냐하면 내가 관리했기 때문이지. 이제 분명히 알았나?"
"잘 알았습니다."
"좋아, 이제야 말귀를 알아듣는군! 양식 있는 전문가들끼리는 모든 게 통하는 법이지."
"제가 아직 모르는 단 한 가지는 당신의 이름입니다. 하지만 그건 쉽게 알아낼 수 있을 겁니다. 그러면 제가 보고서에 기록해둔 중요한 결함들이 누구 책임인지도 알 수 있겠지요."
"너는 지금 큰 실수를 하고 있는 거야. 그리고……"
"그 누가 방해해도 저는 임무를 다할 것입니다."

헤렘사프는 보고서를 한 번 더 읽고 둥글게 말았다.
"자넨 심각한 결함을 고발하고 있군, 이케르."
"절대로 기우가 아닙니다. 곡물을 보관할 저장소 두 기가 질 나쁜 벽돌로 지어졌습니다. 그걸 부수고 다시 지어야 합니다. 제 선임자는 어떤 부정을 숨기느라 안전과 공공의 이익을 희생시켰습니다."
"그렇다고 확신하는가?"
"이미 확인한 일입니다. 그자가 무슨 말로 저를 위협했는지는 이야기하지 않겠습니다. 어떤 위협을 받든 개의치 않으니까요. 그런데 과연 이 땅 위에 진리와 정의가 지배하는, 사람이 마음 놓고 다른 사람을 믿을 수 있는 곳이 단 한 군데라도 있을까요?"
헤렘사프가 대답했다.
"그건 어리석은 질문, 억지로 지어낸 가짜 문제야. 자네는 신성한 책에 담긴 예지들이나 사제의 제의 전례, 의인의 영혼이 우주를 순회할 수 있게 해주는 주문들을 알고 있나? 아니, 절대 알 리 없지! 그러니 무지에 머문 채로 세상에 분노나 터뜨리지 말고, 대신 자네 스스로 갖춰야 할 것을 갖추도록 해."

"갖춰야 할 것을 갖추라는 말씀은 시장님도 제게 하셨던 이야기입니다! 곡식 저장소에서 일하면서 어떻게 뭔가를 갖추라는 말입니까?"

"마음이 올곧으면 모든 길은 가운데로 통하는 법이야. 한 가지만 묻겠다. 자네는 평범하게 살고 싶은가? 아니면 정신을 통해 무언가 특별한 것을 추구하는 사람이 되고 싶은가?"

# 50

세소스트리스와 국정원 위원들이 메데스가 작성한 포고문 초안을 막 듣고 난 다음이었다. 초안을 읽어 내려가면서 메데스는 벌벌 떨었다. 그는 이 포고문을 작성하면서 왕의 생각을 최대한 담으려고 애썼고, 그러면서 이제부터 파라오의 충복임을 선언한 우아카나 사렌푸트의 심기도 거스르지 않으려 했다.

"지적할 점이 있거나 고쳐야 할 사항이 있는가?"

국정원 위원 가운데 누구도 입을 열지 않았다.

"그렇다면 이 칙령들은 통과되었다. 이것을 이집트 전역에 선포하라."

"어떤 방식으로 선포할까요, 폐하?"

"멤피스로 돌아가서 우편을 이용하라."

이 말을 들은 메데스는 겁이 나서 뱃속이 오그라들었다.

"만약 제가 탄 배를 총독들이 탈취한다면 저는……"

"사렌푸트가 임차한 무역선을 타고 가도록 하라. 그러면 멤피스에 무사히 도착할 수 있을 것이다."

돌아오는 길 내내 메데스는 빵 조금과 물 외에는 입에 대지 못했다. 매 순간 적의 의용대가 공격해 오지나 않을까, 혹은 파라오에게 적대적인 총독들이 통과시켜주는 대가로 까다로운 요구를 하지나 않을까 겁을 집어 먹었다. 하지만 운명의 여신은 세소스트리스가 예견한 대로 호의를 베풀었다.

메데스는 서둘러 집무실로 갔다. 그리고 자신의 직속부하들을 불러 모아 신속히 움직일 것을 명했다.

상당한 집중력을 지닌 메데스는 게으름을 부리는 부하가 있으면 곧장 적발해서 지체 없이 징계하곤 했다. 그날 저녁도 메데스는 평상시처럼 가장 늦게까지 관청에 남아 있었다. 궁정에서 어떤 일이 진행되고 있는지 염탐하기 위해서였다. 또한 그는 이 시간을 틈타 아무렇게나 펼쳐진 파피루스 두루마리가 있는지 혹은 새 서판에 잉크 자국이 묻어 있지는 않은지를 검사했다. 이런 실수를 한 부하들은 다음 날 당장 다른 직업을 찾아 나서야 할 것이다. 메데스는 쫓겨난 부하들의 빈자리를 금세 멤피스에서 가장 뛰어난 서기관들로 채울 것이고, 그리하여 세소스트리스에게 자신의 능력을 증명해 보일 것이다. 이렇게 열성적인 관리를 파라오가 어떻게 신임하지 않을 수 있겠는가?

메데스는 자신의 집으로 가지 않았다. 뒤따라오는 사람이 없음을 확인한 후 그는 부두 쪽으로 방향을 잡고 길이 미로처럼 뒤엉켜 있는 구역으로 들어갔다. 흥미로운 사건들이 심심찮게 벌어지는 동네였다.

국정원 비서로 임명되어 세소스트리스의 명에 따라 신전들이 보유한 재화 목록을 작성하기 시작한 이후 메데스는 자신의 축재를 도모

할 겨를이 없었다. 뒷문으로 은밀히 들어오던 수입이 사라지자 그의 비밀 재산도 더이상 늘지 못했다. 본능적으로 지체 없이 다른 방법을 강구한 그는 그 결과 한층 벌이가 좋은 일거리를 찾아냈다. 그것은 수단 좋고 교활한 한 중개인과 손을 잡고 벌인 어떤 사업이었는데, 수입이 높은 만큼 위험 부담도 컸다. 메데스로서는 그 중개인을 잘 구슬려 딴마음을 품지 않도록 해야 했다.

조촐해 보이는 동네 한구석에 중개인의 호화로운 이층집이 숨어 있었다. 현관에 문지기가 보였다.

"즉시 주인을 만나야겠다."

"지금 안 계십니다."

"나한테는 통하지 않는다. 주인께 이걸 보여드려라."

메데스는 작은 삼나무 조각을 문지기에게 건넸다. 삼나무 조각에는 나무 형상의 상형문자가 새겨져 있었다.

메데스는 그다지 오래 기다리지 않았다. 문지기는 얼굴이 땅에 닿도록 허리를 숙이면서 문을 열고 그를 집 안으로 안내했다.

집주인은 번쩍이는 장식이 달린 긴 옷을 입고 코가 아플 정도로 짙은 향내를 풍기며 손님을 맞이하러 나왔다. 배불뚝이 항아리 같은 느낌을 주는 남자였다.

"어서 오십시오. 이렇게 누추한 곳을 찾아주시니 기쁘기 한량없습니다! 들어오세요. 들어오세요!"

이 레바논 상인은 메데스를 이국적인 가구가 빼곡히 들어찬 거실로 안내했다. 낮은 탁자에는 과자와 단 음료가 놓여 있었다.

"저녁을 들기 전에 간식을 먹는 게 제 습관입니다. 함께 드시겠습니까?"

"나는 시간이 없소."

"예, 예…… 사업 이야기로 바로 들어가자는 말씀이시죠?"

"그렇소."

레바논인은 이런 식으로 서두르는 걸 좋아하지 않았지만 이집트에 자리를 잡기 위해서는 감수해야 할 일이었다.

메데스가 물었다.

"물품을 언제 인도할 거요?"

"우리 배가 다음 주에 도착할 겁니다. 그전에 필요한 허가가 다 나왔으면 좋겠습니다."

"그건 내가 알아서 하겠소. 화물은 뭐요?"

"일등품 삼나무입니다."

이집트는 목재가 부족해서 수입해야 했고, 최상급품은 비싼 값으로 거래되곤 했다. 그래서 메데스는 목재 거래를 통해 한몫 잡을 수 있을 거라 생각하고 오래전부터 방법을 연구해왔던 것이다. 그러기 위해서는 자신과 뜻이 맞고 수완이 뛰어난 상인을 찾아낼 필요가 있었다.

"이 첫 사업이 성공하면 계속해서 함께 일하게 될 거요."

"믿으셔도 됩니다! 제가 부리는 사람들은 이 방면에서는 도가 튼 전문가들입니다. 충성스럽고 신중한 사람들이지요."

"내가 없다면 이 일의 성공은 어림도 없다는 걸 명심하시오."

"이번 사업이 나리의 작품이란 건 잘 알고 있습니다. 아주 감사하고 있고 또……"

"이익의 4분의 3은 내 몫이오. 나머지 4분의 1을 당신이 가지시오."

레바논 상인은 심장이 멎는 것 같았다. 오랜 경험 덕분에 겉으로는 웃는 얼굴을 유지할 수 있었지만, 속에서는 눈앞의 날강도를 목 졸라 버리고 싶은 마음이 치밀었다.

"관례상으로는요, 나리, 제가……"

"이번 경우는 상황이 특별하오. 모든 게 나의 공이란 말이오. 내 덕분에 이집트 시장에 들어왔고, 또 큰 부자가 될 것 아니오? 당신이 내 마음에 들기 때문에 내가 더 생각해줬다는 거나 아시오."

"그 점에 대해서 감사드리고말고요."

레바논 상인은 굽실거리며 말했다.

"나에 대한 이야기는 아무에게도 하지 마시오. 만약 허튼짓을 한다면 밀수죄로 체포될 거요. 그리고 당신이 무슨 고자질을 해도 나는 까딱없다는 걸 알아두시오."

"제 입에 자물쇠를 달아두겠습니다."

"나는 똑똑한 사람과 거래하는 걸 좋아하지. 또 봅시다. 우리의 첫 성공을 축하하기 위해서."

메데스는 이 레바논 상인에게 조금도 믿음이 가지 않았다. 따라서 일이 진행되는 상황을 매 단계마다 감시하여 사고가 일어나는 걸 애초에 막을 생각이었다. 어쨌든 이 상인은 돈 욕심에 눈이 멀어 있는 만큼, 쓸 만한 동업자가 될 것 같기도 했다.

제르구는 취해 있었다.

메데스를 기다리는 동안 하인에게 독한 맥주를 가져오게 해 쉴 새 없이 목구멍에 들이부었던 것이다. 하인은 내키지 않았지만 주인이 총애하는 이 무뢰배가 원하는 대로 해줄 수밖에 없었다. 메데스를 본 제르구는 몸을 똑바로 일으켜 세우려고 애썼다.

"아무래도 제가 좀 마셨나본데요. 그래도 정신은 말짱합니다요."

"앉아라."

제르구는 의자를 겨냥해서 주저앉았고 다행히 엉덩이를 과녁에 제대로 걸칠 수 있었다.

"좋은 소식을 가져왔지요. 세난크흐의 마음에 쏙 들게 행동했거든요. 하지만 그는 겉보기와는 달리 만만한 인물은 아닙니다. 아주 의심이 많은 자라서 혹시라도 낌새를 챌까봐 꼼짝 않고 제자리를 지켰다고요."

"여자 문제는 잘 처리하고 있겠지?"

제르구는 자신 있게 말했다.

"저는 창녀들만 찾아다니기 때문에 절대 잡음이 날 염려가 없습니다."

"그건 괜찮아. 하지만 양갓집 여자와는 절대 일을 벌여선 안 돼. 그래, 네가 보기에 세난크흐의 약점은 무엇 같으냐?"

"음식 사치를 부립니다. 맛없는 음식이나 형편없는 술은 아예 입에 대지도 않죠."

"그거로는 충분치 않아. 넌 네 일만 챙길 줄 알지 다른 사람한테는 별 관심을 두지 않는구나, 제르구. 더 많은 정보가 필요해. 그런데 좋은 소식이라니 무어냐?"

제르구는 탐욕스러운 웃음을 떠올렸다.

"세난크흐가 저를 아비도스에 데려갔었습니다. 그는 아비도스 신전의 재산 내역을 조사하고 저는 사제들의 의식주를 살피는 임무를 맡았죠."

메데스는 흥분했다.

"그래, 신전에 가봤느냐?"

"아뇨, 관청에만 갈 수 있었습니다. 그래도 시간을 낭비한 건 아니었습니다. 우선 군대가 아비도스에 주둔하고 있다는 사실을 확인했으니까요."

"무엇 때문에 주둔하고 있는 것이냐?"

"글쎄요. 잘 모르겠지만 이상하긴 합니다. 뭐든 물어보기라도 하면 당장에 입을 다물고 있으라는 으름장이 날아왔으니까요."

메데스는 화를 냈다.

"아비도스까지 가서 중요한 건 아무것도 알아내지 못하다니! 제르구, 가끔은 내가 무엇 때문에 너한테 잘해주나 후회가 되는구나."

"아직 제 이야기는 끝나지 않았습니다요! 어떤 사제를 만났거든요. 그자와 계속 연락을 틀 생각입니다. 나리도 흥미를 느끼실 만한 기묘한 자입니다."

"어째서?"

"서로 속내를 털어놓지는 않았지만 그자와 저는 통하는 데가 있었습니다. 분명 학식이 대단한 자이지만 제 느낌에는 자기 삶에 만족할 수 없어서 뭔가를 도모하려는 것 같았습니다."

"혼자만의 생각은 아니겠지?"

"믿으십시오. 틀림없습니다."

"아비도스의 사제라…… 믿어지지 않는군."

"두고 보면 알겠죠. 그자와 또다시 이야기를 나누어보면 좀더 많은 걸 캐낼 수 있을 겁니다."

메데스는 꿈에 부풀었다. 아비도스 내부에 협력자가 생기다니, 이집트의 정신적 중심지에 말이다.

"그 사제의 이름과 직위는 알고 있느냐?"

"아직은 모릅니다만, 동료 사제들에게 보급품을 조달할 전권을 가지고 저와의 면담 자리에 나온 자입니다. 그와 나눈 이야기 자체는 별것 없었어도, 분명 심상찮은 걸 느꼈습니다."

"그런 느낌을 확인할 만한 말을 그가 했느냐?"

"그런 건 아니지만……"

"넌 상상이 지나쳐서 문제다, 제르구. 아비도스는 다른 도시들과는 달라. 거기서 보통 사람들을 만나리라고는 기대하지 마라."

"제 후각은 틀린 적이 없어요, 장담합니다!"

"이번에는 틀렸어. 다시 말하지만 그건 불가능해."

# 51

세호테프는 아주 천천히 젊은 여인의 옷을 벗겼다. 전날 저녁 어떤 공식 만찬 자리에서 만난 여인이었다. 그 자리에서 두 사람은 마주친 눈길을 다른 데로 돌릴 수 없었고, 마침내 식사가 끝날 무렵 이렇게 따로 만날 것을 약속했었다. 세호테프와 갈색 머리 미녀는 같은 것을 바라고 있었기 때문에 서로 불필요한 이야기로 시간을 낭비하지 않았다.

분명 여인에게는 다른 남자가 있는 것 같았다. 하지만 재기와 열정으로 눈을 반짝이는 이 기품 있는 고관의 매력에 어떻게 저항할 수 있겠는가? 이집트에는 여인들이 결혼할 때 처녀일 것을 강요하는 풍습은 없었다. 그러므로 장차 남편이 될 사람에게 보다 큰 기쁨을 주기 위해 어느 정도의 경험을 쌓아두는 편이 좋은 것이다.

세호테프는 단 며칠이라도 여인 없이는 지내지 못했다. 여인들이 부리는 마술, 그들이 풍기는 향기, 그들의 관능, 오직 그들만이 보여줄 수 있는 몸짓들 없이 산다는 것은 견딜 수 없는 일이었다. 그는 결코 결혼할 생각이 없었다. 만나야 할 매혹적인 마음들과 정복해야 할 감미로운 육체가 그리도 많은데 왜 결혼을 한단 말인가? 엄격한 도덕가인 수호자 소벡으로부터 여러 차례 훈계를 들었음에도 불구하고, 그는 세상 모든 여인의 남자로 남아 있었다.

사렌푸트 총독이 세소스트리스에게 충성을 다짐한 이후 엘레판티네의 분위기는 확연히 부드러워져 있었다. 그러자 세호테프의 머릿속은 또다시 여인들과 주고받을 쾌락 생각으로 분주했다. 파라오의 모든 업무를 총괄하는 수석 비서관으로서 그는 엘레판티네 섬의 크눔 신전 증축을 감독하고 있었다. 또 내일부터는 사렌푸트가 보유한 가축들의 위생 상태를 점검할 생각이었다. 사렌푸트는 충성스러운 신하임을 자처하며 이 모든 일들을 언짢은 기색 없이 받아들였다.

세호테프는 어떤 성가신 부하가 공무를 들고 와서 오늘밤 자신의 쾌락을 망쳐놓지 않을까 걱정했다. 하지만 그런 일은 일어나지 않았다. 덕분에 그는 아름다운 풍경을 섬세하고도 열정적으로 탐험하는 데 몰두할 수 있었다. 그의 새로운 전리품이 지닌 동굴과 계곡, 둥근 언덕들은 아무리 무감각한 탐험가라도 기쁨을 느끼기에 충분했다.

세호테프의 비서관은 상관의 감미로운 여행이 끝나기를 기다렸다가 서신 한 통을 들고 왔다. 세호테프와 파라오만이 풀 수 있는 암호로 작성된 편지였다.

서신에는 국정원을 긴급히 소집할 만한 내용이 담겨 있었다.

수호자 소백이 말했다.

"지극히 평온합니다, 폐하. 하지만 보안 조치들은 그대로 유지하고 있습니다."

네스몬투 장군이 덧붙였다.

"만사를 낙관적으로 보려는 건 아니지만, 사렌푸트의 행동에 수상한 점이 없다는 사실은 인정할 수밖에 없습니다. 그의 의용대는 현재 저의 지휘를 받고 있으며, 저항의 기미는 전혀 없습니다. 제 생각에 사렌푸트는 완전히 우리 편으로 넘어온 듯합니다."

"상황은 그리 평온하지 않다."

세소스트리스가 대답했다.

"각 주의 총독들에게 칙령을 전달했는데, 그들로부터 회답이 왔다."

세호테프가 파라오의 말을 이어갔다.

"그르나디에*와 비페르 아 코른** 지방의 일부를 다스리는 우프와 우트 총독은 자치권을 내놓지 않겠다는 공격적인 답신을 보내왔습니다. 이 지방의 다른 일부를 통치하는 우크흐도 마찬가지 태도를 보였습니다. 또 리에브르 주의 총독 제후티는 폐하를 놀라게 할 어떤 대단한 사건이 있을 거라고 예고해왔지요."

"말하자면 기습 공격을 해오겠다는 거겠지요."

네스몬투 장군이 해석했다.

"오릭스 주 총독 크눔호테프는 자기 가문의 위세를 과시하며 자신의 땅은 자신이 계속 통치할 테니 넘보지 말라고 을러대고 있습니다."

네스몬투가 결론을 내렸다.

"결국 이 네 명의 총독들은 전쟁을 택한 것입니다. 사렌푸트와 우아카의 의용대가 있는 만큼 우리에게 승산이 없는 건 아닙니다."

세소스트리스가 대답했다.

"그 둘의 군대를 전투에 참여시키기에는 너무 이르다. 동맹을 맺은

---

* 석류나무.(옮긴이)

** 뿔뱀.(옮긴이)

게 불과 얼마 전의 일이다. 또한 우리도 더이상 이곳에 머물러 있을 수는 없다."

네스몬투는 새로운 풍파가 일어날 것을 우려했다. 그렇게 되면 왕에게도 치명적일 것이다.

"폐하, 최대한 신중하게 행동하셔야 합니다. 폐하께 적대적인 총독들은 자신들의 입지를 든든히 다져놓은 상태입니다. 그들에 비해 열세인 병력으로 그들과 맞선다면 패할 수밖에 없습니다."

세호테프가 끼어들었다.

"아카시아나무를 해친 자는 우프와우트, 우크흐, 제후티, 그리고 크눔호테프 이 네 사람 중 하나일 겁니다! 무슨 수를 쓰더라도 그자를 찾아내 제거해야 합니다."

세소스트리스가 말했다.

"우리는 분열된 각각의 주들을 하나로 통합시켜야 한다. 이렇게 흩어진 것을 하나로 통합시켜서 오시리스 제의에 참여해야 한단 말이다. 이집트가 분열되어 있으면 오시리스의 통치는 더이상 이루어지지 못하며, 그의 부활 역시 중단되고 만다. 죽음이 하늘과 땅을 뒤덮을 것이다. 그렇기 때문에 우리는 이제 이곳을 떠나 북쪽으로 가야 하는 것이다."

"데려갈 병력이 없지 않습니까?"

네스몬투가 걱정했다.

"경량 선박의 소선단으로도 우리는 피 한 방울 흘리지 않고 엘레판티네를 정복했다, 장군."

"폐하, 그때와는 상황이 다릅니다. 사렌푸트는 고립되어 있었지만, 지금 적들은 서로 인접한 지역에 자리 잡고 있습니다. 더군다나 그들의 반응으로 볼 때 이제 그들은 동맹을 맺은 게 분명합니다. 우프와우트는 공격적이고 사나운 성격으로 이름난 인물입니다. 그는 지체 없이 폐하를 공격해올 것입니다."

"내일 아침 출발하겠다."

왕이 명령을 내렸다.

시켐에서 온 가나안인들이 모여 사는 집에서 예고자는 오랫동안 설교했다. 파라오에게 저항하고 이집트를 무너뜨리자는 내용이었다. 그의 설교에 감동한 가나안인들은 자신들이 그토록 듣고 싶어했던 말들을 하나라도 놓칠세라 열심히 귀 기울였다. 사실 이 장래의 폭력 저항 분자들에게는 우두머리의 격려가 절실히 필요했다. 이집트 사회로 잠입하는 일이 예상만큼 쉬운 일이 아니었기 때문이다. 직업을 얻는 건 그리 어렵지 않았다. 그러나 주민들, 특히 여인네들과 사귀는 일은 그들로서는 고역이었다. 그들은 이집트 여인들의 자유로움, 솔직함, 그리고 그녀들이 누리는 영향력을 혐오했다. 여인네들의 직분은 집에 틀어박혀서 남편들에게 복종하는 것이라는 게 그들의 생각이었다.

게다가 파라오의 형상은 어디서나 인기를 누리고 있었다. 파라오는 사람들에게 정의와 번영을 구현하는 존재였는데, 때마침 나일 강을 풍요롭게 범람시키는 일까지 성공시켰던 것이다. 덕분에 이집트는 앞으로 오랫동안 기근의 위협을 잊고 지내게 되었고, 또 세소스트리스가 새로 도입한 행정체제는 정직하고 엄정하다는 평판을 누리고 있었다. 이런 상황에서 어떻게 희망을 품을 수 있단 말인가? 그들의 이런 좌절감을 예고자는 모르는 것 같아 보였다.

"우리의 땅으로 돌아가는 것이 낫지 않겠습니까?"

연설이 끝나자 가나안인 한 사람이 제의했다.

"돌아간 다음에 가나안 전체가 봉기해서 나일 삼각주를 공격하는 것이 어떨까요?"

예고자는 부드러운 목소리로 대답했다. 마치 정신이 병든 사람을 달래는 듯한 말투였다.

"나도 그런 방법을 택하고 싶다. 하지만 군사적인 방법을 써서 신속하고 완전한 승리를 얻는 건 이제 불가능하다. 가나안에 주둔하고 있는 이집트군은 저항의 기미가 보이기만 해도 가차 없이 싹을 자를 것이다. 그러므로 우리는 적의 내부로부터 투쟁해나가야 한다. 이곳에서 살아가는 방법을 익혀야 하는 것이다. 적을 알고, 그들의 습성과 약점들을 알아내라. 이것은 길고 어려운 작업이다. 그러나 내가 너희들을, 너와 네 동료들을 도우리라."

레바논 상인의 집은 가나안인들의 은거지에서 그리 멀지 않은 곳에 있었다. 그러나 예고자는 일부러 멀리 돌아가는 길을 택했다.

예고자가 얼간이 스합에게 지시했다.

"각자 갈라져서 가도록 하자. 내가 먼저 갈 테니 너는 잠시 몸을 숨겼다가 따라오거라."

"미행하는 자가 있는 겁니까요? 전 아무도 못 봤는데요."

"아주 능란한 자다."

"없애버려야겠죠?"

"넌 그냥 감시하기만 해. 또다른 자가 없는지 확인하고."

스합은 당황했다. 도대체 누가 예고자와 자신을 미행할 수 있단 말인가? 예고자의 여러 비밀 조직들은 각각 철저하게 분리되어 있었고, 그 전체를 아는 사람은 자신뿐이었다. 또한 비밀 조직원들은 예외 없이 이집트에 대해 큰 반감을 품은 사람들이어서, 이들 사이에 배반자가 스며들기란 어려웠다.

스합은 어느 집 지붕 밑에 몸을 쭈그리고 잠이 든 척했다. 골목길 하나에서 가나안인이 몸을 드러냈다. 조금 전 고향으로 돌아가고 싶다고 말했던 자였다. 예고자가 격려까지 해준 바로 그 사내 말이다!

사내는 부리나케 달려가더니 갔던 길을 되돌아와서는 다시 가장 좁은 골목길로 들어섰다. 사내는 혼자였다. 스합은 사내를 살금살금 따라갔다. 가나안인은 예고자의 자취를 놓친 게 분명했다. 어디로 가야 할지 몰라 허둥대는 게 눈에 보였다. 사내가 화가 난 듯 구시렁거리며 옆 골목으로 들어갔다.

그 순간 스합의 귀에 이상한 소리가 들렸다. 매가 사냥감을 덮칠 때 그 깃털이 공기를 가르는 소리가 아마 그럴 것이다. 어디선가 나타난 예고자가 가나안인의 머리를 손으로 움켜잡고 있었다. 사내는 매의 발톱이 살 속에 파고들기라도 한 듯 비명을 내질렀다.

"네가 찾는 사람이 내가 맞느냐?"

"아닙니다, 아닙니다, 주인님. 그저 산보하고 있었던 겁니다!"

"거짓말해봐야 소용없다. 왜 나를 미행한 것이냐?"

"정말입니다, 저는……"

"바른 대로 말하지 않으면 한쪽 눈을 파내버리겠다. 몹시 고통스러울 것이다. 하지만 그걸로 끝나는 게 아니지. 더 끔찍한 고통을 줄 수도 있어."

겁에 질린 가나안인이 실토했다.

"주인님이 어디로 가는지, 또 누굴 만나는지 알려고 그랬습니다."

"누구의 지시를 받았느냐?"

"지시한 사람은 없습니다, 주인님. 아무도 없어요! 주인님께서 가나안 군대를 조직하지 않으려는 이유가 궁금해서 그런 겁니다. 주인님이 혹시 이집트의 첩자가 아닌가 싶었거든요. 우리의 저항 운동을 분쇄하기 위해 잠입한 첩자 말입니다."

"오히려 네가 파라오의 첩자가 아니더냐?"

"절대 아닙니다!"

"마지막으로 기회를 주겠다. 솔직히 말해라."

매의 발톱이 사내의 눈을 파고들었다. 끔찍한 비명이 터져 나왔다.

"아닙니다, 파라오가 아니라 시켐에 있는 저희 부족장이 보낸 겁니다. 주인님을 제거하려고요!"

짧고도 처절한 비명이 울리더니 잠잠해졌다. 얼간이 스합은 피가 얼어붙는 것 같았다. 가나안인이 땅바닥에 쓰러져 있었다. 사내의 두 눈과 혀가 사라지고 없었다.

레바논 상인은 자기 집 테라스를 향해 천천히 계단을 올랐다. 집 안 전체에 독한 향이 배어 있었다. 예고자와 스합이 그의 뒤를 따랐다. 스합이 집주인에 대한 의심을 풀지 못하고 모든 방을 열어보겠다고 고집을 부린 참이었다.

레바논 상인이 말했다.

"저는 해질 무렵 이 테라스에 즐겨 올라오곤 합니다. 전망이 탁 트여서 마치 제가 멤피스를 지배하고 있는 것 같은 느낌이 들지요."

실제로 그곳에서는 집들이 한눈에 내려다보였고 저 멀리 신전들까지도 눈에 들어왔다. 가짜 신들의 집인 그 신전들은 이제 네고사의 손에 의해 폐허로 변할 것이다. 신전의 석상들은 부숴져 마침내 돌조각 하나 남지 않게 될 것이다. 사제들은 남김없이 처형될 것이다. 그리하여 오래전부터 이어져온 이집트의 정신성은 사라지고, 옛 종교는 흔적조차 남지 않을 것이다.

"적의 수도를 바라보며 감탄이나 하려고 여기 온 것이 아니다."

예고자가 잘라 말했다.

"세소스트리스에 대한 소식은 있느냐?"

"상반된 소문들이 들리고 있습니다. 한쪽에서는 그가 사렌푸트 총독에게 잡혀 포로가 되었다고 하고, 다른 한쪽에서는 그가 격렬한 전투 끝에 이집트 남부를 정복했다고도 합니다. 하지만 왕의 계획이 무엇인지 아는 사람은 아무도 없습니다. 물론 그가 아직도 살아 있다고 가정할 때의 전제입니다만."

"왕은 살아 있다."

예고자가 단언했다.

"네 정보망은 별로 쓸모가 없구나."

예고자의 질책에 더럭 겁이 난 레바논 상인은 허겁지겁 과자를 삼켜 마음을 진정시켰다.

"아직 조직이 빈틈없이 갖춰진 게 아니라서요. 특히 남부 쪽이 취약합니다. 시간이 더 필요합니다. 조금만 더 기다려주시면 반드시……"

"기다려주지. 하지만 날 속일 생각은 마라."

예고자의 부드러운 음색에 어느 정도 마음을 놓은 레바논 상인은 자신이 겪고 있는 어려움을 숨김없이 털어놓았고, 자신이 어떤 방식으로 정보원을 모았는지, 그리고 어떻게 그들을 이집트 주민들 속으로 침투시켰는지를 설명했다. 가장 큰 장애는 그들 간의 연락 속도가 느리다는 것이었다. 때로는 연락 수단을 구하지 못하는 경우도 생겼는데, 그건 몇몇 총독들과 파라오 간의 물밑싸움 때문이었다. 크눔호테프가 배의 운항을 막고 승객과 화물을 징집하는 일도 종종 있었다. 게다가 레바논 상인의 끄나풀들은 군인과 관리들에게 접근해서 귀중한 정보들을 얻어내기에 앞서 우선 각 지방의 풍속에 익숙해져야 했고, 이집트 말을 완벽하게 익혀야 하는 쉽지 않은 문제가 있었다.

예고자는 레바논 상인의 말을 주의 깊게 들었다.

"일을 제법 잘하고 있군. 그런 방식으로 계속해나가거라. 인내심은 비장의 무기인 법."

"제가 요즘 어떤 흥미로운 남자와 함께 사업을 벌이고 있습니다."

레바논 상인이 말했다.

"제가 아는 거라곤 그가 영향력 있는 고위 관리이며 돈을 벌기 위해 몸이 달아 있다는 것뿐입니다. 그 남자에 대해서는 좀더 알아봐야 합니다. 그를 다리 삼아서 궁정 고관에게 줄을 대보려고 합니다."

예고자가 말했다.

"일을 아주 신중하게 해나가야 한다. 그자의 이름은 무엇인가?"

"밝히지 않았습니다. 만약 말했다 해도 가짜 이름을 댔을 겁니다."

예고자는 눈을 감고 레바논 상인의 기억 속으로 들어가 그 이상한 관리의 얼굴을 그려보려 했다.

"그자의 행적이 흥미롭군."

예고자가 말했다.

"절대 의심을 사지 말고 그의 정체를 알아내라. 그와 어떤 계약을 맺었느냐?"

"고급 목재를 밀매하는 일이죠. 그는 제게 멤피스 시장을 열어주면서 최악의 조건을 내걸었습니다. 저는 이 거래에서 얻는 게 거의 없습니다."

"돈이 남지 않는다면 다른 걸로라도 남겨야지. 바로 우리에게 필요한 정보 말이다."

"그게 바로 제 계산입니다, 주인님!"

"카훈에 파견할 선발대 선정 작업은 잘 진행되고 있느냐?"

"그 일 역시 꽤 시간이 걸릴 것 같습니다. 일을 성공시키기 위해서는 아주 복잡한 절차가 필요합니다. 그물코 하나라도 빠뜨려선 안 되니까요. 그렇지만 반가운 소식도 하나 있습니다. 첫번째 요원이 카훈에 도착해서 일자리를 얻었고, 도시의 치안이 어떤 방식으로 돌아가는지 관찰하기 시작했답니다."

"쓸 만한 인물이겠지?"

"유능한 데다 절대 꼬리를 밟히는 법이 없는 일꾼입니다, 주인님! 우물에서 숭늉을 구할 수는 없겠지만, 그래도 이만하면 괜찮은 출발이지요."

# 52

이케르는 불량 자재를 써서 날림으로 지은 곡식 저장소를 부수는 모습을 지켜보고 있었다. 부정을 저질렀던 자는 더이상 이케르를 협박할 수 없었다. 얼마 전 재판에서 아주 긴 징역형을 선고받은 것이다. 이케르가 작성하고 시장이 승인한 설계도면에 따라 새 저장소를 짓는 작업이 다음 날부터 시작될 예정이었다.

카훈의 고위 관리들 사이에서 이케르에 대한 칭찬이 퍼져나갔다. 처음에 그는 동료들로부터 무시당했지만 이제는 다음번 책임자 자리를 맡을 사람으로 거론될 만큼 위험한 경쟁자로 여겨지고 있었다. 곡식 저장소의 부정을 그렇게 빠른 시간에 적발해냈다는 것은 이 분야에 뛰어난 기술 지식을 지니고 있다는 의미였고, 토트 신의 도시에서 교육받았다는 이 이방인은 그 명성에 걸맞은 능력을 보여준 것이었다. 그렇지만 너무 빠르게 얻은 성공은 사람들의 질투를 자아냈고, 위계질서를 흔들어놓을 위험성도 있었다.

이케르는 자신에 대한 험담이나 쑥덕공론에 무관심했다. 그는 누구와도 사귀지 않았다. 북풍과의 우정만으로도 충분했고, 동료들과

무의미한 잡담으로 시간을 보내고 싶지도 않았다. 세나가 헤렘사프가 얼마 전 새로운 과제를 맡긴 터라 매우 바빴다. 곡식 저장소에 쥐들이 늘어나서 엄청난 피해를 입고 있었던 것이다.

이케르는 여러 방법을 동시에 써보기로 했다. 저장소를 연기로 소독하고, 쥐들의 출입 통로를 찾아 틀어막고, 쥐 잡는 데 이력이 난 고양이들을 투입하는 방법이었다. 쥐를 잡아먹는 집코브라도 풀어놓기로 했다.

이케르는 시 동쪽 구역의 고급 주택가에서부터 서쪽 구역의 일반 주거 지역에 이르기까지 카훈의 모든 건물과 주택을 시찰했다. 이케르가 시의 가장 빈곤한 구역을 시찰하던 날이었다. 일을 마치고 동네를 빠져나오는데 아름다운 갈색 머리 처녀가 쪼그리고 앉아 있는 모습이 보였다. 그녀는 작은 봉지에서 밀을 조금씩 쏟아내며 돌로 빻고 있었다.

그녀가 이케르를 보고 물었다.

"피곤해 보이네. 시원한 맥주 좀 마시겠니?"

"네 일을 방해하고 싶지 않아."

"이제 다 끝냈어."

그녀는 허리에만 짧은 치마를 두른 채 자그마하고 동그란 젖가슴은 다 드러내놓고 있었다. 여자는 매혹적인 동작으로 몸을 일으켜 부엌으로 들어가더니 잔 하나 가득 맥주를 채워 들고 나왔다.

"넌 참 예쁘게 생겼구나."

"난 비나라고 해. 네 이름은 뭐니?"

"나는 이케르야. 서기관이지."

그녀는 감탄하는 눈빛으로 이케르를 바라보았다.

"나는 글을 읽을 줄도 쓸 줄도 모르는데."

"배우면 되잖아."

"나는 일을 해야 해. 그래야 먹고살지. 학교에서도 나를 받아주지 않을 거야. 이곳 출신이 아니거든."

"어디서 왔는데?"

"아시아에서. 엄마는 거기서 돌아가셨고, 아버지는 어떤 카라반을 따라다니며 일하시다 작년에 돌아가셨어. 나는 다행히 하녀 일을 얻을 수 있었어. 빵과 맥주, 과자까지 만들 줄 알거든."

그녀는 솔직했고, 잘 웃었다. 자신의 매력을 드러내는 방법도 알고 있었다.

"너는 분명 좋은 남편을 만나 가정을 잘 꾸려갈 거야."

"어머, 나는 남자애들을 믿지 않아! 걔네들이 관심을 갖는 거라고는 그저…… 하여간 넌 날 이해해주는구나. 너는 다른 건 몰라도, 진지한 사람인 것 같아."

"결혼하지 않고 살더라도 읽고 쓰는 법은 배워둬야 해."

"나 같은 처지의 여자애한테는 불가능한 일이야."

"그렇지 않아! 배울 마음은 있니?"

"배우기 싫은 건 아냐."

"내가 윗사람에게 말해볼게."

"넌 정말 친절하구나, 정말 친절해."

비나는 이케르의 두 뺨에 입을 맞췄다.

"이제 그만 가봐야겠다."

이케르가 말했다.

"난 오늘 마쳐야 할 일이 아직 많이 남았어."

"또 만나."

그녀가 유혹적인 미소를 지으며 나직이 말했다.

"잘했어!"

헤렘사프가 칭찬했다.

"카훈의 주민들이 기뻐하고 있다. 솔직히 말해 자네가 이렇게 빨리 성과를 거둘 거라고는 생각하지 않았어."

"무엇보다 고양이들에게 고마워해야지요. 쥐 잡는 솜씨가 대단한 놈들이거든요."

"자넨 너무 겸손해! 현장을 면밀히 연구하지 않았다면 성공하지 못했을 거야."

"그건 그렇고, 제가 그동안 관찰해온 것이 맞는지 알고 싶습니다. 카훈의 건축 표준 단위는 토트의 신성한 숫자 중의 하나인 팔 쿠데가 맞지요? 이 도시 자체가 십 쿠데의 정사각형꼴로 분할되어 있고, 또한 도시 설계는 집을 지을 때와 마찬가지로 어느 것 하나 우연에 맡겨진 것이 없다는 생각입니다.* 실제로 이 도시는 밑변에 대한 높이의 비율이 8대 5인 이등변삼각형에 토대를 둔 황금률에 따라 건설되었습니다."

헤렘사프는 이케르를 주의 깊게 응시했다.

"거의 맞춘 셈이다. 누가 그런 것을 가르쳐주었지?"

"누구에게서 배운 것이 아닙니다. 다만 눈에 보이는 것을 이해하고자 했을 뿐입니다."

---

* 실제로 카훈은 황금률 혹은 황금분할수에 의거해서 건설되었다.

"그렇다면 자넨 진정 정신성을 추구하는 사람이로군. 이제 곡식 저장소 일은 그만 하게. 자네에게 새로운 과제를 맡기겠다. 낡은 창고들을 조사하는 일이야. 거기 비축되어 있는 물품 목록을 작성하면 되네. 그 목록을 토대로 아직 쓸 만한 것들은 배급하고, 그런 다음 그 창고들을 다시 지을 계획이야."

"그 일을 저 혼자서 해야 하는 것입니까?"

"혼자 일하는 게 자네의 습관 아닌가?"

"최대한 빨리 해보겠지만, 시간이 좀 걸릴 것 같습니다."

"자네만큼 꼼꼼한 사람은 찾을 수 없어. 서두르지 않으면서도 시간을 효율적으로 사용할 줄 아는 사람이 필요해. 자네처럼 빈틈이 없어야 정확한 목록을 작성할 수 있어. 내 말 알아듣겠지? 하나도 빠짐없이 정확하게 조사하게."

"잘 알겠습니다. 한 가지 부탁드려도 되겠습니까?"

헤렘사프의 눈에 의심의 빛이 떠올랐다.

"무엇이 불만스러운가?"

"아닙니다. 제가 어떤 젊은 여자를 만났는데……"

헤렘사프가 두 팔을 하늘을 향해 추켜올렸다.

"이런, 그건 안 돼! 자넨 한참 계단을 올라가는 중이야. 서기관이라는 직업의 여러 가지 면모를 발견해가고 있는 중이란 말이지. 그런데 벌써 결혼을 하려 하다니!"

"그게 아닙니다."

"그러면? 혹 어떤 어리석은 짓을 저질렀다는 말은 아니겠지?"

"어느 집 부엌에서 일하는 여자와 이야기를 나누었는데, 그녀는 읽고 쓰는 법을 배우고 싶어했습니다."

헤렘사프는 눈썹을 찌푸렸다.

"뭐가 문제인데?"

"그 여자는 이집트 출신이 아닌 데다 소심한 성격입니다. 그래서 누군가의 추천이 필요합니다."

"여자의 이름이 뭔가?"

"비나라고 합니다."

헤렘사프가 버럭 화를 냈다.

"그 여자는 안 돼! 그 여자를 믿지 말게. 속을 알 수 없는 여자야. 그녀는 수만 가지 위험을 감추고 있는 깊은 물 같아. 꼭 명심해. 그녀를 가까이해서는 안 돼!"

"그녀는 이곳에서 일하고, 또……"

"시장님이 그 여자를 아시아 땅으로 돌려보내지 않은 건 인정 때문이야. 자네에게 명하는데, 더이상 그녀를 가까이하지 말게. 영혼은 새와 같고, 육체는 물고기와 같아.* 생선은 머리부터 썩고, 또 자네 머리는 병들어 있어! 자네의 목표는 글을 쓰는 게 아닌가? 유일하게 가치 있는 문학이란 세계의 정의로움이자 존재의 올바름인 마아트를 깨달을 수 있게 해주는 문학이라는 사실을 잊었는가? 마아트를 말하고 마아트를 실천한다는 건 어리석은 열정과 분별없는 행동을 하지 않는다는 뜻이지. 자네가 지닌 장점, 자네의 내면적인 삶, 직업, 그리고 행동은 조화를 이루어야 해. 혹시 자네가 스스로 뛰어난 서기관이라고 믿으면서 보잘것없는 개인이라고 생각한다면 자네는 마아트의 영역에서 벗어나게 되는 거야. 앎을 향해 가는 길은 반드시 일관되어

---

* 영혼 바(ba)를 의미하는 상형문자는 새이며, 육체 크헤트(khet)는 물고기 상형문자로 쓰인다.

야 해. 앎을 지식과 혼동해서는 안 된다고! 수년 동안 배워도 앎을 얻지 못할 수 있어. 앎을 얻는다는 것은 빛을 얻는 것이고, 그 진정한 목적은 신비의 실천이야. 그런데 과연 누가 신비에 입문하지 않고 앎을 얻었다고 자신할 수 있을까? 자, 이제 그만 가보게. 나는 아직 열 통이 넘는 보고서를 읽어야 해."

이케르는 헤렘사프가 화낸 이유를 이해할 수 없었다. 비나는 단지 읽고 쓰는 법을 배우고 싶어할 뿐인데, 그런 그녀가 위험할 게 뭐란 말인가? 부자가 아니고 가족이 없다는 사실, 고아이며 이방인이라는 사실이 그렇게나 불리하다니! 그녀에게 자신의 조건을 개선할 기회를 주지 않는다는 건 그 불리한 처지를 한층 악화시키는 일이 아닌가?

그러나 헤렘사프가 비록 비나에 대한 편견을 가지고 있다 해도, 그가 이케르에게 들려준 말은 중요한 것이었다.

이케르는 자리에 누웠다. 그리고 잠을 지켜주는 하마 송곳니 부적을 배 위에 올려놓았다. 그 아시아 여자의 예쁜 얼굴은 사라지고 여사제의 얼굴이 떠올랐다.

이케르는 피곤도, 비나도, 헤렘사프도 잊었다. 그가 사랑하는 여인은 시련과 고통을 지워줄 만큼 너무나 아름다웠다. 그녀 곁에서는 비나의 매력도 빛을 잃었다.

이케르는 그 여사제가 행복이라는 사실을, 그러나 다가갈 수 없는 행복이라는 사실을 알고 있었다. 그러고 보니 파라오가 고용했다는 그 살인자 선원들에게도 다가갈 수 없기는 마찬가지였다. 자신은 아직도 그들의 흔적을 찾지 못하고 있지 않은가. 하지만 그는 이 도시에 그 문제를 풀 어떤 중요한 열쇠가 감춰져 있다는 것을 느끼고 있었다.

현재로서는 문서 보관소에 들어가는 것이 불가능했다. 그곳 문서들을 조사하려면 헤렘사프에게 특별 허가를 받아야 했고, 그렇게 되면 헤렘사프는 이케르가 무엇 때문에 그런 호기심을 가진 건지 꼬치꼬치 물어볼 게 뻔했다. 이케르는 새로 주어진 임무에만 충실하기로 했다. 그러나 자신의 목표를 잊지는 않았다. 그의 적들이 기대하는 것이 시간이 흘러 그의 결심이 흐려지는 일이라면 그들은 잘못 생각한 것이었다. 이케르는 확고한 증거를 원했다. 그리고 그 증거들을 손에 넣게 되면 행동에 나설 것이다.

낡은 창고로 가는 길에 이케르는 비나와 마주쳤다. 그녀는 전병이 가득 담긴 바구니를 머리에 이고 있었다.

"내 문제를 부탁해봤니?"

"상관에게 이야기했었어. 하지만 그는 단호하게 반대했어."

"아주 매정한 사람인가보구나. 그런데 넌 카훈에서 제일 부지런한 서기관인 것 같아."

이케르가 웃었다.

"내가 하는 일을 더 잘할 수 있었으면 해서."

"어쨌든 나는 앞으로도 읽고 쓰는 법을 배울 기회가 없겠네."

그녀가 실망한 듯 입을 삐죽 내밀며 말했다.

"그런 생각 하지 마! 지금은 헤렘사프가 내 상관이지만 언제까지 그런 건 아닐 거야. 더 너그러운 사람을 만날 수 있을 테니 그때까지 기다려봐."

그녀가 바구니를 내려놓고 이케르의 주위를 천천히 돌았다.

"네가 나를 가르쳐주면 어때? 몰래 말이야."

"너와 만나지 말라는 명령을 받았어. 네 말대로 했다가 들통나면 큰 벌을 받게 될 거야."

"그까짓 위험쯤이야!"

"너한테는 아주 가혹한 일이 벌어질지도 몰라. 시장은 너를 카훈에서 쫓아낼 거고, 어쩌면 이집트를 떠나야 할지도 모르지."

"나는 너를 다시 만나고 싶은데, 너는 어때?"

"물론 나도 그래, 하지만……"

"아무튼 너도 내가 일하는 집 앞을 지나갈 권리는 있는 거잖아! 내가 아무한테도 방해받지 않을 조용한 장소를 마련해볼게. 그런 다음 어떻게든 너한테 알려줄게. 다시 보자, 이케르."

그녀는 생기가 넘치는 몸짓으로 전병 바구니를 다시 머리에 이고 멀어져 갔다.

방치된 넓은 창고 안에 빼곡히 쌓여 있는 다양한 물품의 목록을 작성한다는 건 쉬운 일이 아니었다. 이케르는 우선 일꾼들을 시켜 창고의 창문들을 활짝 열게 했다. 햇볕을 충분히 쏘이기 위해서였다. 이어서 내부를 훈증 소독한 다음, 물품을 분류하고 수량과 상태를 기록해나갔다.

괭이, 갈퀴, 낫 혹은 삽 등의 농기구들, 벽돌을 쌓을 때 쓰는 연장들, 벽돌을 찍어내는 틀, 목공용 도끼들, 청동과 돌, 도자기로 만든 그릇들, 칼, 가위, 바구니, 항아리, 그리고 목재 장난감들…… 카훈의 일상생활이 이케르 앞에 펼쳐지고 있었다. 물품들 가운데 상당수가 수리를 하면 다시 사용할 수 있는 것들이었다.

그날의 마지막 분류 작업을 하고 있을 때였다. 이케르는 날이 부러진 단검을 발견했다. 나무 손잡이에는 조악하지만 알아볼 수는 있는 글자가 깊이 새겨져 있었다.

바로 '라피드'였다.

한동안 이케르는 몸이 마비된 듯 꼼짝하지 못했다. 이것이 칼날의 것이든 아니든 라피드 호에서 나온 것임은 틀림없었다. 이케르를 푼트로 데려가려던 그 배 말이다.

# 53

"폐하, 아시우트 시가 보이는 곳에 도착했습니다. 지금이라도 배를 돌리기엔 늦지 않았습니다."

네스몬투 장군이 심각한 어조로 말했다.

뿔뱀이 올라탄 석류나무를 문장으로 삼은 상이집트 아시우트 주는 자칼의 보호를 받는 곳이었다. 자칼은 인간이 사는 땅을 둘러싼 위험한 사막 지대에서 여행자에게 길을 안내해주곤 했다. 이 지역에서 나일 계곡은 좁아들어 마치 빗장을 잠근 것 같은 형상이 되었다. 절벽에 판 귀족의 무덤들이 강을 내려다보고 있었다. 누구라도 이집트를 지배하고자 하는 자는 이 전략적 요충지를 손에 넣어야 했다. 또한 아시우트 주는 다클레 오아시스와 카르게 오아시스에서 오는 카라반들의 종착점으로 상업 중심지이기도 했다. 이 지역 총독 우프와우트는 카라반들에게 높은 세금을 부과하여 자신이 양성하는 의용대 병사들의 봉급을 지불하고 있었다.

세호테프가 말했다.

"파라오께서 위험을 무릅쓰시는 건 안 될 일입니다. 제가 협상에 나서보겠습니다. 허락해주십시오."

수많은 배들이 몰려와 파라오의 선단을 포위했다. 일부는 앞길을 막아섰고, 다른 일부는 선단이 되돌아가지 못하게 뒤를 틀어막았다. 그런 다음 몇 척의 배들이 파라오의 선단을 기슭 쪽으로 밀어붙였다.

세소스트리스는 아주 유서 깊은 머리 장식인 네메스를 하고 자신의 배 고물에 버티고 서 있었다. 이 머리 장식은 파라오의 생각이 공간을 뛰어넘을 수 있도록 해주는 것이었다. 그의 가슴에도 기묘한 형상의 장식이 달려 있었다.

친위대장 소벡이 다가왔다.

"우리를 붙잡으려는 것 같습니다, 폐하!"

네스몬투 장군이 소리쳤다.

"저 반역자 우프와우트가 폐하의 몸에 손을 대기만 하면 내가 그의 머리통을 부숴놓겠소!"

세소스트리스가 결단을 내렸다.

"나 혼자 육지에 내리겠다. 만약 내가 돌아오지 않은 상태에서 공격을 당하면 어떻게 해서든 이 협곡을 빠져나가라."

부두에 배치된 병사들은 가교에서 내려오는 거인을 눈이 휘둥그레져 바라보았다.

그들 중 몇 명은 본능적으로 허리를 숙였다. 병사들이 왕에게 길을 내주기 위해 양편으로 나뉘었다. 장교들은 세소스트리스를 총독의 궁정으로 안내하라는 명령을 받고 왔으면서도 누구도 감히 앞으로 나서지 못했다.

우프와우트는 자신의 전 병력을 동원해놓은 것 같았다. 병사들은 영양 상태도 좋았고 무기도 제대로 갖추고 있었다. 흥미롭게도 사람들 눈에는 이 군대를 이끄는 것이 세소스트리스처럼 비쳐졌다. 실제로 병사들 가운데 어떤 자는 착각을 일으키고 파라오의 뒤를 따르고 있기도 했다. 이 지방 주민들이 몰려나와 이 기묘한 광경을 지켜보았다. 이 불청객은 병사들의 바다 위로 머리 하나는 더 솟아오른 덕분에 아주 먼 거리에서도 쉽게 눈에 띄었다.

별안간 세소스트리스가 걸음을 멈췄다.

"거기 있는 너, 이리 가까이 오너라."

왕이 피골이 상접한 한 목동에게 손짓을 했다. 목동의 몸은 너무 말라서 갈비뼈가 다 드러날 지경이었다. 낡은 옷을 허리에 두르고 머리카락을 텁수룩하게 기른 그는 옹이가 많은 지팡이에 몸을 기대고 있었다.

목동은 왕이 자신을 가리킨다는 걸 금방 알아차리지 못하고 뒤를 두리번거렸다. 병사 하나가 그의 어깨를 툭툭 쳤다.

"이봐, 너더러 오라고 하시는 거야."

목동은 주저하면서 발걸음을 앞으로 떼어놓았다.

"내가 걷는 속도에 맞춰 뒤따라오너라."

왕이 목동에게 명했다.

목동은 늪지를 힘들게 헤치고 다녔던 경험이 있어 이 정도의 시험은 견딜 만했다. 그가 보기에 이 거인은 대단한 인물임이 분명했다. 하지만 배고플 때 먹지 못하고 매일 아침 눈을 뜨는 것이 고통인데, 그가 어떤 인물이건 무슨 소용인가?

궁정 문턱에 아주 못생긴 매부리코 남자가 서 있었다. 남자는 오른손에 홀을, 왼손에 긴 지휘봉을 들고 있었다. 그의 뒤에 사제 한 사람이 깃발 하나를 치켜든 게 보였는데, 깃발 꼭대기는 흑단 자칼 조각상으로 장식되어 있었다. 이 자칼은 '길을 여는 자'라는 의미의 우프와우트라고 불렸고, 이 지방 총독의 이름은 여기서 따온 것이었다.

"나는 폐하를 뵙는 게 기쁘지 않소."

총독이 세소스트리스에게 말했다.

"두 명의 겁쟁이가 항복했다는 소식은 알고 있소. 하지만 나까지 그럴 거라고는 생각하지 마시오. 나를 보호하는 신은 하늘과 땅에 난 길들의 비밀을 알고 있소. 그 덕분에 내가 다스리는 주는 강력한 힘을 지니고 있소. 누구든 공격해오는 자는 쓰라린 패배를 맛보게 될 것이오. 폐하는 북쪽이나 다스리시오. 내 영토를 넘보지 말라는 말이오."

"너는 지휘할 자격이 없다."

파라오가 말했다.

"어떻게 감히 그런 말을……"

왕이 비쩍 마른 목동을 총독 앞으로 밀었다.

"너야말로 네가 다스리는 땅의 주민이 이렇게 비참한 꼴이 되도록 어떻게 보고만 있었는가? 네 병사들은 얼굴에 기름이 흐르는데, 네 농부들은 굶주림으로 죽어가고 있다. 파라오에게 도전할 만큼 강하다고 자부하는 너는 사실은 마아트를 배신하고 주민을 외면하고 있다. 이런 잘못을 저지르는 우두머리를 위해 그 누가 목숨 걸고 싸우려 하겠는가? 네게는 한 가지 길밖에 없다. 네가 저지른 잘못을 바로잡고, 상하 이집트의 주인의 승인을 받아라."

"내 수호자 자칼이 이 침입자를 쳐부수리라!"

총독이 외쳤다.

세소스트리스 앞으로 자칼이 다가왔다.

모두들 이제 곧 자칼의 아가리가 열리는 광경을 보게 되리라 예상했다. 왕이 자신의 가슴 장식에 손을 얹었다. 그 가슴 장식은 혼돈의 힘들과 이집트의 적들을 무찌르는 흰깃독수리의 형상을 하고 있었다. 독수리 머리 위의 두 겹 왕관은 북부와 남부, 이 두 이집트 위에 군림하는 파라오의 통치권을 상징했다.

별안간 놀라움이 그 자리를 휩쓸었다. 자칼이 머리를 숙인 것이다. 길을 여는 자 우프와우트 자칼이 세소스트리스를 자신의 주인으로 인정한 순간이었다.

병사들이 들고 있던 무기를 땅에 내던졌다. 이제 자신을 따를 병사가 하나도 없음을 알아차린 총독도 손에 잡은 홀과 지휘봉을 힘없이 떨어뜨렸다.

"이 지방에서 생산되는 부를 군대를 양성하는 데 사용한 것은 사실이오. 하지만 그건 침략을 우려해서 그랬던 것이오."

"파라오가 어떻게 자신의 땅을 침략할 수 있단 말인가? 나는 한 나라 전체이자 동시에 여러 주이다. 전체인 것은 여럿으로 존재함을 방해하지 않으며, 나뉜 여럿은 하나로서의 전체가 없다면 존속할 수 없을 것이다. 이렇게 유일함과 다양함이 일치하여 조화를 이루면 어떤 목동도 궁핍으로 쓰러지지 않을 것이다."

"재판을 받는 수치는 면하고 싶소. 나를 이 자리에서 죽여주시오."

"무엇 때문에 내가 이집트의 충실한 신하를 죽인단 말인가?"

우프와우트는 왕 앞에 무릎을 꿇고 경배의 의미로 손을 높이 치켜들었다.

세소스트리스가 말했다.

"너는 네가 다스리는 주민들 앞에서 내게 충성을 맹세했다. 이 맹세는 번복될 수 없는 것이다. 나는 너를 계속해서 이 지방의 수장으로 삼을 것이니 너는 수석 재정 관리관 세닌그흐의 지시에 따라 이곳을 번영시켜라. 네 군대는 네스몬투 장군의 지휘를 받게 될 것이다. 이제부터는 이곳 주민들이 행복하게 살 수 있도록 보살피는 일이 네 유일한 관심사가 되어야 한다. 일어나서 네 위엄의 상징들을 다시 손에 들어라."

"세소스트리스 만세!"

한 병사가 외쳤다. 이 외침은 곧 병사들 사이에 퍼져나갔다. 사방에서 울리는 환호성에 둘러싸여 왕은 총독과 함께 궁정으로 들어갔다.

"저는 폐하께서 우프와우트 자칼에게 힘을 행사할 수 있으리라고는 결코 생각하지 못했습니다."

"자칼은 파라오가 올리는 오시리스 신비제의에 참여하는 신이다. 자칼의 진정한 속성도 모르면서 그 보호를 받아오다니, 그렇다면 당신이 오시리스의 아카시아나무를 죽이려는 그 범인인가?"

총독의 놀라는 표정이 너무나 진지했으므로 세소스트리스는 그에 대한 의심을 떨쳐냈다.

"폐하, 그런 사악한 짓을 저지른 자는 이 땅에서 자신의 이름을 영원히 잃게 될 겁니다! 저는 제 이름이 제 영생의 집에서 영속하기를 바라는 사람입니다. 그곳에서 저는 제의의 힘을 빌려 오시리스가 될 것입니다. 저는 오시리스의 아카시아나무가 의인들이 염원하는 부활을 상징한다는 것을 알고 있습니다. 폐하와 제 조상의 이름으로 맹세합니다. 저는 결코 그 범인이 아닙니다. 이 맹세가 거짓이라면 저는 조상의 저주를 받을 겁니다."

우프와우트의 주가 세소스트리스가 통치하는 이집트의 품으로 돌아온 것을 축하하는 대향연이 열렸다. 피를 흘려야 할 전투를 걱정하던 사람들이 많았던 만큼 향연의 분위기는 한층 고조되어 있었다. 피골이 상접하던 그 목동은 다른 여러 명의 가난한 농부들과 함께 초대를 받아 지금껏 꿈도 꾸지 못했던 산해진미로 마음껏 배를 채웠다.

"이웃 지방의 총독인 우크흐와의 관계는 어떤가?"

파라오가 총독에게 물었다.

"최악입니다, 폐하. 그와 저는 이 고장을 나누어서 통치하고 있지만, 행정과 군사력의 통합은 이루지 못했습니다. 각자 상대방을 견제하며 자신의 영토를 다스리고 있을 뿐입니다. 충돌 직전까지 간 경우도 수차례 있었습니다."

"그대가 이해한 사실을 그도 이해할 수 있을까?"

"이해 못 할 게 분명합니다, 폐하! 우크흐는 거만하고 고집 센 사람입니다. 솔직히 말씀드리면 저는 제 병사들이 그의 군대와 맞서 싸우지 않기를 바랍니다. 너무 많은 피를 흘려야 할 테니 말입니다."

"나도 그런 일은 피하고 싶다. 하지만 나는 계속해서 이 나라를 하나로 통합시켜나가야 한다. 사악한 힘이 오시리스의 아카시아나무를 공격할 수 있었던 건 바로 우리의 분열 때문이다. 모든 주가 화합하게 된다면 우리가 어둠을 물리칠 기회도 커질 것이다."

우프와우트가 머리를 숙였다.

"폐하의 행보가 정당하다는 사실을 말로써 설득하려 했다면, 저는 그 어떤 말에도 넘어가지 않았을 겁니다. 폐하께서 성공할 수 있었던 이유는 자칼이 열어준 신비한 길을 알고 계셨기 때문이지요. 저와 마찬가지로 우크흐는 자신이 강하다고 자부하고 있고, 또한 자신의 기득권에 몹시 집착하고 있습니다."

"파라오가 지닌 이름 가운데 하나가 '꿀벌의 파라오'이다."

세소스트리스가 대답했다.

"꿀을 만들 때는 벌 한 마리 한 마리가 모두 중요한 존재로 각자의 역할을 수행하지만, 벌통 전체가 벌 한 마리보다 더 중요하다는 사실을 그자는 되새겨야 한다. 벌통이 없다면, 즉 모든 이집트인이 들어갈 수 있는 큰 집*이 없다면 정신도 육체도 생명을 유지할 수 없을 것이다."

네스몬투 장군은 놀라서 어리둥절할 정도였다. 우프와우트의 병사들은 마치 장군이 원래부터 자신들의 지휘자였던 것처럼 그의 말에 한 치도 어긋남 없이 복종했다. 명을 어기거나 저항하려는 기미는 전혀 없었다. 그들은 탁월한 지휘자를 원하고 또 최선을 다해 임무를 수행하려는 빼어난 직업군인들이었다.

국정원 회의에 참석하기 위해 파라오의 배로 가면서 노장군 네스몬투는 파라오가 밀어부치는 이 정신 나간 순례가 과연 목적지에 다다를 수 있을지 자문해보았다.

세호테프가 제안했다.

"우프와우트가 항복했다는 소식을 퍼뜨려야 하지 않을까요? 이건 메데스가 해야 할 일인데, 그는 멤피스로 돌아갔습니다. 하지만 그에게 전령을 보내면 됩니다. 전령 몇 명을 한꺼번에 보내면 그들 중 적어도 하나는 무사히 도착할 겁니다."

"쓸데없는 일이다."

---

* 파라오라는 말은 '큰 집' '큰 신전'을 의미하는 이집트어 페르아(per-aâ)에서 유래한 것이다.

세소스트리스가 대답했다.

"우리가 앞으로 대결해야 할 세 명의 총독은 이번 일에 아무 영향도 받지 않을 것이다."

네스몬투가 동의했다.

"저도 폐하와 같은 생각입니다. 우크호는 난폭한 자입니다. 또 제후티는 돌처럼 냉정하고, 크눔호테프는 과시욕이 강해서 자신의 특권을 하나라도 포기할 리 없습니다! 이 세 사람과 대화를 통해 해결한다는 것은 불가능합니다."

세호테프가 반박했다.

"그래도 폐하가 이루어내신 결과에 그들도 분명 동요할 겁니다. 협상이 반드시 실패하리라고는 생각지 않습니다."

"우리의 다음 과제가 바로 눈앞에 있다."

세소스트리스가 모두에게 말했다.

"이제 석류나무와 뿔뱀의 땅의 다른 절반이 문제다. 헛된 논의로 시간을 낭비하지 말자."

네스몬투가 물었다.

"대규모 공격을 감행하실 생각입니까?"

파라오는 단호하게 대답했다.

"계속해서 내 방법으로 해나가겠다."

# 54

젊은 여사제는 빛살이 일곱 갈래로 뻗어나간 별 하나를 머리에 달고, 별무늬가 총총히 박혀서 표범 가죽처럼 보이는 긴 옷을 입고 있었다. 빛살이 다섯 갈래로 뻗어나간 별이 둥근 원 안에 새겨진 형태의 별무늬였다. 그녀는 왕비가 불러주는 계시의 말들을 받아썼다. 왕비는 일곱 하토르 여사제들의 회합을 주재하기 위해 아비도스에 와 있었다.

젊은 여사제의 글체는 아름답고 정확했으며, 그녀가 쓴 글은 여사제단의 보물로 여겨질 만큼 명문이었다. '말하는 다른 방식'으로 일컬어지는 이 글쓰기는 뒤를 이을 여사제들에게 전승되어 이들의 사유를 풍요롭게 해줄 것이다. 이렇게 여사제들은 대대로 계시의 순간에 신의 말을 글로 옮김으로써 이 비의적(秘義的) 전통을 오래도록 이어갈 것이다.

여사제들이 왕비의 뒤를 따라 신전을 나섰다. 역시 그 뒤를 따르는 젊은 여사제의 머릿속에 풀 길 없는 질문들이 어지럽게 떠돌았다. 왕비는 그녀에게 예언했었다. 그녀가 이 신전을 떠나 어려운 싸움을 치러야 한다고. 그 예언은 무엇을 의미하는 걸까? 고인이 된 대사제 역시 그녀가 맞서야 할 무서운 적들에 대해 말한 적이 있었다. 그는 왜 그런 말을 했던 걸까?

소녀 적부터 그녀는 신전 이외의 세계에는 흥미를 느끼지 못했다. 신전이 품고 있는 신비들과 비교하면 외부 세계는 빛이 바래 보였다. 학식 높은 한 여사제로부터 상형문자들을 배우면서 그녀는 모체가 되는 글자들에서 드러나는 창조적인 힘들의 움직임에 경이감을 느끼며 빠져들었다. 신들의 이름을 상형문자로 적으면서 그녀는 신들의 숨겨진 속성을 발견했다. 예를 들면 하토르(Hathor) 여신의 이름은 '호루스의 신전'으로, 눈부신 섬광이 빛나는 성스러운 장소를 의미했다. 또한 이름 앞부분인 하트(Hat)에는 창조자이며 양육자인 본원적 말(言)의 개념이 담겨 있었다. 일곱 명의 하토르 여사제들은 정확히 말해 제의 언어에서 음악에 이르기까지 모든 형태의 말을 통해서 빛을 떠받드는 사람들이었다.

여사제가 거쳐야 할 각 단계들은 육체적으로나 정신적으로나 고된 길이었다. 그러나 이 젊은 여사제는 이 길로 나아가기 위해 필요한 노력을 기꺼이 기울였고, 강도 높은 수련을 견뎌냈다. 오히려 그녀에게는 이 노력과 수련이야말로 마르지 않는 기쁨의 샘이 아니었던가?

처음으로 그녀는 마음의 혼란을 느꼈다. 이 혼란은 잠을 잘 때도, 일과를 수행하면서도 지워지지 않았다.

여사제단은 회복의 기미가 없는 오시리스 아카시아나무의 생기를 북돋우기 위해 매일 아침저녁으로 음악을 연주했다. 때때로 젊은 여사제는 연주에 정신을 집중하기가 어려웠다. 지우려 하지만 지워지지 않는 알 수 없는 감정 때문이었다.

그녀는 세소스트리스의 영생의 집이 건축되고 있는 현장으로 갔다. 마침 현장에서 한 석수가 결함이 있는 연장으로 작업을 하다가 부상을 당하는 일이 일어났다. 큰 사고는 아니었지만, 이 사고로 인해 현장의 분위기는 무겁게 가라앉았다. 다친 장인은 기술이 뛰어난 사람이어서 이런 일을 수치스럽게 여겼던 것이다.

그녀는 장인의 상처를 금잔화 즙으로 소독한 다음, 자신이 가지고 다니던 벌꿀에 적신 헝겊을 상처 부위에 올려놓고 아마 붕대로 감았다.

현장 감독이 걱정했다.

"사고가 늘어나고 있습니다. 한층 더 주의를 기울이고 있지만 별 효과가 없어요. 작업 속도는 더디기만 하고, 몇몇 일꾼들은 이곳에 저주가 내렸다고 쑥덕대고 있어요. 여사제님들이 그자들을 안심시켜 주시겠습니까?"

"돌아가자마자 탁발 사제님께 말씀드리겠습니다."

마침 그녀는 탁발 사제를 찾아가야 할 일이 있었다. 자신이 쓴 글의 사본을 탁발 사제에게 제출해야 했던 것이다. 탁발 사제는 생명의 집 도서관에 따로 분류 항목을 만들어 그녀의 글들을 보관했다. 그녀는 탁발 사제에게 도움을 청했다.

그녀의 말을 들은 탁발 사제가 털어놓았다.

"나 역시 그 건축 현장의 일이 마음에 걸립니다. 제일 좋은 해결책은 악의 세력들을 가두어둘 수 있는 붉은 띠 의식을 반복해서 올리는 것이지요."

"그 의식만으로 충분하지 않으면 어떻게 하죠?"

"다른 방법들도 동원해봐야지요. 포기하지 말고 끝까지 싸워야 합니다. 함께 아카시아나무를 보러 갑시다."

탁발 사제는 물 단지를 들고 그녀는 우유 단지를 들었다. 두 사람은 병든 나무 발치에 물과 우유를 차례로 천천히 부었다. 예전에는 평온함이 감돌던 이 장소에서 이제는 깊은 슬픔이 배어 나오고 있었다.

탁발 사제가 말했다.

"보다 더 많은 노력이 필요합니다. 내일부터 나와 함께 도서관에서 일합시다. 고문헌들을 뒤져보면 아마도 나무를 살리는 데 요긴한 처방을 발견할 수 있을 겁니다."

젊은 여사제는 흐트러진 마음을 붙잡아둘 과제가 생기자 기뻤다. 하지만 여사제들의 내실로 돌아오자 처음과 똑같은 불안감이 다시금 그녀를 짓눌렀다.

동료 여사제 한 사람이 그녀에게 알려주었다.

"왕비께서 너를 찾으셔."

왕비와 젊은 여사제는 오솔길을 따라 걸었다. 길 양편으로는 오시리스에게 바쳐진 제실과 석비가 늘어서 있었다.

"힘들어하는 까닭이 무엇이냐?"

"몸이 아픈 것은 아닙니다, 마마. 단지 조금 피곤하고 또……"

"내게는 아무것도 숨길 수 없다. 너를 괴롭히는 문제가 무엇이지?"

"제게 이 길을 계속해서 걸어갈 힘이 있는지 의심스럽습니다."

"이 일은 네가 가장 원하는 것이 아니었더냐?"

"그렇습니다. 하지만 제 나약함이 저를 가로막는 족쇄가 될 것입니다."

"그런 나약함은 이겨내야 할 장애물인 것이지, 어떤 경우에도 네 자신을 변명하는 구실이 되어서는 안 된다."

"저를 신전에서 떼어놓는 모든 것은 위험한 함정이 아닙니까?"

"우리가 신전에 은둔하며 살아야 한다는 규칙은 없다. 남녀 사제들 가운데 독신으로 사는 사람도 있지만 대부분 결혼을 한다."

"신전과 관계없는 사람과 결혼하는 게 잘못은 아닐까요?"

"법은 빳빳이 굳어 있는 게 아니다. 삶의 불꽃을 밝힐 수 있는 일이라면 택하고, 불꽃을 약하게 만드는 일이라면 피하면 된다. 무엇보다 네 자신을 속이지 말고, 스스로에게 거짓을 말하려 하지 마라. 그렇지 않으면 너는 끝없는 사막에서 길을 잃게 될 것이고 신전의 문은 닫혀버릴 것이다."

왕비는 아비도스를 떠났다. 젊은 여사제는 또다시 그를 생각했다. 그녀는 그를 아주 짧은 순간 보았을 뿐이고 이제 다시는 만나지 못할 것이다. 그렇지만 그의 모습이 잊히지 않았다. 그렇기는커녕 마음속에 싹튼 이상한 감정이 계속 커져가고 있었다. 그를 생각하면 안 된다는 것을 모르지는 않았다. 그러나 그녀는 그를 머릿속에서 떨쳐버릴 수 없었다. 시간이 흐르면 그의 얼굴이 희미해질까?

아비도스에 도착한 제르구는 경계가 여전히 삼엄하다는 사실을 확인했다. 여러 명의 병사가 배에 올라와 무슨 일로 왔는지를 묻고, 화물을 꼼꼼히 조사했다.

제르구가 설명했다.

"연고, 아마포, 샌들. 이것들은 전부 종신 사제단에게 전달될 것들이오. 여기 수석 재정 관리관 세난크흐의 인장이 찍힌 세부 목록이 있소."

장교가 퉁명스럽게 대꾸했다.

"이 물품들이 목록에 적힌 대로인지 확인해야 하오."

"수석 재정 관리관과 그의 공식 대리인도 믿지 못한단 말이오?"

"명령은 명령이니까."

'이 부두로는 물건을 몰래 들여올 수 없겠군.'

그곳에 배치된 병사들과 감찰관들은 매수하기에는 숫자가 너무 많았다.

그는 검사가 끝나기를 참을성 있게 기다려야 했다. 처음 이곳에 왔을 때처럼 몸수색도 빠지지 않았다.

장교가 물었다.

"즉시 떠날 거요?"

"아니오, 나는 한 사제를 만나서 이 목록을 전해야 하오. 그가 이 물품 내역에 불만은 없는지 확인하고 새로운 요구 사항을 들어야 한단 말이오."

"위병 초소에서 기다리시오. 사람이 당신을 데리러 올 거요."

이번에도 아비도스 이곳저곳을 기웃거려보기는 틀린 것 같았다. 말을 건네기도 겁이 나는 감시병 두 명 사이에 끼여 제르구는 꾸벅꾸벅 졸았다.

지난번에 만났던 사제를 다시 만나지 못한다면 이 여행은 헛수고가 될 것이다. 사제단 내에 역할 분담이 있다는 사실을 모르는 제르구는 사제단이 다른 인물을 보낼까봐 걱정하고 있었다. 다른 인물이 올 경우 그로부터는 아무것도 기대할 게 없을 것이고, 실망도 이만저만이 아닐 것이다. 사실 이렇게 경비가 엄중하다는 것은 엄청난 보물이 이곳에 있다는 걸 말해주는 것 아닌가! 아비도스는 이집트의 정신

저 중심지, 파라오가 통치권의 본질을 길어내는 가장 신성한 장소이다. 제르구는 자신이 이런 사실을 좀더 일찍 생각해보지 않은 것이 원통했다. 세소스트리스는 중대한 이유 없이는 이렇게 군사력을 동원할 사람이 아니었다. 이곳에서 뭔가 중요한 일이 일어나고 있는 것이다. 제르구는 그게 무슨 일인지 알아낼 생각이었다. 운명이 계속해서 그를 도와준다면 말이다.

"우리를 따라오시오."

또다른 장교가 네 명의 궁수를 대동하고 와서 말했다.

그들은 제르구가 앞서 방문했을 때 갔던 장소로 안내했다.

제르구는 짜증을 내며 그들을 따라갔다. 마침내 문이 열렸다. 거기 와 있는 사람은 전에 만났던 그 사제였다!

제르구가 웃음을 띠며 인사를 건넸다.

"다시 만나 기쁘군요."

"나도 그렇소."

"여기 인도할 물품 목록이 있소. 내게 요청한 그대로요. 이 정도면 되겠소?"

사제는 목록을 꼼꼼히 읽었다.

"당신은 정확한 사람이니 믿을 수 있겠소."

"파라오의 명대로 아비도스에는 부족한 게 있어서는 안 되지요. 다음번에는 무엇이 필요하시오?"

"여기 새로운 목록이 있소."

사제는 서판 하나를 내밀었다. 상대를 건너다보는 사제의 눈빛은 제르구가 기대하던 대로였다.

제르구가 낮은 목소리로 물었다.

"이 방에서 조용히 이야기할 수 있겠소?"

"그러니까…… 엿들을 사람이 없냐는 말이오? 그럴 것 같은데. 그런데 그건 왜 묻소?"

제르구는 긴장했다. 자칫 실수라도 하면 사냥감이 달아나버릴지도 몰랐다.

"이런 공식적인 관계 말고 또다른 관계를 만들어보면 어떻겠소?"

"어떤 관계를 말하는 거요?"

좋은 징조였다! 사제가 흥미를 보인 것이다.

"곡식 저장소 책임 감독관이라는 직책상 나는 내 몫의 합법적인 수당 이상의 것을 손에 넣게 되는 때가 있지요. 그걸로 부족한 봉급을 메우곤 하오. 물론 신중하고 분별 있게 행동해야 한다는 건 알고 있소. 하지만 야심이 없다는 것도 답답한 일 아니오? 아비도스는 정신적 중심지이기도 하지만 또한 사제들이 안정된 상태로 자신의 임무를 수행해나갈 수 있도록 풍요를 보장해주어야 할 작은 도시요. 이곳에서 이익을 챙기는 게 안 될 이유라도 있소? 어째서 사제라는 사람들은, 그렇게 열심히 오시리스를 섬기는데도 불구하고, 부자가 될 권리조차 챙기지 못한단 말이오?"

제르구의 장광설이 끝났다. 긴 침묵이 이어졌다. 사제는 제르구를 뚫어지게 쳐다보았다. 마침내 그가 입을 열었다.

"임시 사제들에겐 별 제약이 없지요. 하지만 나 같은 종신 사제는 처지가 다르오. 우리는 아비도스 바깥으로 나갈 수 없소."

"당신과 달리 나는 오갈 수 있는 사람이오. 우리가 손을 잡는다면 당신의 앞날도 완전히 달라질 수 있지 않겠소?"

"정확히 어떤 제안을 하려는 거요?"

"아비도스에 보물이 있다는 걸 알고 있소."

"그건 누구나 아는 이야기지."

"물론 그렇지요. 그런데 그 보물이 대체 뭐요? 당신은 그걸 알고 있지 않소?"

"나는 비밀을 지켜야 하오."

"비밀이라, 그걸 돈으로 사지 못한단 법은 없지. 내가 보기에 당신은 팔 것이 아주 많을 것 같은데."

"어떻게 내가 사제단을 배신할 거라는 생각을 할 수 있단 말이오?"

"배신이라니, 누가 그러라고 했다는 거요? 나는 아비도스에 관심이 아주 많고, 당신은 부자가 되기를 바라고 있소. 그러니까 이건 서로의 관심사가 딱 들어맞는 경우란 말이오. 나를 도와주시오, 나도 당신을 도와드리겠소. 이보다 더 간단한 게 있겠소?"

"이보다 더 복잡하고 위험한 일도 없겠소! 우선 당신은 누구를 위해 일하고 있소? 또 당신이 함께 일하는 사람이 누구요? 당신의 진짜 상관이 파라오 세소스트리스의 충신 중의 하나인 수석 재정 관리관 세난크흐가 맞는 거요? 그게 의심스럽군."

"그 의심은 정확하오."

"그렇다면 누구를 위해 일하오?"

"그걸 말하기는 아직 이르오. 우리는 우선 서로를 알고, 믿을 만한 사람이라는 증거를 보이고, 그래서 서로 간의 신뢰를 쌓아야 하오. 나는 공무로 여기를 왕래해야 하니 또 만나러 오겠소. 식료품 보급을 구실로 우리 작은 놀이를 해봅시다. 당신은 아비도스를 떠나지 않고도 부자가 될 방법을 궁리해보시오. 우리의 계획이 해볼 만한 것인지는 두고 보면 알 거요."

# 55

이케르는 자신의 방을 청소하고 있었다. 눈앞에 문득 어떤 영상이 떠올랐다.

그녀였다.

그녀가 그에게 말을 했다. 하지만 그녀의 말은 들리지 않았다. 그런 다음 그녀는 나타났을 때와 마찬가지로 별안간 사라지고 말았다.

이 갑작스러운 영상에 이케르는 한동안 마비된 듯 몸을 움직이지 못했다. 이 일이 그녀 역시 자신을 기억하고 있고, 두 사람의 생각이 서로 통할 수 있다는 걸 의미하는 게 아니라면 대체 무엇이란 말인가? 헤렘사프의 엄격한 목소리가 이케르를 현실로 다시 불러냈다.

"해야 할 일을 다 끝내면 내 서재로 오게."

이케르는 꼼꼼하게 청소를 마쳤다. 이곳에 온 이후로 질책을 들은 적이 한 번도 없는 걸로 봐서 집주인도 만족하고 있는 듯했다.

이케르는 티끌 하나 없는 흰 복도를 걸어 무화과나무 문을 두드렸다.

"문을 닫게."

넓은 방이었다. 창문으로는 일하기 딱 좋은 만큼의 햇빛이 비쳐들었고, 선반은 한 치도 흐트러짐 없이 정돈되어 있었다. 헤렘사프의 얼굴은 평소처럼 무뚝뚝했다.

"숙소를 옮길 준비를 하게."

"제가 집을 깨끗이 관리하지 못해서 마음에 안 드시는 겁니까?"

"천만에. 자넨 본보기가 될 만큼 잘했어. 나는 자네의 성숙함과 진지함에 계속해서 감탄하고 있네."

"그렇다면……"

"자네는 승진한 거야. 시장님은 자네가 거둔 성과에 아주 흡족해하셔. 그래서 자네에게 수석 서기관직을 내리셨네. 자네에게는 관사와 하인 한 사람이 내려질 거야. 반면에 자네가 짊어져야 할 책임과 업무량은 늘어나게 되겠지."

"제게 주어진 일은 무엇입니까?"

"일단은 앞서 시작한 목록 작성부터 끝낸 다음, 그중에서 사용 가능한 물품을 추려 자네가 직접 분배하도록 하게. 그다음에 그 창고들을 다시 건축하는 일을 맡게 될 거야. 자네가 알아서 일을 추진해나가게. 물론 시장님은 일이 빠르게 완성되길 원하시지. 그렇지만 내 재량으로 자네에게 하루의 휴가를 주겠네."

이케르는 북풍을 데리고 카훈의 거리를 거닐었다. 황금률에 기초해서 건축된 이 성시의 다양한 면모를 보고 싶어서였다. 시 외곽은 담으로 둘러싸여 안전하다는 인상을 주었고, 이 인상은 시 감찰관들의 규칙적인 순찰로 인해 한층 강화되고 있었다. 효율적으로 도로를 관리한 덕분에 거리들은 나무랄 데 없이 깨끗했다. 카훈에서 가장 큰 건물인 시장 관사에서부터 서쪽 구역 이백 가구 가운데 가장 조그만 집에 이르기까지 각각의 집이 나름의 태를 뽐내고 있었다. 벽의 흙이 떨어져나가거나, 덧창의 칠이 일어나거나, 낡은 문이 달린 집은 보이지 않았다. 정원은 잘 가꾸어져 있었고, 수로들의 관리 상태는 완벽했다. 어디든 물이 풍부했고, 위생 수칙들은 엄격하게 지켜지고 있었다. 이처럼 이 도시는 '세소스트리스는 기쁘다' 라는 자신의 신성한 이름을 자랑하고 있었다.

업무 처리도 감탄할 만했다. 신전의 사제들은 정해진 시간에 정확하게 제의 업무를 수행했다. 빵 굽는 사람들과 맥주 만드는 사람들은 그날 필요한 양만큼의 곡물을 받았고, 푸줏간에서는 수의사의 검역을 거친 고기만을 다루었다. 순회 이발사들이 대로변에 자리를 펴놓았고, 샌들 만드는 사람들과 바구니 만드는 사람들은 자신들의 물품을 시장에 펼쳐놓고 있었다. 그 옆으로는 과일과 야채를 파는 사람도 보였다. 카훈에서는 모두가 결핍을 모르고 살고 있었다.

이케르는 나무 장난감을 만들어 파는 사람의 좌판 앞에 멈춰 섰다. 움직일 수 있는 팔다리를 만들어 붙이고 가발을 씌운 인형들, 하마, 악어, 원숭이, 돼지 등 모두가 멋진 장난감들이었다. 좌판에 놓인 물건 하나가 이케르의 시선을 붙들었다. 아주 잘 만들어진 배였다.

그건 누가 보더라도 라피드 호의 축소 모형이었다!

이케르가 장난감 장수에게 말했다.

"이 장난감들은 꼭 진짜 같네요."

"아이들뿐만 아니라 부모들도 내가 만든 것들을 좋아하죠. 댁은 벌써 결혼을 해서 아이가 있는 게로군?"

"아직 안 했어요. 하지만 이 배를 누군가에게 선물하고 싶어서요."

"이중에서 내가 직접 만들지 않은 건 그것 하나뿐이오. 또 제일 값비싼 놈이기도 하고. 그건 나름대로 걸작이거든!"

"이건 누가 만든 건가요?"

"은퇴한 목수요. 그와 함께 일한 사람들 말로는 카훈에서 솜씨가 제일 좋았다고 하오. 사람들은 그를 라보*라고 불렀는데, 그만큼 연장을 잘 다루었다는 뜻이지."

"그 사람이 아직도 여기 살고 있다면 찾아가 솜씨를 칭송해주고 싶군요."

"그야 쉬운 일이지. 그는 서쪽 구역의 한 작은 집에 살고 있으니."

장난감 장수는 이케르에게 집의 위치를 자세히 가르쳐주었다.

"값은 어떻게 지불할까요? 현물로 드릴까요? 아니면 값어치만큼 일을 해드릴까요? 나는 서기관이어서 어떤 종류의 문서든 작성할 수 있습니다."

"마침 잘됐군. 나일 삼각주 지역에 사는 가족들에게 편지를 써야 할 일이 있소. 편지 열 통으로 합시다, 어떻소?"

"아주 잘 만든 배이니 열두 통을 써드리겠습니다."

하녀 한 사람이 시원시원하게 집 문지방을 비로 쓸고 있었다.

"라보라는 분을 만날 수 있겠소?"

"그는 지금 아파요."

"아주 중요한 일이오."

"그를 귀찮게 할 생각은 아니죠?"

---

* 대패.(옮긴이)

"나는 서기관이오. 목공 솜씨를 칭송해드리러 온 거요."

하녀가 어깨를 으쓱 추켜올렸다.

"그렇다면 신발을 벗고 발을 씻은 다음 물기를 깨끗이 닦아요. 아무것도 더럽혀선 안 돼요. 하루에 두 번씩 청소를 하고 싶지는 않으니까."

이케르는 시키는 대로 한 다음 집 안으로 들어갔다. 첫번째 방은 조상에게 제사를 지내는 곳이었다.

라보는 작업실로 보이는 두번째 방에 있었다. 통나무와 목공 도구들, 그리고 작업대가 보였다. 하지만 방 안에 있는 나이 든 남자는 작업을 하고 있지 않았다. 텁수룩한 머리카락에 굽은 허리, 불룩 나온 배가 눈에 들어왔다. 남자는 높은 등받이가 달린 의자에 앉아서 손에 짚은 지팡이의 둥근 손잡이 위에 턱을 걸쳐놓고 있었다. 그는 톱과 도끼를 뚫어져라 바라보던 중이었다. 짧은 손잡이가 달린 그 도끼는 목재를 평평하게 다듬는 데 꼭 필요한 연장이었다.

"저는 서기관 이케르라고 합니다. 이야기를 나누고 싶어 왔습니다."

"과거는 잊는 게 좋아, 젊은이. 나는 작업 현장에서 가장 솜씨 좋고 힘이 넘치는 사람이었어. 그랬던 내가 지금 어떤 모습인지 보라고! 이제 문밖출입도 엄두를 못 내는 신세지. 늙는다는 건 큰 불행이야."

"어르신은 아직도 장난감들을 만들지 않습니까. 예를 들면 이 배 같은 것을 말입니다."

라보는 이케르가 들고 있는 배를 흘깃 쳐다보았다.

"거동 불편한 노인의 심심풀이야. 그걸 보니 부끄러울 지경이군."

"아닙니다. 이건 뛰어난 작품입니다."

"그걸 어디서 찾아냈나?"

"장난감 가게에 진열되어 있었어요."

"장난감이라도 만들어야 했지. 이렇게 틀어박혀 있어도 먹고사는 덴 지장이 없지만, 내 머리와 손은 할 일이 없다는 사실을 못 견디거든."

"조선소에서 일하신 적이 있습니까?"

이케르의 이 질문에 노인은 기분이 상한 것 같았다.

"어떻게 그런 걸 의심할 수 있나? 뛰어난 목수라면 조선소는 당연히 거쳐야 할 곳이야!"

"그렇다면 수많은 배들을 만들어봤겠군요."

"작은 배, 큰 배, 화물 운송선…… 작업을 하다가 어려운 문제가 생기면 사람들은 늘 나를 찾곤 했지."

이케르는 그에게 장난감 배를 내밀었다.

"이 배 모형은 어르신께서 건조하신 배를 본떠서 만든 겁니까?"

라보는 배 모형을 손으로 더듬어보았다.

"물론이지! 나일 강만 다니는 게 아니라 바다로 나갈 멋진 배였지. 아주 튼튼해서 폭풍우 같은 건 너끈히 견딜 놈이었어."

"그 배의 이름을 기억하십니까?"

"라피드였지."

이케르는 기쁜 마음을 애써 감추었다. 드디어 중요한 실마리를 찾아낸 것이다!

"라피드였어……"

라보가 배 이름을 한 번 더 중얼거렸다.

"내 마지막 작업이었지. 중요한 일이었어."

"그 배를 탈 선장과 선원들을 만난 적은 있나요?"

노인은 고개를 저었다.

"적어도 그들의 이름은 아시겠지요?"

"전혀 몰라. 그런 건 관심도 없었고. 내가 바란 건 어떤 풍랑에도 부서지지 않는 튼튼한 배였어."

"그 배가 어떻게 되었는지 아십니까?"

"몰라."

"그 배의 목적지가 푼트라는 걸 듣지 못하셨습니까?"

"이보게, 그건 이야기꾼들의 상상 속에나 존재하는 곳이야! 제아무리 라피드 호라고 해도 갈 수 없는 곳이란 말이야."

"그 배의 주인은 누구였습니까?"

노인은 놀란 표정을 지었다.

"그야 물론 파라오지! 파라오가 아니면 대체 누가 그런 배를 가질 수 있을 거라고 생각하나?"

"거북눈과 칼날이라는 이름은 들어보셨습니까?"

"그런 이름을 가진 사람들을 만난 적은 없네. 카훈이나 이 근방에 사는 사람들은 아냐. 그런데, 젊은이, 어째서 그런 것들을 묻지?"

"라피드 호의 선원들과 아는 사이입니다. 그들이 어떻게 되었는지 알고 싶어서요."

"문서 보관소에 가서 조사해보면 될 거야. 지금 기억이 나는데, 내가 마지막으로 작업했던 곳은 그 조선소가 아니라 바로 이 자리였어. 이 집에 와서 아카시아나무로 아름답고 튼튼한 궤짝을 하나 짠 적이 있지. 그걸 주문한 사람이 정확하게 어떤 모양으로 만들어달라고 해서 나는 그의 요구대로 해주었어. 그렇게 고급스러운 궤짝을 쓸 만한 곳은 신전뿐일 거라고 생각했었지. 하지만 그 사람이 궤짝을 가지러

왔을 때 나한테 말하기론 긴 여행을 떠날 예정이어서 그 궤짝이 필요하다고 하더군. 문득 라피드 호가 떠오르긴 했지만, 아마 내 짐작이 틀렸을 거야."

"그 주문자는 누구였습니까?"

"지나가는 길손이었어. 궤짝 값을 선불로 두둑하게 받아 챙겼으니 그가 누구인지 알 필요는 없었지."

"그를 만나면 알아보실 수 있겠습니까?"

"내 시력은 날이 갈수록 나빠지고 있어. 아마도 키가 큰 사람이었을 거야."

"지금 나눈 이야기는 아무에게도 하지 마세요."

이케르가 당부했다.

"무슨 이유에서인가?"

"혹시 라피드 호가 어떤……"

"혹시라니? 그런 식의 가정은 하고 싶지 않아. 이젠 더 듣지 않겠네! 자네의 질문 뒤에 뭔가 감추어져 있다는 생각이 드는군. 나는 늙었어. 편안히 죽고 싶네. 이 집에서 나가게. 다시는 찾아오지 마. 이젠 문을 열어주지 않을 테니."

이케르는 고집 부리지 않고 물러나왔지만, 이 목수의 말을 다시 들어봐야겠다고 다짐했다. 그는 아직도 많은 것을 이야기해주지 않고 있었다.

레바논 상인의 밀정은 이케르가 노목수를 찾아가는 것을 숨어서 지켜보았다. 겉으로 보기에 별 위험은 없었다. 이 젊은 서기관이 뭔가를 알고 있을 리 없지 않은가?

하지만 분명히 해두어야 했다. 만약 이케르가 목수를 방문한 이유가 단지 솜씨를 칭송하기 위한 것만은 아니라면?

그럴 가능성은 별로 없었지만 그래도 만일의 경우를 가정하지 않을 수 없는 것이다. 그렇다면 레바논 상인의 밀정이 취해야 할 행동은 분명했다.

# 56

"나일 강이 비어 있군."

네스몬투 장군이 강을 바라보며 의심스럽다는 듯 말했다.

세소스트리스의 소선단은 우크호가 있는 키스*에 접근하면 거센 공격을 받게 될 거라고 예상했다. 하지만 우크호의 전투선들은 부두에 정박한 채 움직이지 않았다. 파라오는 아무 제재도 받지 않고 상륙했다.

세호테프가 말했다.

"덫을 놓은 게 분명합니다. 제가 먼저 정찰을 나갔다 오겠습니다. 허락해주십시오, 폐하."

부두에는 병사 한 명도 보이지 않았다. 마치 사람이 살지 않는 곳처럼 느껴질 정도였다.

수호자 소벡이 말했다.

"수석 비서관의 생각이 옳습니다. 제가 그를 호위하겠습니다."

* 쿠사이.

"왕이 겁쟁이라면 누가 왕을 따르겠는가? 내가 앞장서겠다."

세소스트리스가 먼저 성큼성큼 걸어 나갔다. 소벡은 적이 매복해 있지는 않을까 염려하여 끊임없이 사방을 살폈다.

도시 입구에 다다를 때까지 아무 일도 없었다. 거리에는 살아 있는 생물이 눈에 띄지 않았다. 출입문과 덧창들은 굳게 닫혀 있었다.

세호테프가 침울하게 물었다.

"이 도시에 무슨 불행한 일이 생긴 걸까요?"

이윽고 세소스트리스는 몇 명의 주민을 발견했다.

그들은 탈진한 나머지 쭈그려 앉아 무릎에 머리를 얹어놓고 있었다. 마치 넋이 빠진 듯했다.

총독의 궁정으로 다가가자 사방에 무기가 흩어져 있었다. 병사들이 활과 화살, 창과 검을 땅바닥에 버려놓은 것이다. 궁정 입구에 장교 하나가 쓰러질 듯 기대앉은 게 보였다.

소벡이 물었다.

"무슨 일이 있었던 것인가?"

장교는 울어서 빨개진 눈을 들었다.

"총독께서 돌아가셨습니다."

"반란이 일어났는가?"

"아뇨, 아닙니다! 감히 누가 우크흐 총독님께 반기를 들 수 있겠습니까? 총독님은 우리 지방의 신성한 뱀이 죽어서 돌아가신 겁니다. 신성한 항아리는 깨어졌고, 밭들은 바싹 마르고, 가축들은 병이 들었죠. 이 모든 게 우리의 수호신이 더이상 움직이지 못하게 되어 그런 겁니다."

세소스트리스는 하토르 여신에게 바쳐진 신전으로 갔다. 주민과 병사들이 어떤 희망의 조짐을 기다리며 신전 바깥에 모여 있었다.

네스몬투가 모여 있는 사람들을 향해 외쳤다.

"파라오께 경배하라! 오직 파라오만이 너희의 불행을 끝내시리라."

모두가 왕을 향해 몸을 돌렸다. 한 사제가 앞으로 달려 나와 엎드렸다.

"폐하, 반역자 총독은 이제 돌이킬 수 없는 벌을 받았습니다. 저희의 목숨을 살려주십시오."

"아무도 두려워할 것 없다."

왕의 말에 키스의 주민들은 안도의 한숨을 내쉬었다. 만약 파라오가 자신들을 보호해준다면 악을 물리칠 수 있으리라.

"저희가 겪은 재앙을 보여드리겠습니다, 폐하."

세소스트리스는 사제를 따라 신전 안으로 들어갔다. 제실 한 곳에 이 지방에서 가장 신성한 물건이 보관되어 있었다. 그것은 두 개의 깃털이 솟은 파피루스로, 두 깃털 가운데 두 마리의 우라에우스로 둘러싸인 태양 원반이 자리 잡고 있었다.

흘깃 보기에도 재앙의 흔적은 뚜렷했다. 파피루스는 색이 바랬고, 태양 원반은 빛을 잃었으며, 두 코브라의 눈도 반짝이지 않았다. 이곳 총독의 이름과 동일하게 우크호라고 불리는 이 상징물은 그것이 지녀야 할 힘을 거의 잃어버린 상태였다.

사제가 탄식했다.

"저희들은 모두 죽을 것입니다. 이곳은 저주를 받았습니다!"

"진정하라."

왕이 명했다.

두 개의 깃털에서는 희미한 생기가 느껴졌다. 이 깃털들은 우주를 순환하며 생명의 싹을 틔우는 빛나는 대기의 현신으로, 소생의 마지막 가능성을 보이고 있었다.

왕이 말했다.

"오시리스의 아카시아나무를 좀먹는 종양이 여기에 전이되었다. 너희의 생각을 태양 원반에 집중하고 내가 불러주는 말들 하나하나를 음미하라. 그리하여 창조주 신의 말씀과 교감함으로써 힘을 되살리도록 하라."

세호테프, 네스몬투, 소벡은 왕의 말에 집중하여 말과 하나가 됨으로써 어떤 앎의 존재를 그려보고자 했다.

세소스트리스는 목소리를 높여 떠오르는 해*에 바치는 찬가를 읊었다.

"이 빛의 고장에 나타나 상하 이집트 두 땅을 터키석으로 밝혀주소서. 어둠을 몰아내고, 매일 다시 태어나며, 당신의 이름을 부르는 자의 목소리에 오소서. 유일한 것은 유일한 것으로 남아야 하는 법, 당신의 본성을 왜곡 없이 드러내는 이 상징물과 스스로 결합해주소서. 높은 것에서 낮은 것까지 세상의 모든 것을 창조하소서. 이 상징물의 눈 속에 살아 있는 불꽃, 건설하는 자가 당신의 지성소로 들어오기를."

파피루스가 차츰 다시 푸르러졌다. 이어서 코브라의 눈들이 잉걸불처럼 붉은 빛으로 타올랐다. 마침내 태양 원반도 밝게 빛나며 제실 안을 환히 비추었다.

왕이 네스몬투 장군에게 일렀다.

---

* 태양신이자 창조의 신 라를 가리킴. 라는 매의 머리를 하고 우라에우스로 둘러싸인 태양 원반이 달린 왕관을 쓰고 있는 사람의 모습으로 그려진다.(옮긴이)

"사제들을 불러오라."

사제들은 자신들의 신성한 상징물이 소생한 것을 보자마자 왕 앞에 엎드려 칭송했다.

세소스트리스가 잘라 말했다.

"수선 떨 것 없다. 너희는 제의를 올바른 방식으로 올리지 못했고, 그 대가를 비싸게 치를 뻔했다. 너희의 신세를 한탄하는 대신 아침, 정오, 저녁의 제의를 엄격히 수행하라. 그리고 조금의 이상이라도 있으면 내게 알려라. 이제부터 이 지방은 파라오에게 속한다."

신전 문을 나서는 세소스트리스를 향해 주민들이 환호를 보냈다. 별안간 군중이 반으로 갈리며 한 무리의 감찰관이 나타났다. 기쁨에 찬 함성이 뚝 그쳤다.

서른 명가량 되는 감찰관들이 몰로스 개들을 끈으로 묶어 끌고 신전 앞으로 다가왔다. 그들은 우크흐의 의용대 정예 장교들이었다. 지휘관이 외쳤다. 악의를 품은 듯 거칠고 반항적인 목소리였다.

"우리는 머리를 숙일 수 없소! 이 지방은 자치권을 가지고 있고, 앞으로도 그걸 유지할 것이오."

네스몬투가 지휘관의 말을 가로막았다.

"어리석은 짓은 그만두거라. 폐하께서 이 지방을 파멸에서 구해내셨다. 이제 이곳은 폐하께 복종해야 한다."

지휘관이 완강히 버텼다.

"외부의 힘을 빌릴 필요는 없소. 나는 새로운 총독이 되어 내 영토를 침입한 모든 것을 밖으로 몰아낼 것이오."

세소스트리스가 말했다.

"파라오에게 반역하는 자를 기다리는 것은 죽음뿐이다. 네 행동을 일시적인 실수라 믿고 덮어줄 테니 이제 내게 복종하라."

"당신이 한 걸음만 앞으로 떼어놓아도 이 개들을 풀겠소."

세호테프가 왕에게 말했다.

"위험을 무릅쓸 필요가 없습니다. 우리는 지금 저들과 맞설 인원이 못 됩니다. 신전으로 다시 들어가는 게 좋겠습니다."

그러나 세소스트리스는 그 말을 못 들은 척하고 앞으로 나아갔다.

지휘관과 장교들이 일제히 몰로스 개들을 풀어놓았다. 개들이 왕을 향해 달려들었다. 소백이 왕 앞을 막아서려 했지만, 왕은 단호하게 소백을 밀어냈다.

개들은 왕의 코앞까지 달려들었지만 갑자기 서로 뒤엉켰다. 그러고는 둥글게 원을 그려 돌면서 송곳니를 드러내 으르렁거리다가, 잠시 사납게 짖는가 싶더니 얼마 안 있어 얌전해졌다. 이제 개들은 그저 평화롭게 어슬렁거리기만 했다. 우두머리로 보이는 개는 쓰다듬어달라는 듯 꼬리를 흔들며 다가와 왕의 발아래 드러누웠다.

"이 짐승들은 내가 누군지 아는구나. 못난 지휘관, 너는 이 짐승들을 부릴 자격이 없다."

지휘관은 당황하여 도망치려 했다. 그의 부하 두 명이 달아나는 그를 곤봉으로 내려쳐 머리를 부숴놓았다.

또다시 환호성이 울려퍼졌다. 그 사이 세소스트리스는 자신이 연이어 치러야 할 싸움을 생각했다. 이집트 전체의 운명은 아카시아나무의 운명과 이어져 있었다. 그러므로 이제 새롭게 닥쳐올 다른 재앙들에 대비해야 하는 것이다.

한 가지는 확실했다. 우크흐는 오시리스의 나무에 사악한 마법을 건 자가 아니었다. 이제 남은 혐의자는 리에브르 주의 총독 제후티와 오릭스 주의 총독 크눔호테프뿐이었다.

이케르의 새 관사에는 조상에게 제사를 지낼 작은 방, 검소한 응접실, 침실, 화장실과 욕실, 부엌, 지하실과 테라스가 있었다. 호사스럽지는 않았지만 살기에는 쾌적한 집이었다. 흰 석회를 새로 칠한 그 집에는 소박한 가구가 갖춰져 있었다. 가까이 있는 마구간에는 다행히도 늙은 암탕나귀 한 마리뿐이었고, 이 암탕나귀는 북풍과 곧 친해졌다.

소지품이 별로 없는 이케르는 이사하는 데도 그리 시간이 걸리지 않았다. 짐 정리를 막 끝냈을 때 한 초라한 남자가 문을 열고 들어섰다. 아무렇게나 내버려둔 긴 머리카락에 약간 구부정한 허리, 비썩 마른 몸은 보기에도 딱할 지경이었다.

"저는 나리께 배속된 하인입니다. 일주일에 이틀, 두 시간씩 일할 겁니다."

이케르는 그를 돌려보내고 혼자 해나가야겠다는 생각을 했다. 하지만 그렇게 말하려는 순간 이 남자를 알아볼 수 있었다.

"세상에, 믿을 수 없어. 너, 세카리 아니니?"

"어? 그렇습니다."

"나를 못 알아보는 거야?"

주눅이 들어 있던 남자는 그때서야 고개를 들고 주인을 바로 쳐다보았다.

"이케르? 너 근사하게 차려입었구나!"

"무슨 일이 있었던 거야?"

"살다보면 겪게 되는 일들이었지 뭐. 지금은 형편이 좀 나아졌어.

나를 하인으로 쓰겠니?"

"솔직히 말해 그건 좀 불편하잖아!"

"내 봉급은 시장이 지불해. 난 집 열 군데를 청소하고, 심부름으로 장을 봐오고, 여기저기 널린 잔일을 해치우면서 그럭저럭 살고 있어."

"어디 살고 있니?"

"과수원에 딸린 한 오두막에. 그 집을 관리하고 있어. 채소를 길러 먹을 수도 있는 곳이야."

"들어가서 뭐든 한잔 마시자."

두 옛 친구는 시나이의 광산에서 겪었던 일들을 돌이켜보았다. 하지만 이케르는 그들이 헤어진 이후 자신에게 일어난 일들을 세세히 이야기하지 않았다.

세카리가 말했다.

"너는 이제 앞길이 훤히 열린 높은 서기관이 되었구나."

"겉으로 보이는 걸 다 믿지는 마."

"너도 힘든 일이 있다는 말이니?"

"그 이야기는 나중에 다시 하자. 이 집에서는 네 마음대로 해도 돼. 네 집이나 마찬가지니까. 나는 나가봐야겠다. 해야 할 일이 많거든."

이케르는 미친 듯이 일에 몰두함으로써 마음을 진정시킬 수 있었다. 이제 그는 자신의 악몽이 사실이었다는 증거를 갖고 있었다. 라피드 호는 카훈의 장인들에 의해 건조되었고, 파라오 세소스트리스의 소유라는 증거 말이다.

푼트라는 신비스러운 고장이 실제로 있다고는 누구도 믿으려 하지 않았다. 그러나 이케르는 자신을 바다에 내던지려 했던 그 배의 목적지가 바로 푼트였다는 것을 잘 알고 있었다.

이케르는 또다시 라보를 찾아갔다. 이번에는 이 목수에게 모든 이야기를 타 털어놓을 생각이었다. 하지만 그 집의 대문은 닫혀 있었다. 이케르가 문을 두드렸다. 안에서는 아무 대답이 없었다. 이웃 여인이 그를 불렀다.

"왜 그러시오?"

"라보 어르신을 만나러 왔습니다."

"한발 늦었구려, 젊은 양반. 그는 지난밤에 세상을 떴소. 그의 가족이오?"

"아니오, 하지만 아는 사이였습니다. 그분께 물어볼 말이 있어요."

"그 늙은 구두쇠는 이제 아무하고도 말을 못 하게 되었지! 임종을 앞에 두고는 아무 말이나 지껄이곤 했지만."

"무슨 이유로 돌아가신 겁니까?"

"그야 늙은 탓이지! 심장, 폐, 신장 어느 것 하나 온전한 데가 없었소. 늘 아프다고 죽는소리를 했지."

"이 집에 자주 와보셨습니까?"

"거의 안 갔소. 다른 이웃들도 그랬고. 누굴 만나기만 하면 자신의 목수 시절 이야기를 끝도 없이 늘어놓는 데다가 정신까지 오락가락했으니까. 자기 이야기를 정신 차려 들어주지 않으면 마구 성을 내곤 했다오."

"돌아가시기 전에 혹시 감찰관이 여기 다녀가지 않았습니까?"

"감찰관이라니! 그 목수 영감이 무슨 짓을 저질렀단 말이요?"

"아닙니다, 그런 의미가 아니에요. 그냥 한번 물어본 것입니다."

이웃 여인은 알겠다는 듯한 눈빛을 했다.

"그러고 보니 그 영감이 예전에 밀수에 가담한 적이 있었지! 댁이 혹시 감찰관 아니오?"

"아닙니다. 저는 그냥 친구예요."

"라보의 친구라고 하기에는 너무 젊은걸!"

이케르는 포기하고 그 자리를 떠났다. 그는 집 안으로 들어가서 무엇인가 실마리가 될 만한 것을 찾아보고 싶었다. 하지만 그래봤자 무슨 소용인가? 목수가 자연사한 것이라고는 믿어지지 않았다. 목수를 살해한 자들이라면 뒤를 밟힐 만한 흔적은 하나도 남김없이 지워버렸을 게 분명했다.

아무런 처벌도 받지 않고 행동할 수 있는 자들이라면 상부의 지시에 따라 거침없이 움직이는 감찰관들 외에 또 누가 있겠는가? 시장은 이 사건을 알고 있을 게 분명했다. 시장의 배후에는 어느 대신이 있을 것이고, 또 그 대신의 배후에는 카훈의 보호자인 파라오 세소스트리스가 있는 것이다.

이케르는 진실과 정의를 원했다. 칼의 손잡이를 발견한 만큼 그는 라피드 호가 존재했다는 증거를 쥐고 있는 셈이었다. 그러나 중요한 증인이 사라져버렸으므로 당국에서는 이 정도만으로 수사에 착수하기는 불충분하다고 대답할지 몰랐다.

이제 카훈의 문서 보관소가 유일한 희망이었다. 거기에는 결정적인 증거가 될 문서들이 보관되어 있을 것이다.

문서 보관소의 입구에는 시 감찰대 소속의 경비원 두 명이 있었다.

"이름과 지위는?"

"이름은 이케르이고, 서기관이오."

"출입 허가증은 있소?"

"나는 이곳 소장님을 만나러 온 것이오."

"잠시 기다리시오."

문서 보관소 소장은 이케르를 맞아들였다. 나날이 높아지는 이 서기관의 명성을 그도 듣고 있던 참이었다. 신중하고 까다로운 사람이었음에도 불구하고 이케르를 대하는 소장의 태도는 친절했다.

"무슨 일인가, 이케르 서기관?"

"까다로운 문제가 있습니다. 그러니까…… 말하자면 은밀히 해야 할 일입니다."

"무슨 말인지 이해는 하겠지만, 좀더 자세한 이야기를 들어야겠네."

"제 상관인 헤렘사프께서 제게 일을 맡겼습니다. 조선소 관련 문서들을 조사해오라는 일인데, 아마도 어떤 세부 사항을 확인하려는 것이겠지요."

"어째서 그가 직접 오지 않았지?"

"신중한 분이기 때문이죠. 저는 이곳에 와서 난처할 게 없지만, 그가 직접 오는 건 아무래도……"

소장은 이케르의 말을 납득하는 듯이 보였다. 이런 경우를 겪은 게 분명 처음은 아닐 것이다. 전에 이곳에 왔을 그 사람 역시 아무 흔적도 남기지 않으려 했을 것이다.

"알겠네, 알겠어. 그렇더라도 헤렘사프의 서명을 받아오는 게 좋겠군."

"꼭 그렇게 하지 않더라도……"

"이곳에서는 꼭 그래야 하네. 그의 서명을 받아오게. 그러면 문서를 조사할 수 있게 해주겠네."

"누구를 속이려는 건가, 이케르. 그리고 뭘 숨기고 있는 건가?"

헤렘사프가 얼음장같이 차가운 목소리로 물었다.

"문서 보관소 소장이 내게 알려왔다. 자네가 내 이름을 팔아서 불법적으로 자료를 보려 했다고! 자네를 철석같이 믿었는데, 이럴 수가!"

"제가 말씀드렸다 해도 허가를 내주지 않으셨을 겁니다."

헤렘사프가 날카로운 눈빛으로 쳐다보았다.

"이제 내게 진실을 말할 때가 되지 않았는가?"

"그건 제가 하고 싶은 말입니다. 이제 제게 진실을 말해주십시오."

"너무 앞질러 가는군, 이케르! 문서 보관소에 몰래 들어가려던 사람은 내가 아냐!"

"제게 옛 창고에 쌓인 물품을 정리하라고 명하셨죠. 단 하나도 빠뜨리지 말라고 강조하면서 말입니다."

"맞아, 그게 어쨌다는 건가?"

"어느 배의 이름이 새겨진 칼 손잡이를 염두에 두고 시키신 일이 아닙니까?"

헤렘사프의 얼굴에 놀란 빛이 스쳐갔다.

이케르가 또다시 물었다.

"이곳 제1조선소를 책임지고 계시죠?"

"그건 자네가 틀렸어! 그곳의 책임자는 파이윰의 조선소장이야."

"창고에 칼 손잡이가 있다는 걸 미리 알고 계셨던 건 맞죠?"

"자네가 찾고 있는 게 대체 무엇인가?"

"물론 마아트입니다."

"문서 보관소장에게 거짓말을 하면서 마아트를 찾겠다는 것인가!"

"스스로 거리낄 게 없다면 제가 문서를 조사할 수 있도록 허락해주십시오."

"그건 단순한 문제가 아냐. 또 나한테 모든 권한이 있는 것도 아니고! 문서는 분과별로 분류되어 있고, 또 오직 시장님만이 전체를 자유롭게 볼 수 있어. 충고 하나 하겠네, 이케르. 자네는 앞길이 훤히 열려 있지만, 도와줄 친구는 별로 없어. 자네의 엄정함과 뛰어난 능력은 인정받겠지만, 일만 잘한다고 해서 출세가 보장되는 건 아니라는 말일세. 자네에겐 내 후원이 필요해. 그리고 나는 자네의 미래를 믿기 때문에 기꺼이 자네를 도와줄 생각이야. 다시는 이런 일이 없을 거라고 약속한다면 이번 실수는 잊어주겠네. 알겠나?"

"아니오. 그럴 수는 없습니다. 제가 원하는 건 출세가 아니라, 진실과 정의입니다. 무슨 대가를 치르더라도 저는 이 일을 포기하지 않겠습니다. 이 나라의 모든 것이 부패했다고는 생각하지 않습니다. 만약 그렇다면 마아트가 이 나라를 떠날 테니까요. 그렇게 된다면 더 살아갈 이유가 무엇이겠습니까?"

이 말을 마친 이케르는 가도 좋다는 허락도 떨어지지 않았는데 헤렘사프의 집무실에서 나왔다.

헤렘사프는 시장을 이 일에 끌어들임으로써 스스로 자신의 혐의를 인정한 셈이었다. 이 둘은 목수의 살해를 공모했을 게 분명했다. 하지만 어째서 헤렘사프는 배 이름이 새겨진 칼 손잡이를 이케르의 눈앞에 던져준 것일까? 그것은 이케르를 도와준 것이 아닌가? 그러나 문서를 살펴볼 허가를 내주지 않은 것은 이케르가 더이상 앞으로 나아가지 못하게 하려는 의도가 분명했다. 그의 이런 모순된 행동을 어떻게 설명할 수 있단 말인가? 그렇다면 헤렘사프는 시장의 충실한 협력자이긴 해도, 라피드 호의 이름이 새겨진 칼 손잡이에 대해서는 모르고 있었음이 분명했다.

이제 아마도 이케르는 직위 해제되어 카훈에서 쫓겨나게 될 것이다. 그가 이곳에 되돌아올 수 있을까, 그래서 필요한 자료를 손에 넣을 수 있을까? 그는 자신의 목적을 달성하는 게 이제 불가능할 거라고 예상하며 발길 닿는 대로 걸었다.

"기분이 언짢아 보이는구나."

비나의 달콤한 목소리가 귓가에 들렸다.

"직무상 어려운 일이 있어서 그래."

"내가 지나가는 걸 알아보지도 못하다니! 기분을 바꿔줄 만한 거리를 찾아봐야겠다."

"그럴 마음 없어."

"그렇다면 이야기나 나누자! 조용한 장소를 알아. 내가 일하는 집 바로 뒤에 빈집이 있어. 오늘 저녁 해가 진 뒤에 그리로 와. 이야기를 하다보면 기분이 나아질 거야."

# 57

리에브르 주의 주도에 가까워질수록 평화롭고 풍요한 풍광이 펼쳐지고 있었다. 여기서는 눈에 보이는 모든 것이 평화와 휴식, 명상을 떠올리게 했다.

그러나 왕이 탄 배 위의 상황은 달랐다. 두려운 상대인 제후티와 맞서게 될 걸 예상하며 모두 긴장했다. 방금 네스몬투 장군에게 전달된 소식은 지극히 걱정스러운 것이었다.

네스몬투가 파라오에게 보고했다.

"제후티 총독은 군대를 양성하고 있습니다. 규모는 작지만 병사들은 좋은 대우를 받고 있고, 또한 모두가 잘 훈련된 직업군인들입니다. 게다가 제후티는 뛰어난 전략가라고 알려져 있습니다."

"그렇다면 그는 분명 협상을 거부하지 않을 겁니다!"

세호테프가 말했다.

"완강하게 버티던 주들이 우리 편으로 넘어온 사실을 안다면 군사적 대결이 무용하다는 사실도 알 테니까요. 제가 협상에 나서보겠습니다."

세소스트리스가 잘라 말했다.

"내 방식대로 계속 밀고나가겠다."

그 자리에 있던 국정원의 세 위원, 네스몬투 장군, 세호테프, 소벡은 같은 생각을 했다. 그들이 보기에 왕은 위험을 간과하고 있었다. 제후티는 만만한 인물이 아니었다. 엄청난 희생이 따를 망정 전투 한 번 치르지 않고 그가 먼저 무기를 버릴 거라고는 기대할 수 없었다.

그렇지만 파라오는 동요하는 기색이 전혀 없었다. 그는 적절한 순간에 적절한 손놀림으로 작품을 완성시킬 줄 아는 천재 장인과 다름없지 않은가? 이 거인은 왕위에 올라 살아 있는 자들을 다스리기 시작한 이래, 단 한 번의 실수도 저지른 적이 없었다. 그를 어떻게 신뢰하지 않을 수 있겠는가?

리에브르의 주도인 크헤므누는 여덟 창조신인 '오그도아드의 도시'이자 토트 신의 고장이기도 했다. 토트는 '신의 말씀'인 상형문자의 창조자로서, 배움을 구하는 자들에게 앎에 도달할 길을 열어주곤 했다. 이 신은 죽음과 부활의 가장 선명한 상징인 초생달을 머리에 이고 나타남으로써 분명하고도 공정한 판결의 필요성을 강조했다. 토트의 새인 따오기의 부리가 의미하는 것은 진실을 추구하는 과정이 아니라 이미 얻어진 진실이었다.

이러한 고장을 자신의 뜻대로 지배하지 못하는 이상 한 나라를 제대로 통치한다는 것은 헛된 꿈이었다. 오늘 세소스트리스는 바로 이러한 곳에 발을 내디딘 것이다.

수호자 소벡이 앞으로 나섰다.

"폐하, 제가 폐하를 호위하도록 허락해주십시오."

"그럴 필요 없다."

강물 위에는 전선 한 척 보이지 않았고, 부두에도 병사의 모습은 찾아볼 수 없었다.

세호테프가 중얼거렸다.

"믿을 수 없군. 제후티 총독 역시 우리를 위해 미리 세상을 떠나준 건가?"

파라오 일행은 크헤므누 부두에 조용히 배를 댔다. 뭍에 내리는 그들을 가로막는 사람은 아무도 없었다.

선교 아래 마른 몸집의 남자가 엄숙한 표정을 짓고 서 있었다. 남자가 파피루스 두루마리를 펼쳐들었다. 위아래 방향으로 쓰인 상형문자가 파피루스를 가득 메우고 있었다. 흔히 보기 힘든 하나의 형상이 눈에 들어왔다. 그것은 힘*을 상징하는 왕홀과 생명**의 열쇠를 들고 부활의 왕관을 쓰고 앉아 있는 오시리스였다.*** 그의 왕좌 위로 영겁의 해를 상징하는 기호들이 있었고, 불꽃이 둥글게 그를 둘러싸서 속인이 접근하는 것을 막고 있었다.****

"세피 장군, 아시아에서 무사히 돌아와 다행이다."

"임무는 쉽지 않았습니다, 폐하. 하지만 부족들과 파벌들의 고질적인 불화를 이용해 원하는 결과를 얻을 수 있었습니다."

"그대가 아비도스의 황금원에 들어온 것이 얼마 전의 일인 만큼, 그대를 잃었다면 정말 안타까웠을 것이다."

"그렇게 입문한 덕분에 삶과 죽음이 전혀 다른 의미를 띠게 되었

* 우아스(ouas).

** 안크흐(ânkh).

*** 오시리스는 대개 도리깨와 갈고리를 든 형상으로 표현된다.

**** 『두 길의 책』 속에 담긴 오시리스의 목관에 표현된 형상을 묘사한 것이다.

고, 그래서 시련을 대하는 방식도 달라졌습니다."

파라오 소선단 일행이 놀란 눈으로 지켜보는 가운데 세소스트리스와 그의 정신적 형제는 서로를 포옹했다.

"그대는 어떤 결론을 내렸는가, 세피?"

"아시아의 사태는 진정되었습니다. 시켐에 주둔한 이집트군이 가나안인들의 반란의 싹을 아예 잘라버렸지요. 그들은 공정하게 대우받고 배불리 먹으며 살고 있습니다. 개중에는 예고자라고 불리는 한 기이한 인물에 대해 향수를 품고 있는 자들도 있지만, 이 인물이 사라지자 그의 추종자들까지 함께 사라져버린 것 같습니다. 그러나 겉으로 보이는 것만을 믿고 경계를 게을리 해서는 안 됩니다. 그 지역은 철저히 감시해야 할 필요가 있습니다. 무엇보다 그곳의 주둔군을 강화해야 합니다. 제가 걱정하는 것은 도성 주민들의 저항이 거세어지는 일입니다. 그렇게 되면 국지적인 봉기가 일어날 가능성도 있습니다."

"그대의 의견은 큰 도움이 될 것이다. 그런데 이곳의 사정은 어떤가?"

"저는 어제서야 이곳에 돌아왔습니다. 제후티 총독은 사람이 아주 달라졌습니다. 유쾌하고 매사에 느긋하며 삶을 즐기는 듯이 보입니다."

"그가 나를 공격하라는 명령을 내렸는가?"

"아닙니다. 그가 제게 털어놓기를, 폐하를 위해 깜짝 놀랄 일을 준비해놓고 있다고 했습니다. 그리고 제게 무기나 병사 없이 혼자 나가서 폐하를 영접할 것을 부탁했습니다."

"그대가 유혈 충돌을 피하자고 그를 설득한 것이겠지?"

"저는 그렇게 생각하지 않습니다, 폐하. 제후티 아래서 일하게 된 이후 그의 태도를 바꾸기 위해 조심스레 노력해온 건 사실입니다만, 목표를 이루었다고 생각한다면 그건 자만일 것입니다."

"이곳 군대는 누구를 따를 것 같은가?"

"제후티를 따를 것입니다."

"알겠다. 이제 그가 준비해두었다는 그 놀라운 것을 보러 가자."

제후티의 궁정으로 가는 길에는 병사들과 젊은이들이 울타리처럼 길게 늘어서서 환영의 뜻으로 종려나무 잎사귀를 흔들고 있었다. 세피 장군은 세소스트리스만큼이나 놀란 심정으로 이 파라오를 접견실로 안내했다.

호화롭게 차려입고 공들여 화장한 제후티의 세 딸이 그들이 지을 수 있는 가장 화사한 미소를 지으며 나타나 파라오 앞에 몸을 숙여 인사했다. 발목까지 내려오는 망토 자락에 파묻힌 제후티가 가까스로 몸을 일으켰다.

"용서해주십시오 폐하, 관절염이 있는 데다 늘 추위를 타는 몸이라 이렇습니다. 하지만 제가 다스리는 지방을 대표하여 상하 이집트의 왕에게 경배를 올릴 기력은 남아 있나이다."

파라오와 총독, 그리고 세피 장군은 가마 세 대에 나눠 타고 토트 대신전으로 갔다. 신전 정면에 거상이 세워져 있었다.

제후티가 말했다.

"이 거상은 폐하의 카가 현신한 것입니다. 폐하께서 이 거상에 최초의 빛을 부여해주십시오. 그 빛으로 이 거상은 영원히 살아 있을 것입니다."

세피가 세소스트리스에게 아비도스에서 가져온 곤봉을 건네주었다. 오시리스 신비제의 때 축성된 것이었다. 왕은 곤봉을 치켜들어 거상의 눈, 코, 두 귀, 입을 겨누었다. 그가 하나의 동작을 취할 때마다 곤봉의 끝에서 빛줄기가 뻗어 나왔다. 석상의 머리끝에서 발끝까지 진동이 스쳐갔다. 그 자리에 있던 누구라도 느낄 수 있었다. 이제부터 왕의 카가 이 토트의 도시에 있으리라는 것을.

향연은 호화로웠다. 진귀한 요리, 한 치의 소홀함도 없는 시중, 멤피스의 궁정에 데려다놓아도 손색이 없을 악대, 묘기를 부리듯 몸을 자유자재로 놀리는 젊은 무희들. 그러나 제후티는 파라오의 표정이 굳어 있다는 사실을 알아차렸다.

"저는 삶을 기쁘게 누리고자 합니다, 폐하. 또한 이 지방의 번영에 자부심을 가지고 있지요. 그렇지만 세상을 바라보는 저의 눈은 여전히 밝습니다. 폐하께서는 나일 강의 풍요한 범람을 저희에게 안겨주셨습니다. 폐하야말로 하나인 이집트를 다스릴 자격이 있는 유일한 분임을 입증하신 일이지요. 저의 충성을 받아주셨으니 저는 이제 폐하의 종복입니다. 명령을 내리시면 저는 따를 것입니다."

"우리에게 닥친 불행에 대해 알고 있는가?"

"모릅니다, 폐하."

세피 장군이 눈짓으로 제후티의 말이 거짓이 아님을 확인해주었다.

왕이 사실을 밝혔다.

"오시리스의 성스러운 나무가 중한 병에 걸렸다."

"생명의 나무 말씀입니까?"

"그렇다, 제후티."

식욕을 잃어버린 총독이 자기 앞에 놓인 흰 대리석 접시를 밀어냈다.

"무슨 일이 벌어지고 있는 것입니까?"

"사악한 마법이 힘을 떨치고 있다."

"그 마법을 풀 수 있겠습니까?"

"나는 매 순간 그 마법과 싸우고 있다. 우리가 이야기를 나누는 이 순간에도 나무의 고사를 막기 위한 노력은 계속되고 있다. 신전과 영생의 집을 건축함으로써 마법에 대항할 힘을 어느 정도는 얻을 수 있을 것이다. 또한 다시금 하나로 뭉친 이집트야말로 우리에게 싸울 힘을 주리라고 본다. 총독은 자신이 결백하다는 것을 내게 맹세할 수 있겠는가? 아카시아나무를 고사시키려는 그 어떤 음모에도 가담한 적이 없었음을 말이다."

제후티는 추워서 견딜 수 없다는 듯 망토 자락을 꽁꽁 여몄다.

"만약 제가 그 일에 연루되어 있다면 제 이름은 땅에 묻히고, 제 가문은 절멸할 것이며, 무덤은 파괴당하고, 제 시신은 불태워질 것입니다! 마아트의 수호자인 파라오 앞에서 맹세하겠습니다."

제후티의 목소리는 북받치는 감정을 못 이겨 떨리고 있었다.

"총독의 말이 거짓이 아님을 알겠다."

세소스트리스가 대답했다.

"이 지방은 폐하의 것입니다. 그러니 이곳의 부와 군대도 폐하의 것이지요. 이집트를 구하십시오, 폐하. 이집트의 백성을 구하고, 부활의 신비를 보전해주십시오!"

파라오를 지켜본 제후티는 자신이 믿을 만한 사람을 제대로 선택했다는 걸 눈으로 확인했다. 생명의 나무를 회생시킬 단 한 사람이 있다면 그는 바로 파라오일 것이다.

그 자리에 있던 누군가가 제안했다.

"저는 거상을 운반할 때 한 젊은 서기관을 도왔던 사제입니다. 그 서기관의 이름은 이케르입니다. 그 일은 결코 쉬운 작업이 아니었지요! 그가 지금 이곳엔 없지만 그의 용기를 잊을 수는 없습니다. 그래서 그를 위해 건배할 것을 청하는 바입니다. 그가 없었다면 저희는 폐하의 거상을 대신전까지 옮겨놓을 수 없었을 것입니다."

제후티가 승낙하자 사제가 이케르를 위해 잔을 치켜들었다. 모두가 흥겨워하는 가운데 많은 이들이 사제를 따라서 건배했다.

세소스트리스는 제후티와 세피 장군을 국정원 회의에 초대했다.

"이 자리에 참석하는 것은 명예가 아니다. 이 자리는 결정하고 행동하는 자리일 뿐이다."

왕이 자신의 뜻을 밝혔다.

"나는 적대적이던 주들을 피 한 방울 흘리지 않고 다시 손에 넣었다. 이제 남은 곳은 하나뿐이다. 그러므로 결론을 내릴 때가 되었다. 생명의 나무를 해치려 하는 범인은 오릭스 주의 총독 크눔호테프일 것이다."

세호테프가 말을 받았다.

"오릭스는 오시리스를 살해한 세트 신의 동물입니다. 우리가 크눔호테프에 대해 알고 있는 사실은 그가 절대 물러서지 않고 자신의 영토를 지키려 들 거라는 점입니다."

제후티가 말했다.

"그는 아주 유서 깊은 가문 출신이고, 또 자치권에 대한 애착이 매우 강합니다. 그는 원칙적으로 그 어떤 협상도 거부하고 있습니다.

게다가 그의 군대는 이집트 전체에서 가장 강력합니다. 그 군대는 강도 높은 정규 훈련을 받고 있고, 가장 우수한 무기로 무장하고 있으며, 또 독불장군인 크눔호테프만을 추종합니다. 제 생각을 솔직히 말씀드리자면, 그는 폐하께서 거두신 성공 앞에서도 눈 하나 깜박하지 않을 것입니다. 모두가 등을 돌려 자기 혼자 고립되었다는 느낌이 들면, 그는 아마도 더 과감한 결정을 내릴 것입니다. 또한 그는 통솔력이 대단한 사람인 만큼 병사들로 하여금 열 배의 힘을 내어 자신을 위해 싸우게 할 것입니다."

"그렇다면 대규모 공격만이 방법이겠군요."

네스몬투 장군이 말했다.

"이집트인들의 시신으로 언덕을 쌓아서 통일을 축하하는 것이 어떻게 최선의 해결책이라 할 수 있겠소."

제후티가 반박했다.

"다른 방법이 없으니까 하는 말입니다. 파라오께서는 크눔호테프가 당신을 대수롭지 않게 여기고, 당신이 완성해가는 이집트의 통일을 방해하게 내버려두시지 않을 것입니다."

네스몬투는 주장을 굽히지 않았다.

모두가 무거운 마음으로 수긍했다. 이번만큼은 전쟁 준비를 해야 한다는 것을, 그리고 이번 전쟁의 격렬함은 지울 수 없는 흔적을 남기리라는 것을.

네스몬투가 상황을 분석했다.

"이번 경우는 외국과의 무력 충돌이 아니므로 우리 쪽에서 크눔호테프에게 선전포고를 할 필요는 없습니다. 이 일은 이집트 영토 내의 치안을 확립하기 위한 기동작전입니다. 그러므로 기습 공격을 감행하는 것이 타당합니다."

세피 장군을 비롯하여 회의 참석자들 모두가 반대하지 않았다.

세소스트리스가 명을 내렸다.

"기습 공격에 필요한 조치를 취하도록 하라. 그런데 만찬 도중에 이케르라는 서기관의 이름이 언급되는 것을 들었다. 이곳 출신인가?"

세피가 고개를 끄덕이며 대답했다.

"제가 가르친 학생이었습니다. 제 학급에서 단연코 가장 뛰어난 학생이었지요."

제후티가 말을 이어받았다.

"제가 그를 그렇게 빨리 중용했던 것도 그 점을 인정했기 때문이지요. 그는 거상 운반 작업을 아주 훌륭하게 해냈습니다. 그가 이곳에 계속 머물렀다면 이 지방행정의 최고 직위에 오르는 데에도 그다지 많은 시간이 들지 않았을 겁니다."

"그가 떠난 이유는 무엇인가?"

세소스트리스가 물었다.

제후티가 몸을 일으켰다.

"저는 이 회의에 참석할 자격이 없습니다, 폐하. 폐하께 중대한 잘못을 저질렀기 때문입니다."

"무슨 일인지 설명해보라. 그래야 잘못인지 아닌지 나로서도 판단할 수 있지 않은가."

나이 많은 총독은 더이상 버티지 못하고 다시 주저앉았다.

"이케르는 풀지 못한 문제를 안고 고통스러워하는 청년입니다. 가혹한 시련들을 겪었는데 그때의 일들이 그의 정신에 큰 상처를 남긴 것입니다. 그는 거북눈과 칼날이라는 이름의 뱃사람을 찾고 있었습니다. 그런데 이 둘이 난 배가 크헤므누에 잠시 들렀던 적이 있었지요. 그 기록은 이곳 문서 보관소에서 삭제되었습니다. 그들의 배가 폐하의 이름으로 내세우는 요구들을 제가 묵살했었기 때문입니다. 저로서는 폐하, 그들이 폐하의 명을 받는 선원들이라고 생각할 수밖에 없었지요. 그래서 이케르에게 이런 제 생각을 그대로 말해주었습니다."

세호테프가 말했다.

"그 말을 듣고 그는 폐하가 자신의 적이라고 생각하겠군요!"

"그럴 거요."

"그가 복수심을 품고 있을까요?"

"그것 역시 그럴 거요. 나는 그에게 과거를 잊고 이곳에 남아 나를 위해 일해달라고 설득하려 했었소. 그러나 그의 결심은 흔들리지 않았소. 그 청년은 총명한 데다 용기도 있어요. 무서운 적수가 될지도 모릅니다. 내가 한 말로 인해서 그가 자신을 불행하게 만든 사람이 파라오라고 믿게 된 이상 말이오."

"그는 무슨 일을 겪은 겁니까?"

"잘 모르오. 아마도 누군가가 그의 생명을 노렸던 것 같소."

"이케르는 어디로 간다고 했습니까?"

"카훈이오. 그곳에 가서 사건의 진실을 밝혀줄 실마리와 증거들을 찾아보겠다고 했소."

세피 장군이 말을 덧붙였다.

"그는 아비도스의 황금원에도 관심을 가지고 있습니다. 그리고 제후티 총독의 회춘의식을 본 다음 그 황금원의 힘을 믿게 되었습니다. 그 힘의 본질까지는 이해하지 못했지만 말입니다."

소벡이 의심했다.

"그 청년은 오시리스의 아카시아나무를 공격한 범인과 한편일지도 모릅니다. 크눔호테프와 관계가 있지요?"

제후티가 사실대로 말했다.

"그는 크눔호테프의 주에서 왔소. 그곳에서 크눔호테프를 위해 일한 적이 있지요."

# 58

이케르는 자신의 얼마 되지 않는 짐을 이미 꾸려놓았다. 헤렘사프와 격렬한 언쟁을 벌인 후 그는 자신이 조만간 해직될 거라고 예상하고 있었다. 그래서 더벅머리 서기관이 자신을 찾아왔을 때도 놀라지 않았다. 그는 나쁜 소식을 도맡아 전하기로 소문난 사람이었다. 아마도 이 서기관의 뒤를 이어 감찰관들이 들이닥칠 것이고, 그들은 영구 추방이라는 명령과 함께 이케르를 카훈 바깥으로 연행해갈 것이다.

더벅머리 서기관이 말했다.

"나는 준비되었소."

"나도 그렇습니다. 혼자 오셨어요?"

"오늘은 혼자요. 시장 관사에 업무가 아주 많거든. 내일은 다른 동료 하나가 손을 보태줄 거요."

"그렇다면 내일까지는 나를 이대로 봐주겠다는 말이군요!"

더벅머리 서기관이 눈살을 찌푸렸다.

"무슨 소릴 하는 거요? 열 명이 달려든다 해도 일주일 안에 끝내지 못할 일이란 말이오! 우리 눈앞에 떨어진 그 일을 마치려면 적어도 한 달은 걸릴 거요. 그것도 죽어라 매달릴 경우에 말이오."

"일이라니, 무슨 말씀입니까?"

"무슨 일이긴, 당신이 맡은 일이지 뭐겠소? 창고에 보관할 집기의 목록을 만드는 일 말이오. 각 물품에 대한 설명도 곁들여야 한단 말이오."

"그럼 나를 쫓아내기 위해 온 게 아니란 말인가요?"

"당신을 쫓아내다니! 이케르 서기관, 대체 어떻게 그런 생각을 했소? 아, 알겠다. 시장님 보좌관 중 하나가 당신에게 고약한 농담을 했나보구먼. 솔직히, 시장님 주위 사람들은 당신을 조금, 아니 상당히 두려워하고 있소. 그런 패거리들을 경계하시오. 그자들은 당신을 기죽게 하려고 별짓을 다 할걸. 당신은 그래도 헤렘사프의 후원을 받고 있으니 다행이오."

이케르는 정신이 아득해졌다. 그렇다면 시장도 헤렘사프도 자신을 쫓아낼 생각이 없다는 말이었다. 그들은 무슨 일을 꾸미고 있는 걸까? 과연 그들은 한편인 걸까? 아니면 서로 대립하는 사이일까?

머릿속이 더 혼란스러워진 이케르는 한층 더 일에 몰두했다. 함께 일하게 된 더벅머리 서기관은 이런 강도 높은 작업에 도무지 적응하질 못했다. 그는 한 시간에도 몇 번씩이나 일을 멈추고 물을 마시거나 양파를 입에 넣고 우물거렸고, 이마의 땀을 닦거나 화장실을 들락날락했다. 그러면서 한시도 쉬지 않고 이야기를 늘어놓았다.

이케르는 더벅머리 서기관이 떠벌리는 말들을 한 귀로 듣고 한 귀로 흘렸다. 그렇고 그런 그의 가족 내력에서 시작된 이야기는 시정관리들에 대한 근거 없는 뒷공론과 떠도는 소문을 거쳐 끝없는 험담으로 이어졌다.

해가 기울자, 더벅머리는 자신의 필기도구들을 주섬주섬 챙겨 넣었다.

“아이고, 드디어 하루 일이 끝났네! 이케르, 내가 충고 하나 하겠소. 너무 열심히 일하지 마시오. 안 그러면 우리 서기관 모두를 등지게 될 것이오. 적잖은 사람들이 당신 때문에 기분 언짢아할 거요. 천천히 하시오. 그래야 당신도 빠르게 승진할 수 있소.”

이케르는 집으로 돌아왔다. 세카리의 모습은 보이지 않았지만 집 안은 말끔하게 정리되어 있었다. 이케르는 북풍에게 먹이를 주고 비나가 말한 약속 장소로 갔다. 그녀에게 뭔가를 기대하는 것은 아니었지만, 지금 그가 처한 입장에서는 친구가 되어주겠다는 그녀의 제의를 거절할 이유가 없었다.

약속 장소 근처에는 아무도 보는 사람이 없었다. 그는 빈집 안으로 살그머니 들어갔다.

“비나, 여기 있니?”

“안쪽 방에 있어.”

젊은 아시아 여인이 콧소리를 섞어 애교스럽게 대답했다.

이케르는 떨어져 나온 회벽 조각들을 밟으며 안으로 들어갔다. 그녀가 어둠 속에서 어렴풋이 보였다. 그는 그녀 옆으로 가서 앉았다.

“자, 네 걱정거리를 이야기해봐.”

“상관과 의견이 맞지 않아.”

“그것보다 더 심각한 문제 같은데.”

“왜 그렇게 생각하는데?”

“네가 달라 보이니까. 예민한 사람이라면 네가 얼마나 힘들어하는지 알아차릴 수 있을 거야. 직무상의 문제 하나로 그렇게까지 고통스러워할 리 없어."

"틀린 말은 아냐, 비나."

"너도 역시 불의의 희생자구나, 그렇지? 그 폭군은 이 나라의 그 누구도 편히 살게 내버려두지 않는다니까. 이곳에 피난처를 찾아온 사람들까지도 말이야."

"폭군이라니! 누구를 말하는 거니?"

"나는 아시아에서 온 하녀일 뿐이야. 사람들은 나를 경멸하고, 읽고 쓰는 법도 배우지 못하게 해. 너는 공부도 많이 했고, 벌써 높은 자리를 얻었어. 그렇지만 우리는 둘 다 똑같이 불행한 사람들이야. 왜냐하면 그 세소스트리스란 자 때문에 미래가 막혀버렸으니까. 그 자는 이 나라를 자신의 손에 틀어쥐고 억누르고 있잖아. 그는 나쁜 사람이야. 우리 부족이 약간의 자유와 정의를 요구했다고 해서 군대를 보내다니. 죽고 다치고 여인들은 겁탈당하고 아이들은 두들겨 맞았지. 모든 마을을 쑥밭으로 만들어놓고는 파라오의 병사들은 희희낙락 먹고 마셨어. 세소스트리스는 인간을 천하게 여기는 사람이야. 그가 아는 거라고는 군대와 폭력뿐이야. 소문에 의하면 그는 지금 자신의 절대 권력에 감히 대항해온 주들을 상대로 잔인한 내전을 벌이고 있대. 그 야수는 조금도 망설이지 않고 이집트인들의 피를 뿌릴 거야."

이케르는 자신을 도와주었던 두 총독 크눔호테프와 제후티를 떠올렸다. 내전과 한 군주의 이집트 재장악, 그리고 그 군주는 패권을 쥐기 위해 어떤 일이라도 저지를 수 있는 인물이라는 사실, 여기에 자신에게 닥친 그 사건의 열쇠가 있는 것일까? 그렇지만 자신은 세소스트리스의 길을 가로막은 적이 없지 않은가!

이케르가 비나에게 말했다.

"그는 너의 적인 동시에 나의 적이기도 해. 그는 나를 죽이라고 지시했던 사람이야."

"무슨 이유로?"

"그건 아직 모르겠어. 하지만 곧 알아낼 거야. 나는 그의 불의를 입증할 증거를 찾아야 해. 그런 다음 재판을 요구할 거야."

"너는 눈을 뜨고도 꿈을 꾸고 있구나, 가엾은 이케르! 우리가 할 수 있는 유일한 행동은 억압받은 사람들을 모아서 이 폭군에 맞서 싸우는 거야."

"그에겐 군대와 감찰대가 있다는 걸 모르니?"

"물론 알지. 하지만 정면으로 맞서 싸우는 것 말고도 다른 방식이 있거든."

"무슨 생각을 하는 거니?"

"널 생각하고 있지, 이케르."

"어서 네 생각을 말해봐, 비나!"

"너는 앞날이 창창한 서기관이야. 그 폭군이 아끼는 도시 카훈의 시장의 총애를 받고 있고. 헛된 꿈을 좇으며 반항을 일삼는 소년 같은 행동은 그만둬. 먼저 머리를 숙이고 원래의 자리로 돌아가. 그리고 차근차근 승진하는 거야."

"출세가 진실을 대신할 수는 없어!"

"그 진실이라는 걸 너는 이미 알고 있잖아. 세소스트리스가 널 죽이려 했다는 것 말이야. 폭군이며 살인자인 권력자가 수많은 생명을 짓밟으려 하고 있어. 방법은 단 하나뿐이야. 고위 서기관이 되어서 그의 곁으로 다가가는 거야."

"무엇을 위해?"

"그를 죽이기 위해서이지."

비나가 나직이 중얼거렸다.

이케르는 깜짝 놀라 그 장면을 눈앞에 그려보았다.

"불가능한 일이야! 그의 곁에는 늘 그를 지키는 사람들이 있어. 나는 손을 치켜들 새도 없이 붙잡히고 말걸."

"그런 큰일에는 세밀한 준비가 필요한 법이야. 무턱대고 위험을 무릅쓴다는 건 있을 수 없는 일이지. 그러면 십중팔구 실패하고 말아. 그를 둘러싼 보호막을 없애야 해. 그런 다음 확실한 일격을 가하는 거야."

"우리가, 그러니까 너하고 내가 이 정신 나간 일을 함께 해보자는 말이니?"

"이 일은 너 혼자 하는 거야. 나는 다른 사람들과 움직일 거야."

"어떤 사람들인데?"

"우리처럼 자유를 빼앗기고 억압받는 사람들이지. 그들은 왕을 없애고 백성들에게 행복을 되찾아주기 위해 목숨을 바칠 준비가 되어 있어. 이보다 더 근사한 운명은 없어, 이케르. 넌 이 운명의 특별한 도구가 되는 거야."

그녀는 이케르 옆에 바싹 다가왔다. 그러나 그의 마음이 심한 동요를 일으키고 있음을 알아차리고는 가만히 있었다.

"이건 미친 짓이야, 비나!"

"분명 그럴 거야. 하지만 어떻게 제정신인 사람처럼 행동할 수 있겠니? 제정신인 사람이라면 머리를 숙이고, 눈과 입과 귀를 틀어막고, 자신의 이웃이 다치건 말건 자신만 무사하기를 빌며 살아가겠지!

세소스트리스는 이 점을 잘 알아. 비겁한 자들은 쉽게 지배할 수 있다는 걸 말이야! 너도 그런 자들 가운데 하나라면, 이케르, 우리가 다시 만날 필요는 없을 거야."

집으로 돌아온 이케르는 목이 타는 듯한 갈증에 물을 벌컥벌컥 들이켰다. 그래도 마음이 가라앉지 않았다. 그는 라피드라는 이름이 새겨진 칼 손잡이를 움켜잡아보았다. 여기에 길고 날카로운 칼날이 붙어 있다면 무서운 무기일 것이다!

복수는 정당한 일이었고, 잔인한 압제자로부터 이집트를 해방시키는 일은 가장 고귀한 이상이었다. 이케르는 자기 나라의 운명과 세소스트리스의 굴레에 묶인 불행한 사람들을 생각하느라 자신의 운명을 찾아 나서야 한다는 걸 잊고 있었다.

만약 자신이 그를 없앨 수 있다면 새로운 시대가 열릴 것이다. 그렇긴 해도 누군가를 죽인다는 건 자신의 역량 밖의 일이 아닌가? 서기관이 된 것은 폭력과 독단에서 벗어나고 싶어서였다. 누군가를 죽인다는 것은 생각만 해도 끔찍했다.

이집트를 떠나는 것이 최선의 해결책이라는 생각이 들었다. 멀리 떠나면 자신을 괴롭힌 괴물들을 잊을 수 있을 거라고 이케르는 생각했다. 지식이 있으므로 어떤 농장의 관리인 자리를 얻을 수 있을 것이고, 그렇게 해서 새 삶을 꾸려나가면 되리라.

아침 일찍 길을 떠나기 위해 이케르는 짐을 꾸렸다. 붓을 필통에 챙겨 넣는 순간이었다. 그녀의 얼굴이 눈앞에 나타났다. 그녀의 얼굴은 밝았지만 엄격해 보였다. 그녀의 눈 속에서 이케르는 다음과 같은 뜻을 읽어냈다. '도망쳐서는 안 돼. 이집트에 남아서 마아트를 구현

하기 위해 싸워야 해.'

아름다운 여사제의 얼굴은 기름 등잔의 흔들리는 불빛 속으로 사라졌다. 기진맥진한 이케르는 눈을 붙이러 갔다. 자리에 눕기 전 그는 자신의 부적을 찾아 여기저기를 둘러보았다. 그것을 배에 올려놓고 깊이 잠들고 싶었다.

하지만 마법의 부적이 보이지 않았다. 테라스에서 지하 창고에 이르기까지 온 집 안을 뒤졌지만 부적은 온 데 간 데 없었다. 누군가가 그 귀중한 물건을 훔쳐간 것이다.

이케르는 끔찍한 악몽에 쫓기다가 소스라쳐 잠을 깼다. 처음에는 자신이 어디에 와 있는 건지도 생각나지 않았다. 하지만 조금씩 정신을 차려 상황을 기억해낸 그는 또다시 부적을 찾아 여기저기 들춰보았다. 그러나 찾을 수 없기는 마찬가지였다.

어디선가 코고는 소리가 들려왔다. 세카리가 두 주먹을 꼭 쥔 채, 다리를 접어 웅크리고 팔을 베개 삼아 문지방 위에 잠들어 있었다.

이케르가 그의 몸을 잡아 흔들었다.

"왜 사람을 깨우고 난리야? 아, 너로구나!"

"여기서 한참 동안 이러고 있었니?"

"그리 한참은 아니지. 저녁에도 밤에도 쉴 새 없이 바빴거든. 사납기 그지없는 여자가 있는데, 그 여자가 도무지 나를 놓아주려 하지 않잖아! 그 여자는 내가 사는 오두막까지 알고 있어서 그리로 갈 수도 없고. 그 여자한테서 벗어날 곳이라고는 여기밖에 없었어. 만약 네가 돌아가라고 하면……"

"아냐, 들어가자. 안에서 자는 게 더 나을 거야."

세카리는 하품을 하고 기지개를 켰다.

"그런데 말해봐. 네 안색도 나보다 더 나아 보이지는 않는걸!"

"도둑을 맞았어."

"뭘 훔쳐 갔는데?"

"하마 송곳니를 깎아 만든 부적이야. 내가 무척 아끼는 것이지."

"그런 건 좋아하는 사람이 많아서 비싸게 팔릴 거야."

"이야기는 그만 하자, 세카리. 잠을 많이 못 잤더니 아무래도……"

"넌 내가 그걸 가져간 도둑이냐고 묻고 싶니? 난 아냐, 그렇다면 이렇게 네 앞에 다시 나타나지 못했을 거야. 하지만 지금처럼 세상 그 누구도 믿지 않는 건 네가 옳아. 내 생각에 이 집은 쉽게 드나들 수 없도록 손을 좀 봐야 해. 빗장은 튼튼하면 튼튼할수록 좋거든. 그런 다음에 그 부적이 시장에 나왔는지 수소문해볼게. 생김새가 어떻지?"

이케르는 부적의 모양을 자세히 설명해주었다.

세카리가 물었다.

"의심이 가는 사람은 있니?"

"아무도 없어."

"내 커다란 두 귀에 어떤 정보가 들려오기를 바라자. 널 해치려는 사람이 아무도 없다는 건 확실해?"

"아마 그럴 거야. 그나저나 배가 고프다."

"네 집 부엌은 여전히 텅 비어 있을 것 같은데. 내가 먹을 걸 찾아올게."

멀어져 가는 세카리를 바라보며 이케르는 그의 충고를 되새겼다. 세상의 그 누구도 믿지 말라는 충고를.

# 59

레바논 상인은 느긋하고 태평해 보였지만 그건 겉모습일 뿐이었다. 오히려 긴장을 풀기 위해 평소보다 두 배나 더 많은 과자를 삼키고 있었다.

카훈으로부터는 좋은 소식이 도착해 있었다. 그의 밀정이 지시대로 나이 든 목수를 제거했다고 알려왔다. 그 목수는 말이 너무 많았던 것이다. 반면 멤피스 고위층으로 파고들 기반을 마련하고자 벌여놓은 거래는 거의 진척이 없었다.

고급 삼나무 목재가 레바논을 출발해서 멤피스 부두에 도착해 있었다. 이제 세관원들이 이 화물을 그냥 통과시키는지 아닌지를 지켜보기만 하면 됐다.

레바논 상인은 몸에 향수를 뿌렸다. 이날 아침에만 세번째로 뿌리는 향수였다. 초조할 수밖에 없었다. 잠시 후면 그가 거래를 튼 그 이집트인이 동지인지 적인지 판가름 날 터였다.

만약 그자가 함정을 파놓은 것이라면 자신의 운명은 이걸로 끝장이었다. 종신 노역형이 기다리고 있을 것이었다. 이런 생각에 레바논 상인은 겁이 나서 견딜 수 없었다. 호사스러운 생활, 좋은 집, 아름다운 여인들과 영영 이별해야 하다니! 그는 이런 고통을 도저히 견딜 수 없을 것 같았다.

레바논 상인은 자신의 후각이 한 번도 틀린 적이 없었다는 사실을 떠올리며 마음을 가라앉혔다. 그가 보기에 그 이집트인은 뼛속까지 부패한 인물이었다. 그러니 돈을 버는 것 외엔 그 무엇도 안중에 없을 것이다! 하지만 그자의 신분을 알아내는 일에 진척이 없다는 사실 때문에 또다시 조바심이 나기 시작했다.

문지기가 들어와 누군가가 찾아왔음을 알렸다. 레바논 상인은 벌꿀이 줄줄 흘러내리는 대추야자열매 과자 하나를 얼른 삼키고 테라스에서 내려왔다.

방문자는 상인이 가장 신뢰하는 정보원으로, 멤피스의 고급 주택가를 수시로 들락거리는 물장수였다. 몸에 밴 친절함으로 그는 쉽게 사람을 사귀었고, 사람들로 하여금 경계심 없이 이야기를 털어놓게 만들었다. 사람의 얼굴을 기억하는 능력이 뛰어난 그는 일전에 레바논 상인의 지시에 따라 협상을 마치고 저택을 나오는 그 이집트인을 봐둔 적이 있었다.

"그의 신분을 알아냈는가?"

"알아냈습죠, 나리."

주눅 들어 보이는 정보원의 표정에 상인은 뭔가 일이 크게 잘못될지도 모른다는 두려움이 들었다.

"큰놈이 그물에 걸려들었죠. 아주 큰놈이고말고요."

"확실한 거냐?"

"확실합니다요. 소인은 궁정에서 전령으로 일하는 자를 알고 지내면서 그의 물통도 종종 채워주곤 하지요. 어젠 그가 왕의 어떤 칙령을 각 구역에 전달하는 일을 맡았더군요. 소인이 그의 물통을 막 채워준 참인데, 한 관청에서 남자 셋이 나오는 게 보였습죠. 그런데 그가 소인에게 이렇게 말하는 겁니다요. '좀 보라고, 가운데 사람 있지, 저 사람이 내 상관이야! 왕의 지시에 따라 포고문과 행정 문서들을 작성하는 분이지.' 소인은 그 남자를 바로 알아보았습죠. 나리가 소인더러 뒤를 밟아보라고 말씀하신 바로 그 남자였거든요."

레바논 상인은 어지럼증을 느꼈다. 이거야말로 지나치게 큰 물고기가 아닌가! 어부인 자신이 세소스트리스의 측근이 쳐놓은 그물에 걸린 꼴이었다. 감찰관이 오기 전에 달아나는 것밖에 다른 수가 없었다.

"그자의 이름을 아는가?"

"메데스라고 합지요. 사람들 말로는 근면하고, 야망이 크며, 부하들에게 냉정하고 가차 없다고 하더군요. 결혼해서 자식이 둘 있습니다. 지금처럼 최고위직에 임명되기 전에는 재정 관리관으로 경력을 쌓았습죠. 다른 사항은 좀더 캐보겠습니다요. 신중하게 움직여야겠죠. 그런 정도의 거물이면 가볍게 접근해선 안 되니까요."

문지기가 또다시 알렸다.

"찾아온 사람이 또 있습니다, 나리. 급하고 중요한 일이라는데요."

"감찰관인가?"

"아닙니다! 어디서 뒤엉켜 싸우다 왔는지 머리는 산발인 데다 얼굴에서는 궁상이 떨어지는 사내입니다. 말도 제대로 못하는 걸요."

레바논 상인은 마음이 놓였다. 그 사내는 목재를 싣고 온 배의 선장임이 틀림없었다.

"들여보내라."

이어서 상인은 물장수에게 말했다.

"그리고 자네는 이 뒷문으로 나가게."

자신의 조직망에 들어 있는 수하들 각각은 서로를 몰라야 한다는 것이 살아남기 위한 철칙이었다.

상인은 달고 향기로운 캐롭주스 한 잔을 들이켰다. 그 이집트인이 적인지 아닌지는 잠시 후면 알 수 있을 것이다.

선장은 노련한 뱃사람이지만 육지에만 올라오면 적응을 못해서 불편해했고, 말을 제대로 못하는 것도 여전했다.

"됐어요."

"그게 무슨 말이야, 선장?"

"그러니까, 됐다고요."

"화물을 하적했다는 말이야, 아니면 세관에 억류되었다는 말이야?"

"그러니까…… 그렇고 또 아니죠."

레바논 상인은 달려들어 선장의 목을 조를 뻔했다.

"그런 건 뭐고, 아닌 건 뭐냐고?"

"아닌 건 세관이죠. 세관은 못 봤으니까요. 그런 건 화물을 하적해서 정해둔 장소에 쌓아놓았단 말이죠."

메데스는 나무 형상의 상형문자가 새겨진 작은 삼나무 조각을 문지기에게 내보였다. 문지기는 허리 굽혀 인사를 하고 이국적인 가구가 가득 들어찬 거실로 이 방문객을 안내했다.

두 뺨이 장밋빛으로 달아오른 레바논 상인이 몹시 반가운 걸음으로 달려 나왔다.

"오셨군요! 오셨군요! 아주 기쁜 소식이 있습니다."

메데스가 냉정하게 말했다.

"우리가 만나는 게 이게 마지막일지도 모르오. 일이 제대로 매듭지어지지 않으면 우리가 다시 만날 필요가 없으니까."

"일이야 제대로 되었지요!"

"되어가는 중이란 거요, 완전히 다 됐다는 거요?"

"다 되었습니다. 나리께선 계약대로 맡은 일을 하셨고, 저는 제 일을 했지요. 물품은 안전한 장소에 있습니다."

"어디에?"

"제 요리사가 만든 걸작들을 맛보시지 않겠습니까? 그리고 포도주도 맛보여드리고 싶은데요…… 델타 지역에서 생산된 최상품이지요."

"나는 사업 이야기를 하러 여기 온 거요."

"그러시면 서운하지요."

"허비할 시간이 없소. 물건을 어느 창고에 놓아두었소?"

레바논 상인은 자리에 앉아 이마우 산(産) 백포도주를 자신의 잔에 가득 따랐다. 감미로운 향기가 코끝을 자극했다.

"우리는 어린애가 아닙니다. 오래전부터 알 건 다 아는 사람들 아닙니까? 이제 우리가 손잡은 첫 결실을 봤고, 서로가 정정당당하게 거래를 해서 썩 만족스럽습니다. 나리는 구매자 명단을 지니고 있고, 저는 창고의 위치를 알고 있지요. 주고 받고, 이래야 하지 않겠습니까?"

"뭔가 착각을 하고 있군. 당신에겐 나한테 내밀 패가 없어. 창고의 위치는 금방 알아낼 수 있으니까!"

"그러시겠지요. 하지만 제가 없으면 나리도 레바논에서 멤피스로 물건을 댈 선이 없지 않습니까? 그러니 이왕 손잡은 것, 서로 부딪칠 것 없이 계속해서 협력해보자는 말이지요. 제가 새로운 제안을 하나 하지요. 저는 장사꾼이고, 나리는 아닙니다. 나리가 뭘 하는 사람인지는 정확히 모르지만 분명 고위 공직에 있을 거라는 생각입니다. 그러니까 세관을 이렇게 따돌려주실 수 있었겠지요. 지금 싣고 온 목재를 주머니 두둑한 사람들한테 팔고, 매번 가격을 흥정하고, 제일 좋은 값을 받아내고…… 아마 나리는 이런 지루한 일들을 감당 못할 겁니다. 그러다가 자칫 나리 자신을 노출시킬 수도 있고 말이죠. 저는 이런 일들에 이골이 난 사람입니다. 그러니 나리는 계속해서 숨어 있을 수 있단 말이지요."

"구미가 썩 당기는 제안은 아니군. 공짜는 아닌 것 같으니 말이야."

레바논 상인은 허공을 올려다보며 외쳤다.

"저런! 세상에 공짜는 없습니다."

"몫을 새로 나누자는 말 같은데, 아닌가?"

"그런 말입니다."

"어떻게?"

"반반으로 하시죠. 저는 골치 아픈 일을 떠맡은 몫이고, 나리는 그늘에서 편안히 기다리는 몫이죠."

"당국에 손을 쓸 수 있는 사람이 나라는 걸 잊었군!"

"그럴 리가 있나요! 나리가 없으면 저도 없지요."

메데스는 잠시 생각했다.

"내가 3분의 2를 가질 테니, 당신이 3분의 1을 가지시오."

"제가 들여야 할 비용도 좀 생각해주시죠. 이건 상당수의 거간꾼이 필요한 일입니다! 솔직히 말해 저한테 떨어지는 건 얼마 되지도 않습니다. 하지만 저는 나리와 함께 일하는 게 기쁘고, 또 우리가 계속 같은 자리에만 머물지 않을 거라는 생각을 하는 거죠."

"다른 일거리가 있단 말이오?"

"없진 않지요."

메데스는 풀어놓은 끄나풀들을 통해 이 레바논 상인의 밀수 조직이 일을 깔끔하게 처리해왔다는 걸 알고 있었다. 따라서 그로서는 뛰어난 전문가와 일할 기회를 얻은 셈이었고, 또 이런 기회는 제법 값이 나가는 법이었다.

"좋소, 반반으로 합시다."

"실망하는 일은 없을 겁니다. 포도주 좀 드릴까요?"

"계약서를 만듭시다."

고급 포도주 애호가인 메데스는 상인의 포도주 자랑이 과장이 아니란 걸 인정해야 했다.

상인이 은근한 어조로 물었다.

"계약서도 여전히 익명으로 쓰실 겁니까?"

"나도 당신도 익명으로 하는 게 좋을 것 같군. 물건을 다 팔아치우려면 얼마나 걸릴 것 같소?"

"구매자 명단을 넘겨주시는 대로 제 판매원들이 움직일 겁니다."

"필기도구를 가져오시오."

레바논 상인은 감탄했다. 메데스는 자기 손으로 작성한 문서를 남기는 법이 없었다. 그가 불러주는 대로 상인은 멤피스의 유력 인사 열다섯 명의 이름과 주소를 받아 적었다.

레바논 상인이 말했다.

"한 달 정도 후면 물건을 또 한번 실어올 수 있을 겁니다."

"오 주일 후, 보름달이 뜨는 날 만납시다. 그때 새 명단을 갖다 주겠소."

레바논 상인은 푹신한 방석 위에 풀썩 주저앉았다. 이건 지금까지 해온 거래 가운데서 가장 굵직한 건으로, 이제 첫걸음을 내딛은 것이었다! 그 이집트인을 만난 게 행운이라는 생각이 들기 시작했다.

"긴장을 풀어선 안 된다."

낮고 무거운 목소리가 들려왔다.

레바논 상인은 몸을 벌떡 일으켰다.

"주인님! 어떻게 들어오셨습니까?"

"문 하나가 나를 막을 수 있다고 생각하느냐? 기대하던 결과는 얻어냈겠지?"

예고자가 입가에 미소를 띠며 되물었다. 그 미소에는 무엇인가 사람을 겁먹게 만드는 것이 있었다.

"기대 이상이지요, 주인님, 기대 이상이고말고요!"

"허풍은 집어치워라."

"방금 이 집에서 나간 남자는 메데스라는 자입니다. 그는 파라오 세소스트리스의 공식 칙령을 도맡아 작성하고 있습니다. 말하자면 궁정의 핵심 인사 가운데 하나라는 말이지요. 그런데 그자를 제 손에 움켜쥐었단 말입니다! 그런 높은 자리에 있어도 그에겐 부족한 모양입니다. 돈까지 탐을 내거든요. 그가 바로 이번 삼나무와 전나무 밀수를 동업한 자입니다."

"잘했다."

예고자가 칭찬했다.

"메데스는 제가 자신의 신분을 알아냈다는 사실을 모릅니다."

레바논 상인이 말을 이어갔다.

"그도 물론 제 뒤를 캐보았을 것이고, 그래서 제가 거느린 밀매 조직이 제일 믿을 만하다는 결론을 내렸을 게 분명합니다. 그랬으니 저에게 첫 고객 명단을 넘겨준 거겠지요. 명단에 있는 자들을 잘 구슬려보라면서 말입니다."

"일을 하면서 네 몫을 더 챙기는 걸 잊지 말아라."

"그거야 물론이지요, 주인님."

"빈틈이 없구나. 그만큼 네가 우리의 대의에 기여하는 바도 커지겠지."

"당연히 그래야 하지요!"

예고자가 말했다.

"메데스의 신임을 사야 한다. 그러자면 그를 만족시킬 벌이가 좋은 사업 몇 가지가 필요해."

"저를 믿으십시오. 제가 이 분야에는 훤합니다. 메데스는 부자가 될 겁니다. 그것도 빠른 시간 안에요."

"카훈 소식은?"

"그 수다쟁이 영감은 더이상 말을 못할 겁니다."

"그가 감찰관의 심문을 받기라도 했단 말이냐?"

"아닙니다, 주인님. 목수 라보는 이웃이든, 찾아오는 그 누구든 붙잡고 너무 많이 떠들어댔습니다. 그래서 제 정보원이 안전조치를 취해놓았습니다."

"잘했다. 계속해서 조직을 다져나가도록 하라."

"걱정 마십시오, 주인님!"

"너의 불룩한 배도 감시하고. 너무 많이 먹으면 생각이 무뎌지고, 너무 많이 마시면 신중성이 떨어진단 말이다."

# 60

"목록을 완성했습니다."

이케르가 보고했다.

"일주일 만에? 밤낮 없이 일했나보군!"

헤렘사프가 놀라워했다.

유려하고 명료한 필체의 글자들로 가득 채워진 파피루스 두루마리를 펼쳐든 헤렘사프는 이케르의 빼어난 일솜씨를 바로 확인할 수 있었다.

"더벅머리 서기관이 병이 났다고 불평하더군. 근무 시간이 끝난 뒤에도 일을 해서라던데."

헤렘사프가 말을 은근히 돌렸다.

"저도 마음이 안됐습니다. 그래서 그에게 쉬라고 말하고, 그동안 저 혼자 세부 작업들을 마무리했지요. 시장님이 이 일을 독촉하시진 않았습니까?"

"그랬지, 그랬어. 하지만 시장님도 나도 이렇게 빨리 끝내라고 시한을 정해준 적은 없지 않은가!"

"저는 생각하기를……"

"잘했네. 카훈 시에 큰 공헌을 한 거야. 이제 새로운 일을 생각해봐야겠군. 어디서 일하고 싶은가?"

헤렘사프는 문서 보관소라는 대답이 나오리라고 예상했다.

이케르는 말없이 생각에 잠긴 눈치였다.

"아누비스 신전에서 일하고 싶습니다."

"내가 관리인으로 있는 신전 말인가?"

"제가 여러모로 은혜를 입었으니 저도 그만큼 도움이 되어드리고 싶습니다."

한순간 헤렘사프는 이 청년이 자신을 조롱하는 게 아닌가 의심했다. 그러나 청년의 어조는 겸손했고, 말과 행동은 신중하고 공손했다.

"마침내 자네가 분별을 찾은 건가, 이케르? 한 번 더 말하지. 자네가 과거와 그 헛된 잔영들을 잊는다면 자네 앞날은 활짝 열릴 거야. 최근에 우리 사이에 있었던 불화는 더이상 생각하지 않겠네."

"감사합니다."

이케르의 태도가 무척 진지하긴 했지만, 그래도 헤렘사프는 이케르의 진심이 궁금했다.

"아누비스 신전에서 일하고 싶다니, 나쁜 생각은 아냐. 마침 그곳 도서관을 대대적으로 정리해야 하거든. 사서가 지난달 세상을 떠났어. 그리고 현재 있는 수습 사서는 고서들을 중요도에 따라 분류하고 정리할 만한 식견이 없지."

"제가 좋아하는 책을 마음껏 볼 수 있겠군요."

이케르가 자신 있게 대답했다.

카훈 남쪽 외곽의 성벽 부근에 세워진 아누비스 신전은 소박한 규모였지만, 이곳 도서관은 이 도시의 학자들이 즐겨 찾는 연륜 깊은 곳이었다.

수습 사서는 이케르가 이곳에 임명되어 온 것에 반감을 보이지 않았다. 그러기는커녕 마침내 고위 서기관이 부임한 것을 반기며 자신의 새 상관이 지시하는 일들을 잘해내려고 애썼다.

이케르는 문학서, 법률서, 의학과 수학 저술들, 수의학 자료 등 이 도서관이 보유한 파피루스 문헌의 질과 양에 감탄했다. 이 문헌들 대부분은 피라미드 시대에 쓰인 것들이었다. 이 귀한 문헌들 가운데 필사본이 갖춰진 것은 거의 없었다. 그래서 이케르가 가장 먼저 내린 결정도 이 문헌들을 필사하는 것이었다.

이 상형문자들을 후대에 전하기 위해 하나하나 되살리며 보내는 시간들은 그에게 비할 데 없는 행복감을 안겨주었다. 그의 손은 세심하고 정확하게 최고급 파피루스 위를 달려 나갔다. 마침 그는 좋은 품질의 파피루스들을 배급받고 있었다. 시장과 헤렘사프는, 만약 그들이 공모한 사이였다면, 그가 이렇게 일에 열중하는 모습을 보고 분명 기뻐했을 것이다.

도서관 가까운 곳에 물레와 가마를 갖춘 도기 제조공의 공방이 있었다. 그는 대부분의 도공들이 빚어내는 평범한 접시에는 별 관심이 없었고, 대신 빼어나게 아름다운 단지며 술잔들을 만들어내곤 했다.

"그 도기들은 누가 쓸 겁니까?"

이케르가 도공에게 물었다.

"카훈 신전에도 보내고, 이 지방의 다른 신전에도 보낼 거요."

"댁은 어째서 여기 자리 잡은 겁니까?"

"아누비스 신이 도기 가마의 상조사이기 때문이오. 살아 있는 모든 것의 카를 지배하는 아누비스야말로 진정한 권능을 지녔고, 그 권능은 아비도스가 행사하는 영향력으로 구현되지요. 아누비스는 입문한 자가 달처럼 쉼 없이 새로 태어나도록 밤마다 보름달을 빚어낸다오. 그는 자신의 이 은판으로 의인들의 앞길을 비추어 인도합니다. 또한 해를 빚어내는 것도 아누비스라오. 자신의 빛살로 생기를 순환시키는 저 황금돌 말이오. 그의 비밀은 속인들이 열어볼 수 없는 아카시아나무 함에 보존되어 있지요."

"아누비스 신도 아비도스에 있다는 말인가요?"

"아비도스는 가장 신성한 곳이오."

"댁도 거기 가보았소?"

"아누비스께서 내가 알아야 할 것을 가르쳐주셨소. 오직 그만이 길을 안내하며, 그의 판결은 돌이킬 수 없다오."

"댁은 아누비스를 보았다는 말이군요!"

"나는 그가 빚어낸 해와 달을 보았소. 그리고 나는 그의 일을 이어받아 그릇을 빚고 있소. 그것이 내가 해야 할 일이오. 자신이 해야 할 일을 찾아내는 건 각자의 몫이니까."

도공은 이케르에게서 등을 돌리고 자신의 가마를 청소했다. 그 가마에 다시 불을 때려는 것이었다.

이케르는 생각에 잠긴 채 저녁식사를 위해 집으로 돌아왔다. 세카리가 메추라기를 굽고 있었다.

세카리가 그를 향해 말했다.

"튼튼한 무화과나무 빗장을 새로 달았어. 그리고 출입문을 튼튼하게 손봐두었지. 시장에 나가서 네가 잃어버린 부적 이야기를 해보았는데 아직 아무 반응도 없어. 그걸 훔쳐간 도둑은 신중한 놈일 거야. 팔기 전에 한참 뜸을 들이는 걸 보면."

"그걸 자기가 가질 수도 있지 않을까?"

"그렇더라도 결국엔 그런 보물을 가졌노라 떠들고 다닐 거야! 좀 먹어볼래?"

이케르가 메추라기를 조금 먹는 시늉을 했다.

"맛이 없니?"

"맛있어. 다만 별로 배가 고프지 않아서 그래."

"어째서 그렇게 괴로워하는 거니? 여기저기서 너에 관한 이야기를 듣자 하니 넌 이미 상당한 명성을 얻고 있던걸. 카훈에서 서기관으로 성공한다는 건 대단한 일이야."

"글쎄."

"누구든 갚아야 할 크고 작은 빚이 있어. 하지만 좋은 날을 좀더 즐겁게 누리려면 나쁜 날의 기억들은 지워버려야 하지 않겠니?"

"어쩌다보면 돌아오지 못할 다리를 건널 때가 있어, 세카리. 내가 그런 경우야."

"내 도움이 필요하다면……"

"고맙지만 괜찮아."

"어쨌든 난 메추라기 굽는 방법을 좀더 익혀야겠다. 메추라기들이 어쩐지 퍼석거리거든. 난 부엌일엔 아직 서툴러. 네가 정말로 적과 맞서려면 잘 먹어둬야 하잖아."

안과학에 관한 연구 문헌 하나를 필사하기 위해 아누비스 신전으로 발걸음을 옮기던 이케르는 도공이 했던 말을 떠올렸다. 그 말은 그에게 현실의 새로운 면을 열어 보여주었다. 하지만 많은 사람들은 눈에 보이는 것의 숨겨진 의미를 찾으려 하지 않고 그저 현실을 견디는 데 만족하고 있다. 상형문자들을 해독하는 것만으로는 충분하지 않았다. 글자의 의미를 아는 것은 단지 첫 단계일 뿐이었다. 힘을 전달하는 매개체인 이 기호들 속에는 창조 행위가 감춰져 있는 것이다. 숨겨진 의미를 찾아 끝까지 길을 따라가보면 결국 아비도스에 가 닿지 않을까?

그러나 이케르에게 마련된 역할은 이와는 다른 것인 듯했다. 나라가 폭군에게 휘둘리고 있는데 아비도스가 무슨 소용이란 말인가? 이런 사실을 의식하고 있는 이상, 모래 속에 머리를 파묻고 계속해서 위선자로 살아갈 수는 없는 것이다.

한 남자가 도공과 이야기를 나누고 있었다. 처음에 이케르는 그를 무심히 쳐다보고 그냥 지나칠 뻔했다. 그러나 곧 기억이 살아났다. 혹시나 하는 의심이 든 이케르는 걸음을 되짚어 돌아와서 남자를 똑바로 쳐다보았다.

결코 착각이 아니었다. 남자는 콥토스 근처 마을에서 이케르를 심문했었고, 또 그를 마구 때린 후 파피루스 덤불에 던져놓고 죽어가도록 놔둔 바로 그 가짜 감찰관이었다!

"아니, 너는! 네 정체는 대체 무엇이냐?"

살인자가 그를 돌아보았다. 남자의 눈에 의심의 빛이 떠오르더니 곧장 놀라움이 섞여들었다. 남자가 곧장 부리나케 내달리기 시작했다. 이케르도 몸을 날려 그를 뒤쫓으며 상대가 힘이 빠질 때를 노렸다. 그러나 이케르는 도망자가 어느 집 벽을 고양이처럼 타고 올라가리라고는 예상하지 못했다. 테라스까지 온 이케르는 달아나는 도망자를 향해 벽돌을 던졌다. 그리고 그 자신도 벽을 타고 따라 올라가 봤지만, 남자는 이미 모습을 감춘 뒤였다.

집은 텅 비어 있었다. 세카리는 아마도 자신이 정복한 여인들 가운데 하나와 밤을 보내고 있는 듯했다. 하지만 갓 구운 빵과 오이 샐러드, 그리고 잠두콩을 삶아서 걸쭉하게 으깬 죽이 차려져 있었다. 세카리가 이케르를 위해 준비해놓고 간 식사였다.

아직 충격에서 깨어나지 못한 이케르는 아무 맛도 느끼지 못한 채 식사를 했다. 그 살인자가 카훈에 나타났다는 건 그자가 자신을 뒤쫓고 있었다는 의미일까? 그건 아닐 것이다. 그건 자신을 본 그자의 얼굴이 얼어붙었던 사실로도 확인된다. 분명 그는 자신이 죽은 줄 알고 있었다. 그렇다면 그자는 이 도시에서 무엇을 하고 있었던 걸까?

어쩌면 도공이 좀더 많은 걸 알고 있을지도 몰랐다. 이케르는 곧장 도공의 작업장으로 가보았다. 도공은 거기 없었다. 이케르는 이웃에게 물어 도공이 어디서 숙식을 하는지 알아냈다. 도공은 카훈 성벽 바깥의 촌마을에 살고 있었다. 이케르는 쉽게 도공을 찾았다.

도공은 돼지 갈빗살을 굽고 있었다.

"댁과 이야기를 나누던 남자와 서로 아는 사이인가요? 내가 뒤쫓아 갔던 그 남자 말입니다."

"나도 처음 보는 사람이오."

"그가 무엇을 물어보던가요?"

"이 도시에 대해서 이야기해달라고 합디다. 주민들의 생활습관이 어떤지, 유력 인사들은 누군지 말이오."

"뭐라고 대답해주었습니까?"

"이곳에선 호기심이 너무 많은 자를 좋아하지 않는다고 대답해주었지요. 그러자 그가 뭔지 모를 변명을 늘어놓았고, 바로 그때 당신이 온 것이오. 자, 이제 나는 조용히 식사를 하고 싶소."

이케르는 도성 안으로 다시 들어가기 위해 운하를 따라 나 있는 오솔길을 걸어갔다. 길가에는 버드나무가 늘어서 있었다. 대기는 온화했고, 들판은 고요했다.

별안간 누군가가 그의 등 뒤에서 덮쳐왔다. 그 가짜 감찰관이었다. 공격자는 이케르의 목에 가죽끈을 걸어 난폭하게 조였다. 가죽끈은 손가락 하나 들어갈 틈도 없이 목을 단단히 조르고 있었다. 이케르는 발을 써서 이 암살자를 쓰러뜨리려 해보았지만 상대는 용케 몸을 돌려 피했다. 육탄전에 능숙한 공격자는 마지막으로 상대의 머리카락을 붙잡으려는 이케르의 시도까지 막아냈다.

이케르는 호흡이 끊기고 목이 불에 덴 것처럼 달아오른 채 죽어가고 있었다. 가물가물하는 의식 속에서 그가 떠올린 것은 그 여사제였다.

갑자기 고통이 무뎌졌다. 자신이 다시금 숨을 쉬고 있음을 느끼며 땅에 털썩 무릎을 꿇었다. 부어오른 목 위로 손을 천천히 가져가보았다.

어떤 소리가 들렸다. 뭔가가 물속에 뛰어들었거나, 묵직한 물체를 물속에 내던지는 소리였다.

눈앞이 아직까지도 흐릿했다. 이케르는 자신이 여전히 살아 있다는 사실을 가까스로 의식했다. 두 다리로 다시 몸을 일으켜 주위를 식별하기까지는 한참의 시간이 걸렸다.

이 오솔길은…… 그렇지. 나는 오솔길을 가고 있었어. 걷고 있었는데 가죽끈이 목을 감았지. 이케르는 상황을 하나하나 되짚어보았다.

가짜 감찰관의 자취는 찾을 수 없었다. 자신을 구해준 사람이 그자를 처치해서 운하에 던져 넣은 게 틀림없었다.

자신을 보호해준 사람은 누구일까? 그가 도와주지 않았다면 이케르는 목숨을 구하지 못했을 것이다.

그는 비틀거리며 간신히 집으로 돌아왔다.

세카리가 문지방 위에서 잠들어 있었다. 그의 곁에 빈 맥주 단지가 놓여 있었다. 이케르는 그의 몸을 넘어가려다가 그만 어깨를 건드리고 말았다.

"아, 이케르 너구나! 네 머리 꼴이 왜 그래? 대체 무슨 일이야, 네 목은? 피가 난 것 같은데! 모습이 정말 가관이다."

"사고가 있었어."

이케르는 헝겊을 기름과 벌꿀에 적셔 목에 감았다.

"어쩌다 그랬는데, 무슨 사고야?"

"흔한 사고였어. 미안해. 좀 자야겠다."

이케르는 파라오가 암살자를 보냈을 것이라고 확신했다. 자신이 카훈에 있다는 사실을 시장을 통해서건 헤렘사프를 통해서건 알게 된 파라오는 그의 파렴치함을 고발하기로 마음먹은 자신을 그냥 두고 볼 수 없었을 것이다.

세카리가 그에게 갓 짜낸 우유와 누에콩을 넣은 따뜻한 월병을 가져왔다.

"네가 깨어나기 전에 동네를 한 바퀴 둘러봤어. 어떤 낯선 자의 시체가 발견된 것 같아. 성벽 밖 개울에서 말이야. 짐승들이 이미 시체에 달려들어 배를 채우기 시작했던 모양이야."

이케르는 아무 대답도 하지 않았다.

"숄을 둘러 네 목의 상처를 감추는 게 좋겠어, 알겠지? 그리고 인후염으로 목이 부었다고 핑계를 대."

이케르는 세카리가 충고한 대로 목에 숄을 감고 도서관으로 갔다. 물레질을 하고 있어야 할 도공이 보이지 않았다. 가마에도 불이 꺼져 있었다.

이케르는 이웃에게 물어보았다. 빵 굽는 사람이 사정을 알려주었다. 도공은 북쪽에 있는 자신의 고향으로 돌아갔으며, 빈 작업장에는 다른 도공이 곧 올 거라고 했다.

이 일은 이케르의 의심을 더욱 굳게 만들었다.

"뒤따라오는 사람은 없었니?"

"철저히 살폈어."

비나가 대답했다.

"너는, 이케르?"

"없었어. 아무도 믿어서는 안 돼. 이젠 그걸 알겠어."

"나도 안 믿을 거니?"

"너는 다르지. 넌 내 편이잖아."

비나는 펄쩍 뛰며 기뻐했다.

"그럼 나를 돕기로 결심한 거니?"

"그 폭군은 내게 선택할 기회를 주지 않아. 그의 자객 하나가 와서 나를 죽이려 했어. 나를 구해준 사람은 네 동지들 가운데 하나일 거야, 그렇지?"

"그래, 맞아."

비나가 서둘러 대답했다.

"우린 너를 지켜주고 있으니까."

이렇게 대답하면서도 여인은 심란했다. 이케르를 죽이려 한 자가 누구인지, 또 누가 그를 구해주었다는 건지 도무지 짐작할 수 없었던 것이다.

이케르가 말했다.

"난 결심했어. 너도 이걸 보면 놀랄 거야."

이케르는 자신이 몰래 간직해오던 칼자루를 비나에게 보여주었다. 그 칼자루에는 양날을 벼린 칼날이 새로 달려 있었다.

"이걸로 나는 파라오 세소스트리스를 죽이겠어. 우리나라를 억압하는 그 잔인한 폭군을 말이야."

# 61

"준비되었습니다."

네스몬투 장군이 왕에게 알렸다.

"명령만 내리시면 강과 사막 양쪽에서 공격해 들어갈 것입니다. 크눔호테프의 군대는 포위당할 것이고, 기습 공격을 통해 빠른 승리를 거둘 수 있을 것입니다."

세호테프가 나섰다.

"승리를 너무 자신해서는 안 됩니다. 들리는 말에 따르면 그들은 야수처럼 맹렬하다고 합니다. 잠시 물러설지는 모르지만 그들은 곧장 반격해올 것입니다. 손실이 커질 경우 우리는 후퇴해야 합니다."

네스몬투는 뜻을 굽히지 않았다.

"그래서 선제공격을 해야 하는 겁니다. 하루하루 시간이 흘러갈수록 공격은 어려워질 것입니다."

"그 점은 알고 있다."

세소스트리스가 고개를 끄덕였다.

"그렇더라도 세난크호가 도착하기를 기다려야 한다. 그가 가져올 소식이 일의 방향을 바꿀 수도 있기 때문이다."

왕이 몸을 일으켰다. 국정원 회의를 마치겠다는 신호였다. 이렇게 되면 누구도 감히 말을 계속 이어나갈 수 없었다. 병영으로 되돌아온 노장군은 불만스러웠다. 기회가 닿는 대로 세소스트리스를 설득해서 애초의 결정대로 빠른 시간 안에 선제공격을 감행할 생각이었다.

늘 해오던 대로 네스몬투는 병영에 방 하나를 잡아 머물고 있었다. 자신의 병사들과 보다 많이 접촉하기 위해서였다. 그는 병사들이 겉으로 쉽게 드러내지 못하는 불평이며 비난에 늘 귀를 열어놓으려 했고, 그런 사항들을 토대로 부족한 점을 하나하나 메워나갔다. 장군이 생각하기에 병영 생활에는 그 어떤 결핍이 있어서도 안 되었다. 군대의 사기가 떨어질 수 있기 때문이었다. 좋은 식사와 쾌적한 숙소, 계급에 따른 충분한 급료를 제공받는 병사는 몇 배의 힘을 내는 법이었다.

장교들이 식사를 하는 막사에 들어서면서 네스몬투는 분위기가 굳어 있다는 사실을 즉시 알아차렸다. 그의 부관이 곁으로 다가왔다.

"장군님, 맥주가 떨어졌고, 말린 생선이 배급되지 않았습니다."

"급식 담당관에게 사정을 알아보았는가?"

"그게 문제입니다. 급식 담당관이 자취를 감췄습니다."

"그자는 제후티 총독이 임명한 자 아닌가?"

"그렇습니다."

"즉시 제후티 총독에게 알리고 그자를 찾아달라고 요청하게. 또 부족한 식료품을 지체 없이 보내달라고 해. 또 하나, 그 급식 담당관이 보급한 음식은 절대 먹지 말라고 장교들에게 지시하게."

"장군님……"

"그자가 날조한 거라면, 여러 가지 가능성을 의심해봐야 해."

농어구이와 쇠갈비, 올리브유로 익힌 가지, 염소젖 치즈, 그 밖의 여러 진미들에 생산 연도가 세소스트리스 3세의 즉위 원년까지 거슬러 올라가는 포도주를 곁들여 풍성한 식사를 끝낸 크눔호테프는 자신의 웅장한 영생의 집으로 갔다. 그는 이 건축의 세세한 공정까지 살피고 있었다.

솜씨 좋은 화공 한 명이 아카시아나무에 올라앉은 화려한 새 한 마리를 막 그리고 난 참이었다. 이 빼어난 그림 앞에서 총독은 감동의 눈물을 흘렸다. 아름다운 형상과 눈부신 색채, 마치 낙원의 영상 같은 이 화폭에서 퍼져나오는 기쁨이 총독을 사로잡았다. 그의 개 세 마리도 주인처럼 넋을 잃었는지 앞다리를 세우고 앉아서 이 화공이 창조해내는 놀라운 기적을 지켜보고 있었다.

크눔호테프는 이 천재 화공의 작업을 지켜보면서 오후를 보내고 싶었을 것이다. 하지만 의용대 대장이 찾아와서 한참 주저하더니 마침내 말을 꺼냈다.

"각하, 저희가 조금 전 체포해온 자의 이야기를 들어보셔야 할 것 같습니다."

"나를 방해하지 마라. 자네가 직접 심문하면 되잖나."

"이미 심문을 끝냈습니다. 그런데 각하께서도 직접 들어보셔야 할 내용입니다."

궁금해진 크눔호테프는 대장을 따라서 그 수상한 자를 잡아두고 있다는 위병 초소로 갔다.

"넌 누구고, 또 어디서 오는 길이냐?"

"저는 리에브르 주 제1병영의 급식 담당관이었습니다. 각하께 알려드릴 일이 있어서 달려온 것입니다."

크눔호테프의 눈이 노기로 번쩍 빛났다.

"나를 바보로 아는 게냐?"

"믿어주십시오, 각하! 파라오 세소스트리스가 자신에게 등을 돌리고 있던 모든 주를 손에 넣었습니다. 각하의 땅만 빼놓고 말입니다. 제후티 총독까지도 그에게 넘어갔습니다."

"제후티가? 말도 안 되는 소리!"

"맹세코 정말입니다."

크눔호테프는 의자에 몸을 걸쳤다. 의자가 그의 몸무게에 눌려 당장 부서질 듯 삐걱거렸다. 크눔호테프가 급식 담당관의 눈을 똑바로 응시하며 말했다.

"사실대로 말해라. 안 그러면 내 손으로 네 머리통을 부숴놓겠다."

"거짓말이 아닙니다, 각하! 세소스트리스가 자신의 참모들을 거느리고 크헤므누에 와 있습니다. 그리고 제후티는 그의 신하가 되었습니다."

"군 최고사령관은 누구냐?"

"네스몬투입니다."

"그 고집불통 늙다리 말인가? 코브라처럼 무서운 자이지! 제후티의 의용대는 누가 지휘하고 있느냐?"

"의용대는 네스몬투 휘하에 들어갔습니다. 파라오와 연합한 다른 주들의 군대도 그렇다고 들었습니다. 가장 중요한 사실은 세소스트리스가 각하를 공격하기로 결정했다는 것입니다."

"나를 공격한다고, 나를?"

"그렇습니다. 맹세코 틀림없습니다!"

크눔호테프는 몸을 일으키더니 앉아 있던 의자를 주먹으로 내리쳐 산산조각을 냈다. 병사들은 자신이 행여 화풀이 카라반이 될까 겁이 나서 벽 쪽으로 슬금슬금 물러났다. 총독은 성난 황소처럼 거품을 내뿜으면서 자신의 궁정으로 돌아왔다. 씩씩거리며 걷느라 가마가 있다는 사실까지 잊어버린 것 같았다.

테샤트 부인은 총독이 근 십여 년간 보지 못했을 만큼 대단히 화가 나 있음을 알고는, 그에게 제출하려고 가져온 서류들을 뒤로 밀어놓았다.

"감히 나한테 그러시겠다! 내 땅을 침범하겠단 말이지! 그가 머리가 돌았나보군. 내가 정신을 차리게 해줘야겠어."

"제 생각에 세소스트리스는 미리 명확한 계획을 세워놓고 그에 따라 확고하게 일을 추진하고 있는 듯합니다."

크눔호테프에게 감히 이런 식으로 말할 수 있는 사람은 테샤트 부인뿐이었다. 크눔호테프는 그 말을 못 들은 척하며 쾌적한 공기가 감도는 접견실로 들어섰다.

시종이 곧 맥주를 갖다 바친 후 소리 없이 사라졌다. 테샤트 부인은 접견실 한편에 계속 서 있었다. 총독은 자신의 거대한 몸에 맞는 안락의자에 푹 파묻혀서 무릎 위에 올라앉은 암캐 두 마리를 쓰다듬었다. 수컷은 그의 발치에 엎드려 사방을 두리번거리고 있었다.

"그 명확한 계획이 대체 뭐요?"

"이집트 전역을 통치하는 것이지요. 그러자면 마지막 남은 반역자를 제거해야겠지요. 그런데 그 반역자는 현재 동맹을 맺을 곳이 아무데도 없습니다. 자신의 적들이 연합하기 어렵다는 약점을 잡은 세소스트리스가 그들을 하나하나 쓰러뜨렸으니까요."

"내가 자기 앞에 엎드릴 거라고 그가 믿는다면 엄청난 착각이야!"

"하지만 그것이 가장 좋은 방법일 것입니다. 지금 칼자루를 쥔 사람은 왕이니까요."

테샤트 부인이 말했다.

"만약 왕이 기습 공격을 해왔다면 그가 칼자루를 쥘 수 있었겠지! 하지만 나도 정보를 알게 된 이상, 칼자루는 내게도 있어. 싸워보지도 않고 꼬리를 내리지는 않을 거란 말이야."

"인명 손실이 얼마나 될지 생각해보셨습니까?"

"이 지방은 대대손손 내 가문 소유였소. 이곳을 아무한테나 내주다니, 어림도 없지! 그만 입을 다무시오, 테샤트 부인. 침략자들을 성대하게 맞을 준비를 해야겠군. 죽는 자들이 꽤 나오겠지. 특히 그쪽 편에서 많이 죽게 될 거야. 그리고 지금까지 내 재산을 빼앗아보려 했던 모든 자들이 그랬듯이 파라오도 결국 물러서게 될 거요."

파라오는 네스몬투의 주장을 귀 기울여 들으면서도 여전히 뜻을 굽히지 않았다. 장군은 분통이 터졌지만 그렇다고 돌격대의 훈련을 게을리 하지는 않았다. 나쁜 소식이 장군에게 전해진 것은 이런 상황에서였다. 그는 지체 없이 세소스트리스를 찾아가 알렸다.

"탈영한 급식 담당관이 오릭스 주 경계선을 넘는 걸 목격한 사람이 나왔습니다. 상황은 분명합니다. 그자가 크눔호테프에게 우리의 공격 의도를 알렸을 겁니다. 그러니 우리도 기습 공격의 효과를 기대할 수 없게 되었습니다. 우리가 공격을 늦출수록 적은 방어력을 강화할 것입니다. 따라서 한층 격렬한 전투를 치러야 할 것이고, 결과도 예측할 수 없게 될 것입니다. 이 승부에서 패할 경우, 폐하의 위엄은 땅에 떨어지고 총독들은 또다시 자치권을 요구하고 나설 겁니다. 제 숨김없는 직언을 용서하시옵소서, 폐하. 하지만 화를 자초하고 있다는 생각에 견딜 수가 없습니다!"

"크눔호테프가 마련할 함정이 어떤 종류의 것일까?"

"예전부터 늘 써오던 비열한 것일 테지요."

"그렇다면 장군, 거기 대응해서 그 함정을 무력화시킬 방안을 생각해보라."

이 과제를 받아들자 네스몬투는 힘이 솟았다. 서로 얽혀 죽고 죽이는 백병전 대신에 전략으로 대결하게 된 것이다. 이런 상황이라면 그의 경험이 큰 힘을 발휘할 수 있을 것이다.

세난크흐가 호위 시종과 함께 지친 모습으로 크헤므누에 도착했다. 그는 바싹 여위어 있었다. 그는 여행 결과부터 보고하기 위해 몸을 추스를 새도 없이 왕에게 나아갔다.

세난크흐의 얼굴은 어두웠다. 늘 유쾌한 풍모의 이 성실한 일꾼의 얼굴에 떠오른 우울한 표정을 보고 세소스트리스는 일이 실패로 돌아갔음을 알아차렸다.

"각 신전의 보물창고에서 금을 거두어 탁발 사제에게 전했습니다, 폐하. 하지만 그 어떤 금도 아카시아나무를 치유하지 못했습니다."

아비도스에서 가장 최근에 수행된 오시리스 신비제의라 해도 이미 한참 전의 일이었으며, 그때도 황금이 사용되었지만 역시 아무 효과가 없었다는 사실을 세소스트리스는 알고 있었다. 나쁜 주술에 걸려 자성을 잃고 생기가 빠져나간 황금은 그저 무력한 금속에 불과했다.

이집트의 정신적 중심지를 파괴하려 드는 그 사악한 존재는 두렵기 그지없는 공격을 퍼붓고 있었다.

왕은 세난크흐가 치유력을 지닌 금을 찾아내기를 간절히 기대했었다. 그래서 새로 자신의 신하가 된 총독들에게 아카시아나무가 살아났음을 알리고 싶었다. 그렇게 되면 그들은 아무런 의심 없이 충심으로 자신의 편에 설 것이고, 이렇게 해서 막강한 군대를 보유하게 되면 크눔호테프도 항복할 수밖에 없으리라 생각했던 것이다.

세난크흐가 보고를 계속해나갔다.

"덧붙여 말씀드릴 것은, 우리의 신전들이 보유하고 있는 금의 양이 아주 빈약하다는 사실입니다. 어떤 신전에는 한 냥이 채 안 되는 금밖에 없었습니다. 총독들 때문에 금광 채굴이 더이상 이루어지지 못했기 때문이지요. 그들 가운데 하나가 개인 용도로 상당한 양의 금을 비축해놓았을지도 모릅니다."

"크눔호테프 말인가?"

"그가 가장 유력한 인물이긴 합니다. 그러나 그렇다는 증거는 아무것도 없습니다."

파라오는 국정원을 소집했다. 그 자리에 새롭게 제후티와 세피 장군도 참석하게 되었다.

네스몬투는 반역자 크눔호테프에 대해 정식으로 전쟁을 개시하겠다는 선언을 기대하고 있었다.

"지금 우리의 미래는 그대가 자신이 한 말을 얼마나 충실히 지키는지에 달려 있다, 제후티 총독."

"제 말은 단 하나뿐입니다, 폐하. 저는 폐하를 상하 이집트의 왕으로 섬길 것이며, 리에브르 주는 폐하께 복종할 것입니다."

"크눔호테프와의 충돌이 불가피해 보인다. 전쟁을 시작하기 전에 나는 어떤 신성한 과제를 완수해야 하는데, 이를 위해 세피 장군과 네스몬투 장군이 나와 함께 가야 한다. 그러므로 총독이 대신 크헤므누 주둔군의 지휘를 맡아주어야겠다."

네스몬투는 반대하고 싶은 마음을 가까스로 억눌렀다. 자신의 병사들을 옛 적수에게 맡기다니, 이건 그야말로 미친 짓이 아닌가!

제후티가 왕에게 물었다.

"제게 내리실 명령은 무엇입니까?"

"내가 돌아올 때를 기다리면서 병사들을 주 경계선에 배치해놓도록 하라. 그럴 거라고는 생각하지 않지만 혹시라도 공격이 있을 경우에 대비하기 위한 것이다. 크눔호테프가 공격해올 경우에만 응수하고, 절대 먼저 공격해서는 안 된다."

"분부대로 하겠습니다."

왕이 국정원의 다른 참석자들을 둘러보며 말했다.

"우리는 지금 즉시 아비도스로 떠날 것이다."

# 62

탁발 사제와 파라오는 아카시아나무를 향해 발걸음을 옮겼다.

"저희는 폐하의 분부를 한 치도 어김없이 따랐습니다."

"사제들이 제안한 방법에는 어떤 것들이 있는가?"

"그들은 몹시 의기소침해져서 그저 자신들이 해야 할 일만 묵묵히 하고 있습니다. 저희는 일상적인 이야기나 몇 마디 나눌 뿐 각자 침묵에 빠져 있지요."

하늘과 땅, 그리고 지하 세계를 자신의 신비 속에서 하나로 통합하는 아카시아나무는 자신을 고사시키려는 힘과의 대결을 계속해나가고 있었다. 이 나무 안에 오시리스가 있는 것이다. 이 아카시아나무가 자신의 뿌리를 태초의 대양 속으로 깊이 뻗어 소생에 필요한 생기를 길어낼 수 있으려면 얼마나 많은 시간이 필요한 걸까?

"고문헌들에서 나무를 치유할 방법들을 찾아냈는가?"

"아쉽게도 찾지 못했습니다, 폐하. 요즘은 한 사람이 저를 도와서 그 일을 함께 하고 있으니, 희망을 가질 수 있을 듯합니다."

서늘한 바람이 신성한 숲 위를 스치며 불었다. 하늘의 문이 점차 닫히고 있었다.

세소스트리스는 수호자 소벡의 호위를 받으며 신전과 영생의 집이 건축되고 있는 현장으로 갔다. 건축 작업은 예기치 않은 일들이 수없이 일어났음에도 불구하고 꾸준히 진척되고 있었다. 다행히 하토르 여사제들이 의식을 올린 이후로 사고는 줄어들었고, 연장들이 부러지거나 망가지는 일도 더이상 없었다. 현장 감독은 일이 힘들다고 고충을 털어놓았지만 그와 장인들의 결심은 여전히 확고했다. 그들은 자신들이 혼돈의 힘에 대항하여 벌이는 진짜 전쟁에 참여하고 있음을 의식했고, 그래서 자신들이 쌓아올리는 돌 하나하나를 한 번의 승리처럼 여겼다.

파라오가 오자 그들은 한층 힘을 얻어 작업에 매진했다. 왕으로부터 한결같은 지원을 약속받은 인부들은 적 앞에 무릎 꿇지 않겠다고 맹세했다.

세소스트리스가 탁발 사제에게 지시했다.

"아비도스의 황금원을 준비하라."

오시리스 신전의 한 방에 제탁 네 개가 각각 동서남북 방향으로 놓였다. 제탁을 표현하는 상형문자는 호테프(hotep)였다. 이것은 '평화' '충만' '평온'을 의미했는데, 이것이 바로 아비도스의 황금원이 수행하는 임무의 성격이었다. 지금처럼 어려운 시기를 맞으면 황금원에 속한 사람들은 이 본연의 임무를 위한 자신들의 역할을 의논하곤 했다.

파라오와 왕비가 동쪽에 앉았다. 서쪽에는 그들을 마주보고 탁발 사제와 세피 장군이 앉았다. 북쪽에는 국왕 인장 책임자 세호테프와 네스몬투 장군이, 남쪽에는 수석 재정 관리관 세난크흐가 자리를 잡았다.

왕이 말했다.

"우리 가운데 한 사람이 자신에게 맡겨진 과제 때문에 이 자리에 참석하지 못했다. 물론 그에게도 우리의 결정 사항을 알려줄 것이다."

황금원에 속한 사람들은 오시리스의 위대한 신비에 입문한 사람들이었다. 이들은 서로 굳건한 유대 관계로 맺어져 있었다. 이들은 자신들에 앞서 이 결사에 들었던 선조들처럼 절대 비밀을 지키면서 자신들의 삶을 이집트의 번영과 행복에 바쳤다. 오시리스 신비의 올바른 전승이야말로 이집트의 번영과 행복의 토대인 것이다.

황금원에서 죽음은 정면으로 도전받았다. 황금원에 든 사람들은 고왕국 시대 왕들의 피라미드에 새겨진 어느 글이 확인해주듯이 죽음을 죽게 만들곤 했다. 아비도스의 황금원은 앎의 백성들이 살고 있는 두 개의 땅*의 초자연적 영역을 관장하고 있었던 것이다.

세소스트리스가 말했다.

"만약 생명의 나무가 죽는다면 신비제의는 더이상 수행되지 못할 것이다. 이집트라는 큰 둥치를 순환하는 수액은 말라붙을 것이며, 하늘과 땅의 결합은 끊어지게 될 것이다. 그렇기 때문에 우리는 한시도 쉬지 않고 이 저주의 원인을 캐보아야 한다. 내 추측으로는 이 사악한 주술을 부린 자가 어쩌면 크눔호테프일지도 모르겠다."

네스몬투가 물었다.

"아직도 그 사실을 의심하십니까, 폐하? 다른 총독들의 결백이 입

---

* 이 탁월한 표현은 내 독자 가운데 하나인 Ingrid. A 부인에게서 빌려온 것이다. 그녀에게 감사한다.

증되었으니, 남은 건 그자뿐입니다."

"나는 그가 그런 엄청난 죄를 저지른 동기가 무엇인지 그의 입을 통해 듣고 싶다. 그러자면 전쟁을 벌여 그를 사로잡아야 한다. 이 슬프고도 위태로운 시기에는 나라의 단결이 그 어느 때보다 필요하다. 그동안의 분열로 인해 우리는 지극히 약해져 있었다. 이것이 그 어떤 사악한 힘이 오시리스의 나무를 공격할 수 있었던 한 이유가 되었을 것이다. 그도 그럴 것이, 이 나무의 몸통은 하나의 우주로서 하늘과 땅의 모든 주가 하나로 통합되어 이루어진 것이니 말이다."

탁발 사제가 장담했다.

"아비도스에서 제의를 행할 때 저희가 올리는 마법의 말들은 신들로부터 여전히 호의 담긴 대답을 얻어내고 있습니다. 또한 종신 사제단은 자신들의 역할을 엄격히 수행하고 있습니다."

"그 사제들 가운데 하나가 아카시아나무를 해친 자의 공범일 가능성은 없을까요?"

세난크흐가 물었다.

"그런 가정을 완전히 배제할 수는 없겠지요. 하지만 그런 의혹을 품을 만한 단서는 없습니다."

세호테프가 심각하게 말을 꺼냈다.

"이런 질문을 용서하십시오, 폐하. 하지만 여쭙지 않을 수 없습니다. 크눔호테프와 싸우는 중에 만약 폐하께서 돌아가신다면 누가 폐하를 계승하게 됩니까?"

"우선 왕비가 섭정을 하고, 그동안 이 가운데 살아남은 사람들이 새로운 군주를 지명하도록 하라. 중요한 건 아카시아나무를 소생시킬 방법을 찾는 일이다. 나무를 치유할 금을 찾는 일은 현재까지 별

소득이 없었으나, 그런 만큼 이 일에 한층 더 힘을 기울여야 한다."

세피 장군이 염려했다.

"사막을 가로질러 금광들로 가서 그 구원의 금속을 가져오는 일에는 많은 시간이 걸립니다. 위험하다는 건 말할 나위도 없지요."

세소스트리스가 확고한 어조로 말했다.

"우리 각자는 인간의 힘을 뛰어넘는 과제를 완수해야 한다. 그 어떤 위험이 있더라도, 또 그 어떤 어려움이 있더라도 결코 단념하지 않겠노라 맹세하자."

"이제 우리의 후계자로 하여금 신비를 향해 발을 내딛게 해야 할 때가 되었습니다."

왕비가 알렸다.

"물론 그녀는 아직 최후의 문을 통과할 준비를 갖추지 못했고, 따라서 그녀의 수련을 재촉하는 건 위험합니다. 또 재촉할 필요도 없지요. 그렇더라도 그녀는 새로운 시험에 도전해야 할 것입니다. 그건 황금원에 속하기 위해 넘어야 할 단계니까요."

젊은 여사제가 파라오 앞으로 와서 몸을 굽혔다.

"나를 따라오라."

그들은 깊은 밤의 어둠을 가로질러서 횃불을 밝힌 한 제실로 들어갔다. 제실 중앙에 함 하나가 놓여 있었다. 사자 네 마리가 서로 등을 맞댄 형상의 함이었다. 비어 있는 이 작은 함에 꼭대기가 가리개로 덮인 가느다란 기둥 하나가 꽂혀 있었다.

왕이 말했다.

"여기에 생명의 기원에서 솟아난 존엄한 기둥이 있다. 오시리스께서 무(無)를 극복하고 이 기둥으로 화해 다시 몸을 일으킨 것이다. 말씀이자 정신인 그는 공격당하고 살해되어 사지육신이 작은 조각으로 잘렸다. 그러나 그로부터 소생의 신비를 전수받은 몇몇 존재들이 사방으로 흩어진 그의 조각들을 모아서 우주적 존재를 부활시켰는데, 이 우주적 존재로부터 매일 아침 이집트가 다시 태어나는 것이다. 이 부활 과정에 대한 앎보다 더 중요한 것은 없다. 따라서 너는 이 부활의 다양한 면모를 익혀야 한다. 너는 가리개로 덮인 것을 볼 수 있겠느냐?"

여사제는 함을 뚫어지게 쳐다보았지만 눈에 들어오는 것은 없었다. 그녀는 곧 자신이 아무것도 하지 않고 기다리고만 있어서는 안 된다는 사실을 깨달았다. 한순간 그녀는 기둥 꼭대기에 씌워진 가리개를 벗겨보려 했다. 그러나 그녀의 본능이 그런 불경한 행동을 허락하지 않았다.

차라리 사자들에게 물어보는 게 좋을 듯했다. 불타는 눈을 지닌 이 네 마리 파수꾼에게 말이다. 그녀는 사자들 하나하나를 똑바로 마주보았다. 네 마리 사자는 그녀에게 다른 공간, 다른 시간으로 들어갈 문을 열어주었다. 그녀는 그 문을 통해 들어가 수많은 제실과 언덕들, 황금빛 밀 이삭으로 덮인 들판, 운하와 탐스런 과일이 주렁주렁 열린 과수원이 있는 광대한 지역을 둘러보았다. 이어서 그녀 앞에 두 개의 길이 나타났다. 하나는 물의 길이고 하나는 땅의 길이었다. 그 길들의 끝에 불의 원(圓)이 있었고, 그 원 안에 봉인된 항아리가 놓여 있었다.

이윽고 그 풍경은 사라졌다. 젊은 여사제의 눈에 또다시 함이 들어왔다.

"너는 비밀을 보았다. 이 길로 계속 가기를 원하는가?"

"그러길 원합니다, 폐하."

"네가 신들의 도움으로 어느 날 그 봉인된 항아리를 얻어 그 안에 들어 있는 것을 볼 수 있을 때, 너는 이 세상 것이 아닌 기쁨을 누릴 것이다. 그러나 그러기 전에 무서운 시련이 너를 노리고 있다. 그 시련들은 너보다 앞서 입문한 사람들에게 부과된 것들보다 한층 까다롭고 가혹할 것이다. 왜냐하면 지금 우리는 일찍이 없었던 위험에 처해 있기 때문이다. 지금이라도 늦지 않았다. 포기하고 싶다면 그렇게 해라. 깊이 생각해서 결정해야 한다. 비록 네 나이는 얼마 되지 않을지라도 성숙하게 행동하고, 네 힘을 과신하지 마라. 물의 길은 존재를 지우고, 땅의 길은 존재를 삼키며, 불의 원은 건너갈 수 없다. 만약 네가 이 어려운 길에 뛰어든다면 너는 고통과 회의에 시달리며 더할 수 없이 힘든 순간을 혼자서 견뎌야 할 것이다."

"인간의 행복은 덧없는 것 아닙니까, 폐하? 폐하께서는 이 세상 것이 아닌 기쁨에 대해 말씀하셨습니다. 제가 찾는 것이 바로 그것입니다. 만약 제가 부족하여 그런 기쁨을 누리지 못한다면 그건 오로지 저 혼자 책임질 일입니다."

"나쁜 운명이 네게 닥칠 경우 피해나갈 수 있는 무기가 여기 있다."

세소스트리스가 여사제에게 상아로 만든 작은 홀을 건네주었다.

"이 홀의 이름은 헤카(heka)로, 빛에서 태어난 마법을 말한다. 이 홀에 힘을 만들어내는 말씀이 새겨져 있다. 이 홀 하나로 말의 번개를 칠 수 있으니, 너는 이것을 꼭 필요한 경우에만 분별 있게 사용해야 한다. 이 홀은 제1왕조의 파라오였던 스콜피온의 것이었다. 그는 지금 이곳에 누워 있다. 자신의 운명을 오시리스에게 이어놓은 것이다. 이집트의 신들의 사랑을 받은 이래로 아비도스의 황금원은 죽음이 돌이킬 수 없는 것이 아님을 입증해왔다. 그러나 오늘날 아카시아 나무는 시들어가고 하늘의 문은 닫히고 있다. 만약 우리가 그 문을 열린 상태로 유지하지 못하면, 삶 자체가 우리를 저버릴 것이다."

홀을 가슴에 갖다 대면서 여사제는 자신이 물러서지 않으리라는 것을 알았다. 그 순간 놀랍게도 그녀의 생각은 그 젊은 서기관에게로 달려가고 있었다. 자신의 꿈속에 한층 더 빈번하게 나타나고 있는 그 서기관에게로. 그녀는 이처럼 엄숙해야 할 순간에 이런 약한 모습을 보이는 것에 자신을 책망했다. 이런 것이 자신이 가야 할 길이 얼마나 어려운지를 보여주는 신호가 아닐까?

자신의 결함과 내면의 적들은 중요하지 않았다. 그것들이 어떤 것인지를 밝히고 그것들과 쉬지 않고 싸워 이기는 것이 더 의미 있는 일이었다. 이렇게 다짐하면서도 그녀는 한편으로 생각해보았다. 자신이 이케르에 대해 느끼는 감정이 자신의 각오를 무디게 하거나 가야 할 목표로부터 멀어지게 하는 것 같지는 않았던 것이다. 하지만 현자들은 말하지 않았던가? 인간의 정념이란 천상의 행복과는 정반대로, 방황과 절망에 이르게 한다고 말이다.

여사제는 감정에 북받친 나머지 또렷한 생각을 이어갈 수 없었다. 그녀는 홀을, 그것이 마치 방향을 잡아주는 키나 되는 듯이 손으로 꼭 잡은 채, 파라오를 따라 함이 놓여 있는 제실에서 나왔다.

파라오가 말했다.

"나는 새벽 의식을 올리러 갈 것이다. 가서 마아트 여신에게 마아트를 바치며, 올바름이 너를 인도해주기를 기원할 것이다."

여사제는 오시리스 신전 앞뜰에 홀로 서서 새로운 태양이 탄생하는 것을 지켜보았다. 또 한번 파라오는 어둠을 물리친 것이다.

만약 아카시아나무가 죽는다면 태양은 한갓 달구어진 원반에 불과해져서 세상 만물을 불태워버릴 것이다.

그렇더라도 이 밤의 끝은 감미로웠다. 이날 밤 그녀는 다른 존재가 된 것이다. 또한 새벽빛도 감미로웠다. 그 빛 속에는 여전히 희망이 있었기 때문이다.

잠시 후 그녀는 탁발 사제와 함께 아카시아나무로 가서 물과 우유를 밑동에 부을 것이다. 그 사이 신성한 땅 아비도스는 빛으로 가득 뒤덮일 것이다.

(2권에 계속)

옮긴이 **임미경**

서울대 불문과를 졸업하고 동대학원에서 박사학위를 받았다. 현재 서울대와 아주대에 출강하고 있다. 옮긴 책으로 『여성과 성스러움』 『포르노그라피아』 『뽀뽀상자』 『영혼의 기억』 『나무 인간』 등이 있다.

문학동네 세계문학

오시리스의 신비 1

1판 1쇄 | 2008년 1월 14일
1판 2쇄 | 2008년 3월 17일

지 은 이 | 크리스티앙 자크
옮 긴 이 | 임미경
펴 낸 이 | 강병선
책임편집 | 강건모 오영나 김승욱 류현영
펴 낸 곳 | (주)문학동네
출판등록 | 1993년 10월 22일 제406-2003-000045호

주 소 | 413-756 경기도 파주시 교하읍 문발리 파주출판도시 513-8
전자우편 | editor@munhak.com
전화번호 | 031) 955-8888
팩 스 | 031) 955-8855

ISBN 978-89-546-0457-4 04860
978-89-546-0456-7 (세트)

www.munhak.com